Carsten Sebastian Henn

BLUT & BAROLO

Ein Hundekrimi aus dem Piemont

List

2. Auflage 2009

List ist ein Verlag
der Ullstein Buchverlage GmbH, Berlin

ISBN: 978-3-471-30003-9

Umschlaggestaltung: Sabine Wimmer
Umschlagillustration: Isabell Klett
Kartengestaltung: Peter Palm, Berlin
Gesetzt aus Berkeley
Satz: Pinkuin Satz und Datentechnik, Berlin
Druck und Bindung: CPI – Clausen & Bosse, Leck
Printed in Germany

Für Frederick & Charlotte

Auf dass sie ihr ganzes Leben so
zusammenhalten wie Niccolò und Giacomo.

»Dann sprach Gott: Siehe, ich richte einen Bund auf
mit euch und euren Nachkommen
und mit allen lebenden Wesen, die bei euch sind.«

(Gen. 9,9)

I

VOM FALLEN DES SCHNEES

Kapitel 1

DER PALAZZO

Wie ein ausgehungertes Tier senkte der Winter seine Krallen ins Piemont, entwurzelte mit Stürmen ganze Waldstriche, ließ Dächer unter der Last von Schneemassen einstürzen und Straßen im Weiß verschwinden. Doch der betagte Trüffelhund Giacomo bekam von alldem gerade überhaupt nichts mit, denn er wurde im Fond eines alten Fiat Ducato mächtig durchgerüttelt. In eine Decke eingehüllt versuchte er, das unablässige Schaukeln zu vergessen und stattdessen an köstlichen Lardo di Arnad zu denken, und an Mocetta-Schinken, natürlich von der Gämse. Seine Nase schnupperte, als wäre sie nur wenige Zentimeter von dem mit Bergkräutern aromatisierten Fleisch entfernt und von dessen köstlicher, nussiger Würze. Er erinnerte sich an warme Sommertage, an denen er vor Marcos kleiner Trattoria stand und den letzten Zipfel einer frisch aufgeschnittenen Wurst abbekam.

Der Transporter hielt mit einem harschen Ruck, die Decke rutschte von Giacomos Körper, und Kälte nahm ihren Platz ein. Müde öffnete Giacomo die Augen. Das grelle Weiß des Schnees drang durch das verschmutzte Heckfenster herein. Dann öffneten sich die Türen, und zwei Hunde huschten an Giacomo vorbei, sprangen in den tiefen Schnee und schnappten nach den durch die Luft wirbelnden Flocken, welche die Größe von Parmesanhobeln hatten. Die überschwängliche Jugend, dachte Giacomo, biss sich einen Zipfel der Decke, zog sie wieder über den Rücken und schloss die Augen.

»Raus mit dir, du verlauster Faulpelz«, rief Isabella und wuschelte ihm über den Kopf. »Ich hab ein wohlig warmes Plätzchen für dich, und zu essen findet sich bestimmt auch noch was.«

Giacomo wäre sicher liegen geblieben, hätte sie nicht angefangen zu pfeifen. Er tat alles, um dieses schrille Geräusch zu vermeiden. Isabella beherrschte die Kunst des klangvollen Pfiffs nicht, bei ihr ähnelte es eher dem Geräusch eines quietschenden Schwerlasters.

Die beiden anderen Vierbeiner liefen bereits weit voraus. Das Italienische Windspiel Niccolò trug einen warmen Hundepullover aus Teddybärenfell, die rothaarige Spanielhündin Canini war lange nicht getrimmt worden und hatte dergleichen nicht nötig. Sie waren schon fast bei diesem weißen mächtigen Ungetüm angelangt, das unbeirrt in der Kälte saß. Es sah aus wie ein Gebirge, dessen höchster Punkt, gekrönt von einem prachtvollen Hirsch, genau in der Mitte lag. Von dort nahm seine Größe harmonisch zu beiden Seiten hin ab. Die Schneemassen wirkten wie Zuckerguss auf diesem ungeheuren Menschenwerk. Etwas Vergleichbares hatte Giacomo niemals zuvor gesehen. Wieso erschufen Menschen solche Gebilde? Alles, was man zum Leben brauchte, passte doch in eine kleine Hütte – allerdings mit einem großen Kühlschrank.

Niccolò hatte ihm auf der Hinfahrt erzählt, dass es zum Palazzina di Caccia di Stupinigi gehen würde, einem Schloss, in dem einst bedeutende Menschen gehaust hatten, wenn sie zur Jagd gingen.

Giacomo sprang von der Ladekante in den Schnee. Sogleich spürte er den Temperaturunterschied an den Fußtatzen, doch sein gekräuseltes, leicht öliges Fell wärmte ihn wie stets. Der dürre Niccolò musste in dieser Jahreszeit ein Stück Stoff am Leib tragen, damit er nicht zu einem Eisblock erstarrte. Die Spanielhündin Canini hatte ganz andere

Probleme. In ihren langen Ohren fing sich der Schnee und ließ sich nicht abschütteln.

Giacomo sog die eisige Luft ein, suchte in ihr nach Aromen, die ihm etwas über das Land erzählten, über die Menschen, die Tiere, das Leben. Doch es fand sich nichts. Die Luft war wie klares Gebirgswasser. Er tapste einige Schritte weiter, zu einer Stelle, wo der Wind vom Wald her wehte. Aber wieder spürte Giacomo nur diese Kälte, die alles Leben erbarmungslos gefrieren ließ. Keine Duftspuren.

Auch nicht die von Wölfen.

»Kommt schon, ihr verrückten Hunde!«, rief Isabella, strich sich die Schneeflocken aus den kurzen blonden Haaren und schwang sich ihren geliebten Wollschal um den Hals, in den sie alle Farben des Regenbogens gestrickt hatte. Die junge Biologin der Turiner Universität ergriff zwei schwere Koffer und machte sich auf den Weg zum westlichen Schlosstrakt. Seit dem Telefonanruf, der sie hierherbestellt hatte, war sie unheimlich fröhlich. Geradezu überdreht. Während der ganzen Autofahrt hatte sie gesungen.

Plötzlich schritt Niccolò neben Giacomo. »Sie hofft so sehr, dass es nicht ihr Wolfsrudel ist. Sie hat Angst, was dann passieren könnte. Ich kann es spüren, es sticht in ihrer Brust. Aber sie will nicht, dass wir es merken.«

»Und erst recht nicht, dass sie es selbst mitbekommt.«

Canini jagte vorbei, und Niccolò setzte ihr ohne zu zögern nach. Giacomo sah sich unruhig um. Auf diesem Gelände war also ein Wolfsrudel gesichtet worden. Viel zu nah an menschlichen Behausungen. Doch der Winter dauerte bereits lange an, und er war hart wie seit unzähligen Jahren nicht mehr. Die Wölfe würden nirgendwo Beute finden, das ließ sie verzweifelt werden. Aber so sehr, dass sie sich den Menschen näherten? Giacomo trottete hinter Isabella her und hob abermals die Schnauze. Endlich roch er etwas! Ein Pastagericht, das in einer der Schlossküchen zubereitet wurde. Ein Klassiker der Küche Norditaliens, Ragù alla bolognese mit Geflügelleber und einem ordentlichen Schuss Sahne. Köstlich! Aber immer noch keine Spur von Wölfen. Stattdessen fanden sich nun immer mehr Eiskristalle in der Luft, die der Wind ihm ins Gesicht peitschte. In jeden Zwischenraum seines Fells drangen sie ein. Unbarmherzig legten sie sich nicht nur auf die kleine Gruppe, sondern füllten auch die Ritzen im Mauerwerk des Schlosses. Der Piemonteser Winter nahm es immer mehr in seinen Besitz.

Schnell flohen sie ins Schlossinnere und richteten sich in ihren kargen Zimmern ein, die früher dem Gesinde zugewiesen waren. Nur eine Notbesetzung an Personal weilte in Stupinigi, ein einziger Trakt war einigermaßen beheizt. Das Schloss wurde aufwendig umgebaut, überall waren Absperrbänder und Gerüste. Doch nun werkelte niemand. Der Palazzo hielt Winterschlaf, sein Atem kaum vernehmbar. Giacomo rollte sich in einer Ecke zusammen, die zwar von Spinnweben überzogen war, dafür aber nahe der Küche lag. Also strategisch hervorragend. Er würde sicher nur etwas warten müssen, solange konnte er hier schlummern. Und wieder von Mocetta träumen.

»Wer kommt mit auf einen ersten Rundgang?«, hörte er Isabella rufen. Wieder war da diese Angst in ihrer sonst so heiteren Stimme, als habe man in eine köstliche Pannacotta eine Prise zu viel Salz gegeben. Giacomo rollte sich weiter zusammen, wie ein Igel bei Gefahr. Hoffentlich ging dies alles schnell vorbei, und sie konnten in ihr Dorf in der Langhe zurück. Mehr wollte er gar nicht.

»Kommst du?« Es war Niccolò.

»Ich schlafe schon.«

»Wir wollen gehen!«

»Wunderbar. Ich halte hier die Stellung.«

»Steh schon auf! Isabella hätte dich gern dabei.« Er stupste ihn mit der Schnauze an. »Ohne dich geht sie bestimmt nicht raus.«

Giacomo blickte auf. Das kleine Windspiel leckte sich nervös an der Brust. In einiger Entfernung stand Canini, die Rute eingeklemmt. Die beiden hatten Angst und wollten ihn dabeihaben. Sie wussten um die Gefahr, die von Wölfen ausging. Einem ausgehungerten, verzweifelten Rudel.

Isabella hielt bereits ungeduldig die Tür auf.

»Aber nur für Isabella«, sagte Giacomo und stemmte sich in die Höhe. Er spürte jeden seiner Knochen, die schon viel zu lange nicht mehr mit Barolo geölt worden waren.

Hinter dem Schloss erstreckte sich ein kleines Wäldchen. Giacomo lief voran. Er wollte nicht, dass Isabella in Gefahr geriet. Und erst recht nicht diese beiden dummen, übermütigen Jungspunde. Im Gegensatz zu ihm hatten sie noch so viel vor sich.

Isabella blieb plötzlich stehen und setzte eine leere abgeschnittene Plastikflasche an den Mund. Dann begann sie zu heulen. Es klang so echt, dass Giacomo selbst in diesem Frost noch ein kalter Schauer durchfuhr. Es war, als hause ein Wolf in ihrem Leib, ein großes, furchteinflößendes Tier.

Doch es kam keine Antwort, und so schritten sie weiter.

Giacomo schärfte seine Sinne wie der Metzger seine Messer, spitzte die Ohren, sog die Düfte tief in seine gewaltige Nase ein, die in ihrer dunklen Verwarztheit an eine reife Albatrüffel erinnerte, und stach seinen Blick in Richtung jedes Schattens, der zwischen den vom Winter abgenagten Baumstämmen erschien. Kein Anzeichen von Wölfen. Doch das bedeutete nichts. Um die Grauröcke zu finden, mussten sie tiefer in das Waldstück eindringen. Und weniger Lärm verursachen.

Aber die Nacht senkte sich schon über den Schlosspark, und Isabella sammelte ihre Hunde, um sich zurück ins Warme zu begeben.

»Morgen früh, mit neuer Kraft«, sagte sie. »Die Wölfe werden uns schon nicht weglaufen, oder?«

Giacomo sah sich unruhig um.

Im Turiner Duomo di San Giovanni geschah in diesem Augenblick etwas, das für alle Anwesenden von größter Bedeutung war – von dem außerhalb der Kirchenmauern jedoch niemand etwas ahnte. Die Sonne war längst untergegangen, nur der matte Widerschein des Schnees fiel durch die großen Fenster. Er tauchte das Kirchenschiff in ein diffuses, lebloses Licht, ließ alles unwirklich erscheinen, was im Inneren vor sich ging. Ein junger Pharaonenhund stand zitternd und völlig allein vor dem Altar mit den hohen, gewundenen Säulen und dem Marienbild samt Kinde in der Mitte des goldenen Tryptichons. Jetzt senkte er den Kopf. Ursprünglich war seine seltene, uralte Rasse als »Kelb tal-Fenek« bekannt. Wenn es in der Welt der Hunde blaues Blut gab, so floss es in seinen Adern. Mit dem schlanken, eleganten Körper und den auffällig großen, spitz nach oben stehenden Ohren ähnelte er dem ägyptischen Totengott Anubis. Sein Fell war rostbraun, kurz und glänzend. Eine weiße Blesse zierte die Mittellinie seines Gesichts. Und wie alle seiner Rasse wies er kein schwarzes Pigment auf. Nase, Augenlider und Ohreninnenseiten, alles von der Farbe des Fleisches. Der Name des Hundes lautete Amadeus – und in dieser Nacht sollte sein wahres Leben beginnen.

Doch niemand hatte ihm verraten, was genau ihn heute erwarten würde. Einer nach dem anderen traten die Mitglieder seiner Sippe in den sakralen Renaissancebau aus dem 14. Jahrhundert. Wie Amadeus mussten sie durch den schmalen Gang gekrochen sein, der von der Piazza Castello direkt ins Innere des Duomo führte und den niemand außer den Pharaonenhunden kennen durfte. Er bestand aus über die Jahrhunderte gegrabenen Gängen.

Das gute Dutzend Hunde bildete einen Kreis um Amadeus. Dessen ganzer Körper war angespannt, die Hinterbeine leicht eingeknickt, der Rücken rund. Der junge Pharaonenhund kroch förmlich in sich hinein.

Heute war sein großer Tag. Er würde zum neuen Wächter ernannt werden. Nur einem jeder zweiten Generation wurde diese Ehre zuteil, alle anderen hatten für ihn zu sorgen. Vorgänger war sein Großvater gewesen, der in der letzten Nacht verstorben war. Amadeus war seit langem dazu auserkoren, dessen Platz einzunehmen. Von Geburt an hatte man ihn darauf vorbereitet. Seine Meute hatte ihn gelehrt, ausdauernd und wachsam zu sein, selbst im Schlaf auf jedes Geräusch zu achten und im Notfall loszuspurten wie ein Geist, schnell und lautlos.

Seine Mutter trat nun zu Amadeus. Sie war stets streng mit ihm gewesen, hatte ihn wenig Zuneigung spüren lassen, ihn dazu erzogen, allein zu sein. So wollte sie ihm beibringen, den Schmerz der Einsamkeit zu umarmen wie einen alten, weisen Freund.

Es war ihr nicht vollends gelungen.

Sie leckte ihm zärtlich über die Schnauze. Das hatte sie noch nie getan. Dann hob sie ihre Vorderpfote gegen seine Brust. Es war ein Zeichen der Demut. Von seiner eigenen Mutter!

Die anderen folgten ihrem Beispiel. Einer nach dem anderen trat aus dem Kreis, zeigte sich unterwürfig und nahm dann wieder seinen Platz im Zwielicht ein.

Er würde sich ihrer würdig erweisen.

Amadeus' Vater und sein Onkel lösten sich nun aus der schweigenden Masse gesenkter Häupter und liefen hinaus. Dann geschah lange nichts. Alle verharrten. Amadeus wagte es nicht, eine Frage zu stellen. Er zwang sich, nicht mehr zu zittern und eine stolze Haltung einzunehmen. Er würde bald der Wächter sein! Ihm war die Ehre zuteilgeworden, bis zu seinem Tod dem heiligen Tuch zu dienen, dem Sindone, in dem der Herr gelegen hatte. Amadeus war der Stärkste und Klügste seines Wurfes, er würde es beschützen, mit seiner Kraft, seiner Schnelligkeit, seinem Körper. Die Aufgabe lastete schwer, aber sicher auf seinen Schultern.

Plötzlich erschien Nara im Kirchenschiff, seine Großmutter und die Älteste der Meute. In der Schnauze hielt sie, fast zärtlich, nur mit den vordersten Zähnen ihres Fangs, ein kleines Stück hellen Leinenstoffs. Die anderen Pharaonenhunde unterdrückten ein Aufjaulen, als sie in den Kreis trat, und wandten ihre Häupter ab. Als auch Amadeus dazu ansetzte, hieß ihn seine Mutter aufrecht zu bleiben. Der Blick seiner Großmutter war nervös, so kannte er sie nicht. Sie war doch sonst immer so besonnen und warmherzig.

Sie kam zu ihm und berührte mit dem Leinenstück seine Stirn. Es prickelte. Und das Innere des Duomo schien für einen Moment aufzuflackern, als wären sämtliche Kerzen entzündet worden. Das Rauschen des eisigen Windes brandete auf und hallte im mächtigen Kirchenschiff wie Musik wider.

Amadeus wusste, dass dieses Stück Stoff vom Sindone stammen musste. Niemand hatte ihm erzählt, dass seine Meute im Besitz davon war. Das Tuch selbst befand sich in einer Metallkiste hinter Glas, nur wenige Schritte entfernt.

Nara verschwand wieder, doch noch immer blieben die Häupter gesenkt. Dann erklang die Glocke des mächtigen neben dem Duomo stehenden Turms. Sie ertönte nur für ihn. Sein Vater und sein Onkel mussten all die Stufen hochgelaufen sein, um sie zu lauten. Nun begann die Meute zu heulen, ein Concerto furioso. Sie erhoben sich und traten zu Amadeus in die Mitte. Viele gute Wünsche wurden ausgesprochen, weise Worte gesagt und allerhand Albernheiten von seinen Wurfgeschwistern. Dann begaben sie sich in einer stillen Prozession durch den verschlungenen Gang hinaus vor das Hauptportal des Duomo. Zu dessen Linken war ein Stein im Boden eingelassen, der sich durch nichts von den anderen unterschied – außer durch seinen speckigen Glanz. Unzählige von Amadeus' Ahnen hatten hier gelegen und ihren Dienst verrichtet. Er ließ sich darauf nieder, der Stein fühlte sich beinahe weich an. Und der eisige Wind schien genau um diese Stelle einen Bogen zu machen.

Ohne einen einzigen Blick zurückzuwerfen, verschwand die Meute im Dunkel Turins. Amadeus hatte seine Aufgabe erhalten.

Und würde sie bis zum Ende seiner Tage erfüllen.

Am nächsten Morgen brachen sie früh auf. Die Schneedecke hatte über Nacht weiter an Volumen gewonnen, als hätte sie jemand wie eine Bettdecke aufgeschüttelt. Zuerst schritten sie ruhig und langsam voran, dicht beieinander, wachsam. Doch schon nach kurzer Zeit schienen Niccolò und Canini das Ganze für einen netten Ausflug zu halten.

»Müsst ihr denn gerade jetzt ausprobieren, wie tief ihr eure Schnauzen in den Schnee stecken könnt?«, herrschte Giacomo sie an. »Meint ihr, die Wölfe finden das lustig?«

Niccolòs Kopf lugte hervor, die Schnauze wie mit Puderzucker bestäubt. Er schüttelte sich aus und sprang in Richtung des alten Freundes und Beschützers – trat dabei jedoch unglücklich auf einen großen Kiesel, der vom tiefen Schnee bedeckt gewesen war. Er jaulte auf, warf sich auf die Flanke und leckte wie wild über seinen rechten Vorderlauf. Schmal und dürr war dieser, wie bei allen Windspielen. Schließlich versuchte er, den Schmerz loszuwerden, indem er mit dem Bein heftig austrat. Doch dadurch wurde er nur noch schlimmer. Isabella rannte gleich zu ihm, Canini lief hilflos im Kreis um beide herum.

Sie mussten ihn zurückbringen, einen Arzt rufen, ihn pflegen.

Giacomo würde alleine weitergehen. Denn ausgerechnet jetzt hatte er einen Schemen im Wald entdeckt. Ein lauerndes Grau, das sich einen großen Stamm zum Verweilen ausgewählt hatte und sogar klug genug war, sich so in den scharfen Wind zu stellen, dass kein Duft zu Giacomo gelangte.

Der alte Trüffelhund entschied sich, einen Bogen zu schlagen, der ihn genau hinter diesen Stamm bringen würde.

Und er beschloss, den aufkommenden Schneesturm einfach zu ignorieren. Leider ignorierte dieser auch Giacomo. Innerhalb kürzester Zeit nahm der Sturm an Stärke zu, und Giacomo musste immer häufiger die Augen zusammenkneifen und den Kopf aus dem Wind drehen. Wenn Wölfe hier lebten, würden sie sich nun zusammenkauern. Und sie würden ihn nicht erwarten. Es war der beste Moment für die Suche. Während der Schnee wütete, erstarrte die Welt – nur Giacomo nicht.

Er schlich auf das lauernde Grau zu.

Es befand sich genau hinter dem Stamm vor ihm. Die Form ähnelte jedoch nicht der eines liegenden Wolfes, zu mächtig war sie dafür.

Der durch die Luft wirbelnde Schnee stach wie Nadelspitzen in Giacomos Nase. Doch was ihn viel mehr schmerzte, war, dass er in dieser Kälte nichts riechen konnte. Lieber wäre es Giacomo gewesen, man hätte ihm die Augen verbunden. Ohne Düfte war die Welt karg, die Bäume wirkten leer, der Boden ausgehöhlt, alles schien sich vor Giacomo in etwas Fremdes zu verwandeln.

Ein weiterer Schritt. Der Schemen gewann an Kontur, trat förmlich aus dem wirbelnden Weiß heraus.

Und bewegte sich.

Giacomos Pfoten sanken tief in den Schnee, der sich an einer Bodenwelle gesammelt hatte. Er huschte hinter den Stamm, an dem das Weiß bereits klebte wie ein wuchernder Schimmelpilz.

Der Schemen schnaufte. Tief und unwirsch. Doch selbst dieses Geräusch gab Giacomo keinen Aufschluss darüber, um welches Tier es sich handelte. War es ein Wildschwein, dann musste es verletzt sein, sonst würde es sich kaum allein und fern der Rotte aufhalten. Und nichts war gefährlicher als eine verletzte Sau.

Giacomo wollte nicht näher heran, ohne zu wissen, was ihn erwartete. Er schloss die Augen und sog die Luft in tiefen, harten Schüben ein, immer wieder, doch kein einziges Aroma erreichte ihn.

Vorsichtig lugte er deshalb um den Stamm, setzte sogar eine Pfote vor.

Der Schemen drehte sich zu ihm.

Giacomo erkannte Augen, in denen Sorge und Überraschung lagen. Doch er wusste gleich, dass dieses Wesen ihn nicht angreifen würde. Es war nur ein Mensch, einer ohne Dach über dem Kopf, einer von denen, die über die Wärme eines Gullydeckels glücklich waren und sich wie er über ein Tramezzino im Mülleimer freuten. Giacomo gab dem Bruder im Geiste einen freundschaftlichen Stupser mit der Schnauze. Menschen brauchten das ab und zu. Was hatte den armen Kerl nur hierhin verschlagen? Es gab so viele gemütlichere Orte auf der Welt, Brücken, unter denen sich schlafen ließ, geschützte Hauseingänge, Papiercontainer. Der arme Mensch war viel zu dünn angezogen für jemanden ohne Fell. Der lächerliche Schal war bereits an den Stellen gefroren, wo der Atem ihn befeuchtet hatte. Vielleicht käme heute die letzte Nacht für diesen Menschen.

Der alte Trüffelhund legte sich zu ihm, gab ihm ein wenig von seiner Wärme ab. Eine Hand berührte sein Fell, und Giacomo schob sie nicht fort, obwohl ihm sonst jedes Streicheln zuwider war. Er würde dem Mann beistehen, bis sich der Schneesturm legte. Dann wäre die Luft klar, und er könnte wieder schnuppern.

Die Hand des Menschen drückte ihn mit einem Mal fest an sich.

Giacomo blieb fast die Luft weg.

Am sonst so beschaulichen Duomo war mittlerweile der Irrsinn ausgebrochen. Amadeus saß im hintersten Winkel seiner Ecke, um den an ihm vorbeischießenden Schuhen und Schneestiefeln auszuweichen. Niemand beachtete ihn, stattdessen drängten Frauen und Männer, einige auf Armen oder Schultern Kinder tragend, hinein in das Kirchenschiff, obwohl es längst bis zum Bersten gefüllt sein musste. Es fand keine Messe statt, keine Beerdigung, kein Gebet. Amadeus hatte keine Glocke läuten gehört. Warum also wollten die Menschen hinein?

Wenn in diesem Getümmel jemand das Tuch raubte, würde er den Dieb nicht ausmachen können. Nichts würde es nützen, dass sich der Geruch des Tuches dank des kleinen Leinenfetzens bei ihm eingebrannt hatte. Die Kirche war so voller Menschen, dass deren Wärme den Schnee vor den Toren schmelzen ließ. So als wäre der Winter vorbei, als herrsche bereits Frühling.

Amadeus würde seinen Posten nicht verlassen. Auch auf die Gefahr hin, zertrampelt zu werden. Dies war seine erste Bewährungsprobe, und er würde sie mit Bravour bestehen! Ein Wächter verließ niemals seinen Platz. Speisen wurden ihm gebracht, und seine Notdurft verrichtete er über einem rostigen Straßengully wenige Schritte entfernt; nur einmal am Tag, in den frühen Morgenstunden, wenn die Sonne gerade aufging. So war es den Wächtern seit Jahrhunderten vorgeschrieben.

Einen solchen Aufmarsch hatte es am Duomo nie zuvor gegeben, sonst hätte ihm sein Vater davon erzählt. Das Verhalten der Menschen war Amadeus ein Rätsel. Obwohl sie in die Kirche strömten, hatte er das Gefühl, genau dort befände sich der Ursprung ihres Schreckens. Weinen drang von drinnen, Heulen, Schreie des Entsetzens. Er verstand die Worte nicht, denn seine Meute hielt sich stets fern von den Menschen. Doch sie klangen klagend und schmerzensreich.

Amadeus lugte um die schwere Steinmauer. Er wollte nur linsen, einen kurzen Blick riskieren, nicht mehr. Doch sofort riss ihn die Menschenmasse einer Lawine gleich mit. Er jaulte auf, als ein Bein gegen seinen Kopf schlug, er musste nachgeben, geriet in den Strudel der stampfenden Füße, wollte zurück, doch spülte ihn die Welle hinein, wo sie an noch mehr Menschen und Beinen zerschellte. Knie bohrten sich in seinen schlanken Leib, und die Luft blieb ihm weg. Ein Fuß traf seine Blase, und sie entleerte sich.

Plötzlich gab es wieder Raum um ihn. Und Luft. Wenn auch warme, abgestandene. Die Lücke riss auf wie die Masche einer Strumpfhose, und Amadeus folgte ihr, bemerkte nicht, wie sie sich hinter ihm zögernd wieder schloss, sah nur geradeaus. Und näherte sich dem Platz, den er so nie hätte sehen sollen: Der lichtlose, klimatisierte Metallsarg, in dem das Sindone aufbewahrt wurde, stand offen.

Und war völlig leer.

Dahinter fiel ein schwerer Purpurvorhang von der Decke, ein Bild darauf, mit dem Antlitz des Herrn. So traurig hatte Amadeus ihn nie zuvor gesehen.

Das Leben des jungen Pharaonenhundes stürzte wie ein baufälliges Haus in sich zusammen, und er verlor das Bewusstsein.

So wurde seine Welt für kurze Zeit wieder friedlich und ruhig.

Der Sturm legte sich. Immer weniger Schneeflocken fielen, und irgendwann trafen die letzten tänzelnd auf die weiße Decke, in der sie geräuschlos verschwanden. Der Griff des

Mannes war schwach geworden, doch das war es nicht, was Giacomo nun aufstehen ließ. Es war ein neuer Duft, der sich in der Kühle wie das warme Rot eines Sonnenaufgangs erhob, immer heller und wärmer werdend. Es war ein Duft, der Giacomos Leben ausmachte, der ihn vom Welpenalter an begleitet hatte, durch alle Leiden hindurch.

Dieser Duft war seine Heimat.

Es war das Aroma der weißen Trüffel des Piemont. Der Duft war gleichzeitig grazil und kraftvoll, fein und wunderbar würzig. Er züngelte lockend in Giacomos Nase und zog ihn Schritt für Schritt näher zu sich. Den Obdachlosen hatte Giacomo bereits vergessen.

Doch etwas anderes schob sich in sein Blickfeld, während er sich unwiderstehlich der Königin aller Pilze näherte. Ein einzelnes erleuchtetes Fenster. Es gehörte zum Westtrakt des Schlosses. Isabella schaute heraus, ihr Blick suchend. Neben ihr flogen große hellbraune Ohren in die Höhe. Immer wieder. Ab und an auch eine Schnauze. Canini. Nur Niccolò war nirgends zu sehen.

Giacomo war Isabella nie wirklich nahegekommen. Oder besser: hatte sie nicht nahekommen lassen. Sie war Niccolòs Mensch und Caninis. Zwei Hunde waren doch mehr als genug. Seit den Geschehnissen um Rimella, dem Geheimnis um das Verschwinden eines ganzen Dorfes, der Schlacht mit dem Wolfsrudel, waren sie unzertrennlich. Er war nur bei Isabella, weil Niccolò mit ihr lebte. Irgendwer musste ja auf den dummen Burschen aufpassen. Er selbst brauchte schließlich keine Zuneigung mehr, keine Streicheleinheiten, kein warmes Wort. Nur ein Dach über dem Kopf und ein Schälchen Barolo. Vielleicht brauchte er einmal in der Woche auch noch ein Tramezzino Doppio. Selbstverständlich auch Salami, Schinken, Pasta und Amaretti ab und an. Sowie andere Leckereien. Mehr brauchte er nicht. Außer natürlich Trüffel.

Wie den, der jetzt seine Nase betörte. Oder die? Es roch zumindest nach mehreren. Der Duft war nicht so präzise und geschliffen wie bei einem einzelnen Exemplar, sondern undeutlicher. Merkwürdig war, dass der Boden nicht passte, zu wenig Kalk, zu viel Gestein für Trüffel. Und trotzdem dieser intensive Geruch! Seine Pfoten trugen ihn schnurstracks zu einem alten Baum, der die Allee säumte, welche zum Schloss führte. Brauner Matsch sprenkelte den Schnee um die Kastanie. Ein großer Wagen musste ihn aufgeworfen haben.

Der Duft entstammte nicht dem Boden. Er hatte seinen Ursprung höher, am Stamm. Aber dort wuchsen niemals Trüffel!

Giacomos Nase glitt an der eisigen Borke empor, bis zu einer Öffnung, einem Spalt, an dem der Baum sich weitete.

Hinter dem alten Trüffelhund erhob sich der Vagabund.

Der Wind hatte gedreht, und Giacomo konnte riechen, wie er näherkam. Doch sein ganzes Denken konzentrierte sich auf den Fund der Trüffel, nichts anderes interessierte ihn mehr.

Sehen konnte Giacomo nicht, was sich in der Aushöhlung der Baumes befand. Nur die Spitze eines Pakets erkannte er – auf der sich so gut wie kein Schnee gesammelt hatte. Es konnte noch nicht lange dort liegen. Außen war Plastikfolie, darunter Stoff.

Und darin? Selbst seine gewaltigen Nüstern schafften es nicht durch den dicken, künstlichen Stoff zu riechen. Doch was am merkwürdigsten war: Das Packpapier war es, das nach Trüffeln duftete. Aber es war nur das Aroma, nur der Geist, die köstliche Frucht der Erde hingegen fehlte.

Genau hinter ihm stand nun der Vagabund.

Ein Wagen fuhr im Schritttempo an Giacomo vorbei.

Der alte Hund sprang hoch und zog das Paket aus dem Stamm.

Niccolò rannte in dem kleinen Zimmer mit den hohen Decken so panisch umher, als wären die Bodenfliesen heiße Herdplatten. Das heißt, er lief so schnell, wie es sein verletzter Vorderlauf zuließ, den Isabella notdürftig geschient hatte.

Canini sprang unterdessen wie ein Gummiball vor dem Fenster auf und ab. »Nur Schnee«, sie landete wieder auf dem Boden, um sogleich erneut hochzuschnellen, »und Bäume.« Landung. Start. »Kein Schneesturm mehr.« Sie landete wieder und holte Luft. »Ich habe einen Menschen gesehen – aber Giacomo ist nirgendwo. Ihm wird schon nichts passiert sein, er ist doch ein alter Kämpfer!«

»Ach ja? Reden wir über denselben verfressenen, Wein schlabbernden, ständig schlafenden alten Hund?«

»Du hast ›grummeligen‹ vergessen.«

»Macht es nicht besser!« Niccolò wäre am liebsten durch die Mauer gerannt. Er hatte bereits an der Tür gekratzt, die direkt nach draußen führte, doch Isabella hatte ihm nur beruhigend über den Kopf gestreichelt.

Jetzt tat sie nicht einmal mehr das.

Isabella machte überhaupt nichts mehr.

Selbst das Atmen schien sie eingestellt zu haben.

Sie stand auch nicht länger am Fenster, sondern saß wie erstarrt auf dem wackligen Stuhl. Niccolò stupste sie vorsichtig am Bein. Doch sie bewegte sich nicht. Er sprang auf ihren Schoß, leckte ihr über die Wange. Keine Reaktion. Isabella starrte nur. Stur geradeaus. Ihr Gesicht wie Stein. Seit sie einander getroffen und sich gegenseitig das Leben gerettet hatten, teilten sie eine besondere, sehr seltene Verbindung. Das kleine Windspiel wusste immer, was Isabella fühlte, ihre Gedanken und Worte waren für ihn klar wie Wasser. Doch nun spürte er nur Schrecken. Und wandte seinen Kopf, um dasselbe zu sehen wie sie. Es war der quadratische Kasten in der Zimmerecke, über den Bilder ohne Tiefe flimmerten und der Geräusche von sich gab, die niemals so dunkel oder hell waren, wie die der Welt ringsum. Die Menschen nannten ihn ›Fernseher‹. Viele waren nun darin vor einer Kirche zu sehen. Es waren ganze Massen, und sie drängten hinein. Dann wechselte das Bild, und plötzlich sah Niccolò eine große, dreckige Decke. Auf dieser fanden sich Flecken, welche die Silhouette eines Menschen ergaben. Warum versetzte Isabella das in solch einen Schock?

»Bisher konnte die Spurensicherung der Turiner Polizei keinen Hinweis auf ein gewaltsames Eindringen in den Duomo feststellen. Sämtliche Türen sind unversehrt, die Alarmanlage intakt, es gibt keine Fingerabdrücke, keine Fußspuren, niemand will etwas Ungewöhnliches bemerkt haben. Es scheint, so ein Sprecher der Polizei, als habe sich das schwer gesicherte Sacra Sindone einfach in Luft aufgelöst.«

Niccolò verstand kein Wort. Er stellte sich so auf Isabellas Schoß, dass er mit seinen Körper den komischen Kasten verdeckte, legte den Kopf zur Seite und sah sie mit seinem Leckerli-Blick an. Der brachte sie schließlich immer zum Lachen.

Er musste doch etwas tun, damit Isabella endlich wieder normal wurde!

Doch sie schob ihn wütend zur Seite, so dass er das Gleichgewicht verlor und hinunterspringen musste. Er landete ausgerechnet auf seinem verletzten Vorderlauf und heulte auf. Es war, als würde Isabella in diesem Moment erwachen. Bestürzt bückte sie sich zu Niccolò, um ihn zu liebkosen.

Da krachte die Außentür.

Sie brach nicht entzwei, doch der Stoß musste kräftig gewesen sein, denn das Blatt der Bautür hing nicht mehr gerade in den Scharnieren, Schnee wehte durch den Schlitz herein. Wieder prallte etwas mit Getöse gegen das Holz, und die Tür schlug der Länge nach in den Raum. Dann ging alles sehr schnell. Ein schneeübersäter Giacomo stürzte herein, eine Rolle mit sich zerrend, panisch blickte er hinaus, seine Pupillen zuckend wie Fliegen vor einem Insektenlicht. Niccolò humpelte zu ihm und half dem alten Trüffelhund, das Bündel ins Zimmer zu ziehen.

»Wir müssen es Isabella zeigen«, brachte Giacomo nach Luft schnappend hervor. »Sie muss es sehen. Irgendetwas stimmt nicht damit. Und Isabella muss schnell machen, denn die zwei sind hinter mir her.«

»Wer?« Niccolò blickte hinaus, doch in dem weißen Treiben konnte er nichts erkennen. Das ganze Schloss schien in einem blendenden Strudel verschwunden.

»Was ist denn hier …?!« Isabella stand plötzlich neben ihnen. Sie stürzte sich auf Giacomo, tastete sein Fell ab, strich über seinen struppigen Kopf. »Geht es dir gut?« Sie drückte ihn an sich.

Giacomo bellte auf und befreite sich aus der Umarmung. Es gab jetzt Wichtigeres zu tun. Dieses Paket vor ihm duftete nach Trüffel, obwohl es keine enthielt. Und er wollte endlich wissen, warum. Mit seinen Pfoten und Zähnen ließ sich die Rolle vielleicht zerfetzen, doch zum vorsichtigen Öffnen brauchte es weiche Menschenhände. Aber Isabella sah sich sein Fundstück überhaupt nicht an, sie hob das Türblatt auf und lehnte es gegen den offenen Rahmen, denn der Winter versuchte unablässig, ins Haus einzudringen, sandte eisigen Wind und Schneeflocken herein. Giacomo knurrte Isabella an. Warum begriff sie nicht, wie sehr die Zeit drängte? Der Vagabund war ihm gefolgt, und der Fahrer des Wagens hatte ihn merkwürdig fixiert. Er schlug mit der Pfote auf die Rolle.

Doch Isabella sah ihn gar nicht mehr an, sie war in die

andere Ecke des Raums geeilt, in der sich Canini verkrochen hatte und winselte. Die Spanielhündin drückte sich immer tiefer in die Ecke, als könne sie im Mauerwerk wie in einer Höhle versinken. Giacomo bellte wieder und brachte immerhin Niccolò dazu, es ihm gleichzutun, beide schlugen nun mit den Pfoten auf die Rolle ein.

»Jetzt hört doch auf damit!«, rief Isabella. »Canini ist schon ganz verstört.«

Am Fenster erschien ein Schemen. Oder war es nur der Schatten eines Baumes? Warum bog er sich dann nicht im Sturm?

Giacomo rannte zu Isabella, biss in ihre Seidenbluse und zog daran. So kräftig, als sei es ein zähes Stück Fleisch.

»Seid ihr denn alle wahnsinnig geworden? Was soll das, du verrückter Hund? Willst du jetzt auch noch meine Sachen zerfetzen, nachdem du schon die Tür zerstört, Müll hereingeschleppt und die arme Canini verängstigt hast?«

Giacomo verstand nicht, was Isabella sagte, doch ihren Ärger spürte er. Sie würde ihm nicht helfen, würde dieses Geheimnis nicht lösen. Und der Schatten vor dem Fenster verfinsterte sich. Viel zu sehr.

In seiner Hilflosigkeit begann Giacomo wie wild seine Flanke zu lecken. Gleißendem Licht gleich entströmte Trüffelduft der verdammten Rolle, und seine Nase ließ sich nicht verschließen!

Dann hörte er über dem Wimmern Caninis und den weichen, schmeichelnden Worten Isabellas ein Knabbern. Wie von einer großen Maus.

»Hab den verdammten Mist gleich durch. Plastik ist ja so eklig.« Niccolò spuckte ein Stück aus. Mit seinen kleinen scharfen Zähnen hatte er die Folie gelöst, nur noch eine gute Pfote breit spannte sie über der Rolle. Dann hatte das Windspiel sie durch, wodurch das Innere sogleich an Volumen gewann, als wollte es sich nach der Zeit in Gefangenschaft endlich ausbreiten. Ein neuer Duft lag jetzt im Raum, leicht flüchtig, wie von etwas Vergangenem und doch vibrierend, als entstamme er einem lebendigen Wesen. Etwas Vergleichbares hatte Giacomo noch nie gerochen. Vorsichtig stieß er seinen Fund mit der Schnauze an, woraufhin sich dieser wie von selbst entrollte.

Es war ein dreckiges Tuch.

Zwei breite schwarze Streifen teilten es in Drittel, große dreieckige Löcher und Wasserflecken ließen es schäbig erscheinen. Ein unregelmäßiger Schleier schien wie ins Fischgrätmuster gewebt. Hinter den Löchern war ein Stützgewebe angebracht, an zwei Ecken fehlte Stoff – und irgendwie machte es Giacomo Angst. Vielleicht lag es an den Blutspuren.

»Das wurde gerade noch im Fernsehen gezeigt. Genau das Gleiche!«, sagte Niccolò fassungslos.

Plötzlich schrie Isabella auf, rannte zu ihnen und fiel vor dem merkwürdigen Fetzen auf die Knie.

»Um Gottes willen«, brachte sie stockend hervor und wiederholte den Satz immer wieder, als könne er die im Chaos versunkene Welt beruhigen. Sie tippte sich mit ihrer Hand auf die Stirn, dann auf die Brust, die rechte und die linke Schulter. Giacomo verstand nicht. Sie tat es gleich noch mal und senkte ihren Kopf dabei.

Der Schatten verschwand.

Oder war er nie dort gewesen? Hatte Giacomo sich alles nur eingebildet? Das Weiß vor dem Fenster war unberührt, als wäre die Welt gerade erst im Entstehen, als wäre niemals etwas anderes da gewesen als Schnee. Isabella streckte ihre Hand vor, langsam und zitternd wie eine Greisin. Dann berührte sie das Stück Stoff, Tränen in ihren Augen. Wie konnte dieser Lumpen Isabella so aus der Fassung bringen?

Niccolò spürte Isabellas Schmerz, aber er verstand ihn

nicht. Warum nur weinte sie? Und wieso streichelte sie das Tuch zärtlich an den Seiten, als wagte sie nicht, weiter mit den Händen über das alte Gewebe zu fahren?

Als er ihre Gänsehaut sah, legte er sich vor den Türschlitz, um den Wind abzuhalten. Doch an Isabellas Frösteln änderte dies nichts.

Als Giacomo seine Pfote auf das Tuch legte, schüttelte sie den Kopf und schob den alten Trüffelhund vorsichtig zurück. Mit nervös zuckenden Händen kramte Isabella dann das Handy aus ihrer Jackentasche und versuchte eine Nummer zu wählen. Doch ihre Finger schienen die richtigen Tasten nicht zu finden, immer wieder musste sie neu ansetzen, Schweiß auf ihrer Stirn, obwohl durch die defekte Tür eisige Luft in den kargen Raum drang und ihn immer weiter auskühlte.

»Hallo? – Ja, ich rufe an, weil, das Tuch, ich … ich habe es … – Welches Tuch wohl? Das Grabtuch! – Ja, das von Jesus – Nein, ich will kein Geld – Ich habe es *gefunden*! – Herrgott noch mal, mein Hund hat es mir gebracht – Nein, ich nehme Sie nicht auf den Arm, ich bin hier im Westflügel des Schlosses Stupinigi – Ich weiß, dass es gerade renoviert wird, ich bin zur Wolfssichtung hierherbeordert worden – Ich weiß noch nicht, ob es Wölfe gibt, ich bin eben erst eingetroffen. Das ist im Moment auch völlig egal! Mein Hund hat verdammt noch mal das vermisste Grabtuch gefunden, und wenn Sie es nicht abholen wollen, dann drück ich es dem Nächstbesten in die Hand! – *Danke*, dass Sie kommen wollen – Bitte, beeilen Sie sich. Mir ist ganz unwohl mit dem Grabtuch.«

Obwohl sie aufgelegt hatte, bewegten sich ihre Lippen weiter, auf und zu ging der Mund, doch Worte kamen nicht heraus. Wäre Isabella ein Hund, Niccolò hätte sie für hungrig gehalten. Doch er spürte eine riesige Unruhe in Isabella, ein unerträgliches Warten. Sie kniete sich zu ihm, ihr Gesicht an seinen Hals gedrückt. Er leckte ihr über die Haare, als wäre sie ein Welpe.

Canini trat langsam aus ihrer Ecke, und wie von selbst versammelte sich die kleine Runde um das Tuch. Giacomo fasste sich ein Herz und knabberte daran. Es roch nach Trüffeln, vielleicht schmeckte es ja auch danach. Aber es war wie dünnes, trockenes Brot. Keines zweiten Happens würdig. Zudem zog Isabella ihn heftig zurück. Obwohl sie auch kurz gelacht hatte, ohne das Weinen dafür zu unterbrechen. Menschen. Man wusste nie, woran man bei ihnen war. Nur bei seinem alten Herrn, dem Trüffelsucher, war es anders gewesen. Der war wie ein Hund. Wusste immer, was er wollte, und wollte nicht viel. Der Trifolao hatte auch nie seine Meinung geändert, weil es dafür einfach keinen Grund gegeben hatte. Das Leben verlief jeden Tag gleich. Er hatte sich alles längst gut überlegt und wusste immer, wie die Welt beschaffen war. Selbst sein eigener Tod hatte ihn nicht überrascht. Er hatte ihn erwartet, wie den Sonnenuntergang.

Als Isabella das Tuch vorsichtig wieder zusammenrollte, wurde die Welt blau. Zumindest in diesem Flügel des Schlosses Stupinigi. Kurze Befehle hallten durch die Nacht, Fenster wurden mit Gewehrschäften eingeschlagen, die lädierte Eingangstür aufgetreten. Sirenen ertönten. Isabella erstarrte, Canini und Niccolò bellten.

Doch Giacomo wollte nur noch weg. Nicht wie ein Hase in der Falle hocken. Fort von Lärm und Licht.

Aber nicht allein.

Irgendwie hing alles mit diesem dreckigen Tuch zusammen. Er brauchte nur Zeit zum Nachdenken. Es galt, nichts zu überstürzen.

Außer seiner Flucht.

Giacomo biss in ein Ende des aufgerollten Tuches, zog es aus der Tür und jagte hinaus in die tiefdunkle Nacht.

Hinter ihm begann das Geschrei. Ein Schuss wurde abgegeben. Neben ihm stob der Schnee auf.

Eine Männerstimme grölte. *»Seid ihr wahnsinnig! Ihr könntet das Tuch treffen!«*

Dann kam der Wald und nahm Giacomo auf, umschloss ihn mit seinen Stämmen und Zweigen. Der fallende Schnee verwischte rasch die Spuren des alten Trüffelhundes und spannte ein frisches Laken über das Land. Giacomo rannte weiter und weiter, bis er keine Rufe, keine Menschen mehr hinter sich hörte. Er musste ein Versteck für das Tuch finden – und viele, viele Antworten.

Kapitel 2

TURINO

Als Amadeus erwachte, fühlte sich sein Kopf an, als schliefe noch ein großer Teil davon. Die Welt erschien schummrig, faserte an den Seiten aus, und seine Erinnerungen waren löchrig. Warum lag er hier in einer Ecke des rechten Seitenschiffs vor dem Mausoleum der Giovanna d'Orlier de la Balme? Jemand musste ihn auf eine Ausgabe der *La Stampa* gelegt haben, ein Teil der Zeitung war wie eine Decke über ihm drapiert. Die Kälte spürte der junge Pharaonenhund trotzdem.

Der Duomo war nun so hell erleuchtet wie nie zuvor. Große Sonnen thronten auf metallenen Stäben, tauchten Wände, Böden und Bänke in ein einziges Gleißen. Viel weniger Menschen als vor seiner Ohnmacht befanden sich in der Kirche. Die meisten von ihnen trugen dieselbe Kleidung. Sie erinnerten Amadeus an die Männer der Stadtreinigung. Doch diese Menschen säuberten nichts, sie suchten. Ihren Blick kannte der Pharaonenhund. Einige schossen Fotos, andere gingen mit ihren Köpfen ganz nah ans Mauerwerk oder an die Türrahmen – und verharrten dann. Geredet wurde wenig, die Stimmung glich eher einer Beerdigung. Nur ein Mann, der den Mittelgang des Hauptschiffes beständig auf und ab schritt, verbreitete Hektik. Und rauchte in der Kirche! Amadeus hätte ihm den schmauchenden Stängel am liebsten aus der Hand geschlagen, doch sein Körper war zu schwach.

Zudem war dies nun nicht mehr sein Reich.

Das heilige Tuch war fort, eine leere Truhe musste niemand bewachen.

Sein Vater würde wissen, was nun zu tun war. Amadeus bewunderte ihn zutiefst, denn seine Augen blickten unfassbar weit. Auch wusste er auf alles eine Antwort. Zwar hatte Amadeus niemals Geschichten über eine solch ungeheure Begebenheit gehört, doch es musste sie geben, denn schon seit Jahrhunderten bewachte seine Meute das Tuch. Von den Tagen an, als der Herr in Israel darin gebettet lag, über die Zeit in der prachtvollen Stadt Edessa in Mesopotamien bis zur Marienkirche im Blachernen-Palast Konstantinopels. Kreuzritter raubten es von dort und brachten es den Templerrittern in Athen. Von dort gelangte es in die Hände des ehrenwerten französischen Ritters Geoffroy de Charny, der eine Stiftskirche bei Troyes erbauen ließ, wo das Sindone den Gläubigen gezeigt wurde. Die Pharaonenhunde waren stets an der Seite des Tuches gewesen, hatten es nie aus den Augen gelassen. Selbst als es in eine Festung bei Monfort en Anoix gebracht wurde, fanden sie einen Weg, ihm zu folgen. Von Burg zu Burg wanderte es im Hause Savoyen. Die Meute allein wusste, welches Grabtuch das echte war. Mehrere befanden sich im Umlauf, die Menschen sahen nur mit den Augen, erblickten, was sie sich erhofften, und spürten nicht, was wirklich war. Lange Zeit bewachten die Hunde das Sindone in der Schlosskapelle von Chambéry, wo es in einer Silberkiste hinter dem Altar ruhte. Selbst den damaligen Brand hatte die Meute überstanden, die Menschen herbeirufend, um das Tuch den Flammen zu entreißen. Danach folgten die Jahrhunderte in Turin, der neuen Residenzstadt des Hauses Savoyen.

Nichts hatte die Pharaonenhunde vom Sindone trennen können.

Amadeus schlich hinaus, vorbei an weiteren Uniformierten. Das, was ihn mit dem Duomo verband, existierte nicht mehr. Trotzdem fiel es ihm mit jedem Schritt schwerer, jenen Platz zu verlassen, der ihm für den Rest seines Lebens zugewiesen worden war.

Der Weg zur Heimstatt der Meute war kurz. »Die Insel« nannten sie diese, denn im unruhigen Meer Turins, nah den wogenden Massen der Bewunderer des Sindone, lag sie still und sicher. Wieder fiel Schnee und bedeckte alle Spuren rund um den Duomo. Petrus schien kein Interesse an der Aufklärung dieses Verbrechens zu haben.

Amadeus' Schritte beschleunigten sich, er wollte zurück zwischen die Leiber seiner Meute, die in kalten Winternächten wie Blätter aufeinanderlag, eine wunderbare Wärme ausströmend. Die Insel lag in den Giardini Reali, die direkt an den Duomo grenzten. Zwei seiner Brüder hielten Wache im Park. Von der imaginären Linie auf dem schneebedeckten Rasen wussten nur die Pharaonenhunde. Diese Grenze bestand schon, bevor die Stadtverwaltung beschlossen hatte, hier Gras zu säen. Sie stammte aus einer Zeit, als an dieser Stelle noch Mauern verliefen.

Amadeus verfiel in einen Galopp, denn nur noch wenige Meter trennten ihn von seinen Brüdern, und er wollte sie umrennen, wie er es als Welpe immer getan hatte. Ihm war nach Übermut, nach Raufen und Jagen, um das zu vergessen, was er im Duomo hatte erblicken müssen. Amadeus kläffte spielerisch.

Doch er erntete ein Zähnefletschen.

Tief hingen die Häupter der geliebten Brüder, hoch die Lefzen, die scharfen Fänge bloßlegend, das Knurren drang tief aus ihren Körpern.

Dies war kein Spiel.

Amadeus stoppte abrupt, durch den Schwung seines Laufs stürzte er dabei fast. Und legte den Kopf zur Seite. Dies waren doch seine Brüder, er sah und roch es! Es war sein Blut, und es stand ihm feindlich gegenüber, als sei er ein eindringender Dachs. Der Intimfeind seines Rudels. Einer der gefräßigen Räuber musste hinter ihm stehen.

Amadeus drehte sich langsam um, bereit, sich auf den Grimbart zu stürzen.

Doch hinter ihm lag nur frisches, unschuldiges Weiß. Als Amadeus wieder zurück zur Insel blickte, stand dort nun auch sein jüngster Bruder, dem er alles über das Leben in den Straßen und Gassen Turins beigebracht und die unerschöpflichen Mülltonnen des Porta Palazzo gezeigt hatte. Er war noch nicht einmal ausgewachsen.

Warum nur knurrten sie ihn an?

Waren sie erkrankt? Doch er sah keinen Schaum der Tollwut an ihren Mäulern. Im Gegenteil. Sie wirkten stark wie nie zuvor.

»Was ist mit euch?« Er trat näher. Das Knurren wurde lauter. Doch eine Antwort erhielt er nicht.

»Ich muss mit Vater sprechen. Dringend. Es ist etwas Schreckliches passiert!«

Wieder diese Wand aus Feindschaft.

»Redet endlich mit mir oder lasst mich durch!«

Er ging einen weiteren Schritt vor und sah die Muskeln seiner Geschwister zucken, das Knurren wurde noch tiefer. Würden sie ihn tatsächlich angreifen?

Er musste es darauf ankommen lassen.

Es war ein Bruder aus dem ersten Wurf der Mutter, welcher sich nun aufrichtete, um ihm zu antworten. Bei der Nachfolge als Wächter war er übergangen worden, weil ihm die innere Ruhe fehlte.

»Hau ab! Du gehörst nicht mehr zu uns. Jetzt sehen alle, dass ich recht hatte. Du bist Dreck, eine Schande für alle unsere Ahnen und Urahnen. Du hast das Sacra Sindone verloren. – *Jetzt*!«

Von rechts schoss seine Schwester auf ihn zu und biss ihn in die ungeschützte Flanke. Die Wunde war nicht tief, doch sie schmerzte ungemein. Immer mehr Pharaonenhunde drangen zur Grenze, senkten die Köpfe und zeigten ihre Fänge.

Sie würden ihn zerfetzen.

Dann begann das Geheul und Gebell. Wie Irre benahmen sie sich plötzlich. Und Amadeus spürte, dass sich ihm jemand näherte, von hinten heranschlich, auf leisen Pfoten und doch von großer Präsenz. Er sprang herum, bereit zum Kampf, die Ohren zurückgelegt.

Doch er blickte nur in das gütige Gesicht seiner Großmutter Nara, deren Schnauze längst grau geworden war, aber die im Schnee fast zu glühen schien.

»Halt dich fern von dieser Schande!«, schrie ihr eine seiner Schwestern zu. »Er hat uns alle entehrt!«

Doch Nara scherte sich nicht darum und leckte Amadeus beruhigend über die Bisswunde. »Komm, mein Guter. Lass uns miteinander reden. Hier ist es mir zu laut.«

Traurig blickte Amadeus auf seine Geschwister und die ganze Meute, welche eine Mauer bildete, ihn von Vater und Mutter trennte.

»Kannst du mich nicht zu Vater bringen? Dich achten sie!«

»Ach, Amadeus«, sie blickte ihn sorgenvoll an. »Folge mir.«

Obwohl sie sich entfernten, ging das Heulen und Bellen weiter. Es kam Amadeus sogar vor, als würde es noch intensiver, als wollten sie jeden Meter, den er sich mit Nara entfernte, überbrücken, indem sie ihren Lungen alle Luft auspressten.

Seine Großmutter führte ihn die leichte Erhöhung hinauf, die der Meute bei Gefahr als Ausguck diente.

»Schau dorthin, und du wirst verstehen. Oder zumindest damit beginnen.«

Amadeus folgte ihrem Blick.

In der Mitte der Insel, unter einer schneebedeckten Hecke, lag leblos sein Vater. Direkt daneben seine Mutter, am ganzen Leib zitternd.

»Ist er … tot?«

Seine Großmutter ließ sich im Schnee nieder. »Nein. Aber leben tut er auch nicht. Er ist zwischen den Welten. Er erträgt die Scham nicht, das Sindone verloren zu haben. Denn er war es, der dich für die Nachfolge ausgewählt hatte – und du hast schrecklich versagt. Deshalb trägt auch er nun große Schuld. Er würde gerne sterben, um dem Schmerz zu entfliehen. Doch dann würde er seinen Ahnen gegenübertreten, bei denen er nun keinen Platz finden wird. Sie werden ihn nicht zu sich lassen, er würde im Jenseits für sich allein bleiben. Deshalb hat er lähmende Angst vor dem Tod. Es gibt keine Heimat mehr für ihn, nirgendwo. Er will weder leben noch sterben.«

Der Körper seines stolzen Vaters wirkte wie verkümmert. In schmerzhaft langen Abständen stieß er spärliche Atemwolken aus. Amadeus sah lange hin, hoffte, er würde mit einem Mal aufspringen, eine Lösung finden.

Dann fiel die Nacht über Turin. Mehrere Hunde der Meute schafften Essen herbei, die anderen versammelten sich wie eine wärmende Stola um seinen Vater.

Nun verstand Amadeus die Geschwister.

Wäre es andersherum gewesen, er hätte mit ihnen gemeinsam die Mauer aus Zähnen und Krallen gebildet.

Das war schlimmer als faulige Trüffel, dachte Giacomo. Für den alten Genießer eigentlich der höchste Grad des Grauens. Nicht nur, dass er nachts tief in einem unbekannten Wald steckte, der Schnee ihm bis zum Bauch reichte, und die Nacht dunkler als Ziegenkot war. Er hatte auch keine Ahnung, wo er etwas Essbares auftreiben konnte, geschweige denn eine köstliche Salame d'asino, nach der ihm nun der Sinn stand. Er hatte schrecklichen Hunger. Außerdem schmerzten Hals und Nacken, weil er die ganze Zeit dieses verdammte Tuch mit sich geschleppt hatte.

Immerhin hatten die Verfolger wegen des Neuschnees bestimmt seine Spur verloren. Und er lebte noch – aber das nahm er mittlerweile trotz seines Alters als selbstverständlich hin. Es lohnte eh nicht, sich darüber Gedanken zu machen. Viel dringender war es jetzt, Niccolò wiederzutreffen. Vielleicht begriffen sie gemeinsam besser, was da eben vorgefallen war. Niccolòs Kopf war zwar ausgesprochen klein, doch schienen sich darin sehr viele Gedanken sehr schnell bewegen zu können. Wahrscheinlich war das normal bei flinken Windhunden. Wer schnell lief und langsam dachte, würde sicher ständig gegen Laternenpfähle knallen.

Nur wie den Weg zurückfinden? Der Neuschnee ließ seine Verfolger zwar im Ungewissen darüber, wo er hingelaufen war, ihn selbst allerdings auch, woher er gekommen war. Doch Giacomo wäre kein guter Trüffelhund gewesen, hätte er sich Landschaften nicht einprägen können wie andere Hunde Kunststückchen.

Aber bevor er sich auf den Rückweg machte, würde er dieses verdammte Tuch entsorgen. Er war sich mittlerweile sicher, dass es hinter all den Problemen steckte. Vieles an dem Tuch war merkwürdig. Die schiere Größe, die Art, wie es gewebt war, diese komischen Flecken, wie von Feuer und Wasser, aber vor allem der Duft des Tuches. Er hatte nur Prisen einatmen können, doch der Geruch hatte Haken in seiner Nase geschlagen. Es war fraglos verflucht, es musste verschwinden. Also blieb ihm nur zu buddeln, durch die gefrorene Erde. Giacomo suchte sich eine Stelle, die weit genug von den Wurzeln der hohen Eichen und Fichten entfernt lag.

Trüffelhunde hatten das Graben im Blut – doch Giacomo war bedeutend enthusiastischer, wenn es darum ging, den edlen Pilz freizulegen. Als ihm die Pfoten schmerzten, beschloss er, mit dem Buddeln aufzuhören. Was für eine Trüffel tief genug war, musste erst recht für ein altes Stück Stoff reichen. Rein damit, Erde und Schnee darauf. Sollten die Würmer, Larven und Käfer es zersetzen, auf dass es niemals mehr Unheil anrichten konnte.

Und nun schnell zum Schloss. Der Trubel würde sich mittlerweile sicher gelegt haben. Der Rückweg erschien Giacomo viel länger. Er war vorsichtig, immerhin wusste er nicht, wie weit ihm seine Häscher gefolgt waren. Lauerten sie hinter den kargen Baumstämmen? Wegen des Windes im Rücken konnte Giacomo nichts vor sich erschnuppern. Er fühlte sich wie blind. Dabei war der Himmel kristallklar, und die Sterne prangten an ihm wie scharfe Zähne, die Sichel des Mondes zerschnitt das Schwarz der Nacht. Giacomo liebte es, wenn die Konturen des Waldes so hervortraten. In Nächten wie dieser war er oft mit seinem Trifolao unterwegs gewesen. Die Welt sah so frisch aus und hatte nur ihnen gehört.

Neben dem Wind erfüllten nur die Geräusche des erstarrenden Wassers in Boden, Ästen und Stämmen den Wald. Überall knackte es, so als würden die Bäume bald zerbersten. Die Temperatur schien sekündlich zu fallen. Giacomo wollte zurück ins Warme, am besten vor einen knisternden Kamin, unter sich einen dicken Wollteppich. Dann würde der Schnee schmelzen, der sich in seinem lockigen Fell verfangen hatte. Unzählige kleine weiße Bälle bedeckten Beine und Bauch wie Christbaumkugeln.

Endlich erschienen Lichter am Horizont, sie wirkten fahl unter den blitzenden Gestirnen. Er erreichte die Allee, an der sie ihn fast erwischt hatten. Dort war der Schuss gefallen, Giacomo hatte die Kugel an sich vorbeisausen gehört. Sie mochte unzählige Schneeflocken getroffen haben, doch er selbst war unverletzt im Dunkel verschwunden.

Und nun trat er aus diesem wieder hervor.

Denn vor ihm breitete sich das Schloss Stupinigi aus. Der weiße Hirsch auf dem Dach glühte im Mondschein wie ein Engel des Waldes. Ein gutes Omen. Alles war ruhig. Keine Menschen, keine Autos. Giacomo blickte sich suchend um. Niccolò war bestimmt auch geflohen und hielt sich irgendwo versteckt. Vielleicht hatte er sogar etwas Essbares mitgenommen. Es wäre schließlich nur angebracht für den jungen Hund, an die Bedürfnisse seines väterlichen Freundes zu denken!

Voller Vorfreude tat Giacomo einen weiteren Schritt in den tiefen Schnee.

Und es machte Zack.

Ein scharfes, metallisches Geräusch.

Giacomo befand sich in einer Falle. Der Schnee hatte sie verborgen, nicht einmal eine Welle war im unschuldigen Weiß zu sehen gewesen. Die Stäbe des Käfigs waren eng, sie umschlossen Giacomo von allen Seiten. Egal wie sehr er sich auch dagegenstemmte, wie sehr er wütete, sie gaben keinen Zentimeter nach. Ein auf dem Rücken liegender Käfer konnte nicht hilfloser sein.

Sie hatten ihn.

Verdammt noch mal! Es mochte Stunden dauern, bis ihn jemand aus der Falle nahm. Und sein Magen war leerer als eine Flasche Barolo, nachdem der Bruder seines Trifolao zu Besuch gewesen war.

Die Tür schloss sich sanft hinter Niccolò. Erst einmal durchatmen, dachte der junge Windhund und legte sich vor die Heizung auf dem edlen Holzfußboden. Canini schmiegte sich an ihn, ihr Atem kurz, aber gleichmäßig. In der Ecke standen zwei gefüllte Keramiknäpfe. Teures Futter darin, mit vielen Fleischstücken. Die Dosen standen dahinter, ein Beagle blickte fröhlich vom Etikett. Er lächelte, wie es sonst nur Menschen taten. Niccolò war völlig unklar, wie er das hinbekam – aber es musste schrecklich an den Lefzen schmerzen.

Lange lag das Windspiel so da, bis er sich sicher war, dass keine Männer mit Gewehren überfallartig ins Zimmer stürzen würden. Obwohl ihn die Ruhe auch im Schloss getäuscht hatte, und er sich nie wieder so geborgen fühlen würde wie vor diesem Tag. Er rührte nichts an, schnupperte nicht an den Acrylregalen mit ihren unzähligen Büchern, nicht am Schreibtisch mit der Leselampe. Nur Wasser trank er, aus einer Porzellanschüssel, an deren Rand eine Nymphe saß. Direkt daneben lagen mehrere Decken, die kuschelweich aussahen. Alles wurde beschienen von einem riesigen Kristalllüster, der goldglänzend von der Decke hing.

Niccolò legte sich zurück zu Canini und dachte noch einmal an die letzten Stunden zurück. Die Männer waren durch Fenster und Türen in das Zimmer eingedrungen, die Gesichter schwarz verhüllt, nur die Augen unbedeckt, mit Gewehren im Anschlag. Sie hatten sich auf Isabella gestürzt, wie ausgehungerte Wölfe auf ihre Beute. Sie hatten ihren Kopf auf den Boden und ihre Arme auf den Rücken gedrückt, Metall um die Gelenke einrastend. In diesem Moment war Giacomo ins Weiß gejagt, das Tuch im Maul, und die Fragen begannen. Doch sie wurden nicht gestellt, sie wurden gebrüllt. Niccolò bekam nur mit, was in Isabellas Kopf vor sich ging, wo die Gedanken und Worte herumpurzelten wie bei einem Erdbeben. Die Worte der Männer blieben ihm fremd.

»Machen Sie mich sofort wieder los! Ich werde mich bei Ihrem Vorgesetzten über Sie beschweren!«

»Handelt es sich um Ihren Hund?« Die Stimme war kalt wie Metall. Der Mann war durch nichts von seinen Kollegen zu unterscheiden. Er zog noch nicht einmal seine Maske hoch, als er Isabella fragte, die ein anderer Eindringling auf einen Stuhl gesetzt hatte.

»Ja, irgendwie schon. Aber eigentlich ist er ein Streuner.«

»Rufen Sie ihn.« Er nickte dem Maskierten hinter Isabella zu, und dieser schleppte sie zur offenen Tür.

»Ich kann ihn nicht rufen, ich weiß doch nicht mal seinen Namen.«

»Rufen Sie ihn. Sofort!« Er packte Isabellas Arm und drehte ihn leicht, bis sie vor Schmerzen aufschrie.

»Lagotto«, rief sie. Doch darauf hörte Giacomo natürlich nicht, es war für den alten Trüffelhund nur eines der vielen unverständlichen Menschenwörter. Obwohl es seine Rasse benannte, seine stolze Herkunft.

»Weiter«, befahl der Anführer.

Isabella brüllte noch ein paarmal, doch Giacomo war längst nicht mehr zu sehen. »Hören Sie, ich weiß nicht, wo der Hund das Tuch gefunden hat. Er kam plötzlich damit an, und ich habe Sie dann direkt gerufen. Ich würde mich doch nicht melden, wenn ich etwas mit dem Diebstahl zu tun hätte. Es war eingerollt in Plastikplane, keine Ahnung, wo es lag. Der Hund streunerte im Park herum, am besten suchen Sie alles ab. Und jetzt lassen Sie mich wieder los, runter mit den Handschellen!«

»Wir bringen Sie jetzt ins Untersuchungsgefängnis nach Turin. Sie stehen im dringenden Verdacht, am Diebstahl des Sacra Sindone beteiligt zu sein.«

»Wie bitte? Ich habe doch nichts getan, ich habe Sie verständigt! Der Hund hat das Tuch herbeigeschleppt. Ich werde nicht mitkommen. Hören Sie mich? Ich bleibe hier!«

Sie wurde abgeführt. Dann durchsuchten die Männer den Raum und packten alles ein, was nicht mit den Wänden verschraubt war. Nur Canini und Niccolò ließen sie im Zimmer.

Zuerst bewegten sich die beiden nicht, dann tapsten sie zur offenstehenden Tür, beim kleinsten Geräusch zusammenzuckend. Draußen hatte sich der fallende Schnee wie ein dichter Vorhang zusammengezogen. Sie gingen wieder zurück und warteten. Worauf, wussten sie nicht. Wie viel Zeit verging, Niccolò hatte kein Gefühl dafür. Irgendwann verkrochen sie sich noch tiefer in den Schlossflügel, dorthin, wo die Wände noch einen letzten Rest Wärme gespeichert hatten. Doch sie behielten die Tür immer im Auge. Dann stand plötzlich der freundliche Mann mit dem Bart im Türrahmen, die Wangen rot von der Kälte, und kniete sich vor sie. Er sprach langsam und mit sonorer Stimme, ließ sie erst an seinen Händen riechen, bevor er sie streichelte und Leckerlis aus seiner Manteltasche holte. Sie waren so verzweifelt, dass sie ihm auf Anhieb vertrauten, sich sogar Leinen anlegen ließen und in den Kofferraum seines Kombis sprangen.

Und schließlich landeten sie hier. Wo es nach Hund roch – doch kein einziger zu sehen war.

Genauer gesagt roch es nach einem großen Rüden.

»Schnupperst du das auch? Ein Riesenschnauzer, oder?«, fragte Niccolò. Canini strolchte im Zimmer herum, jede Ecke beschniefend. Sie sprang auf das Fenstersims – und begann zu zittern.

»Komm bloß nicht hier hoch!«

»Wieso?«

»Komm einfach nicht hoch.«

»Und warum springst du nicht wieder runter?«

Canini antwortete nicht, ihr Körper war vor Schreck erstarrt. Erst als Niccolò sich mit den Vorderläufen ans Sims lehnte, um sie besser anstupsen zu können, stürzte sie panisch herunter. »Wie grauenvoll!«, brachte sie stockend hervor. »Vergiss das Fenster, versprochen?«

»Was soll ich da auch? Ich will hier nur raus, zu Isabella.«

Er ging zur Tür und kratzte daran. Zuerst passierte nichts, dann hörte er ein anderes Kratzen, weit entfernt. Wie eine

Antwort. Ein Jaulen drang wie von selbst aus Niccolòs Hals. Ein fremder Hund tat es ihm gleich. Doch dann rief eine Stimme, und das Haus verstummte wieder.

»Das ist alles Giacomos Schuld!«, rief Canini, deren Verzweiflung in Wut umgeschlagen war. »Er hat diese komische Tischdecke angeschleppt. Vorher war alles in bester Ordnung!«

Niccolò trat zu ihr und blickte tief in ihre großen Spanielaugen. »Du machst es dir verdammt einfach. Es ist das Tuch selbst, das an dem ganzen Ärger Schuld hat, nicht unser Giacomo.«

»Du willst nur diesen alten Muffkopf von Lagotto in Schutz nehmen!«

Es wurde Niccolò zu blöde. Nur um Canini zu ärgern, sprang er auf das Fenstersims.

Dort stockte ihm der Atem.

War er in den Wolken?

Er rückte noch einen Schritt näher ans Glas, traute sich jedoch nicht, es zu berühren. Es mochte zerspringen und ihn hinunterreißen in die Tiefe. Unter sich sah Niccolò den Abgrund, über ihm schloss direkt der Himmel an. Es war ein Haus, das wie ein riesiger Baumstamm in den Himmel ragte. Es mussten mehr Menschen in diesem einen Gebäude leben als in ganz Rimella. Und es war nicht das einzige seiner Art. Die Stadt erstreckte sich bis zu den Bergen. Häuser, Kirchen und Straßen schienen jeden Flecken zu bedecken. Wo hatten die Menschen nur so viele Steine her? Und wieso lebten sie hier so dichtgedrängt, wo in der Langhe, bei den Haselnusssträuchern, Pappeln und Rebstöcken, den Wäldern und wilden Wiesen doch noch Platz war? Durch den Schnee sah Turin aus wie eine Ansammlung weißer Steine, die in einem ausgetrockneten Flussbett lagen. Er würde hindurchfließen müssen, rasend wie Wasser, um Isabella zu finden. Und zu retten.

Selbst wenn er dafür in jedes einzelne Gebäude müsste. Seine Beine waren doch schnell!

»Irgendwo da draußen …«

»Wir werden sie niemals finden. Gib es zu.«

Niccolò schwieg, denn Canini hatte recht. Selbst wenn er ein Dutzend Leben hätte, die Zeit würde nicht reichen. Es waren einfach zu viele Häuser, viel zu viele.

Doch da kam ihm eine Idee. Canini wusste gleich, was er dachte, als er zu ihr hinüberblickte.

»Selbst Giacomo und seine Nase könnten uns jetzt nicht helfen. Das ist Turin, eine *Stadt*. Ich kenne sie, hier bin ich geboren. Mein Zwinger liegt nahe dem Lingotto, alle meine Wurfgeschwister leben hier, und Isabella hatte früher eine Wohnung am Po. Es gibt hier massenhaft Menschen. Und sie alle … riechen.«

Niccolò schaute wieder hinunter auf die Straßen, sah das Gewusel von Autos, Lastern, Zweirädern und Menschen. Doch er sah noch mehr. Niccolò erkannte Leinen, und am Ende dieser: Artgenossen!

»Und wo es viele Menschen gibt, da gibt es auch viele Hunde!«

Er ging näher ans Fenster, presste seine Schnauze gegen die kalte Scheibe. Seine Beine schwankten, doch der Blick war fest.

»Wir werden die Hunde Turins fragen«, sagte das junge Windspiel. »Es ist ihre Stadt, sie werden uns zu Isabella führen können.«

Knarzend wurde die Zimmertür geöffnet.

Das scheppernde Brummen nervte Giacomo schrecklich, und der scharfe Geruch nach Reinigungsmittel ebenso. Der mies gelaunte Fuchs war harmlos dagegen. Auch wenn er ihn unentwegt böse anstarrte.

»Ich sag's jetzt noch mal: Ich bin *nicht* der Hund des Fallenstellers! Sonst säße ich nämlich vorn bei ihm und nicht hier hinten auf der Ladefläche in einem elend zugigen Käfig. Geht das in deinen Fuchsschädel rein?«

Keine Antwort. Der Fuchs wurde stattdessen durchgeschüttelt, weil die altersschwache Piaggio Ape mit ihren drei Rädern über eine Bodenwelle bretterte. Trotzdem wandte er seinen grimmigen Blick nicht von Giacomo.

»Ich kenne den Menschen da vorn nicht mal. Weißt *du* eigentlich, wohin er uns bringt? Und was er mit uns macht?« Wieder dieses Schweigen. »Mhm, anscheinend weißt du nicht, wie man Maul und Zunge bewegt, um zu sprechen. Verblödetes Vieh!«

Giacomo drehte den Kopf und schaute zurück. Immer mehr Häuser tauchten links und rechts der Straße auf, immer enger drängten sie sich zusammen. Der Wald und das Schloss waren längst entschwunden. Giacomo wunderte sich schon lange nicht mehr, wie schnell das Leben Kapriolen schlug. Es kümmerte sich eh nicht darum, ob ein alter Hund sich darüber den Kopf zerbrach. Sie passierten unzählige Kreuzungen, von denen eine über eine Straße führte, die Giacomo ob ihrer schieren Breite Angst einjagte. Die Autos rasten darüber, als seien sie tieffliegende Jets.

Irgendwann wurde die Ape langsamer und tuckerte durch eine niedrige, grob gemauerte Hofeinfahrt. Der Fallensteller zwängte sich heraus. Er war ein dicker Mann mit einem Bart, der wie ein schmutziger Schwamm aussah, und einem Hut, der ebenso viele Stürme wie weinselige Abende in der Piola erlebt haben musste.

»Elisabetha! Komm, komm!« Er klatschte freudig in die Hände. »Heilige Madonna mia! Heute ist ein guter Tag, so ein guter Tag. Erst die fette Gans von Marcello und nun ein Lagotto in der Falle! Fünf Vaterunser, Madonna mia, die werde ich heute beten.« Er trat zu Giacomo an die Ladekante. »Was für ein Schöner du bist. Alt, aber schön, so wie ich.«

Seine Frau erschien im Hof, ein rotes Tuch in den dunklen Haaren, die Kittelschürze über den Leib gezurrt.

»Wo warst du nur? Seit Stunden warte ich auf dich! Hast wieder Marcello besucht, oder? Jedes Mal besuchst du Marcello, wenn du beim Schloss bist. Dabei habe ich es dir verboten, aber hörst du auf mich? Nein, nie! Warum bin ich nur mit einem solchen Mann gestraft!«

Sie hob die Hände wie zum Gebet über den Kopf.

»Ein Lagotto, Elisabetha! Ein echter Lagotto ist mir in die Falle gegangen. Und ein junger Fuchs dazu. Du weißt, was das heißt!«

Elisabetha lief zu ihrem Mann, nahm sein Gesicht zwischen die wulstigen Finger und drückte ihm einen Kuss auf die Lippen.

»Warum sagst du das nicht gleich, du alter Taugenichts! Es hat da wer angerufen. Hat gesagt, wenn du einen Hund beim Schloss fängst, sollst du dich direkt melden. Es klang nach viel Geld. Warte, ich hole die Nummer.«

Giacomo spürte die Gefahr, welche in den Worten der Frau lag. Es ging um ihn, so viel war klar. Etwas sollte mit ihm geschehen. Und was immer es war, er wollte es nicht. Stattdessen würde er wieder seiner eigenen Wege gehen.

Er legte sich auf die Seite, ließ die Zunge heraushängen, öffnete die Augen weit – und hörte mit dem Atmen auf. So gut es ging. Das hatte er von einer Elster gelernt. Biestige Vögel waren das, aber schlauer als selbst der mächtigste Adler.

Giacomo musste nicht lange warten.

Der Fallensteller näherte sich mit einem Handy am Ohr. »Aber ja, es *ist* ein Lagotto. Ein alter, und eine Hundemarke habe ich auch nicht gesehen. Genau wie es sein soll.« Jetzt stand er neben Giacomo. »Oh, Madonna mia! Was tust du mir nur an? Der Hund, er ist …« Rasch öffnete er die Gitterbox, und seine Hand drang tastend hinein.

Giacomo biss dem Fallensteller nur vorsichtig in den

stummeligen Daumen. Er wollte den Mann schließlich nur erschrecken, dann sprang er bellend hinaus. Das Tor stand offen, der Mann unter Schock. Er hätte freie Bahn.

Hinter den Stäben starrte ihn immer noch der Fuchs an. Was soll's, dachte Giacomo und warf sich so gegen den Käfig, dass der über die Wagenkante stürzte und am Boden zerschellte. Der Fuchs lief sofort geduckt hinaus, bloß weg von diesen Menschen – selbst wenn es bedeutete, sich der Straße zu nähern. Giacomo knurrte noch ein bisschen und rannte ihm hinterher, im Türrahmen des Hauses erschien die Frau des Fallenstellers mit einer Flinte im Anschlag.

Doch der alte Trüffelhund war schneller. Als er auf der breiten Hauptstraße ankam, war der Fuchs schon nicht mehr zu sehen. Giacomo lief einfach nach rechts, denn dort gab es unzählige Menschenbeine, zwischen denen er verschwinden konnte.

Er kannte die Stadt nicht. Der Größe und Lautstärke nach zu urteilen, musste es sich aber um Turin handeln. Einige der Hunde aus Alba stammten von hier. Giacomo hatte ihren Geschichten immer genau gelauscht. Man wusste nie, wofür es gut war. Am Po sollte es einen Park geben, und in diesem sollte der durchtriebenste Hund ganz Turins hausen.

Und genau zu diesem würde er nun laufen.

Die Piazza Cesare Augusto gehörte unangefochten Tommaso, einer massigen Englischen Bulldogge. Seine Rasse war unempfindlich für Schmerzen, dafür hatten die Menschen mit ihren Züchtungen gesorgt. Tommaso fehlte ein Ohr, über seine Lefze lief eine Narbe. Er trug beides mit Stolz. Amadeus kannte andere Bulldoggen, gutmütige Hunde mit hübschen Halsbändern, die brav bei Fuß spazierten oder mit den Kindern tollten. Tommaso aber war vom alten Schlag. Er bestand vor allem aus Gebiss. Und er teilte die Welt danach ein, was durch dieses passte und was nicht.

Die Meute der Pharaonenhunde respektierte er nur, weil sie eine große eingeschworene Gemeinschaft waren – und ihnen seit Generationen der Duomo anvertraut war. Doch er hatte des Öfteren gezuckt, wenn sie als junge Welpen über die Piazza rannten. Sie hatten die richtige Größe für eine Zwischenmahlzeit.

Amadeus hielt genau auf ihn zu. Er lag vor einem der Türme des Porta Palatina und verschlang ein altes Stück Pizza, steinhart vor Kälte.

»Tommaso«, rief Amadeus ihm zu. »Ich muss mit dir reden.«

»Geh zurück zum Duomo.« Stücke des Fressens flogen aus seinem Maul.

»Ich brauche deine Hilfe, das Sindone ist fort.«

»Hau ab, Pharaonenhund!« Es knackte, als er den knochigen Pizzarand mit einem Biss zermalmte.

Amadeus stellte sich genau vor ihn. Die Bulldogge blickte nicht einmal auf. »Verpiss dich, Kleiner. Du nervst.«

»Du redest mit dem neuen Wächter des Sindone. Und du wirst mir helfen.«

Jetzt hörte Tommaso auf zu fressen. Und sah langsam hoch. Die Zunge umspielte seine scharfen Reißzähne.

»Sag mal, spinnst du? Schau dich mal um, Mistvieh. Keiner deiner Meute ist zu sehen. Würde keinem auffallen, wenn Tommaso dich fräße!« Er schluckte das letzte Stück Pizza hinunter und kam mit der Schnauze bedrohlich näher. »Tommaso ist verdammt hungrig.«

Amadeus verspürte den Drang, sich zu unterwerfen. Kraft und Kampfeslust strömten aus Tommaso wie uralter, ranziger Schweiß. Selbst an diesem eisigen Morgen roch er nach einem schwülen Sommertag. Es machte Amadeus schwindlig. »Hilf mir, bitte.«

»Was hätte Tommaso davon?«

»Ich bringe dir Fressen. So viel du willst!«

»In der Zeit, in der Tommaso das blöde Tuch sucht, sammelt er mehr Fressen als du in einem ganzen Jahr. Tommaso hilft niemandem. Und jetzt ist Schluss.« Die Bulldogge sprang auf Amadeus, der sich plötzlich unter dem mächtigen Tier befand, scharfe Zähne an seinem dünnen Hals. »Sprich Tommaso nie wieder an! Besonders nicht, wenn er frisst.« Er drehte sich um und stapfte die Via XX. Settembre hinunter, sein Magen grummelnd wie ein kleines Raubtier.

Amadeus folgte ihm.

Die Bulldogge passierte den Duomo, trat in den Schatten der mächtigen Kirche. Amadeus sah, dass sein kleiner Bruder auf dem Platz des Wächters lag. Dadurch begann sein Herz in der Brust zu brennen, der junge Pharaonenhund fühlte jedes Pumpen, das Zusammenziehen der Muskeln, als wollte ihm sein eigener Körper das Blut abpressen. Er wandte den Blick ab, doch das Bild blieb.

Hinter diesen Mauern war das Sindone aufbewahrt worden. Und er hatte es schützen müssen. Er war auserwählt worden, niemand sonst! Amadeus fühlte sich mit einem Mal bedeutend, und die Wut sammelte sich in ihm wie giftiges Quecksilber. Eine schimmernde Schwärze legte sich über ihn, durchwebt von Wahnsinn. Tommaso erschien ihm plötzlich als ein kleiner, harmloser Hund. Und mit jedem Schritt schien er noch mickriger zu werden. Er wirkte überhaupt nicht mehr einschüchternd. Als die Bulldogge in die Piazza Castello abbog, wo Touristen auf die morgendliche Öffnung des Palazzo Reale warteten, stürzte sich Amadeus auf sie. Alle Verzweiflung über den Verlust des Tuches, alle Wut auf seine eigene Meute und vor allem auf sich selbst trieb den Pharaonenhund in eine Raserei, die ihn aller klaren Gedanken beraubte. Tommaso wurde für ihn der Ursprung allen Übels. Ihn galt es zu vernichten. Seine Bisse trafen die Bulldogge wie tausend Nadelstiche, Amadeus schien überall zu sein, eine Gewitterwolke, die ihn einschloss und unablässig Blitze herabsandte. Als er den Nacken des Feindes zwischen seinen Zähnen spürte, hielt er inne, setzte nicht den entscheidenden Biss. Doch er war nur einen Hauch davon entfernt. Sein ganzer Leib vibrierte vor Hass. Aber plötzlich begriff er, dass ihn der Tod der Bulldogge kein Stück weiterbringen würde, dass Tommaso lebend weit wertvoller war als tot.

»Du wirst mir helfen, verfluchte Bulldogge. Ansonsten reiße ich dich hier und jetzt in Stücke. Dann verteile ich deine Eingeweide auf der Piazza und rufe alle Straßenköter Turins herbei. Und du wirst zu Fressen!«

Tommaso hatte sich niemals vorgestellt, selbst einmal Opfer zu sein. In seinem Leben war er es immer gewesen, der andere fraß. Doch nun war da dieser junge, aufgebrachte Pharaonenhund, mit einer Wut in den Augen, die Tommaso niemals zuvor gesehen hatte. Einer Wut, die Amadeus vollkommen verschlungen zu haben schien. Er war viel schneller und kräftiger, als er es mit seinen dünnen Muskeln und dürren langen Beinchen sein durfte. Etwas stimmte nicht mit diesem Amadeus.

Das jagte dem massigen Hund eine verdammte Angst ein.

Tommaso begann zu winseln. Doch seine Stimmbänder vermochten es nicht so recht, denn noch nie war es nötig gewesen. So drang nur ein jämmerliches Krächzen aus seiner Kehle.

Amadeus lockerte den Biss. Ein wenig Blut lief in das kurze Fell der Bulldogge.

»Tommaso wird dir etwas zeigen. Damit Amadeus weiß, wer das Sindone geraubt hat. Tommaso ist folgsam. Auf Tommaso ist Verlass.«

Den Kopf gesenkt, lief die Bulldogge voran. Wieder knurrte sein Magen, doch Tommaso hatte nun einen neuen Herrn. Er war nicht länger der Sklave seines Bauches.

Kapitel 3

CONTE ROSSO

Als die Zimmertür aufging, sah Niccolò als Erstes ein sanftes Lächeln. Es gehörte zu dem Mann, der sie hergebracht hatte. Große Augen hatte er, wie die einer Schleiereule, und seine Augenbrauen waren buschig wie Schmetterlingsraupen. Nach ihm trat eine Frau in den Raum. Sie trug kein Jeanshemd wie der Mann, sondern ein enganliegendes goldenes Kleid, das Niccolò an die Pelle einer teuren Wurst erinnerte, die blonden Locken fielen wie Fussili über ihren Kopf – und sie war schwarz, ihre Haut wie Nussholz. Die meisten Menschen sahen für Niccolò gleich aus, denn sie hatten nicht diese wunderbaren Variationen der Ohren- und Schnauzenform, der Länge des Schwanzes und des Körpers, nicht einmal Muster im spärlichen Fell. Sie waren so langweilig und versuchten dies durch ihre Kleidung zu kaschieren. Natürlich auch, weil die Natur ihnen nicht genug Haare gegeben hatte und sie sonst ständig frieren würden. Aber hier in Turin gab es anscheinend auch bei den Menschen eine gewisse Vielfalt. Er trat neugierig auf die Frau zu. Wie mochte sie duften?

Doch der Mann kniete sich auf den Boden und streckte ihm die Handinnenflächen hin, damit Niccolò ihn beschnuppern konnte. Er roch nach Seife, doch nicht zu parfümiert, und nach Hund, einem glücklichen Hund, sowie nach Fleisch, Pansen, frisch gekocht. Köstlich!

»Willkommen, kleiner Niccolò«, sagte der Mann. »Ich heiße Mario.« Er sprach seinen Namen langsam und deutlich aus. »Deine Isabella arbeitet für mich, und sie hat mir schon viel von dir erzählt. Deshalb bin ich gleich nach Stupinigi gefahren, als ich erfuhr, dass ihr dort womöglich allein wäret. Du warst ganz verwirrt, das wäre wohl jedem so gegangen. Das ist meine Frau Saada, und dies ist Rory.«

Ein riesenhafter Scottish Deerhound lief an den glitzernden Absätzen der Frau vorbei und beschnüffelte ihn und die Spanielhündin skeptisch. Sein Fell war drahtig und dicht, von einem dunklen Blaugrau.

»Und, könnt ihr euch riechen?« Mario lachte. »Ich hab was für dich, Niccolò«, er griff hinter sich. »Und natürlich auch für dich, Canini.« Es war eine Tüte mit Kleidung. Ein dicker Rollkragenpullover, eine Jeans, auch ein paar Schuhe. Stoffe mit Erinnerung. Alle von Isabella. Sie formte sich aus den Düften, stand plötzlich bei ihnen im Raum und streichelte Niccolò zärtlich an den Ohrenspitzen, wie nur sie es konnte. Sie duftete nach frischer Luft, das tat sie selbst, wenn sie den ganzen Tag am Schreibtisch hockte. Isabella musste die Luft von draußen angesammelt haben. Schlief Niccolò in ihrem Schoß, träumte er immer davon, eine Taube in einem Apfelbaum zu sein.

Obwohl er die eigentlich nicht besonders mochte.

»Gleich führe ich euch in eurem neuen Quartier herum. Isabella lässt übrigens schön grüßen und ist hoffentlich bald wieder da.« Als die dunkle Frau die Tür öffnete und nickte, stand er auf. »Fühlt euch wie zu Hause. Dieses Zimmer hier ist nur für euch. Aber ihr dürft euch natürlich in der ganzen Wohnung aufhalten. Wenn ihr wollt, könnt ihr nachts auch bei uns im Bett schlafen.«

Nur zögerlich trat Niccolò durch die Tür, Canini folgte dicht dahinter, obwohl sein schlanker Körper kaum Schutz vor Gefahren bot. Der angrenzende Raum war groß – und voll mit Wesen, die Niccolò zurückweichen ließen. Sie starrten ihn aus Bildern mit glänzenden Rahmen an, sie hingen an Schnüren von der Decke, sie standen drohend auf dem Schrank, und zwei bewachten die gegenüberliegende Tür. Sie alle hatten die Gesichter von Tieren, manche auch deren Körper, doch vieles passte nicht zusammen. Der Kopf des Schakals saß auf einem schlanken Menschenkörper, ein Adlerschädel krönte den Rumpf eines Pferdes. Ein Widder, ein Hirsch und ein Bär hatten anscheinend versucht, von außen durch die Wand zu rennen und es nur bis zum Hals geschafft. Warum hatte ihnen niemand geholfen? Und warum rochen sie muffig statt verwesend?

Am unheimlichsten waren die toten Augen.

Nichts bewegte sich.

Und keines der Tiere roch nach … Tier. Niccolò kannte Bilder, doch Skulpturen hatte er niemals zuvor gesehen. Rory lief völlig unbekümmert an ihnen vorbei, sein Schwanz streifte sie sogar beim Wedeln.

»Was ist das hier?«, flüsterte Canini hinter ihm. »Schlachten sie die Tiere und setzen sie dann wieder neu zusammen?«

»Die beiden sehen nicht aus wie Metzger. Es riecht auch nicht nach Blut.«

»Vielleicht sehen einige Metzger anders aus. Bleib bitte nah bei mir.«

Ihre Stimme zitterte leicht, und Niccolò fand, dass es nun an der Zeit war, mutig zu sein.

»Also ich mag die beiden Menschen, und diese Zimmer sind auch schön. Die anderen Tiere tun uns nichts. Eigentlich fühlt es sich nett an, als hätte man Gesellschaft. Du kannst dich ja wieder in das kleine Zimmer verkriechen. Ich erkunde jetzt alles.« Erhobenen Hauptes lief er dem Scottish Deerhound nach.

Der würde sich sicher nicht in Gefahr begeben.

Insgesamt gab es noch drei weitere Zimmer. Sie waren

vollgestellt mit Möbeln, die allerlei Schnörkel aufwiesen und verziert waren wie Hochzeitstorten. Sie standen allesamt vor gemusterten Wänden, keine einzige war weiß. Die Deckenlampen ähnelten Segeln, und überall standen diese merkwürdigen Tiere. Zum Glück ließen die Menschen Canini und ihm Zeit, sich umzuschauen. Sie selbst setzten sich an einen großen Tisch und aßen. Dann stellte Mario einen Teller auf den Boden – gefüllt mit Agnolotti. Niccolò roch gleich, dass die kleinen Ravioli mit Fleisch sowie frischen Kräutern gefüllt waren und mit geschmolzener Butter serviert wurden. Ein echtes Festessen!

»Für euch. Ihr könnt natürlich auch was vom Pansen haben. Was euch lieber ist.« Rory wollte sich auf die Agnolotti stürzen, doch Mario hielt ihn zurück. »Das ist für unsere Neuankömmlinge. Damit sie sich hier wohl fühlen.«

Schnell war der Teller leer, und auch der Nachschlag bekam kaum Gelegenheit, es sich auf dem Porzellan bequem zu machen. Doch obwohl die Pasta köstlich schmeckte, lugte Niccolò immer häufiger zu einem ganz besonderen Gegenstand im Wohnzimmer. Es war das verfluchte Tuch, mit dem ihr ganzes Unglück erst begonnen hatte. Es hing an der Wand. Nur kleiner. Als sei es eingelaufen, wie Isabellas Wäsche manchmal. Niccolò erkannte die Löcher und Flecken, den langhaarigen Mann, die Hände auf dem Schoß gefaltet.

Mario schien seinen Blick zu bemerken, und auch seine Frau, die nun ein Kreuz vor ihrer Brust schlug und sich leicht verbeugte.

»Eine gute Kopie, oder? Halbe Größe. Was du siehst, ist Jesus, unser Herr. Der Sohn Gottes.«

Niccolò verstand nur wenige Menschenwörter, vor allem, wenn Fremde sie aussprachen. Doch die Bedeutung dieses besonderen Wortes begriff er instinktiv. ›Gott‹. Der Mann hatte es gesagt, als sei es unglaublich wertvoll, als trage es ein Licht in sich. Isabella hatte es nie benutzt, und auch sonst niemand, den er kannte. Es beschrieb den Herrscher der Menschen.

Ob er auch über die Hunde herrschte? Konnte er ihn dann zu Isabella führen? Er vermisste sie so schrecklich, und seine Sorgen wurden mit jeder Stunde schlimmer.

Würde dieser Gott außerdem wissen, unter welchem Barolo-Fass Giacomo gerade schlief?

Lange saß das kleine Windspiel vor dem Tuch. Doch es gab ihm keine Antwort.

Nur weitere Fragen. Wieso erschien es ihm lebendiger als alle anderen Bilder, Fotografien und Skulpturen in diesem Raum?

Das Tuch musste etwas ganz Besonderes sein, und unheimlich kostbar.

Wie um alles in der Welt nur war es dann im Park des Schlosses Stupinigi gelandet?

Giacomo genoss den Weg durch die verschneiten Straßen Turins, es war ein Fest der Düfte. Sie umspielten seine große trüffelförmige Nase und versuchten, ihn in Rosticcerias und Trattorias zu locken, versprachen Hochgenüsse aller Art, raffiniert von Meisterhand zubereitet. Die Aromen unterschieden sich von denen während der Trüffelsuche auf den Hügeln der Langhe. Dort waren sie stets von großer Strahlkraft gewesen, denn frisch und rein war ihr Wesen. Giacomos Trifolao hatte nie viel gekocht, ihm reichte meist gutes Brot, Wurst, vor allem kleine Cacciatori aus reinem Schweinefleisch, Ziegenkäse – und selbstverständlich Trüffel sowie ein gut gefülltes Glas Barolo. Von Gemüse hielt er nicht viel, nur ein Glas Giardiniere stand stets bereit, denn in Salz und Weinessig hielt sich das gesunde Zeug länger. An seinem Geburtstag kochte sich der Trifolao immer Schnecken mit Lauch, großzügig mit Olivenöl übergossen. Daneben kannte er nur ein weiteres warmes Gericht, Soupa Grassa. Die dicke Suppe hatte er an den kältesten Tagen gekocht, wenn selbst der alte Bollerofen den Frost nicht mehr vertreiben konnte. Mit geröstetem Roggenbrot, Zwiebeln, Wacholderbeeren und Tomakäse. Der Duft war so intensiv gewesen, dass er noch tagelang in Giacomos Fell hing. Wie hatte er das geliebt!

Doch was sich auf den Straßen Turins abspielte, was hier in die eisige Luft dampfte und sich zu einem Teppich von fremdartiger Struktur verwob, hatte er noch nie gerochen. Sein heimisches Alba war zwar auch eine Welt der Gassen, doch nicht zu vergleichen mit dem riesenhaften Turin. In Alba hatte Giacomo stets gewusst, wo die Grenzen waren, wo Straßen von Feldern und Wäldern abgelöst wurden. Turin schien einfach alles zu bedecken.

Der Grundton bestand aber aus dem Duft von Kaffee, Kakao, Schokolade und Nougat. Die Röstaromen würzten die Stadt, selbst in den zugigsten Ecken waren sie zu spüren und lockten jeden Menschen mindestens einmal am Tag in eines der unzähligen Cafés, die wie in geheimer Absprache strategisch klug in der ganzen Stadt ihre Wohlgerüche verteilten. Diese waren so fein, dass sie wie Gewürze erschienen.

Er blieb vor einem Ristorante stehen, auf dessen Schaufenster ein feuerspeiender Drache gemalt war, dessen Körper sich wand und drehte. Giacomo hob seine Nase in den Luftzug aus dem Inneren, ließ sich nicht von den an ihm vorbeieilenden Menschen stören, badete in dieser fremden Welt. Die dem Ristorante entströmenden Düfte waren so scharf, als bestünden sie aus geschliffenen Klingen. Die Speisen mussten von weit her stammen, die Gewürze waren so leuchtend aromatisch, das Geflügel ungewöhnlich gegart.

Aber essen wollte er all dies nicht. Ihm reichten die ihm

bekannten Genüsse. Er war zu alt für solcherlei Experimente. Die würden seiner Zunge, seinem Schlund und seinem Magen sicher nicht gefallen. Und auf diese drei hatte er immer gut achtgegeben. Gerade hier, in dieser überwältigenden Fremde, verlangte es ihn nach dem Geschmack der Heimat. Einen alten Baum goss man auch nicht plötzlich mit Milch statt mit Wasser. Obwohl er – auch als Pflanze – Wein als Dünger immer vorgezogen hätte.

Doch das Essen musste warten. Giacomo wollte schnell herausfinden, wie er zurück zum Schloss gelangen konnte, um mit Niccolò und Canini vereint zu sein. Das würde ihm nur der Conte Rosso verraten können – und der hauste im prachtvollsten Park der Stadt. Deshalb behielt Giacomo die ganze Zeit über den Geruch des Flusses in der Nase, der wie ein Hauch in jeder Straße schwebte. Das Odeur war schwach, denn der Winter fesselte auch hier die Aromen in Bäumen, Flüssen und Seen. Doch der Po war ein mächtiger Strom, er ließ sich nicht so leicht einschüchtern. Noch hatte der Winter ihn nicht vollends verschlossen, noch atmete er. Der alte Trüffelhund hatte es nicht weit, denn nur wenig entfernt, zwischen der prächtigen Ponte Umberto I. mit ihren Bronzestatuen und der Ponte Principessa, lag der Parco del Valentino. Baumgesäumte Wege, von Schnee bedeckte Beete und imposante Bauten wie die des Borgo Medievale barg dieser Traum der piemontesischen Metropole.

Der Conte Rosso hatte sich damit einen der schönsten Plätze Turins als Machtzentrum auserwählt. Während sich große Schneeflocken in seinem Fell verfingen, dachte Giacomo darüber nach, wie der Conte wohl aussehen würde, von welcher Rasse er war. Giacomo wusste nur, dass viele Straßenköter ihm huldigten – und einen Teil ihrer Beutezüge darbrachten. Im Gegenzug sorgte er für ihren Schutz. Direkt gezeigt hatte er sich noch niemandem. Der Conte ließ seine Worte stets durch Schergen übermitteln.

Nachdem Giacomo die Ponte Umberto I. überquert hatte, stand er vor dem nahezu verlassenen Parco del Valentino. Doch gerade in dessen Stille lag eine besondere Schönheit. An den Sommerwochenenden flanierten die Turiner scharenweise hindurch, doch nun gehörte der Park sich selbst. Nur wenige Tier- und Menschenspuren verliefen über die verschneite Pracht. Einige Bäume waren von Artgenossen markiert worden, sie hatten sich bemüht, besonders hoch zu pinkeln, wollten beeindrucken. Giacomo hinterließ ein paar Spuren. Darüber. Er konnte einfach nicht anders.

Der kleine Niccolò hätte jetzt sicher gefroren. »Lass uns irgendwo reingehen«, hätte er gebettelt. »Stell dich nicht so an«, hätte Giacomo ihn dann angeherrscht – und einen Unterschlupf gesucht. Oder Niccolò hätte nach Schneeflocken geschnappt. »Komm, mach schon mit! Die beißen nicht!«, hätte das Windspiel ihm zugerufen. »Aber ich dich, wenn du nicht bald mit der dummen Springerei aufhörst!«, hätte Giacomo brummig geantwortet. Und sich gewünscht, noch einmal so jung zu sein.

Aber Niccolò lief nicht neben ihm.

Den Weg zum Borgo Medievale, diesem Nachbau eines spätmittelalterlichen befestigten Dorfes mit seinen Häusern, Brunnen, Läden, all seinen getreuen Kopien aus unzähligen Ortschaften des Piemont und des Aostatals, musste er alleine antreten. Dort sollte der Conte Rosso hausen. Menschen mochten sich von den Fassaden täuschen lassen, doch echte historische Häuser rochen anders. Vor allem rochen sie alle unterschiedlich, weil sie zu verschiedenen Zeiten erbaut waren, mit anderen Materialien, Farben, Hölzern. Doch das Borgo Medievale roch wie ein einziges großes Haus. Mit anderen Worten: langweilig. Kein Mensch war unterwegs, nur eine alte Frau, die gebückt und ständig vor sich hin murmelnd den Weg entlangschritt.

Deutlich spannender war die schwarze verzogene Holztür. Sie fand sich verborgen hinter einem hochgewachsenen Busch in einer Mauer, die den Hügel der Burg stützte. Viele Hunde mussten hierhergelaufen sein. Im Schnee ließen sich ihre Spuren erkennen. Ein Berner Sennenhund mochte sich nur mit Mühe durch die Öffnung quetschen können, doch Giacomo glitt problemlos durch den Türspalt ins Dunkel. Nach wenigen Schritten stand er in einem Raum, an dessen gegenüberliegender Wand sich eine halbgeöffnete Metalltür befand. Die Farbe war längst von den Wänden geblättert, sie lagen nun blank wie die Knochen eines Gerippes. Der Holzboden war zu einem tiefen Grau ausgewettert. Zweige und Äste fanden sich darauf, und sogar ein zersplitterter Dachbalken. In einer feuchten Ecke, über der Regenwasser unzählige dunkle Linien gezeichnet hatte, spross Brunnenlebermoos auf einem Sofa. Dieser Teil der Burg musste vor Jahrzehnten verfallen sein, dick wie Sahne floss Licht durch das löchrige Dach herein. In der Mitte lagen Opfergaben für den Conte. Ein halber Laib Brot, eine angekaute Mustardella, einige Dosen mit Resten. Nicht viel, aber der Tag war noch jung. Giacomo versteckte sich hinter dem Balken, sein schmutzig graues Fell bot die perfekte Tarnung. Jetzt hieß es warten. Das konnte er gut, hatte es mit dem Alter wie von selbst gelernt. In den nächsten Stunden beobachtete er, wie der Futterberg stetig wuchs.

Als die Nacht hereinbrach, sich müde und schwer auf das Borgo legte, hörte er plötzlich eine Stimme. Sie kam von der Holztür.

»Wer wagt es, in der Halle des Conte zu liegen?«

Eine heisere Stimme, wie rostiges Metall.

»Als Halle würde ich das hier nicht bezeichnen.«

Ein Bellen erklang, viel tiefer und mächtiger. Giacomo stand auf und ging in die Mitte der … Halle.

»Ich habe etwas Wichtiges mit dir zu besprechen, Conte Rosso.« Der alte Trüffelhund hoffte, dass es Turins Herrscher gnädig stimmen würde, seinen vollen Namen zu hören. Zu Kreuze kriechen würde Giacomo allerdings nicht.

»Nenn deinen Namen.«

»Giacomo, so nennt man mich.«

»Einfach nur Giacomo? Kein Zwingername?«

»Einfach nur Giacomo.«

Die Stimme kam näher, doch zu sehen war weiterhin niemand. »Du bist ein Lagotto. Ein alter noch dazu. Und deine Nase ...«

»Ich weiß, sie sieht aus wie eine Trüffel. Deshalb mag ich sie auch. Würd sie nie hergeben.«

»Bist du etwa *die* Trüffel? Der legendäre Lagotto, der selbst Spatzenkacke auf einem Alpengipfel erschnuppern könnte?«

»Hab's noch nicht ausprobiert. Wüsste auch nicht, wieso. Aber ›die Trüffel‹ nennt man mich. Doch Namen sagen nichts aus. Tief in uns haben wir keine. Ich habe mir diesen nicht ausgesucht, trotzdem blieb er hängen.«

Nach kurzer Pause erschien ein Bloodhound in der Tür, sicher fünfzig Kilo schwer, mit langem Fang, noch längeren Ohren und faltiger Haut. Er bellte laut. Bloodhounds wurde nachgesagt, die beste Nase aller Hunde zu haben. Giacomo konnte sie partout nicht leiden.

Der Bloodhound stand vor ihm wie eine Statue, sein kurzes Fell glänzte im Mondlicht, als wäre es aus Marmor. Nichts bewegte sich, kein Haar, kein Auge. Er schien schwer auf der Erde zu lasten. Warum stürzte sie unter diesem Brocken nicht ein? Das also war der Conte Rosso. Giacomo verstand, warum er solche Angst verbreitete.

Dann tat der Bloodhound einen Schritt zur Seite.

Ein kleiner Pekinese trat aus der Tür, mit prächtiger Löwenmähne und roter Samtschleife zwischen den Ohren. Eine edle Hunderasse, wie Giacomo wusste. Die chinesischen Kaiser hielten sie – kein Pekinese, der dies nicht erwähnte. Dieser hier kläffte jedoch wie irre. Er tat immer einen Schritt vor und einen zurück, als sei er angekettet. Der Tanz der kleinen Hunde. Nachdem Giacomo nicht reagierte, kam er endlich zur Ruhe.

»Das mit dem Kläffen nervt mich total, aber es ist angezüchtet. Da kann ich nichts machen. Zum Kotzen, sage ich dir. Normalerweise lass ich mich nie blicken, aber den großen Giacomo möchte ich natürlich sehen. Also, was führt dich her, Trüffelnase?« Seine Augen mochten klein sein, doch ohne Zweifel lag Klugheit in ihnen. Klugheit und Verschlagenheit.

»Wer …?«

»Ja, *ich* bin der Conte. Das da ist Maria Grazia, meine Leibwache. Und wenn du irgendwem erzählst, dass ich ein Pekinese bin, lass ich dir von ihr die Nase entzweibeißen. Klaro?«

»Ich habe eine Bitte.«

»Mach schnell, ich muss gleich wieder zu meinen Menschen. Sie denken, ich strolche herum. Das mögen sie nicht, weil ich ihr kleiner Schönheitskönig bin. All die Pokale auf ihrem Kaminsims sind mein Verdienst. Wahrscheinlich suchen sie schon nach mir. Nennen mich ›Kleiner Räuber‹. Die haben ja keine Ahnung.« Seine Augen flammten auf. »Maria Grazia, bring das Zeug in den Hort.«

»Willst du etwa nichts davon essen?«, fragte Giacomo. »Ich werde dich nicht dabei stören.«

»Das Zeug ist nicht für mich, ich bevorzuge anderes. Ist zum Handeln. Macht gibt es nicht umsonst.« Er schnappte nach Luft. Pekinesen hatten es nicht so mit dem Atmen.

Giacomo erzählte ihm, was bei dem Schloss geschehen war, dessen Namen ihm der Conte sogleich nennen konnte. Doch das Tuch erwähnte Giacomo nicht.

»Wer waren die Männer, und wohin haben sie Isabella gebracht?«

»Carabinieri, Trüffelnase. Mächtige Menschen. Und es waren Handschellen, die sie deiner Isabella angelegt haben. Jetzt steckt sie vermutlich in der Questura, dem Hauptsitz der Turiner Polizei, da gibt es ein kleines Untersuchungsgefängnis. Die aktuellen Fälle landen alle dort.«

»Und Niccolò?«

»Wahrscheinlich im Heim. Ins Gefängnis dürfen nur Menschen. Am Schloss ist er jedenfalls nicht mehr, das wüsste ich, denn heute morgen war eine Patrouille dort.« Er machte eine Pause, seine Stimme wurde sanfter. »Hast du eine Idee, warum die Carabinieri sie festgenommen haben, Trüffelnase?«

Plötzlich stand der Bloodhound hinter Giacomo.

»Keinen Schimmer. Findest du Niccolò für mich?«

»Ich werde meinen Augen Bescheid sagen. Aber das wird teuer für dich. Jede Frage erhöht den Preis.«

»Dann nur noch eine: Hast du von Wölfen gehört, die sich beim Schloss Stupinigi herumtreiben?«

Der Conte kläffte belustigt. »Dort gibt es keine Grauröcke, und auch in ganz Turin nicht. Schon seit Jahrzehnten. Und damit genug. Bald habe ich eine Aufgabe für dich. Bis du sie erfüllt hast, gehörst du mir, Trüffelnase.«

»Was willst du von mir?« Giacomo wurde mulmig. Er traute kleinen Hunden nicht. Sie wollten zu gern große sein.

»Einen Gefallen. Unter Freunden, die wir nun ja sind. Ich werde dich finden, wenn es so weit ist. Und solltest du dich verweigern, habe ich Mittel und Wege, dich folgsam werden zu lassen. Aber so weit wollen wir es doch gar nicht erst kommen lassen, oder?«

Amadeus ließ Tommaso ein gutes Stück vorangehen. Er behielt die Bulldogge lieber im Blick, falls sie versuchen sollte, sich für ihre Niederlage zu rächen. Normalerweise stampfte

Tommaso schwer mit seinen Beinen, einer alterschwachen Lok gleich, den Kopf gesenkt und mürrisch. Nun ging er federnden Schrittes. Etwas stimmte nicht mit ihm. Er war unangemessen fröhlich.

»Du wirst stolz auf Tommaso sein! Gleich sind wir da. Doch zuerst müssen wir durch die Finsternis.«

Er führte Amadeus in eine trotz des schimmernden Schnees dunkle Gasse nahe dem Duomo und hielt vor einem ungeschützten Abflussschacht.

»Du kannst springen, sind nur zwei Meter. Selbst Tommaso passt da durch.« Ohne eine Sekunde zu zögern, verschwand er im Dunkel.

Amadeus blieb unentschlossen stehen. War dies eine Falle? Dort unten kannte Tommaso sich anscheinend aus – er selbst dagegen überhaupt nicht. Und einen Fluchtweg gäbe es nicht. Niemals käme er ohne Hilfe wieder hinauf. Er wäre Tommaso ausgeliefert, dieser widerlichen Bulldogge, die jeden anderen Hund wie Dreck behandelte und keinem gestattete, ihre Piazza auch nur zu überqueren.

Genau dieser Tommaso rief nun aus der Dunkelheit.

»Es ist nicht weit! Komm schon, Tommaso hilft dir, das Sindone zu finden.«

Amadeus spannte seinen Körper an, senkte den Kopf und ließ sich in die Dunkelheit fallen. Er erlaubte sich nicht, Angst davor zu haben, an die Schachtwand zu prallen, zu stürzen, sich ein Bein zu brechen und in der Kanalisation Turins elendig zu krepieren. Oder von Tommaso gerissen zu werden.

Seine Pfoten trafen auf Wasser, kurz darunter fanden sie Halt. Seine Gelenke knackten, als er aufprallte.

»Schnell«, hörte er Tommasos Stimme hinter sich. »Das ist das Reich der Dachshunde. Selbst du kannst gegen ein Rudel von denen nichts ausrichten.«

Amadeus folgte den Geräuschen aufspritzenden Wassers.

Doch dann blieb er stehen. Um eine wichtige Frage zu stellen. Sich wohl bewusst, dass es dafür jetzt viel zu spät war.

»Raus damit, Tommaso: Wohin bringst du mich?«

»Zum Glockenturm des Duomo.« Dann sprach die Bulldogge weiter, doch offensichtlich nicht zu Amadeus, sondern zu sich selbst. »Sie sagten, Tommaso sei zu ungestüm, eine andere Rasse wäre viel besser. Und sie warfen Tommaso weg wie einen kaputten Wagen. Doch einmal Polizeihund, immer Polizeihund. Tommasos Sinne sind scharf wie Messer!« Er hob den Kopf. »Schärfer als Messer!«

Plötzlich tauchte Tommasos Schnauze aus der Dunkelheit vor Amadeus auf, er spürte den warmen Atem der Bulldogge. »Tommaso hat seine Augen überall! Tommaso kann gar nicht anders. Im Glockenturm war Licht, als es nicht da sein sollte. In der Nacht, nachdem das Sindone gestohlen worden war. Und noch etwas Merkwürdiges, du wirst es gleich sehen. Wir sind fast da.«

Der Kanal führte steil nach oben und wurde immer glitschiger. Amadeus spreizte die Läufe, um Halt an den schmutzverkrusteten Rändern zu finden. Am Ende der Dunkelheit erschien ein fahles Licht, nicht mehr als ein paar dreckige Strähnen, die in die Finsternis ragten wie Wurzeln. Doch dank ihnen konnte Amadeus erkennen, wie Tommaso Anlauf nahm und in die Höhe sprang. Mit voller Wucht stieß er seinen Kopf gegen den massiven Kanaldeckel. Schon das Zuschauen tat Amadeus weh. Es klang, als würde ein riesiger Gong ertönen. Scheppernd landete das metallene Ungetüm neben dem Schacht. Tommaso musste bluten, sein Schädel gespalten sein. Doch die Bulldogge bellte nur stolz, kein Zeichen einer Verletzung, kein Laut des Schmerzes.

»Tommaso bringt dich ins Studierzimmer!«

Sie traten in eine Art Keller, ein mit Spinnweben und zentimeterdickem Staub gefülltes Loch. Vorbei an einer schräg in den Angeln hängenden Tür aus losen Brettern gelangten sie ins Treppenhaus. Stufe um Stufe stiegen sie empor, wobei Tommaso immer schneller wurde und Amadeus schon fürchtete, er wolle flüchten.

»In den oberen Etagen pfeift der Wind, doch genau ein Stockwerk darunter hat der Baumeister einen kleinen Raum geschaffen, in den sich die Priester zurückziehen können. Seit vielen, vielen Jahren hat ihn keiner mehr genutzt, doch ein Geistlicher erinnerte sich. Einer von den Stillen, die sein wollen wie Bäume.«

Die Holztür des Raums war schwer wie eine Grabplatte, ihr reichverziertes Schloss verlangte nach einem großen Schlüssel. Doch nun stand sie offen. Tommaso ging nur sehr zögerlich hinein, Amadeus tat es ihm gleich. Denn es roch nach Blut und Tod. Wie ein Vorwurf türmte sich der Gestank im Raum. Ein alter Priester, die Haut faltig wie die eines Bassets, lag rücklings auf dem Boden. Neben ihm ein Tisch mit einer halbvollen Flasche Rotwein. Sonst stand nichts mehr in diesem Raum – alles lag auf dem Boden verstreut. Schränke waren geborsten, Stühle zerbrochen, Gardinen zerrissen, Glas gesplittert. Chaos.

»Ein Kampf«, sagte Tommaso. »Und ein Verlierer.«

Das Gesicht des Mannes schien Amadeus vertraut. Als er ihn endlich erkannte, wich die Luft aus seiner Lunge wie nach einem schweren Tritt.

»Es ist der Wächter des Sindone, den die Menschen auserkoren haben!«

»Tommaso hat viele Menschen gesehen, die der Alkohol vernichtet hat.«

»Was redest du, Bulldogge! Hast du nicht seinen Hals bemerkt?«

Das hatte Tommaso nicht, denn er hatte ein altes Stück Castelmagnokäse gefunden, an einer Ecke bereits von bläulichem Schimmel bedeckt. Verschlungen hatte er es dennoch. Jetzt stampfte er zur Leiche. Und besah sich den Hals. Genauer: die Wunde, welche nicht mehr viel davon übrig gelassen hatte. Der ehemals weiße Kollar des Priesters war zerfetzt und blutdurchtränkt. Spritzer fanden sich überall im Raum, der Körpersaft musste geradezu herausgeschossen sein.

»Mord«, sagte Tommaso. »Wer es einmal gesehen hat, erkennt es immer wieder.«

»Ach«, erwiderte Amadeus.

»Jawohl«, sagte Tommaso.

»Begraben die Menschen ihre Toten denn nicht?«

»Der ist noch ziemlich frisch, das riecht Tommaso gleich. Sie haben ihn noch nicht gefunden. Wird aber nicht mehr lange dauern. Die Polizei wird ihn suchen, um ihn zum Sindone zu befragen. So was machen sie immer nach Diebstählen. Alle Menschen, die etwas wissen könnten, werden aufgesucht. Und dann: Fragen, Fragen, Fragen.« Er verscheuchte mit der Pfote kleine Fliegen von der Leiche, die ihm die Sicht auf die riesige Wunde versperrten. Sie zog ihn magisch an. »Tommaso hasst dieses Geschmeiß, selbst im Winter nerven sie.«

Amadeus' Magen krampfte sich zusammen, und er sah sich ängstlich um. Wer den menschlichen Wächter des Sindone tötete, der würde auch vor ihm nicht haltmachen. Er musste ihm zuvorkommen. Nun hatte er eine Spur. Sie hieß Tommaso.

»Woher wusstest du von der Leiche?«

Stolz hob die Bulldogge ihr massiges Haupt. »Zwei Männer gingen hinein, nur einer kam heraus. Tommaso weiß Bescheid.«

»Und welcher Hund ging mit?«

»Kein Hund. Nur Menschen.«

»Sieh doch hin! Menschen beißen einander nicht in den Hals.«

Tommaso schnupperte wieder an der Leiche. »Tommaso riecht hier kein Tier. Aber die Wunde, der Biss, die Zähne …« Er ging noch näher heran, schaute sich den Hals von verschiedenen Winkeln aus an. »Das war wirklich ein Tier. Aber kein Hund. Ein Wolf!«

Der Conte hatte Giacomo einen Platz zum Schlafen und etwas zu essen angeboten. Er ließ sich nicht lumpen für seinen neuen Freund. Maria Grazia blieb die Nacht über im Borgo. Die bullige Hündin hatte dem Conte lange nachgesehen, als dieser den Unterschlupf verließ. Ihre Augen tief wie Brunnen. Als sie sich danach umdrehte, wirkte sie viel kleiner, fast zusammengefallen. Sie ließ sich auf das feuchte alte Sofa fallen, welches in der Ecke vergessen worden war.

»Hast du keine Menschen?«, fragte Giacomo.

»Früher zwei.«

»Gute?«

»Nein, aber meine. Ein Mann und eine Frau. Sie redeten nicht viel miteinander, und wenn, dann schrien sie sich an. Ständig saßen sie vor dem Fernseher. Wäre ich nicht gewesen, sie hätten keinen Schritt vor die Tür getan. Durch mich sind sie jeden Tag an die frische Luft gekommen. Doch irgendwann wurde es ihnen zu viel und sie haben mich ausgesetzt.«

»Und der Conte hat dich aufgenommen?«

Sie schloss die Augen und sagte nichts mehr.

Der nächste Tag bestrich das winterliche Turin mit goldenem Sonnenschein. Wie Honig ergoss sich das warme Licht über die weißen Weiten, tropfte köstlich von den Ästen, sammelte sich in den Senken.

Giacomo mochte es, wenn alles so lecker aussah.

Der alte Trüffelhund begab sich früh auf den Weg zur Questura. Er wollte die Welt möglichst schnell wieder zurechtrücken. Maria Grazia hatte ihm zuvor von der Stadt erzählt, und welche Orientierungspunkte er sich merken musste, um sich in diesem Irrgarten nicht zu verlaufen. Doch Turin wirkte schon nicht mehr so groß wie noch gestern. Es schien geschrumpft, auf eine erträgliche Größe. Giacomo hielt sich stets an die wenig belebten Wege. Ohne die vielen unachtsamen Menschen hätte es ein schöner Ort sein können. Leider liebten Menschen es, schöne Orte zu bevölkern und diesen durch ihre schiere Anwesenheit das Schöne zu rauben.

Seine Nase bewegte sich unablässig. Neben den Speisen roch er Tiere, nicht nur Hunde, sondern auch Katzen, in großer Zahl. Sie hatten ihre Spuren hinterlassen wie Tauben ihren Kot. Doch er konnte sie nicht sehen, sie mussten in den Hinterhöfen leben oder auf den unzähligen Balkonen, die jetzt im Winter so karg an den Häusern hingen, verlassenen Vogelnestern gleich.

Plötzlich drang ein Aroma über die Straße, wand sich wie eine Schlange um Beine und Autos, um Laternen und Straßenschilder, überwand mit großer Zielstrebigkeit köstlichste Essensdüfte, sogar jene aus einer Bottega di cioccolateria, um Giacomo schließlich wie ein leichter elektrischer Schlag in die Nasenlöcher zu fahren. Der rannte sofort los, preschte den Bürgersteig entlang, rempelte die Menschen an, lief sogar ein Stück auf der Straße. Denn der Geruch gehörte Canini. Dort vor ihm ging sie an der Leine, die von einer dunklen Menschenfrau gehalten wurde. Giacomo war noch nie so glücklich gewesen, die Spanielhündin zu sehen. Ihr Duft erschien ihm mit einem Mal süß und auf wunderbare Weise vertraut.

Giacomo hielt sich nicht mit einer Begrüßung auf. »Wo hast du Niccolò gelassen? Jetzt können wir alle zusammen Isabella suchen!«

»*Du*!«, Canini knurrte. »Alles nur wegen dir! Warum musstest du nur diesen Lumpen anschleppen?«

»Er roch nach Trüffel!«

»Apportierst du auch alte Socken, wenn sie nach Trüffel riechen?«

»Socken riechen aber nie nach … ach, ist auch egal. Wo ist denn jetzt Niccolò?«

Canini zögerte, kratzte mit dem Vorderlauf auf dem Bürgersteig, dabei war da doch nichts. Dann blickte sie ihm fest in die Augen.

»Habe ich seit der Nacht im Schloss nicht mehr gesehen. Er ist fortgelaufen, dir hinterher.«

»Aber bei Stupinigi ist er nirgends gesichtet worden!«

»Vielleicht hat ihn jemand eingefangen.«

»Oder er ist …«, Giacomo traute sich kaum, es auszusprechen, »im Schnee erfroren.«

Die Frau wollte ihn ergreifen. Ihre Hände, die spitzen Fingernägel voran, rasten auf ihn zu. Er ließ sich nicht begrapschen, und fangen ließ er sich erst recht nicht! Na ja, außer von dem Fallensteller. Aber das war Zufall gewesen, wegen der dicken Schneeschicht. Er konnte Canini nicht einmal mehr fragen, wo er sie finden würde, sonst hätte die Frau ihn erwischt. Doch sie folgte ihm nicht. Giacomo suchte trotzdem hinter einem Zeitungsstand Schutz. Hier wollte er die düsteren Gedanken verscheuchen. Niccolò war nicht tot. Sicher nicht. Das hätte er gespürt, oder? Ein Hund, der die Schlacht um Rimella überlebt hatte, starb doch nicht einfach so in einer kalten Winternacht!

Selbst wenn er so wenig Fell hatte, so zierlich war, so unerfahren.

Er musste zu Isabella. Sie würde Niccolò aufspüren. Die beiden hatten schließlich eine besondere, eine perfekte Verbindung. Da fand man sich! Sein Trifolao hatte ihn auch immer ausfindig gemacht. Selbst wenn Giacomo zu sehr im Barolo geschwelgt und den wunderbar weichen Waldboden für ein Nickerchen genutzt hatte.

Die Questura konnte nicht mehr weit sein. Giacomo lief

nur ungern auf dem hartgefrorenen Asphalt. Es strengte die Muskeln an und belastete die Knochen. Die Luft brannte in der Lunge. Es war eine äußerst ungemütliche Art der Fortbewegung.

Doch jetzt rannte er trotzdem, denn etwas stimmte nicht. Überhaupt nicht. Überall sah er sich selbst, so als wäre die Stadt zu einem einzigen großen Spiegel geworden: Er hing an Mauern, klebte an Ampelmasten, bedeckte Pappschilder. Überall blickte er sich an. Träge schaute er aus. Giacomo hatte sich selten selbst gesehen, eigentlich nur in Pfützen und Glasscheiben. Doch er erkannte sich wieder. Über seinem Bild standen Zeichen. Groß und dick.

Was immer sie zu bedeuten hatten, er sah sie sich zu lange an. Denn plötzlich zeigte eine Frau, der ein totes Frettchen um den Hals hing, mit dem beringten Finger auf ihn und schrie.

Also musste er weiter. Würde das jetzt immer so gehen? War so das Leben in der Stadt? Er wollte zurück aufs Land, wollte seine Ruhe haben und einen Napf voll gutem Wein.

Wenn er Isabella fand, würde alles gut werden. Sie würde Niccolò ausfindig machen, und dann ginge es nichts wie ab nach Rimella. Dieses merkwürdige Tuch würde einfach verrotten. Alle Dinge vergingen, warum sollte es dem verdammten Ding besser ergehen als Blumen, Fliegen oder schimmligem Käse? Sie würden nie mehr daran denken, nicht mehr davon reden, es vergessen. Ganz schnell.

Die Questura sah aus wie ein Palast. Sie schien ausschließlich aus Bögen zusammengesetzt, aus Balkonen und Fenstern. Kein Stahl, kein Beton, kaum gerade Ecken. Als wäre sie aus dem Boden gewachsen und nicht von Menschen errichtet. Giacomo mochte sie auf Anhieb. Isabella wäre darin sicher gut aufgehoben – zumindest wenn das Fressen dort so geschmackvoll war wie das Gebäude.

Die Zellen sollten laut Maria Grazia im hinteren Bereich

liegen, eine schmale Gasse führte dorthin. Auf dem Bürgersteig der Hauptstraße hatte sich der Schnee schon in Matsch verwandelt, das Streusalz schmerzte an den Pfoten, hier im ewigen Schatten dagegen war das Eis noch steinhart am Boden festgefroren. Leider hing kein Aroma von Lindenblüten, Vanille und Lavendel in der Luft, wie Isabella es verströmte, am intensivsten nach der Morgenwäsche.

Weiter den Weg hinunter sollte es einen Innenhof geben, auf dem die Gefangenen spazieren durften. Jeden Tag ein paar Runden.

Giacomo kam nicht so weit.

Ein Pfiff zerriss die gedämpfte Stille. Gefolgt von einem selbstzufriedenen Schnaufen. Ein Mann mit einem kantigen Profil versperrte das helle Rechteck am Ende der Gasse.

»Alle meinten, es wäre eine blöde Idee. Aber jetzt lacht keiner mehr! Ich mache den Job schon verdammt lange. Was bringt es, dort zu warten, wo auch alle anderen stehen? Nichts! Instinkt, darum geht es doch. Denken wie ein Tier. Ein Lagotto ist treu, und er hat eine gute Nase. Er wird sein Frauchen suchen. Und dieser Lagotto gehörte einst dem alten Trifolao in Grinzane Cavour. Dieses Vieh ist das beste. Und jetzt wird es vom Besten gefangen. – Roberto, mach die Gasse dicht!«

Ein zweiter Mann tauchte am anderen Ende auf.

Aus einer Maronenschale gab es mehr Fluchtmöglichkeiten.

Warum war das Leben immer so ungerecht? Mal stapelte sich das Glück, bis man nicht mehr bemerkte, wie viel man davon hatte, und ein anderes Mal erschlug einen das Leid, bis man sich nicht mehr regen konnte. Klug aufgeteilt wäre alles besser zu ertragen oder zu genießen gewesen. Doch Giacomo blieb leider nichts anderes übrig, als den Blick größer werden zu lassen, in Zeit und Raum, das Ganze zu sehen, weil das Einzelne unerträglich wurde.

Er würde sich nicht einfach hinsetzen und abwarten, was diese beiden Menschen ihm antaten. Giacomo raste stattdessen los, mit aller Kraft, die seine Muskeln aufbringen konnten. Er stellte sich vor, dass hinter dem Mann eine riesengroße weiße Trüffel auf ihn wartete. Er konnte ihren grandiosen Duft fast schon riechen.

Und sprang.

Mario kraulte Niccolò die Ohren, seine Fingerspitzen waren ausdauernd und geschickt. Das junge Windspiel senkte den Kopf leicht zur Seite, um an seiner Lieblingsstelle gestreichelt zu werden. Dieser Mensch gab sich wirklich alle Mühe. Er hatte sich in der Nacht sogar zu ihnen ins Zimmer gelegt, beruhigende Worte gesprochen, die sich wie Salbe auf Niccolòs wundes Herz legten. Selbst sein heutiger Fluchtversuch hatte nicht zu Schlägen geführt, nicht einmal zu bösen Worten. Stattdessen hatte Mario sich zu ihm gekniet, wobei seine Knie geknackt hatten, und ihn in die Arme geschlossen, ihm ein Leckerli gegeben. Mario war ein guter Mensch.

Und er ein dummer Hund.

Wie hatte er nur in den Obststand knallen können? Natürlich war es glatt gewesen, schließlich war Winter und alles vereist. Aber er musste ja rennen wie ein Irrer! Bloß weg. Und dann war er in die Melonen gerutscht, die Orangen, und vor allem in diese Tomaten, viel zu viele, viel zu weiche Tomaten. Sie platzten, als er auf ihnen ausrutschte, und die Obsthändlerin, obwohl schwerfällig mit sicher vier Lagen Kleidung, schnappte sich ihn blitzschnell am Halsband. Dann kam Mario auch schon um die Ecke gerannt und trug ihn zurück, seinen Mantel wärmend um ihn geschlagen. Dabei hatte er immer noch den von Isabella genähten Pullover aus Teddybärenfell an. Er würde ihn nicht ausziehen, bis er sie gefunden hatte.

Mario nahm sich viel Zeit für Niccolò, während seine Frau mit Canini spazieren ging. Zeit war für einen Hund die wertvollste Währung. Mario schien ein reicher Mann zu sein.

Doch irgendwann kam Canini zurück, und das Leben geriet wieder in Schwung. Die Spanielhündin berichtete von den Schrecken der Stadt, der Unübersichtlichkeit, den unachtsamen Menschen, den ständig hupenden Autokolonnen, den feindlich gesinnten Hunden. Die Enge machte alle verrückt. Zudem seien die Häuser viel zu hoch, sie drohten umzufallen. Canini erzählte, sie sei zur Sicherheit geduckt gegangen. Die Hündin war nicht mehr dieselbe seit dem Verschwinden Isabellas. Wie ein junger Bohnenstock, dem man das stützende Holz geraubt hatte. Ihre Fröhlichkeit, ihr wunderbar freches Mundwerk, alles fort. Jetzt fraß sie hastig in der Küche, den Napf vor lauter Eifer auf dem Fliesenboden mal hierhin, mal dorthin schiebend.

Niccolò sprang wieder auf das Fenstersims, um im Schachbrettmuster der Stadt nach einem Hinweis zu suchen. Mittlerweile hatte er sich an die furchtbare Höhe gewöhnt, doch das Weiß der Dächer und das dreckige Grau der Straßen gaben wieder einmal nichts preis.

»Suchst deine Isabella, was?« Rory lief ans Fenster, blickte neben ihm hinaus – dafür musste er sich nicht einmal strecken. »Du hättest früher mit mir wegen deiner Flucht reden sollen.« Der Scottish Deerhound setzte sich und kratzte mit dem Hinterlauf ein Ohr, was wegen seiner Größe aussah, als würde ein Baukran tanzen. »Bist ja direkt Marios Liebling geworden, weil du so klein und süß bist. Heißt Windhund, obwohl dich vermutlich schon ein leichtes Lüftchen umhaut.« Er wechselte das Ohr. »Egal. Du willst weg, ich sag dir, wie. Denn wenn du deine Isabella wirklich finden willst, hast du heute zum letzten Mal die Chance, dich auf den Weg zu machen. Wegen deines jämmerlichen Fluchtversuchs hat Mario dich von jetzt an nämlich voll im Blick.«

»Was bedeutet, dass es zu spät ist.« Niccolò ließ seinen Kopf gegen die kalte Scheibe sinken.

»Nein, noch nicht ganz. Die Putzfrau ist deine letzte Chance. Mario wird ihr erst heute wegen dir Bescheid sagen. Also dass sie dich kleinen Scheißer im Auge behalten soll, weil du sonst ausbüxt. Ab morgen wird sie auch jedes Mal klingeln, bevor sie die Wohnungstür aufschließt. Damit du rechtzeitig ins Zimmer gesperrt werden kannst. Also flieh heute, oder du kommst hier nie mehr raus. Ist nur ein gutgemeinter Rat. Deine Isabella steckt übrigens in der Questura, das lief im Fernsehen. Liegt ganz in der Nähe. Einfach die Via Villa della Regina runter und am Po rechts. Du erkennst das Gebäude an den Fenstergittern. Aber deine Chance ist gering, gleich kommt die Putzfrau, wie jeden zweiten Tag.«

Er kratzte sich noch ein wenig kräftiger und rannte dann in Richtung Flur. Nie ging er. Entweder ruhte der Scottish Deerhound oder er lief. Etwas anderes gab es nicht. »Ich höre schon, wie sie unten ihr altes Fahrrad ankettet. Dein Zug ist abgefahren, Windspiel. Willkommen in deinem neuen Leben.«

Rory ließ es wie eine Drohung klingen. Niccolòs Herz begann so zu rasen, dass es ihm vorkam, als würde es in seinem ganzen Körper hämmern. Als Schritte aus dem Treppenhaus zu hören waren, stürzte er sich vom Fenstersims und lief zu Canini. Sie war in der Küche, wo ihn die dunkle Frau anlächelte. Sie kochte gerade das Abendessen und zeigte ihm ein schönes fettiges Stück Schweinefleisch.

»Ich muss sofort weg«, sagte er zu der Spanielhündin und leckte ihr zärtlich über den Kopf.

Sie hörte sofort mit dem Essen auf, einige Fleischstückchen klebten ihr in den langen Ohren. »Nein, du gehst nicht. Du bleibst bei mir!«

»Aber wir müssen doch Isabella helfen. Sie braucht …« Niccolò kam nicht weiter.

»Du wirst Isabella *niemals* finden! Diese Stadt ist riesig, sie hört gar nicht mehr auf. Und auch Giacomo wird dir hier nicht über den Weg laufen. Du bleibst. Schluss!«

»Wieso Giacomo? Der ist bestimmt noch bei diesem Schloss und wartet auf uns.«

Sie blickte unsicher in ihren Napf. »Was soll ich denn ohne dich tun?«

»Dann komm mit!«

»Ich kann nicht.«

»Warum?

»Ich habe Angst.«

»Für Angst habe ich keine Zeit, Canini. Es tut mir leid. Ich komme bald wieder. Hier ist es doch schön, es wird dir an nichts fehlen und es sind gute Menschen. Aber wir gehören eben zu Isabella.«

Canini stellte sich ihm in den Weg, die Ohren kampfbereit hochgezogen. »Draußen wirst du sterben! Hier sind Menschen, die uns lieben werden.«

»Mach's gut, Canini. Bald ist alles wieder so, wie es sein soll.«

»Nein«, erwiderte die Spanielhündin. »Es wird alles nur noch schlimmer, wenn du jetzt gehst!«

»Es tut mir leid.«

Die Putzfrau schloss die Tür auf.

Ein vierbeiniger Blitz schoss an ihr vorbei.

Kapitel 4

DREI PRÜFUNGEN

Und wie um alles in der Welt bist du aus der Gasse wieder rausgekommen? Konntest du plötzlich fliegen wie ein Adler?« Niccolò beschnüffelte Giacomo neugierig.

»Würde ich niemals machen! Flügel sind was für Schnabelträger. Nein, ich hatte einfach verfluchtes Glück.«

Müde leckte sich der alte Trüffelhund über seinen schmerzenden Bauch und ließ Niccolò dabei nicht aus den Augen.

Obwohl er wusste, dass sein kleiner Freund eigentlich gar nicht da war. Diesen Teil der Wirklichkeit akzeptierte er aber einfach nicht, denn Giacomo brauchte jetzt unbedingt jemanden zum Reden. Er stellte sich deshalb vor, das Windspiel wäre mit ihm in diesem ummauerten Hinterhof, wo er auf altem Laub und Ästen lag, überspannt von einer Plastikplane.

»Wie, Glück?«, fragte Niccolò nun. »Das muss aber eine verdammt große Portion gewesen sein. Fiel die Questura in sich zusammen und du hattest freie Bahn?«

»Neue Freunde«, antwortete Giacomo. »Verrückte.«

»Dann passen sie ja zu dir.«

»Besser, als du glaubst. Es waren Lagottos, die mich retteten.« Giacomo rollte sich zusammen, die wohlige Wärme des Laubes genießend, den würzigen Geruch nach Harz und Borke. »Nicht wirklich reinrassig. Lagottos können sehr … lustvoll sein.«

»Dann schlägst du aber schwer aus der Art.«

»Ich bin jenseits der Lust, ich bin beim Genuss angekommen! Trüffel, Niccolò, sind besser als …«

»Schon verstanden. Hoffentlich werde ich nie so alt.«

Die Plastikplane über Giacomo bog sich knirschend unter dem Gewicht des Schnees. Wer behauptete, das weiße Pulver verursache keine Geräusche, der musste im ewigen Sommer leben. Es klang wunderschön – wenn man denn einen warmen Platz hatte. Das Morgenlicht stahl sich zu Giacomo, also würden die drei Lagottos bald zurückkehren. Aber es blieb sicher noch Zeit, Niccolò alles zu erzählen. Vielleicht hörte das kleine Windspiel ja diesmal aufmerksamer zu.

»Die drei hatten mich schon länger im Auge behalten. Sie leben auf den Straßen Turins, dabei sind streunende Lagottos noch seltener als … kluge Windspiele!« Niccolò schien den Witz überhaupt nicht lustig zu finden. Giacomo fuhr unbeirrt fort. »Sie wollen nicht darüber reden, wie es sie in die Hinterhöfe der Stadt verschlagen hat. Wunden, an denen keiner rühren darf, weißt du?« Niccolò verstand. »Na ja, mit einem unserer Art haben zwei Hundefänger leichtes Spiel, doch mit vieren? Meine Retter zogen den Männern einfach die Beine weg. Einer von denen hielt sogar ein Betäubungsgewehr in der Hand, als jage er Bären!«

Danach war alles sehr schnell gegangen. Die Lagotto-Mischlinge rannten fort – und Giacomo folgte ihnen. So gut es ging. Extra für ihn legten sie Stopps ein, in sicheren Verstecken. Viel Raum war nötig, damit vier Hunde ihrer Größe Unterschlupf finden konnten.

Irgendwann waren sie hier angekommen, in diesem verlassenen Hinterhof. Sie hatten ihn gebeten zu warten, das heißt, es war eher ein Befehl gewesen. In seinem eigenen Interesse. Denn draußen wäre er nicht mehr sicher. Giacomo hatte vergessen, wie unerträglich Warten sein konnte.

Endlich kamen sie zurück. Nun hätten sie Zeit zu reden,

und es würde einmal nützen, dass er der berühmte Giacomo war. Er würde sie schnell überzeugen können, ihm bei seiner Suche zu helfen. Zu viert ging sicher alles viel leichter.

Die Heimkehrer hatten reiche Beute gemacht und balancierten sie geschickt auf dem Rücken. Die Tüten fielen nicht herunter, obwohl dies der Schwerkraft zu widersprechen schien.

»Ein Supermercato, in der Vorstadt«, erklärte der schlaueste der Mischlinge und kratzte sich. In seinem schmutzig braunen Fell mussten ganze Großfamilien von Flöhen leben. Was einst Locken waren, hatte sich längst in wärmenden Filz verwandelt. »Wir haben gewartet, bis die Tüten unbeaufsichtigt herumstanden, niemand hat uns gesehen.«

»Können wir reden?«, fragte Giacomo.

»Zuerst können wir fressen.«

Und dabei schwiegen sie, doch sie teilten großzügig mit ihrem Neuzugang. Danach stand der Bulligste und Dunkelste von ihnen auf, sein Fell war fast schwarz, seine Ohren endeten spitz.

»Damit du weißt, wem du dein Leben verdankst. Wir sind Geschwister, alle aus einem Wurf. Der Züchter ist eine Berühmtheit. Er taufte uns Daisy, Donald und Dagobert.«

»Aber …«

»Drei Väter. Bei mir ein Dobermann, bei Daisy ein Terrier und bei Donald weiß es niemand.«

Daisys Fell war karamellfarben, caramello. Das hatte Giacomo schon immer gemocht.

»So was hab ich ja noch nie gehört?«

»Hast du schon genug gefressen? Bist du wieder bei Kräften?«

Giacomo erhob sich, sein Körper fühlte sich halbwegs gut an. Sein Bauch mochte schmackhaftes Essen und dankte es umgehend, wenn er welches bekam. »Ich kann aufrecht stehen. Damit bin ich schon zufrieden.«

Dagobert zog einen Käselaib aus einer Tüte und ließ ihn vor Giacomos Pfoten fallen.

»Was soll das?«

»Turin. Das ist Turin. Turin ist wie ein löchriger Käse.«

»Wie ein Toma?«

»Von außen sieht Turin perfekt aus, aber drinnen sind überall Löcher. Und in denen leben wir.« Er biss in den Laib, um es zu demonstrieren. »Doch der Käse weiß nicht, dass die Löcher da sind. Du verstehst, was ich meine.«

Giacomo sah ihn leicht verwirrt an. »Jede Stadt, die eigentlich ein Käse ist, kann mir nur sympathisch sein.«

»Dieser Käse hier gehört eigentlich nicht uns. Er gehört dem mächtigsten Hund Turins, dem Conte Rosso.«

»Kenne ich.«

Jetzt meldete sich Donald, dessen marronefarbenes Fell so dünn und flauschig war, dass ein Collie sein Vater sein mochte. Er ließ von einer Packung Grissini ab und versuchte mit vollem Maul zu sprechen. »Der Conte hat dich also schon aufgespürt? Hat er Maria Grazia zu dir geschickt?«

»Ich bin zu ihm.«

Auch Daisy wurde nun Teil des Halbkreises um Giacomo. Ihre Augen musterten den alten Trüffelhund. »Zum Conte selbst? Du hast ihn *getroffen*?«, die Hündin schien es nicht glauben zu wollen.

»Er ist ein Pekinese.«

Dagobert wandte sich ab, trat hinaus ins morgendliche Licht. »Der will uns doch für dumm verkaufen! Der Conte ein Handtaschenhund? Unser Giacomo ist ein Scherzkeks.«

»Glaubt von mir aus, was ihr wollt«, erwiderte der alte Trüffelhund und verschlang den unbewachten Käse.

»Nachher erzählst du uns noch, er trüge eine Schleife im Fell!«, sagte Donald. Doch in seinen Augen stand leiser Zweifel. Er war der Unsicherste des Trios, folgte wie ein verschüchtertes Lamm den Spuren seines Anführers Dagobert.

Giacomo hatte es vom ersten Augenblick an gewusst. Daisy dagegen blieb ihm ein Rätsel. Sie liebte ihre Brüder, aber eigentlich wollte sie nicht hier sein. Es war zu spüren, dass sie am liebsten weggerannt wäre. Nur wohin?

Giacomo fiel auf, dass Donalds Frage nach der Schleife noch im Raum stand.

»Das werde ich jetzt lieber nicht erzählen. Aber dafür etwas anderes. Ich bin nicht irgendein Giacomo, sondern *der* Giacomo. Die Trüffel. Und ich brauche eure Hilfe.«

»Wer bist du?«, Dagobert blickte ihn verwundert an.

»Giacomo.«

»Soll uns das irgendwas sagen?«, wieder sprach nur der Anführer. »Ich sage dir jetzt mal, wer, oder besser, was du bist: verflucht viel Ärger. Du kommst noch nicht mal bis zur nächsten Hausecke, ohne über einen Hundefänger zu stolpern. Und überall hängt ein Bild von dir. Schau doch raus!«

Vorsichtig trat Giacomo ans Ende des Hofes, wo es zwischen zwei Häusern, gerade breit genug für einen ausgewachsenen Lagotto, zur Straße führte. Doch er blieb im Schatten stehen, erschrocken über die Augen der Menschen. Sie waren weit geöffnet, die Blicke hafteten an allem, was vier Beine hatte. Hundebesitzer hielten ihre Lieblinge straff an der Leine und eng bei Fuß. Nervös zuckten deren Häupter wie Vogelköpfe.

Und alles wegen ihm. Warum nur? Was hatte er bloß getan? Und wie sollte er Isabella und Niccolò finden, wenn er keinen Schritt unbemerkt blieb?

Er brauchte die anderen Lagottos. Aber sie ihn nicht.

»Und was jetzt?«, fragte er zu ihnen gewandt.

»Jetzt wollen wir deine Geschichte hören. Und zwar ohne den Blödsinn vom Conte.«

Also bekamen sie alles zu hören. Auch über das Tuch. Und endlich erhielt Giacomo Antworten.

»Es ist das Sindone«, sagte Daisy, ihre Stimme ein Flüstern. »Das heiligste Tuch der Menschen. Ihr Gott soll nach seinem Tod darin eingewickelt worden sein – und fand dadurch ins Leben zurück. Deshalb gelangen nun alle Menschen in den Himmel, wo sie ewig weiterleben. Das Tuch ist der Grund, warum sie dich jagen.«

Es gab viele Fragen, die Daisy danach beantworten musste, ihre Brüder zogen sich derweil zurück, verstauten die nicht verzehrte Beute. Giacomo wollte mehr wissen über diesen Gott und das Leben nach dem Tod. Bisher hatte er gedacht, alles würde enden, wenn das Herz aufhörte zu schlagen, die Seele würde kurz Abschied nehmen, dann verblassen und wieder eins mit der Natur werden. Das schien ihm ganz natürlich zu sein. Alles verging. Wenn eine Trüffel aus der Erde gerissen und gegessen wurde, dann existierte sie nicht mehr. Warum sollte es ihm anders ergehen als der grandiosesten aller Speisen?

»Die Menschen können den Himmel gern allein haben. Es wird ihn eh nur für Menschen geben, denn diesen Gott habe ich noch nie gesehen. Die Menschen teilen ihn bestimmt nicht mit uns. Sie geben ja nicht einmal von ihrem guten Essen ab.«

Daisy blickte hoch in den Himmel, als ließe sich dort schon ein Zipfel Ewigkeit erahnen und nicht nur faserige Zirruswolken. »Wenn das Paradies den Menschen vollkommenes Glück beschert, wie soll das ohne uns gehen? Wenn Menschen ihre Hunde wirklich lieben, kommen wir nach dem Tod zu ihnen.«

»Genug Blödsinn geplappert!«, fuhr Dagobert dazwischen. »Es ist Zeit für die Prüfungen. Du bist ein Lagotto, Giacomo, also einer von uns. Aber erst musst du beweisen, dass du in Turin überleben kannst und keine unnütze Last bist.«

»Die Straße der Schemen?«, fragte Daisy ängstlich.

»Die Straße der Schemen«, antwortete Dagobert. »Wie wir alle.«

Spaß klang anders.

Amadeus hatte noch nie einen toten Menschen gesehen. Erst jetzt, wo er darüber nachdachte, wurde ihm klar, dass sie genauso sterben konnten wie Hunde und aufhörten zu reden, zu essen – und zu atmen. Verunsichert blickte Amadeus zurück zum blutüberströmten Zimmer. Still trottete Tommaso hinter ihm her.

Hoffentlich war der zweite Mensch noch nicht tot, der mit dem Wärter den Glockenturm bestiegen hatte – und der Wolf, welcher mitten in Turin weilen musste!

Amadeus brauchte Hilfe. Viel davon. Doch er kannte nur wenige andere Hunde, seine Meute war stets unter sich geblieben, mit gewöhnlichen Straßenkötern wollte man nichts zu tun haben, und Leinenhunde erschienen ihnen als Sklaven der Menschen.

Nur ein weiterer Hund fiel ihm ein. Als Welpen waren sie Spielgefährten gewesen, das heißt, Amadeus hatte auf ihm herumturnen dürfen. Der alte Ugo hatte dann immer so getan, als ob ihn das Gewicht des federleichten Pharaonenhundes schrecklich schmerzte. Mit seinen Brüdern hatte er oft um Ugo herumgetollt, ihn angeschubst und auch gezwickt. Der aber ließ sich durch nichts beirren. »Ihr dummen kleinen Pelzknäuel«, hatte er immer gesagt, »das Leben, es wird euch die Späße schon noch austreiben, ja ja, das tut es immer.«

Mehr als einmal hatte der Mischling sein Fressen mit Amadeus geteilt, wenn dieser zur Strafe wieder einmal nichts erhalten hatte. Ugo hatte kurze stempelige Beine, einen Körper wie ein Ciabatta, eine platte Schnauze und lange Ohren. Er strolchte häufig in den Giardini Reali herum, wo Touristen ihm ab und an etwas zuwarfen. Doch Ugo besaß keinen festen Platz in Turin, er streunte umher, von niemandem beachtet. Umso zufriedener war Amadeus, als er ihn nun auf der Piazza San Carlo entdeckte. Er ließ den schlafenden Freund aus Welpentagen ruppig von Tommaso wecken.

»Steh schon auf, Ugo. Du wirst gebraucht!« Der Pharaonenhund stellte sich direkt vor ihn.

»Ach was«, antwortete Ugo. »Wer sollte schon von mir etwas wollen. Bist du das, Amadeus?« Er hob den müden Kopf. »Ja, guter Junge. Und …« Er erblickte Tommaso und schaute ernst zurück zu Amadeus. »Was hast du mit dem da zu schaffen, also nein«, flüsterte er ihm zu. »Der ist keiner, nein, keiner wie wir, Amadeus. Hat keine Seele, dieser Tommaso. Halt dich fern von ihm! Oh, was ist das?« Ugo erspähte eine Maus und flink schlug er mit einer Pfote auf den Schwanz des Nagetiers. Er ließ wieder los, hielt sie dann abermals fest. Es bereitete ihm augenscheinlich Freude.

Tommaso biss die Maus entzwei.

»Das Sindone ist gestohlen worden, und du musst mir helfen, es zu finden.«

»Nein, nein, ich bin zu alt für so was.« Ugo schüttelte langsam seinen Kopf. »Ich such gar nichts mehr, ich finde nur noch. Viel Glück, mein Junge! Ich schlaf jetzt weiter, weißt du, das mach ich im Winter am liebsten. Der Schlaf, er ist ein guter Freund, wenn die Pfoten nicht mehr wollen.«

»Du *wirst* mir helfen. Das Sindone muss wieder an seinen Platz, sonst wird dieser Winter niemals aufhören, sonst werden noch mehr Menschen sterben!«

»Was redest du da, Amadeus? Was hat denn das eine mit dem anderen zu tun?« Ugos Stimme war immer noch müde, die Worte flossen langsam.

»Gemeinsam mit Tommaso wirst du jeden einzelnen Straßenhund dazu bringen, das heilige Tuch zu suchen. Sowie den Mann, der in der Nacht beim Wächter im Glockenturm war, und den Wolf.«

»Was für einen Wolf? Wir sind hier in Turin! Hier gibt es keine Grauröcke. Eher siehst du, na ja, einen Elefanten tanzen.«

Tommaso machte einen Satz. Wie ein Windstoß war er über Ugo. »Du tust, was man dir sagt, Matschfell! Wer Amadeus nicht gehorcht, bekommt Tommasos Fang zu spüren! Darf Tommaso zubeißen, Amadeus? Dem muss Benimm beigebracht werden!«

Amadeus' Stimme wurde weich und gütig. »Keiner kennt die Stadt wie du, Ugo, keiner weiß so gut, wo die Verstecke liegen. Wirst du mir helfen?«

Tommaso knurrte, sein ganzer Körper vibrierte.

»Aber, Amadeus …?«

Der alte Ugo kam nicht dazu, seine Frage zu beenden. Tommasos Zähne bohrten sich in seinen Rücken, wo er seit Jahren nichts mehr gespürt hatte. Nun blitzte der Schmerz durch seine mürben Glieder. Ugo machte einen Buckel und fauchte. Tommaso wusste genau, was er tat, wo er Leid zufügen konnte, ohne bleibende Schäden zu hinterlassen. Er wartete nur darauf, eifrig weitermachen zu dürfen – obwohl er nun erst einmal in den eisverkrusteten Schnee biss, um den Geschmack von Ugos pelzigem Fell wieder loszuwerden.

»Was ist nur aus dir geworden, Amadeus?«, fragte der Streuner und besah sich die Wunde.

»Ich werde Turin sein Herz wiedergeben! Ein letztes Mal wiederhole ich meine Frage: Wirst du mir und der Stadt helfen?«

Der alte Ugo erhob sich und leckte dem Pharaonenhund über den Kopf. »Ja, Amadeus. Aber deine Augen musst du selber auftun. Komm, ich zeig dir was. Aber halt deinen Beißer kurz.«

Tommaso knurrte zufrieden. Die Angst in Ugos Stimme ließ seine stolze Brust noch weiter anschwellen – fast so, als läge ein Luftballon unter dem Fell der Englischen Bulldogge.

Ugo ließ sich Zeit beim Gehen, Hetze schien ihm fremd, auch das gelegentliche Antreiben durch Tommaso beschleunigte seinen Gang nicht. Ugo hielt sich fern von den gestreuten Wegen, dessen Salz sich in den Pfoten festsetzte, und von dem frischen Schnee, der sich so leicht im Fell verfing. Das langsame Tempo kam Amadeus entgegen, der nun durch Straßenzüge ging, die ohne erkennbare Ordnung aufeinanderstießen, mit jeder neuen Ecke änderte die Stadt ihr Gesicht. Da Amadeus sich stets in Sichtweite des Duomo aufgehalten hatte, war sein Orientierungssinn verkümmert.

Er war froh, als Ugo an einem vergitterten Mülleimer hielt, eine Zeitung herauszog und mit der Schnauze auf die Titelseite deutete, die vom eisigen Wind hin und her geschlagen wurde, so dass es fast aussah, als würden sich die Fotos bewegen. Die größten beiden zeigten das Sindone und einen Hund. Es war ein alter Lagotto Romagnolo. Der Blick des Lagotto auf dem Foto wirkte scharf und klug.

»Wer ist das?«, fragte Amadeus.

»Er muss etwas mit dem Tuch zu tun haben und sehr wichtig sein. Wenn du dich umschaust, siehst du ihn überall.«

Amadeus schaute auf. Warum waren ihm all diese Plakate entgangen?

»Fragt jeden zuerst nach ihm. Ich will diesen Lagotto. Und ich will ihn lebend! Kein Blut soll mehr fließen.«

Freiheit roch grandios, dachte Niccolò. Frisch wie Ziegenkäse und scharf wie Peperoni. Das kleine Windspiel konnte nicht genug davon bekommen und schnappte beim Rennen nach diesem Duft. Umzusehen brauchte Niccolò sich nicht. Es gab keine Verfolger. Nur die Wolken am Himmel schienen ihm hinterherzujagen. Ein Sturm zog auf, und er trug scharfe, kantige Stücke gefrorenen Wassers mit sich. Niccolò spürte es. Die weißen Berge des Himmels würden sich über der Stadt versammeln und ihre Fracht entladen.

Doch dann wäre er längst wieder in Isabellas Armen, seinen Kopf an ihren Bauch gelehnt, der sich langsam hob und senkte. Sie würde das Lied singen, welches er so mochte. *»Lo ho una zia che abita a Forlì / che quando va a ballare con il cappello fa così / così così così / con il cappello fa così / così così così.«* Ihre Stimme so sanft, die Tonleitern so spielerisch wechselnd, dass er sich wieder wie ein Welpe vorkam und ihm bewusst wurde, wie wunderbar es war, bei einem Menschen geborgen zu sein, völlig behütet, und sich um nichts mehr sorgen zu müssen.

Jetzt musste er nur noch nach rechts!

Oder links?

An der Brücke, hatte Rory gesagt. Doch hier stand keine Brücke, weit und breit war kein Fluss zu sehen. Der musste doch zu finden sein! Niccolò erblickte einen Schäferhund. Schnell huschte er um die dicken Fesseln von dessen Menschenfrau und lief neben ihm her. Die Hundebesitzerin beugte sich herunter, mit der Hand vor Niccolòs Gesicht herumschwenkend.

»Geh weg, du Straßenköter. Scher dich fort von meiner Mimi. Ksch!«

»Wo ist denn hier die Brücke?«, fragte Niccolò unbeirrt.

»Du bist aber ein Süßer«, antwortete die Schäferhündin.

»Ja?« Niccolò war erstaunt. »Findest du?«

»Aber wie.«

»Und verrätst du einem … Süßen wie mir, wo die Brücke ist?«

»Es ist mir ein Genuss! Einfach die Straße runter, und wenn es nicht mehr weitergeht, rechts. Ich spaziere da jeden Sonntagmorgen lang. Sie lässt mich dann auch von der

Leine. Für eine ganze Weile. Wenn du verstehst, was ich meine.«

Niccolò hatte keine Ahnung. »Schön für dich.«

»Es kann auch sehr schön für dich werden. Bis Sonntag!«

Die Frau zerrte an der ledernen Leine. »Weg von dem verlausten Ding! Und heute Abend wirst du gebadet.« Mit einem Röcheln verschwand die Schäferhündin – verführerisch ihr Hinterteil schwingend.

Niccolò rannte zur Brücke und bog links ab, suchte Fenster für Fenster nach Gittern ab, doch keines schien die Menschen im Inneren einzusperren.

Hier gab es keine Questura. Und keine Isabella. Die Stadt hatte wieder einmal ihre Häuserreihen wie Kulissen vor ihm verschoben, die Straßen in ein Labyrinth ohne Ausgang verwandelt, Isabella darin verschließend wie einen Schatz, den sie nie wieder preisgeben wollte.

Doch Niccolò ahnte, wo er mehr in Erfahrung bringen konnte. Wenn Turin auch nur ein bisschen wie Alba war, dann würden sie in der Unterwelt, in den Abflussrohren und Kanälen der Stadt leben. Im Dunkel, das sie mit den Ratten und Schaben teilten. Ihre Körper waren ideal geformt für die niedrigen Gänge: Dachshunde. Sie mochten aussehen wie Nackenrollen, doch Niccolò kannte keine härteren Kämpfer als sie.

Allerdings waren sie auch sehr eigen.

Zumindest die Dachshunde Albas. Vielleicht war ja die Population Turins großstädtischer, weltoffener? Er würde es nur herausfinden, wenn er in die Unterwelt hinabstieg. Doch die Gullydeckel waren nicht nur verschlossen, sie waren vereist. Er bräuchte Kraft wie ein Traktor und statt Pfoten Stemmeisen, um sie hochzuheben. Wie um alles in der Welt gelangten die Dachshunde nach Beutezügen in ihr Revier zurück? Es musste einen Eingang geben. Doch sosehr er in den nächsten Stunden auch durch Turin rannte, so viele Deckel er in Augenschein nahm, keiner ließ sich mit einem Schubser seiner Schnauze zur Seite schieben. Er bemerkte gar nicht, dass er immer im Kreis lief. Erst als er die Ponte Umberto I. wiedererkannte, nahm er eine andere Route, und gleich hinter der Piazza San Carlo stieß er auf die Piazza C. L. N. mit den zwei Brunnen, die den Po und die Dora darstellten, zwei der vier Turiner Flüsse.

Daneben tat sich gerade die Erde auf.

Menschen in Overalls öffneten einen Gully. Sie hatten ihren Transporter neben dem Schacht geparkt. Zwei dreieckige Schilder markierten die Gefahrenzone, aber keine Absperrbänder, keine Gitter. Niccolò brauchte nur abzuwarten. Nacheinander stiegen drei Männer in die Tiefe, ausgerüstet mit Helmen, an denen vorne eine Lampe steckte. Sie riefen sich ständig etwas zu und lachten. Es half vermutlich gegen die Dunkelheit.

Als sie endlich alle im Schacht verschwunden waren, sprang Niccolò in das Gullyloch. Er hüpfte von Kopf zu Kopf, ignorierte das Fluchen und die nach ihm schlagenden Hände, drehte sich gewandt im Flug und landete schließlich in stinkendem Wasser, das ihm fast bis zum Bauch reichte. Wegen der hinabsteigenden Kanalarbeiter drang nur wenig Licht in den Schacht, die Finsternis blieb nahezu unangetastet. Doch Niccolò konnte erkennen, dass der Gang hoch genug für ihn war, und rannte hinein. Die Richtung war völlig egal. Er musste niemanden finden. Die Dachshunde würden das für ihn erledigen.

Nur an den elenden Geruch sollte er sich schnell gewöhnen.

Mit der Zeit sank die Decke bedrohlich herab. Niccolò konnte es nicht sehen, doch er hörte, wie der Hall seiner Schritte sich immer rascher spiegelte. Es schien hier noch dunkler zu sein als in der Kanalisation Albas – und dort war es bereits so finster, dass er nicht einmal seine Schnauzenspitze hatte sehen können. Es war hier so, als kröche die Schwärze ihm unter das Fell, um seinen Körper im Innersten zu verdunkeln. Niccolò tat trotzdem einen Schritt nach dem anderen. Irgendwann war jedwedes Licht fort. Wie lang er dem leise fließenden Abwasser schon folgte, wusste er nicht, doch plötzlich hörte er eine Stimme.

»Was willst du in unserem Reich, Windspiel?«

Wie konnten sie bloß wissen, dass er ein Windspiel war?

»Durch deine Schritte und deinen Geruch hast du dich verraten.«

Woher wussten sie, was er dachte?

Niccolò wartete. Doch diesmal kommentierten sie seine Gedanken nicht.

»Ich bin Niccolò, ein Freund der Dachshunde Albas.«

»Dort leben keine wahren Dachshunde.«

»Verweichlicht sind die!«

»Essen zu viel Pizza und zu wenig Ratten. Das ist verdammt schlecht für die Knochen.«

»Lässt die Beine total schrumpfen.«

Die Dachshunde redeten in einem atemberaubenden Tempo. Ihre Stimmen hallten, kamen von überall und nirgends.

»Er ist bei uns eingedrungen!«

»Noch nie zuvor hat uns ein Windspiel belästigt.«

»Gibt hier auch wenig Wind.«

»Außer wenn Striezel pupst!«

»Verdammich, ja!«

Sie lachten schallend, es dröhnte im Kanal.

»Schnauze halten! Wir bringen ihn jetzt zum Kleinen Stinker. Der soll entscheiden.«

»Wer ist der … Kleine Stinker?«, fragte Niccolò, die Angst in seiner Stimme unterdrückend. Lebte etwa ein Iltis in der Unterwelt Turins?

Doch er bekam keine Antwort.

Dafür bohrte sich bereits die nächste Frage in sein Hirn. Gab es auch einen Großen Stinker?

Das Heu des Unterschlupfs schien mehr zu verbergen, als Giacomo vermutet hatte. Daisy schob die trockenen Halme mit ihren Pfoten so zärtlich beiseite, wie er selbst die Erde von den Trüffeln strich. Ein Schatz musste sich darunter verbergen.

»Schau«, sagte sie.

Giacomo trat neben sie und sah ein großes Stück Kohle auf dem lehmigen Boden liegen und eine Leine mit viel zu großem Halsband, aus dem selbst ein Lagotto problemlos entschlüpfen konnte. Es sah neu aus, das dünne Leder weiß, einige schimmernde Steine waren darin eingelassen, der Verschluss glänzte ohne Rost und Dreck.

»Wo habt ihr das her?«

»Senk einfach den Kopf in die Mitte des Bandes, ich zieh es dann mit meinen Zähnen bis zu deinem Hals.«

»Warum?«

»Vertrau mir!« Sie schaute ihm nicht in die Augen, sondern starrte verlegen auf den Boden. Die Hündin war viele Jahre jünger als Giacomo, und er verstand die kleinen Zeichen nicht, welche sie ihm gab. Sie behandelte ihn nicht wie ein verglühendes Feuer, sondern so, als seien noch Flammen in ihm.

»Wenn ich hier jemandem traue, dann dir.«

»Beeil dich«, sagte Daisy.

Giacomo senkte den Kopf und spürte, wie das Halsband über Ohren und Nacken glitt.

»Und jetzt reib deine Stirn an der Kohle.«

»Willst du dich über mich lustig machen?«

»Ich dachte, du vertraust mir?«

Das hatte er gesagt, dachte Giacomo. Er fuhr mit festem

Druck an dem groben Stück vorbei, spürte, wie Krümel sich im Fell verfingen. Immer wieder trieb ihn Daisy an, noch mal über die Kohle zu streichen.

Ihre Brüder standen in der engen Gasse Wache und beobachteten die Hauptstraße. Ihre Körpersprache verriet eine Mischung aus Angst und Abenteuerlust. Ihre Schultern wogten, als würden sie von Wellen rhythmisch emporgehoben. Dann drehte sich Dagobert um und nickte seiner Schwester zu.

»Wir müssen«, flüsterte sie Giacomo zu.

Erst auf der Straße begriff dieser, wofür das alles gut war. Zwar fiel er auf, sogar mehr noch als vorher. Doch niemand versucht ihn einzufangen. Er war nicht mehr der streunende Lagotto des Plakates, er war ein ausgebüxter Leinenhund mit schwarzem Streifen auf der Stirn. Für Menschen sahen alle Hunde einer Rasse gleich aus – wenn ihr Fell sich nicht stark unterschied.

Er war nun ein anderer Hund. Nach diesem wurde nicht gesucht. Durch die Leine und das bisschen Kohle konnte er sich in der Stadt ungestört bewegen. Er war wieder frei.

Als Giacomo sich umdrehte, erhob sich hinter ihm ein breiter Turm mit einer gewaltigen Kuppel und einer langen Spitze. Irgendetwas schien mit den Proportionen nicht zu stimmen, das Dach sah aus, als sei es von einem riesenhaften Gebäude abgetragen worden, als fehle der komplette Unterbau. Es erinnerte Giacomo an einen Bienenhintern mit ausgefahrenem Stachel. Daisy bemerkte seinen Blick.

»Das ist die Mole Antoniella. Ursprünglich sollte es eine Kirche werden, aber jetzt ist es ein Museum. Direkt daneben liegt unser Hauptversteck. Sie ist wunderschön, oder? Die Mole überragt alles andere in Turin. Irgendwann möchte ich einmal bis zur Spitze laufen, um die ganze Stadt zu überblicken, um alles wie ein Vogel zu sehen.«

»Gut wiederzufinden«, sagte Giacomo anerkennend.

Der Weg zur Superstrada war dank der Verkleidung sehr entspannt. Giacomo genoss die Tarnung und tat so, als würde er seinen Herrn suchen. Er erntete Blicke voller Mitgefühl. Doch es wurden immer weniger, denn die Zahl der Menschen auf den Bürgersteigen nahm ab, je weiter sie sich vom Zentrum entfernten. Als die Straße vier Spuren aufwies und die Wagen nur mehr Schlieren waren, hielt Dagobert an. Am Rand standen riesige Gebäude, die aussahen wie Schuhkartons. Es war dieselbe Straße, die Giacomo von der Ladefläche aus gesehen hatte, als der Fallensteller ihn in die Stadt fuhr. Sie war wie ein riesiges Messer, und die Wagen schärften fortwährend ihre Klinge.

»Hin und zurück.«

Die vorbeifahrenden Autos brummten nicht, sie zischten.

»Warum macht ihr es euch so schwer?«, fragte Giacomo. »Wenn ihr mich loswerden wollt, hättet ihr das doch auch im Versteck erledigen können.«

Donald trat hervor. »Wir mussten da alle durch.«

»Auch zur Mittagszeit?«

»Geh«, sagte Dagobert. »Beweise dich!«

Na gut, dachte Giacomo. Es waren schließlich nur Autos. Sie konnten nicht beißen. Es waren zwar viele, und sie waren schnell, doch es blieben Rostlauben. Wenn er auf die Straße sprang, würden sie ihn in die Luft werfen wie Katzen eine Maus, würden mit ihm spielen, das aus ihm strömende Blut ignorieren, irgendwann das Interesse verlieren und ihn schließlich platt fahren.

Aber sie würden ihn immerhin nicht beißen.

Giacomo konzentrierte sich auf die erste Spur, wo die Wagen am langsamsten fuhren. Auch sie sahen zwar schneller aus als Falken im Sturzflug, doch das war immer noch besser als die Raser auf den nächsten Streifen. Deren Tempo glich Düsenjägern. Giacomo wartete ab, trat schließlich ganz ruhig auf die Fahrbahn und blieb stehen.

Dann holte er tief Luft.

Manche Pläne gingen nicht auf. Es gab keine absolute Gewissheit. Doch Giacomo war sich diesmal ziemlich sicher, denn er hatte die ängstlichen Augen des schnauzbärtigen Mannes gesehen, der hinter dem Steuer seines alten Wagens saß, im Schlepptau ein Haus auf Rädern.

Zuerst quietschten die Bremsen, als zöge jemand mit voller Wucht Kreide über eine Tafel, dann krachte es. Mehrmals. Fluchen war zu hören. Und Hupen.

Aber kein Wagen bewegte sich noch.

Und Giacomo war nicht einmal touchiert worden. Gemächlich spazierte er über die vier Spuren und wieder zurück.

»Erledigt«, sagte er zu den staunenden Lagottos. »Sonst noch was?«

Daisy schmiegte sich an seine Flanke. »Wir sind alle gelaufen wie die Eichhörnchen – aber so ist es viel besser.«

»Jetzt sollten wir schleunigst verschwinden«, sagte Donald. »Sonst lynchen sie uns nämlich.«

Es wäre nicht weit zurück ins Zentrum Turins gewesen, hätte Dagobert den geraden Weg gewählt und nicht ständig wie ein Hase Haken geschlagen. Doch Giacomo wusste, warum er es tat. Hundefänger lungerten in der Stadt herum wie Eisverkäufer im Freibad. Er selbst wäre ihnen mehrmals in die Arme gelaufen, doch Dagobert schien einen siebten Sinn für sie zu haben, einer Fledermaus gleich, die selbst im Dunkeln an keine Wand stieß. Giacomo wurde mit einem Mal bewusst, dass Turin eine Stadt des Sommers war. Für diese Jahreszeit war sie errichtet worden, mit ihren breiten Arkaden, ihren engen, stetig schattigen Straßen und den großen Achsen, die den kühlenden Alpenwind einluden. Selbst jetzt im Winter ließen die meisten Turiner aus Gewohnheit ihre Rollläden herunter, und einige Balkone waren von Plastikfolie umschlossen, so als stünden sie unter

Quarantäne. Der Winter gehörte nicht hierher, er war ein Eindringling. Der Sommer war in Turin zu Hause.

Die Piazza, auf der sie schließlich anhielten, unterschied sich durch nichts von den vielen anderen Turins. Autos, übersät mit Dellen und Kratzern, parkten an jeder erdenklichen Stelle, Häuser ragten im Karree gen Himmel, es wurde lautstark geredet und gefeilscht. Nur eine Sache war anders. Hier gab es eine Menschenschlange, die vor einem lindgrünen Gebäude mit großen Schaufenstern ausharrte. Wenn Hunde etwas wollten, dachte Giacomo, stellten sie sich nicht brav in Reih und Glied. Sie stürzten sich einfach auf das Gewünschte. Die stärksten und schnellsten ergatterten die größten Brocken. Menschen erstaunten ihn doch immer wieder.

Kein Schild hing über dem Laden, kein Name war zu lesen, eine Auslage gab es auch nicht, hinter den großen Fenstern hingen nur schlichte weiße Gardinen.

Doch als jemand die Tür öffnete, um hinauszutreten, roch Giacomo, was die Begierde so weckte. Frisches Fleisch.

»Er hasst Hunde«, sagte Dagobert leise, als hätte er Angst, der Metzger würde ihn hören. »Und er spürt, wenn wir uns nähern. Kein Hund Turins traut sich mehr hinein, denn er schlägt sofort mit dem Hackbeil zu. Seine Bistecca, Costolette und Cotechini sind phantastisch. Ein Fest, Giacomo, das du uns bescheren wirst.«

»Klauen soll ich?« Dachten sie etwa, ein Hund aus der Langhe hätte das nie nötig gehabt? »Ist schon eine Weile her, aber das verlernt man nicht. Nur langsamer wird man mit der Zeit.«

Giacomo verspürte keine Angst, als er schließlich in die Metzgerei trat. Denn er hatte dafür gesorgt, dass seine Anwesenheit völlig legal war. Lange hatte er warten müssen, Dagobert war bereits unruhig geworden, doch dann ergab sich die Gelegenheit. Giacomo überquerte die Piazza, nahm das Ende seiner Leine ins Maul und legte es in den Korb der alten Dame. Sie bemerkte es nicht, hatte genug damit zu tun, die Tür des Geschäfts zu öffnen. Diese ging nach außen auf. Sehr gut für die Flucht!

Drinnen angekommen, wurde Giacomo von den köstlichen Düften überwältigt. Wie Fleisch, Gewürze, Kräuter und Blut hier vermählt wurden, verriet eine Künstlerhand. Die köstlichen Salamis an der Decke verlangten geradezu danach, gefressen zu werden. Die Schenkel rochen saftig und schienen so frisch, als wären sie am Morgen noch über die Weide getrabt. Der Metzger stand hinter dem Tresen, das Haupt erhoben wie ein König. Hager wirkte er, die Haare am Kopf waren kurz wie die Borsten eines Schweines. Die Ärmel der weißen Schürze hatte er aufgerollt, so dass seine sehnigen Unterarme zu sehen waren. Ernst und stolz blickte er, schien jeden Kunden zu mustern und zu entscheiden, was dieser kaufen durfte. Bei manchem Wunsch nickte er, dann schüttelte er wieder entschieden den Kopf. Preisschilder existierten nicht. Die Menschen zahlten, was verlangt wurde.

Es war der Himmel für jeden Fleischfresser – doch die Hölle für jeden Dieb. Denn die Würste hingen zu hoch, um sie mit einem Sprung erreichen zu können, und hinter die Theke zu laufen wäre Wahnsinn gewesen. Die Messer lagen auf den Platten direkt hinter dem Metzger. Sie waren so scharf, dass Giacomo zu hören meinte, wie die Luft sich daran schnitt. Ihm musste schnell etwas einfallen.

Liebevoll wie bei einem Geschenk packte die Verkäuferin ein perfekt mit Fett durchwachsenes Nackensteak in Wachspapier und legte es auf den Tresen. Langsam schob Giacomo sich vor, schaute unschuldig und nur wenig interessiert, doch als die Hand der Kundin das Paket in die Einkaufstasche stecken wollte, schnappte er zu. Und brach wie eine Lawine hinaus, alles zur Seite drückend, was ihm im

Weg stand, den Schädel gegen die Tür rammend und dann über den Bürgersteig zur anderen Seite der Piazza jagend, als stehe sein Schwanz in Flammen. Niemand schrie ihm nach, es war alles viel zu schnell gegangen.

Jetzt hatte Giacomo keine Puste mehr – aber dafür unheimlichen Appetit.

Doch wie besprochen teilte er seinen Schatz, nachdem sie sich in eine einsame Gasse zurückgezogen hatten. Giacomos Herz blutete, als er sah, wie achtlos die anderen ihre Stücke hinunterschlangen. In Alba hätte er solche Prachtstücke niemals gefressen, ohne den Geschmack von Barolo im Maul. Am besten aus der Gegend um La Morra. Den hätte das köstliche Schwein verdient!

Ach, er hatte schon viel zu lange keinen Wein mehr getrunken …

»Noch eine Prüfung«, sagte Dagobert, nachdem er den letzten Bissen geschluckt hatte. »Die letzte und die schwerste. Es ist nicht weit. Folge mir.«

Diesmal gingen sie am Duomo vorbei, die große Kirche mit ihrem riesigen Glockenturm beeindruckte Giacomo sehr. Dort sprach Dagobert kurz mit einem herbeieilenden Streuner und änderte danach ihren Weg. Der Trüffelhund wurde das Gefühl nicht los, dass der stärkste der Lagottos unglücklich über seine Erfolge war. Als Daisy sich etwas zurückfallen ließ, tat Giacomo es ihr gleich. »Was hat er?«

»Du verrätst es nicht weiter? Vor allem Dagobert nicht, oder?«

»Warum sollte ich?«

»Bisher hat keiner die beiden Prüfungen ohne Verletzung überstanden. Selbst Dagobert nicht. Er respektiert dich sehr, das hat er mir anvertraut. Er hat seinen Vater nie kennengelernt, aber er hätte sich jemanden wie dich gewünscht. Und tut es immer noch. Doch trotz allem ist es schwer, plötzlich nicht mehr der Beste zu sein. Wenn du auch die letzte Prüfung mit Bravour bestehst, wird sich in seine Trauer auch viel Stolz mischen. Er braucht dich, wir … brauchen dich.«

»Wo ist denn dein Mensch?«, fragte Giacomo, obwohl er wusste, dass diese Frage verboten war.

Daisy antwortete leise, damit ihre Brüder es nicht hörten. Die kleinen Gassen hallten stärker als Kirchenwände. »Er lebt hier in Turin. Manchmal gehe ich an seinem Haus vorbei. Er musste mich fortgeben, eine Allergie. Dabei hat er mich so geliebt! Ich hatte sogar ein eigenes wunderschönes Zimmer. Meinen Platz in dieser Welt. Er war ein sanfter Mann, ein Diener Gottes, mit einem großen Herzen. Er trennte Recht und Unrecht wie Öl und Wasser, die sich nicht vereinen können.« Außer bei einer leckeren Vinaigrette, dachte Giacomo, behielt diesen Gedanken aber für sich. »Vielleicht wird er ja eines Tages wieder gesund. Ich würde so gern zurück zu ihm«, fuhr Daisy fort. »Davon dürfen Dagobert und Donald aber nichts wissen, ja?«

»Versprochen. Danke für dein Vertrauen.«

»Hab ich gleich gespürt, dass man dir alles erzählen kann. Du bist was Besonderes.«

Giacomo hätte gerne etwas Nettes erwidert, doch er war völlig aus der Übung. Deshalb schwieg er nur und schaute sich die Gegend an. Sie kam ihm bekannt vor. Woher nur? Wann war er hier vorbeigekommen? Warum wurde er plötzlich so unruhig?

Nach der nächsten Biegung wusste er es. Die Questura. Wo steckten die Hundefänger?

Erst jetzt sprach Dagobert wieder.

»Das Gebiet ist sicher. Aber nur für uns. Nicht für dein Opfer. Ein kleiner Störenfried, der vor kurzem eine unserer einträglichsten Futterstellen vernichtet hat. Dieses mickrige Exemplar von Hund zerstörte die Auslage einer Obsthändlerin, die uns regelmäßig etwas abgab. Als wir danach zu ihr kamen, scheuchte er uns einfach weg. Das bedeutet Rache. Es wurde uns zugetragen, wo wir ihn finden können. Blut muss fließen! Vergiss nicht, dass wir dir das Leben gerettet haben. Ohne uns bist du in dieser Stadt verloren. Zeige deinen Dank.«

Er führte Giacomo zu einer von Unkraut zugewucherten Mauer. Erst als sie ganz nahe herangekommen war, erkannte der alte Trüffelhund, dass hinter dem Gestrüpp ein Gang hineinführte. Und der Geruch eines jungen Hundes drang in seine Nase.

Einige Stunden zuvor hatte sich Niccolò den Kopf an einem tief verlaufenden Rohr gestoßen. Er zählte schon nicht mehr, wie oft das bereits passiert war. Zumindest die Dachshunde hatten ihren Spaß.

»Oh, hab ich vergessen, ›Achtung‹ zu sagen?«

»Du hast wieder mal nur an saftige Ratten gedacht, du Fressmaschine!«

»Ach was! Der muss ständig aufpassen, dass er nicht über seine kleinen Beinchen fällt!«

Die Stimmung unter ihnen war prächtig. Weil sie mit Niccolò reiche Beute gemacht hatten?

»Was habt ihr mit mir vor?«, fragte das Windspiel. »Ihr könnt es ruhig verraten, ich werde schon nicht weglaufen.«

»Ganz sicher nicht!«

»Es sei denn, du könntest durch Beton gehen. Wie der alte Beppo.«

»Der konnte das nie! Das hat er bloß erzählt, weil er ständig in irgendwelche Löcher fiel.«

»Stimmt, der war ja so ein dusseliges Langhaar.«

»Pass auf, was du sagst! Ich zeig dir gleich, wie ein Langhaar zubeißen kann. Wie ein Rudel Löwen! Oder wie zwei Rudel Wölfe! Oder vier …«

»… Schwärme Fische!«

Ein Dachshund warf sich vor lauter Lachen ins Abwasser. *»Fische! Das passt! Das passt super!«*

»Bekomme ich jetzt eine Antwort?«

»Hast du was gefragt?« Das Lachen ebbte langsam ab.

»Was ihr mit mir vorhabt?«

»Bringen dich zum Kleinen Stinker. Weißt du doch. Alles andere entscheidet er. Wie immer. Ist nicht mehr weit.«

»Eigentlich sind wir schon da.«

Der Kanal öffnete sich zu einer niedrigen Halle, durch ein Rost fiel milchiges Licht herunter. Zwei Kanäle flossen von rechts und einer von links in dem rechteckigen Saal zusammen, bildeten eine Art See. In diesem lag eine Insel, von allen Seiten umflossen, doch mit der gegenüberliegenden Wand durch einen Betonsteg verbunden, hinter dem eine Wendeltreppe ins Dunkel führte.

Der Kleine Stinker unterschied sich durch nichts von den anderen Dachshunden. Er thronte auf einem Müllberg, errichtet aus Angeschwemmtem. Darunter Knochen, Pappen, elektrische Zahnbürsten, Rasierer und unzählige Dosen. Als Niccolò eintraf, erhob er sich nicht, sondern bellte nur kurz einen Gruß.

»Ein neues Fundstück?«

»Er nennt sich Niccolò. Behauptet, ein Freund der Dachshunde Albas zu sein. Er ist herabgestiegen, nicht gefallen.«

»Die Dachshunde Albas? Ein verzärteltes Pack!«

»Haben wir ihm auch schon gesagt. Er scheint das anders zu sehen. Aber was weiß ein Windspiel schon.«

»Woher der Wind weht?«, fragte der Kleine Stinker.

»Verdammich, ja!«, brüllten die Dachshunde. Es klang wie ein Schlachtruf.

»Bringt ihn näher, ich will ihn richtig sehen.«

Mit erstaunlicher Sprungkraft überwanden die Dachshunde das Wasser, Niccolò folgte ihnen. Sie bedeuteten ihm, den Hügel emporzusteigen. Der Kleine Stinker war ein Rauhaar, seine Augen blickten alt und listig. Erst jetzt bemerkte Niccolò, dass seine Hinterläufe leblos waren. Die Dackellähme musste ihn erwischt haben.

»*Er hat nichts Verschlagenes an sich*«, sagte der Kleine Stinker nach kurzer Betrachtung. »*Noch sehr jung ist er – und anscheinend mutig. Denn er traute sich zu uns in die Tiefe. Sag uns, warum, Windspiel.*«

»Ich brauche Hilfe, nur ein kleiner Gefallen, mehr nicht. Bitte, o Kleiner Stinker!«

Nun meldete sich einer der Dachshunde hinter Niccolò zu Wort. »*Er hat ›o‹ gesagt! Das Klappergestell hat Manieren. Ein ganz Braver. Fein hat er das gemacht.*«

Der Kleine Stinker beachtete den Kommentar nicht. »*Was ist mit deinem Ohr? Es ist ungewöhnlich gewinkelt.*«

»Seit einem Kampf in meinem Dorf ist es taub. Rimella heißt der Ort und liegt in der Langhe, auf dem Land. Nur wenige Häuser gibt es dort und kaum Autos. Ich gehöre nicht in eure Stadt, und ich will schnell wieder zurück. Werdet ihr mir helfen?«

»*Bei euch gibt es sicher Füchse und Dachse. Was für ein Festessen wäre das!*«

»*Verdammich, ja!*«, brüllte die Meute fröhlich.

»*Du bist zu einer merkwürdigen Zeit in Turin, Windspiel*«, fuhr der Kleine Stinker fort. »*Das Sindone ist verschwunden, und dies ändert alles. Die Menschen, die Tiere. Ein alter Hund soll schuld daran sein, ein Lagotto. Deshalb benehmen sich die Bewohner der Oberwelt merkwürdig. Wir Hunde sollten nun zusammenhalten. Die Dachshunde Albas leben in Saus und Braus, sie wollen ihren Reichtum nicht teilen. Ratten so groß wie fette Katzen hausen dort. Wir hier im Dunkel Turins müssen uns durchbeißen. Doch wir helfen einem Freund der Dachshunde – selbst wenn es sich dabei um die feisten Kameraden aus der Stadt der Trüffel handelt.*«

»Könnt ihr mich dann zur Questura bringen? Dort haben

sie meine Menschenfrau eingesperrt. Dabei hat sie nichts getan!«

»Striezel wird dich hinführen. Geh lieber nicht zu nah hinter ihm … er hat verrottete Taube gefressen.«

»Ach was! Der stinkt immer so!«

»Verdammich, ja!«

»Tu ich gar nicht. Und die Taube war noch sehr lecker. Die hat der Schnee frisch gehalten. Der Kühlschrank der Natur!«

Wenn es nicht an der Taube lag, dachte Niccolò, als er kurze Zeit später hinter Striezel herlief, dann musste dieser gerade innerlich verwesen. Doch das beeinträchtigte dessen Fröhlichkeit nicht im Geringsten. Er rannte so gutgelaunt durch die nachtschwarzen Gänge, als wären es saftige Wiesen an einem wunderschönen Sommermorgen. Niccolò hielt die Nase lieber nah ans kloakige Abwasser als in die Nähe von Striezels Hinterteil.

»Da kommt selbst ein Windspiel wie du nicht mit, was? Ja, die Beinchen von Striezel bewegen sich schnell wie Libellenflügel.«

Niccolò widersprach dem schwer pustenden Dachshund nicht. Die kleinen Würste waren stolz – und es wäre unklug, daran zu kratzen. Unter ihrem goldigen Äußeren lag härtester Stahl. Doch plötzlich ermüdete dieser und Striezel ging im Schritttempo weiter.

»Will dich nicht überanstrengen, du hast ja noch was vor! Übrigens: Friss nichts, was du auf dem Weg findest. Dein Bauch ist ja nicht dran gewöhnt.«

Niccolò hatte eher den Eindruck, dass Striezel für den Rückweg einige Rationen sichern wollte. Immer wieder gab dessen Hinterteil tuckernde Geräusche von sich wie ein kleiner Traktor, ansonsten verlief die unterirdische Wanderung ruhig. Selbst an die knirschenden und zirpenden Geräusche gewöhnte Niccolò sich.

»Ich rieche schon den Ausgang«, sagte Striezel. *»Da vorn geht's gleich hoch.«*

Der schwache Lichtschimmer brannte in Niccolòs Augen. Die Unterwelt spuckte ihn in einer leeren Gasse aus. Ohne Worte verschwand Striezel wieder im Dunkel. Er böllerte noch einmal fröhlich zum Abschied und rief beim harten Aufprall ins Abwasser: *»Verdammich, ja!«* Niccolò hörte Getrappel, und dann schließlich nichts mehr.

Er spürte Isabella, noch bevor die frische Luft seine Lunge füllte.

Dies war der richtige Ort! Alle Fenster waren vergittert, Türen nirgends zu sehen. Diese lagen Striezel zufolge nach vorne hinaus. Würden sie ihn hineinlassen? Durfte er zu seinem Menschen?

Niccolò rannte los. Doch schon nach wenigen Metern hielt er wieder an. Es war nicht seine Nase, die ihn zum Stoppen brachte. Es war sein Herz. Zielsicher führte es ihn zur Gefängnismauer, sicher so hoch wie vier Menschen, bedeckt mit Stacheldraht. Zu einem mit Unkraut bewachsenen Abschnitt zog es ihn, obwohl er doch so gern zum Eingang gerast wäre.

Hinter dem Strauch war die Mauer weggebröckelt. Gelöst vom Urin der Jahre. Aber auch von Krallen, deren Spuren an den Seiten belegten, dass es Hunde gewesen sein mussten, die diesen kleinen Schacht freigelegt hatten. Viel Geduld und Kraft musste dafür nötig gewesen sein. Einen guten Meter führte der Weg hinein und endete dann an Gitterstäben. Dahinter lag ein Hof, der in einen riesigen, oben offenen Käfig verwandelt worden war. Niccolò sah lange Zeit niemanden, vielleicht waren es sogar Stunden, die er wartete. Trotzdem wollte er nicht wieder hinauskriechen, um keinen Preis. Dann endlich kamen die Menschen. Sie liefen nur im Kreis herum, ein schmutzig grauer Trampelpfad hatte sich dadurch gebildet. Einige schwangen dabei die Arme wie Windmühlen, eine Frau ging seitwärts, doch die meisten ließen nur den Kopf hängen. Eine Gestalt schlurfte gar, so als schliefe sie. Immer wieder kam sie vom Weg ab, stieß ihre Schuhe gegen den harten, eisigen Rand.

Erst als sie näherkam, erkannte Niccolò seine Isabella. Sie sah so ausgezehrt aus, so blass, als habe man sämtliches Blut aus ihr gepumpt.

Er bellte leise. Keine Reaktion, sie war immer noch zu weit entfernt, er würde warten müssen. Der nächste Beller wollte hinaus, er war lauter, drängender. Doch Niccolò hielt ihn in der Kehle fest, schaffte es dadurch kaum noch zu atmen. Erst als ihre Runde Isabella genau zu ihm führte, ließ er ihn gedämpft hinaus.

Drei Gesichter wandten sich in seine Richtung.

Isabellas war darunter. Ihr Blick suchend, doch ihre Mundwinkel formten bereits ein Lächeln, ihre Wangen zitterten vor ungläubiger Freude. »Niccolò?«, fragte sie leise. »Bist du es wirklich?«

Die Welt des kleinen Windspiels veränderte sich schlagartig, das Weiß des Schnees erschien ihm nicht mehr kühl, sondern leuchtend. Niccolò spürte die Wärme in Isabellas Körper, hörte ihre Gedanken. »Er hat mich wirklich gefunden. Mein Niccolò weiß, dass ich unschuldig bin. Wo steckt er nur? Ich habe ihn doch gehört, so nah, als stände er neben mir!«

Sie kam Richtung Mauer. Gleich wäre sie bei ihm, würde die Fingerspitzen zwischen den Gitterstäben hindurchschieben und sein Fell kraulen.

Doch dann zog Niccolò etwas am Hinterlauf, zerrte ihn fort von seinem Menschen, den er so lange gesucht hatte.

»Niccolò!«, hörte er sie rufen, und er wehrte sich mit aller Kraft gegen diese Grausamkeit, trat aus, versuchte sich mit den Pfoten festzuhalten. Doch es beeindruckte das Monster überhaupt nicht, das ihn mit roher Gewalt fortriss von seiner Isabella.

Eng kam ihm der Schacht nun vor, dunkel und erdrückend. Dann landete er mit voller Wucht auf dem Beton der Gasse.

Es war ein Hund, der ihn herausgezogen hatte und nun breitbeinig über ihm stand, die Zähne fletschend.

Und Niccolò kannte ihn.

Oder dachte es zumindest.

Es war Giacomo.

II

TURINER BLUT

Kapitel 5

PORTA PALATINA

Die kalte Luft ließ den Himmel über Turin so klar werden, dass die Konturen der Alpengipfel wie Klingen ins wolkenlose Blau schnitten. Niccolò blickte zu den schneebedeckten Riesen, keinen Muskel bewegend. Die eisigen Massen beruhigten ihn ein wenig, schienen seine Wunden zu kühlen.

Der alte Trüffelhund hatte seinen Fang kraftvoll und dennoch vorsichtig um Niccolòs Hinterlauf geschlossen, als er ihn von der Mauer wegzerrte. Dann hatte er ihn gebissen, mehrmals, bis Blut floss. Niccolò war starr vor Schreck gewesen. Hatte sich nicht gewehrt. Was war er bloß für ein unglaublicher Versager! Giacomos Bisse hatten einzig seinem Ohr gegolten – um dessen Taubheit der alte Freund wusste. Die Krallenschläge waren hart gewesen und hatten ihn doch sanft getroffen. Giacomos Pfoten waren geschult durch das vorsichtige Ausheben der Trüffel. Sie hatten Niccolò behandelt wie eine solche. Doch kein freundliches Wort, kein Zeichen des Erkennens. Warum nur hatte er ihn angegriffen? Wusste Giacomo vielleicht nicht mehr, wer er war? Manche Hunde stießen sich hart den Kopf und vergaßen alles, veränderten gar ihren Charakter.

Doch einmal, zwischen zwei Bissen, hatte er ihm über die Stirn geleckt. Oder hatte Niccolò sich die zärtliche Berührung in all dem Chaos nur eingebildet? Sie sich gewünscht? Denn wenn er Giacomo nicht mehr an seiner Seite hatte, wen dann? Erst jetzt merkte Niccolò, welcher Anker der alte

Hund für ihn war – und wie schwankend die Welt ohne diesen.

Eine Passantin warf ihm ein Stück ihres Tramezzino zu und strich dem kleinen Windspiel über den Kopf. Wie elend und hilfsbedürftig mochte er aussehen? Wie tief war eigentlich die Wunde am Ohr? Er musste sich in einem Spiegel betrachten. Auf der prachtvollen Via Roma gab es endlose Schaufenster, dort schleppte Niccolò sich nun hin, immer nah an den Hauswänden entlang. Nur nicht auffallen.

Endlich kam er zu einem prachtvollen Damenausstatter. Hinter den Glasscheiben standen Schaufensterpuppen. Röcke kurz, Pelze dick, Gesichter unbeweglich. Niccolò achtete nicht auf sie, seine Aufmerksamkeit galt dem Widerschein seines Ohres. Bildete er sich das nur ein, oder formten die kleine Wunden ein Muster? Es waren nicht die üblichen Vertiefungen der Reißzähne, nicht die Rundung des Fangs.

Plötzlich tauchte neben ihm ein schlaksiger Mann auf, in einen schicken glänzenden Anzug gehüllt, den Krawattenknoten fest unter den Adamsapfel gezogen.

»Verschwinde, Töle!« Eine *La Stampa* traf Niccolò an der Flanke. »Mach dein Geschäft woanders. Du störst meine Kundschaft.«

Gedankenverloren trottete Niccolò vor das Schaufenster des nächsten Geschäfts. An irgendetwas erinnerte ihn diese Wunde. Er drehte den Kopf mal in die eine, mal in die andere Richtung. Doch erst als er ihn schräg legte, fiel es ihm ein. Was er dort im spiegelnden Glas der Edelboutique sah, war ein Kreuz, das Symbol der Menschen für ihre Kirchen. Und daneben ein langer senkrechter Strich.

Oder war das bloß Zufall?

Zwei Hände ergriffen ihn mit langen Fingern und trugen ihn zur Piazza San Carlo. »Geh bei der Konkurrenz die Leute nerven.«

Abgesetzt wurde er vor einem Schaufenster, das Schuhe

enthielt. Unzählige Exemplare, auf Tellern angerichtet wie Speisen. Wieder drehte Niccolò den Kopf. Kein Zweifel, ein Kreuz. Warum sollte Giacomo dieses Zeichen in sein Ohr beißen? War es nicht auch ein Symbol des Todes? War Giacomo etwa sterbenskrank? Er war sich sicher, dass sein Gefährte ihm damit etwas mitteilen wollte.

»Ksch!«, sagte plötzlich eine tiefe Frauenstimme. Doch Niccolò rührte sich nicht vom Fleck. »Fort mit dir! Los, weg!«

Das Zeichen konnte natürlich auch zwei Salamis über Kreuz darstellen – und eine hängend daneben. Vielleicht der Hinweis auf eine empfehlenswerte Metzgerei?

Eine Decke wurde über ihn geworfen. Das kleine Windspiel wehrte sich nicht, denn es dachte gerade angestrengt nach. Als es kurze Zeit später wieder ausgewickelt wurde, fand es sich abermals vor dem Schaufenster mit der Pelzmode. Praktischerweise spiegelte es sich direkt.

Ein wenig erinnerte ihn die Bissstelle auch an ein Verkehrsschild der Menschen. War Giacomo vielleicht gegen eines gelaufen und konnte seitdem nicht mehr sprechen?

Aber wenn er nicht mehr sprechen konnte, was machten dann die anderen Hunde bei Giacomo? Sie sahen ihm ähnlich, aber ganz von seiner Art waren sie nicht. Sogar eine Hündin war dabei, sie hatte ängstlich zu Giacomo gesehen, als dieser ihn angriff. Dann hatte der Größte dieser merkwürdigen Meute zu ihm gesprochen, während die anderen in Angriffsposition verharrten. Wenn er ihnen noch einmal in die Quere käme, würden sie ihn töten, hatte dieser dunkle Lagotto gesagt. Danach verschwanden sie so schnell um die Ecke, dass Niccolò nicht einmal wusste, ob sein alter Gefährte ihm noch einen letzten Blick zuwarf.

»Da bist du ja schon wieder! Willst du vielleicht zu Pelz verarbeitet werden? Ist aber wenig dran an dir. Reicht höchstens für … ein Paar Schuhe!«

Wieder ergriffen ihn die Hände, doch diesmal pfiff der Mann vergnügt, bis er ihn vor dem Schuhgeschäft absetzte. Er tätschelte Niccolò sogar den Kopf. »Los, mach schon dein Geschäft! Das hat die alte Hexe nämlich verdient. Niemand warnt Angelo Gaja ungestraft vor der Qualität meiner Kürschnerware!«

Lange betrachtete Niccolò abermals sein Spiegelbild. Erst als die Ladentür aufgerissen wurde und die Besitzerin einen Schrei ausstieß, rannte er fort, die Via Roma zurück bis auf die Piazza Castello, und gleich weiter, denn dort herrschte ihm zu viel Betrieb und er schloss sich den in Richtung Piazza San Giovanni flanierenden Menschen an.

Und plötzlich stand er vor der Treppe des Duomo. Auf dem Dach prangte ein kleines Kreuz. Direkt neben der Kirche erhob sich der Glockenturm in den türkisfarbenen Winterhimmel.

Mit einem Mal wusste das kleine Windspiel Bescheid.

Das hatte Giacomo ihm mitteilen wollen!

Hier sollte er ihn treffen.

Und alles würde wieder gut.

Giacomo lag wie tot auf dem stacheligen Heu. Er hasste sich selbst – und das konnte er überhaupt nicht leiden. Es war deutlich besser, alle anderen verdammen zu können. Doch nun lastete der Hass wie ein schwerer Eichenstamm auf ihm und erschwerte das Atmen. Den anderen Lagottos hatte er gesagt, er sei erschöpft. Sie tollten über den Hof, rieben ihre Schnauzen im Schnee und wälzten sich darin, die Beine zum Himmel gereckt. Sie bellten und knurrten sich an. Wie groß ihre Freude war, nun zu viert zu sein!

Es fühlte sich wunderbar an, in einer Meute aufgehoben zu sein, die Leiber der anderen beim Rennen neben sich zu spüren. Er selbst hatte dies nie zuvor erleben dürfen. Ein Trüffelhund gehörte zu seinem Trifolao. Nun stellte er fest, was das Leben noch für ihn bereithielt. Und er hatte es genossen, mit den dreien beisammen zu sein – und dafür hasste Giacomo sich nur noch mehr.

Er hatte seinen besten Freund gebissen.

Das musste er wiedergutmachen. Vielleicht fand sich irgendwo in Turin eine Trüffel, die er dem Kleinen zum Geschenk machen konnte?

»Komm doch zu uns!« Daisy stupste ihn sanft an. »Du bist noch längst nicht zu alt zum Tollen!« Sie biss ihn neckisch in den Schwanz. »Komm schon, jag mich!« Sie rannte davon, aufmunternd bellend.

Wie gern wäre er jetzt hinterhergeschossen – doch dann hätte er sich nur noch mehr verabscheut. Stattdessen schwirrte nun wieder eine dieser lästigen fetten Fliegen um ihn herum – vermutlich, weil er so gut nach Wurst roch. Ihr Summen nervte furchtbar.

Das Firmament sah immer noch genauso eisig aus wie an den Tagen zuvor, doch die Luft trug das Versprechen des nahenden Frühlings mit sich. Die Stadt wärmte sich langsam auf, als feuere jemand einen großen Ofen im Himmel an. Vielleicht dieser Gott, von dem das Tuch stammte. Der schien ja einiges zu können. Giacomo spürte die Wärme in seinen Lenden. Der Boden würde nun aufweichen und die Trüffel ihn rufen.

»Giacomo! Komm zu mir!«, rief Daisy sanft. Doch der alte Trüffelhund verzog sich brummend tiefer ins Heu. Warum konnte das dumme Gör ihn nicht endlich in Ruhe lassen? Er beschloss zu schlafen, bis die Nacht Turin zu ihrem Reich machte.

Leider nervte ihn außer dicker Fliegen auch eine wichtige Frage.

Ob Niccolò sich sein Ohr überhaupt anschauen würde? Immerhin wusste Giacomo nun, dass sein Freund lebte und sich in Turin aufhielt, ganz in der Nähe. Dadurch fühlte sich die Stadt nicht mehr so riesig an, mehr wie ein Dorf, das zu viele Straßen besaß. Heute Nacht würde er zum Duomo gehen – und wenn er Glück hatte, wartete Niccolò dort auf ihn.

Diese elende Fliege! Giacomo blickte sich um, als das Insekt im Anflug war, und schnappte blitzschnell zu. Sie schmeckte eklig, wie versalzen. Dafür hatte er jedoch endlich seine Ruhe. Trotzdem wäre es schön gewesen, die anderen Lagottos hätten etwas Wein erbeutet, zum Runterspülen. Wenigstens einen Barbera d'Alba. Aber sie waren ja überzeugte Wassertrinker. Die Jugend von heute!

Irgendwann wurde es dunkel, und die anderen drei fielen erschöpft und müde neben ihm ins Heu. Schnell schliefen sie ein, doch Giacomo wartete zur Sicherheit noch etwas. Diese Minuten waren die schlimmsten. Erst als das Atmen der anderen so ruhig war, dass es kaum noch ein Geräusch verursachte, stand er aus dem knisternden Nachtlager auf. Die Leine lag gleich obenauf, doch das Stück Kohle war tief hinabgesunken. Nach ihm zu suchen war nicht nötig, denn bei Nacht sahen die Menschen eh nicht gut. Es würde schon klappen. Er durfte nur keinem Hundefänger begegnen. Der Weg zum Duomo war lang, doch einfach zu finden. In Giacomos Kopf existierte mittlerweile ein Plan dieser so geometrischen Stadt. Er stellte sich vor, auf dünnem Glas zu gehen, als er das Versteck der Lagottos verließ und auf die leergefegte Straße trat. Noch einmal blickte er zurück, die Körper seiner neuen Meute bewegten sich nicht. Aneinandergeschmiegt träumten sie, vielleicht von der bevorstehenden Zeit zu viert.

Giacomo bog um die Ecke in eine schmale Gasse. Überall standen Autos. Darunter konnte er sich verstecken – doch wenn ein Fänger erschien, existierte kein Ausweg. Die Gitter der Geschäfte waren bis zum Boden heruntergezogen, die Hofeingänge verschlossen. Er musste Augen wie Ohren aufhalten, vor allem aber seine Nase. Denn es war windstill. Perfekt! Die Leine im Maul haltend, damit sie nicht laut über den Beton schleifte, trabte Giacomo in Richtung Duomo. Der Schall seiner Schritte hallte in den Arkaden wie in einem Kirchenschiff, und Giacomo entschied, lieber mitten auf der Straße zu rennen, wo um diese Zeit kaum Wagen fuhren.

Er merkte gar nicht, wie seine Schritte langsamer wurden und ihn vor ein Gebäude trugen. Zwei Stangen ragten hervor, die Fahnen hingen schlaff herunter, großzügig gefüllte Weingläser darauf. Es war ein prachtvoller Bau, zwischen den beiden Säulen am Eingang befand sich ein Glasportal, wie ein roter Teppich rollte edelster Rotweinduft heraus, mit einer köstlich eingewebten Lakritznote. Barolo!

In diesem Augenblick waren all seine Gedanken an Niccolò, an Sicherheit und Vorsicht wie ausgelöscht. Stattdessen zog es ihn magisch hinein, zu den gutgekleideten Menschen und goldenen Kronleuchtern – die wie Sonnen die Szenerie erleuchteten. Eine große Wendeltreppe führte hinauf, Giacomo nahm sie in leichtem Trab. Die Menschen waren so sehr mit sich beschäftigt, ihre Augen klebten förmlich an Gläsern und Katalogen, dass sie ihn nicht bemerkten.

Giacomo diese allerdings auch nicht.

Der Duft intensivierte sich, so als bestünde die Luft einzig und allein aus Barolo. Dieser trockene Rotwein aus der edlen Nebbiolo-Traube zeigte sich in der Jugend oft ungeschlacht, doch mit dem Alter verwandelte er sich in einen Hochgenuss. Giacomo erschnupperte Kirsche, Pflaume und unzählige Kräuter. Sein Duft war wie die Langhe selbst, gleichermaßen wild und domestiziert – und selbstverständlich mit einem Hauch Trüffel versehen.

Am Ende der prachtvollen Treppe erwartete Giacomo ein Saal mit langen Tischreihen, darauf Wasserflaschen, Prospekthalter, aber vor allem unzählige Karaffen mit Barolo.

Er sah mit einem Blick, dass alle Gebiete vertreten waren. Barolo selbst, Castiglione Falletto, Cherasco, Grinziano, La Morra, Monforte d'Alba, Novello Rossi, Serralunga d'Alba und Verduno. Doch all diese Pracht war nichts gegen das, was nun genau vor ihm stand. Eine Flasche Barolo höher als ein Auto, ach was, als zwei! Etwas Vergleichbares hatte er noch nie gesehen. Das Prachtstück wurde von etlichen Scheinwerfern angestrahlt, das Rot in der Bouteille schien dunkel wie Tinte, kein Strahl drang hindurch. Giacomo wusste, dass Wein besser reifte, je größer die Flasche war. Diese hier musste unvergleichlichen Genuss gewähren.

Doch sie war verschlossen.

Giacomo wartete noch einige Minuten, ob vielleicht jemand mit einem riesigen Korkenzieher käme, doch dann ließ er sich von all den geöffneten – wenn auch kleineren – Flaschen hinein in den Prunksaal ziehen. Die Menschen hier mussten fraglos Könige sein, wenn sie so viele Barolos trinken durften.

Dann hörte er es.

Dieses schreckliche Geräusch.

Sie spuckten. Diese Wilden rotzten den elysischen Barolo in Kübel!

Er musste einschreiten.

Alle Kreszenzen würde er nicht retten können, doch wenigstens die besten. Ein kleiner älterer Herr mit moderner Brille, gestreifter Krawatte und tadellosem schwarzem Sakko stand hinter dem am dichtesten belagerten Tisch. Die Etiketten seiner Flaschen waren schlicht, oben ein kleines Wappen, darunter wie handgeschrieben der Name des Weines. Diese Kreszenzen würde er vor dem Verderben retten! Und wie? Indem er sie austrank! Beherzt drückte sich Giacomo zwischen den Beinen hindurch und rammte frontal das Tischbein, ohne Rücksicht auf Verluste und Beulen. Die Karaffe mit dem verführerischsten Duft fiel über die Kante, zerschellte wie gewünscht am Boden. Giacomos Zunge schnellte fixer heraus als bei Fröschen, die Mücken fingen. Blitzschnell schlabberte er den Barolo auf, bevor zu viel des Aromas sich verflüchtigen konnte. Den unter den Gästen ausbrechenden Tumult bemerkte er gar nicht.

»Den Hund kenne ich! Das ist der Lagotto von dem Plakat.«

»10 000 Euro sind auf ihn ausgesetzt«, flüsterte ein junger Bursche mit mehr Gel als Haaren auf dem Kopf seiner tief dekolletierten Freundin zu. »Das ist unsere Traumreise in die DomRep!«

Giacomo, der Berührungen überhaupt nicht leiden konnte, zuckte instinktiv zusammen, wenn ihn jemand anfasste. Wenn es aber gleich unzählige Hände taten, schaltete er automatisch in den Berserkermodus. In diesem gab es keine Stoppschilder mehr. Er warf Menschen um und Tische, selbst als sich eine Tischdecke in seiner Leine verhakte und er alles herunterriss, was einstmals ordentlich aufgebaut worden war, rannte Giacomo weiter, wie eine Lawine immer schneller und vernichtender werdend, die Treppen stürzte der alte Lagotto beinahe hinunter, die Tischdecke immer noch um sich flatternd wie einen Umhang.

Niemand! Würde! Ihn! Anfassen!

Die Menschen sprangen nur noch zur Seite, denn wie ein normaler Hund wirkte Giacomo nicht mehr, eher wie eines der mythischen Ungeheuer aus dem Lago d'Orta.

So ähnlich fühlte sich Giacomo auch, dem das Adrenalin nun bis über beide Schlappohren stand. Als er aus dem Stadtpalast herausschoss, rannte er gleich weiter. Der Barolo beschleunigte das Blut in seinen Adern und ließ den Motor auf Hochtouren laufen. Er hielt erst wieder vor dem Duomo an.

Oder besser gesagt: vor einem kleinen italienischen Windspiel namens Niccolò.

Amadeus fragte sich, ob die Sterne über Turin nun anders aussahen als vor dem Diebstahl. Ihr Schimmern schien nicht mehr wie ein freundlicher Gruß aus der Schwärze zu sein, sondern wie eine Drohung, bald auf diese verfluchte Stadt herabzustürzen.

Trotzdem sah der Pharaonenhund weiter zu ihnen empor.

Der alte Ugo hatte ihm vorgeschlagen, Quartier im Bahnhof Porta Nuova zu beziehen. Der wurde gerade umgebaut und bot viel Platz. Doch Amadeus wollte unter freiem Himmel bleiben, sich nicht wie ein Wurm in der Erde verkriechen. Deswegen hatte er die Porta Palatina gewählt, mit ihren imposanten vorgelagerten Statuen von Julius Cäsar und Augustus. Die beiden Türme des einzigen erhaltenen römischen Stadttores waren über dreißig Meter hoch, doch die alten Mauerbögen waren längst leer. Trotz des Verfalls wirkte der rote Stein imposant und fremdartig.

Unter der Porta Palatina lag er nahe dem Duomo, konnte den Glockenturm sehen – aber glücklicherweise nicht seinen kleinen Bruder, den neuen Wächter. Amadeus hatte Ugo sein Leid geklagt, der merkwürdige Mischling war ein unglaublich guter Zuhörer. Auch wenn es den Pharaonenhund irritierte, dass dieser ab und an ein Geräusch von sich gab, das wie Schnurren klang.

»Du musst es so sehen«, hatte er ihm geraten. »Dein kleiner, also, dein Bruder, der vertritt dich da nur. Weil du jetzt Wichtigeres, nicht wahr, zu tun hast. Das Sindone finden. Er, so und nicht anders ist das, tut dir einen Gefallen. Einen brüderlichen, nicht wahr?«

Wenn alles vorbei war, hatte Ugo gesagt, würde Amadeus seinen Platz wieder einnehmen. Nun aber musste er hier Wache halten und auf eingehende Nachrichten warten. Die von Tommaso organisierten Trupps durchkämmten Turin wie ein verfilztes Fell nach Läusen. Kein Wolf würde in Turin für längere Zeit ungesehen bleiben, auch kein Lagotto. Doch wie sollte er einen Menschen finden, den bisher niemand richtig gesehen hatte? Tommaso schlug deshalb vor, einfach alle Geistlichen beschatten zu lassen. Er hatte es sogar geschafft, einen Rehpinscher ins Priesterseminar einzuschleusen. Doch bisher hatte sich niemand dort verdächtig benommen.

Amadeus senkte den Blick von den Sternen und schaute, ob sich ein Bote näherte. Dabei brauchte er das gar nicht, denn seine »neuen Augen« hätten ihm dann längst Bescheid gegeben. So hatte Amadeus die Leibwache getauft, welche Tommaso für ihn abgestellt hatte. In jeder Himmelsrichtung lag ein Hund, denn Tommaso meinte, auch die Mächtigen hätten Feinde. Selbst wenn sie die Stadt vor dem Verderben retten wollten.

Amadeus' Position wurde dank der Bulldogge längst nicht mehr angezweifelt. Tommaso hatte eine gewaltige Gefolgschaft aufgebaut, bis hinunter zum einfachen Mülldurchwühler, der das Fressen für die Suchtrupps herbeischaffte. Alles war unglaublich schnell geschehen, als hätte er nur darauf gewartet. Doch Amadeus verstand nicht, warum Tommaso eine solche Armee nicht längst für sich selbst geschaffen hatte.

Plötzlich erhob sich seine Leibgarde, schloss die Reihen und bewegte sich auf einen Eindringling zu. Es war eine alte Pharaonenhündin, die um das Geknurre der muskulösen Rüden nichts gab. Der Unterschied zwischen Schein und Sein war ihr nur zu gut bekannt.

»Schon lange keine Hündin mehr gesehen, was? Das schlägt euch Rüden immer gleich aufs Hirn.«

Amadeus sprang auf, lief ihr entgegen und leckte ihr demütig die Lefzen. Sein Schwanz schlug schnell, ob der Freude, sie wiederzusehen. »Endlich holt ihr mich zurück!«

»Mein guter Amadeus …« Doch Nara kam nicht dazu, die nächsten Worte auszusprechen.

»Vater hat eingesehen, dass das Schicksal mit mir den Besten für die Suche ausgewählt hat, nicht? Das Verschwinden des Tuches war nicht zu verhindern, für niemanden. Doch nun erfülle ich meine neue Pflicht.«

»Amadeus!«

Die Leibwächter wussten nicht, was zu tun war. Die alte Hündin hatte gegenüber ihrem Herrn die Stimme erhoben, doch das schien diesem nicht zu stören. Die Situation überforderte sie völlig, einer der Hunde begann sich im Kreis zu drehen.

»Auf eure Posten«, herrschte Amadeus sie an. »Nara ist eine von uns.«

»Was soll nur dieser Unsinn?«, fragte seine Großmutter, nachdem die Verwandten fort waren. »All diese fremden Straßenhunde.«

»Wir finden das Sindone und retten Turin! Ist das nicht wunderbar?«

»Ich muss dir etwas sagen, und es fällt mir schrecklich schwer.«

»Hast du mich nicht gehört? Es kommt alles wieder in Ordnung!«

Sie trat näher, sagte es leise. »Amadeus, wir verlassen Turin.«

»Und Vater wird stolz vor die Ahnen … *Was*?«

»Es gibt keinen Grund mehr zu bleiben.«

»Bald werde ich das Sindone finden und an seinen Platz bringen!«

»Wir reisen zurück nach Israel. Schon sehr bald. Vielleicht wird dein Vater dort sein Heil finden. So hofft es zumindest deine Mutter. Sie klammert sich mit aller Kraft daran, die ihr noch geblieben ist.«

»Sag ihnen, sie sollen nicht übereilt abreisen! Es kann nur noch wenige Tage dauern, dann ist das Sindone wieder an Ort und Stelle. Alles wird wie vorher sein.«

»Nein, kleiner Amadeus«, sagte Nara, ihre Augen schwer und traurig. »Nichts wird jemals wieder so sein wie vorher. Deinem Vater ist die Seele zerbrochen, und es gibt nichts, das sie heilen könnte.«

»Aber das Sindone!«

»Es tut mir so leid, dass du nicht mit uns kommen darfst und hier in der Fremde bleiben musst. Es bricht mir das Herz, Amadeus.« Sie leckte ihm über den zitternden Kopf. »Du bist ein guter Hund. Aber das Schicksal war gegen dich. Es schert sich nicht um die Güte eines Wesens. Es schert sich um überhaupt nichts.« Sie legte sich neben ihm auf einen der alten groben Pflastersteine. »Komm, mein Kleiner. Schmieg dich ein letztes Mal an mich. Wie du es als Welpe immer getan hast.«

Amadeus sank zu ihr auf den Boden, und sie gab ihm von ihrer Wärme ab. Und so verging die Zeit. Doch irgendwann, als sie dachte, ihr Enkel schliefe, stand die alte Pharaonenhündin wieder auf und ging.

»Warte, Nara!«, rief Amadeus, der kein Auge zugetan hatte.

Sie wandte sich noch einmal widerwillig um, doch schaffte sie es nicht, ihrem Enkel ins Antlitz zu blicken. »Ich weiß, was du fragen möchtest. Und mit jedem Recht. Doch die Antwort ist nein. Du darfst dich nicht von den Deinen verabschieden.«

»Ich …«, Amadeus straffte seinen Körper. »Ich wollte doch nur wissen, wann ihr Turin verlasst.«

»In wenigen Nächten, wenn der Boden weiter aufgetaut ist. Wir werden einfach verschwinden, Amadeus. Diese Stadt wird uns viel schneller vergessen als wir sie. Leb wohl! Ich werde immer an dich denken.«

Den Kampf um das Sindone müsste er also alleine führen. Gott hatte seine Prüfung weiter erschwert, doch er würde nicht versagen! Ihm blieb jetzt nur wenig Zeit, aber er würde die unüberlegte Flucht seiner Familie verhindern. Er beorderte zwei seiner Leibwächter, die Insel der Pharaonenhunde zu überwachen. Er wollte von jedem Schritt wissen, den seine Meute machte.

Und verhindern, dass sie Turin verließen. Mit Klauen und Zähnen.

In Amadeus' Kopf bewegten sich so viele Gedanken, dass auch seine Beine sich in Bewegung setzten. Er musste mit jemandem reden und wusste niemanden außer dem alten Ugo. Weder an seinem Schlafplatz auf dem Corso Galileo Ferraris noch vor dem Duomo fand er ihn. Die Nacht wurde kalt, der schmutzige Matsch erstarrte, die Schneedecke legte sich einen Eispanzer zu.

Lange nach Mitternacht entdeckte er erst Ugo im trüben Licht der Laternen auf der Piazza San Carlo – er roch nach Pizza mit doppelt Anchovis.

»Was gibt es Neues?«, fragte Amadeus den Mischlingsrüden, denn er wollte nicht gleich sagen, was ihn bedrückte. Erst wollte er plaudern, einfach so. Unter Freunden.

»Gar nichts, da war weniger als nichts, keiner, aber auch keiner hat was gesehen. Keine Wölfe, kein Sindone, niemand, du weißt schon, Verdächtiges. Lagottos? Ja, ja, gut, die gibt es.« Er schmatzte, vermutlich hatte er zwischen zwei Zähnen noch etwas Käse gefunden. »Große, kleine, dicke, dünne, Lagottos, diese Trüffelhunde. Ja.«

»Hast du einen gesehen? Hast du *ihn* gesehen?«

»Nein, also niemals. Auch nicht an der Mole, hoch ist sie ja, muss man sagen, ein imposantes Ding.« Er leckte sich über die Brust. »Wenige Streuner leben dort, zu viele Menschen, zumindest tagsüber, nachts kaum. Ich würde da ja nicht hin, aber manchmal gibt es eben doch was. Kleinigkeiten, aus den Cafés. Da waren auch Hunde, mehrere, na ja, auch so Trüffelhunde, wie heißen die noch …«

»Lagottos.«

»Ja, das kann sein, die waren aber nicht echt, also reinrassig, aber da, das waren sie, ja. Ach, ich wär doch auch gern mal, so gerade im Herbst, ein Trüffelhund, wegen des Suchens. Vielleicht kann ich ja auch, also meine Nase, die ist gut. War das gerade eine Maus da an der Mauer?«

Amadeus hörte nicht mehr zu. Mit raumgreifenden Sätzen rannte er zurück zur Porta Palatina, zum schnellsten seiner Leibwächter.

»Neuer Befehl: Jeder verfügbare Hund zur Mole! *Sofort!*«

Plötzlich stand Giacomo vor ihm – und Niccolò war sprachlos, wusste nicht, was er ihm als Erstes sagen sollte von den tausend Dingen, die ausgesprochen werden wollten. Die Zunge hing dem alten Freund wie ein feuchter Lappen aus dem Maul, er war außer Atem, und seine Augen hatten einen merkwürdigen Schimmer. Wenn Glück wässrig war, fand sich ein großer Schuss darin. Zudem hatte er eine ... Tischdecke. Und eine Leine. So schick, wie sie eigentlich nur Hündinnen trugen.

Hektisch sah sich Giacomo um, die Piazza betrachtend, die Straße, auf der jetzt ein Wagen vorbeifuhr – für Turin ausgesprochen langsam.

»Reiß mir den verdammten Stoff runter, und dann nichts wie weg.« Der alte Trüffelhund atmete durch, es roch nach teurem Wein. »Ich bin stolz auf dich, Niccolò. Du hast einen klugen Kopf!«

Nun wusste Niccolò, was er sagen wollte: »Und ich habe ein Ohr bei dir gut!«

»Können wir jetzt losrennen, oder wollen wir alle deine Wehwechen ausdiskutieren? Siehst mit dem Ohr übrigens viel wilder aus. Das mögen die Hündinnen. Die denken nun, du wärst ein echter Straßenkämpfer.«

Niccolò rannte die Via della Basilica hinunter, wandte sich dann nach links. »Lass uns da lang, sieht verlassen aus.«

»Gute Idee, Kleiner.«

Neben ihnen erstreckte sich nun ein kleiner umzäunter Park. Den Ausdünstungen nach zu urteilen, diente er vielen Stadthunden als Hort der Erleichterung. Niccolò erkannte einen an der Porta Palatina, genau vor der Statue Julius Cäsars, der die Hand siegreich erhoben hielt. Das Tier hatte den Kopf gereckt, die Ohren aufmerksam gespitzt. Es stand enorm unter Spannung, fast knisterte Elektrizität auf seinem Fell.

»Warte mal einen Moment«, sagt Giacomo und blieb stehen. »Mein Halsband ist verrutscht.«

»Ich geh schon mal vor.«

»Ja, ja, mach nur. Ich bekomm das schon alleine hin.«

Niccolò wollte wissen, was es mit diesem Hund auf sich hatte. Warum verharrte er dort? Hinter sich hörte er, wie der alte Trüffelhund versuchte, das verflixte Band zurechtzurücken.

Vorsichtig näherte sich Niccolò dem stolzen Tier und begriff, dass Turin ihm noch lange fremd bleiben würde. Fast sein ganzes Leben hatte er in dem kleinen piemontesischen Dorf Rimella zugebracht, nicht nur die Stadt selbst, sondern auch die Hunde hier waren anders. Die schlanke Gestalt vor ihm residierte mit einer Präsenz, die das kleine Windspiel vom Bürgermeister Rimellas kannte – allerdings nur, wenn dieser seine goldene Schärpe trug. Je näher Niccolò trat, desto geduckter ging er.

»Was gibt es, Bote?«, rief ihm der Hund zu. Seine Augen waren bleich, die Ohren fahl.

»Kannst du uns vielleicht helfen? Mein Freund und ich, ein alter …«, fragte Niccolò. Doch dann wurde er unterbrochen.

»Du gehörst nicht zu mir? Warte hier, bis Tommaso eintrifft. Er wird dir alles erklären.«

»Worum geht es denn? Ich bin neu in der Stadt, weißt du.«

»Ich suche einen Wolf, einen Menschen und einen Lagotto.« Seine Stimme war fest und schnell, wie ein harter Schlag.

»Und was machst du, wenn du sie hast?«

Der fremdartige Hund trat näher. Er überragte Niccolò, doch schaute er nicht zu diesem herunter. Sein Blick schweifte in die Ferne. »Ihnen zuhören. Nur Worte sollen aus ihnen dringen.«

»Dann muss ich dir etwas sagen.«

Doch Niccolòs Gegenüber war noch ganz in Gedanken. »Aber wenn sie mir nicht die richtigen Worte geben, wenn erst Blut ihre Kehlen ölen muss, so werde ich dies ermöglichen. Wolltest du mir was sagen?«

Er musste weg, Giacomo warnen!

»Ich komme wieder, wenn dieser Tommaso da ist.«

»Er wird dich sicher überzeugen, uns zu helfen.«

Niccolò drehte sich um und spurtete los. Giacomo kam ihm schon entgegen, die Leine in der Schnauze.

»Anderer Weg!«, rief Niccolò. »Ganz anderer Weg!«

»Mal hü, mal hott, das geht alles ganz schön auf die Beine.«

Sie liefen zum vielbefahrenen Corso San Maurizio. Rechter Hand lagen die Giardini Reali, und Giacomo roch den Duft winterlicher Bäume, von Stämmen und Borke, spürte das in ihren Wurzeln kauernde Leben. Gerne wollte er dort mit Niccolò Schutz suchen, doch eine Mauer trennte sie von den Gärten. Nach langem Umherirren fanden sie endlich eine schneebedeckte Grünfläche in Turin, um die keine Mauer verlief. Es war ein kleiner Hügel inmitten der wunderschönen Piazza Cavour, umgeben von eleganten Villen mit französischen Dächern und Ziegelfassaden. Der Platz kündete von der glorreichen Vergangenheit der Stadt. Die Sitzbänke waren schneebedeckt, die grünen, elegant geschwungenen Laternen wirkten mit ihren Lampen wie eiserne Blumen. Die beiden Freunde legten sich hinter das Monument, auf dessen Podest ein mittlerweile grün angelaufener stolzer Savoier stand.

Es war gut, endlich wieder Erde unter den Füßen zu spüren, selbst wenn diese von kaltem Weiß bedeckt war. Hier brauchten sie keine Angst vor Menschen und Autos zu haben, vor Entdeckung und Lärm. Dieser Park lag zwar inmitten der geschäftigen Stadt, doch war er wie ein Auge des Orkans.

»Hier ist es gut«, sagte Giacomo. »Wenn ich zu den Büschen dort schaue, könnte ich mir einreden, wieder in der Langhe zu sein, auf der Lichtung nahe Neive. Da lebt ein grandioser, spendabler Barolo-Winzer, und der Frühling wartet hinter dem nächsten Hügel drauf, endlich herbeigerufen zu werden.«

»Dort verläuft aber die Straßenbahn.«

»Mhm«, grummelte Giacomo. »Komm, lass uns endlich reden, es gibt so viel zu berichten. Am besten erzähle ich dir als Erstes von Canini, um deine Nerven zu beruhigen. Ich habe sie vor wenigen Tagen getroffen, sie lief an der Leine einer dunkelhäutigen Frau, und es schien ihr gutzugehen. Damals hatte ich gehofft, sie wüsste, wo du bist. Doch sie war genauso verzweifelt wie ich. Was hast du, Niccolò?«

»Nichts.«

»Ich dachte, das würde dich freuen.«

Das kleine Windspiel schluckte die Wut hinunter wie einen großen Klumpen Eiter. Sie lag ihm schwer im Magen. Am liebsten hätte er sie gleich wieder erbrochen.

»Du vermisst sie sehr, nicht? Wir finden sie bestimmt! Glaub mir, wir gehören doch alle zusammen.«

»Das musst du ihr sagen. Genau so.«

»Werde ich! Komm neben mich, dann stehst du Klappergestell nicht so im Wind. Ich weiß doch, wie schnell euch spindeldürren Dingern die Pfoten, Öhrchen oder die

Schwanzspitze einfrieren. Gut, dass du noch deinen Teddybärenpulli anhast. Sieht übrigens super aus. Macht dich dicker. Das ist sympathisch.«

Niccolò kuschelte sich in Giacomos dickes Fell, wie an ein warmes Kissen – das zufrieden brummen konnte. Und dann erzählten sie sich, was ihnen alles widerfahren war. Schließlich wusste Niccolò alles – auch, warum Giacomo ihn gebissen hatte. Morgen würden sie gemeinsam Pläne schmieden. Richtig gute Pläne. Die besten.

»Gut, dich wiedergefunden zu haben, Kleiner. Jetzt kann ich weiter auf dich aufpassen.«

»Und ich auf dich.«

»Red doch keinen Blödsinn.«

Der Wind drehte, er trug den Geruch anderer Hunde mit sich, die in dem kleinen Park ihre Markierungen hinterlassen hatten. Giacomos Blick glitt in die Ferne.

»Auf sie musst du auch aufpassen, oder?«, fragte Niccolò.

»Was? Wen meinst du?«

»Die anderen Lagottos. Sie zählen sicher auf dich. Nach all den Prüfungen bist du einer der Ihren.«

»Das bin ich wirklich.«

»Du kannst nicht einfach weggehen, ohne ein Wort. Das sieht dir gar nicht ähnlich.«

»Nein. Tut es nicht. Überhaupt nicht. Es sind gute Hunde, musst du wissen. Nicht nur Daisy, die natürlich besonders, aber auch Donald. Er redet halt nicht gern. Das kommt bei uns Lagottos öfters vor. Und natürlich dieser Dagobert, er ist ein verdammt guter Anführer. Hart zu sich selbst, gönnt sich nichts, denn er weiß, dass er als Stärkster der drei alles zusammenhalten muss. Ein stolzer Lagotto. Sie haben großes Glück, dass er da ist.«

»Du musst ihnen alles erzählen.«

»Ja, das muss ich wirklich.«

»Dann mach es auch. Je eher, desto besser.«

»Sag mal, wann bist du eigentlich so klug geworden?«

»War ich immer schon. Du bist nur schon zu alt, um so was zu bemerken!«

Giacomo sah sich um, die Sonne kroch wie eine faule Raupe vom Himmel. Gern hätte er sich hingelegt und neben seinem Freund geschlummert. Doch stattdessen stemmte er nun seine müden Knochen auf.

»Ich komme bald zurück, verlass dich darauf.«

Als Giacomo die Piazza Cavour verließ, hatte die Stadt sich verändert. Vor dem Duomo und auch an der prachtvollen Via Garibaldi standen Absperrgitter, Turin in ein Gefängnis verwandelnd. Doch für Giacomo bildeten sie kein Hindernis, er drückte sich einfach unter den Querstangen hindurch. Je dunker es wurde, desto weniger Menschen waren zu sehen. Das Risiko, erkannt zu werden, sank – zudem hatte er die Leine im Maul. Eventuell etwas zu auffällig. An der nächsten Straßenecke begegnete Giacomo trotzdem einem Hundefänger. Zumindest seinem Transporter. Er parkte am Seitenrand, auf der Hecktür war das Bild eines Hundes hinter Gittern zu sehen, der an den Stäben rüttelte, daneben zwei grinsende Männer mit erhobenen Daumen.

Giacomo hätte einen großen Bogen darum machen sollen.

Stattdessen ging er darauf zu.

Es war so still an diesem Morgen, dass er das Schnarchen des Fahrers hören konnte. Er hätte gerne die Reifen zerbissen oder die Motorkabel. Doch er war kein Marder und musste sich damit begnügen, einen großen Haufen auf die Stufe zum Fahrerhaus zu machen. Er teilte es sich so ein, dass auch der Beifahrer etwas abbekam.

Es war sein angenehmstes Geschäft seit langem.

Und es lenkte ihn zumindest kurz von der unangenehmen

Aufgabe ab, die vor ihm lag. Er sah die drei Lagotto-Mischlinge schon vor sich. Dagobert würde es sicher verstehen. Er begriff, dass man zu den Seinen halten musste. Donald würde sich nichts anmerken lassen – was immer er fühlte. In eine Ecke würde er sich verkriechen, seine enttäuschten Hoffnungen verbergend. Und Daisy? Nein, darüber wollte er nicht nachdenken. Ihm selbst würde all das natürlich überhaupt nichts ausmachen. Abschiede gehörten zum Leben.

Giacomo hielt an, um sich am Ohr zu kratzen. Obwohl es gar nicht juckte.

Er bog von der Via Giuseppe Verdi in die Gasse ab, wo sich das Versteck der Lagottos befand. Sie lag still und kühl wie das Innere eines Kühlschranks. Es war kein Bild des Friedens, sondern eines der Leblosigkeit. Es gab keine Bäume, nicht einmal Müll, der vom Wind getrieben über die Betonplatten torkelte. Nur ein einzelnes Blatt Papier bewegte sich, das an einem Sack klebte. Da der Wind in Giacomos Rücken blies, konnte er nicht riechen, was sich darin befand. So war er überrascht, als er neben dem verschrammten Kleinwagen keine alte Kleidung fand, keinen Müll und keine vergessene Turntasche. Sondern einen leblosen Hund. Einen Lagotto-Mischling. Dagobert.

Er lag in einer Lache dunklen Blutes, Pfotenspuren zeigten die Bewegungen seines Schlächters. Die Augen Dagoberts waren starr geweitet vor Angst, die feinen Äderchen geplatzt. Er musste schrecklich gelitten haben, sein Körper war bestialisch entstellt. Die Beine abgebissen, der Schwanz, seine Unterschenkel ebenfalls, etliche Schrammen überzogen den restlichen Leib. So unvorstellbar es war, sein Gegner schien ihn so lange wie möglich am Leben gehalten zu haben, während er ihn quälte und Stück für Stück auseinandernahm – so wie es manche Kinder mit Spielzeugpuppen taten.

Dagobert musste gejault haben.

Unfassbar laut. Doch niemand war ihm zu Hilfe geeilt. Die Menschen in dieser Gasse schienen ausgesprochen fest zu schlafen.

Oder der Tod eines guten, stolzen Lagotto, der seine Geschwister beschützt und ihr Leben unzählige Male gerettet hatte, war ihnen verdammt noch mal egal.

Giacomo hätte am liebsten in die gemauerten Wände gebissen und die ganze Stadt zusammenstürzen lassen, so groß war seine Wut. Hatte diese Stadt denn kein Herz? Klaffte in ihrem Inneren nur ein großes schwarzes Loch?

Das Papier bewegte sich immer noch spielerisch im leichten Wind, wie die Blüte eines Nebbiolo-Rebstocks. Es war Dagobert in die blutende Wunde am Bauch gestopft worden.

Und zeigte Giacomos Gesicht. Es war eines der Fahndungsplakate.

Die Spuren eines Bisses fanden sich darauf.

Die anderen Lagotto-Mischlinge durften es niemals erfahren.

Und er musste sie schnellstens in Sicherheit bringen.

Kapitel 6

HOHE AUDIENZ

Große, weiße Flocken fielen vom Himmel. Sie ließen all den schmierigen Matsch und die grauen Eishügel wieder frisch erscheinen. Der Tag hatte seinen Zenit bereits lange überschritten, doch Giacomo war nicht zurückgekehrt. Die Hundefänger mussten ihn erwischt haben. Oder ein Wagen hatte den manchmal so trägen Freund erfasst. Niccolò rollte sich noch enger zusammen, die frierenden Pfoten unter dem Körper gezogen. Warum hatte er Giacomo nicht begleitet? Er musste etwas tun. Jetzt. Denn Niccolò wollte nie wieder einsam sein.

Entschlossen stand er auf. Er würde ihn finden! Unter jedem Wagen würde er nachsehen, in jeden Hinterhof schauen. Giacomo konnte auf ihn und seine schnellen Beine zählen! Diese Straße war der Freund hinuntergetrabt – er würde schneller als ein Adler darübersausen!

Der kleine Park war nun voll mit vielen kleinen Menschen. Sie jauchzten und johlten, warfen Schneekugeln und legten sich mit Armen und Beinen rücklings rudernd in den Schnee. Ein kleiner Junge mit Pudelmütze raste auf eine vereiste Pfütze zu und rutschte unter freudigem Gejuchze etliche Meter, bevor er hart mit dem Hintern aufschlug. Das Heulen begann. Die umstehenden Kinder lachten, und der Nächste machte sich auf, seine Balancierkünste zu beweisen. Niccolò musste abbremsen, um der Schlitterbahn rechtzeitig auszuweichen. Für einen Augenblick nahm er wieder die Szenerie wahr, welche im Lauf nur aus Schlieren bestanden hatte, aus Kulissen, an denen es vorbeizurasen galt.

So kam es, dass er nun das Auto erkannte.

Obwohl er es nie zuvor gesehen hatte.

Doch der alte Giacomo war ein großartiger Erzähler.

Der Sportwagen sah aus wie ein Lutschbonbon. Keine Kanten und fast auf ganzer Breite der Front ein Rost wie aus dem Ofen. Komplett schwarz, nur vorne auf der Kühlerhaube ein weißes Pferd, die Vorderbeine wie zum Angriff erhoben. Es war derselbe Wagen, der Giacomo angestrahlt hatte, als dieser das Sindone fand. Und jetzt fuhr der Wagen zu einem prachtvollen Backsteinbau, der sich über drei Etagen erhob. Ein Banner spannte sich quer über die Straße, es zeigte Buchstaben, die Niccolò unverständlich blieben, dazu das Bild eines heulenden Wolfes.

Der Wagen parkte fast genau vor dem Eingang. Freie Parkplätze existierten in Turin nicht, oder nur so kurz, wie Nebel brauchte, um sich in der stechenden Sonne aufzulösen. Niccolò wollte zu dem Auto rennen – als ein Käscher über ihm landete.

»Nur ein blödes Windspiel! Hab ich doch gleich gesagt, dass es kein Lagotto ist. Völlig falsche Größe.«

»Der ist reinrassig. Und ausgesprochen gepflegt. Wahrscheinlich nur kurz ausgebüxt, aus irgend'nem Hinterhof.«

»Wenn wir den einsperren, haben wir bald die ganze Nachbarschaft gegen uns. Die mögen's gar nicht, wenn sie ihre verzärtelten Lieblinge im Tierheim abholen dürfen.«

»Mhm.«

»Lass ihn wieder frei. Wir sind doch wegen des Lagotto hier! Einer von der Mailänder Truppe hat gestern Abend übrigens im Suff erzählt, dass er sich an der Mole Antonelliana rumtreiben soll. Da wollen sie heute schwer was auffahren.«

»Dieses Windspiel ist herumgestreunt. Das ist verboten.«

»Ich will nicht, dass sie mir in der Trattoria in die Pasta spucken, nur weil ich den Köter der Bedienung eingelocht habe.«

Das Netz hob sich, Niccolò stürmte hinaus.

»Hau ab, Miststück. Beim nächsten Mal bist du dran!«

Verdammt! Der Fahrer war längst fort. Niccolò hatte ihn nur kurz gesehen. Die Nase wie ein Adler, die Haare an den Schläfen leicht ergraut und nach hinten gekämmt, die Augen hinter einer eckigen Sonnenbrille. Er trug einen ledernen Koffer, groß genug, um einen Hund hineinzustecken.

Niccolò war innerhalb von Sekunden am Eingang. Rechts und links davon erhoben sich weißgraue Säulen. Das kleine Windspiel schreckte kurz hoch, als es vom anderen Ende der Via Giolitti ein Scheppern hörte, Uniformierte versperrten dort die Straße mit Gittern. Doch unbeirrt tat Niccolò dann einen Schritt ins Dunkel und wagte sich weiter und weiter hinein in das Gebäude. Bis ihn zwei Hände packten und wortlos hinauswarfen.

Doch der kurze Moment im Inneren des imposanten Baus hatte ausgereicht.

Niccolò hatte etwas bemerkt.

Dort drinnen roch es nach totem Tier.

Verstört folgten die beiden Lagotto-Mischlinge Giacomo zum Borgo Medievale. Viel hatte er ihnen nicht erzählt, nur dass Dagobert ihm gesagt habe, ihr Versteck sei nicht länger sicher. Und dass sie sich Giacomo anvertrauen sollten, solange er fort wäre. Wohin ihr Bruder wollte und wann er zurückkehren würde, konnte Giacomo ihnen nicht sagen.

Der alte Trüffelhund las die Unsicherheit in ihren Blicken, und doch wusste er nicht, welche Lügen Besseres leisten konnten. Wie gern hätte er jetzt den Spürer an seiner Seite gewusst, den legendären blinden Border Collie, der die Gabe besaß, mit den Toten zu sprechen. Er hätte das Rätsel um Dagoberts Tod lösen können und dessen Geschwistern die Möglichkeit gegeben, sich zu verabschieden. Ein seltenes Privileg. Doch der Spürer weilte in Alba. Zwar lockte ihn Blut ebenso stark an wie Schmeißfliegen, doch Dagoberts war viel zu weit von der Trüffelstadt entfernt vergossen worden.

Der Zugang zum Rosengarten des Parco del Valentino war wegen Umbaumaßnahmen geschlossen, so dass sie einen Umweg über die breite, sich am Ufer des Po entlangschlängelnde Viale Enrico Millo nehmen mussten, um zum Borgo zu gelangen. Ein paar Jogger drehten ihre Runden, rhythmisch Atemwölkchen in den Park stoßend, zwei alte Männer gingen schweigend am Ufer entlang, die Mützen tief in die Stirn gezogen, dicke Zigarren in ihren Händen, und auch Hunde waren mit ihren Menschen unterwegs, doch merkwürdigerweise durfte keiner frei herumstrolchen, sie gingen alle an der Leine, die fast immer kurz gehalten wurde. Giacomo meinte gar, zwei Würgehalsbänder zu erkennen. Diese Ketten verengten sich beim Ziehen des Hundes. Eine schreckliche Tierquälerei, die auf den empfindlichen Nacken drückte.

Auch die ständig vor sich hin murmelnde alte Frau war wieder da, alle Hunde machten einen Bogen um sie, selbst wenn sich dadurch ihr Halsband enger zog. Was hatte es nur mit ihr auf sich? Eigentlich sah sie ganz harmlos aus und duftete gut nach Schokolade.

Daisy hatte keine Augen für das Leben im Park, immer wieder drehte sich die schlanke Lagotto-Hündin sehnsüchtig zur Mole um. So als wäre ihr dreckiger Hinterhof dort der Himmel auf Erden.

»Warum hat Dagobert uns das nicht alles selber gesagt?« Es war das erste Mal, dass Donald etwas fragte, seit sie den Unterschlupf verlassen hatten. »Mir gefällt das alles nicht. Ich kann es nicht leiden, wenn sich etwas verändert.« Sein

Kopf sank herunter. »Warum ist Dagobert bloß alleine losgezogen? Hält er uns für so unnütz?«

Warum konnten junge Hunde nicht einfach die Lügen glauben, die man ihnen auftischte?

»Er wird sicher wissen, was er tut«, sagte Giacomo.

»Du hast uns nicht alles erzählt!« Daisy klang wütend.

»Ich mache genau, was Dagobert gewollt hätte … hat.«

Sie bemerkten den Versprecher nicht, gingen nur näher beieinander als zuvor.

Ob Dagobert jetzt wohl im Himmel war? Er hätte es verdient, an einem besseren Platz zu sein. Ohne seine Führungsstärke wären die anderen beiden längst im Tierheim gelandet.

Der Himmel über dem Borgo war wieder wolkenlos – doch Dagobert nicht darin zu sehen. Giacomo hatte nichts anderes erwartet. Er glaubte nur, was er berühren, sehen, hören und vor allem schmecken konnte. Und doch hatte er hochgeschaut. Zur Sicherheit. Wenn es wirklich einen Gott gab, dann steckte er in all den wunderbaren Speisen, die seine Schöpfung hervorbrachte. Bei manch großartigem Schluck Wein hatte den alten Trüffelhund das Gefühl überkommen, aus dieser Welt herauszutreten und in einer besseren zu verweilen, in der es weder Schmerz noch Elend gab. Und eine reife weiße Trüffel ließ ihn sich fühlen wie taufeuchtes Moos an den Wurzeln eines großen Baums, erfüllt von einer unbändigen Lust, sich im würzigen Waldboden fortzupflanzen, als sei er die Essenz des Lebens selbst.

Barolo und Trüffel waren seine Götter, und Giacomo konnte sich keine anbetungswürdigeren vorstellen.

»Da ist der Eingang zum Borgo«, sagte Daisy. »Aber was ist mit dem Conte? Er will niemanden um sich haben.«

»Lass mich nur machen«, erwiderte Giacomo.

»Ich geh da nicht rein.« Die Hündin scheute zurück. »Er

soll Hunden das Herz herausreißen und es vor ihren Augen mit seinen riesigen Zähnen zermalmen.«

»Das halte ich für sehr unwahrscheinlich.«

»Wir glauben dir nicht«, sagte Donald und stellte sich schützend vor seine Schwester. »Wir gehen jetzt sofort zurück. Dagobert hätte dich niemals gebeten, auf uns aufzupassen. Wir kennen dich doch noch gar nicht richtig. Du hast uns sicher angelogen!«

Giacomo antwortete darauf nicht. Die Stille war unangenehm, wollte gefüllt werden. Er hielt dem Druck des Schweigens stand – und wusste auch, wer das nicht konnte.

»Alle Proben hat Giacomo bestanden«, sagte Daisy. »Besser als jeder andere. Damit ist er einer von uns. Außerdem ist er viel erfahrener als wir. Ich kann Dagobert verstehen.«

»Aber Giacomo kennt Turin doch überhaupt nicht!«

Da hatte Donald recht. Aber für solche Momente gab es eine altbekannte Erziehungsmethode: sich einen feuchten Kehricht drum scheren.

»Macht doch, was ihr wollt. Ich geh jetzt zum Conte, wie Dagobert es wollte.«

Sie ließen ihn ziehen – und folgten dann mürrisch. »Abhauen können wir immer noch«, sagte Daisy zu ihrem Bruder.

Doch Giacomo wusste, dass sie dies nicht tun würden. Es war eine schöne kleine Lüge. Weit besser als seine große, unausstehliche.

Es war noch zu früh für Touristen, und so lag das Innere des Borgo völlig verlassen da, als sie eintraten und auf die schwarze Holztür im Schlosshügel zuhielten.

Giacomo wusste nicht, ob dies ein guter Plan war. Aber ihm fiel kein besserer ein. Solange er den Mörder Dagoberts nicht gefunden hatte, waren die beiden in Gefahr. Und obwohl er ihre Hilfe in dieser Stadt brauchte, würde er sie nicht in Anspruch nehmen.

Er stieß die Tür mit der Schnauze auf. Das Morgenlicht brach nur langsam in den rümpeligen Raum. Auf seine Begleiter mochte all dies ehrfurchtgebietend wirken, doch seit Giacomo den Conte gesehen hatte, fand er alles etwas … überdimensioniert.

Maria Grazia erschien – und plötzlich kauerten zwei Lagotto-Mischlinge hinter Giacomo.

»Du bringst wieder keine Gaben für den Conte Rosso?«, fragte die schwere Bloodhound-Hündin. »Stattdessen neue Besucher, die Lagottos von der Mole. Doch einer fehlt.« Sie stellte die Ohren auf.

»Sie brauchen einen Unterschlupf, so hat Dagobert – das ist der Name des Dritten im Bunde – es mir aufgetragen. Ist in einem der Häuser des Borgo noch Platz?«

»Der Conte wird dafür etwas von dir verlangen.«

»Ihr seid aufgenommen«, sagte Giacomo. »Ich muss weg.«

»Wo willst du hin?« In Daisys Stimme lag nicht nur Angst, sondern auch Sorge.

Es war, befand Giacomo, Zeit für eine weitere Lüge.

»Ihr erinnert euch noch an das Windspiel?«

»Das du gebissen hast?«, fragte Daisy. Ihr Bruder verzog sich mit eingeklemmter Rute schleichenden Schrittes in die von Maria Grazia am weitesten entfernte Ecke.

»Die Sache mit dem Obststand tut ihm schrecklich leid, er hat sich entschuldigt. Wisst ihr, der Kleine kommt nicht von hier und hat in Turin seinen Menschen verloren. Ich hab versprochen, ihm zu helfen. Er stammt aus derselben Gegend wie ich. Da muss man doch zusammenhalten.«

»Du lässt uns hier wirklich allein?« Daisy traf den neuralgischen Punkt erstaunlich schnell.

»Nur kurz.«

»Du wirst seinen Menschen niemals so einfach in der Stadt finden.«

»Der Windhund weiß schon, wo er, also sie ist. Braucht nur ein bisschen Hilfe. Und jetzt Schluss mit dem ganzen Gerede!« Langsam gingen ihm die Widerworte erheblich auf den Geist. Welpen wurden fest im Nacken angepackt, wenn sie sich ungehörig benahmen. Doch für so etwas waren die Hündinnen zuständig, als Rüde machte man sich aus dem Staub, wenn die Arbeit begann. Und dem Welpenalter waren Daisy und Donald sowieso lange entwachsen.

»Heute Abend bin ich wieder da.«

Noch so eine Lüge. Doch sie wären hier gut aufgehoben. Der Conte Rosso sorgte sicherlich für die Seinen. Als Giacomo dessen Audienzraum brummend verließ, sah ihn Daisy wieder so merkwürdig an. Es stach ihn mitten ins Herz, obwohl es doch eigentlich längst hart wie Leder sein musste. Das sagte er sich zumindest immer. Es war schön, wieder etwas zu spüren. Daisys Worte taten ihm gut, so unglaublich gut.

Nachdem er die Holztür von außen zugedrückt hatte, blieb er noch einige Zeit in der Kälte stehen. Ein Teil von ihm wollte zurückgehen und die Wahrheit über ihnen ausschütten wie einen Eimer kaltes Wasser. All diese Lügen gefielen ihm überhaupt nicht. Fing man mit einer an, folgten unweigerlich weitere. Sie bekamen schneller Nachwuchs als Karnickel.

Von drinnen hörte er Maria Grazias tiefe Stimme.

»Ihr seid hier willkommen. Aber Giacomo hat euch angelogen. Euer Freund wurde ermordet. Seine Leiche liegt unter einem Müllcontainer in der Via Gaudenzio Ferrari. Ich bringe euch hin.«

Giacomo jagte aus dem Borgo, denn er wollte das Winseln Daisys nicht ertragen müssen. Manche Wahrheit war wie ein Hühnerknochen. Sie blieb einem im Halse stecken, bis man daran erstickte. Oder alles erbrach. Was stimmte nur nicht mit dieser schönen Stadt? War es normal, dass das

Leben selbst zu einem Labyrinth wurde, gleich den Straßen und Gassen dieser Welt aus Stein und Mörtel?

Unregelmäßig wie die Tropfen eines undichten Wasserhahns kamen die Boten zur Porta Palatina, doch keiner brachte die gewünschte Erfolgsmeldung zu Amadeus. Vor dem Pharaonenhund stand nun Tommaso und berichtete von seiner neuesten Entdeckung.

»Einer der Lagotto-Mischlinge ist tot in der Nähe der Mole aufgefunden worden, aber von den anderen keine Spur. Er ist übel aufgeschlitzt.«

»Von wem?«

»Tommaso weiß es nicht. Aber das war kein einfacher Kampf unter Hunden, und Menschenwerk war es auch nicht. Jemand hat ihn gequält, wollte sicher von ihm was wissen.«

»Vielleicht, wo der Lagotto ist, der das Sindone gestohlen hat? Wer könnte das gewesen sein? Wer außer uns ist auf der Suche nach dem Sindone?« Amadeus schlich umher wie ein Tiger in seinem Käfig.

»Tommaso wird es herausfinden.«

»Wer immer es ist, er scheut vor nichts zurück! Wir müssen achtgeben, Tommaso. Selbst in Turin lauern Feinde.«

»Tommaso gibt immer acht! Aber wir brauchen mehr Unterstützung.«

»Ich weiß, was du willst, und jetzt bekommst du meine Erlaubnis. Denn ohne starke Verbündete wird es nun schwer. Also geh zu den Dachshunden und gewinne sie für unsere Sache. Es sind stolze Hunde, behandele sie auch so!«

»Tommaso wird sie genau richtig behandeln.«

Die Englische Bulldogge träumte seit Jahren davon, mit einer blutrünstigen Truppe in die Unterwelt Turins hinabzusteigen und den Dachshunden klarzumachen, wer Herr über die Stadt war. Er würde sie zwingen, Amadeus bei seiner Suche zu unterstützen – oder sie töten, weil sie sich dagegen auflehnten. Lieber wäre ihm Letzteres. Viel lieber. Seine Spitzel hatten ihm vom Aufenthaltsort ihres Anführers, des Kleinen Stinkers, berichtet. Tommaso hatte bereits alles für die Aktion vorbereitet, nun beorderte er die ausgewählten Hunde zu sich und machte sich umgehend auf den Weg. Der Eingang zur Unterwelt lag nahe, in den Resten des römischen Theaters. Das Kanalsystem der Stadt empfing sie mit einem ekelhaften Geruch. Wie konnten Hunde nur in diesen Gängen voller Dreck und Müll leben? Die Dachshunde waren wirklich Abschaum – und dennoch hochmütig wie Best-in-Shows.

Das Brackwasser wurde tiefer, genau wie Tommasos Hass. Heute würde er die Ordnung zurechtrücken. Doch der Weg zum Kleinen Stinker war lang und für die Hunde zermürbend. Nach einer großen Biegung verbreiterte sich der Tunnel so, dass rechts und links Stege verliefen, zwischen denen schäumend das kloakige Gebräu dahinrann. Durch einen Gullydeckel fiel genug Licht, um sehen zu können, welche braune Fracht das Wasser trug und was die Menschen alles hinunterspülten. Die Truppe aus kampferprobten Straßenkötern wurde unruhig, doch Tommaso merkte es nicht. Für solche Gefühle war in seinem harten Schädel kein Platz. Er dachte an den bevorstehenden Sieg, zu dem kein anderer Hund fähig wäre. Kein jüngerer, kein größerer, keiner von edlerer Abstammung. Nur er. Tommaso.

Nach der nächsten Kreuzung durften sie keinen Laut mehr von sich geben, da sich die Geräusche an den rauen Decken spiegeln und den Gegner warnen würden. Die Bulldogge hieß anhalten.

»Tommasos Zähne sind spitz. Eure Zähne sind spitz. Sie verlangen nach Dachshundfleisch. Gleich wird der Wunsch erfüllt.« Die Truppe erwiderte nichts. Sie verhielt sich ruhig. Die Burschen waren klüger, als Tommaso erwartet hatte. »Als

Erstes müsst ihr die Ausgänge versperren. An jeden zwei von euch. Alle anderen sammeln sich hinter Tommaso. Auf Tommasos Befehl schlagt ihr zu. Tötet schnell! Wenn sich Dachshunde in euer Fell verbeißen, lassen sie nicht mehr los. Flink wie Ratten und erbarmungslos wie Blitze sind sie. Harte Kämpfer. Aber Tommaso ist härter!« Die Bulldogge blickte in starre Augen. »Und jetzt leiser als die Windstille! Wenn sie uns hören, ist es aus.« Tommaso hatte das Gefühl, noch irgendetwas vergessen zu haben. Was war es nur? Ach ja. »Für Amadeus! Für das Sindone!«

Der Trupp bemühte sich so sehr, keinen Laut zu verursachen, dass die Luft vor Anspannung knisterte – und nach Angst stank. Tommaso schätzte diesen Geruch. In einem Rausch von Testosteron betrat er die niedrige Halle, das Machtzentrum der Dachshunde. Das Wasser zweier Kanäle floss hier geradezu friedlich zusammen, und die Insel aus feuchtem Asphalt wurde vom Licht aus der Höhe wie ein Alpengipfel beschienen. Niemand war zu sehen. Nur der Kleine Stinker saß auf der Spitze seines Müllbergs. Geradezu niedlich sah er aus – das konnten sie verdammt gut, diese wurstigen Biester. Interessiert blickte der Dachshund herab.

»Tommaso, nicht wahr? Was führt dich und deine Freunde zu mir?«

»Du bist gewarnt worden!«

»Nein. Uns warnt niemand. Aber wir sind überall unter der Stadt – und unsere Ohren sind stets aufmerksam. Ich wusste, dass du mich besuchen würdest.«

Tommaso legte den Kopf verständnislos zur Seite.

Der Anführer der Dachshunde blickte offen und freundlich zu ihm herunter. Keine Spur von Angst. *»Wovor soll uns denn jemand gewarnt haben, guter Tommaso?«*

»Ich kriege euch alle, verlass dich drauf!«

»Aber sicher. Du kennst dich in der Unterwelt ja auch aus. Viel besser als wir.«

Tommaso erinnerte sich daran, dass er vordergründig nicht wegen eines Gemetzels, sondern wegen einer Bitte hier war. »Amadeus, der Wächter des Sindone, schickt Tommaso. Du sollst uns helfen, das heilige Tuch wiederzufinden, und …«, er kramte in seiner Erinnerung, einem alten Schuppen mit rostigen Gerätschaften, »… dadurch Turin vor dem Untergang bewahren. Wirst du das tun?«

»Deshalb besetzen deine Schergen alle Ausgänge? Weil du mich um einen Gefallen bitten willst?«

»Tommaso hat dir eine Frage gestellt!«

Der Dachshund hob die Stimme nur leicht – doch die Wirkung war bedrohlich. *»Du bist hier unten nur Gast. Erst werden meine Fragen beantwortet!«*

»Tommaso ist in der Überzahl. Du kannst nicht fliehen! Sag ja, oder du wirst vernichtet. Du und die Deinen!«

Die Bulldogge sondierte die Gänge. Ob die Meute des Kleinen Stinkers nur darauf wartete zuzuschlagen? Würden sie aus dem Wasser emporschießen?

»Ich sage etwas.«

»Ja?« In Tommasos Stimme schwang Enttäuschung mit. Er hatte auf den Geschmack von warmem Blut gehofft, bevor der Kleine Stinker einknickte, auf durchtrennte Sehnen und gebrochene Knochen. Eigentlich hatte er gedacht, die sturen Burschen würden niemals einwilligen. Doch sein Ruf eilte ihm anscheinend voraus. Mit Tommaso wollte sich niemand anlegen.

»Fluten«, rief der Kleine Stinker. Nicht einmal besonders laut, jedoch in den richtigen der dunklen Kanäle.

»Verdammich, ja!«, schallte es zurück.

»Was soll das?«, rief Tommaso. »Was fluten?«

»Ach, versteht der bärenstarke Tommaso nicht? Den Damm fluten.«

»Warum?«

»Lass mich nachdenken, es kommt gleich.«

Ein Gurgeln ertönte, dann ein Brodeln, wie es Tommasos Magen nach einem schimmligen Stück Peperonipizza von sich gab, bevor alles heraussprotzelte. Auch hier, das wurde Tommaso nun schrecklich bewusst, war mit einem Sprotzeln zu rechnen. Allerdings einem bedeutend lauteren.

»*Nur noch einen kurzen Moment*«, sagte der Kleine Stinker fröhlich. Der Boden erbebte, die Wände erzitterten, Lärm drang wie heißes Öl in Tommasos Ohren.

»*Ich will euch doch angemessen begrüßen*«, rief der Kleine Stinker. »*Also: Herzlich willkommen in den Fluten der Unterwelt. Ihr großen, kräftigen und unfassbar dummen Tölen!*«

Tommaso sah das Wasser wie eine Wand auf sich zuschießen. So viel Schaum hatte sich in der Krone der Welle gebildet, dass sie wie eine Schneelawine aussah. Sie klang nicht mehr wie Wasser, sie rumpelte, als schrammten Geröllbrocken über die Kanäle. Schon war sie in der Halle. Die Wasserwand riss die im Gang vor ihr postierten Hunde mit sich wie Pappkameraden.

Es blieb Tommaso keine Zeit mehr, etwas zu rufen, die Luft anzuhalten oder durch einen der Gänge zu fliehen. Das Wasser schlug wie eine riesenhafte Hand zu, die Finger in jeden der Kanäle spreizend, alles unter sich begrabend.

Fast alles.

Der Kleine Stinker saß in der Kuhle einer dicken Styroporplatte, die früher die Rückwand eines Großbildfernsehers geschützt hatte. Er bewegte sich nur wenig, um dieses weiße Floß zu steuern. Auf den schäumenden Massen trieb es schlingernd und doch mit festem Ziel, dem Wasser folgend, hinaus durch den größten Gang. Zurück in die Finsternis.

Giacomo zuckte zusammen. Es kam ihm vor, als startete unter seinen Füßen ein Jumbojet. Jetzt spritzte Wasser aus dem Gullydeckel vor ihm. Und der Deckel bellte kurz.

Dann wurde es wieder still. Als wäre nie etwas geschehen.

Keinen der Passanten schien der Lärm aus der Unterwelt Turins zu irritieren. Sie gingen schwatzhaft weiter ihrer Wege. Giacomo schnüffelte am aufgespritzten Nass – es roch nach menschlichem Kot und überraschtem Hund. Merkwürdig. Doch dieses Geheimnis musste ungelöst bleiben, er setzte seinen Weg fort.

So leer der Parco del Valentino um das Borgo war, so voller Menschen war die Via Po. Eine Ansammlung von Leibern, wie Giacomo sie bisher nur bei Ameisen gesehen hatte, die sich über ein Honigbrot hermachten. Die Menschen standen hinter hüfthohen Schutzgittern und blickten auf eine leere Straße. Sie verhielten sich ganz ruhig. Es war unheimlich. Giacomo wartete einige Zeit, um auszumachen, was der Grund dieses mysteriösen Treibens war. Zuerst passierte nichts, dann fingen die Menschen plötzlich an zu singen, setzten sich ihre Kinder auf die Schultern oder hielten sie hoch. Und das alles nur, weil ein kleines weißes Auto vorbeifuhr, rechts und links ein Fähnchen am Kotflügel, mit einem Glasdach huckepack, das aussah wie eine kantige Käseglocke. Darin saß auf einem weißen Stuhl ein weißgekleideter alter Mann mit weißen Haaren. Alles passend zum Winter. Er winkte den Menschen zu, dabei ernst, fast betroffen blickend, seine Brauen müde über den Augen hängend. Die Zuschauer waren trotzdem hocherfreut.

Doch schnell war es vorbei.

Als sie wieder fortgingen, trugen viele Menschen ein Lächeln auf den Gesichtern, hielten sich an den Händen oder küssten sich.

Giacomo dagegen hatte nach dieser Begegnung unglaublichen Appetit auf Käse.

Belustigt trollte er sich, den Weg über den vereisten Fluss unter der Ponte Vittorio Emanuele I. wählend, da die Gitter oben alles versperrten. Der alte Lagotto betrat ungern gefrorenes Wasser – schließlich wusste man nie, wo das flüssige wieder begann. Jedes Knarzen ließ ihn zusammenzucken. Flösse Wein im Po, wäre ihm eine dünne Eisdecke allerdings nur recht gewesen.

Der Rest des Weges zu Niccolò verlief erstaunlich problemlos, denn er begegnete keinem einzigen Menschen mehr. Die Sonne wärmte die Stadt mit ihren Strahlen, der Wind spielte vergnügt in den Straßen, und die alten Häuser strahlten eine Ruhe aus, wie sonst nur knorrige Bäume es vermochten. Turin zeigte sich von seiner schönsten Seite.

Das ließ Giacomo unruhig werden.

Niccolò lag nicht mehr hinter dem Monument der Piazza Cavour, sondern versteckt hinter einem alten Ahornbaum, doch Giacomo erschnüffelte ihn schnell. Zwar ging nur wenig Duft von dem Windspiel aus, doch für den erfahrenen Schnüffler war es wie eine schmissige Melodie, die er selbst im größten Lärm hätte hören können.

Niccolò sprang auf, als er ihn sah, und bewies, dass sein Mundwerk sich genauso schnell bewegen konnte wie seine Beine.

»Der Wagen! Ich hab ihn gesehen. Tote Tiere sind da. Wir müssen hin!«

»Hab ich auch gesehen. Aber das war bloß ein alter Mann, keine Kadaver. Und ich will auf gar keinen Fall wieder hin, da sind mir viel zu viele Leute. Warum sollten wir auch?«

»Was?«

»Ich dachte, wir wollten jetzt Isabella befreien.«

»Ja, klar. Das auch. Aber der Wagen ist doch wichtig!«

»Du bist so unberechenbar wie eine Elster.«

»Ich mag Elstern. Die denken wenigstens nicht unentwegt an Wein und Fressen.«

»Du wirst immer frecher, Kleiner!«

»Und du immer sturer.«

»Weiser«, korrigierte Giacomo. »Das ist das richtige Wort. Ich werde immer weiser.«

Niccolò sah den alten Trüffeljäger nicht mehr an. »Es ist reine Notwehr! Mit so einem Zausel wie dir muss man frech sein, sonst hält man es ja nicht aus. Können wir jetzt über den Wagen sprechen? Den vom Palazzo Stupinigi?«

»Ach, den hast du gesehen?«

»Was dachtest du denn?«

Irgendwann schafften sie es dann wie zwei gescheite Hunde miteinander zu reden, und machten sich anschließend auf den Weg zu Isabella. Eins nach dem anderen, wie Giacomo betonte. Mit ihr würde alles leichter gehen. Auch das Rätsel um den Wagen ließ sich dann sicher spielend lösen.

Der Corso San Maurizio war menschenleer – dafür noch zugeparkter als sonst. Die einzige Steigerungsform wäre gewesen, die Wagen übereinanderzustapeln. Hätte Niccolò nicht die Gasse hinunter Richtung Duomo geschaut, es hätte ein ruhiger Nachmittag werden können. Wie Beeren an einer prallen Weintraube scharten sich die Menschen dort um den weißgekleideten Alten, der vor den Pforten der Kirche predigte. An seiner Seite saßen weitere Männer in Gewändern und mit Häubchen auf den Köpfen. Er hielt eine lange Rolle in die Höhe und zog sie andächtig auseinander.

»Das ist doch nicht wirklich das, was ich denke?«, fragte Niccolò, legte seinen Kopf schief und die Stirn in Falten.

»Sieht genau aus wie das Tuch.«

Wie war der Weißhaarige nur darangekommen? Giacomo hatte es doch im Wald verbuddelt! Aber nun hielt dieser Mann es tatsächlich in seinen schrumpeligen Händen. Obwohl er so kraftlos aussah, als könne er einem Hund nicht mal ordentlich den Ball zuwerfen.

»Ohne das Tuch bekommen wir Isabella nie frei«, sagte Niccolò.

»Was soll das heißen?«

»Der Schlüssel! Das Ding ist der Schlüssel. Und den hol ich mir jetzt.«

»Sag mal, spinnst du?«

Doch das Windspiel sprintete bereits los. Kaum an Geschwindigkeit verlierend, glitt es durch die Menschenmenge. Die engen Lücken zwischen den Beinen waren für den zierlichen Niccolò breit wie Täler, auch zwischen den ineinandergehakten Absperrgittern jagte er problemlos hindurch – sie waren einfach nicht windhundsicher.

Natürlich gab es Carabinieri, sie sollten die Piazza Giovanni sichern. Einen amoklaufenden Menschen hätten sie bestimmt zu Fall gebracht. Aber ein Windspiel? Niemals. Wie ein Pfeil näherte sich Niccolò dem alten Mann, der gar nicht zu bemerken schien, was ihm da am Boden entgegenschoss. Er sprach leiernd weiter und hielt das Tuch nun wieder zusammengerollt in die Höhe.

Doch nicht hoch genug.

Wenn eine Hunderasse den Flugkünsten von Vögeln nahekam, so waren es Windspiele. Mit Leichtigkeit hob Niccolò ab, kraftvoll und elegant. Giacomo sah ihn wie in Zeitlupe, denn das in seinem Körper brodelnde Adrenalin ließ die Räder der Welt langsamer drehen. Niccolò öffnete sein Maul und zog die Lefzen weit hoch, sein Körper ein grauer Keil in der Luft. Jetzt erst nahm ihn der weißhaarige Mann wahr, stoppte seinen Sermon, folgte mit dem Blick erstaunt dem fliegenden Niccolò und streckte den Arm mit dem Sindone instinktiv höher. Trotzdem schloss sich Niccolòs Maul auf dem Scheitelpunkt der Flugbahn langsam darum und riss das Tuch mit sich hinab auf den Erdboden.

Jetzt lief die Zeit für Giacomo wieder in normalem Tempo ab. Und das war gut so. Denn er musste nachdenken. Niccolò hatte sich in eine unmögliche Situation gebracht. Wie sollte er mit der sperrigen Rolle zwischen den Straßengittern hindurch und die Menschenbeine umkurven? Zudem rannten mittlerweile ein gutes Dutzend Carabinieri auf ihn zu, von allen Seiten kamen sie.

Gespenstisch war die Stille, keiner sagte etwas, nicht mal ein Raunen drang aus den Kehlen der Zuschauer. Starr vor Schock standen sie da, die Münder geöffnet wie an Land verendete Fische.

Niccolò wurde langsamer. Nur eine Spur, doch Giacomo bemerkte es. Das Windspiel hatte nun auch begriffen, worüber es – impulsiv und unüberlegt wie immer – vergessen hatte nachzudenken.

Also, dachte Giacomo, musste er für ihn denken. Für diesen dummen kleinen Burschen.

Für dieses unglaublich mutige Windspiel.

Der alte Trüffelhund legte die schützende Leine samt Halsband ab und heulte so laut auf, dass ihm die Lunge schmerzte. Die Menge drehte sich um.

Unendlich viele Finger deuteten mit einem Mal auf Giacomo.

Selbst der des alten Mannes.

Das Aufheulen des Freundes riss Niccolò aus seiner Trance, die nur Platz für das Sindone gelassen hatte. Jetzt stürzten all die Gedanken auf ihn ein, die in den letzten Sekunden außen vor bleiben mussten. Ein Fluchtweg. Er brauchte einen Fluchtweg! Die Straßengitter waren bis zum Glockenturm des Duomo aufgebaut. Dort stand ein Zelt, in dem ein Mann vor einem Pult saß.

Sonst niemand.

Niccolò schlug einen Haken, rannte zwischen zwei ihm entgegenkommenden Carabinieri hindurch und stürmte auf das Zelt zu. Er war einmal einer Rotte Wildschweine entkommen, was konnten ihm da ein paar Carabinieri anhaben? Und etliche greise Priester? Die hatten sich nun nämlich auch auf die Jagd nach ihm begeben.

Niccolò rannte so schnell, dass er nichts mehr hörte außer dem Rauschen des Windes in seinen Ohren. Nicht die Befehle, nicht das Gebrüll. Jetzt kam alles auf diesen Sprung an. Er musste nicht lang sein, nur exakt. Genau zwischen dem Pult und der Mauer hindurch. Niccolò sprang und spürte den Stein an seiner Flanke, die Fingerspitzen an seinem Kopf, doch dann nur noch Luft.

Die Landung erfolgte schnell.

Und hart.

Fast wäre er gegen den Glockenturm geknallt, doch kurz berührte er den Boden, riss seinen Körper herum und rannte um den quadratischen Backsteinkoloss hin zu dem großen klaffenden Loch. Die Menschen hatten hier etwas ausgegraben, verfallene Mauern und Dreck. Niemand konnte dort leben, trotzdem schütteten sie es nicht zu. Niccolò umrundete es und sprang dann zurück auf die Via XX. Settembre – zum immer noch heulenden Giacomo. Die Menschenmasse näherte sich, sie hatte den Sindone-Dieb erkannt und wollte das Untier zur Strecke bringen. Niccolò hielt nicht an, als er den Freund passierte, es gab keine Sekunden zu verschenken, Giacomo würde ihm sicher folgen. Und genauso war es. Gemeinsam liefen sie die Via della Basilica hinunter – und damit vorbei an der Porta Palatina.

An Amadeus und seiner Leibgarde.

Niccolò und Giacomo waren schnell unterwegs. Verflixt schnell sogar. Doch nicht schnell genug, um unerkannt zu bleiben. Nun wurden sie nicht nur von Menschen verfolgt, sondern auch von Hunden, die das eisige Pflaster Turins weitaus besser kannten als die beiden Flüchtenden. Diesen war nicht bewusst, dass sie nun ins alte römische Viertel rannten, mit seinen engen Gassen und verschlungenen Wegen.

»Was wollen die von uns?«, fragte Giacomo keuchend.

»Die … die hassen *mich*. Weil ich schneller bin als sie. Als alle in Turin. Das können sie nicht leiden.«

Niccolò hörte auf zu reden, denn er brauchte allen Atem zum Laufen – und Giacomo erst recht. Die Verfolger sahen nicht aus, als wären sie zartbesaitet. Es waren Killer. Vermutlich Recken aus Hundekämpfen, so viele Narben und Wunden, wie sie ihre kantigen Körper aufwiesen.

Die schwerfälligen Menschen waren bald abgeschüttelt, doch die Hunde hingen an ihren Läufen wie Kletten. Mit jedem Meter kamen sie näher, angetrieben von einem rasenden Pharaonenhund, der mehr sprang als lief. Er war eine Naturgewalt. Und gleich würde er über sie kommen wie einen Wirbelsturm. Niccolò selbst wäre ihm vielleicht entkommen, doch Giacomos Kräfte ließen immer mehr nach. Sie hatten keine Chance.

Doch der alte Trüffelhund nutzte sie.

»Lass mich vor!«, brüllte er mit letzter Kraft. Niccolò ließ sich zurückfallen. Näher an die wild kläffende Meute, an Klauen und Fänge. Doch wem sollte er vertrauen, wenn nicht seinem Freund?

Dieser bog nun um die Ecke. Was dumm war, denn der eingeschlagene Weg konnte sich als Sackgasse herausstellen. Bisher waren sie immer geradeaus gerannt. Ins Offene.

Doch nun diese enge Straße. Sie verlief an einer Kirche vorbei. Enge Straßengitter am Ende. Er könnte sich hindurchzwängen, Giacomo aber müsste sich dagegenwerfen, hoffen, dass sie umfielen. Doch das würde Zeit kosten. Und es reichte, wenn einer der Verfolger einen Hinterlauf zu fassen bekam. Dann war alles aus.

Doch Giacomo rannte die Straße nicht entlang, sondern bog sofort nach rechts und stieß, den Kopf wie eine Ramme gesenkt, mit voller Wucht gegen eine angelehnte Haustür. Niccolò hinterher. Von drinnen warf sich der massige Lagotto sogleich gegen das Türblatt. Es krachte ins Schloss.

Aus der Küche dröhnte Vasco Rossi, noch lauter sang die Köchin. Sie würde den Knall nicht gehört haben. Giacomo horchte nach draußen und vernahm das Getrappel der vorbeischießenden Hunde.

Niccolò hielt es nicht mehr aus.

»Woher wusstest du, dass …«

»Tiefkühlpizza.«

»Hier wird gekocht?« Niccolò hob die Nase.

»Riecht eigentlich nach nix, aber das intensiv. Bemerke ich immer sofort. Die Tür stand auf und hat den Duft auf die Straße gelassen. Bei einem offenen Fenster hätte es anders gerochen. War eine Kleinigkeit.«

»Was bin ich froh, dass du Tiefkühlpizza magst! Die kann schon richtig lecker sein.«

»Lecker? *Lecker*? Eine Beleidigung für meine Nase! Kommt nicht aus dem Steinbackofen und ist labberig wie alte Schuhsohlen. Der Gestank quält mich. So was backen nur böse Menschen.«

»Isabella aber auch!«

Giacomo brummte, öffnete ein paarmal das Maul, um etwas zu sagen, doch kratzte sich dann lieber am Ohr. »Das war übrigens der pure Wahnsinn gerade am Duomo! Warum fragst du mich nicht, bevor du so …«

»… etwas Grandioses machst? Weil ich das auch ganz allein kann.«

»Nur wieder zurückkommen nicht!«

»Hätte ich schon irgendwie auf die Reihe gekriegt. Du hast mir ja keine Chance gegeben. Aber das ist schon in Ordnung.«

»Vielen herzlichen Dank. Jetzt lass schon sehen!«

Niccolò schlug mit der Pfote vorsichtig gegen das Tuch, welches sich ein Stück weit entrollte. Seine Augen glänzten zufrieden, denn vor sich sah er mit einem Mal die Weinberge unterhalb Rimellas, wo er so gern zwischen den Nebbiolo-Stöcken umhertollte, sah den verschlafenen Feldweg zur Waldlichtung hinauf, den schattenspendenden Brunnen auf der Piazza, und wie er nach Hause lief, wenn Isabella ihn rief. Dieses Tuch würde sie der geliebten Langhe ein großes Stück näher bringen.

»Niccolò? Hör mir gut zu: Das ist es nicht. Kein Fischgrätmuster, kein Leinen. Das ist normales Tuch. Hast du das denn nicht gleich gemerkt? Riecht auch neu, die Blut- und Wasserflecken sind nicht im Gewebe, sondern nur draufgedruckt. Das hier ist nicht echt. Und es duftet auch überhaupt nicht nach Trüffel.«

Niccolò stieß die Rolle weiter auf. Vielleicht hatte Giacomo nur am falschen Ende gerochen.

»Warum sollten die Menschen ein falsches Tuch besitzen? Das ergibt doch keinen Sinn!«

»Warum fahren Menschen mit dem Auto zur Trattoria, obwohl sie gleich um die Ecke liegt? Weil sie schließlich irgendwas tun müssen. Bis die begreifen, dass das Leben idealerweise aus Schlafen, Fressen und Trinken besteht, dauert es sicher noch Ewigkeiten.« Giacomo ließ sich auf den gekachelten Boden sinken, während die Köchin begann ein neues Lied mitzuschmettern. »Das ist nicht das richtige Tuch. Nur eine Fälschung. Es war leider alles umsonst.«

Niccolò schwieg. Draußen ging die Hundemeute vorbei, diesmal langsam, die Hauseingänge absuchend, nach den Flüchtigen schnüffelnd.

»Die kriegen uns nicht«, sagte Giacomo leise. »Die Kälte lässt die Gerüche erfrieren.«

»Jetzt werden sie mich auch jagen. Mit Plakaten. So wie dich. Und alles nur für dieses Mistding hier.« Er stand auf und zerfetzte es, Giacomo ließ ihn gewähren. Das musste jetzt sein. Doch leider endete plötzlich »Brava Giulia« von Vasco Rossi, und die Geräusche aus dem Flur landeten klar vernehmbar in der Küche. »Was ist denn da los!?«, dröhnte es nun von dort.

Niccolò hörte es in seiner Raserei nicht.

Deshalb lief Giacomo zur Haustür, setzte sich auf die Hinterläufe und nahm die Klinke ins Maul. Die Köchin schien sich die Hände nur selten zu waschen, und das schmeckte er nun leider. Schnell hatte er die Tür geöffnet, während Niccolò weiterhin mit dem Tuch kämpfte, seinen kleinen Körper wild hin und her schleudernd, um dem Stoff den Rest zu geben. Die Köchin erschien und schlug die Hände entsetzt zusammen. »Cielo!« Selbst das klang bei ihr wie gesungen, sie hatte eine ausgesprochen melodiöse Stimme – wenn auch etwas spitz. »Sant'iddio!«, schob sie nach.

Niccolò wütete unbeeindruckt weiter. Den auf dem Tuch abgebildeten Kopf hatte er in sämtliche anatomische Einzelteile zerlegt. Der Brustkorb schien ihm noch mehr Spaß zu machen. Alles hätte schrecklich enden können, wenn ihnen nicht der Gott – oder die Göttin? – des Kochens beigestanden hätte. Denn schwarzer Qualm drang plötzlich aus der Küche. Die Tiefkühlpizza war vernichtet worden. Es gab doch Gerechtigkeit in dieser Welt! Die Köchin entschwand dorthin, noch ein paar »Ksch!« in ihre Richtung rufend, als seien sie Katzen und keine Hunde.

Giacomo stieß seinen Freund um, damit er aus seinem Wahn erwachte, und trottete dann hinaus auf die Straße. Kurze Zeit später folgte Niccolò.

Bis sie bei der Questura eintrafen, bekam der alte Hund etliche halbherzige Entschuldigungen zu hören. Er schwieg dazu. Die Jugend musste ihre Fehler machen – und bereuen. Hatte er damals auch. Na ja, bereut hatte er eigentlich nichts. Aber schließlich hatte er auch keinen vergleichbaren Mist gebaut! Sollte Niccolò ruhig was draus lernen. Zum Beispiel: Erst Giacomo fragen, dann Blödsinn anstellen.

Diesmal warteten keine Hundefänger vor der Gefängnismauer, und sie konnten ungesehen in den engen Gang schlüpfen. Dann hieß es warten. Giacomo war das ganz recht, so konnte er endlich wieder zu Atem kommen. Später sprachen sie über Isabellas Fluchtmöglichkeiten, doch dann wurden selbst ihm die Stunden lang, bis die Gefangenen endlich ihre Hofrunde drehten. Der alte Hund war sich am Ende nicht mehr sicher, ob er seine eingequetschten Läufe jemals wieder würde auseinanderfalten können.

»Sie ist da! Guck! Dahinten. Das ist sie!« Niccolò begann freudig zu winseln.

»Ihre Haare sehen ganz anders aus. Platt wie bei einem nassen Bobtail. Das arme Ding.«

Auch ansonsten gab Isabella ein erbärmliches Bild ab. Ihre Wangen waren gerötet, als wäre jemand mit Schmirgelpapier darübergefahren, und die Augen saßen aufgequollen wie dicke Pflaumen im Gesicht. Doch Isabellas Kinn war noch entschlossener als sonst nach vorne gereckt, alles schien daran zerschellen zu können. Als sie Niccolò sah, fiel diese Festung jedoch, ihr Herz übernahm wieder die Herrschaft über ihren Körper. Schnell blickte sie sich um. Die Wärterin unterhielt sich gerade. Rasch, jedoch ohne zu laufen, kam sie zum Gitterabschnitt an der Maueröffnung und tat so, als binde sie sich die Schnürsenkel.

»Niccolò!«, flüsterte sie, ihre Stimme mühsam unter Kontrolle haltend. Doch Tränen flossen, ohne dass sie etwas dagegen tun konnte. »Dass du mich wirklich gefunden hast! Dann hab ich mir das vor ein paar Tagen doch nicht eingebildet. Ich dachte schon, ich werd hier langsam verrückt. Und ist das Giacomo? Der gute Giacomo! Ihr wisst ja gar nicht, wie froh ich bin, euch zu sehen! Aber kümmert sich denn niemand um euch? Mario hat es mir doch versprochen! Und wo ist Canini? Du siehst ganz abgemagert aus, Niccolò. Und schaust so schrecklich ernst. Bist du so traurig? Ich auch, mein Kleiner. Aber jetzt gerade, da möchte ich heulen vor Glück.«

Niccolò kämpfte gegen all die Trauer an, die er in Isabella spürte. Zwar vermischte sie sich mit der Wiedersehensfreude, doch eigentlich wurde sie dadurch nur noch schlimmer. Das Windspiel versuchte, sich zu konzentrieren und Isabella seine Gedanken wissen zu lassen. Dass sie morgen schon befreit würde, dass es Giacomos Idee war, gleich die Dachshunde Turins zu fragen, ob sie sich unter dem Gitter durchbuddeln könnten, dass sie dann nur noch hindurchkriechen müsste und sie auch durch das Mauerloch passen würde, weil sie doch so schlank war. Vielleicht wäre ein wenig Ziehen und Drücken notwendig. Aber das würde schon klappen! Giacomo war schließlich stark. Diesen Plan sandte er mit aller Kraft zu ihr.

»Du wünschst dir bestimmt, ich würde mit dir kommen. Einfach durch die Gitter steigen, was?«, fragte Isabella, und Niccolò fühlte sich, als würde sein Herz aufgehen. Er bellte vor Freude – und verfluchte sich im selben Augenblick dafür. Sie durften doch keine Aufmerksamkeit erregen!

»Aber ich kann nicht mitkommen«, fuhr Isabella fort. »Denn jetzt gibt es ja kein Leben, in das ich zurückkehren könnte. Erst muss das alles hier ausgestanden sein, dann kehre ich zu dir zurück – aber durch die Vordertür! Wenn doch nur das verfluchte Sindone wieder auftauchen würde. Das wär schon die halbe Miete. Bestimmt sind da irgendwelche Spuren vom Täter dran. Haare, Fingerabdrücke, was weiß ich. Die finden heute doch alles, oder?«

Hinter Isabella blieb eine andere Gefängnisinsassin stehen. »Mit wem redest du da die ganze Zeit?«

»Mit meinem Windspiel und meinem Lagotto. Siehst du die beiden? Aber verrat mich bitte nicht!«

Ein Gesicht erschien, Krähenfüße neben den Augen, das Haar ein grauer Stumpen am Hinterkopf. »Was haben die beiden Köter hier zu suchen?«

»Mich«, sagte Isabella. Der Stolz in ihrer Stimme ließ Niccolò innerlich Saltos schlagen.

»Wenn die Wachen das Mauerloch da sehen, ist es sofort zu. Das ist nämlich nicht *vorschriftsmäßig.*« Sie schnaubte verächtlich. Dann ertönte ein Pfiff. Die Gefangenen mussten zurück. »Schwing deinen Hintern, Süße.«

Isabella streckte die Finger so weit durch das enge Gitter, bis ihre Hand gepresst zwischen den Stangen klemmte. Zärtlich leckte ihr Niccolò darüber, als gelte es Wunden zu heilen.

»Bis bald, mein Kleiner. Komm wieder, ja? Und du auch, Giacomo!«

Eine harsche Stimme dröhnte vom Haus her. »Tinbergen, was treiben Sie da? Wieso knien Sie in der Ecke?«

Isabella riss sich los und rannte zur Wärterin. »Ich bin gestolpert.«

»Ach Gott, wie schrecklich! Das interessiert mich einen Scheiß, Püppchen. Pass in Zukunft besser auf, wo du hintrittst.«

Die Eisentür schloss sich krachend hinter Isabella. Niccolò schaute ihr noch lange hinterher, drückte seine Stirn gegen die eisigen Gitterstäbe.

»Komm, wir gehen. Sie ist weg.«

»Nur bis morgen«, sagte Niccolò leise. »Lass uns solange bleiben.«

»Aber wir müssen doch zu den Dachshunden! Weiß sie Bescheid wegen unseres Plans?«

Niccolò hatte ganz vergessen, dass sein Freund Isabellas Worte nicht verstehen konnte. »Sie will sich nicht wie wir verstecken müssen. Wir müssen ihr das Tuch bringen, nur so kommt sie raus.«

»Worauf warten wir dann noch? Das blöde Ding liegt doch im Park von Stupinigi.«

»Gut. Geh vor, du kennst schließlich den Weg!«

Eigentlich nicht, dachte Giacomo, denn er war damals ja mit der Ape in die Stadt kutschiert worden. Doch er wollte seine Unwissenheit vor Niccolò verbergen. »Wir legen nur einen kurzen Zwischenstopp am Borgo Medievale ein – das liegt eh auf dem Weg.«

Vermutete er zumindest. Und er vermutete ebenfalls, dass der Conte wissen würde, wie sie zum Palazzo gelangten.

Die Anwesenheit des alten weißhaarigen Mannes in der Stadt war wirklich ein Geschenk des Himmels, denn auch auf dem Weg zum Parco del Valentino begegneten die beiden nur wenigen Menschen. Sie hielten sich fern der Einkaufsstraßen, auch wenn Giacomo gern in das eine oder andere Café spaziert wäre – und in eine Gelateria, von der Daisy erzählt hatte, dass deren sahniges Marron-Glacé-Gelato fester Bestandteil des Himmels sein musste. Doch Niccolò hätte keinen Aufschub geduldet – und sei er auch noch so verständlich.

Das Borgo lag verlassen am Ufer des Po, der leichte Nieselregen des Vortags hatte es seiner weißen Haube beraubt. Doch immer noch prangten lange Eiszapfen an den Dächern wie die Zähne eines riesenhaften Raubtieres.

»Behalt hier draußen alles im Blick, ich bin gleich wieder da.« Giacomo lief durch das Nordtor hinein.

Niccolò blickte sich um – hier war er von allen Seiten auszumachen. Wenn seine Häscher sich näherten, könnten sie ihn einkesseln. Er wollte hier nicht stehen bleiben. Giacomo konnte ihn doch nicht einfach abstellen wie ein Auto! Vorsichtig schlich er deshalb ins Dorfinnere. Es war nicht wie Rimella, und doch hatte es etwas von Heimat. Nur einen Hauch, doch selbst für diesen war das kleine Windspiel dankbar.

In einem Haus zur Linken, dessen Dachbalken kunstvoll wie Tortenstücke verziert waren, lagen zwei Hunde dicht aneinandergeschmiegt, sich gegenseitig schützend vor allem, was drohte. Es waren Lagottos, wenn auch nicht reinrassige. Zwei derjenigen, die Giacomo zur Attacke auf ihn angestiftet hatten. Die Hündin schaute auf. Niccolò ergriff die Gelegenheit.

»Habt ihr Giacomo gesehen? Er wollte zum Conte, und ich hab leider nicht die geringste Ahnung, wo der Bursche steckt. Ihr seid doch nicht etwa immer noch sauer auf mich wegen dem Obststand, oder? Giacomo sagte, ihr wärt eigentlich ganz nett.«

Nun öffnete auch der zweite Lagotto seine Augen. »Er ist wieder hier?«

»Das hat zumindest Giacomo gesagt«, erwiderte Niccolò. »Komisch, dass ihr dem Conte noch nicht begegnet seid.«

»Ich meine Giacomo.«

»Genau wie ich.«

Irgendetwas lief in diesem Gespräch falsch. Jetzt stürmten die Lagotto-Mischlinge wortlos an ihm vorbei. Niccolò rannte hinterher. Sie stoppten an einer schwarzen Holztür, die merkwürdigerweise in einem Hügel steckte.

»Er ist es!«, flüsterte Daisy. »Er redet mit dem Conte, aber den kann ich nicht sehen. Hört auf, so laut zu atmen, dann versteh ich vielleicht was.«

Die Stimme des Conte erklang: »Die Welt verändert sich, das Ende der Geschichte ist offen. Ich werde dafür sorgen, dass ich es erlebe. Und wichtiger noch: bestimme!«

Donald stürmte hinein. Die beiden anderen folgten notgedrungen. Als sie auf den Platz blickten, wo der Conte gerade noch gestanden haben musste, war dort nur Leere.

Und davor die Bloodhound-Hündin Maria Grazia.

Keiner sagte etwas, statt Worten flogen Blicke durch den Raum. Es war Giacomo, der den Bann brach.

»Hallo, ihr zwei. Ich … bin euch wohl noch eine Erklärung schuldig.«

»Wäre dir wohl lieber gewesen, wenn wir noch schliefen?«, fragte Daisy.

»Du hast uns angelogen«, sagte Donald, seine Stimme wie ein straff gespanntes Seil. »Maria Grazia hat uns alles berichtet.«

»Es tut mir leid.« Giacomo leckte sich die Nase. »Ihr hättet es von mir erfahren müssen. Ich wollte euch den Schmerz ersparen. Aber das ist keine Ausrede. Manchmal bin ich ein dummer alter Hund.«

»Da hast du recht«, sagte Daisy.

»Seinen Mörder werde ich finden, das verspreche ich euch.«

»Nein«, sagten Daisy und Donald wie aus einem Maul.

»Nein? Was soll das heißen?«

»Wir wollen Dagoberts Mörder auch finden. Lass uns zusammen suchen. Doch du musst uns vorher etwas versprechen.«

»Ich stehe in eurer Schuld. Und dazu ganz schön tief.«

»Keine Lügen mehr. Niemals! Hast du verstanden?«, rief Donald. So laut war er noch nie geworden. Er schien selbst erschrocken über diesen Gefühlsausbruch.

»Ihr habt mein Wort. Bei allem, was mir lieb ist.«

»Bei den weißen Albatrüffeln«, forderte Daisy.

»Du kennst mich ja schon richtig gut.«

»Und?«

»Bei den weißen Albatrüffeln!«

»Aber zuerst müssen wir Isabella freibekommen«, meldete sich Niccolò zu Wort. »Mit ihr wird alles leichter.«

»Also ist es abgemacht«, sagte Daisy.

Und so gab es mit einem Mal zwei neue Wächter in Turin. Doch diese behielten kein altes zerschlissenes Tuch im Auge, sondern einen Mann und seinen schwarzen Wagen, der Niccolò an ein Lutschbonbon erinnert hatte.

Kapitel 7

EINE GUTE FALLE

Als sie kamen, schlief Amadeus fest, zum ersten Mal seit Tagen. Die Erschöpfung hatte sich über ihn geworfen wie eine schwere Decke, und er hatte ihre Wärme dankbar empfangen. Nun schlummerte Amadeus viel fester, als Hunde dies eigentlich taten. Normalerweise schreckten sie bei jeder Gefahr auf, denn ihre Sinne hielten stets Wache. Doch selbst Amadeus' Nase und Ohren waren so erschöpft, dass sie ihren Dienst eingestellt hatten.

Deshalb bemerkte er die Männer nicht.

Die vier Hunde der Leibwache fletschten die Zähne und bellten. Amadeus hatte sie in den letzten Tagen schätzen gelernt. Tommaso hatte stille Hunde ausgewählt, alte Recken, die nichts so schnell aus der Fassung brachte, die schon mehr Stürme ausgestanden hatten als üppige Fleischtöpfe geleert. Sie waren klug und bedacht, allein ihre Anwesenheit schüchterte Jungspunde ein. Doch ihre Macht war auf die Welt der Hunde beschränkt. Menschen wurden nicht ohne Grund angegriffen. Und einen solchen hatten die Fremden noch nicht geliefert.

Sie warteten nicht lange damit.

»Da sind sie ja, die Drecksviecher! Na, was habt ihr diesmal geklaut? Madonnenstatuen? Goldringe? Perlenketten? Was wollt ihr Scheißtölen damit? Los, erzählt schon!«

Es waren drei. Sie trugen schicke Anzüge, die obersten Hemdknöpfe standen offen, aus ihren Mündern züngelten Alkoholfahnen. Die Männer konnten sich nicht mehr gerade halten, auch ihre Pupillen hatten sie nicht länger unter Kontrolle, sie flackerten wie kaputte Glühbirnen.

»Tut doch nicht so, als könntet ihr nicht sprechen. Haltet uns nicht für blöd. Wir sind nämlich nicht blöd!«

Einer der Männer trat vor, alles an ihm schien eckig, als sei er aus lauter kleinen Schachteln zusammengesetzt. Die Arme des zweiten, der ihm nun folgte, waren wie riesige Salamis, prall und hart. Am furchteinflößendsten war jedoch der Dritte im Bunde, groß und hager, wie ein Skelett erschien er. »Wir lassen uns nicht mehr von euch verarschen.« Seine Stimme war leise, und er sprach langsam.

»Der ist für das Tuch!« Der Kantige trat den kleinsten von Amadeus' Beschützern. »Und der … für das falsche Tuch!«

Jetzt erst knurrten die Leibwächter und versuchten den Angreifer zu beißen. Doch der trat nur immer wieder nach ihnen. Schützend bauten sie sich deshalb vor Amadeus auf – aber sie standen mit dem Rücken zur Wand. Es gab keinen Ausweg, und die Männer näherten sich.

»Kesselt sie ein«, sagte das Skelett.

»Was? Wie? Ja! Gute Idee! Einkesseln. Wie im Krieg.« Der Kantige brachte sich in Position.

»Wann warst du denn im Krieg?«

»Der meint den Krieg um die Fernbedienung mit seiner Alten!« Der Mann gab einen Laut zwischen Husten und Lachen von sich.

»Meine ist wenigstens noch da und kocht mir das Essen.«

Der Angreifer mit den Salamiarmen packte sich nun einen der Leibwächter. Der Hund biss um sich, verletzte den Mann an der Hand, doch dann warf ihn dieser gegen das Mauerwerk des römischen Tores. Einfach so. Das Genick knackte beim Aufprall.

»Das war für meine Frau! Was musstet ihr auch das Scheißtuch stehlen! Jetzt ist sie weg. Nur wegen dem blöden

Ding. Sie behauptet, was hat sie noch gesagt? Ja, genau, dass es ist, weil ich mich nicht um sie kümmere. So ein Blödsinn! Sie war so wütend wegen dem Tuch!« Er holte einen Flachmann aus der Sakkoinnentasche und goss sich etwas über die klaffende Wunde. Dann nahm er selber einen großen Schluck daraus.

Amadeus sah immer mehr Gaffer, sie standen in sicherer Entfernung und sagten kein Wort.

»Wenn sie näherkommen, greifen wir an«, sagte der Älteste der Leibwache, dessen Fell wie Stacheln emporstand. »Zielt auf ihre Kehlen.«

»Die Tölen tret ich alle platt«, rief der Kantige. »Schaut auf mich, ihr überbezahlten Luschen von Juve!« Dann trat er zu, so als wäre der knurrende Beagle vor ihm ein Fußball, den es ins Tor zu befördern galt. Der Leibwächter krümmte sich und zog die Beine an wie ein verendendes Insekt. Sein letztes Wimmern wurde übertönt vom Johlen des Mörders. »Zwei weg, drei fehlen noch.«

Jetzt gab es kein Halten mehr für die Hunde. Doch alles, was sie erwischten, waren Schuhe und Knöchel. Der Alkohol musste den Menschen jegliche Hemmung geraubt haben.

Nur das Skelett zog sich zurück und holte ein Stofftaschentuch aus seiner Sakkotasche, mit dem es sich penibel über die Finger strich. Dann zündete es sich eine Zigarette an. Seine beiden Begleiter überboten sich beim Treten der Hunde. Sie zeigten Hackentricks und Doppelpässe. Auch als ihre Spielgeräte sich längst nicht mehr rührten. Amadeus kauerte in einer Ecke. Erst zum Ende des tödlichen Spiels zog ihn der wulstige Mann am Nacken hervor und hielt ihn für den Schachtelförmigen in Position. Der Fuß traf ihn am Brustkorb. Es krachte, als sein Körper den eisverkrusteten Schnee durchbrach. Der Atem drang keuchend aus seinem Hals, wie braunes Wasser aus einem rostigen Rohr. Kaum sichtbar hob und senkte sich sein Bauch. Die Nacht ließ sein Fell leblos erscheinen.

Zufrieden ging der Treter zu dem Mann mit den Salamiarmen und jagte seinen Fuß in dessen Hintern.

»Was soll das?«

Der Eckige legte den Arm um ihn. »Jetzt trinken wir noch einen bei mir.«

»Ist ja auch keiner mehr bei dir zu Hause, den es stören würde.«

Dafür erhielt er einen Klaps auf den Rücken, der ihn fast auf das Straßenpflaster schickte. Er lachte nur darüber.

Amadeus hörte, wie sich ihre Schritte von der Porta Palatina entfernten. Er hatte Glück gehabt. Die Kraft hatte den Mann nach den vielen schweren Tritten etwas verlassen.

Mit einem Ruck hob Amadeus seine Pfoten. Das schmerzte, denn sie waren durch das Blut bereits am Eis festgefroren. »Kommt«, sagte er zu seinen Leibwächtern, doch keine der zerschmetterten Leichen antwortete. »Wir gehen in die Porta Nuova. Da sind wir sicher.«

Der große Turiner Bahnhof wurde seit Monaten umgebaut. Offiziell zumindest. Doch in Wirklichkeit passierte seit Ewigkeiten nichts mehr. Der hintere Teil war abgesperrt, niemand würde sie dort finden. Er war windgeschützt und kein Regen drang hinein. Ruhig war es dort auch. Und es gab keine Menschen.

Doch der Bahnhof lag weit entfernt vom Duomo.

Es fühlte sich an wie ein Abschied für immer.

Als sich Amadeus durch die Menge der Schaulustigen schleppte, wandten sich alle von ihm ab. Nur einer, der spuckte ihn noch an.

Es war wie Regen auf dem Fell.

Giacomo konnte gar nicht ausdrücken, wie gut ihm das Verschwinden von Beton und Mauern gefiel, um wie viel köstlicher die Luft außerhalb Turins schmeckte. Als würde dieser Gott sie hier freigiebiger mit Aromen von Gräsern, Kräutern, Blättern und Nadeln würzen. Wenn es diesen Burschen gab, der für das Paradies der Menschen zuständig war, dann lebte er sicher in den Wäldern und Wiesen. Der Regen hatte Löcher in den Schnee gebohrt und die Trüffel sandten ihre Reize wieder hinaus in die Welt. Der kleine Niccolò bekam nichts davon mit. Er schnüffelte auf dem Weg hinaus zum Palazzo Stupinigi noch nicht einmal an den Mülleimern, Briefkästen und Laternen, die von Artgenossen markiert worden waren.

»Du denkst an Canini, oder?«

»Was?«

»Tu nicht so. Sie stand kurz davor, heiß zu werden. Als alter Rüde merkt man das. Ich kann dich gut verstehen.«

»Du weißt gar nichts.« Niccolò rannte vor. Außer Hörweite.

»Da hat er wohl recht«, sagte Giacomo seufzend zu sich selbst und trottete hinterher. »Was weiß ich schon? Zum Beispiel nicht, ob es wirklich einen Gott gibt oder einen Himmel.« Er ging wieder ein Stück. »Ich weiß auch nicht, was das Tuch in dem hohlen Baum zu suchen hatte und warum Dagobert ermordet wurde.« Giacomo kam an einer Trattoria vorbei, leider waren die grünen Fensterläden geschlossen. »Aber immerhin weiß ich, was mir schmeckt. Das ist doch schon mal was! Ich glaube, ich habe Hunger.«

Aber er wusste, dass es jetzt nichts geben würde.

Der Weg zum Schloss Stupinigi war eigentlich nicht lang. Sie hätten nur dem Corso Unione Sovietica folgen müssen, der später zur Viale Torino wurde. Doch zu viele Autos rollten über die große mehrspurige Straße, deshalb orientierten sie sich nur an ihr. Manchmal lag sie in Sichtweite, doch immer so weit entfernt, dass sie nicht entdeckt werden konnten. Giacomos Magen wurde immer leerer, der Duft nach Trüffeln immer intensiver.

»Lass uns kurz Rast machen«, schlug er ein ums andere Mal vor, doch Niccolò ging einfach weiter. Die Jugend. Hatte sie sich einmal etwas in den Kopf gesetzt, verschloss sie sich jedem klugen Vorschlag. Solch ein dürres Windspiel musste natürlich nicht viel fressen, kaum mehr als ein Vögelchen, ein Grissino reichte vermutlich für ein ganzes Jahr.

Sie gingen die ganze Nacht hindurch, wobei Niccolò immer wieder Pausen einlegen und sich an Giacomo aufwärmen musste. Das goldbraune Teddybärenfell seines Pullovers bedeckte einfach nicht genug seines Körpers, gerade seine Pfoten und Beine drohten zu erfrieren.

Am nächsten Morgen wurde der alte Lagotto deutlicher. »Ich brauche Essen. Sonst kann ich überhaupt nichts finden, da stellt meine Nase die Arbeit ein. Die ist nämlich gut mit meinem Bauch befreundet.«

»Ach?«

»Da kann ich gar nichts machen.«

»Du bist deinem Bauch also absolut ausgeliefert?«

»Das hast du treffend formuliert.«

»Dann warte hier«.

Damit hatte Giacomo nicht gerechnet. Aber er wartete gern, auch wenn es auf einem verschneiten Feld zwischen vier Straßen war, die vor sich hin brummten. Nicht ein Baum war zu sehen. Der Himmel wirkte genauso bleich wie der Schnee, es gab keine Linie am Horizont.

Giacomo buddelte ein wenig. Durch Schmelzen und Gefrieren hatte sich an der Oberfläche Harsch gebildet, darunter war der Schnee noch pulverig. In die so entstandene Kuhle ließ er sich sinken, den Kopf tief zwischen die Vorderläufe gesteckt, ein wenig Wärme an seiner empfindlichen Nase spürend.

Das Krachen kleiner Füße durch die Schneekruste ließ ihn

schon nach kurzer Zeit wieder aufblicken. Niccolò sprintete heran, eine Feldmaus im Maul. Panisch wand sich der kleine Nager, die kurze Schnauze zuckend, und versuchte, aus dem Biss zu entkommen. Niccolòs Kopf war so voller Schnee, dass es aussah, als habe er ihn in Milch getunkt.

»Und du?«, fragte Giacomo.

»Hab schon«, sagte Niccolò zwischen den Zähnen hindurch. »Ich fand einen ihrer Laufgänge, den sie im Winter immer unter der Schneedecke mit geflochtenem Gras und Erde übertunneln. Sind mir quasi ins Maul gelaufen. Sehr praktisch.«

»Ich wusste gar nicht, dass du …«

»Bin schließlich auf dem Land aufgewachsen! Und jetzt nimm mir das zappelige Ding endlich ab, das kitzelt mit seinen Beinchen am Gaumen.«

Nichts leichter als das. Die kleine Feldmaus hatte nur ein Stummelschwänzchen, vermutlich war ihr die Spitze abgebissen worden, doch das beeinträchtigte den Geschmack überhaupt nicht. Dank der Knochen war sie sogar äußerst knusprig, wenn auch wegen des Winters etwas mager. Gekocht als Teil eines Bollito misto, selbstverständlich serviert mit Salsa verde, wäre sie noch köstlicher gewesen. Und ein Glas Barbaresco hätte dem Mahl auch gutgetan. Doch Giacomo riss sich dem Freund zuliebe zusammen.

»Genau, was ich brauchte. Schön frisch.«

»Dann können wir jetzt weiter?«

»Mit neuer Kraft!«

Eigentlich hatte er durch diesen kleinen Appetithappen nur noch mehr Hunger bekommen, doch Giacomo brachte es nicht übers Herz, das dem kleinen Windspiel zu sagen. Der Weg war eh nicht mehr weit, und bei Stupinigi gab es sicher ein paar Mülleimer. Giacomos Magenknurren wurde von beiden geflissentlich überhört.

Alsbald lag der prachtvolle Palazzo vor ihnen – und

mit ihm kamen all die schlechten Erinnerungen. Giacomo suchte den Boden unwillkürlich nach Fallen ab, Niccolò klemmte die Rute ein und zog die Ohren an. Über der von Giacomo demolierten, nun aber reparierten Bautür des Westflügels hing ein gestreiftes Plastikband. Es wirkte abweisend.

»Jetzt erinnere dich!«, drängte Niccolò. »In welche Richtung bist du damals mit dem Sindone gelaufen? Du weißt es doch noch, oder?«

Nein. Giacomo hatte keine Ahnung, und auch kein fotografisches Gedächtnis. Nur ein olfaktorisches. Er erinnerte sich an alles, was er jemals gerochen hatte. Leider. Vieles hätte er lieber vergessen. Zum Beispiel wie sein Trifolao einmal – wohl das einzige Mal in seinem Leben – Schuhe und Socken ausgezogen hatte. Giacomo stand unvorsichtigerweise genau daneben. Es stank wie eine unselige Mischung aus schimmligem Käse und verwesendem Fisch. Wochenlang konnte er danach keine Trüffel mehr finden.

Mist, jetzt hatte er den Geruch wieder in der Nase. Er musste schnell an etwas Angenehmes denken! Das Tuch hatte nach Trüffel gerochen – doch auch wie eine Lüge. Er musste also alle natürlichen Aromen ausblenden und sich in die Richtung bewegen, in der etwas nicht stimmte, in der eine Farbe im Gemisch der Gerüche mitschwang, die zu rein war, zu klar abgegrenzt, so wie die Natur sie niemals hervorbringen könnte. Es war wie der Unterschied eines Plastikbaums zu einem echten. Unregelmäßigkeiten ließen sich einfach nicht nachbilden. Perfektion existierte nur in den Fabriken. Doch Giacomo erkannte keinen Fehler im dichten Gewebe der Aromen. Er spürte aber, wo es nicht die gewohnte Geschmeidigkeit aufwies. Diesem Unbehagen folgte er nun, und je mehr er dies tat, umso stärker wurde es. Niccolò redete auf ihn ein, doch Giacomo nahm nur noch die Welt der Gerüche wahr. Im Winter war sie klarer als im

Sommer, wenn alles hochkochte wie in einer gigantischen Küche.

Aus einer Ahnung wurde ein Nebelhauch, der sich später zu einem schmalen Band verdichtete, das durch den ganzen Park bis zu einer kleinen Lichtung verlief. Für die Augen sah der Schnee hier aus wie überall im Parco Naturale di Stupinigi, vielleicht ein wenig höher aufgetürmt, weil der Wind mehr seiner weißen Fracht abgeladen hatte. Für Giacomos Nase jedoch fuhr nahe der größten Pappel ein grellrotes Duftband aus dem Boden. Er blieb davor stehen.

»Ist es da?« Da war wieder Niccolòs Stimme. So hoffnungsvoll. »Es wurde also nicht gestohlen?«

Giacomo grub, es schmerzte an den Pfoten, denn die Eiskruste war hart wie zu lange gebackenes Brot. Er wusste genau, wie tief er zu buddeln hatte, und schob die letzten Erdklumpen so zärtlich vom Tuch beiseite, wie er es sonst nur bei Trüffeln tat. Die Zähne fest darum geschlossen, hob er es heraus und legte es dann wie ein Geschenk vor Niccolòs Pfoten nieder.

»Und jetzt?« Giacomo blickte den Freund an. »Schon darüber nachgedacht?«

Er las die Antwort in den Augen des Windspiels. Über den nächsten Schritt hatte dieses sich erst das Hirn zermartern wollen, wenn der erste getan war.

»Wie kommen wir beide, die mittlerweile von der ganzen Stadt gesucht werden, mit diesem schweren Tuch zurück nach Turin?«, fragte Giacomo und ging um Niccolò herum, der ihm irritiert mit dem Kopf folgte. »Na? Du weißt es nicht.« Giacomo machte eine kleine Pause. »Das Gute ist: Ich dagegen habe eine erstklassige Idee!«

Tommaso hätte vor lauter Freude eine Eiche umrennen können. Dass da vor ihm im Parco Naturale di Stupinigi waren fraglos der gesuchte Lagotto und neben ihm das Windspiel, von dessen Jagd Amadeus erzählt hatte. Tommaso hatte sie nicht gleich gestellt, nachdem ihm ein Späher berichtete, sie am Borgo Medievale gesichtet zu haben. Nein, Tommaso war klug, Tommaso war ihnen gefolgt. Ein direkter Angriff führte nicht immer zum Ziel. Das hatte er bei den Dachshunden lernen müssen. Es war eine bittere Lektion gewesen, und Tommaso hatte jetzt noch das Gefühl, sich das Wasser aus dem Fell schütteln zu müssen, wenn er nur daran dachte. Nur das Glück oder aber die Vorsehung hatte ihn gerettet. Die stinkende Welle aus Brackwasser, Jauche und menschlichen Ausscheidungen würde Tommaso niemals mehr vergessen, er hatte sich danach nicht einmal getraut, sein Fell sauberzulecken, so sehr widerte ihn der Geruch an. Im Bruchteil einer Sekunde hatte das feuchte Monstrum Tommaso hochgeschleudert, bis an die Decke, und dort hatte die Bulldogge das gemacht, was sie am besten konnte, sich festgebissen, irgendwo. Tommaso hatte ein altes Kupferrohr erwischt und nicht mehr losgelassen, obwohl das Abwasser ihn mitreißen und ertränken wollte, wie all seine Gefährten. Keiner von ihnen hatte überlebt, nicht einmal ihre Leichen hatte Tommaso gefunden – allerdings hatte er auch nicht danach gesucht. Als alles vorbei war, ließ er sich in das sinkende Wasser fallen und so lange treiben, bis Tageslicht ihm einen Ausstieg verriet.

Diesmal würde Tommaso sich nicht übertölpeln lassen. Dafür war die Sache viel zu wichtig. Er erinnerte sich deshalb wieder an seine Erfahrungen als Polizeihund. Da hieß es Spuren suchen, Verdächtige observieren. Wie damals bei dem Camorra-Gefolgsmann, der sich in einem alten Lagerhaus am Nordufer des Po versteckt hatte. Zwei Tage und Nächte hatten sie ausgeharrt. Dann ging ihnen der ganze Schieberring ins Netz. Zur richtigen Zeit zuschlagen, das musste Tommaso.

Und die richtige Zeit war jetzt.

Die beiden hatten das Sindone für ihn gefunden. Nun würde er das Blut aus ihnen fließen lassen. Doch nicht zuviel, damit sie es noch bis zu Amadeus schafften. Und das Sindone tragen konnten. Diesmal war Tommaso allein unterwegs. Auf sich selbst war Verlass, anders als auf die Schwächlinge, die beim Angriff auf die Dachshunde so elendig abgesoffen waren.

Die Lichtung, auf welcher der Lagotto nun mit seinem Begleiter stand, war ideal für einen Angriff. Im tiefen, verkrusteten Schnee würden sie nicht schnell genug fliehen können. Das Windspiel würde er umrennen, Stirn voran, wie ein Halm im Sturm würde es umknicken. Dem schwerfälligen Lagotto würde er einige Bisse durch das dicke, verfilzte Fell versetzen. Das würde dessen Widerstand brechen.

Der Plan stand, die Tat erwartete Tommaso.

Doch seine Opfer liefen plötzlich – und völlig ohne Erlaubnis – los. In einem Heidentempo. Obwohl der Lagotto das Sindone hinter sich herschleifen musste. Tommaso bellte und setzte seinen muskulösen Bulldoggenkörper in Bewegung. Die Flüchtenden waren schnell, doch sie mussten ihren Weg suchen. Tommaso dagegen brauchte ihnen bloß zu folgen. Er liebte die Jagd. Beute dachte immer, sie könne entkommen. Er zerstörte gern ihre Hoffnung. Der Abstand schmolz. Tommasos Vorfreude ließ ihn immer mächtigere Sätze vollbringen.

Mit dem nächsten Sprung hätte er das Windspiel!

Der Lagotto rief etwas Unverständliches, die beiden liefen plötzlich nebeneinander, holten das Letzte aus ihren Lungen heraus, dann stoppten sie und taten vorsichtig einen Schritt nach vorn.

Jetzt!

Tommaso sprang. Nun war er über ihnen.

Unter ihm klackte etwas scheppernd zusammen.

Und statt auf zwei Hunden zu landen, fand er sich auf einer vergitterten Lebendfalle.

In welcher die beiden nun mitsamt dem Sindone steckten.

Tommaso rutschte herunter und wich instinktiv zurück, damit er nicht ebenfalls im Bauch des stählernen Ungetüms endete. Der dicke Lagotto legte sich jetzt so auf das Sindone, dass es nicht mehr zu sehen war. Was führte der Verbrecher nur im Schilde? Warum sah er so zufrieden aus, wo er doch in einer Falle steckte? Nur das Windspiel wirkte unruhig, verschanzte sich hinter dem Leib des Freundes.

»Kommt raus!«, rief Tommaso. Ihm fiel einfach nichts Besseres ein.

»Komm du doch rein«, erwiderte der Lagotto.

Das durfte doch nicht wahr sein! Die Dreistigkeit des alten Hundes machte Tommaso rasend. Er würde ihn töten. Musste das Windspiel das Sindone eben alleine zu Amadeus schleppen.

»Tommaso beißt die Stäbe durch, und dann gnade euch Gott!«

»Das macht er nur bei Menschen. Und das Metall bekommst du niemals durch. Ich weiß übrigens, wer du bist.«

»Ach ja? Wundert Tommaso überhaupt nicht. Jeder kennt und fürchtet Tommaso!«

»Du bist der Mörder von Dagobert. Dein Gebiss hat eindeutige Spuren hinterlassen. Und für diese grausame Tat wirst du büßen. Aber noch nicht jetzt. Geh wieder. Ich werde dich finden, wenn es so weit ist.«

Tommaso kläffte wie ein Wilder, knurrte, fletschte die Zähne, drehte sich um die eigene Achse. Doch in der Falle blieb alles ruhig. Als Tommaso die Raserei hechelnd beendete, sprach der Lagotto abermals.

»Sag mir: Warum hast du es getan? Und was willst du von mir?«

»Das Tuch, das du geraubt hast. Das Sindone. Es gehört nicht dir, sondern Tommasos Herrn. Der Mischling wollte nicht verraten, wo Tommaso dich findet. Dafür erhielt er seine Strafe. Niemand steht dem Gesetz im Weg.«

»Und das Gesetz bist wohl du!«, schnappte nun das Windspiel.

Tommaso ging näher an die Falle. »Ganz genau. Das Gesetz ist Tommaso.«

»Weißt du, wer das Tuch geraubt hat?«, fragte Giacomo.

»Na ihr! Und eure Verbündeten.« Tommaso schlich um die Falle. Sie musste eine Schwachstelle haben. Er würde sie finden und knacken. Die Zeit spielte ihm in die Hände.

»Verbündete? Haben wir Verbündete? Wie schön, ich freu mich. Wen denn, wenn ich fragen darf?« Der Lagotto blickte vergnügt. Fühl dich nur sicher, dachte Tommaso.

»Die Wölfe«, sagte er.

»Ach?« Der Lagotto schien ehrlich erstaunt. »Warum helfen sie uns dann jetzt nicht?«

»Warum helfen sie … euch … jetzt … nicht?« Tommaso blickte sich um. »Das ist doch ein Trick! Tommaso sieht keine Wölfe. Du willst Tommaso nur ängstigen. Aber niemand ängstigt Tommaso. Tommaso ängstigt alle anderen!«

»Niemals bekommst du dumme Bulldogge uns hier raus.« Wieder dieses freche Windspiel. Es traute sich nicht aus der Deckung, doch seine Worte klangen scharf wie Peperoni. »Das Sindone ist für unsere Isabella gedacht, die unschuldig im Gefängnis sitzt. Sag das deinem Herrn. Und jetzt lass uns endlich in Ruhe!«

Schluss mit den Spielen, dachte Tommaso. Schluss mit den Worten. Worte öffneten keine Schlösser. Gewalt tat es. Und Gewalt sprach Tommaso fließend. Die Bulldogge schlug ihre Hauer gegen die Gitterstäbe, immer wieder, warf sich dann mit ihrem ganzen bulligen Leib dagegen. Der Käfig ruckelte, wankte, das Schloss klirrte gar, doch es gab seine

Beute nicht preis. Tommaso nahm einen weiten Anlauf, den Öffnungsmechanismus der Falle im Visier.

Es konnte klappen. Tommaso musste nur die richtige Stelle treffen.

Doch dann erschütterte ein Knall die eisige Luft. Neben Tommaso schlug es ein, Schnee spritzte empor.

»Mensch, Pippo!« Eine menschliche Stimme erklang. »Das ist heut schon das dritte Mal, dass du danebenschießt. Warst gestern wohl doch zu lang bei Marcello. Dem sein Selbstgebrannter ist eh nur zum Einreiben gut. Aber jetzt treff ich!« Es war nur ein Mann. Er sprach mit sich selbst. Und legte wieder an.

Tommaso duckte sich hinter der Falle. Der Jäger ging seitlich an ihr vorbei. Doch Tommaso war gerissen. Er kroch parallel herum, immer im Schutz bleibend.

Trotzdem fiel nun ein weiterer Schuss. Und noch einer. Der Alte zielte in die Luft. »Hau ab, Miststück!« Tommaso wollte nicht sterben. Amadeus brauchte ihn doch! Die Bulldogge spurtete zur nahegelegenen Schonung und verschwand zwischen den jungen Bäumen.

Den Blick wandte Tommaso sogleich wieder Richtung Falle.

Das Gewehr im Anschlag, näherte sich der Mann nun den beiden gefangenen Hunden. Plötzlich blieb er stehen, als knalle er gegen eine unsichtbare Wand. Er ließ das Gewehr fallen, sank auf die Knie, dann schüttelte er den Kopf, fischte ein Brillenetui aus seiner Westentasche und setzte sich die Gläser auf. Er betrachtete lange seinen Fang, die Unterlippe begann zu beben, und er bekreuzigte sich.

»Heilige Madonna mia! Du hast mich mit einer schrecklich rachsüchtigen Frau gestraft, aber mir nun diese beiden Hunde geschenkt. Sie werden mich in Turin wie einen Helden feiern!«

So schnell er konnte, trug er die schwer gefüllte Falle zu

seiner Ape. Immer wieder die Faust in die Höhe reckend, dabei abwechselnd »Evviva!« oder »Ah bella!« brüllend.

Tommaso folgte ihm. Tommaso würde dieses dreirädrige Gefährt nicht aus den Augen lassen. Es würde keine Niederlage geben, und wenn er sich dafür an der Stoßstange festbeißen und durch die Stadt schleifen lassen musste.

Tommaso war zu allem bereit.

Die beiden Lagotto-Mischlinge hatten den schwarzen Wagen gefunden – und genau gegenüber einen grünen Müllcontainer, zwischen dessen Rollen sie genug Platz hatten. Er gehörte zu einem Friseursalon, in dem zwei alte Männer auf ebenso alten Holzstühlen saßen und unterschiedliche Teile einer *Tuttosport*-Ausgabe lasen. Die Rollläden und Gitter der anderen Geschäfte waren noch heruntergelassen. Es war ruhig auf der Via Giolitti, auch vor dem prachtvollen Bau mit den beiden Fahnen tat sich nicht viel. Eine Gruppe Kinder war am Morgen kreischend hineingelaufen. Herausgekommen waren sie nicht mehr.

Ab und an fuhr eine Straßenbahn vorbei.

Und die Vögel zwitscherten. Daisy wusste natürlich, dass die gefiederten Schreihälse sich nur paaren wollten, doch hübsch klang es trotzdem. Vor allem war es eine Abwechslung zu Donalds beständigem Schweigen.

In diesem Moment brach er es jedoch.

»Und wenn die Sonnenbrille gar nicht kommt?«

»Sie kommt. Ganz sicher.«

Daisy war dankbar für das nun im Friseursalon beginnende Gespräch der beiden Männer. Sie verstand zwar kein Wort, doch die Stimmen waren angenehm dunkel und rauchig. Sie redeten im alten piemontesischen Dialekt, der fast schon wie eine eigene Sprache klang. Der jüngere der Männer hielt nun eine Ausgabe der *La Stampa* und schlug mit einer Hand demonstrativ auf die Titelseite.

»Schon wieder jemand vom Wolf gerissen. In Turin! Gibt's doch nicht, oder?«

»Neeneenee«, antwortete der andere, den Blick nicht von der Sportzeitung wendend.

»Zuerst Padre Filippo im Glockenturm und jetzt dieser, wie heißt er, Anatoly Rogers, ein Amerikaner. Ist im Parco Naturale di Stupinigi gefunden worden. Da, wo man das Sindone entdeckt hat, bevor der Hund damit abgehauen ist. Der Rogers ist ebenfalls mit zerfetztem Hals aufgefunden worden. Langsam mach ich mir Sorgen. Ob das nur ein einzelner Wolf ist oder ein ganzes Rudel?«

»Auf jeden Fall.« Wieder kein Blick hoch.

»Zumindest hat es diesmal den Richtigen getroffen. Dieser Rogers war wohl ein großer Kritiker des Sindone, glaubte, es sei nicht echt.«

»Ach.«

»Ja, kannst du mir glauben, steht hier. Wollte mit der Radiokarbonmethode beweisen, dass es erst zwischen 1260 und 1390 hergestellt wurde.«

»Radiokarbonmethode, soso.«

»Na ja, die haben damals bei der ersten Bestimmung an der falschen Stelle Material entnommen, das war von dem Brand kontaminiert.« Er hielt die *La Stampa* nun wie einen Taktstock.

»Mhm.«

»Aber sie schreiben hier auch, dass das Sindone echt ist. Wissenschaftler haben Pollen von Pflanzen darin nachgewiesen, die typisch für die Blütezeit um Ostern im Raum Jerusalem sind. Um Ostern! Sie fanden auch viele Pollen einer Distel, aus der wohl die Dornenkrone bestand.«

»Aha.«

»Ja, und außerdem ist das Leinen in einer seltenen zickzackförmigen Webart hergestellt worden, unter Stofffunden aus der Festung Massada aus dem Jahr 73 wurde eine vergleichbare Naht und Webkante gefunden. Also ich brauch keine weiteren Beweise.«

»Ich auch nicht.«

»Aber ich hab dir doch noch gar nicht von den Folterspuren erzählt!«

»Nein?«

»Nein. Die Figur auf dem Sindone, also Jesus, denn der ist es ja, zeigt Folterspuren, die erst durch die jüngere Forschung als typisch für die Zeit vor 2000 Jahren belegt worden sind. Die Nägel zur Kreuzigung befanden sich nicht – wie in mittelalterlichen Darstellungen – in der Mitte des Handrückens, sondern waren, wie in römischer Zeit üblich, durch die Handgelenke getrieben.«

»Da soll mich doch der Schlag treffen.«

»Der Mann trug auch keinen Dornenkranz, sondern eine aus Dornen geformte Haube. Auch das hat die Wissenschaft erst jetzt als kennzeichnend erkannt.«

»Das dürfen wir nicht vergessen.«

»Und der Vanillinanteil!«

»Der ist auch wichtig?«

»Und wie. Da haben sie hier einen ganzen Kasten zu gedruckt.«

Als ein Kunde den Salon betrat, erstarb das Gespräch. Die nächsten Stunden vergingen wieder ereignislos, während die Kälte sich neben, unter und über den Hunden breitmachte. Sie vermischte sich mit deren Ungeduld und Angst.

Das Ergebnis war Risiko.

»Ich geh rein«, sagte Daisy. Es war keine Frage. Schon preschte sie hinüber. Eine Straßenbahn schnitt Donald von ihr ab, doch die Hündin hatte eh nicht damit gerechnet, dass er ihr folgen würde. Ohne Zögern schritt sie ins Dunkel des Eingangs, auf den ungewohnten spiegelglatten Boden einer hallenden Leere. Doch plötzlich brach Lärm los, und sie fand sich inmitten einer Horde Kinder, die sie streichelten, ihr den Kopf tätschelten, ein Mädchen versuchte, ihr ein Bonbon ins Maul zu stecken – Daisy litt schreckliche Angst und kauerte sich auf den Boden.

Bis draußen ein Bellen ertönte. Die Kinderhände ließen von ihr ab, doch die Lagotto-Hündin traute sich immer noch nicht aufzublicken. Das Bellen entfernte sich, Donald lockte sie fort. Sie hatte gar nicht gewusst, was für einen mutigen Bruder sie mit ihm hatte. Immer war Dagobert der Starke gewesen. Endlich hörte sie kein Kinderlachen mehr, keine trippelnden Füße. Stattdessen näherten sich harte, schnelle Schritte einer einzelnen Person, die Ledersohlen knallten auf den Fliesen. Daisy öffnete die Augen, hob den Kopf und sah einen Mann, der bei ihrem Anblick langsamer wurde, dann jedoch den Kopf schüttelte und vorbeirauschte. Er trug eine Sonnenbrille. Jetzt drückte er auf etwas in seiner Hand, und ein Wagen blinkte auf.

Es war der schwarze. Das Lutschbonbon!

Der Mann fuhr sich durch die Haare, öffnete die Fahrertür, ging dann jedoch zum Kofferraum des Wagens – und war für einen Augenblick nicht mehr zu sehen.

Es war kein Kurzschluss in Daisys Kopf, der sie in diesem Moment losrennen ließ. Es war purer, blanker Mut – der Zwillingsbruder der Dummheit. Sie quetschte sich in den knappen Fußraum der Rückbank. Im Auto roch es nach kaltem Zigarettenrauch und herbem Parfum. Schon stieg der Mann ein und startete den Sportwagen, der in sattem Moll aufröhrte. Wie ein Wildschwein schubberte er sich an seinem Sportsitz, bis er die richtige Position gefunden hatte. Er fuhr an und drückte einige Knöpfe in der Mittelkonsole. Kurz darauf ertönte eine fremde Stimme im Wagen.

»Gianluca, wo bleibst du?«

»Muss leider absagen. Dringende Sache.«

»Du weißt, dass uns das Wasser bis zum Hals steht! Wie kannst du da nur so seelenruhig sein?«

»Wenn wir jetzt unruhig werden, ist alles aus. Hab ich dir schon mal dieses Zen-Buch gegeben? Musst du unbedingt lesen. Eigentlich geht es ums Bogenschießen, aber es hilft bei allem.«

»Bist du noch ganz bei Trost?«

»Ciao, Mario. Hab jetzt keine Zeit mehr. Ich kümmere mich schon noch um deine Probleme, glaub mir.«

Daisy drückte mit einem Mal die Blase. Vielleicht war es die Angst oder doch nur das Wasser aus der verführerisch tiefen Pfütze. Sie flehte, dass sich die Fahrertür endlich öffnen würde. Im Auto ging es nicht, denn Daisy saß so eingeklemmt, dass sie sich selbst nass gemacht hätte.

Der Sonnenbrillenträger fuhr noch eine ganze Weile weiter, immer wieder den Schwung seiner Haare im Rückspiegel kontrollierend, an einer roten Ampel mit dem Zeigefinger die Vorderzähne polierend und danach mit der Zungenspitze darübergleitend. Ab und an sang er vor sich hin, stets nur ein paar Töne, niemals eine Melodie. Je näher er dem Ziel kam, desto lauter wurde seine Stimme.

Der Einparkvorgang war ruppig, und Daisy blieb für einen Moment sogar die Luft weg – doch sie war gleichzeitig unendlich dankbar. Der Mann öffnete den obersten Knopf seines Seidenhemdes, sprang geradezu aus dem Sitz und schloss die Wagentür hinter sich ab, den Schlüssel wie einen Revolver haltend. Das Auto piepte zweimal. Sie war gefangen! Daisy versuchte, die Fahrertür zu öffnen, den schmalen Metallgriff mit den Zähnen zu sich zu ziehen, die Knöpfe mit ihren großen Pfoten einzudrücken. Doch nichts geschah – nur das Radio ging dudelnd an. Sie schlug dagegen, doch erwischte nur den Drehknopf, der das Getöse anschwellen ließ.

Es blieb ihr nichts anderes übrig, als auf die Rückkehr des Mannes zu warten.

Und auf die roten Lederbezüge zu pinkeln. Daisy hatte

den Eindruck, erst danach wieder klar denken zu können. Hastig kletterte sie auf den Vordersitz und stellte die Pfoten auf das Lenkrad. Sie befand sich in einem Park, den sie noch nie gesehen hatte. Zwar waren die Alpengipfel auch von hier zu sehen, doch die Straßenschluchten erschienen ihr fremd, das Muster der Markisen und Ampeln unbekannt. Es war eine schöne Grünanlage, sehr gepflegt, mit mächtigen alten Bäumen. Der Schnee war ordentlich an den Rand der betonierten Wege geschoben, dort kleine Gebirge bildend, die durch den Nieselregen in obskure Formen verwandelt wurden. Entlang dieser schritt nun der Sonnenbrillenträger, sich Lederhandschuhe überziehend, und lässig einer Frau zuwinkend. Sie hatte wundervolle dunkle Haut und ging mit zwei Hunden spazieren, einer eleganten Cockerspaniel-Hündin sowie einem alten, an der Schnauze bereits ergrauten Scottish Deerhound. Sie begrüßte den Mann mit einem langen Kuss, dann hakte sie sich unter, und sie schritten gemeinsam fort. Obwohl der Park zum Tollen einlud, wurden die Hunde nicht von der Leine gelassen. Den Deerhound schien dies sehr zu betrüben, denn er zog unablässig. Die Spanielhündin dagegen trabte brav bei Fuß. Sie war eine Schönheit, deren Fell vom vielen Bürsten glänzte.

Daisy war schrecklich enttäuscht. Sie hatte sich in Gefahr gebracht und doch nichts Sinnvolles herausgefunden. Der Mann liebte also eine Frau mit Hunden. Das passte nicht zu einem bösen Menschen. Er hatte ihre Artgenossen zur Begrüßung sogar gestreichelt. Nicht ausgiebig, hingekniet hatte er sich nicht, aber doch kurz über den Kopf gekrault.

Jetzt hielten sie an einem der städtischen Wasserspender, an denen das kühle Nass aus einem Löwenmaul floss. Plötzlich schlug etwas gegen das Auto.

Ein sanftes Trommeln.

Daisy blickte aus der Seitenscheibe. Pfoten waren zu sehen, dann ein vertrautes Gesicht. Der gute Donald hatte sie gefunden! Die Geschwister bellten vor Freude.

Das war ein Fehler. Der Mann drehte sich um, erblickte Donald an seinem Wagen und Daisy darin, pfiff auf den Fingern, brüllte etwas und rannte herbei.

Gleich wäre sie frei, dachte Daisy, ihr Bruder würde alles in Ordnung bringen!

Der Mann war nun fast da, er hatte seinen Ledergürtel ausgezogen und hielt ihn hoch erhoben.

Donald begann zu knurren.

Alles würde gut. Bestimmt.

Giacomo sah sich auf der Ladefläche der gemütlich knatternden Ape um. Dasselbe Durcheinander von Werkzeugen, Fallen und Decken wie bei seiner ersten Fahrt. Und noch etwas war gleich.

»Ach, hallo! So schnell sieht man sich wieder«, grüßte der alte Hund den Fuchs fröhlich.

»Kennst du ihn?«, fragte Niccolò überrascht.

»Wir sind gute Freunde, was, Fuchs?«

Das wilde Tier schwieg und blickte böse.

»Er ist einer von der stillen Sorte«, erklärte Giacomo. »Einsamer Jäger und so. Das machst du gut, Fuchs! Sehr überzeugend. Schade nur, wenn man so schusselig ist und zweimal in dieselbe Falle gerät. Du musst mir übrigens nicht danken, dass ich dich damals befreit habe. Dein grimmiger Blick ist mir Belohnung genug. Oh, jetzt gibst du richtig Gas, was?«

Der Fuchs rollte sich zusammen und schaute über die Ladekante zum entschwindenden Palazzo Stupinigi. Eine Zeitlang hörten Giacomo und Niccolò noch ein wütendes Bellen, das sogar näher zu kommen schien, doch dann verstummte es. Ganz plötzlich.

»Das war ein kluger Plan, Giacomo. Wirklich.«

»Danke, Kleiner. Ich weiß. Warum selber laufen, wenn man sich kutschieren lassen kann? Wir sind doch moderne Hunde!«

»Das heißt, du weißt, wie wir hier wieder rauskommen?«

»Säßen wir sonst in dieser Falle?«

Niccolò schien zufrieden und kuschelte sich so an Giacomo, dass der Wind über ihn hinwegglitt. Der alte Trüffelhund heftete derweil den Blick an das Geschehen auf der Straße. Wenn er sich nicht täuschte, fuhr hinter ihnen ein Lastwagen voll mit Salamis. Zumindest waren die auf jede freie Fläche der Karosserie gemalt.

»Siehst du auch, was ich sehe, Kleiner? Der hat dieselbe Richtung wie wir!«

Doch das Windspiel antwortete nicht. Dafür blickte ihn der Fuchs wieder so eindringlich an, als würde er die Zahl der Flöhe in Giacomos Fell zählen.

»Niccolò? Alles in Ordnung bei dir?«

Der alte Lagotto drehte sich um. Der Freund war steif wie ein Brett, selbst die Haare wie versteinert. Sein Bauch hob und senkte sich nicht mehr, seine Zunge hing halb heraus. Die Zeit schien bei ihm angehalten zu haben.

Die nächsten Momente waren die beunruhigendsten, die Giacomo jemals erleben musste. Der kleine Niccolò, dem er sich so nahe fühlte, mehr als jedem anderen Wesen, war plötzlich so weit fort. Der Leib neben ihm schien nur eine Hülle, ein Geist. Alles in ihm befahl Giacomo, sich fernzuhalten. Doch dies war sein Niccolò! Er legte sich zu ihm, was konnte er sonst auch tun?

Die Minuten dehnten sich wie Kaugummi und wanden sich klebrig um Giacomo. Dann endlich bewegten sich Beine und Schnauze des Windspiels wieder, die Zunge fuhr durchs Maul, neue Feuchtigkeit verteilend. Doch der Blick blieb starr.

»Kleiner? Kannst du mich hören?«

»Giacomo?«

»Ja! Ich bin's, Giacomo. Was war los mit dir? Drei Ampeln lang warst du nicht ansprechbar, hast nur in die Gegend gestiert, die Augen leblos wie Glasperlen. Wenn du dich wunderst, warum es am Rücken zwickt: Ich hab dich eben gebissen. Nur ein bisschen. Wollte prüfen, ob du noch lebst.«

»Ich? Ja.«

»Da schwang jetzt was Merkwürdiges mit, Kleiner.«

»Isabella, sie ist in Gefahr.«

»Sicher, deswegen machen wir das alles ja.«

»Du verstehst nicht. Genau jetzt ist sie in Gefahr. In diesem Augenblick! Ich hab es gesehen, so als … als würden sie mich angreifen.«

»Wovon redest du? Sie ist doch im Gefängnis, wer soll sie da angreifen? Da sind die Menschen doch hinter Gittern, so wie wir hier in der Falle.«

»Nein.« Niccolò versuchte aufzustehen, doch seine Knie gaben nach, und er sank wieder auf die rüttelnde Ladefläche. »Zwei andere Frauen, die auch dort eingesperrt sind, sie aßen alle, da war ein großer Raum mit hoher Decken, alles weiß und die Glühbirnen nackt darüber, die Tische ohne Decken, und in den Ecken standen Frauen in Uniform, mit Stöcken in der Hand, plötzlich drückte die eine der beiden, die am Tisch saß, sie hatte Muskelberge wie ein Bauarbeiter, die drückte Isabella die Gabel an den Hals, bohrte die Spitzen hinein. Ich hab das Blut gespürt, wie es herunterlief. Isabella hatte so eine Angst, eine furchtbare Angst. Dann beugte sich die böse Frau zu ihr, sprach ihr ganz leise ins Ohr.

›Du wirst mir alles sagen: Wo das Sindone ist. Wie du's geraubt hast. Oder du hältst die Schnauze und stirbst. Mir entkommst du nicht. Das ist mein kleiner Spielplatz. Rocky hier ist mein Hündchen, und sie wird dir überallhin folgen, sogar aufs Scheißhaus und unter die Dusche. Wenn du mir bis morgen früh nicht alles erzählt hast, passiert dir ein Unfall. Viel schlimmer als der hier.‹

Die andere Frau, diese Rocky, hielt Isabellas Hand fest und goss den heißen Kaffee darüber.

›Jetzt hast du aber geschlabbert, Rocky. Entschuldige dich bei der lieben Isabella.‹ Das hat die andere auch gemacht, aber mit einem breiten Grinsen. ›Wir wollen doch alle gute Freundinnen sein. Nicht wahr?‹«

Niccolò leckte sich heftig die Pfote, als schmerze sie wie Feuer.

»Das ist ganz selten«, sagte Giacomo.

»Was?«

»Na, dass ein Hund sehen und fühlen kann, was sein Mensch woanders durchleidet. Ihr habt mehr als nur eine perfekte Verbindung – dabei ist die schon rar. Sie muss zu dir durchgedrungen sein, weil sie solch eine Angst hatte. Das ist mehr als außergewöhnlich, Niccolò. Du hast großes Glück.«

»Ich habe Glück? Hörst du mir eigentlich zu? Morgen ist sie vielleicht schon tot! Was soll sie diesen Frauen denn erzählen, sie weiß doch gar nichts. Und wir auch nicht. Wir wissen überhaupt nichts.«

»Aber wir haben das Sindone, und gleich sind wir in Turin.« Die Ape wurde langsamer. »Komm, lass uns die nächsten Schritte planen! Nach der Flucht müssen wir zum Borgo. Da lagern wir das Sindone und bereiten die Übergabe an Isabella vor. Tagsüber haben wir aber keine Chance, da hinzugelangen. Wir beide mit dem Tuch, das ist viel zu auffällig. Deshalb geht es erst mal zu dem großen Parkplatz um die Ecke. Da stehen genug Transporter, unter die wir kriechen können. Und wenn's dunkel wird, machen wir uns wieder auf den Weg.«

Die Ape fuhr durch das kleine Tor in den Innenhof, dem

Giacomo bereits einmal entflohen war. Er freute sich diesmal richtig, ihn zu sehen. Eigentlich war er wirklich hübsch mit seinen verwitterten Fensterläden und dem abblätternden Putz. Das Backsteinpflaster sah zudem sehr gemütlich aus. Doch er würde keine Zeit haben, es auszuprobieren. Sie mussten los. Seine Krallen fanden genau den richtigen Punkt im Schloss. Der Schließmechanismus war ganz einfach. Es war kaum Druck nötig, schon machte es Pling, und das vordere Gitter fiel um.

»Ist direkt eine andere Luft, oder? So ohne Stäbe.«

»Viel weniger metallisch«, erwiderte Niccolò.

Ein köstlicher Duft lockte aus der Küche, Spaghetti aglio e olio. Ein sehr altes, einfaches Nudelgericht – doch wenn der Koch alles richtig machte, ein absoluter Hochgenuss. Dieses war mit reichlich gutem Olivenöl zubereitet worden, das duftete wie gerade gemähtes Gras, und mit frischen Knoblauchzehen, und einer ordentlichen Portion Pfeffer darüber. Sonst nichts. Genau richtig so! Vielleicht sollte er mal hineinschauen? Nur kurz. Auf einen Happen! Der Knoblauchduft schoss wie Sonnenstrahlen aus der Küche. Gerade wurden wohl die Teller angerichtet.

Die Ape wurde abgestellt, der Fallensteller sammelte seine Sachen vom Beifahrersitz und stellte das Radio aus.

Giacomo schnupperte noch einmal in Richtung Pasta, dann wandte er sich ab. Er musste fort, auch wenn sein Magen ihm das ewig übelnehmen würde.

»Und was ist mit dir, Fuchs? Willst du auch lieber frische Luft atmen? Oder zieht es dich dann gleich wieder in die nächste Falle? Weißt du was, das ist allein deine Sache. Mach einfach, was du willst!«

Der Fuchs zog sich in die hinterste Ecke des Käfigs zurück, als Giacomo diesen mit einem Schnipsen der Pfote aufgehen ließ. Geschmeidig wie eine Katze trat das wilde Tier heraus, den Kopf gesenkt, die Ohren gespitzt, alles wahrnehmend.

Der Fuchs machte sich nicht gleich aus dem Staub, denn er hatte Giacomo noch etwas zu sagen. Seine Stimme war hoch und so spitz wie die Stacheln einer Rosenstaude.

»Ich bin dir was schuldig, Lagotto. Du hast mich zweimal gerettet. Ich hasse es, anderen etwas schuldig zu sein. Vor allem euch Hunden, die ihr den Menschen zur Jagd dient. Hinten an der Stoßstange hängt eine Bulldogge – ich konnte sie von meinem Platz an der Ladekante aus sehen. Sie hat es auf euch abgesehen. Ich lenke sie jetzt ab. Lange werde ich ihr aber nicht Widerstand leisten können, also beeilt euch. Damit sind wir quitt.«

Mit dem letzten Wort sprang er von der Ape herunter.

Kapitel 8

TIEFE

Die Stimmen hallten hohl, rhythmisch begleitet von eiligen Schritten. Amadeus verfluchte jede einzelne davon. Am Anfang war er noch zusammengezuckt, wenn sie lauter wurden, doch hier hatte ihn niemand gedemütigt. Es gab nur einen Eingang, und den bewachten zwei neue Leibwachen. Das Geschehen an der Porta Palatina würde sich nicht wiederholen. Niemals.

Das Innere des Turiner Hauptbahnhofs war kahl und unverputzt, aus den Decken starrten Löcher und Kabel, wo zukünftig Lampen hängen sollten. Auf den Bodenfliesen lag dick wie Schnee Baustaub, der stets seinen Weg in Amadeus' Lunge fand – egal, in welche Richtung er auch atmete.

Weiße Stellwände teilten die Seitenflügel vom Durchgang zu den Gleisen ab. Schon den ganzen Tag über waren keine Bauarbeiter zu sehen gewesen, weder Maler noch Elektriker. Es liefen nicht einmal Ratten herum – denn dafür hätten Menschen etwas Essbares hinterlassen müssen.

Amadeus hatte Ugo nicht kommen gehört, auch die Leibwache schlug keinen Alarm, doch plötzlich stand der alte Mischling vor ihm. Der Pharaonenhund ließ sich seine Überraschung nicht anmerken.

»Lange nicht gesehen«, begrüßte er ihn. »Was hast du getrieben?«

»Tommaso ertragen.«

Amadeus blickte auf. Der Mischling hatte tatsächlich einen Scherz gemacht.

»Wo ist er jetzt?«

»Ich will es lieber nicht, also, wissen. Vermutlich ein neuer, na ja, für deine Truppen, ein Fleischraub. Er führt viele, und gerne, davon durch. Aber die Menschen, sie werden wütend, ganz schrecklich, auf uns Hunde.«

»Er hat lange keinen Bericht mehr erstattet. Seit dem Geschehnis mit dem Lagotto-Mischling.«

»Geschehnis? Ja, nun ja, also, das Wort hätte ich nicht, du wirst schon wissen, was du denkst. Aber auch das mit den Dachshunden, nun ja, das war auch keines, die sind jetzt, du weißt schon, und zwar sehr!«

»Was meinst du? Werden sie uns helfen? Was wissen sie über das Sindone?«

Ugo erzählte, lange und umständlich, wie es seine Art war, und Amadeus hörte gut zu und meinte plötzlich, die Dachshunde unter sich zu spüren. Wenn sie sich an ihm rächen wollten, dann würden sie es tun. Seine Feinde wurden mit jedem Tag zahlreicher.

»Für wen mache ich das eigentlich alles?«, fragte er Ugo, der sich gerade eine Pfote leckte, um sich dann mit ihr über den Kopf zu fahren. Obwohl das Fell danach genauso verfilzt aussah wie vorher, machte er beharrlich weiter.

»Also für die Menschen, also für die schon mal nicht. Sonst würden sie dich nicht, na, treten und natürlich auch nicht spucken, auf deinen Kopf, das würden sie dann nicht.«

»Nein.«

»Dabei …« Das Wort klang bedeutungsschwanger, als bereite es eine wichtige Antwort vor. Und Amadeus verlangte nach einer. Sein Körper schmerzte noch immer von den Tritten, und seine Seele hatte mehr Beulen als das Moped eines Halbstarken.

»Ja? Was, Ugo?«

»Wie bitte? Entschuldigung, hab gerade an den Mülleimer vor dem chinesischen, also dem Restaurant, daran hab ich gedacht. Da sind Sachen drin, wirklich, da weiß man nie, ob – oder auch nicht!«

»Du wolltest noch etwas zu den Menschen sagen!«, setzte Amadeus nach.

»Den Menschen? Ach ja, den Menschen! Ich dachte nur bei mir, dass sie es eigentlich sind, also die Menschen, denen das Sindone so viel bedeutet. Komisch, oder? Dass ein Hund ihre Arbeit macht. Finde ich.«

»Komisch?« Amadeus bewegte das Wort in seinem Maul. Nein, komisch fand er dies alles überhaupt nicht.

»Die Hunde der Stadt interessiert es ja auch nicht. Allen außer deiner Meute ist der Lumpen egal. Und die hat dich verstoßen.«

»Ich tue, was getan werden muss!« Der Alte begriff nichts, wie konnte er auch? Ihm war niemals eine Aufgabe solcher Bedeutung anvertraut worden.

»Das klingt gut, ja, einfach und entschlossen. Du tust, was getan werden muss, klar.«

»Wenn das Sindone nicht an seinem Platz liegt, ist Turin verloren. Es ist der schützende Mantel dieser Stadt – für Hunde wie Menschen. Auch wenn sie nicht daran glauben – dann glaube ich eben für alle.«

»Das hast du so schön gesagt. Wirklich. Und nun lass uns, du weißt schon, gehen.«

»Wieso? Ich darf hier nicht fort. Geh allein, Ugo.«

»Aber es muss getan werden. Von dir. Glaub mir, ja, jetzt, kannst du ruhig, wirst schon sehen, nicht. Komm mit, ist wichtig, sehr.«

Amadeus war sich vieler Dinge nicht mehr sicher, doch dass er Ugo vertrauen konnte, daran bestand kein Zweifel. Obwohl Tommaso den alten Streuner damals gezwungen hatte, ihm zu helfen, beschlich Amadeus immer wieder das Gefühl, Ugo hätte sich ihnen eigentlich aus freien Stücken angeschlossen. Warum, wusste der Pharaonenhund nicht.

Als sie aus dem Hauptbahnhof traten, war es bereits Nacht in Turin. Das Schmelzen von Schnee und Eis stoppte fürs Erste, doch morgen würde noch mehr Wasser die Straßen befeuchten und in die Kanalisation hinabfließen, würde der Stadt die weiße Decke wegziehen wie einem Kind, das endlich zur Schule musste und sich der bösen Welt stellen.

Ugo sprang behände über Straßengitter und drückte sich zwischen Autos hindurch, die so eng aneinander parkten, als wollten sie Nachwuchs zeugen. Als sie an einer verlassenen Pizzeria vorbeikamen, deren Glasfront durch die Dunkelheit aussah wie schwarzer Turmalin, bat Amadeus ihn, stehen zu bleiben. Eigentlich befahl er anderen Hunden nur noch. Doch es war schön, jemanden bitten zu können. Er hatte sich danach gesehnt. Das Räderwerk seiner Macht lief mittlerweile wie von allein, immer mehr Hunde folgten ihm, suchten nach Spuren des Sindone und rekrutierten weitere Artgenossen. Die meisten seiner Anhänger kannte Amadeus selbst nicht einmal, und auch Tommaso hatte mittlerweile den Überblick verloren. Amadeus hatte einen Dominostein umgeworfen, und nun war alles Weitere nicht mehr aufzuhalten. Ein Meer aus Hunden schwemmte durch die Stadt, doch bislang hatte es nichts vom Grund heraufbefördert.

»Geht es dir gut, Ugo? Du bewegst dich so komisch, irgendwie gar nicht …«

»… wie ein Hund? Bin ja auch keiner.«

Ugo sprang auf das Geländer, welches die Gäste der Pizzeria beim Herausgehen davor bewahren sollte, schnurstracks auf die Straße zu laufen. Anscheinend wurde genug Wein ausgeschenkt, um solches Verhalten zu begünstigen. Der alte Hund balancierte nun darauf. Die Schwerkraft ließ er für einen Moment außen vor.

»Ich bin eine Katze«, sagte er.

»Eine Katze?«

»Ja, also, bin von einer gesäugt worden, als Welpe, habe alles von ihr gelernt. Als Katze, auf der Fattoria gab es keine, die waren nicht da, also Hunde. Nur Mama Chiara. Jetzt bin ich eine seltene Katzenrasse.«

»Gibt's doch nicht!«

»Mama Chiara nahm sich zweier Findelkinder an. Der andere, ich nenn ihn Bruder, obwohl er ein Spitz-Schäferhund-Mischling ist, sieht aus wie ein Fuchs, täuschend echt, du müsstest ihn sehen, lebt jetzt irgendwo in den Wäldern, und mag, also, keine Hunde mehr, übelgelaunter Kerl!«

»Kannst du auch … maunzen?«

Ugo demonstrierte es. Aus dem großen, unförmigen Körper drang ein feiner, ebenso vorwurfsvoller wie überheblicher Laut. Genau wie bei einer echten Katze.

Was für eine Welt! Eigentlich, dachte Amadeus, hätte er sein ganzes Leben auf dem polierten Stein vor dem Duomo verbringen sollen. Je weiter er sich von dort entfernte, je tiefer er in die Stadt vordrang, desto fremder wurde sie. Es war, als erschienen jede Nacht neue Sterne über ihm, als sei dies nicht mehr der Himmel seiner Kindheit. Das Licht mancher Gestirne brannte so in seinen Augen, dass sie tränten, an anderen konnte er sich nicht sattsehen.

Den Stern namens Ugo begriff er einfach nicht. Trotzdem folgte er ihm jetzt weiter durch Turin.

»Wir sind, du weißt schon, also gleich da, ja, da vorne ist es schon, deswegen ganz leise!«

»Wie eine Katze«, sagte Amadeus zu sich und ließ seinen Blick schweifen. Dieses Viertel der Metropole hatte er noch nie gesehen, die Häuser schienen sich vorzubeugen und ihn spöttisch zu beäugen. »Verrat mir doch endlich, worum es geht. Ich möchte nicht mehr unvorbereitet sein. Nie mehr.«

Ugo blieb für die Antwort stehen. »Es ist Nara. Etwas, also wie soll ich, nun ja, stimmt nicht mit ihr.«

»Ist sie krank?« Mit einem Mal fühlte sich Amadeus

seiner Meute wieder so nah, dass er am liebsten gleich zu ihnen gerannt wäre.

Bis Ugo eine Antwort gab.

»Nein, sie ist verdächtig. Sehr, o ja, sehr verdächtig.«

Nicht seine Großmutter! Sie durfte ihn nicht enttäuschen. Nicht Nara, die mehr eine Mutter gewesen war als seine leibliche. Stürzten denn alle Säulen seiner Welt ein? Stand ihm Gott nicht mehr zur Seite?

Die gleiche Frage stellte sich Canini etliche Kilometer entfernt ebenfalls. Die Wellen schlugen so hoch, als kämpften sie gegen die Luft. Doch sie waren nicht das Schlimmste. Das ganze Meer schwankte, als sei es übelst betrunken, und ließ das kleine Ruderboot auf sich torkeln. Canini kauerte auf den Holzplanken, sie waren klitschnass vom hochspritzenden Wasser, das Fell der Spanielhündin war längst durchtränkt. Und die Streicheleinheiten Marios beruhigten sie überhaupt nicht. Warum nur war er mit ihr aufs Meer hinausgefahren, der Sturm hatte sich doch angekündigt! Als sie das kleine Ruderboot bestiegen, war der Himmel bereits wie verdreckt, grauer als der schmutzigste Schnee, und inzwischen raste dunkler Wolkenmatsch über den Horizont. Doch Mario hatte ohne hochzublicken seine Angel ins Boot geworfen und Canini hineingesetzt, obwohl sie sich wehrte und bellte, bevor er dem Bug einen kräftigen Schubs gab und auf die Planken sprang.

Die Spanielhündin sah das Meer heute zum ersten Mal. Solche Mengen Wasser waren ihr unheimlich, kannte sie zuvor doch nur den ruhig dahinfließenden Po und den Lago Maggiore, vom Wagen aus, sie hatte ihn für eine optische Täuschung gehalten. Doch der See hatte zumindest Grenzen gehabt, das Meer kannte nur ein Ufer.

Aber die Mittelmeerküste bei Savona war durch den eisigen Regen schon nicht mehr zu sehen.

Mario stellte das Paddeln ein und zog die beiden Ruder klackend über die Dollen ins Boot. Dann kniete er sich zu Canini, schloss sie in die Arme. Die Spanielhündin knurrte. Denn es gab keinen Fluchtweg. Wie jeder Hund hasste sie es, in die Enge getrieben zu werden. Und Marios Körper, obwohl er sie beschützen wollte, machte es nur noch schlimmer.

»Ganz ruhig, meine Kleine. Wir stehen das durch. Ich bin bei dir.«

Die Wellen peitschten immer heftiger gegen das Boot, auf der ganzen Länge, warfen es hin und her. Plötzlich drehten sie es quer zur Windrichtung. Jetzt bot es eine viel größere Angriffsfläche, das Wasser nutzte seine Chance, griff sich die hölzerne Schale und drehte sie um. Einfach so. Mit einem Mal war nur noch düsteres Wasser um Canini, so kalt, als hätte es niemals ein Sonnenstrahl erwärmt, es raubte ihr alle Luft aus der Lunge. In ihren empfindlichen Ohren lärmte das Meer. Die Hündin strampelte, doch in welche Richtung? Die Schwärze harrte überall.

Canini musste daran denken, wie Isabella sie aus ihrem Wurf ausgewählt hatte – nachdem sie ihr auf die Schuhe gepieselt hatte. Wie sie ihr als kleiner Welpe mit stoppelkurzem Fell und wackelndem Hintern entgegengerannt war, als der Tag des Abschieds von ihrer Mutter kam, und wie leicht es ihr gefallen war, weil Isabella so gut roch, immer wieder hatte sie ihr durchs Gesicht geleckt. Die Erinnerungen erhellten wie Blitze ihre schwindende Welt. Auch die an Niccolò. Wie er ihr sein Dorf Rimella gezeigt hatte, atemlos rennend und bellend, damit sie ja nichts übersah. An dem alten Maronenbaum auf der nördlichen Anhöhe hatten sie sich geliebt, es war wild und laut gewesen. Sie hatte ihn danach kläffend ins Dorf zurückgejagt. Herrlich.

So herrlich.

Immer schneller schlugen die Blitze der Erinnerung ein,

schienen Dunkelheit und Kälte zu vertreiben. Dann spürte Canini ihren Körper nicht mehr. Sie lag nun auf ihrer Decke in dem alten Bauernhaus am Südrand Rimellas, schlummerte in der Sonne am Brunnen auf der kleinen Piazza, wartete gemeinsam mit Niccolò vor der Hintertür der kleinen Trattoria auf Wurstzipfel, rannte über die wilde Wiese nahe der Straße nach Lagiorno. Alles auf einmal. Canini war überall. Und sie war geborgen.

Der Abendhimmel über Turin war klar, nichts deutete auf ein nahendes Unwetter hin. Das Borgo lag verlassen vor Giacomo – soweit seine Augen dies sehen und seine Nase es riechen konnte. Je weniger des Dorfes man erkennen konnte, desto mehr sah es nach etwas aus. Pure Magie.

Doch Giacomo misstraute der Stille. So als entstünde sie nicht, weil niemand da war, sondern weil alle sich leise verhielten. Deshalb beobachtete er unentwegt das Versteck des Sindone. Er hatte sich bewusst nicht danebengelegt, denn dies wäre wie ein Hinweisschild gewesen.

»Was meinst du, wie es dem Fuchs jetzt geht?«, fragte Niccolò leise. »Die Bulldogge war …«

»Wütend, aber geschwächt. Mehr Wille als Kraft.«

»Ob sie uns gefolgt ist?«

»Dann säßen wir nicht so friedlich hier, oder?«

»Meinst du, der Fuchs ist tot?« Niccolò stand nun ganz nah bei ihm.

»Du bist zu alt für Lügen, Kleiner. Ich weiß es nicht. Er war sehr flink, aber ein einziger Biss reicht, um ihn umzubringen. Wir werden es nie erfahren. Vielleicht ist das auch besser so.«

»Ich würde es gerne wissen.«

»Still jetzt, da ist der Conte!«

Der kleine Pekinese mit der roten Schleife erschien, sich unsicher umblickend, und lief dann vergnügt zu dem Kinderspielplatz, der an den Park grenzte. Auf einem Wipptier – etwas zwischen Ente und Flugsaurier – saß die alte Frau, welche Giacomo bereits einige Male gesehen hatte. Um sie hatten alle Hunde stets einen Bogen gemacht. Ihre Kleidung war alt, die Farben verwaschen, fast sah sie aus wie eine der Berberinnen, die an der großen Ampelanlage des Corso Vittorio Emanuele II. an die Scheiben der Autos klopften und um ein paar Münzen baten. Auf ihrem Kopf war ein riesenhafter Hut, in dem Obst zu stecken schien. Giacomo hatte zuerst vermutet, sie säße dort, um die hungrigen, beständig gurrenden Tauben zu füttern, doch sie hatte nichts für die Vögel bei sich. Sie saß dort und schaute, die Hände im Schoß gefaltet. Bis der Conte Rosso, Turins gefürchtetster Hundefürst, auf ihren Schoß sprang und sich die spitzen Öhrchen kraulen ließ.

Giacomo spürte die Neugierde wie ein wildes Tierchen in sich toben.

»Bleib du hier«, sagte er zu Niccolò. »Keine Widerworte! Es ist besser so. Halt das Versteck im Blick. Wenn ich gleich zurückkomme, gehen wir zusammen zu Isabella, schauen, wie es ihr geht und wie wir das Sindone am besten zu ihr bringen können. Jetzt gilt es, keinen Fehler mehr zu machen, um möglichst schnell zurück in die sanften Hügel unserer Langhe zu können.«

»Soll ich Daisy und Donald suchen? Vielleicht haben sie etwas herausgefunden.«

»Nein, du bleibst hier. Ich bin gleich zurück. Da muss ich jetzt hin. Lass mich einfach.«

Etwas zog ihn wie ein Schiffstau. Giacomo pirschte sich heran, Schutz hinter blattlosem Buschwerk, Stämmen und Mülleimern suchend. Schnell war er so weit herangeeilt, dass er die zärtlich gesprochenen Worte der alten Dame hören konnte.

»Schön, dass du wieder da bist, mein Süßer. Du kommst

die alte Meda gern besuchen, nicht wahr? Es ist immer so nett, dich zu sehen. Du bist mein Augenstern, weißt du das? So treu wie du war niemand in meinem Leben. Du kleiner Räuber hast mein Herz gestohlen.«

Der Conte kläffte freudig und leckte ihr über die Wangen. Nun war nichts mehr bedrohlich an ihm, er benahm sich so überschwänglich wie ein Welpe. Kein Wunder, dass er sich eben so lange umgeschaut hatte. Wüsste jemand, dass er der Conte war, seine Macht wäre Geschichte. Er wurde nun zu dem, wonach seine Natur schrie: ein Schoßhündchen. Und er sah unglaublich glücklich dabei aus. Inmitten der großen, eisigen Stadt hatte der Conte ein wenig Geborgenheit gefunden.

»Morgen komme ich etwas früher«, flüsterte die Frau dem Pekinesen zu. »Meine Schicht beginnt nämlich bereits mittags. Ich bringe dann auch mehr Zeit mit als heute, und wir gehen spazieren, ja? Das Ufer entlang, magst du ja so gerne. Wie schnell du rennen kannst, als wärst du ein Windhund.« Sie versenkte ihr Gesicht in sein Fell.

Giacomos Welt brach in diesem Moment nicht entzwei, sondern setzte sich vielmehr neu zusammen. Es war, als vervollständige sich sein Leben, als fehlte kein Puzzlestück mehr, als wären die scharfen Kanten nunmehr gerundet. Denn er verstand jedes Wort und spürte die Gedanken der Frau, als wären sie so klar wie Gavi di Gavi. Eine – Giacomo traute sich kaum, es zu denken, als würde dadurch alles zerplatzen wie dünnes Glas, das auf Beton schlug – perfekte Verbindung. Obwohl er diese Frau nicht einmal kannte! Giacomo hatte nicht vergessen, wie es war. Nur verdrängt. Sein Trifolao und er, sie waren eine Einheit gewesen, ein verschmolzenes Fabelwesen mit Pfoten und Händen, geschaffen, um die edelste Frucht der Erde zu bergen. Sie waren ein Gedanke gewesen, und es hatte keine Einsamkeit gegeben.

Der im Abendlicht gespenstisch wirkende Spielplatz mit seinem eisigen Sand, der sich so unangenehm in den Pfoten verfing, lag für Giacomo nun wie in gleißendem Licht. Leichtfüßig trat er aus der Deckung und ging auf die Frau zu, welche sogleich den Kopf hob, ihn kurz musterte und dann lächelte.

»Schau, wer dort kommt!« Sie klatschte freudig in die Hände. »Es ist Giacomo. Ich habe viel von dir gehört. Dass du mir mal zuläufst! Du bist ja ein ganz besonderer Lagotto, nicht wahr? Kommst du her zu mir, Großer? Ich würde dich so gern von nahem sehen, denn meine Augen sind nicht mehr so gut, musst du wissen.«

Der Conte erhob sich auf ihrem Schoß, scharfes Knurren erklang.

»Bleib fort, Giacomo! Hörst du?! Die Signora gehört mir. Mir allein! Was brauchst du schon einen Menschen? Du hast deine Trüffel. Verzieh dich. Sofort!«

Doch Giacomo wollte nicht. Der Fund dieser Menschenfrau war so kostbar, eher hätte er eine fußballgroße Trüffel in einem Reisfeld ausbuddeln können. Endlich wieder ein Mensch, der keine unverständliche Hülle für ihn blieb, endlich wieder diese Tiefe. Er trat näher, bis zur Rutsche, die Teil eines knallbunten Piratenschiffes war. Für farbenblinde Freibeuter vermutlich.

»Ruhig, mein Schatz« sagte die Signora zum Conte und wollte ihn wieder streicheln, doch er schnappte nach der Hand, worauf sie ihn von ihrem Schoß hob.

»Du machst alles kaputt!« Der Conte war erbost und jagte unter der Schaukel her zu Giacomo. »Hier hast du nichts zu suchen! Das wird Folgen haben, schreckliche Folgen. Allen Hunden ist es verboten hierherzukommen. Das habe ich bestimmt. Und du? Kommst einfach her, zur Signora. Sie gehört mir, verstehst du, mir, mir, mir!«

»Kein Mensch gehört einem Hund. Und kein Hund einem Menschen. Nicht wirklich. Nicht von innen«, sagte Giacomo und ließ ihn stehen.

Der Conte drehte sich um die eigene Achse, kläffte und versuchte, sich in den eigenen Schwanz zu beißen. »Mir! Mir! Mir!«, rief er immer wieder. »Ich will meinen Willen!«

»Du musst doch nicht eifersüchtig sein«, sagte die Signora. »Eifersucht ist eine schrecklich zerstörerische Kraft, weißt du. Lass den armen Giacomo zu mir kommen, er hat es so schwer zurzeit. Du hast doch ein Herz aus Gold, kleiner Räuber. Deshalb lieb ich dich ja so.«

Der Conte Rosso begriff, dass ihn seine Raserei nur noch tiefer in den Mist hineinritt. Sein Schleifchen hing schon ganz schief zwischen den Ohren, in seinem Fell hatte sich Sand verfangen, den er durch seine wütenden Pirouetten aufgewirbelt hatte. Der Pekinese war nicht so mächtig geworden, weil er dumm war. Er wusste, welchen Kampf es auszufechten lohnte. Diesen nicht. Er begann stattdessen sein Fell zu säubern. Sein Atem beruhigte sich wieder.

»Wer ist sie?«, fragte Giacomo.

»Eine einsame Frau, die mit anderen Menschen kaum zu tun hat. Sie versteht sie einfach nicht. Aber uns Hunde, weil sie Zeit mitbringt und selbst wie eine von uns denkt. Sie ist gern draußen an der frischen Luft, schläft viel und überall, isst gern und viel. Du wirst sie nie wiedersehen, Giacomo. Das befehle ich dir!«

»Ich werde gleich zu ihr gehen.«

»Nur dieses eine Mal. Und dafür stehst du noch tiefer in meiner Schuld. Es ist der letzte Gefallen.«

»Sie scheint in mich hineinzublicken.« Giacomo schaute ihr direkt in die Augen, was er sonst stets vermied.

»Noch etwas, Giacomo: Warst du erfolgreich in Stupinigi?«

»Was meinst du?« Der alte Trüffelhund wollte nicht reden, er wollte nur noch zur Signora.

»Das Sindone, hast du es mitgebracht?«

»Ja, sicher. Es ist jetzt gut versteckt. Niemand wird es finden. Nun lass mich.«

»Du schuldest es mir. Das ist deine Gegenleistung. Das Tuch.«

»Niemals!«

»Das Tuch, oder du stirbst. Niemand betrügt den Conte. Morgen bringst du es mir.«

Giacomo antwortete nicht, denn die Signora hatte die Arme geöffnet, um ihn darin zu empfangen. Und so geschah es nun. Das dreckige Fell, der Gestank der Gosse, all das störte sie nicht. Eigentlich hasste Giacomo jede Zärtlichkeit, doch diese ließ er zu, ohne auch nur einen Moment zurückzuzucken, als ihre Finger die Spitzen seines Fells berührten und sich ihr Gesicht dem seinen näherte.

Die Signora roch köstlich, nach feinster Schokolade, deren Brauntöne von satten Farben durchzogen waren, Aromen von Süßkirschen, getrockneten Pflaumen und gebrannten Mandeln lagen eingebettet darin. Diese kunstvollen Verbindungen konnten nur von erstklassigen Bohnen stammen, die eine Meisterhand zusammengeführt und konchiert hatte. So roch keine Schokolade aus dem Supermercato, selbst nicht die teuerste. Die Düfte lagen tief in ihrer Kleidung. Oder? Giacomo ging näher mit der Nase heran. Nein, sie entstammten der Haut! Jahrelang musste sich die Signora in schokoladengeschwängerter Luft bewegt haben, so dass sie nun selbst duftete wie eine edle Tafel. Oder besser: wie ein ganzer Korb davon.

»Komm mit, Giacomo. Ich will dir etwas zeigen«, sagte sie und stand auf. Giacomo wusste nicht, ob sie es in der Sprache der Menschen oder jener der Hunde getan hatte.

Es war keine Frage der Signora, und Giacomo gab auch keine Antwort. Er ging einfach mit. Denn er glaubte an sie. Mit ganzem Herzen.

Daisy konnte nicht glauben, dass sie sich wieder vor dem imposanten Bau in der Via Giolitti befanden. Nach allem, was ihre Nerven durch die erste Beschattung hatten ertragen müssen. Der Mann mit der Sonnenbrille hatte Donald mit seinem Ledergürtel geschlagen, nachdem er ihn am Wagen erspäht hatte. Zähnefletschend war ihr Bruder zurückgewichen, daraufhin hatte der Mann die Fahrertür aufgerissen und nach ihr gelangt. Sicher hätte er sie auch erwischt, wenn Donald ihn nicht ins Bein gebissen hätte. Ein kurzer Moment der Unaufmerksamkeit und sie waren fort. Wie knapp alles gewesen war, hatte sie erst danach begriffen.

Und nun waren sie wieder hier. Unter dem Müllcontainer gegenüber seinem Domizil. Vielleicht, weil es sonst keine Aufgabe für sie gab. Weil es gut war, etwas zu tun. Und sei es nur zu warten. Doch der Mann mit der Sonnenbrille war nirgends zu sehen. Daisy hätte am liebsten die Reifen des neben ihr parkenden Alfa Romeo zerbissen vor lauter Ärger.

»Warum kommt er denn nicht wieder her? Es sah doch aus, als würde er hier arbeiten. Menschen gehen doch jeden Tag zur Arbeit.«

»Fast. Zweimal die Woche bleiben sie zu Hause. Und wissen nichts mit sich anzufangen.«

»Ja, ja. Aber doch nicht gerade heute? Ich will ihm endlich in den Hintern beißen. Er hat uns geschlagen.«

»Dich hat er nicht getroffen.«

»Aber er wollte! Das zählt. Ich geh da jetzt rein. Vielleicht ist er ja durch den Hintereingang gekommen. Viele Häuser haben doch einen. Wir können unsere Zeit hier nicht verplempern. Halt du die Stellung, ich bin weg.«

»Du bleibst.«

»Hast du was gesagt? Ich höre in letzter Zeit so schlecht. Muss am Wetter liegen.«

Diesmal hatte Daisy weniger Angst. Sie kannte die Dunkelheit, die sie erwartete. Das Kassenpersonal am Eingang bemerkte sie nicht, dessen Blicke hafteten auf einem kleinen Bildschirm – es schien nur auf eintretende Menschen zu reagieren. So schlich sich Daisy unbehelligt in die erste Halle. Die hohen Decken gaben ihr das Gefühl, im Freien zu stehen, doch die frische Luft fehlte. Sie hätte jetzt gerne Donald an ihrer Seite gewusst – oder Giacomo.

Natürlich nur, um ihnen zu zeigen, was sie draufhatte.

Jetzt zum Beispiel pirschen. Von Halle zu Halle. Sie wusste nicht, dass sie sich in einem Museum befand. Die Hündin fragte sich, warum so viele Pflanzen, ausgestopfte Tiere, Steine und Knochen herumstanden, es aber nicht wie in anderen Häusern eine Küche, ein Bade- oder Wohnzimmer gab. Und was sollten all die uniformierten Männer? Sie atmeten schwer oder gingen schleppenden Schrittes umher. Es stellte kein Problem dar, ihnen aus dem Weg zu gehen.

Doch in einem Saal wurde Daisy unvorsichtig. Schließlich lagen überall Knochen herum, darunter riesengroße, die langen Knabberspaß versprachen. Daisy war gebannt – und neugierig. Sie berührte mit einer Pfote den Knochen eines Wales. Das verursachte ein Geräusch, nur ein leises, doch der Raum war leer, der Hall hatte freies Spiel.

Er fand seinen Weg auch ins Ohr des Uniformierten, der am Eingang des Saales auf einem weißen Plastikstuhl saß. Er blickte sich um und stand auf. »Ist da wer?«, fragte er in die Stille. »Hallo?« Er ging vorsichtig Richtung Walskelett. Daisy traute sich keinen Schritt mehr zu tun. »Ich hab doch was gehört, ich spinn doch nicht!« Der Mann griff an seinen Gürtel, hob ein Walkie-Talkie an den Mund. »Hier Enzo, kann mal einer kommen? Irgendwas stimmt nicht in der Sieben.« Er senkte das Gerät, hob es jedoch gleich wieder hoch. »Hier noch mal Enzo. Könnt ihr mir ungefähr sagen, wie viele Besucher zur Zeit im Museo sind?« Die Antwort kam, er zog die Augenbrauen so weit in die Höhe, dass sie fast seinen Haaransatz berührten. »*Keine*? Hab ich das gerade richtig gehört?«

Gefahr drohte, Daisy spürte ein Prickeln am Rücken – und genoss es. Der Lagotto in ihr, der stets im Geheimen mit seinem Trifolao unterwegs war, damit niemand ihre Fundstellen kannte, liebte das Versteckspiel. Doch Angst mischte sich dazu, denn wenn dieser Mann so gewalttätig war wie der Fahrer des schwarzen Wagens, dann schwebte sie in großer Gefahr.

Als der Museumswärter ans andere Ende des Ausstellungssaales sah, von wo sich nun laute Schritte näherten, sprang sie gegen das merkwürdige Ungetüm aus Knochen und Stoßzähnen. Dieses ruhte nämlich nur auf drei Stahlstangen – die sich ganz einfach umwerfen ließen. Es krachte herrlich. Noch bevor es auf den Boden schlug, war sie davongesprungen und hatte sich hinter einem mit Pappmaché beklebten Pfeiler versteckt, an dem einige ausgestopfte Affen hingen. Von dort war es nur ein kleiner Hüpfer aus dem Saal.

Das Tohuwabohu würde die Uniformierten sicher eine Zeitlang beschäftigen.

Plötzlich erschien Donald neben ihr.

»Komm wieder raus.«

»Was hast du hier zu suchen?«

»Draußen sammeln sich Menschen. Wir müssen fort.«

»Ich habe noch nicht alles gesehen.«

»Keine Zeit.«

»Ich beeile mich.«

Daisy hielt Wort. Sie gestattete sich nicht, die wundersamen Dinge der anderen Hallen genauer zu betrachten. Darunter eine große Plastikpflanze, die aussah, als würde sie ihr Maul aufreißen. Oder die gläsernen Schränke, in denen sich ausgestopfte Tiere vor riesigen Bildern befanden. In einem standen zwei Füchse, die gerade von Kindern mit pechschwarzem Haar gestreichelt wurden. In einem anderen Saal stand ein großer Bär – aber mit weißem Fell! Was war das hier nur? Eine Art Friedhof? Daisy fürchtete schon, einem ausgestopften Hund zu begegnen, als sie etwas bemerkte. Ihre Nase war nicht so geschult wie Giacomos, doch auch sie konnte Veränderungen im Netz der Düfte wahrnehmen.

»Lass uns endlich gehen«, raunte ihr Donald zu. »Gefangen nützen wir niemandem.«

»Nur noch dieser eine Raum! Vielleicht steckt der Sonnenbrillen-Mann dort. Dann verschwinden wir. Versprochen!«

Wie eine Grabstätte enthielt auch dieser Saal Skelette, darunter viele Gebisse, die an den Wänden hingen, teils zum Angriff aufgerissen. Es war beängstigend. Eigentlich roch alles alt und staubig, außer den Bodenfliesen, die nach starkem Essigreiniger stanken. Doch an einer schlecht beleuchteten Metallstele, ganz unten, hing das Gebiss eines Wolfes. Es roch nach frischem Wasser. Und ein ganz klein wenig nach Blut.

Niccolò war das Warten leid. Der alte Trüffelhund hatte ihn tatsächlich alleingelassen. Dabei standen sie so kurz davor, Isabella zu befreien. Dann würde er jetzt eben alleine auskundschaften, wie sich das Sindone ungefährdet zu ihr bringen ließ und ob die Rolle durch die Gitterstäbe passte. Wenn der alte Zauderer mit dieser Frau Gassi gehen wollte, dann sollte er doch. Niccolò würde sich schon alleine zurechtfinden.

Und wenn Giacomo zurückkehrte, würde er was zu hören bekommen!

Schnell hatten ihn die Häuserschluchten Turins wieder verschluckt. Die Wärme floss wie ein ruhiger Strom in die Stadt, breitete sich zuerst auf den großen Piazzas und Prachtstraßen aus, bevor sie in die Gassen und schattigen Alleen leckte, Schnee und Eis in grauen Matsch verwandelnd. Das

Tauwetter musste die Stadt glücklich machen, auch wenn sie erst einmal etwas entstellt sein würde. Wie eine schöne Frau, die nach unruhiger Nacht mit zerzaustem Haar erwachte, glücklich darüber, bald wieder strahlen zu dürfen.

Niccolòs Laune sank jedoch. Es würde ausgesprochen schwierig werden, das Sindone zur Questura zu schaffen. Nur die einsamsten Gassen wären sicher genug – doch egal welchen Weg er wählte, überall tauchte früher oder später ein Mensch auf. Ein einziger würde reichen, damit der Plan scheiterte. Immer verzweifelter suchte Niccolò Parallelstraßen und Seitengässchen ab. Einmal jagte ihm ein kleiner Junge hinterher, eine Schnur mit leeren Konservendosen haltend, die er ihm an die Rute binden wollte.

Sie würden es niemals schaffen.

Traurig trottete Niccolò zum Präsidium. Irgendwer hatte eine Mülltüte in die Maueröffnung gesteckt, das kleine Windspiel hatte Mühe, die eklige Verstopfung zu beseitigen. Doch als er endlich hindurch war, erblickte er nur den leeren Innenhof des Gefängnisses. Keine Isabella. Was hatte er sich nur eingebildet? Und was konnte er als Hund schon ausrichten? Dies war die Welt der Menschen, für ihre Bedürfnisse gebaut, ihren Regeln gehorchend – auch wenn Katzen dies naturgemäß anders sahen. Wäre er ein Mensch, Isabella säße längst wieder in ihrem alten abgewetzten Lieblingssessel am Kamin des kleinen Bauernhauses in Rimella, und er läge schlafend auf ihrem Schoss. Mensch müsste man sein. Nur die durften zu den Eingesperrten, könnten unbemerkt das Sindone hineinbringen, das wie ein Schlüssel alle Probleme lösen würde.

Halt!

Natürlich, das war es!

Er brauchte bloß einen Menschen.

Niccolò richtete sich auf und stieß seinen Kopf an der scharfkantigen Mauerdecke, doch es war ihm herzlich egal.

Denn ihm war eingefallen, dass er ja einen Menschen hatte. Mario! Er musste ihn nur zum Sindone führen, damit wäre es so gut wie bei Isabella. Und falls Mario ihm nicht direkt folgen wollte, würde er wie ein hungriger Straßenköter keinen Zentimeter mehr von seiner Seite weichen, an seinem Hosenbein zerren, winseln, das volle Programm. Er musste ihn gleich holen! Gute Ideen verlangten danach, sofort umgesetzt zu werden. Niccolò fand seinen Geistesblitz so gigantisch, dass er Turin zeigte, was in schlanken Windspielbeinen steckte, und jagte mit hängender Zunge über die Bürgersteige. Er wartete nicht an roten Fußgängerampeln, sondern sauste zwischen den fahrenden Autos hindurch. Der Weg war ihm so klar, als sei er ihn tausendmal gerannt. Doch dann erschien etwas, fast außerhalb seines Blickfeldes, und zog das Windspiel in seinen Bann.

Rechts der Straße erstreckte sich ein umgittertes Stück Land, eine kleine Lichtung inmitten hochgewachsener Häuser, Bäume darin, aber vor allem breite Mauern mit Dächern und unzähligen kleinen Schildern, ordentlich angebracht, mit Schnittblumen geschmückt, Fotos darauf. Vor einem dieser Schilder, einem goldenen, stand eine kleine Gruppe, komplett in Schwarz gekleidet, die Häupter gesenkt. Niccolò kannte Beerdigungen, und auch Gräber hatte er bereits gesehen. Doch mit diesen stimmte etwas nicht.

Auf einer Staffelei stand ein gerahmtes Foto, über dessen rechte obere Ecke ein schwarzes Band verlief. Niccolò hatte im Vorbeirennen nur ein Ohr darauf erkennen können. Es war ihm bekannt vorgekommen – und es gehörte einem Hund. Das Windspiel drückte sich durch die Beine der Trauernden, welche ihm bereitwillig nachgaben. Einige Hände strichen ihm über das kurze Fell, tröstend und zugleich selber Wärme suchend.

Gegen die hölzernen Stützen der Staffelei lehnten zwei Kränze, auf denen der Name des verstorbenen Hundes geschrieben stand, auf den Schleifen fanden sich stilisierte Pfotenabdrücke, Knochen und unzählige Herzen. Niccolò blickte hoch und begann zu zittern. Denn das Ohr, welches Niccolò auf dem Foto so bekannt vorgekommen war, gehörte zu Canini. Die rote Cockerspaniel-Hündin schaute, den Kopf leicht gesenkt, die Zunge heraushängend, auf die Trauergesellschaft. Ihre schönen dunklen Augen voller Freude, die Schnauze feucht glitzernd, das Fell perfekt getrimmt. Niccolò suchte das Bild nach einem Detail ab, das Canini nicht besaß, einem Hinweis, dass dies eine andere Hündin war. Doch nichts. Auf dem Bild war Canini, ohne Zweifel, seine Canini, und all diese Menschen waren gekommen, weil sie gestorben war.

Und er hatte sie damals allein bei Mario zurückgelassen!

Jemand spielte eine Melodie auf der Querflöte. Es klang traurig und schön zugleich. Niccolò sah sich um und erkannte mit einem Mal, dass auf allen an den Gräbern angebrachten Fotos Hunde oder Katzen abgebildet waren. Dies war kein Friedhof für Menschen, sondern einer für Vierbeiner.

Konnte Canini wirklich gestorben sein? Nein, das wollte er nicht glauben. Sie konnte nicht tot sein! Das hätte er doch gespürt. Canini lebte ganz bestimmt noch. Es wäre wie damals beim alten Canaro, den er am Brunnen der Piazza gefunden hatte, leblos, nicht mehr atmend. Dann hatte sich herausgestellt, dass er bloß zu viel Grappa getrunken hatte und in einen tiefen Schlaf gefallen war. Genauso war es nun auch. Nur ohne Grappa. Und das würde er beweisen. Es war alles ein Missverständnis.

Niccolò rannte schnurstracks zu dem unfassbar hohen Haus, in dem Mario lebte. Er musste nicht lange warten, bis jemand von innen die Tür öffnete und er das Treppenhaus hinauflaufen konnte. Auf den glatten Fliesen verlor er wiederholt den Halt, doch seine Hoffnung federte die Stürze ab, trieb ihn rastlos weiter voran. Die Tür mit dem kleinen Spion erkannte er gleich wieder, stellte sich auf die Hinterbeine und kratzte daran, laute Beller ausstoßend.

Doch keine Antwort.

Und er roch auch nichts. Niemand befand sich hinter der dünnen Holzplatte. Kein Mario, nicht seine Frau, kein Rory, und vor allem nicht Canini.

Drinnen klingelte das Telefon, und der Anrufbeantworter sprang an. Jemand sprach etwas aufs Band. Doch Niccolò verstand kein Wort, und es war ihm auch egal.

Canini lebte trotzdem, ganz bestimmt sogar.

Ugo versuchte, zwischen den Wintermänteln und Pudelmützen der Via Santa Chiara auszumachen, was ihn gerade gestreift hatte, doch es war nicht mehr zu sehen.

»Was da so schnell lief, fast schon schoss, also, es sah aus wie dieses Windspiel, das du suchst«, sagte er zu Amadeus. »Es ging so schnell, deshalb, du weißt schon, also, ich bin mir nicht sicher.«

»Wie weit ist es noch?« Der Pharaonenhund ging einfach weiter. »Bring mich endlich zu Nara.«

»Was? Wie? Ach ja, wir sollten jetzt besonders leise sein, sonst sieht sie uns, vor allem dich, nicht wahr.«

Doch die schmale Straße im romanischen Viertel Turins, dem Quadrilatero Romano, lag still vor ihnen, gänzlich ohne Pharaonenhündin. An der Ecke saß ein Penner im Schneidersitz, ein abgerissenes Stück Pappe vor sich, unverständliche Zeichen darauf. Ugo strich ihm im Vorbeigehen um die Beine, was ihm einen missbilligenden Blick von Amadeus einbrachte. »Er braucht das, na ja, brummelt dann immer, ist doch auch nur, du weißt schon, ein Hund, ein armer.«

»Wir sind zu spät. Sie ist nicht mehr hier.« Die Stimme des Pharaonenhundes wurde mit jedem Buchstaben lauter.

»Nein, woher denn, du musst wissen, sie ist da drinnen. Ich bring dich doch, ja, einfach hinterher.«

Amadeus folgte Ugo durch eine enge Gasse, nicht mehr als ein Spalt zwischen zwei Häusern. Sie führte auf einen kleinen Innenhof, von dem etliche Türen abgingen.

»Dahinter ist ein, vielleicht kennst du das ja, mit Bildern, die sich bewegen, ein Kino! Zeigen das Tuch, das Sindone da.«

»Das Sindone? Es ist hier?« Amadeus rannte zu der unscheinbaren weißen Metalltür.

»Nein, natürlich nicht, nein. Es ist, du musst wissen, nein, zu schwierig. Vergiss, was ich eben gesagt habe, vergiss es einfach. Nara hat hier herumgestöbert, in den Räumen, zuerst nachts, da habe ich sie entdeckt. Sie müsste, bestimmt ist sie noch da. Hier, da geht es hinein.«

Amadeus fühlte sich wie in einer Falle. Der einzige Fluchtweg war dieser dünne Spalt, durch den sie hergelangt waren, und aus jeder Tür konnte ein Mensch treten. »Was will sie nur hier? Und wie ist sie unbemerkt hergekommen? Ich lasse meine Meute doch überwachen.«

»Nara, sie lässt sich nicht überwachen. Eine kluge alte Hündin, also wirklich.«

Geschickt sprang Ugo hoch und schaffte es, den Griff der Holztür herunterzudrücken. Doch auch im Gang dahinter war Nara nirgends zu sehen und zu riechen. Die Farbe an den Wänden wirkte ausgeblichen, die schweren Eichenschränke waren schnörkellos. Wofür sie dienen konnten, blieb Amadeus ein Rätsel.

Plötzlich standen sie in einer Kapelle, die verborgen wie die Perle einer Muschel in diesem Häuserblock lag, mit prachtvoll ausgemalten Decken samt optischen Täuschungen, die Marmor erschienen ließen, wo sich bloß bunter Putz befand. Diese Kirche log – auf unwahrscheinlich schöne Weise. Doch im Moment war sie düster, bestand fast nur aus Schatten. Um zu erkennen, welches Tuch in einem goldenen Rahmen über dem Altar hing, brauchte allerdings niemand viel Licht. Und um auszumachen, wer auf den schweren Altarblock gesprungen war, das Sindone jetzt in Augenschein nehmend, auch nicht. Stocksteif saß Nara auf der gestärkten weißen Tischdecke, direkt neben dem großen liturgischen Gebetbuch.

Amadeus wusste gleich, dass dieses Tuch eine Fälschung war. Zu lange hatte seine Meute das Original gehütet, um nicht instinktiv dessen Aura spüren zu können. Trotzdem versank Nara in der Betrachtung, als würde dieses Abbild ihr etwas berichten. Amadeus sah das Sindone nun erstmals in voller Größe, erkannte die Umrisse Jesu Christi, die unzähligen Brand- und Wasserflecken. Der Anblick erschütterte ihn, denn das Tuch zu betrachten hatte er sich immer gewünscht, doch niemals darauf hoffen dürfen. Dieser Schemen eines Menschen und das Leid, welches aus ihm sprach, gingen ihm unglaublich nahe.

Wenn Nara von dieser Kopie wusste, warum er dann nicht? Das Glück dieses Anblicks mussten alle der Meute teilen, es durfte kein Geheimnis sein. Doch Nara würde niemals so egoistisch sein! Sie dachte immer nur an andere. Wie damals, als sie ihm das Leben gerettet hatte. Er hatte sich mit der Pfote in einem Gully verhakt und ein Kehrwagen der Straßenreinigung war auf ihn zugerollt. Ins Führerhaus war sie gesprungen, hatte den telefonierenden Mann angebellt – und ihren Enkel so vor dem sicheren Tod bewahrt. Amadeus' Vater mochte das Oberhaupt der Meute sein, doch die meisten Fäden wurden von Nara gezogen, ohne dass er deren Bewegung wahrnahm. Zu niemandem spürte Amadeus ein tieferes Vertrauen.

Ein schwerer Atemstoß entfuhr ihm.

Nara wandte sich um.

Hatte sie ihn und Ugo etwa entdeckt? Nein, vor ihnen

erhob sich doch schützend ein kleiner Tisch mit Prospekten. Aber es war unmöglich, Naras Augen im Dunkel auszumachen. Sie hob nun den Kopf, wie immer, wenn sie ihn tadelte. Lange hielt sie inne, wie ein Blatt bei Windstille. Das wirkte unnatürlich und beunruhigend auf Amadeus. Er traute sich nicht, tiefer im Schatten zu versinken, da Nara diese Bewegung vor den ruhenden Steinen sicher bemerkt hätte.

Sie öffnete gerade ihr Maul, als die Tür zur Kapelle aufgestoßen wurde.

Ein Priester erschien, der das Licht anschaltete. Sein Kopf wirkte prall und rot wie eine Tomate, mit etwas sprießendem Haar obenauf statt des Grüns beim Gemüse. Nach ihm trat ein Mann mit schwarzer Sonnenbrille und stromlinienförmig zurückgegelten Haaren ein, der sein Handy am Ohr hielt. »Natürlich passe ich auf mich auf, Mama. Selbstverständlich komme ich nächsten Mittwoch wieder zum Essen. Wann hätte ich das je vergessen? Aber jetzt muss ich wirklich Schluss machen. Nein, ich will dich nicht loswerden, ich bin nur in einer Kirche. Genau. Natürlich entzünde ich eine Kerze für dich, Mama. Ciao!«

Jetzt erst konnte Amadeus das Gotteshaus vollends sehen. Es war zwar bedeutend kleiner als der Duomo, doch dafür makellos. Die Heimat des Sindone dagegen war seit einem schweren Brand beschädigt. Es war das Feuer, bei dem sein Großvater das heilige Tuch aus den Flammen gerettet hatte, nachdem das Panzerglas unter der Hitze zersprungen war. Die Menschen schrieben diese Heldentat selbstverständlich einem der Ihren zu, einem Feuerwehrmann, dem sein Großvater das Sindone übergeben hatte. Von den Brandwunden an den Pfoten hatte Amadeus' Großvater sich nie erholt, sein Augenlicht war seitdem schwer getrübt, und die Flammen hatten sämtliche Worte aus seinem Kopf gebrannt, bis zu seinem Tod schwieg er nur noch. So als hätte er bei dem Brand einen Teil seines Lebens im Tausch für das des Sindone gegeben.

Der Priester schlug kniend ein Kreuz, zog danach die Decke auf dem Altarblock gerade und ordnete den Blumenstrauß in der Kristallvase. Nara war verschwunden.

»Hier sind wir ungestört, Gianluca. Ich hab den Damen vorne Bescheid gesagt. Das Museo ist heute zwar geschlossen, aber die Medien scheren sich nicht darum. Sie belagern uns und wollen ihre Aufnahmen machen. Jetzt, wo das echte Sindone nicht mehr da ist, wollen alle das falsche sehen. Aber nun sag schon, was gibt es so Dringendes, dass du es mir nicht am Telefon sagen konntest?«

»Es ist wirklich eine phantastische Reproduktion.«

»Die beste. Jetzt komm endlich zum Punkt.« Der Priester blickte auf seine Uhr. »Der Erzbischof hat geladen, er will besprechen, wie diese Krise zu meistern ist.«

»Und? Kannst du ihm in die Augen blicken?« Gianluca lachte kratzig. »Darf man hier eigentlich rauchen? Bestimmt hat der Herr nichts dagegen.« Er steckte sich eine filterlose an. »Du auch?«

»Was erlaubst du dir?« Der Priester versuchte, Gianluca die Zigarette aus dem Mund zu schlagen, was ihm jedoch misslang.

»Ich feiere nur ein bisschen, Bruder. Das muss doch erlaubt sein.«

»Nichts gibt es zu feiern, wir haben Elend über Turin gebracht. Große Schuld haben wir auf uns geladen.«

Gianluca nahm einen langen Zug und sandte eine beeindruckende Rauchwolke Richtung Kapellendecke. »Hier die gute Nachricht: Der Fallensteller von Stupinigi hat sich doch tatsächlich noch mal gemeldet. Er hat den Lagotto wieder gefangen – und wieder verloren.«

»Wie schrecklich.« Der Priester schlug die Hände vor dem Gesicht zusammen. »Dieser Hund ist ein Geschöpf des Teufels. Wie könnte er sonst nur immer wieder entkommen?«

»Wird alles noch besser. Dieser schusselige Fallensteller hat berichtet, der Lagotto sei mit einer Art Rolle geflüchtet. Die zog er wohl hinter sich her. Die Beschreibung trifft auf das Sindone zu.«

»Madonna mia! Wie muss das arme Tuch leiden!« Der Priester trat vor die gerahmte Reproduktion und legte eine Hand darauf. »Immer neues Elend. So war all dies nicht geplant. Will Gott uns strafen für unseren mutigen Plan?«

Gianluca setzte sich auf den Altar. »Die Geschichte ist noch nicht zu Ende! Gott hat uns zwar einen dummen, dafür aber ausdauernden Fallensteller geschickt. Er ist dem Lagotto, der übrigens gemeinsam mit diesem Windspiel unterwegs war, auf einen Parkplatz gefolgt. Dort hielten sie sich versteckt, bis die Nacht einbrach. Doch unser Fallensteller wartete, er wollte anscheinend nicht nach Hause, weil dort eine sehr wütende Frau auf ihn wartete. Das hat er zumindest angedeutet.«

»Gelobt seien die streitsüchtigen Weiber!«

»Der Herr hat ausreichend davon auf die Erde gesandt, Bruder, keine Sorge. Aber weiter im Text: Die Hunde düsten mit dem Sindone ab, er verlor sie letztlich am Parco del Valentino. Ich habe ihm Geld geboten, damit er diese Information für sich behält – und er hat natürlich eingewilligt.«

»Am Parco del Valentino?« Der Priester drehte sich um, stützte sich am schweren Altarblock ab. »Direkt am Po. Wenn es dort hineinfällt, ist es für alle Zeiten verloren.«

»Verstehst du jetzt, warum ich so schnell hergekommen bin? Wir müssen dorthin, alle, die beteiligt waren. Sofort! Im Parco leben viele streunende Hunde, da werden wir sie dingfest machen.«

Der Priester nickte hektisch und begann sich schon im Hinausgehen die Soutane auszuziehen.

Amadeus hatte kein Wort verstanden, doch als Nara wieder erschien, war ihr Blick lodernd. Sie wusste, was zu tun war. Als sie an ihm vorbei zum Ausgang lief, wusste auch er es.

Er würde ihr folgen. Egal wohin.

III

GLAUBE, LIEBE, HOFFNUNG

Kapitel 9

CIOCCOLATERIA

»Schau, Giacomo. Siehst du die Menschen?«

Die Signora hob die Hand mit ihrer prall gefüllten Tasche und zeigte zu einem Café, in dessen Außenwand farbige Glasscherben eingelassen waren und allerlei Handgetöpfertes stand. Im Inneren befanden sich neben Menschen auch viele Hunde. Das war merkwürdig. Doch als die Signora ihn näher heranführte, sah Giacomo, dass alles noch merkwürdiger war. Denn es waren die Vierbeiner, welche die Leckereien von den Tellern aßen – vor allem mit reichlich Zabaglione gefüllte Bignole und köstliche Marron-Glacés –, während die Menschen auf dem Fußboden vor ihnen knieten. Schweigend.

Die Signora lächelte. »Besser so als andersherum. Komm etwas zur Seite, damit sie dich nicht sehen.«

Giacomo blieb nah bei ihrem Mantel, dessen dicker Stoff den Wind abhielt. Der alte Trüffelhund dachte ausnahmsweise einmal nicht ans Essen, an die Genüsse, die im Inneren warteten und seinen Artgenossen so freizügig dargebracht wurden. Stattdessen fragte er sich, was um alles in der Welt hier vor sich ging.

Die Signora erklärte es ihm mit ihrer dunklen Stimme, die wie ein kräftiger Nebbiolo klang.

»Diese Menschen glauben, dass dein Raub des Sindone die Strafe Gottes für alle Untaten der Turiner sei. Dass du also ein Werkzeug des Herrn wärst und alle Hunde Geschöpfe, die Gottes Willen verwirklichen. Und sie glauben, wenn sie euch Hunden huldigen, ist Gott ihnen gewogen. Dir würden sie sicher den besten Barolo anbieten. Dazu gäbe es Trüffel. Weil in der Zeitung stand, dass du die liebst.« Sie trat näher an die Scheibe. »Siehst du das Bild?«

Er sah es. Sie hatten eines der Plakate von ihm aufgehangen. Davor standen Kerzen. Giacomo ging schnell weiter. Er wollte doch nur seine Ruhe. Die Signora kam lachend hinter ihm her.

»Diese Menschen sind eine Ausnahme. Die meisten trauen nicht mal mehr ihren eigenen Hunden, halten sie nur noch kurz an der Leine, bei Ungehorsam wird gleich geschlagen. Sie wollen nicht, dass ihr Hund zu einem Giacomo wird. Die Menschen beschreiten selten einen gesunden Mittelweg. Die Extreme sind ihnen viel lieber. Komm wieder näher zu mir, dann sieht dich niemand.«

Das stimmte. Neben ihr war er tatsächlich wie Luft. Die Menschen schauten an ihm vorbei, als lenke die Signora alle Blicke ab. Sie erinnerte ihn an seinen alten Trifolao, dabei sprach und dachte sie so viel mehr. Doch es war genauso wohlüberlegt wie bei seinem alten Herrn, der manchmal tagelang nur vor sich hin gegrummelt hatte. Auch bei der Signora war kein Wort zu viel.

»Wir machen dich jetzt richtig unsichtbar«, sagte sie. Es klang wie ein Zauberspruch. Zwei Straßen später linste sie über die halbhohen Vorhänge in ein Geschäft, auf dessen Schaufenster Hunde gemalt waren, ein riesiger Fön auf ihr Fell gerichtet.

»Roberta ist allein!« Die Signora öffnete die Glastür. »Nach dir, Giacomo. Geh hinein – doch komm nie wieder heraus.« Hinter sich schloss die Signora ab und drehte das Schild um, welches mit einem roten Band am Türrahmen befestigt war.

Das lockige Fell der Frau im Laden ließ sicher jeden Königspudel neidisch werden. »Ist das nicht …? Nein, oder?«

Roberta zwickte sich in den Oberarm. »Das kann doch nicht!« Sie schloss die Signora in die Arme. »Du Teufelsweib! Und jetzt? Erst mal oberste Geheimhaltung!« Sie verschwand fix hinter einer seitlichen Tür und plötzlich senkten sich die Rollläden über die Schaufenster.

»Zeig ihm deine Kunst«, sagte die Signora.

Giacomo überwältigte die Aromenwelt des Friseursalons. Viele Düfte ahmten Blumen oder Früchte aufs genaueste nach und vermischten sich mit dem Angstschweiß unzähliger Hunde. Trotzdem ließ er sich nun von Roberta auf den Tisch heben, schließlich stand die Signora dabei.

»Hast du es eben im Radio gehört? Die Sache mit der Bulldogge?«, fragte Roberta.

Die Signora schüttelte den Kopf.

»Ist mit blutverschmiertem Maul und roten Haaren, vielleicht war's auch Fell, gesehen worden«, fuhr die Hundefriseurin fort. »Jetzt glauben sie, das Tier hätte ein Kind gerissen. Weil es doch eine Kampfhundrasse ist! Es wird immer verrückter. Wahrscheinlich hat die Bulldogge ein paar Eichhörnchen gefuttert. Kleinkinder sollen jetzt nur noch an der Hand gehen dürfen. Das ist nicht mehr mein Turin!« Sie blickte zur Signora. »Singst du mir was? Für die Nerven!«

Die Signora sang »Chi era lui« – so tief wie Adriano Celentano. Giacomo lauschte den Worten und bemerkte dadurch fast nicht, wie Roberta mit Scheren, Rasierer und Haarfärbemittel an ihm herumwerkelte. Die Signora sang immer weiter, ein Lied nach dem anderen, die Hände tief in den Taschen ihres alten Mantels versenkt, die Augen geschlossen. Bei einem Titel, er war langsam, die Töne hingen schwer in der Luft, rann ihr eine kleine Träne über die Wange. Die Signora wischte sie nicht fort, und Giacomo wurde so merkwürdig zumute, dass er aufbellte. Daraufhin öffnete die Signora ihre Augen, und ein Lächeln stahl sich auf ihr Gesicht, langsam, wie sich alte Zweige im Wind bogen.

»Sehr gut, Roberta. Aber das reicht. Er soll nicht zum Gespött unter seinesgleichen werden.«

»Red doch kein dummes Zeug! Aber ich wollte eh gerade aufhören. Mehr Punkte braucht er nicht. Gefällt er dir?«

»Er sieht aus wie eine Nutte.«

»Also gefällt er dir nicht. Du hast auch keinen Geschmack. Nie gehabt.« Roberta strich Giacomo mit einer harten Drahtbürste über den Kopf. »Er ist schrecklich verfilzt, eigentlich müsste er gebadet werden.«

»Das würde ihm nicht gefallen.«

»Meinst du, er hat das Sindone wirklich gestohlen?«

»Schau dir seine Augen an«, sagte die Signora und setzte sich zu ihm auf den Tisch. »Sie sind gefüllt mit Weisheit.«

»Ein Lösegeld kann er ja wohl kaum verlangen. Oder könnte das in Hundekuchen ausbezahlt werden?«

Roberta holte einen Parfumzerstäuber aus dem Regal und nebelte Giacomo ein. »Jetzt duftet er wie eine Frühlingswiese – und nicht mehr wie ein inkontinentes Wiesel.«

Der fast hysterisch fröhliche Duft legte sich auf Giacomos Fell. Der alte Trüffelhund bellte zum Protest auf, doch es war bereits zu spät. Es wären sicher einige Wälzungen in Dreck und Matsch nötig, um wieder normal zu riechen.

Die Signora hob ihn herunter und entriegelte die Eingangstür. »Dank dir, Roberta. Du bist ein Schatz.«

»Du mich auch.« Die Hundefriseurin fegte das abgeschnittene Fell zusammen. »Sehen wir uns morgen Abend zum Juve-Schauen?«

»Natürlich! Koch was Leckeres, ich bring zwei Flaschen Barbera mit. Den guten.«

Giacomo wusste, dass er nun anders aussah. Aber er wollte gar nicht wissen, wie. Aus den Augenwinkeln konnte er erkennen, dass sein Fell kürzer war, und ein kühler Zug um die Bauchgegend verriet ihm, dass der Rasierer sich hier bis fast auf die Haut gesenkt hatte. Dazu kamen schwarze

Punkte wie bei einem Dalmatiner, und wenn ihn der Eindruck nicht täuschte, eine Art Hut auf dem Kopf. Er war fraglos auffälliger als vorher, die Leute sahen ihn nun auch wieder an – doch dabei lächelten sie.

Noch ungewohnter für Giacomo war, dass er all dies so gut sehen konnte. Die Welt hatte nun keine Zotteln mehr, die immer und überall herumhingen. Sie war irgendwie größer geworden.

Und beängstigender.

Ihm hatte sein kleines Guckloch eigentlich gut gefallen.

»Nicht nur Roberta stellt sich viele Fragen, Giacomo. Auch die anderen Menschen. Zum Beispiel was das Sindone in dem hohlen Baum beim Palazzo Stupinigi zu suchen hatte. Welcher Dieb wäre so dumm, es an einem so unsicheren Platz zu hinterlegen, wo es ein zufälliger Spaziergänger leicht finden könnte? Sie haben deine Spuren im Schnee entdeckt, musst du wissen. Alles stand groß in der Zeitung. Aber für mich ergibt es keinen Sinn.«

Dann schwieg sie lange. Giacomo genoss die Stille, keine Gedanken entströmten der Signora, und er fühlte sich so sehr am richtigen Platz, als sei er der Korken einer Barolo-Flasche. Die Sonne bestrich Turin großzügig und strahlend gelb, wie ein frisch gebackenes Panini. Selbst der Schnee sah aus wie Butter.

»Gleich sind wir da«, sagte die Signora plötzlich. »Um diese Uhrzeit liegt der Chef immer auf der Sonnenbank.«

Sie langte mit ihrem Arm bis zur Beuge in die große Handtasche und zog ohne Umschweife einen Schlüssel hervor, dessen Bart aufwendig gezackt war und dessen Reide die Form einer Spirale hatte. Satt klackte er ins Schloss. Als sich die Tür öffnete, ergoss sich schwerer Schokoladenduft über Giacomo und verdeckte vollends das schreckliche Parfum des Friseursalons. Obwohl der Raum im Inneren komplett in Weiß gehalten war und geradezu klinisch sauber schien, kam er Giacomo wie ein Palast vor. In der Ecke summte eine große Konchiermaschine.

»Die Leute denken, eine Cioccolateria müsste viel größer sein. Weil sie glauben, hier würde alles produziert. Aber Guido hat noch eine moderne Manufaktur, wo Tourinot Maximo, Giandujotto, Giandujottino Amarissimi und was weiß ich noch alles hergestellt wird. Einige Schokoladen sind gar mit Ingwer und Zitrone.« Ihr Schnaufer zeigte, dass sie dies für eine Abkehr vom wahren Glauben hielt. »Von rosa Pfeffer und Lavendel ganz zu schweigen. Als wären wir eine Gewürzhandlung! Aber Guido will es so. Und er hat schon immer seinen Willen bekommen.«

Nun zeigte sich, dass die Signora unter ihrem dicken Wintermantel einen weißen Kittel trug, dazu setzte sie sich ein weißes Käppchen auf und wusch sich lange die Hände und Unterarme. Dann zog sie eine Schublade auf. »Das hier ist mein Willen. Und den bekomme ich auch! Schau ihn dir ruhig an.«

Giacomo setzte sich auf die Hinterbeine – und sah seinesgleichen. Unzählige Schoko-Lagottos lagen in der Schublade, daneben Doggen, Neufundländer, Retriever, Setter, Rottweiler, Schäferhunde und viele weitere Hunderassen. »Er lässt mich machen, weil er weiß, dass keiner die Schaustücke besser hinbekommt. Die ganzen Schlösser und Figuren aus Schokolade – im Gegenzug darf ich meine Hunde formen. Aber du musst natürlich nicht deinesgleichen essen. Ich habe extra was für Vierbeiner da. Natürlich mit wenig Koffein und Theobromin. Ich will ja nicht, dass du Magenschmerzen oder Schlimmeres bekommst!«

Die Leckerlis waren in Knochenform – und wenn Giacomo sich nicht täuschte, fanden sich Fleischstücke darin.

»Von mir hat Guido all die Rezepte«, fuhr die Signora fort. »Dank mir weiß er auch, worauf bei den Haselnüssen zu achten ist. Ohne mich hätte er niemals die guten ›Tonda

Gentile delle Langhe‹ verwendet. Was wissen Männer schon von gutem Essen? Nur was ihre Mütter sie gelehrt haben!« Sie erzählte von Kakaobohnen aus Arriba, Java, Trinidad, Ghana und Venezuela, und für welche Hunderasse sie diese verwandte. Giacomo genoss den Schmelz, der sein Maul nun auskleidete.

Die Signora warf eine Maschine an und verteilte mit einem großen Spachtel mattglänzende Schokoladenmasse auf einer Metallplatte. »Den Papst soll ich ihm machen. Als gäbe es nichts Wichtigeres! Jetzt ist er eh wieder weg. Weißt du, was ein Papst ist, Giacomo? Er hält sich für den Stellvertreter Gottes auf Erden.« Ihr Grunzen verriet, dass sie das anders sah. Sie strich die Schokolade nun hauchdünn aus. »Im Himmel werd ich mal ein Wörtchen mit ihm reden. Da haben wir ja genug Zeit. Schmeckt es dir?« Giacomo blickte nicht von seinen Leckerlis auf. »Es schmeckt dir also, gut so!« Die Signora fuhr mit der Fingerspitze durch die Kakaomasse und leckte sie ab. »Das lange Konchieren hat sich gelohnt. Ein Vorgeschmack des Himmels! Denn dort, musst du wissen, werden alle Wünsche wahr. Du würdest also jeden Tag die besten Barolos trinken, und überall um dich würden gigantische Trüffel darauf warten, freigebuddelt zu werden. Wäre das nicht schön? Allerdings kommt nur der in den Himmel, der an Gott glaubt und ein ihm gefälliges Leben geführt hat. Also nur wer gut zu seinen Mitmenschen war, sich aufgeopfert und keine Sünden auf sich geladen hat. Doch niemand weiß, wie ernst sie es da oben nehmen. Dafür müssten wir nämlich eines wissen: Ist Gott Süd- oder Norditaliener?« Sie lachte auf. »Ich glaube, dass er auch ein Plätzchen für euch Hunde hat. Schließlich liebt Gott seine Schöpfung, er hat sich doch die größte Mühe gegeben, alle Tiere vor der Sintflut zu retten, in der gigantischen Arche. Für Noah und seine paar Leute hätte ja ein besseres Rettungsboot gereicht.«

Hatte er das gerade richtig gehört? Trüffel? Wein? In rauen Mengen? Die ganze Zeit? Quasi *immer*? Korrekt gelüftet und temperiert? Da wollte er hin! Was musste er tun? Glauben! Das konnte er. Kein Problem. Unentwegt.

»Ich finde es sehr beruhigend, dass es da oben auch Schokolade gibt«, sagte die Signora und goss noch etwas mehr auf die Platte. »Denn Manna schmeckt bestimmt nicht besser.« Dann rieb sie sich die Hände an einem groben Tuch ab. »Hab ich ja ganz vergessen! Hier, für dich. Zwar kein Barolo, dafür Barbaresco. Weil ich es samtiger und weniger füllig mag. Ist zwar nicht von unserem Nazionale, der ist mir zu teuer, aber er wird dir trotzdem munden. Zurzeit gibt es übrigens ein großes Barolo-Symposium in der Stadt. Doch Hunde sind leider nicht zugelassen – selbst solche Feinschmecker wie du nicht.«

Sie füllte den Wein in eine große Porzellanschüssel, die noch ein wenig nach Schokolade und Haselnüssen duftete. Die Aromen umarmten einander wie ein frisch verliebtes Paar. Giacomo schlappte ohne Unterlass – und die Signora füllte rasch nach.

»Du bist ein Guter, das hab ich gleich gespürt. Du bist ein Geschöpf des Herrn. Kennst du eigentlich sein Zeichen?« Sie holte ein kleines Holzkreuz von der Wand, an dem ein gekreuzigter Jesus hing. »Er ist für die Menschen gestorben. Nach seinem Tod wurde er in das Sindone gewickelt. Rund zweitausend Jahre ist das her.« Vorsichtig legte sie das Kreuz vor Giacomo auf den weiß gefliesten Boden, so behutsam, als könnte sich das kleine Männchen dabei verletzen. Der alte Lagotto senkte seine Nase und roch … Trüffel. Ganz eindeutig. Frische weiße Albatrüffel.

Roch Gott etwa nach Trüffeln?

Giacomo musste nur kurz überlegen. Nach was sollte Gott sonst riechen? Es gab nichts Großartigeres, Schöneres, Erfüllenderes als Trüffel. Sie waren Gottes Meisterwerk, oder?

Einem Gott, der nach Trüffel roch, konnte jeder Hund vertrauen. Giacomo würde sich fortan bemühen, stets gut zu sein, um ihm nach dem Tod vielleicht sogar persönlich begegnen zu können. Jetzt wusste der alte Trüffelhund, warum er immer gern in Kirchen ein Nickerchen machte!

Der viele Zucker rauschte so durch seine Adern, dass er sich fast schon wie im Paradies fühlte – und das Sindone, Niccolò und all den Ärger darum vergaß.

Niccolò lief den breiten Corso Vittorio Emanuele II. hinunter, der direkt zum nördlichen Ende des Parco del Valentino führte. Die große Prachtstraße war völlig von Schnee und Matsch befreit. Nur die Alpen in Niccolòs Rücken boten dem Betrachter noch kaltes Weiß. Niemand war tot, sagte er sich immer wieder. Am Borgo würde Giacomo ihn erwarten und sie fänden eine Lösung. Für alles.

Die Schatten neben sich nahm er zuerst gar nicht wahr, bis ihn die beiden Hunde vollends einrahmten. Es waren die Lagotto-Mischlinge. Daisy rannte nun leicht vor, damit Niccolò sie besser sehen konnte.

»Wo ist Giacomo? Wir wollen ihm alles berichten! Wir haben nämlich den Mann verfolgt, den mit der Sonnenbrille. Und ihr? Habt ihr das Sindone wirklich gefunden?«

Niccolò war unglaublich froh, die beiden zu sehen – auch wenn er sie erst seit kurzem kannte. Und nicht wusste, ob sie sich überhaupt freuten, ihn wiederzusehen.

»Ja, klar. Alles läuft nach Plan. Wir haben es beim Schloss im Borgo versteckt, in dem Bauwagen, wo die Gartengeräte stehen. Die braucht jetzt im Winter ja keiner. Schlau, was? Es wird alles bald wieder gut, und dann finden wir auch den Mörder von eurem Dagobert. Wisst ihr, es wird jetzt alles gut!«

»Nichts wird wieder gut«, erwiderte Donald. »Wer tot ist, bleibt auch tot.«

»Niemand ist tot!«, rief Niccolò. »Hört ihr? Ich weiß es ganz sicher.«

Donald blickte verschämt fort, nicht wissend, wie er reagieren sollte. Daisy fand als Erste wieder Worte. »Du hast sicher recht, Niccolò. Wir müssen noch mal weg, ja?«

»Bleibt doch! Ich möchte euch noch so viel erzählen.« Doch sie waren bereits Richtung Ponte Umberto I. verschwunden.

Es war ein denkbar schlechter Zeitpunkt, denn Niccolò erstarrte vor einem mit allerlei Aufklebern und schlampigen Graffiti verzierten Briefkasten.

Er war plötzlich wieder bei Isabella.

Ein Gefängniswärter trat ein, deckte die Kamera an der Wand ab und schloss die Zellentür hinter sich. Dann bekreuzigte der Mann sich, dessen Hals vor lauter Muskeln einem Baumstamm glich. Er zog sein Hemd aus und legte es ordentlich über den einzigen Stuhl im Raum. Schließlich küsste er ein Kreuz, das an dicken Kettengliedern um seinen Hals hing.

»Du hast dich versündigt«, sagte er. »Gegen Gott selbst.« Brutal drehte er der geschockten Isabella einen Arm auf den Rücken und drückte ihren Kopf in die metallene Kloschüssel. Isabellas Angst stach wie Dornen in Niccolò hinein, er wollte ihr helfen, ihr Luft spenden, doch die Hilflosigkeit lähmte ihn. Das kleine Windspiel merkte es nicht, aber seine dünnen Beine knickten ein. Er spürte den Aufprall nicht einmal. Niccolò musste plötzlich an Canini denken und wusste nicht, wieso. Dachte Isabella an sie? Mit aller Gewalt versuchte sie freizukommen, doch der Griff des Wärters war kalt und hart. Er tat dies nicht zum ersten Mal.

Brennend schoss Luft in die Lungenbläschen, als ihr Kopf hochgerissen wurde.

»Wo ist das Tuch des Herrn?«

»Ich weiß es nicht! Bitte lassen Sie mich los. Ich hab doch keine Ahnung, wo es steckt. Sie müssen mir glauben!«

»Glauben? An Glauben mangelt es dir sehr, Sünderin. Meine Frau sagt, du seist eine Hexe. Die warf man früher mit Gewichten ins Wasser.«

Er drückte Isabellas Kopf so schnell hinunter, dass sie mit der Stirn gegen den Beckenrand stieß. Sie riss vor Schmerz den Mund auf.

Niccolò krümmte sich unter der Pein.

Nach dem Auftauchen brauchte Isabella lange, bis sie wieder bei Atem war. »Hören Sie auf!«, schrie sie. »Das dürfen Sie nicht. Ich werde Sie melden! Sie verlieren Ihren Job! Hilfe! *Hilfe*!«

Wieder wurde ihr Kopf ins Klo gedrückt. Und abermals. »Du bist eine Sünderin! Eine verfluchte Sünderin. Bereue endlich! Sag dich los vom Satan. Gib dem Herrn sein Sindone zurück. Es steht dir nicht zu, es zu berühren, du bist unwürdig.«

Der Wärter riss Isabella diesmal erst wieder an den Haaren hoch, als sie aufhörte zu zappeln.

»Erleichtere deine Seele. Der Herr vergibt den reumütigen Sündern.«

Isabella erbrach sich röchelnd auf dem Boden, ihre Augen tränten unablässig. »Hauen Sie ab! Sie Monster, Sie wollen ein guter Christ sein?« Isabella spuckte ihn an. Woher nahm sie bloß den Mut? Niccolò hätte sich in eine Ecke verkrochen. Doch die Qualen schienen Isabellas Wut angestachelt zu haben.

»Bis auf weiteres hast du Hexe Einzelhaft! Weil du mich gerade angegriffen hast.« Er kratzte sich mit den Fingernägeln ins Gesicht, dass blutige Striemen entstanden. »So was macht man nicht.« Ruhig zog er sich wieder an, richtete sein Haar vor dem Spiegel und verschwand ohne ein weiteres

Wort. Isabella lag auf dem Boden und hatte nicht die Kraft, sich aufzurichten.

Die Vision verschwand, löste sich von den Rändern her auf wie Dampf, und Niccolò fand sich zusammengekrümmt auf dem Bürgersteig wieder. Über sich die Köpfe dreier Hunde. Niccolò sah sie nur verschwommen, seine Augen waren nass, als sei sein Kopf ebenfalls untergetaucht worden.

»Er ist es«, sagte einer der Hunde. »Der dem Papst das falsche Sindone geklaut hat. Du hattest recht.«

»Steckt mit dem Lagotto unter einer Decke.«

»Bringt das Tuch zurück! Die Menschen machen uns das Leben zur Hölle. Wir sind es leid, wegen eurem bekloppten Diebstahl zu leiden. Turin war eine gute Stadt, bevor ihr Spinner kamt.«

»Versteh uns nicht falsch. Wir haben nichts gegen euch, ihr könnt hier gern leben. Aber bringt endlich das Sindone zurück!«

»Was redest du da? Die sollen verschwinden, machen nur Ärger.«

»Wir sind doch alles Brüder!«

»Mit dem da bin ich überhaupt nichts.«

Die drei Hunde sahen sich an, unklar darüber, was nun geschehen sollte. Niccolò nutzte seine Chance. Schnell war er auf den Beinen und rannte. Selbst geschwächt hatten ihm diese Stadthunde nichts entgegenzusetzen, den Rausch der Geschwindigkeit kannten sie höchstens von einer Busfahrt. Das Borgo war nicht weit. Seine Kraft würde reichen. Musste reichen. Denn Isabella brauchte ihn.

Und er brauchte sie. Und Canini. Und Giacomo.

Was war er nur für ein erbärmlicher Hund.

Während der Verfolgung Naras sammelte Amadeus Getreue ein wie andere Muscheln am Strand. Überall fand er Rüden und Hündinnen, die Tommaso für ihn bekehrt hatte. Er ließ sie hinter sich gehen, damit sie kein Aufsehen erregten und weder Nara noch die beiden Männer vor ihr etwas merkten. Der Wind hatte sich nun vollends in die Alpen verzogen, überließ Turin den Sonnenstrahlen, die sich alle Mühe gaben, die Mauerwerke der Metropole in Heizungen zu verwandeln. Die Wärme breitete sich beruhigend aus, als wollte sie den Ärger der letzten Tage ein wenig lindern.

Nara betrat nun den Parco del Valentino. Amadeus konnte sehen, dass der Priester und sein Begleiter sich dort mit einer dunkelhäutigen Frau trafen. Sie sprachen kurz miteinander, gaben sich Küsse auf die Wangen, dann teilten sie sich auf und gingen langsam und parallel den Streifen kargen Grüns entlang, so dass kein Fleck ihren Blicken entging. Die Frau strich mit ihren Handschuhen an den Gitterzäunen entlang, der Priester suchte unter den großen Müllcontainern und befragte die Imbissbudenbesitzer, deren kleine Häuschen sich am Ufer neben dem Borgo Medievale drängelten, umringt von unzähligen Plastikstühlen und bunten Werbetafeln. Öfters blickten sie sich auch um, doch Nara stand immer hinter einem schützenden Baum oder duckte sich unter ein niedriges Gebüsch. Die Schritte der Menschen wurden langsamer, doch ihre Köpfe wandten sich immer öfter um wie die nervöser Hühner.

»Der Lagotto ist nicht hier«, sagte der Priester. »Vielleicht ist er über den vereisten Po zum anderen Ufer gelaufen, dann finden wir ihn nie.«

»Er hat recht, Gianluca«, meinte die Frau. »Wir vergeuden unsere Zeit. Außerdem fallen wir langsam auf.«

»Verdammt!«, rief der Mann mit der Sonnenbrille. »Wir sind so nah dran. Kann doch nicht sein, oder?«

»Wenn bloß Mario hier wäre. Er hat ein Händchen für Hunde.« Die Frau kniete sich hin und strich etwas Dreck von ihren teuren Schuhen.

»Aber der Herr aller Museen Turins hat sich ja mal wieder

verpisst«, erwiderte Gianluca. »Im größten Chaos. Mit den Tölen ab ans Meer. Ein nettes Wochenende machen. Der tickt doch nicht mehr ganz sauber. Wir könnten ihn hier wirklich verdammt gut gebrauchen. Aber es bringt ja nichts zu lamentieren, lasst uns gehen.«

Doch dann tauchten zwei Hunde auf und jagten über die betonierte Straße, welche den Parco del Valentino eigensinnig in zwei Lungenflügel teilte. Obwohl die beiden sehr schnell wieder verschwanden, erkannten die Menschen ihre Rasse.

»*Lagottos*!«

Die Hunde verschwanden im Borgo. Wieder kehrte Stille ein, nur die Vögel zwitscherten, um den Tag zu feiern.

»Ihr kommt von der anderen Seite«, befahl Gianluca. »Dann kann keiner von denen an uns vorbei. Haltet die Würgehalsbänder bereit. Sobald wir sie gestellt haben, wird der Rest ein Kinderspiel.«

Die Frau rannte schnell mit dem Priester um das Borgo, der Mann mit der Sonnenbrille wartete kurz, dann trat er ein. Nara lief nun näher heran, denn obwohl das nachgebaute Dorf nur aus einem Gässchen bestand, gab es doch etliche Häuser, in denen die Menschen verschwinden konnten. Auch Amadeus verkürzte den Abstand, ließ seine Truppen zudem das Areal umstellen und nahm Ugo sowie zwei starke Schäferhunde mit hinein. Die Häuser neigten sich so nah über ihm zusammen, als wollten sie sich etwas zuflüstern.

Ein Touristenpaar strich durch das Borgo und hielt einander turtelnd an der Hand. Der Andenken- und der Buchladen hatten geöffnet, die Verkäuferinnen standen jedoch gelangweilt davor, rauchten und diskutierten so laut, als wäre niemand außer ihnen anwesend. Amadeus blickte sich um, doch Nara war nicht mehr auszumachen, ebenso wenig diejenigen, denen sie gefolgt war. Schließlich fand er sie unterhalb der Burg an einem kleinen Brunnen, der wie ein metallener Baum aussah. Die Schatten fielen günstig und boten Amadeus Schutz. Er sah jetzt, wie der Priester eine Pistole zog, sie sogleich entsichernd.

»Was willst du mit der Waffe? Wir suchen einen Hund!«, zischte die Frau. »Steck sie weg, wenn dich einer damit sieht!«

»Du glaubst doch nicht ernsthaft, dass ein Lagotto all das von alleine macht? Es ist nur ein dummes Tier. Dahinter steckt jemand. Und wer so durchtrieben ist, das Sindone zu stehlen, der hat bestimmt eine Waffe.«

»So wie wir«, ergänzte die Sonnenbrille namens Gianluca und drehte sich unschuldig lächelnd um, das Gelände sondierend. »Was für ein herrlicher Tag.«

Sie waren nervös, Amadeus sah das Blut in ihren Halsschlagadern pulsieren. Es war der ungünstigste Moment für eine Überraschung, doch das konnte Nara nicht wissen, als sie aus dem roten Backsteinhaus vor ihm heraustrat, ihre Nase zuckend. Sie hatte etwas gewittert, jagte nun wie eine Gewehrkugel am Priester vorbei und streifte ihn dabei leicht.

Nur ganz leicht.

Ein Schuss löste sich, traf sie, noch in der Luft krümmten sich ihre Muskeln zusammen, die alte Hündin landete auf den Pflastersteinen wie ein verendender Käfer.

»Warum hast du auf diesen Hund geschossen?« Die Frau beugte sich zu Nara.

»Es war ein Reflex. Ich bin halt nervös.«

Die Verkäuferinnen kamen die Gasse entlanggestöckelt, doch der Priester hatte die Waffe längst weggesteckt und öffnete die obersten Knöpfe seiner schwarzen Daunenjacke, den unschuldigen weißen Kragen seines Berufsstandes präsentierend. Derweil hatte Gianluca den leblosen Körper Naras hinter den Bauzaun geworfen.

»Wissen Sie, woher der Schuss gerade kam?«, fragte der Priester die Frauen. »An einem so wundervoll friedlichen Tag mitten in Turin?«

Sie unterhielten sich, versicherten sich ihres Unverständnisses für den Schuss, dann scherzten sie und lachten auch. Als die Zigaretten zu ausgetretenen Stummeln auf dem Boden wurden, gingen die beiden Verkäuferinnen wieder ihrer Wege.

»Ganz großes Tennis, Brüderchen«, sagte Gianluca und klopfte dem Priester auf den Rücken. »Allerdings werden wir jetzt keinen Hund mehr finden. Die sind durch den Lärm alle abgehauen oder verstecken sich. Lasst uns heute Abend wiederkommen. Wenn dieser Giacomo hier seinen Unterschlupf hat, dann läuft er uns irgendwann in die Falle. Geduld ist göttlich.«

Amadeus sah nicht, wie sie verschwanden, sein ängstlicher Blick war einzig auf den Bauzaun gerichtet. Als auf der kleinen Piazza keine Menschen mehr zu sehen waren, lief er zu Nara. Sie war auf einigen durchnässten Kartons gelandet, die ihren Aufprall ein wenig gedämpft hatten, doch das Blut aus ihrem Hals hielten sie nicht auf, unaufhörlich drang es zu beiden Seiten heraus, die Kugel musste den Körper der Großmutter nach Sekundenbruchteilen wieder verlassen haben. Amadeus leckte über die Wunde, als könne er sie auf diese Weise wieder verschließen, doch das Blut strömte weiter.

Aber noch war genug Luft in Naras Lunge, um zu sprechen. Amadeus sah die Erleichterung, als ihre Augen sich an ihm festhalten konnten.

»Du hast mich beschatten lassen, kleiner Amadeus. Du warst immer schon so misstrauisch, deswegen wurdest du ja auch ausgewählt.« Aufgrund der zerfetzten Luftröhre begleitete ein ständiges Pfeifen und Gurgeln ihre Worte.

»Du wirst überleben, Großmutter! Bleib nur still liegen,

die Wunde verschließt sich gleich wieder.« Er leckte weiter und weiter, doch es brachte nichts.

»O nein, schon den Mond werde ich heute nicht mehr sehen. Vielleicht nicht einmal mehr den Sonnenuntergang.« Nara konnte die Zeichen ihres Körpers, die Schmerzen und Taubheiten deuten. »Hör mir zu, mein kleiner Amadeus. Ich muss dir noch etwas erzählen, bevor ich fortgehe. Die Menschen eben, sie haben das Sindone gestohlen. Ich habe den mit der dunklen Brille gesehen, wie er nachts samt einer Tasche in den Duomo gegangen ist, und als er wieder heraustrat, beulte sie aus. Ich konnte das Sindone darin spüren.«

»Warum hast du ihn dann nicht angegriffen? Warum mich nicht zu Hilfe gerufen?«

»Weil ich unendlich glücklich war.« Sie schaffte es nicht mehr, den Blick auf Amadeus zu halten, ihre Pupillen schwirrten wie Nachtfalter umher.

»Was redest du da, Großmutter? Bist du schon auf der anderen Seite?« Er stupste zärtlich ihr Maul an. Nara zuckte zusammen und stöhnte unter Schmerzen auf.

»Noch ist ein wenig Leben in mir. Hör mir gut zu, mein Amadeus. Was ich dir jetzt sage, ist sehr wichtig, auch wenn es für dich schwer zu verstehen sein wird.« Sie holte noch einmal tief Luft. »Das Sindone, es ist unser Fluch. Dein Großvater ist daran zugrunde gegangen. Hätte er es bloß nicht aus den Flammen gerettet! Das verdammte Tuch hat mir meinen Gefährten geraubt. Und wir waren nicht die Ersten, die darunter leiden mussten. Wie viele unserer Meute waren dazu verurteilt, ihr Leben auf diesem kalten Stein vor dem Duomo zu verbringen? Allein und einsam. Und unsere Meute musste in dieser Stadt bleiben, die nicht für Hunde erbaut wurde, so viel Stein, so wenig Grün.« Sie schnappte wieder nach Luft, ihre Schnauze erhob sich zitternd, als müsse sie den Atem aus der kühlen Luft beißen. »Erst wenn es zerstört ist und nie wieder auftaucht, werden wir alle frei sein. Dann können wir zurück in unsere Heimat! Ich bin diesem gesegneten Mann hinterher, um sicherzugehen, dass er keine Dummheit macht und das Sindone niemals zurückkehrt. Eben habe ich das verfluchte Tuch wieder gerochen. Es ist ganz nah. Wie gern hätte ich es selbst zerfetzt.« Blut rann aus ihrem Maul, färbte die scharfen Zähne rot, nahm ihr die Luft zum Atmen.

»Was redest du da nur?«, flüsterte Amadeus, sich ängstlich umblickend. »Der Schock hat dich um den Verstand gebracht. Gott darf solche Worte nicht hören!«

Nara bäumte sich auf, Wut pulsierte nun in ihren Adern. »Gott? Welcher Gott? Würde ein Gott das alles zulassen? Es gibt keinen, Amadeus. So einfach ist das. Da ist nichts. Ich kenne die Geschichten unserer Vorfahren aus dem Gelobten Land, die den Sohn des Herrn auf seinen Reisen bis ans Kreuz begleitet haben, die vor der Höhle, in der er zur letzten Ruhe gebettet worden war, Wache gestanden und seine Auferstehung erlebt haben. Doch weißt du, durch wie viele Schnauzen diese Erzählungen gegangen sind? Ich selbst habe sie euch Welpen erzählt, und manches ausgeschmückt, obwohl ich eigentlich kein Wort verändern durfte. Vielleicht hat es damals tatsächlich einen Gott gegeben, doch nun ist er fort, und alles, was wir von ihm haben, ist, dass er unser Leben bestimmt, das ohne ihn so viel besser und freier wäre. Zerstöre das Tuch! Ich flehe dich an, mein lieber, lieber Amadeus.«

»Ich werde es zurückbringen. Das ist meine Pflicht.«

Nara stemmte sich auf, wodurch noch mehr Blut aus ihr drang, schaute dem jungen, geliebten Pharaonenhund in die Augen, stieß gar ein letztes Knurren aus. »Erlöse uns endlich!«

Sie brach zusammen. Und plötzlich war da diese Stille, wie in einem Kirchenschiff, die hellen Gesänge der Vögel klangen nun wie Nadelstiche. Naras Bauch hob und senkte sich nicht mehr, ihr schönes Fell wirkte mit einem Mal stumpf, das Maul stand unnatürlich offen, die Zunge hing auf die feuchte Pappe herab. Amadeus heulte, um sie aufzuwecken, hoffte, der Lärm würde das Tor des Todes wieder aufstoßen, sie zurückkehren lassen. Doch ihre Augen blieben leblos wie Steine. Wenn Lautes nicht mehr zu ihr drang, dann vielleicht Leises! Er trat ganz nah an ihr Ohr, flüsterte, flehte sie an, ihn nicht alleinzulassen, er sang gar das Lied, welches sie ihm einst beigebracht hatte, über die Schönheit der Pyramiden und den Gott mit dem Kopf eines Schakals.

Doch sie stimmte nicht ein.

Mit einem Mal verhärtete sich Amadeus' Welt, wie Stahl in Eiswasser. Alle Gefühle, alles, was schmerzte, fiel ab, und zurück blieb nur seine Verpflichtung gegenüber dem Sindone, das einzige Ziel seines Lebens. Er wollte sich nicht über das den Kopf zerbrechen, was Nara gesagt hatte, wollte der Trauer keinen Raum in sich geben, keine Sekunde zum Nachdenken übrig lassen. Nur Taten, sonst nichts.

Das Tuch befand sich im Borgo!

Dieses war das Reich des Conte Rosso.

»Hol die anderen herbei«, rief er zu Ugo, der mit den Schäferhunden immer noch im Schatten hinter ihm stand.

»Wenn du reden willst …«, fing dieser an, doch er kam nicht dazu, seinen Satz zu beenden.

»Beeilung!«

Die in die grobe Steinmauer eingelassene schwarze Holztür, hinter welcher der Conte Rosso residierte, ging auf. Ein kleiner Pekinese mit roter Samtschleife trat heraus und sah sich verängstigt um. Amadeus vermutete, dass dieses Schoßhündchen durch den Schuss völlig verunsichert war. Doch darauf konnte er keine Rücksicht nehmen.

»Ist der Conte drin?«, fragte er ihn und blickte in das Zwielicht der offenen Tür.

»Wer soll da sein?«, fragte der Pekinese überrascht. »Ich bin leider nicht von hier. Ich suche nur mein Frauchen. Eben bin ich dummer, kleiner Hund weggelaufen. Hinter der Tür habe ich dann Schutz vor der Kälte gefunden. Wo ist bloß der große Parkplatz mit der Reiterstatue? Da muss mein zuckersüßes Frauchen sein.«

»Such ihn selbst!«

Der Pekinese trottete kläffend davon. Von allen Seiten strömten nun Hunde herbei, reckten neugierig ihre Köpfe, die Ruten erhoben. Sie spürten Amadeus' Anspannung, keiner wagte, sich am Fell zu kratzen oder herumzuschnüffeln.

Der Pharaonenhund hatte sich vor der schwarzen Tür aufgebaut. »Komm raus, Conte! Sonst kommen wir rein. Schick ruhig deine Gefolgsleute, um dich zu beschützen, wir nehmen es mit jedem auf, und seien ihre Zähne noch so scharf, ihre Fänge unersättlich und ihre Pfoten größer als die Pranken der Löwen. Wir werden jeden Einzelnen zermalmen, denn der Herr ist auf unserer Seite!«

Zuerst passierte nichts, doch dann nahm ein grauer Schemen immer mehr Platz in der Düsternis ein, schob sich ins Freie. Eine Bloodhound-Hündin. Maria Grazia.

»Da kommt unsere Antwort«, sagte Amadeus. »Wir müssen sie nur noch aus ihr herauspressen.«

Maria Grazia setzte sich auf die Hinterpfoten und musterte mit langsamem Augenaufschlag die versammelten Hunde. Dann senkte sie ihren massigen Körper hinab auf den eisverkrusteten Boden und schloss die Lider. Sie würde nichts sagen, das begriff Amadeus nun, Maria Grazia war bereit, für den Conte zu sterben.

Das konnte sie haben.

Doch in diesem Moment kam ihr Retter. Sein Maul war schokoladenverschmiert, sein Hirn durchtränkt mit Barbaresco, seine Laune königlich. Fast tanzten seine Pfoten im

Dreivierteltakt ins Borgo, und sie stoppten auch nicht, als er die Ansammlung von Artgenossen sah.

Menschen ließen sich täuschen – doch Hunde nicht. Amadeus wusste, dass es keine Lagottos mit schwarzen Punkten gab. Das war bloß eine Frisur. Der Blick von Giacomos Augen, die trüffelige Form seiner Nase, sie waren unverwechselbar, genau wie auf dem Fahndungsfoto.

Erst als die Meute Giacomo einkreiste, sie die Köpfe senkten und ihr Knurren ohrenbetäubender als startende Flugzeuge dröhnte, begriff der alte Trüffelhund, dass ein sonniger Tag kein Garant für eine schöne Zeit war.

Das Feuer kaute träge am feuchten Holz, und lautes Prasseln erfüllte den kleinen Raum, dessen Teppichmuster vor lauter Hundehaaren nicht mehr zu erkennen waren. Es roch angenehm nach Harz und Tee, die Wärme war wohlig.

»Schön, dass deine Augen jetzt wieder offen sind«, sagte Rory und blickte milde auf Canini herab. Der große Scottish Deerhound saß vor der Spanielhündin auf einem riesigen Gobelinkissen.

»Wo ist das Wasser?«

»Wo es hingehört. Im Meer. Und das ist ein gutes Stück weg. Brauchst also keine Angst mehr zu haben. Du hast viel mit den Beinen gerudert, während du schliefst. Bei mir war es genauso.«

»Wie meinst du das?« Erst jetzt bemerkte Canini, dass sie unter einer flauschigen Decke lag.

»Mich hat er auch im Meer landen lassen.«

Nun schwankte der Boden unter Canini wieder, obwohl die Grundmauern des kleinen Ferienhäuschens fest auf dem steinigen Boden der Riviera standen.

»Er hat versucht, mich zu retten, er hat mich nicht …!«

Oder doch? Für einen Moment, nur für einen ganz kurzen, hatte sie gedacht, Mario hätte das kleine Ruderboot selbst zum Kentern gebracht. Doch wer würde sich in eine solche Gefahr bringen? Und warum?

»Ich sehe doch, dass du es gemerkt hast.« Rory legte seinen riesigen Körper vor der Spanielhündin ab – es sah aus, als würde sich eine Zugbrücke herabsenken. »Er hat immer eine Schwimmweste unter der Kleidung. Außerdem kentert er stets in einer Bucht ganz nah am Ufer. Keine Gefahr für ihn. Einer von uns ist allerdings mal dabei ersoffen. Das war natürlich ein Versehen. Er hat danach extra die Rettungsschwimmer-Ausbildung gemacht und sich auch tierärztlich so weit informiert, dass er uns zukünftig am Leben halten kann. Mario ist ein sehr kluger Mann.«

Ein Scheit fiel im gemauerten Kamin um, Funken stoben auf, flogen umher und verglühten. Selbst sie bereiteten Canini nun Angst.

»Wird er es noch mal …?«

»Nein, die Sache mit dem Boot nur einmal. Aber er denkt sich immer mal wieder was Neues aus.«

»Aber …«

»… warum? Weil er einsam ist, sehr sogar, in seinem Herzen. Er wünscht sich nichts sehnlicher als eine perfekte Verbindung zu einem Hund. Als kleiner Junge besaß er einen Dalmatiner, da lebte er noch in Genua. Nach einem Autounfall, bei dem der Hund angefahren wurde, pflegte er ihn, Tag und Nacht. Kinder können unglaublich grausam sein, doch sie können auch viel Liebe geben. Mario vermochte es, und so entstand zwischen ihnen eine perfekte Verbindung. Doch nach vier Tagen starb der Dalmatiner, die Verletzungen in seinem Bauch waren einfach zu schwer gewesen. Mario hat ihn nie vergessen – und vermisst ihn immer noch. Er glaubt, dass nur wenige Hunde zu solch einer Verbindung fähig sind. Einen davon will er unbedingt finden. In der Ecke steht übrigens Futter, gutes frisches Fleisch und Wasser. Soll ich es dir herüberschieben?«

Canini hob den Kopf und sah die Näpfe, sie sah auch die vielen Bilder, welche ausschließlich Hunde zeigten, und ein großes Regal so prall gefüllt mit Büchern, dass sich die Balken unter dem Gewicht bogen. Die lederne Sofagarnitur war alt, Krallenspuren hatten sie abgewetzt. Nur das Feuer des Kamins erhellte das kleine Zimmer. Die Fensterläden waren zugeklappt. Sie hätte sich hier sehr wohl gefühlt – mit Isabella und Niccolò. Und natürlich mit Giacomo. Er konnte so wunderbar Gemütlichkeit ausstrahlen.

Etwas an Rorys Geschichte irritierte sie plötzlich.

»Aber …«

»… wieso er dich dann in Lebensgefahr bringt? Weil er denkt, dass nur ein solch einschneidendes Erlebnis zusammenschweißt. Er hat lange darüber nachgedacht, Bücher gewälzt, mit vielen Menschen gesprochen. Du bist nicht die Erste, mit der er es versucht. Aber man kann es einfach nicht erzwingen. Die anderen kannst du hier im Dorf treffen. Neun hat er schon durch. Er verschenkt uns, wenn es nicht klappt, legt uns ab wie alte Pullover. Jetzt friss aber mal was!« Rory ging hinüber zum Napf, nahm dessen Rand ins Maul und trug ihn zu Canini. »Damit du wieder zu Kräften kommst.«

Es schmeckte ausgezeichnet, bestes Fleisch, kein Gemüse. Das Futter tat der Spanielhündin sehr gut, ihr Körper schien es aufzusaugen. Nun kam die Wärme endlich auch von innen zurück.

»Mich kaufte er für viel Geld meiner Besitzerin Helen in New Jersey ab, nachdem er gesehen hatte, wie gut wir harmonieren«, erzählte Rory weiter und legte sich auf den Rücken, als kraule ihm jemand den Bauch. »Mit ihr hatte ich tatsächlich eine perfekte Verbindung – und trotzdem hat sie mich hergegeben. So viel zur Treue der Menschen.«

»Aber ich bin dazu gar nicht fähig! Es ist Niccolò, der mit Isabella auf diese Weise harmoniert.«

»Das hat er wahrscheinlich mitbekommen. Er hält immer die Augen danach auf. Wart ihr vielleicht mal im Fernsehen?«

Mehrmals, dachte Canini, wegen all der Geschehnisse um das Dorf Rimella. Isabella hatte ihre Hunde immer stolz den Kameras präsentiert, Niccolò rechts und sie links im Arm gehalten. Sie hatte den Reportern erzählt, wie nah sie sich standen und wie tapfer ihre beiden Lieblinge waren. Canini selbst hatte all die Worte nicht begriffen, doch Niccolò hatte sie ihr übersetzt. Niccolò, den sie so schändlich belogen hatte. Wenn sie ihm doch nur berichtet hätte, dass Giacomo auch in Turin war. Und gemeinsam mit ihm geflohen wäre. Niemals hätte sie die entsetzliche Kälte des Meeres spüren müssen.

Sie hatte all dies hier nicht anders verdient. Wegen ihrer schrecklichen Angst, nur deshalb hatte sie gelogen. Weil sie nicht wollte, dass Niccolò sie alleinließ. Jetzt war sie es. Daran konnte auch dieser alte Zausel von Deerhound nichts ändern. Das gute Fressen lag ihr plötzlich wie Geröll im Magen.

»Woher …«

»… ich das alles weiß? Ich habe große Ohren.«

»Lässt du mich …«

»… jetzt auch endlich mal ausreden? Klar, mach ich. Kenne das halt alles nur schon.«

»Warum …«, sie wartete darauf, wieder unterbrochen zu werden, doch diesmal sagte der Scottish Deerhound nichts, »… bist du dann noch hier?«

»Wo soll ich sonst hin? Ich spiele ihm genug vor, dass er die Hoffnung bei mir nicht aufgibt. Es ist kein schlechtes Leben, aber auch …«

»… kein wirklich gutes.«

Die Tür wurde geöffnet.

»Canini? Bist du schon wach?« Mario trat ein und lächelte

sie an. Er trug einen dicken Frotteebademantel und rubbelte sich die Haare gerade mit einem groben Handtuch trocken. Seine Wangen glühten, das Wasser der Dusche musste heiß gewesen sein. Er fragte sich, ob es diesmal endlich geklappt hatte.

Sie konnte ihn verstehen.

Canini las all seine Gedanken.

Sie hatten eine perfekte Verbindung!

Niccolò kam zu spät. Schon von weitem wusste er es. Der aggressive Geruch einer Hundemeute loderte wie Feuer über den Mauern des Borgo. Die kargen Äste der Eichen, Pappeln und Kastanien sahen mit einem Mal aus wie Leichenfinger, die nur darauf warteten, sich ihre Beute vom Asphalt zu greifen. Graue Wolken schlossen die Sonne aus. Damit verschwand nicht nur die angenehme Wärme, sondern auch die Imbissbesitzer machten Feierabend, und den Joggern konnte deren Weg nach Hause nun ebenfalls nicht kurz genug sein. Es roch nach Hagel, nach spitzen Geschossen, die den Autos noch mehr Beulen zufügen würden. Selbst die Menschen merkten es.

Im ganzen Park war nur ein einziger Hund zu sehen, ein kleiner Pekinese mit prachtvoller roter Schleife, der nun freudig wedelnd auf sein Frauchen zulief, das ihn unter den Vorderbeinen packte, hoch ans Gesicht hielt und ihm unzählige Küsschen aufdrückte.

Es war der Conte Rosso, mächtiger Herrscher über Turin, Schrecken aller Straßenhunde, dem nun ein Glitzerhalsband umgelegt wurde, bevor er an der Leine stolz das Köpfchen reckte und weiterlief. Nach rund hundert Metern ließ er sich allerdings auf den Rücken fallen und streckte die Stummelbeine aus. Er wollte getragen werden. Sein Wunsch wurde umgehend erfüllt. Die Tasche seines Frauchens bot ausreichend Platz für den Turiner Hundefürsten.

Niccolò lief hinüber, um neben ihm zu traben. Das Frauchen des Conte trug glänzende, enganliegende Kleidung, puffte rhythmisch die Luft aus und ging schneller als ein Fußgänger – doch wirklich rennen tat sie nicht. Was auch immer sie genau machte, es ließ ihren Kopf anschwellen.

»Was ist hier los?«, fragte Niccolò den Conte, der den Kopf auf den Rand der sackartigen Ledertasche gelegt hatte. »Wer sind die Hunde im Borgo? Wie geht es Giacomo? Wieso bist du nicht an deinem Platz?«

»Weil es aus ist«, antwortete er und schloss die Augen. »Ich will nicht darüber reden. Für mich geht es jetzt nach Hause an den Esstisch, mein Frauchen ist so glücklich, mich wiederzusehen, dass es sicher ein Festmahl wird.«

»Was ist aus?«

»Na alles. Das schöne Märchen, der Conte Rosso. Ich muss mich jetzt ausruhen. Lass mich in Frieden.« Er versank in der Tasche, die daraufhin noch weiter ausbeulte.

Niccolò zwickte hinein. Es schmeckte widerlich. Wahrscheinlich war das Leder gerade erst mit Politur gepflegt worden. Er spuckte auf den Boden, doch es nützte nichts, Niccolò musste sein Maul im Schnee ausreiben. Danach rannte er schnell zurück zur unbeirrt weiterdampfenden Frau.

»Nächstes Mal beiße ich richtig«, log Niccolò.

»Lässt du mich endlich in Ruhe, wenn ich dir deine blöden Fragen beantworte?«, kam es aus der Tasche.

»Ja, mach ich. Spuck's aus!«

»Na gut.« Der Conte holte tief Luft. »Jeder glaubt, ich hätte unzählige mir treu ergebene Hunde, die als meine Augen und Ohren fungieren. Aber es gibt keine. Alles, was ich weiß, erzählen mir diejenigen, die ihre Gaben bringen. Ab und an habe ich bei ihnen Geschichten über meine Untaten gestreut, über Bestrafungen, Diebstähle, Verfolgungen. Alles frei erfunden. Es gibt nur Maria Grazia und mich.«

»*Was?!*«

»Du hast mich schon verstanden.«

»Das kann doch nicht sein! Alles ist bloß eine Lüge?«

»Na ja, nicht ganz. Wem man Macht einräumt, der hat sie. So einfach ist das. Und jetzt hau endlich ab.«

»Ist Maria Grazia noch im Borgo? Bei Giacomo?«

»Bei den Hunden von diesem Amadeus. Sie ist ein starkes Mädchen, wird sich schon durchschlagen. Außerdem haben sie es ja sowieso auf deinen Giacomo abgesehen – und der ist ihnen direkt vor die Brust gelaufen.« Der Kopf des Pekinesen erschien wieder, die Schleife war so verrutscht, dass sie ihm einen verwegenen Zug verlieh. »Kannst ruhig allen erzählen, was ich dir gesagt habe. Keiner wird's glauben – denn niemand will so dumm sein, dass ihn ein Pekinese jahrelang an der Nase herumgeführt hat. Wenn Gras über die Sache gewachsen ist, werde ich zurückkehren. Mir wird bestimmt was Dramatisches über mein Verschwinden einfallen. Das wird eine ganz grandiose Geschichte!«

Die Frau bog ab, die Ledertasche an ihrer Schulter schaukelnd. So verließ der mächtige Conte Rosso den Parco del Valentino. Niccolò dagegen ging ins Borgo. Er hatte keine Lust mehr auf Verfolgungen, auf Versteckspiel. Er war es leid. Aber zu Giacomo wollte er, denn alle anderen Säulen seines Lebens hatten sich aufgelöst, als wären sie bloß aus Sand.

Das kleine Windspiel wurde erwartet, die Späher des Pharaonenhundes hatten ihn bereits angekündigt. Einer davon, ein stattlicher Gordon Setter, trat knurrend auf Niccolò zu, als dieser durch den dunklen Torgang trat. Neben dem großen eleganten Hund mit seinem glatten kohlschwarzen Fell und den kastanienroten Beinen kam sich Niccolò gleich noch eine Spur mickriger vor.

An der gegenüberliegenden Seite der kleinen Piazza hatten sich zwei Pitbulls aufgebaut, um Touristen zu verscheuchen. Dieser Platz gehörte nun den Hunden. Einige lagen gelangweilt auf den Pflastersteinen oder tranken aus dem Brunnen, doch die meisten standen um zwei Gestalten in der Mitte. Die größere davon ein schlanker, hochgewachsener Pharaonenhund, ein wunderschönes Tier, an dessen Flanken jedoch mehrere Prellungen zu sehen waren und dessen Fell geronnenes Blut rot gefärbt hatte. Er hatte sich stolz vor einem Lagotto aufgebaut, der aussah, als sei er einem heruntergekommenen Straßenzirkus entsprungen. Eigentlich fehlte ihm nur noch die Clownsnase. Trotzdem erkannte Niccolò den alten Freund sofort wieder. Giacomos Kopf bewegte sich leicht hin und her, und sein Gesichtsausdruck verriet, dass er ausgesprochen glücklich war.

Der Pharaonenhund dagegen nicht.

»Jetzt verrat uns endlich, wo das Tuch ist! Der Herr hat es nicht ohne Grund im Duomo aufbewahrt. Alles löst sich auf, seit es fort ist. Das uralte Band zwischen Mensch und Hund wurde zerschnitten. Nur das Sindone kann die Wunden wieder heilen!« Er blickte sich um, als der Gordon Setter kurz und devot aufbellte. »Hier kommt der Zweite der gottlosen Diebe«, sagte Amadeus zu den Seinen. »Seht ihn euch gut an.«

»Mein Name ist Niccolò. Und ich bin kein Dieb – außer von Würsten. Aber wer ist das nicht? Lasst mich bitte durch zu Giacomo. Ich gehöre zu ihm, egal, was er getan hat.«

Der Pharaonenhund beachtete seine Worte überhaupt nicht. »Sprich endlich, Trüffelhund!«, blaffte er stattdessen Giacomo an.

»Erzähl's ihm«, sagte das kleine Windspiel. »Ist eh alles egal. Machen wir uns nichts mehr vor. Canini ist tot und Isabella verloren. Gib ihnen das verfluchte Tuch und lass uns zurück nach Rimella gehen.«

»Recht hast du, Kleiner!«, sagte Giacomo schlingernd. Seine Augen schwammen in den Höhlen wie dicke Fische.

»Soll er das Ding doch haben. Warum stelle ich mich nur so an? Dummer alter Giacomo!«

»Alles in Ordnung mit dir?«, fragte Niccolò. Schwankte sein Freund oder bildete er sich das nur ein?

»Ging mir nie besser. Doll, diese Stadt! Will mich nur endlich mal in Ruhe umsehen. Hier gibt es Schokolade, Kleiner, das glaubst du nicht. Die machen Sachen mit Haselnüssen, da vergisst du deinen Namen, dein Geschlecht und sogar dass du ein Hund und keine Leberwurst bist.«

Während er redete, trottete Giacomo zu dem Bauwagen, in dem das aufgerollte Sindone lag. Die windschiefe Tür quietschte in ihren Angeln, als Giacomo dagegenstieß. Immer noch überspannten Spinnweben wie ergraute Girlanden den kleinen Tisch mit den zwei Stühlen, die vierflügeligen Metallschränke und die Werkzeugbank in der Ecke. Es stank nach kaltem Rauch, und das einzige Fenster war grau wie eine Schiefertafel. Doch nicht alles war wie zuvor. Auf dem staubigen Boden fanden sich einige Pfotenabdrücke sowie eine Schleifspur.

»Ist weg«, kommentierte Giacomo die Entdeckung. »Geklaut.«

Der Pharaonenhund sprang wütend in den Bauwagen, auf den Tisch, ja sogar auf die Schränke, und als er nichts fand, schließlich auf Giacomo – der die ganze Aufregung überhaupt nicht verstand und keinerlei Gegenwehr leistete.

»Er sagt die Wahrheit«, rief Ugo von draußen. »Ein Betrunkener, weißt du, der, so sagt man, und das stimmt, spricht immer wahr. Im Guten wie im Schlechten.« Hocherhobenen Schwanzes machte der Mischling einen Satz hinein. »Und er ist, nun ja, sehr betrunken.«

»Wer hat es gestohlen?«, verlangte Amadeus zu wissen.

»Dein Gott?«, lallte Giacomo. »Dem ich übrigens ausnehmend gern dienen möchte. Will schließlich in den Himmel – aber unbedingt in den piemontesischen Teil!«

Ugo drängte sich vor Amadeus, um Schlimmeres zu verhindern. »Kannst du, mit deiner Nase, das Sindone, na ja, erschnuppern?«

Giaocomo hob seine gewaltige Nase, torkelte dann die Metallstufen hinaus, drehte sich in den Wind, legte sich genussvoll auf den Bauch – und schlief ein.

»Das heißt: Nein«, übersetzte Niccolò.

Amadeus sah ihn sich nun erstmals genauer an, beschnüffelte sein Fell, als sei es kostbarer Wein. »Du bist ein Piccolo Levriero Italiano! Ich kenne eure Geschichte. Nara erzählte sie immer.« Er stockte, senkte sein Haupt. »Deine Rasse stammt von den kleinwüchsigen Hunden am Hofe unseres Pharaos ab. Kleopatra machte Julius Cäsar einige von euch zum Geschenk, so kamt ihr einst nach Rom.«

Niccolò hatte keine Ahnung, wovon dieser merkwürdige Hund sprach. »Kann sein. Ist mir auch egal.«

»Ihr seid eine edle Rasse, und eure Wurzeln liegen nahe den unseren. Ich will dir kein Leid zufügen müssen. Weck deinen Freund bitte auf.«

»Er ist dann sehr schlecht gelaunt.«

»Weck ihn auf!«

»Nein. Mach ich nicht. Freunde tun so was nicht.«

»Lasst, also, einfach mich«, sagte Ugo, hob seine Pfote und drückte auf einen nicht zu erkennenden Punkt an Giacomos Rücken. Nur ganz leicht. Der Lagotto machte einen Satz und stand auf allen vieren. Augenscheinlich hellwach. Und unglaublich überrascht – aber nicht sauer.

»Katzentrick«, sagte Ugo.

Könnten Hunde applaudieren, sie hätten es getan.

Giacomo setzte mit seinen Worten genau an dem Punkt ein, wo ihn zuvor der Schlaf übermannt hatte.

»Im Moment? Nein, da kann ich das Sindone nicht wahrnehmen. Aber es gibt zwei Möglichkeiten, wie sich mein Geruchssinn steigern lässt.« Giacomo machte eine Pause, augenscheinlich belustigt über das Interesse. Mittlerweile standen alle im Kreis um ihn herum, selbst die zur Abschreckung eingeteilten Bullterrier. »Zum einen: Hungern. Das dauert aber sehr, sehr lange. Ich habe mir vor dem Winter nämlich einige Reserven zugelegt. Zum anderen ...« Wieder eine Pause, noch länger als die zuvor. »... Barolo. Ganz, ganz viel davon. Dadurch öffnet sich die Welt wie eine Blüte für mich.«

Niccolò versuchte, in die Augen des Freundes zu blicken. Wenn der alte Trunkenbold log, dann machte er seine Sache verdammt gut.

»Betrunkene sagen also die Wahrheit?«, fragte der Pharaonenhund den mittlerweile auf dem Bauzaun balancierenden Ugo. Der sprang zu Giacomo und schnupperte an dessen Atem.

»So, also, na ja, so heißt es zumindest.«

Kapitel 10

DIEBE

Eine Nacht wie diese hatte Turin noch nie erlebt. Es war, als gäre die Stadt, als verwandele sie sich in etwas Neues, Gefährlicheres. Stürme jagten wie ruhelose Geister durch die Straßen und Gassen, heulten und rüttelten an den furchtsam verschlossenen Türen. Obwohl es nach Regen stank, die kochenden Wolken ihn versprachen, der Beton danach schrie – kein Tropfen fiel. Dafür donnerte und blitzte es, hoch oben am Himmel. Mutige standen mit offenen Augen und Ohren an den Fenstern, die Hände ungläubig gegen die eiskalten Scheiben gedrückt, doch die meisten lagen im Bett und hatten die Decken schützend bis zum Kinn gezogen.

Niemand war unterwegs, sämtliche Autos standen verlassen an den Straßenrändern. Bei einigen blinkten die Warnlichter, gelbes Licht in die aufgewühlte Dunkelheit werfend. Die Menschen hatten gehört, dass der Sturm im Aostatal uralte Eichen entwurzelt und Dächer abgedeckt hatte. Dort fiel auch Schnee, säckeweise, ließ die Straßen binnen Sekunden im Weiß verschwinden. Auch die Tiere Turins wussten um die Gefahr. Weder Katzen noch Hunde waren auf der Piazza Castello zu sehen, dem steinernen Herzen der Stadt – selbst Ratten und Mäuse hatten sich in feuchte Kellerräume verkrochen. Die Hauptachsen der Altstadt trafen hier zusammen, Bus- und Straßenbahnlinien begaben sich von dieser Stelle aus auf ihre Reisen. Im Zentrum des riesigen Platzes stand der Palazzo Madama, eine Mischung aus römischem Tor, mittelalterlicher Burg und Barockfassade. Doch selbst das massive Steinbollwerk wirkte in dieser Nacht zerbrechlich und die große Eislaufbahn davor wie ein übler Scherz.

Der Spürer mochte keine Scherze. Lautlos trat er aus einer Straße, doch kein Beobachter hätte sagen können, aus welcher. Plötzlich war er da. »Giacomo ist in der Nähe«, sagte er. In seinem Fell hatte sich eine Taube festgekrallt, um dem Wind zu trotzen. Ruckartig blickte sie sich um, immer wieder gurrende Laute ausstoßend. Der Spürer war ein Border Collie, sein Fell verfilzt und ausgeblichen, wie ein Pullover, der zu lange im Wald gelegen hatte. Wie Fäulnis breitete sich Grau auf seinem Körper aus, auch auf den leblosen Augen, die schon lange keinen Unterschied zwischen Tag und Nacht mehr machten.

»Wenn wir Giacomo finden, kriegen wir auch das Tuch. Wo steckt er denn jetzt genau?«, fragte der Spürer leise. Die Taube hackte wie zur Antwort auf sein Fell, und der Border Collie schlug langsam einen Weg ein. Der Himmel über ihm schien sich wie ein Wirbel über Turin zu drehen.

»Eigentlich gefällt es mir hier«, sagte der Spürer. »Wirklich. Es sieht nämlich so aus, als gäb's bald irre viel für mich zu tun.«

Die Taube wusste, was die Leidenschaft des Spürers war.

Es waren Tote.

Doch sie mussten frisch sein.

Giacomo konnte sein Glück nicht fassen. Hier stand er also, vor der Pforte zum Himmel, und gleich würden sie eingerammt von drei Berner Sennenhunden, zwei phlegmatischen Neufundländern und einem Chihuahua – der unbedingt mit dabei sein wollte. Sie standen bereit, gut dreißig Meter von der Glastür entfernt. Über die Straße flogen Fetzen von Plakaten, die der brodelnde Sturm von den Wänden gerissen hatte. Sie zeigten Giacomo und den Papst, aber auch Filmstars und größenwahnsinnige Politiker. Für den tosenden Wind waren sie alle gleich.

Der alte Ugo wartete nur darauf, endlich das Startsignal geben zu können. Sein Schwanz schlug aufgeregt hin und her. Irgendwie hatte er es geschafft, auf einen der grünen Abfalleimer zu springen und sich dort trotz des Sturms zu halten. Das Balancieren schien ihm unheimlich Freude zu machen. Giacomo selbst hatte sich auf den kalten Straßenbeton gelegt, um weniger Angriffsfläche zu bieten, Niccolò lag daneben in seinem Windschatten. In diesem Moment des quälenden Wartens lenkte Giacomo sich ab, indem er seinen Gedanken freien Lauf ließ. Er hatte nicht mehr viele Träume, sie waren schon lange flügge geworden. Es waren schöne Träume gewesen damals. Zum Beispiel wie er seinem alt gewordenen Trifolao Stolz bereitete, indem er direkt am Haus Trüffel fand – so dass der gebrechliche Mann nicht weit laufen musste. Geträumt hatte Giacomo auch von einem Kamin für die kleine Stube, der beständig loderte, ohne immer so beißend zu qualmen, und von einem breiteren Wassernapf, in den er sein ganzes Maul versenken konnte. Lagotto-Hündinnen waren ebenfalls vorgekommen, die mit ihm durch den Wald trotteten und nach Trüffeln suchten – ohne ihm den Fund wegzufressen! Doch das war lange her. Auch wenn Daisys kribbelnder, köstlich roter Duft einige Gefühle in ihm weckte, die Giacomo für längst erloschen gehalten hatte. Aber was sollte sie an einem alten, durchgelegenen Rüden wie ihm schon finden? Er hatte eh nur noch ein paar Jahre, vielleicht weniger, und dann ging es in den Himmel. Vielleicht sah er sie dort wieder? Wenn alle Wünsche wahr wurden, bestimmt.

Dies hier würde dem Paradies allerdings schon sehr nahe kommen.

»Los!«, schrie Ugo gegen den aufbrausenden Sturm, und

die Meute setzte sich in Bewegung, gewann mit jedem Meter an Geschwindigkeit, den Wind im Rücken, der dem Rammbock aus Fell und Klauen noch mehr Kraft verlieh. Die Hunde begannen zu kläffen, wie bei einer Hetzjagd, doch das Opfer war kein flüchtendes Wild, sondern die Glastür, durch welche tagsüber Scharen zum internationalen Barolo-Symposium geströmt waren, das oben in der ersten Etage, im Emanuele-Filiberto-Prunksaal, abgehalten wurde. Nachts waren die Tische zwar leer, keine gefüllten Gläser und Weinflaschen luden ein, kein Brot zum Neutralisieren der Gaumen, und auch das Antipasti-Buffet war abgebaut, doch ein außergewöhnlicher Gegenstand erinnerte selbst jetzt noch an die Festivität: die riesenhafte Bouteille, bis zum Korken gefüllt mit köstlichem Barolo. Sie stand am Ende der großen Wendeltreppe wie ein gläserner Wächter. Trotz des wenigen Lichts erkannte Giacomo sie von außen durch die großen Fenster. Diese Flasche konnte kein Menschenwerk sein, sie musste direkt von Gott kommen! Vielleicht ein Vorgeschmack des Himmels, um die Sterblichen für ein gottgefälliges Leben zu begeistern? So wie sein Trifolao ihm in der Jugend Trüffel gab, damit Giacomo auf den Geschmack kam.

Es krachte, als der Rammbock aus Hundekörpern gegen den Eingang knallte. Ugo hatte sie angewiesen, gleichzeitig gegen das Türschloss zu springen.

Das Panzerglas hielt stand.

Doch der Rahmen verzog sich. Gerade genug, dass ein Lagotto hindurchpasste. Eine Sirene brach wie Fieber in die aufgewühlte Nacht und über dem Eingang begann sich eine rote Warnleuchte zu drehen. Giacomo scherte das überhaupt nicht, denn er hatte Witterung aufgenommen. Der Duft der Nebbiolo-Traube, das geschmeidig-erdige Aroma von Barolo und Barbaresco, hatte sich den ganzen Tag über im Saal ergossen und schwappte nun durch den Spalt auf die eisige Piazza. Giacomo badete in diesem Duft, planschte geradezu wie ein Welpe darin.

»Vorwärts«, raunte Amadeus. »Lasst es uns schnell zu Ende bringen.«

Der Pharaonenhund irritierte Giacomo. Die meiste Zeit hielt er sich steif wie ein Besenstiel, blickte arrogant und kaltherzig auf seine Entourage herab und überließ das Reden der Promenadenmischung namens Ugo. Doch immer wieder überzog Trauer sein Gesicht, ließ die kontrollierten Züge entgleisen, die Augen ihren Halt verlieren. Das beruhigte Giacomo irgendwie. Er mochte es, wenn andere Fehler hatten.

Schließlich besaß er selbst mehr als genug davon.

Sie ließen ihn vorgehen, und er betrat die Eingangshalle ohne Zögern – allerdings so vorsichtig, als wäre sie vermint. Es herrschte eine hallende Stille, der Boden stank nach Reinigungsmittel, doch den bezaubernden Duft des Weins hätte selbst die schärfste Chemikalie nicht überdecken können.

Hinter Giacomo drangen weitere Hunde hinein. Es war der Trupp, welcher die Tür so erfolgreich demoliert hatte.

»Jetzt die Flasche, die da oben, also das, ihr wisst schon, Monster. Um damit, einfach umwerfen«, rief Ugo von außen. Die Bulldozer scheuten jedoch die Wendeltreppe. Der leblose Menschenbau war ihnen unheimlich, das Klopfen der alten Zentralheizung erinnerte sie an den Pulsschlag eines Tieres. Als Erster fasste der Chihuahua Mut und führte die Schar ängstlich gesenkter Köpfe den prachtvoll verzierten Aufgang empor. Giacomo ging ehrfürchtig hinterher. Je länger er diesen Koloss von Flasche ansah, desto weniger konnte er seine Augen davon lassen.

»Was seid ihr nur für, alle miteinander, Hunde, nichts sonst!«, beschwerte sich Ugo, der mittlerweile hinterhergekommen war, nun elegant an allen vorbeilief und oben angekommen ansatzlos, die Füße voraus, gegen die Flasche sprang. Genau dorthin, wo das Glas sich zum Hals hin verjüngte. Der Punkt war klug gewählt. Zuerst wackelte die Riesenflasche nur hin und her, doch Ugo gab ihr im richtigen Moment mit der Pfote einen kleinen Schubs – und miaute stolz. Zumindest hörte es sich so an, aber da musste sich Giacomo wohl getäuscht haben.

Dann fiel die Bouteille um.

Aber zerbrach nicht. Verdammt! Giacomo wurde ganz kribbelig, als liefen unzählige Ameisen über seinen Körper. Wieso ergoss sich der grandiose Schlabbertrunk nicht über die Stufen? Warum lag die Flasche unversehrt auf dem Steinboden? Nur ein kleiner Riss hatte sich gebildet, wenige Millimeter lang, harmlos aussehend. Doch plötzlich knackte es hell, und in Windeseile breitete er sich wie ein Blitz auf dem dunklen Glas aus. Das Zerbersten der Flasche klang für Giacomo wie eine liebliche Glocke, der Wein strömte nun wie eine riesenhafte Welle heraus. Die anderen Hunde flohen – Giacomo trat in die Fluten und öffnete seine Schnauze. Am liebsten hätte er vor Freude gebellt, doch dann hätte er etwas des Weines verpasst. Es war herrlich. Leider konnte er nicht alles trinken, was ihm entgegenströmte. Doch Giacomo gab sein Bestes. Der Alkohol rauschte durch seine Blutgefäße, als seien sie ein trockenes Flussbett. So schnell schoss der Wein über Giacomos Geschmackspapillen, dass er nur wenig wahrnahm. Der Wein hatte ein betörendes Veilchenaroma und war fein gereift, aber etwas grob im Abgang. Doch was ihm an Klasse fehlte, machte er mit Menge mehr als wett! So viel Barolo hatte Giacomo niemals zu sich genommen. Trotzdem trank er nun immer mehr, längst über den Durst hinaus, und die Welt löste sich auf, als leiere ihr Gewebe aus, Zwischenräume entstanden, und alle Verlässlichkeit ging verloren. Irgendwann erstarb der Strom, der alte Lagotto brauchte allerdings einige Zeit, um dies zu begreifen. In seiner wabernden Welt der Schleier gab es keine Konstanten mehr außer den Düften, sie hielten ihn wie Brückenpfeiler in der Wirklichkeit. Giacomo lief nicht hinunter, er kugelte, denn die breite Prachttreppe hatte für ihn keine Tiefe mehr, lag einfach nur platt da unter diesem ohnmächtigen Duft des schweren Weines. Sein verfilztes Fell polsterte ihn gut, doch einige Prellungen bekam er trotzdem ab, spürte sie jedoch nicht. Durch die verbogene Tür trat er hinaus auf die Piazza, wo die Stürme selbst den Duft des Barolos ohne Mühe zerstoben. Unmöglich, hier irgendetwas auszumachen. Keine Chance!

Giacomo bemühte sich gar nicht erst, die Augen offen zu halten, er sah eh nur ein Rauschen, wie bei einem kaputten Fernseher. Hören tat er ebenfalls nichts mehr, fühlen eigentlich auch nicht, sein Hirn konnte sich dadurch vollends auf den letzten intakten Sinn konzentrieren. Das Riechen. Es war ein Bluff gewesen, als er über die positive Wirkung des Weins auf seinen Geruchssinn salbadert hatte – doch nun nahm er tatsächlich etwas wahr: Ein Aroma, leicht und flirrend, bewegte sich durch Turin, als wehe kein Lüftchen. Dünner als ein Engelshaar war es, und nur im richtigen Winkel zu erschnuppern, doch es existierte zweifellos.

Und es roch nach Trüffel.

Nach einem frischen, in der Fülle seiner Reife stehenden Exemplar. Ein solches durchdrang selbst die mächtigste Erde, was sollte ihm da ein Sturm anhaben? Doch eine echte Trüffel war gleichermaßen animalisch wie ätherisch. Diese aber duftete hell ohne Düsternis. Es war eine Idee, wie Trüffel sein könnten – und doch niemals auf Erden wuchsen.

Giacomo folgte dem Aroma, das den Weg vor ihm ein wenig erleuchtete und ihn vor Stürzen bewahrte. Hermetisch wie unter einer Glocke bewegte sich der alte Lagotto durch Turin, spürte nicht die Meute hinter sich, hörte nicht die Fragen Niccolòs. Die vom Wind auf ihn gespuckten Zeitungsfetzen, die vorbeirollenden Abfallcontainer oder der wilde Derwischtänze vollführende Müll – Giacomo bekam nichts davon mit. Er ging bloß. Nicht einmal schnuppern brauchte er mehr, der durchscheinende Duftfaden fand seinen Weg von alleine in die verwarzte Nase. Wie lange er sich so bewegte, Giacomo wusste es nicht. Die Welt wurde jedoch immer schwerer, seine Schritte wie in tiefem Morast, der ganze Körper sank gen Boden, als laste die riesenhafte Barolo-Flasche auf seinem Rücken. Deshalb legte er sich schließlich nieder. Lärm drang daraufhin in sein Ohr – doch stieß nur auf eine weiche, zufriedene Masse.

Der Duft endete kurz vor ihm, so viel wusste Giacomo, der die Grenze zum Schlaf überschritten hatte, doch die Tür zur wachen Welt nicht schloss. Sein Weg hatte ihn in die Contrada dei Guardinfanti geführt, eines der ältesten Viertel Turins. Viele Antiquitätenhändler gab es hier, aber auch Bars, Delikatessen- und Weinläden.

Ein Hund stieß nun zu der Gruppe, der widerlich nach getrocknetem Blut stank. Andere hätten sich geputzt, doch dieser trug die Flecken im Fell so stolz wie eine Kriegsbemalung. Es war die Bulldogge vom Palazzo Stupinigi. Giacomo konnte riechen, dass sie ihr Werk an ihm und Niccolò zu Ende bringen und all die Bisse, vor denen sie das Metall der Falle geschützt hatte, endlich setzen wollte. Sie dünstete den Hass förmlich aus. Und baute sich vor dem kleinen Windspiel auf.

Doch Giacomo hatte keine Angst, denn er hatte Barolo.

Viel und laut wurde im Folgenden gesprochen. Giacomos Schnauze war zu müde, um sich zu öffnen und ihnen mitzuteilen, dass ihr geliebtes Sindone ganz nah war. Er hätte ewig weiter so liegen können, und dann direkt ab in den Himmel.

Doch mitten hinein platzte das jämmerliche Wimmern einer Hündin, das sich aus den verwitterten Steinen des mächtigen Gebäudes hinter ihnen schälte wie ein Vogel aus dem Ei. Zerbrechlich und ängstlich, doch mit dem inständigen Wunsch, endlich gehört zu werden.

Es war Daisys Stimme.

Und mit ihr kam die Nüchternheit. Sie traf Giacomo wie ein Schlag in die Magengrube, ein Tritt in den Allerwertesten und ließ seinen Schädel auf die Größe eines Medizinballs anschwellen.

Zurück in Marios Turiner Wohnung, lief Canini als Erstes zu der Decke, auf welcher Niccolò eine Nacht verbracht hatte, und senkte ihre Schnauze tief in den groben Stoff. Sein Duft war noch da, so stark, als sei er gerade erst aufgestanden. Doch er tröstete sie nicht, kein bisschen, sondern ließ die Spanielhündin nur noch trauriger werden. Ihren Kopf hob sie trotzdem nicht wieder hoch. So blieb sie für Stunden liegen, während sich über der Stadt die größten Stürme Italiens zum Familienfest trafen. Immer wieder sog sie die Erinnerung an Niccolò ein. Sein ungestümes Gemüt lag darin, sein Mut, seine Lust am Rennen und auch viel von dem großen Gefühl, dass sie miteinander verband.

»Er kommt nicht zurück«, sagte Rory und betrat das dunkle Zimmer. »Vielleicht lebt er sogar nicht mehr. Dein Niccolò ist einer vom Land, eine Stadt wie Turin …«

Canini unterbrach ihn. »Geh raus. Lass mich. Bitte.«

»Sie machen gerade eine Dose auf, in der Küche. Hast du nicht auch Hunger?«

Scheppernd landete das Futter in den Näpfen. Sie hörte Rory davonlaufen und bald darauf begeistert schmatzen, sein metallenes Schälchen auf dem glatten Boden hin und her schiebend.

Canini stellte sich vor, es sei Niccolò, und ihr Atem wurde wieder etwas ruhiger. Mit jedem Luftholen füllte sie eine Idee in ihrem Herzen, das dadurch immer stärker gegen die Brust drückte. Es war eigentlich ganz einfach: Sie musste hier weg, Niccolò suchen, nein, finden! Einen Blick zum Fenster hinauswerfen, um die Straßen nach ihm abzusuchen, wollte sie nicht. Nur vom Boden aus besaß die Stadt ein erträgliches Maß. Zwar kannte sie Turin, Isabellas alte Wohnung lag nicht einmal weit weg von hier, doch erst als sie in das kleine Dorf inmitten der Langhe gezogen war, hatte die Hündin sich wirklich zu Hause gefühlt.

Plötzlich spürte sie Mario, er hielt einen Napf in Händen, sorgte sich um ihr Wohlergehen. »Jetzt bring ich meinem kleinen Mädchen etwas«, dachte er. Gleich würde er sie über den Kopf kraulen. Wie schön es doch war, sich dessen sicher zu sein. Bei Isabella hatte sie immer hoffen müssen, wenn diese mit nackten Füßen auf den knarrenden Dielen an ihr vorüberschlenderte, dass sie die Zeit fand, sich zu bücken, ihr einen Kuss auf die Stirn zu drücken oder den Bauch zu streicheln. Nicht immer tat sie es, nicht immer waren ihre Gedanken bei der Spanielhündin. Marios waren für Canini bis hinter den Horizont klar und sicher.

Der glänzende Napf wurde leise vor ihr abgesetzt, und Mario kniete sich daneben. »Lass dir Zeit, komm erst mal an. Das war ja ein aufregendes Wochenende für uns beide.« Er lehnte seinen Kopf an ihre Flanke, schloss die Augen, lauschte Caninis pochendem Herzen. Das beruhigte ihn, und bald schlug sein Herz im selben Rhythmus, während er sich vorstellte, wie Canini neben ihm herlief, ohne Leine, ohne Zwang, und sie gemeinsam durch das unberührte Grün des hochgelegenen Parco Naturale del Gran Bosco im Val di Susa wanderten. Seinem liebsten Ort auf Erden.

Dann stand er auf und stellte sich kopfschüttelnd vor das Fenster. »Schrecklich, das Wetter draußen, was? Da braut sich was Übles zusammen. Wahrscheinlich macht dich das Geschepper der Fensterläden ganz verrückt. Ich mach sie lieber zu.«

Und genauso war es gewesen! Das stetige Poltern des

Holzes gegen das Mauerwerk hatte die Spanielhündin am Einschlafen gehindert.

Wäre das Leben hier vielleicht besser?

Canini wollte, dass Mario geht. Sofort! Er tat es und lehnte die Tür hinter sich an. Weil er wusste, dass sie abgeschlossene Räume hasste? Darüber würde sie jetzt nicht nachdenken! Nur wie sie Niccolò finden konnte. Canini hatte gar nicht gemerkt, wie der Scottish Deerhound eingetreten war.

»Er hofft es, jedes Mal«, sagte Rory. »Spiel ihm was vor, es macht ihn glücklich. Und ist er es, bist du es auch. Aber deshalb bin ich nicht gekommen. Ich will dir helfen. Lass uns einen Weg finden, der dich hinaus auf die Straße bringt, zu deinem Niccolò.«

»Aber dann bist du wieder allein?«

Der große schwarze Riese senkte den Kopf. »Bin ich doch sowieso. Du bist doch gar nicht hier.«

»Was können wir denn tun?«

»Suchen, schnüffeln. Wir sind doch Hunde. Lass uns herumstöbern, vielleicht finden wir was, das uns weiterhilft, auf eine Idee bringt. Ist auf jeden Fall besser, als nur rumzusitzen und zu warten. Das mag ich überhaupt nicht. Am liebsten würd ich ja nur rennen, lange Strecken, ohne Straßen oder Häuser, einfach geradeaus. Aber das gibt's hier ja nicht. Die Stadt ist zu klein dafür.«

Canini hatte immer gedacht, Turin sei unglaublich groß. Aber Hunde mit so langen Beinen wie Rory sahen das wohl anders.

Sie begannen auf der Stelle mit der Suche. Mario munterte das auf, weil es für ihn ein Zeichen neuen Lebensmutes bei Canini war. Irgendwie stimmte das ja auch. Marios Frau Saada blätterte vor dem Fernseher in einem Hochglanzkatalog, die langen Beine übereinandergeschlagen, an den Füßen Schuhe mit spitzen Absätzen, die Canini an Grillspieße erinnerten. Auch Saada lebte nicht hier, das begriff die Spanielhündin nun. Die Augen der schönen Frau waren leer.

Canini beachtete sie nicht weiter. Sie suchte stattdessen unter Sesseln und Schränken, öffnete sogar die Türen der kleinen Anrichte mit ihrer Schnauze, was Canini einen Lacher von Mario einbrachte. Rory inspizierte unterdessen das Bad. Gemeinsam betraten sie das Schlafzimmer, welches fast nur aus einem großen Himmelbett bestand. Sämtliche Wände waren voller Bilder, die nur eines zeigten: Himmel. Mal mit Vögeln oder Wolken, von einigen leuchteten Sonnen herab, manche goldgerahmt, andere nur angeheftet, ergaben sie ein Gefühl von Höhe, von Schwerelosigkeit. Der Fußboden bestand aus einem durchgehenden weißen Flokati.

»Saada liebt Wolken«, sagte Rory. »Und Mario liebt Saada.«

Die Schiebetüren des Kleiderschranks waren blau bemalt, nach oben heller, luftiger werdend. Sie glitten lautlos auf, als Rory die vorstehende Holzwulst mit dem Kopf zur Seite drückte. »Geh du rein, bist kleiner.«

Der Duft von Frühlingsblumen, Zitronen und Leder empfing Canini. In den unteren beiden Etagen standen Schuhe, darüber hingen die Maßanzüge Marios. Und dahinter, ganz in der dunklen Ecke, nicht zu sehen, nur zu riechen, lag eine Tüte, leicht verdreckt, Kleidung darin. Canini zog sie heraus.

»Das bringt uns sicher nicht weiter.« Rory schob die Tür ganz auf, bis Saadas atemberaubende Kleider zu sehen waren.

»Ich will wissen, was hier drin ist. Eine komische Tüte ist das, die Sachen darin riechen falsch.«

Sie zerrte den Fund mit den Zähnen heraus und ließ ihn auf den flauschigen Teppich fallen. Die Kleidungsstücke waren völlig aus der Mode, in Grau und Braun. So etwas trug heute niemand mehr. Canini beobachtete die Menschen sehr genau, solche Sachen hatte sie nur an Landstreichern gesehen.

Nein, das konnte nicht!

Durfte nicht.

Giacomo hatte den Mann beschrieben, der ihm im Parco Naturale di Stupinigi gefolgt war, nachdem er das Sindone gefunden hatte. Der alte Trüffelhund hatte atemlos von ihm erzählt, vor sich hin brabbelnd, bevor die Polizei in den Palazzo eindrang und Isabella raubte. Vom löchrigen teerbraunen Pullover, dem graumelierten knielangen Mantel mit dem breiten Kragen, einer schwarzen abgewetzten Cordhose, einem dicken gestrickten Schal und Lederstiefeln, deren Sohle sich löste.

Alles da.

Jedes Teil.

Und sie rochen nach Mario.

Wie hatte sie sich nur so in einem Menschen täuschen können? Canini wollte nur noch fort. Selbst in dieser schrecklichen Nacht. Und plötzlich wusste sie, wie sie entkommen konnte. Es war schrecklich einfach, doch sie brauchte Rorys Hilfe. Herausfordernd blickte sie dem großen Hund in die Augen.

»Ich hab eine Idee für meine Flucht! Wenn du wirklich laufen willst, dann komm mit mir. Auch wenn du niemals so rennen wirst wie Niccolò. Denn der ist ein Italienisches Windspiel. Niemand ist schneller als er.«

»Ach ja?«, schnaufte Rory. »Du beleidigst mich doch nur, damit ich dich begleite.«

»Ich sage nur die Wahrheit. Auch wenn du sie nicht hören magst.«

»Warum sagst du die Wahrheit gerade jetzt? Dein Niccolò mag ja ein Windhund sein, aber ich doch auch, nur größer, sogar wenn Sturm ist, kann ich laufen. Ich bin ein Sturmhund!«

»Wenn du das sagst …«

Rory steckte seine Schnauze in den Kleiderberg.

»Hat dein Wunsch, jetzt abzuhauen, mit den Sachen hier zu tun? Du hast deine Rute unter den Bauch geklemmt, als du sie sahst. Ist dir gar nicht aufgefallen, was?«

Die Spanielhündin schüttelte sich und erzählte Rory dann alles.

»Ein dummer Zufall«, erwiderte dieser. »Doch daran wirst du niemals glauben. Ich helfe dir bei der Flucht, ich renne deinen Niccolò in Grund und Boden, doch dann kehre ich zurück. Denn diese Menschen hier sind mein Rudel.«

Damit war Canini mehr als zufrieden und erläuterte ihm den Plan.

Kurze Zeit später kratzte Canini an der verriegelten Wohnungstür. Sie durfte schließlich zeigen, wenn sie hinausmusste. Jederzeit. Niemand würde wollen, dass sie sich in den heimischen vier Wänden erleichterte. Das Halsband wurde ihr umgelegt, auch Rory erhielt seines. Saada würde mit ihnen die Runde drehen, wie immer. Sie zog sich nicht ihre Pelzjacke über, denn draußen roch es nach Regen, auch ihre Krokodilleder-Schuhe blieben daheim. Stattdessen griff sie missmutig nach einem Regenponcho und ließ die Hausschuhe einfach an. Es sollte ja nicht lange dauern.

Nein, wirklich nicht.

Als sie auf den Bürgersteig traten, zogen Rory und Canini sofort in unterschiedliche Richtungen. Wäre die Hündin alleine gewesen, ihre Kraft hätte nicht gereicht, doch der Scottish Deerhound riss Saada fast die Hand ab. Auf ein Bellen Caninis rannten sie über Kreuz, so dass Saadas Arme schmerzhaft übereinanderschlugen.

Schließlich ließ sie los.

Die beiden Hunde liefen in den dunklen Schlund der

Nacht, ihr triumphierendes Bellen war über dem Heulen des Windes nicht zu hören.

Immer noch achtete niemand auf das Wimmern Daisys. Zu hitzig gebärdete sich die Bulldogge, unruhig beäugt von dem jungen Pharaonenhund namens Amadeus.

»Lass Tommaso ihn auseinandernehmen, Glied für Glied, bis die Wahrheit rauskommt! Das Windspiel wird uns dann alles erzählen.«

»Nein«, sagte Amadeus. »Er ist ein Piccolo Levriero Italiano. Ich will ihm keine Gewalt antun.«

»Dafür ist Tommaso doch da! Stell dir vor, er rennt davon, dann hast du nichts! Lass Tommaso nur machen. Tommaso ist ganz vorsichtig.«

Amadeus blickte Niccolò an, als sei dieser ein Buch, das endlich aufgeschlagen werden musste. Der erwachende Giacomo spürte das gefährliche Zögern des Pharaonenhundes und stemmte sich mit aller Kraft auf.

»Wir müssen hinein«, sagte er und schleppte sich schützend vor Niccolò. »Das Sindone. Es ist bei der Hündin, deren Wimmern ihr so geflissentlich überhört.«

»Schwärmt aus«, brüllte Amadeus gegen den Sturm an. »Sucht den Eingang. Sofort. Auch du, Tommaso. *Los*!«

Niccolò leckte Giacomo dankbar die Lefzen. »Du hast dir ja ordentlich Zeit mit dem Wachwerden gelassen. Stinkst jetzt übrigens wie ein ganzer Weinkeller.«

»Ich dufte, Kleiner. Ich dufte!«

In diesem Moment kamen die Suchtrupps schon wieder zurück. Sie erstatteten der Bulldogge Bericht, dann wendete diese sich an Amadeus.

»Alles zu, kein Weg zum Innenhof.«

Daisys Wimmern wurde schwächer, so wie manche Glühbirnen flackerten, bevor ihr Licht erlosch. Giacomo blickte am alten Mauerwerk empor und sah ein kleines offenes

Fenster über sich – doch kein Hund der Welt könnte bis dort springen.

Aber das wäre auch gar nicht nötig.

In Alba hatte Giacomo viele Freunde unter den Straßenhunden. Er war einfach nicht maulfaul und grummelig genug – obwohl er sich sehr angestrengt hatte. Unter der vierbeinigen Bevölkerung der piemontesischen Trüffelmetropole befanden sich auch einige Zirkushunde. Sie redeten ausgesprochen gern, selbst wenn ihnen niemand zuhörte, schwärmten von vergangenen Zeiten, die in ihrer Erinnerung mit Gold und Brokat verziert schienen. Keiner der jetzt Anwesenden war ein Zirkushund. Doch sie alle kannten die Geschichten über Feuerräder, Elefantenparaden, Magier und Schwertschlucker.

»Wir brauchen eine Pyramide«, sagte Giacomo zu Amadeus. »Aus Hunden. So kommen wir zu dem kleinen Fenster hoch, es ist nur angelehnt. Vermutlich führt es zum Klo.«

»Ihr habt ihn gehört, bildet eine Pyramide.« Das Wort schien dem Pharaonenhund zu gefallen, er sprach es mit Stolz aus.

»Was? Tommaso wird doch nicht tun, was dieser …«

»*Bildet die Pyramide*!« Amadeus baute sich vor der Bulldogge auf, die Rute wie einen Speer in den taumelnden Himmel gereckt, ohne eine Messerspitze Furcht in den Augen. Sein Gegenüber war mit einem Mal froh, den Befehl ausführen zu dürfen, scheuchte die Untergebenen, ließ die Massigsten das Fundament bilden und stapelte die Hundeleiber mit seinen Rufen immer höher, bis fünf Reihen aus Fell und Pfoten übereinanderstanden. Normalerweise kletterte der schlankeste, leichteste Hund auf die Spitze einer solchen Pyramide und nicht ein alter, tapsiger und vor allem mit Unmengen Alkohol abgefüllter Lagotto. Doch nur dieser besaß die nötige Nase, um das Sindone im Inneren ausmachen zu können. Also kraxelte Giacomo nun unter schwerem Hecheln aufwärts, dem ein oder anderen aufs Ohr oder ins Auge tretend. Der Turm schwankte bedrohlich.

»Lehnt euch nach rechts!«, rief Amadeus deshalb. »Nur *leicht*, verdammt noch mal! Tommaso!«

Die Bulldogge biss einen schwarzen Labrador in den Hinterlauf, und der schiefe Turm von Turin fand wieder ins Lot. Auch als Niccolò nachstieg, hielt er stand. Doch danach ließen die Kräfte endgültig nach, und die Pyramide stürzte unter Jaulen zusammen.

»Umstellt das Haus! Keiner kommt ohne unser Wissen wieder raus«, brüllte Tommaso. Woraufhin die Hunde, einige darunter schwer humpelnd, um die Ecken verschwanden.

Die beiden Freunde standen nun in einem winzigen, kärglich eingerichteten Badezimmer. Der Duschvorhang war am unteren Ende vergilbt, eine Keilseife hing an einer dicken Kordel vom Haken, das Klo hatte keinen Deckel und das Becken kein Warmwasser. Es gab kaum genug Platz für einen Menschen, sich zu drehen. Die Zimmertür war nicht vollends geschlossen, so dass Giacomo sie mit dem Kopf aufstoßen und einen Blick in die spärlich beleuchtete Diele werfen konnte. Die Wände waren blank verputzt und schmucklos, nur über dem offenen Türbogen zum einzig beleuchteten Zimmer hing ein Kreuz. Giacomo roch einen alten, gebrechlichen Menschen, dessen Kleidung stark nach billigem Waschmittel stank. Aufgrund der Toilette wusste Giacomo noch mehr über diesen. Er war krank an der Blase, sein Urin verriet es. Wenn er nichts dagegen tat, wäre er bald tot.

Der Mann atmete hektisch, aber bewegte sich nicht – und er saß neben dem Sindone. Es musste vollends ausgerollt sein, so stark, wie es seinen Duft in der Luft verströmte. Giacomo widerstand dem Drang, sofort zum Tuch zu rennen, und nahm stattdessen den kurzen Weg zum türlosen

Zimmer schräg gegenüber, aus dem Daisys Wimmern zu hören war. Niccolò folgte dicht hinter ihm.

Der alte Trüffelhund sah sie direkt beim Eintreten. Die Hündin lag auf einer dreckigen Decke, deren Säume ausfransten.

»Hallo, Sonnenschein«, begrüßte Giacomo sie und lief wedelnd zu ihr, den auf den Boden gesunkenen Kopf freudig leckend. Ihm war klar, dass Daisy das Sindone gestohlen haben musste, doch ebenso sehr, dass sie litt und statt einer Standpauke Zuneigung brauchte. »Warum liegst du denn allein in diesem dunklen Verschlag?«

»Es ist mein Zimmer!« Sie blicke nicht auf, es gab keine Begrüßung, stattdessen knurrte sie Giacomo an, schaffte es jedoch nicht, dabei mit dem Zittern aufzuhören.

Der alte Hund sah, dass sie geschlagen worden war, beschloss, ihr etwas Zeit zu geben, und blickte sich um. Kein Fenster im Raum, metallene Regale voller Aktenordner, der Boden aus Linoleum, eine Heizung fehlte, stattdessen drang die Kälte durch das Mauerwerk herein.

»Das ist also dein wundervolles Zuhause?«

»Ja! Was willst du hier? Und wie siehst du überhaupt aus? Du stinkst übrigens unerträglich nach Alkohol! Barolo, oder?«

Diese Fachkenntnis rang Giacomo Anerkennung ab. Daisy hatte also nicht nur schöne dunkle Augen, sondern auch eine ausgesprochen gute Nase. So etwas schätzte er besonders am anderen Geschlecht.

»Was sollen diese Punkte auf deinem Fell?«, fuhr sie fort. »Du bist doch kein Dalmatiner. Und jetzt verschwinde wieder, sonst sieht er dich! Dann gibt es nur noch mehr Ärger.«

»Von dem Mann, der am Ende des Ganges sitzt? Deinem Menschen, von dem du mir in so leuchtenden Farben erzählt hast? Der Diener Gottes mit dem großen Herzen? Er lässt dich hier wimmernd allein in dieser dunklen Abstellkammer?«

Daisy schwieg nur kurz. »Es ist bloß ein Missverständnis. Bald wird er mich wieder in die Arme schließen!«

Daran zweifelte Giacomo. Er konnte die Gefühlskälte dieses Menschen riechen wie den Gestank eines alten Seebarsches. »Ich dachte immer, die Menschen müssten sich gut benehmen, damit sie in den Himmel gelangen.«

»Er«, Daisy zögerte, »weißt du, eigentlich glaubt er nicht an Gott. Aber er will es nicht zugeben. Am allerwenigsten gegenüber sich selbst – und vor Gott. Der darf es niemals erfahren! Es könnte Unglück bringen. Deshalb betet und bekreuzigt er sich so häufig. Er will alles richtig machen. Dabei macht er manchmal auch etwas falsch. Aber er meint es doch nicht so!«

Diesem Gedankengang zu folgen fühlte sich für Giacomo unnatürlich an. Die Sache mit Gott schien viel komplizierter zu sein, als er angenommen hatte.

»Wo ist dein Bruder?«, fragte plötzlich Niccolò.

»In unserem Versteck, er wollte mir nicht helfen. Er wollte nur noch alleine sein, und wieder zu Hause. Genau wie ich.«

»Lasst uns jetzt schnell von hier fortgehen«, sagte Niccolò. »Diese Wohnung macht mir Angst. Wie ein trockener Wald, der jeden Moment Feuer fangen kann.«

Giacomo trat zu ihm und senkte die Stimme. »Bewach bitte die Tür und sag sofort Bescheid, wenn der Mann kommt. Ich brauch noch etwas Zeit.«

Das Windspiel ging wortlos fort, und Giacomo setzte sich dicht vor die Hündin.

»Erzählst du mir, was genau passiert ist?«

»Gehst du dann wieder? Versprochen?«

»Wenn du es dann noch willst, verschwinde ich.«

»Das will ich.«

»Warum hat er dich geschlagen?«

Die Lagotto-Hündin rückte noch tiefer in die Ecke, bis sie an eines der Metallregale stieß. »Du hast es schon gerochen, oder?«

»Das Sindone ist hier.«

»Ich habe es ihm gebracht. Es tut mir nicht leid, Giacomo! Dieses Tuch gehört den Menschen, es ist ihr Gott.«

»Sei ehrlich mit mir, Daisy. Die Menschen sind dir egal. Du hast es ihm gebracht, damit er dich wieder in sein Herz schließt.«

Die Hündin rollte sich wie eine Schnecke zusammen, die Schnauze tief unter einem ihrer Hinterläufe verborgen.

»Aber er freute sich gar nicht«, sagte Giacomo. »Sondern prügelte dich windelweich.«

Der alte Trüffelhund musste lange auf eine Antwort warten.

»Er nannte mich eine Ausgeburt der Hölle.«

Die Hölle, davon hatte ihm die Signora schon berichtet. Die Endstation für schlechte Menschen. Kamen solche dorthin, die Hunde schlugen, nur weil diese aus Liebe für sie geraubt hatten?

Daisy blickte auf, doch schaute sie ihm nicht in die Augen. »Aber er hat es nur getan, weil er dachte, ich hätte das Sindone gestohlen! Die Schläge und … Tritte, sie galten dir. Bald wird er seinen Fehler einsehen und mich wieder in die Arme schließen. Er ist doch mein Mensch!«

»Aber du bist nicht seine Gefährtin. Hilfst du uns, das Sindone aus dem Haus zu schaffen?«

»Nein.«

»Wirst du uns daran hindern?«

Sie zögerte, ihre Antwort war kaum ein Hauchen. »Nein.«

»Ich mag dich sehr, Mädchen. Du hast etwas Besseres verdient. Wie dumm, dass wir Hunde nur ein Herz zum Verschenken haben.«

Er verließ den Raum, ging an Niccolò vorbei und hielt auf die einzige spärliche Lichtquelle zu.

»Stell dich so neben den Türbogen, dass er dich nicht sieht. Wenn ich rufe, rennst du los. Du musst aber wissen, dass es dich deine Beine kosten kann.« Giacomo wusste um die Zerbrechlichkeit der streichholzdünnen Gliedmaßen des Windspiels, doch er sah keinen anderen Weg. »Ist es dir das wert?«

»Nein, aber ich mach es trotzdem.«

»Ich werde dich hier nicht alleinlassen, das weißt du. Egal, was passiert.«

Niccolò antwortete nicht, sondern schmiegte sich an Giacomos Flanke. Nur kurz, doch es sagte mehr als jedes Wort.

Ob es der Rest Barolo war, der Giacomos Sinne auf Hochtouren arbeiten ließ, oder schlicht die Gefahr, der Lagotto erfasste die Situation im Augenblick seines Eintretens. Und verharrte im Schatten.

Der Priester war hagerer als die Bildnisse des Gekreuzigten und saß auf einem weißen Plastikstuhl über das Sindone gebeugt, eine Lupe vor dem rechten Auge haltend. Kein Staubkorn hing an seiner schwarzen Kleidung, die Füße steckten in Filzpantoffeln. Sein Haupt war ohne Haare, sein Gesicht bestand aus Bergen und Tälern, Schweißperlen darin wie salzige Seen. Der Mund des Priesters war leer, denn die Zähne lagen in einem Glas auf der Anrichte. Doch seine trockenen, blassen Lippen bewegten sich.

»Es ist echt, wirklich echt! Ich muss dem Kardinal Bescheid geben. Das Schicksal hat es zu mir gebracht.«

Dann beugte er sich hinunter, um das Sindone zu küssen. Es nahm ihn so mit, dass er in seinem Plastikstuhl zusammensank und zu weinen begann.

In diesem Moment schlug Giacomo zu.

Er schloss seinen Kiefer wie eine Zange um einen Zipfel

des Sindone, riss es vom Tisch und rannte durch die Diele zum Badezimmer. Er hörte die Schritte hinter sich, begleitet von einem unmenschlich klingenden Greinen. Die Filzpantoffeln verursachten kaum Geräusche, doch Giacomo achtete genau auf sie. Kurz bevor der Priester den Türrahmen passierte, brüllte er: »Los!« – und Niccolò startete. Er lief dem Mann direkt vor die Füße, so dass dieser wie ein gefällter Baum zu Boden stürzte. Wäre Niccolò kein Windspiel gewesen, sondern ein Basset, niemals hätte er schnell genug entkommen können. Giacomo hatte extra angehalten, um zu sehen, wie es dem Freund erging. Doch nun lief auch er wieder los, ins Badezimmer, über den Klodeckel durchs Fenster. Er hörte noch im Flug, wie das Sindone sich am Rahmen auftrennte, riss, doch es blieb vollständig, kein Arm, kein Bein, nicht der Kopf des Gottessohns ging verloren.

Dann wurde ihm klar, dass er nicht über die Landung nachgedacht hatte.

Unter ihm lag Dunkelheit, doch Giacomo wusste um den eisverkrusteten Beton. Der würde nicht nachgeben wie weiche Walderde. Er ließ Dinge zerbersten, die aus großen Höhen auf ihn trafen. Vasen, Gläser, Lagottos.

Doch jemand anders hatte sich für ihn das Hirn zermartert. Amadeus schob gerade mit seinen Schergen einen Schneehaufen zusammen. Der weiße Berg besaß scharfe Krusten, war durchsät mit Kies – doch mehr hatte die Stadt nicht zu bieten.

Es reichte.

Für Giacomo und Niccolò.

Flüche und Verwünschungen schossen nun aus dem Badezimmerfenster auf sie herab wie Hagel. Es blieb nicht dabei. Kurze Zeit später warf der Priester Daisy herunter, mit aller Wucht, als wäre sie ein Felsen, der alle erschlagen sollte. Sie landete auf Giacomo, der weicher als jeder Schnee war.

»Er wird uns durch die Haustür verfolgen. Wir müssen fliehen!«, sagte Niccolò.

In diesem Moment begann donnernd der Regen. Er fiel schnell und hart, fühlte sich an wie Scherben. Je schneller sie zur Porta Nuova gelangten, desto besser für das heilige Tuch.

Der Spürer hob sein Haupt. Unter der Decke der riesigen Schalterhalle des Hauptbahnhofs flatterten Tauben.

»Hier? Seid ihr euch sicher?«, fragte der blinde Border Collie. »Kein Platz für Tiere, finde ich. Aber vielleicht fühlen sich diese verkümmerten Stadtköter hier ja wohl. Zumindest ist es trocken.«

Die Taube auf seinem Rücken gurrte zustimmend.

»Wie lang dauert's denn noch? Der Weg war irre weit, ich hab keine Lust mehr zu warten.«

Mit starkem Flügelschlag hob die Taube ab und flog zu ihren Artgenossen in die Höhe. Einige Male umkreisten sie sich, dann kehrte das Tier zum Spürer zurück. Sanft landete es auf dessen Rücken, ruckte mit dem Kopf, schlug die roten Augen mehrfach zu und gurrte dreimal kurz.

»Sehr gut«, sagte der Spürer. »Und klasse, dass Giacomo dabei ist. Er wird sicher keinen Widerstand leisten.«

In einem aufgerissenen Pappkarton machte es sich der Spürer bequem. Es war ihm lieber, nicht direkt gesehen zu werden. Er zog es vor, Situationen in aller Ruhe abzuschätzen, bevor er anderen seinen Willen aufzwängte. Da sie ihn hier in Turin nicht kannten, würde er sich den Stärksten der Meute vornehmen müssen. Ein einziger erfolgreicher Kampf, und die Herrschaft gehörte ihm.

Es stank nach nassem Hund, als die Meute eintraf. Giacomo bildete die Spitze, in seinem Maul das wieder aufgerollte, leicht fleddernde Sindone. Alle Angelegenheiten des Todes und des Schmerzes waren dem Spürer wohlbekannt, doch ihm wurde sogleich klar, dass dieses Tuch größer und bedeutender war als alles zuvor. Er wollte es unbedingt, spürte den Tod in ihm, aber auch einen Hauch Leben. Er wusste nichts über Gott, Himmel oder Hölle. Für den Spürer gab es nur Seelen, die eine Zeit am Ort ihres Hinübergleitens verhaftet blieben, bevor sie sich für alle Zeiten auflösten. Er hatte gelernt, sie aufzuspüren, mit ihnen in Kontakt zu treten. Nur alle Jubeljahre wurden Hunde wie er geboren. Manche kamen in die Zeitung, weil sie auf dem Grab ihres Herrchens lagen, bis sie selbst verhungerten, oder weil sie aufheulten, wenn ihrem Menschen etwas zustieß – der sich jedoch kilometerweit entfernt befand. Was für Giacomo die Welt der Düfte, war für den Spürer die des Jenseits. Er hauste bei den Ratten der Lüfte, in einem brüchigen Taubenschlag, der vergessen auf dem Dach eines alten Supermercato in Alba stand. Tauben liebten Geschichten über alles, deshalb waren sie stets dort zu finden, wo Menschen lebten. Sie setzten sich auf die Fenstersimse und lugten in Häuser und Wohnungen, flogen in Bahnhöfe und Hotelhallen. Geschichten sehen. Doch nur der Spürer konnte ihnen die der Toten erzählen, darum machten sie für ihn die Leichen ausfindig – und berichteten ihm auch von dem heiligen Leichentuch, in das der Gott der Menschen eingewickelt gewesen war, bevor er den Tod besiegt hatte. Als sie ihm von dem Sindone erzählten, hatte er sich sogleich auf den Weg gemacht.

»Nun erklär mir alles«, sagte der Pharaonenhund zu Giacomo, als alle Hunde in der Schalterhalle eingetroffen waren. »Wie konntest du nur so viel Unheil über meine Sippe und die Stadt Turin bringen? Was um alles in der Welt wolltest du mit dem heiligen Tuch?«

Der Spürer nahm wahr, wie sich das kleine Italienische Windspiel namens Niccolò neben seinen Freund stellte, als könne es ihn so beschützen. Lächerlich. Die Lagotto-Hündin, welche direkt hinter Giacomo eingetreten war, verzog sich nun in eine der noch nicht ausgebauten Toilettenanlagen.

»Es duftete nach Trüffel, und es steckte in einem hohlen Baum«, sagte Giacomo, während seine unförmige Nase über dem Sindone tanzte. »Ich brachte es meiner Menschenfrau und rettete es dann vor den Einbrechern. Das ist eigentlich alles.«

Der Pharaonenhund beugte sich ehrfurchtsvoll und langsam über das Sindone. »Es riecht überhaupt nicht nach Trüffeln, sondern … nach meinem Vater.«

»Nach Wind!«, rief Niccolò. »Es duftet nach Wind, und auch nach Canini.« Es tat ihm offensichtlich weh, den Namen auszusprechen. Der Spürer labte sich an diesem Leid – doch es war noch keine vollständige Mahlzeit.

Nun traten auch die anderen Hunde näher und riefen wild durcheinander. Den einen erinnerte der Duft des Sindone an neue Tennisbälle, einen West Highland Terrier an Rinderknochen, ein Lhasa Apso dachte an sein Quietscheentchen und ein Berner Sennenhund an die Alpen – obwohl er noch nie dort gewesen war.

Der Pharaonenhund war sichtlich irritiert. Er wollte Antworten, eindeutige Antworten. Ihm zur Seite stand nun eine Bulldogge, welche die Zähne in Richtung Giacomo fletschte und auf ein falsches Wort hoffte wie Katzen auf junge Mäuse.

»Wo steckt dein Komplize, der Wolf?«, fragte Amadeus. »Warum tötete er den Wächter?«

»Was redest du für wirres Zeug. Wir haben … Niccolò, erzähl du ihm den Rest. Mir brummt der Schädel.«

Das kleine Windspiel tat es. Und das Zittern in seiner Stimme, als er Canini und Isabella erwähnte, ließ für niemanden einen Zweifel an der Wahrhaftigkeit seiner Worte.

»Das darf nicht sein«, rief Amadeus so laut, dass die über

ihm sitzenden Tauben unruhig wurden. »Wir haben alle so viel verloren, der Täter darf nicht ungeschoren davonkommen. Wo Schuld ist, muss es Sühne geben!« Er drehte seinen Kopf, so dass es schien, als spreche er zum Sindone. »Doch wer steckt dahinter? Die Menschen sicher nicht, denn warum sollten sie ihr geliebtes Sindone stehlen? Wer hätte überhaupt etwas davon? Niemand. Nur wer Chaos will und Leid.«

Er blickte sich um, hoffte bei irgendjemand die Antwort zu finden, welche weder Giacomo noch Niccolò ihm zu geben vermochte. Doch die Kehlen blieben stumm.

Nur eine nicht, doch Amadeus konnte sie nicht hören.

Es war Maria Grazias. Alle hatten vergessen, dass sie da war, so still verhielt sich die massige Bloodhound-Hündin. »Der Conte kennt die Menschen wie kein Zweiter«, sprach sie nun leise in Giacomos Ohr – doch der Spürer verstand jedes Wort. »Er denkt wie sie«, fuhr sie fort. »Isst nur ihr Futter und rührt nie etwas an, das für Hunde gedacht ist. Zu Hause sitzt er mit seinen Menschen am Tisch, vor denselben Tellern wie sie. Er hat kein Körbchen, sondern ein kleines geschnitztes Bett. Im Auto seiner Menschen liegt er nicht auf dem Boden, sondern in einem Sitz, und wenn das Wetter schlecht ist, trägt er einen Regenmantel. Es hat ihm große Freude bereitet, darüber nachzudenken, warum die Menschen das Tuch gestohlen haben. Sich in sie hineinzuversetzen, in Gedanken einer von ihnen zu werden. Er sagte, mehr Menschen würden nach Turin kommen, wenn das Tuch für einige Zeit nicht im Duomo läge. Und Besucher bedeuteten Geld, und das liebten die Menschen. Der Palazzo Stupinigi wird seit Jahren umgebaut, die Touristen haben ihn nahezu vergessen. Doch im nächsten Sommer, da soll er wiedereröffnet werden. Nun, da das Sindone dort in einem hohlen Baum aufgetaucht ist, werden die Menschen das Schloss und den Park sehen wollen. Ich verstehe die

Menschen zwar nicht, aber der Conte hat sicher recht. Die Besucher strömen bereits jetzt in den Duomo, wie sie es sonst nur taten, wenn das Sindone offen gezeigt wurde. Sag es dem Pharaonenhund, doch verrate meinen Conte nicht. Von seiner Liebe zu den Menschen darf niemand wissen.«

Der Spürer zischte etwas zu der Taube auf seinem Rücken. Sie gurrte zustimmend, flog in die Höhe, und ohne dass die Hundemeute es merkte, gruppierten sich die grau schimmernden Vögel um sie herum. Unterdessen erzählte Giacomo allen, was Maria Grazia ihm berichtet hatte. In seiner Version erschien der Conte wie ein Weiser aus dem Morgenland.

»Doch wie passt der Wolf in dieses Bild, der im Glockenturm des Duomo gemordet hat?«, fragte der Pharaonenhund, den Blick auf Maria Grazia, nicht auf Giacomo gerichtet.

»Es gibt keine Wölfe in Turin, das hat mir der Conte schon vor einiger Zeit verraten«, antwortete der alte Trüffelhund.

In diesem Moment trat Daisy aus der Toilettenanlage. Der Spürer wusste dank der Tauben, dass sie dort mit ihren Pfoten immer wieder über die glatten Kacheln gestrichen war und Kreuze geformt hatte.

»Keine lebenden Wölfe«, sagte sie. »Aber tote.« Und sie berichtete von ihrem Fund in dem großen Haus, wo Dinge gesammelt wurden. »Das Wolfsgebiss roch nach Blut – dem eines Menschen.« Dann erzählte sie von dem Mann mit der Sonnenbrille, der die schwarze Frau traf, welche zwei Hunde an der Leine führte. Eine Cockerspaniel-Hündin und einem Scottish Deerhound.

»*Wann war das*?« Das Windspiel sprang auf sie zu. »Heute?!«

Die Lagotto-Hündin wich zurück. »Nein, es ist sicher zwei Tage her.«

»Ging es ihnen gut?«

»Was weiß ich? Sie schienen keine Verletzungen zu haben, rannten normal, klemmten nicht die Rute. Und jetzt stelle ich die Fragen!« Sie wandte sich an Amadeus. »Wer hat meinen Bruder Dagobert getötet? Wer so mächtig ist wie du, der muss es doch wissen.«

»Keiner von uns«, antwortete der Pharaonenhund. »Tommaso hat den Leichnam gefunden, doch auch er fand keine Spur des Mörders.«

Daisy trat zu der Bulldogge, besah sie sich lange, fixierte ihren Blick – und erntete ein bedrohliches Knurren.

»Ich sehe Blutdurst in deinen Augen und die Flecken in deinem Fell. Sie riechen nach meinem Bruder, und deine Zähne gleichen denen, mit denen er gerissen wurde. Lange habe ich mir seine Wunden angesehen, mir alles genau gemerkt. Denn ich habe Rache geschworen. Und nun ist der Tag da. Du hast Dagobert zu Tode gequält!«

Wieder gurrte die Taube auf dem Rücken des Spürers. Durch sie und ihre Artgenossen sah er alles.

»Tommaso tut, was nötig ist. Tommaso dient seinem Herrn Amadeus.«

Sie trat näher, bis an Tommasos Schnauze. »Du bist viel kleiner, als ich gedacht habe, deine Beine sind lächerlich mickrig, dein Blick unglaublich dumm. Selbst tot ist Dagobert mehr wert als du.«

Die Bulldogge setzte zum Sprung an.

»Kein Blut in Anbetracht des Sindone!«, befahl der Pharaonenhund.

»Aber …!«, rief Tommaso.

»Kein Blut! Der Herr predigte Vergebung und Liebe.«

»Schade nur«, sagte Giacomo, »dass so wenig Menschen ihm zugehört haben.«

»Und darüber, dass du mich angelogen hast, Tommaso, wird noch zu reden sein. Du solltest niemanden töten! Unser Sindone ist ein Zeichen des Lebens, ein Tod befleckt unsere Mission.«

Tommaso schüttelte den Kopf, um den Unsinn schnell wieder loszuwerden. »Du bist nur nicht mehr bereit, Blut an deinen Pfoten kleben zu haben – das muss Tommaso für dich erledigen. Dieser Dagobert hat nicht verraten wollen, wo der Sindone-Dieb steckt. Selbst als Tommaso ihm das abgetrennte Ohr ins Maul drückte. Sein Schweigen bedeutete halt den Tod. Strafe muss sein.«

Daisy wollte diesen Kampf mehr als alles andere, war bereit zu sterben, doch obwohl der Spürer dies wusste, befand er, nun sei es genug. Denn es war an der Zeit. Endlich. Die Wege waren vorgezeichnet, er würde über sie wandeln. Ganz leise, und eigentlich im Rücken aller, erhob er sich, doch sofort drehten sie sich zu ihm um, erstarrten dann, nicht wissend, warum. Genau das hatte der Spürer erwartet.

»Du wirst deine Rache noch bekommen, Hündin. Doch du wirst warten müssen. Ich werde dir sagen, wann es so weit ist. Erst einmal gehört diese Bulldogge mir.«

Tommaso preschte auf ihn zu. Er wollte sich messen. Natürlich. Er war stark und wütend, doch naiv, sein Geist ein welkes Blatt, das keinen Widerstand leisten würde, wenn man es zerdrückte.

»Du dreckige, nutzlose Töle«, begrüßte der Spürer ihn, woraufhin Tommaso angriff, das Maul so weit geöffnet, als wollte er den blinden Border Collie mit einem Biss verschlingen. Die Taube auf dessen Rücken gurrte kurz auf, und der Spürer wich der Attacke durch einen einfachen Schritt zur Seite aus. »Schwach bist du, wie ein hilfloser Welpe.«

Die anderen Hunde betrachteten das Schauspiel fassungslos, und ein Wort machte rasend schnell die Runde, das der Trüffelhund ausgesprochen hatte. »Spürer.«

Weitere Angriffe der tumben Bulldogge endeten im Leeren. Er griff an wie ein abgerichteter Hund, der Spürer bemerkte es sofort.

»Du warst bei der Polizei, Köter«, fuhr er deshalb fort.

»Sie haben dich rausgeworfen, nicht wahr?« Seine Stimme wurde bedrohlicher. »Sollen wir es allen erzählen?« Wieder ein Gurren, ganz nah. Im letzten Augenblick konnte der Spürer zur Seite springen – und warf sich auf das Ungetüm. »Von einem blinden Hund besiegt werden? Willst du das, Schlappschwanz?«

Jetzt hätte ihn die Bulldogge töten können. Der Spürer hatte sich zu weit dessen spitzen, geifernden Zähnen genähert und war zu langsam, um rechtzeitig fort zu können. Doch er hatte keine Angst. Dumme Hunde waren einfach zu durchschauen. Dieser war nicht komplizierter als ein Bleistift.

»Tommaso folgt dem mächtigen blinden Hund!«, sagte die Bulldogge und warf sich auf den Rücken, ihre Kehle darbietend. »Was soll Tommaso tun? Wen soll Tommaso töten? Jeden hier?«

Die anderen hörten die Worte – und die Vorfreude darin.

»Niemanden. Halt sie nur auf Abstand, vor allem den lästigen Pharaonenhund. Ich muss mit dem Sindone sprechen. Sorge dafür, dass alle anderen ihre Schnauze halten.«

Das tat die Bulldogge und wirkte mit einem Mal wieder drei Köpfe größer.

Der Spürer legte sich auf das Tuch, und die Welt verstummte, als wäre sie plötzlich hinter Glas. Keine fernen Schritte von Passanten, nicht das Brummen der einfahrenden Züge unter ihnen, nicht einmal der Atem der Meute war zu hören. Dann erstarrte der Spürer. Seine Augen waren weit aufgerissen, obwohl sie doch nichts sehen konnten. Sein Mund öffnete sich langsam. Nur einen Spalt. Eiskalter Odem entströmte. Es klang wie ein fernes Echo, das sich immer weiter fortzupflanzen schien. Dann zuckte der Spürer spastisch, jaulte auf, winselte. Doch es war wie eine Erinnerung, nicht als geschähe es in diesem Augenblick. Wie viel Zeit verging, konnte im Nachhinein keiner der Meute sagen. Doch als der Spürer die Augen wieder schloss, kehrten die Geräusche der Welt mit einem Schlag zurück, als sei der Schutzwall gebrochen.

Die Mutigen wie die Ängstlichen, die Erfahrenen wie die Unvorsichtigen, sie alle wichen zurück, als der Spürer nun vom Sindone stieg und zu Giacomo ging.

»Du hast etwas zu sagen, alter Recke. Sprich es aus. Es soll genauso geschehen.«

Den Spürer wunderte nicht, dass plötzlich so freundliche Worte aus seiner Schnauze drangen. Sie erschienen ihm ganz natürlich. Er wusste nicht mehr, warum er hier war. Nur dass er etwas gefunden hatte. Es hatte großen Wert, und er hatte mit einer Erinnerung dafür bezahlt. Bloß welcher?

»Kannst du den Duft des Täters aus dem Gewebe lösen, Spürer? Er muss es berührt haben, doch ich kann ihn unter all den anderen Düften nicht wahrnehmen.«

»Angstschweiß«, antwortete der Spürer. »Ja, der ist darin.« Hunde selbst besaßen nur an den Pfoten Schweißdrüsen, doch sie wussten, wann die salzige Flüssigkeit aus den Menschen trat. »Nur eine flüchtige Berührung, die sich der Dieb gestattete, mit den Fingerspitzen. Warte einen Moment.«

Der Spürer atmete ein, sog alles Unsterbliche fort von dem Tuch, so dass es darüberlag wie ein schwerer, dichter Nebel, und bedeutete dem Trüffelhund, sein Haupt zu senken, zur Wange des abgebildeten Gottessohns. Denn dort, salzig und stechend, von dunklem Blau mit schwarzen Schlieren, einem Ölfilm gleich, verbarg sich der Geruch des Gesuchten. Giacomo nahm ihn auf wie einen Schatz.

Der Lagotto hatte die Spur aufgenommen, und wenn er dies tat, hielt ihn nichts mehr auf. Alles Denken, Fühlen, Handeln drehte sich nur noch darum zu finden. Alles ordnete sich diesem Zweck unter. Es war sein Lebenssinn.

»Bringt sie alle zum Po«, sagte Giacomo, nun mit erhitzter

Stimme, und zählte auf, welche Menschen er meinte. »Morgen Nacht. Keiner darf fehlen, sonst wird es nicht klappen. Schafft ihr das? Ihr müsst!«

»Unmöglich«, sagte Tommaso, den Blick ängstlich, doch glücklich auf den Spürer gerichtet, Bestätigung erheischend, ob diese Antwort in seinem Sinne war.

»So wird es geschehen«, befand der blinde Border Collie.

»Und dann?«, fragte Niccolò.

»Dann werde ich zu ihnen sprechen. Und der Mörder wird ins Schwitzen geraten.«

Kapitel 11

AM EISIGEN FLUSS

Striezel erblickte als Erster der Gruppe verärgerter Dachshunde das Licht der Nacht.

»*Es schmerzt total in den Augen!*«, rief er in den Schacht unter sich.

»*Weichei!*«

»*Schwing endlich deinen dicken Hintern raus.*«

Der Dachshund sprang auf die Piazza am Ostufer des Po, welche direkt vor der majestätischen Kuppelkirche Chiesa della Gran Madre di Dio lag. Schnell versammelten sich die kleinen Kanalbewohner vor der breiten Treppe, die zwischen den Statuen, welche Religion und Glauben repräsentieren sollten, hinauf zum Portal der Säulenhalle führte. Die Dachshunde fühlten sich durch das mächtige runde Bauwerk gleich ein ganzes Stück größer. Die Piazza vor ihnen war in dieser bedeckten Nacht völlig leer. Sturm und Regen hatten sich zwar mittlerweile gelegt, doch Mond und Sterne waren nicht zu sehen, nur die Straßenlaternen tunkten alles in ein gelbes Licht, das wirkte, als dringe es aus einer Eiterbeule. Schräg unter den Dachshunden spielte sich auf dem Eis des Po Merkwürdiges ab. Lauter Hunde, nicht nur Straßenköter, sondern auch aufwendig frisierte mit glitzernden Halsbändern und stolzem Gang verließen die Stadt. Die meisten folgten dem Fluss gen Meer, wenige gingen entgegengesetzt Richtung Alpen. Ein unendlicher Strom von Vierbeinern. Immer wieder traten neue vom Ufer auf das Weiß, schlossen sich der Prozession an. Die Menschen Turins hatten das uralte Bündnis der Freundschaft gekündigt, jetzt wurden sie alleine gelassen.

Den Dachshunden war das völlig egal. Was die Bewohner der Oberwelt taten, interessierte sie nicht. Sie wollten nur schnellstmöglich wieder ihre Ruhe haben.

Der Kleine Stinker – welcher von vier Dachshunden auf einem Grillrost getragen wurde – hielt es für angemessen, eine Rede zu halten, die seine Anvertrauten aufmunterte. *»Rüden und Hündinnen! Es ist eine schwere Zeit. Um nicht zu sagen: Es ist eine große Scheiße.«*

Sie bellten zustimmend. Die Dachshunde liebten es, wenn der Kleine Stinker Klartext redete.

»Die Menschen haben uns aus der Kanalisation vertrieben. Unserem Heim, wo die Luft allzeit feucht und würzig ist und die fetten Ratten niemals ausgehen. Ich will zurück, ihr wollt zurück. Also gehen wir zurück! Vorher müssen die Menschen nur ihr dummes Tuch wiederbekommen.«

»Verdammich, ja! Da hat er recht!«

»Er ist ja nicht umsonst der Kleine Stinker.«

»Genau!«

»Das Tuch hat der Lagotto namens Giacomo«, sprach das Oberhaupt weiter. Ihm war der offene Himmel unheimlich, und er duckte sich instinktiv – konnte ihm ja jederzeit eine Wolke auf den Kopf fallen.

»Den lynchen wir!«

»Den suchen wir«, korrigierte der Kleine Stinker.

»Genau! Suchen. Meinte ich ja.«

»Striezel, du fragst die Falken. Versprich ihnen ein Rattennest als Belohnung. Sie haben den besten Ausblick.«

»Schon erledigt«, sagte Striezel und reckte stolz die schmale Brust. Doch er bewegte sich keinen Zentimeter.

»Und?«, fragte der Kleine Stinker.

»Was und?«

»Ab mit dir!«

»Allein?«

»Wie viele Dachshunde braucht man, um von Falken eine Auskunft zu erhalten?«, fragte der Kleine Stinker. Es war rhetorisch gemeint. Er hatte vergessen, dass die anderen Dachshunde Rhetorik für eine beißende Chemikalie hielten.

»Drei!«, kam es deshalb nun aus dem Hintergrund. *»Einen Striezel, um die Frage zu stellen – und zwei kluge Dachshunde, um sie ihm vorzusagen.«*

»Verdammich, ja!«

Das Gejohle war laut, wurde jedoch immer wieder unterbrochen von panischen Blicken in die Höhe.

»Aber die Wolken kommen näher.« Striezel zog den Kopf ein. *»Die sehen aus wie riesige Schimmelpilze.«*

»Du siehst aus wie ein riesiger Schimmelpilz!«

»Vor allem von hinten.«

»Jungs?«, fragte Striezel, der sich die Richtung, in die er allein gehen sollte, nun ganz genau angesehen hatte und dort unerwarteten Besuch ausmachte.

»Wie bitte!«

»Ach so … und Mädels.«

»Na also, geht doch!«

»Da kommen Wölfe.«

»Striezel! Du kommst nicht drum rum. Sei ein echter Rauhaar! Los, Abmarsch!« Der Kleine Stinker war es jetzt leid. Ihm war eiskalt, und er vermisste die kompostierende Müllhalde unter seinem Hinterteil.

»Da kommen aber Wölfe.«

»In Turin gibt es keine Wölfe! Was sollten sie hier auch wollen?« Der Kleine Stinker jaulte auf, so sehr traf ihn diese geballte Ladung Dummheit.

»Dachshunde vielleicht?«, fragte Striezel.

»Warum sollten sie gerade Dachshunde wollen?«

»Na, weil sie schnurstracks auf uns zukommen.« Striezel

befand, dass nun ein hervorragender Zeitpunkt wäre, die Falken zu befragen.

Und sich dadurch weit von den kommenden Ereignissen zu entfernen.

Jetzt sah auch der Kleine Stinker die anrückenden Grauröcke. Der Leitwolf besaß einen geschmeidigen Körper, rotes Fell schloss sein rechtes Auge wie eine Zielscheibe ein. Ein gutes Dutzend Wölfe folgte ihm in einer Art V-Formation. Ein stolzes Rudel, in dessen Augen keine Furcht lag, obwohl eine Stadt wie Turin unmöglich ihr übliches Revier sein konnte.

»Seid gegrüßt«, sagte der Anführer der Wölfe.

»Grüß dich doch selber«, antwortete der Kleine Stinker, der es überhaupt nicht mochte, einfach so angesprochen zu werden. Besonders von Wölfen.

»Meine Name ist Vespasian. Wir sind hier in Angelegenheiten der Hunde. Ihr seid doch Hunde, oder?«

»Nein, wir sind Zwergelefanten.«

»Wie bitte?«

»Natürlich sind wir Hunde!«, stellte der Kleine Stinker klar.

»Gut. Wir suchen einen Lagotto Romagnolo namens Giacomo.«

»Genannt die Nase.«

»Führt uns zu ihm.«

»Was sollen wir sein? Fremdenführer?«

Auf ein Zeichen des Wolfes hin legte sich das Rudel auf den Boden. Doch so ruhig ihre Glieder, so wachsam waren ihre Augen. »Wir haben gehört, dass er in großen Schwierigkeiten steckt.«

»Wenn die Menschen euch entdecken, steckt ihr in noch viel größeren.«

»Niemand wird uns entdecken. Wir sind wie Schatten, sobald Licht auf uns fällt, sind wir verschwunden.«

»Wieso sollten wir euch trauen? Giacomo ist der Freund eines Freundes, und wir können nicht riskieren, dass er einfach so von Wölfen verspeist wird.«

Der Wolf trat näher, trotz seiner Größe und der Kraft, die förmlich aus seinen Muskeln zu springen schien, wirkte er nicht bedrohlich. »Wären wir den weiten Weg gekommen, nur um einen Hund zu fressen?«

»Der Winter ist hart«, sagte der Kleine Stinker.

»Vielleicht habt ihr ja eine Rechnung mit ihm offen«, schlug ein Dachshund aus der Meute vor.

»Oder …«, rief ein anderer.

»Ja?«, fragte das Oberhaupt der Dachshunde.

»Ähm …«, es war knarzend zu hören, wie die Gehirnwindungen schwere Arbeit verrichteten. *»Ach ja. Genau! Vielleicht seid ihr Feinschmecker-Wölfe und fresst nur Lagottos, weil die so schön trüffelig sind?«*

»Verdammich, ja!«

Der Kleine Stinker wusste längst, warum die Wölfe in die Stadt vorgedrungen waren. Seitdem zwei Menschen durch einen Graurock ums Leben gekommen waren, rotteten Jäger diese förmlich aus. Auch die Wölfe hatten deshalb ein Interesse daran, dass schnell wieder Ruhe einkehrte.

»Sprich nochmals den Namen des Lagotto aus«, verlangte der Kleine Stinker von Vespasian. Denn es waren stets die Ohren gewesen, welche den Dachshunden das Überleben gesichert hatten. Zwar waren ihre Augen längst an die Dunkelheit der Kanalisation gewöhnt, und ihre Nasen waren trotz des kloakigen Wassers nicht verödet, doch wirklich weiterentwickelt hatte sich in der Unterwelt ihr Gehör. Es nahm sogar wahr, was jemand nicht sagen wollte und zu verbergen trachtete. Die Dachshunde hörten die Worte zwischen den Buchstaben.

»Giacomo«, sagte Vespasian.

Der Kleine Stinker drehte seine Ohren wie Radioteleskope. Doch bevor er antworten konnte, geschah etwas Unerwartetes. Die Dachshunde hatten gar nicht gemerkt, dass Striezel verschwunden war. Weswegen sie sehr überrascht waren, als er nun wieder auftauchte.

»Sie sind alle in der Porta Nuova. Und die verdammten Falken wollten zwei Rattennester für die Information.«

Der Kleine Stinker wandte sich zu den Wölfen. *»Wir führen euch nicht. Niemals.«* Nach einer Pause setzte er hinzu: *»Aber ihr dürft uns folgen.«*

»Verdammich, ja!«

Es war selten, dass Wölfe einen Scherz machten. Doch es sollte nicht das einzig Ungewöhnliche bleiben.

Normalerweise freuten sich nur wenige Lebewesen – egal, ob Vier- oder Zweibeiner – über ein nahendes Rudel Wölfe, das von einer Rotte Dachshunde begleitet wurde. Doch Giacomo hätte nicht glücklicher sein können. Seinem verworrenen Plan hatten noch zwei Strippenzieher gefehlt. Dank der Wölfe und Dachshunde hatte nun jedes lose Ende ein kräftiges Gebiss, das daran zerrte. Er selbst musste zur Signora, denn ohne sie würde alles fehlschlagen. Daisy nahm er mit, als er sich am Morgen auf den Weg machte. Giacomo wollte sie einfach nicht alleine auf dem Bahnhof lassen. Sie hatte nicht widersprochen, eigentlich sprach sie überhaupt nicht mehr. Wann immer möglich, lag ihr Blick auf Tommaso, der wie ein Schoßhündchen neben dem Spürer wachte. Ob sie auf den richtigen Moment wartete, die Bulldogge zu töten, oder nur nach etwas suchte, das die Grausamkeit Tommasos begreiflich gemacht hätte, Giacomo wusste es nicht.

»Jetzt hast du wenigstens Klarheit«, sagte der alte Lagotto und sog den Duft der morgendlichen Espressi aus den unzähligen Cafés der Stadt ein. »Der Priester hat deine Treue überhaupt nicht verdient.«

Daisy lief hinter ihm und sagte nichts.

»Nun bist du frei, brauchst nicht mehr darüber nachzudenken. Nie mehr.« Eine schwache Lüge, das wusste Giacomo, aber Daisy war jung, vielleicht würde sie es nicht merken. Sie bedurfte einer Lüge. Und er würde ihr nicht diejenige über die unsterbliche Liebe ihres Herrchens erzählen.

Obwohl sie die wahrscheinlich am liebsten gehört hätte.

Es vergingen nur wenige Schritte der Stille. Dieses Schweigen ertrug Giacomo einfach nicht, dafür hörte er ihre Stimme zu gern, genoss ihre Nähe zu sehr. Was immer es brauchte, um sie wieder zum Sprechen zu bringen, sie würde es bekommen! Die zwei liefen gerade die Via Lagrange entlang, vorbei an den erwachenden Hotels, als Giacomo sich zurückfallen ließ, um neben Daisy herzugehen.

»Vielleicht …«

»Nein! Er hat es so gemeint. Ganz genau so.«

Daisy wandte den Kopf zur Seite, blickte zur Straße, über die gerade rumpelnd eine Kehrmaschine fuhr, das Morgenlicht scharf spiegelnd. Kein Hund konnte auswählen, wen das Schicksal ihm zur Seite stellte. Wer einen Sinn darin suchte, fand nur Leere.

»Wie erträgst du es?«

»Gar nicht! Hörst du? Es geht nicht. Lass uns rennen, bitte. Über stark befahrene Straßen, belebte Piazzas, über glattes Eis und harten Schnee.«

Sie lief los, beinahe einen alten Mann umstoßend, der sich gerade noch mit knackenden Knien auf seinen Gehstock stützen konnte. Giacomo versuchte mitzuhalten.

»Weißt du denn, wohin wir müssen?«

»Besser als du!«, brüllte Daisy übermütig. »Du klappriger alter Trüffelsucher!«

Hunde, das spürte Giacomo wieder einmal, waren zum Laufen geschaffen. Selten fühlte man sich so lebendig, wie wenn die Zunge schlackernd aus dem Maul hing und der Wind wie ein großer, kühler Kamm durchs Fell fuhr. Daisy schoss das Glück förmlich aus den Poren.

Giacomo dagegen bekam kaum noch Luft.

Eigentlich hätte es durch die ganze Rennerei in den letzten Tagen doch besser werden müssen, aber sein Körper schien stattdessen immer beleidigter zu werden, weil Giacomo die subtilen Zeichen wie Muskelkater, Herzrasen und akute Atemnot einfach ignorierte.

»Ist es das?«, fragte Daisy und stoppte erst im letzten Moment, so spät, dass sie gegen den Reifen eines parkenden Lancia knallte. Doch selbst das schien sie zu genießen, kein Schmerzenslaut drang aus ihrer Kehle. Nach kurzem Ausschütteln stellte sie sich vor die Hintertür der Cioccolateria und kratzte daran. »Richtig, nicht?«

Trotz des dunkel-buttrigen Schokoladenduftes, der warm aus den Poren des Hauses stieg, konnte Giacomo die Signora wahrnehmen, wie sie sich im Inneren der Mauern bewegte, mehr Tanz als Arbeit. Unter ihren Händen nahm die Skulptur einer hässlichen Frau auf einem Besen Gestalt an, während sie ein Lied sang. *»La Befana vien di notte / con le scarpe tutte rotte / il cappello alla romana / viva viva la Befana«*.

Daisy bellte und Giacomo stimmte ein. Nach kurzer Zeit öffnete die Signora – immer noch singend – die Tür.

»Giacomo, Schätzchen! Ich dachte mir schon, dass du es bist. Und du hast jemanden mitgebracht. Eine Hündin, wenn mich mein Gefühl nicht täuscht. Und das tut es ganz sicher nicht. Kommt rein, aber seid leise. Fabressa hat heute vorne Dienst, und sie mag Hunde überhaupt nicht. Was soll man dazu sagen?«

Die Signora ließ die beiden hinein und stellte schnell Untertassen mit frischem Wasser für sie auf den Boden.

»Leider habe ich heute gar keine Zeit für euch. Eine

Spezialanfertigung! Ganz dringend. Die alte Befana soll besonders groß und hässlich werden. Aber ich freue mich sehr über eure Gesellschaft.«

Die Signora begann einen Korb aus Schokolade zu formen, in den sie dann kleine Geschenke legte. Alles begleitet von Gesang. Vielleicht ließ das die Kakaomasse besser schmelzen?

»Wie soll ich ihr eine Botschaft mitteilen, wenn sie arbeitet?«, fragte Giacomo. »Es geht doch nur im Traum bei Menschen, oder? Ich hab das allerdings noch nie gemacht.«

»Du hast mir nicht gesagt, dass sie …«, Daisy stockte. »Das kann doch gar nicht sein!«

»Doch, mit allen Hunden. Habe ich auch noch nie erlebt. Doch die Signora ist eben anders. Aber jetzt müssen wir ganz schnell einen Weg finden. Wie schade, dass Menschen beim Arbeiten nicht träumen.«

»Das hängt doch nur von dir ab«, sagte Daisy, ohne ihren Blick von der Signora zu lösen. Jede ihrer Bewegungen verfolgte sie, jeden Ton saugte sie gierig auf. »Wenn ein Mensch gähnt, dann auch die anderen. Und wenn ein Hund gähnt?«

»Dann auch sein Mensch. Worauf willst du hinaus?«

»Wir legen uns jetzt schlafen! Du dich auf die Marmorplatte und ich mich auf das Fenstersims. Dann sieht sie immer einen von uns schlummern. Das hält sie nicht lange durch. Achte darauf, dass sie deine geschlossenen Augen sieht.«

»Das funktioniert doch nie.«

»Wie sieht denn dein Plan aus?«

Nun, er hatte keinen. Verdammt! »Na ja, also, den erzähl ich dir gleich. Ich bin jetzt gerade zu müde. Die Nacht war lang, weißt du. Deshalb mach ich jetzt erst mal ein kleines Nickerchen. Das hat aber überhaupt nichts mit deiner blöden Idee zu tun!«

»Natürlich nicht, du weiser Hund.«

»Genau!« Er schloss die Augen. Die Schwärze erstreckte sich sofort in seiner Welt. Dann zwickte es. Wie vom Stich einer Biene, oder besser: einer Gruppe von Bienen, die seinen Po für ein Blütenmeer hielten.

»Au«, sagte Giacomo.

»Scht«, antwortete Daisy. »Wachst du endlich auf! Sie schläft, jetzt ist die Gelegenheit.«

Tatsächlich. Da lag die Signora, die Wange auf der kühlen Marmorplatte, ihren Schokoladenspachtel noch in der Hand und das köstliche Braun ausgehärtet neben sich. Und ihre Lippen vibrierten wie ein Blatt im Wind. Sie schnarchte ein wenig.

Giacomo wurde gleich wieder müde.

»Los, du musst zu ihr, dein Kopf an ihren!«

Nein, dachte Giacomo. Das würde nicht passen. Andere Hunde mochten mit ihrem Kopf denken, er hatte schon lange entschieden, dass sein Bauch diese Aufgabe viel besser erledigte. Deshalb ging er vorsichtig zur Signora und lehnte seinen Bauch an ihren Haarschopf. Daisys Blicke signalisierten Verwunderung.

»Was jetzt?«, fragte der alte Trüffelhund.

»Geh in ihre Träume. Ganz vorsichtig, als würdest du eine Trüffel ausbuddeln. Träume sind sehr verletzlich.«

Niccolò hatte Giacomo einmal von dem schwierigen Übergang zu Isabellas Träumen erzählt, zu denen der Signora war er so fließend wie eine gute Ganache. Der Lagotto fand sich weit weg von Turin auf dem Gipfel eines Berges wieder, unter sich zu allen Seiten Meer, die weißen Wellenkuppen wie Rüschen darauf. Das Zwitschern von riesigen Vögeln, die in dem Massiv brüteten, erfüllte die salzige Luft. Die Signora selbst saß auf einem kleinen Felsvorsprung und hielt einen bunten Sonnenschirm.

»Wie kommst du hierher?«, fragte sie.

»Weiß ich auch nicht.«

»Dann ist ja gut. Wie schön der Mars heute ist. Siehst du, wie er dort in seinem Bett aus Sternen liegt?«

Genau das tat der Mars nun – obwohl er gerade noch nicht da gewesen war. »Und wie das Meer glüht«, fuhr die Signora fort. Und das tat es jetzt auch. »Hörst du die Wale singen?« Der alte Trüffelhund vernahm die tiefen, langgezogenen Laute. Es war unglaublich beruhigend, doch darüber vergaß er nicht seinen Plan.

»Sie müssen uns helfen, Signora. Heute Nacht, da brauchen wir Sie an der Ponte Umberto I. Wenn es dunkel wird, müssen Sie dort die richtigen Fragen stellen. Der Dieb des Sindone steht dann auf dem Eis. Werden Sie das tun?«

»Sie kommen näher.«

»Wer?«

»Die Wale.«

»Haben Sie mir zugehört, Signora? Wegen heute Nacht? Sie müssen dort sein, wenn der Mond seinen höchsten Stand erreicht. Unbedingt!«

»Jetzt springen sie.«

Die mächtigen Wale stiegen wie Heißluftballons in den Nachthimmel, einen Bogen über der Signora vollführend.

Giacomo kraxelte den steilen Felsvorsprung empor und stellte sich mit den Vorderbeinen auf den Schoß der Signora. »Ohne Sie haben wir keine Chance!«

»Wobei denn, meine kleine Robbe?«

Robbe? Tatsächlich, er war eine kleine Robbe – und wollte jetzt gerne im Wasser planschen. Die Signora hatte die völlige Herrschaft über diesen Traum.

Der nun abrupt endete.

Ihre Kollegin Fabressa war in die Cioccolateria getreten und hatte den Kopf der Signora wie tot auf der Marmorplatte liegen sehen, darauf ein schwerer alter Lagotto. Deshalb schrie sie erst einmal, bevor sie sich der vermeintlich Toten näherte. Die Signora schreckte auf, was Giacomo – der sich immer noch wie eine Robbe fühlte – durch den Raum katapultierte, mitten hinein in die mit heißer Schokolade gefüllte Konche. Lange blieb er nicht darin, eigentlich sprang er direkt wieder heraus, doch jetzt tropfte er vor Schokolade. Als sich die Kollegin der Signora einen Besen schnappte, um nach ihm und Daisy zu schlagen, verschwanden sie schnell hinaus auf die Straße und um die nächste Häuserecke. Es war schon ein kleines Wunder, wie schnell die Schokolade aushärtete und ihn zu einem wunderbar braunen Lagotto Romagnolo werden ließ. Auf dem Weg zurück zum Borgo hinterließ er eine Spur abbröckelnder Schokolade auf dem Bürgersteig, wodurch er sich schnell einer großen Gruppe Tauben erfreuen konnte. Ihr zufriedenes Gurren klang für ihn wie Hohngelächter.

Zur gleichen Zeit befand sich Niccolò längst auf dem Weg zu dem Hochhaus, in dessen oberster Etage Mario lebte. Doch er kam nicht bis dorthin. An der Straßenecke sah er zwei Hunde von hinten – und über einen der Allerwertesten freute er sich wie wahnsinnig. Niemals zuvor hatte ihn einer dermaßen euphorisiert. Es gehörte Canini, und das kleine Windspiel überwand nur unter Aufbietung all seiner Kräfte den Drang, sofort zu der Spanielhündin zu rennen und ihr über die Schnauze zu lecken. Stattdessen lauschte er gebannt den Worten, welche die zwei vor ihm wechselten. Und genoss Caninis Duft. Er konnte kaum fassen, ihn noch einmal in der Nase zu spüren. Wussten Menschen eigentlich, wie gut Liebe roch? Sie schienen alles nur mit den Augen wahrzunehmen, dabei hatte die Nase doch einen viel direkteren Zugang zum Herzen.

»Und alles nur, weil du dein Spielzeug vergessen hast! Wir könnten Niccolò schon längst gefunden haben. Stattdessen stehen wir wieder hier.«

Caninis Stimme klang härter als in Niccolòs Erinnerung, hatte aber immer noch diesen vorwurfsvollen Unterton, den sie selbst in Komplimente einwebte wie feinstes Garn. Herrlich!

»Das Spielzeug hat einen Namen. Es heißt Giraffi.«

»Ach, eine Giraffe soll das sein? Du hast so lange darauf rumgekaut, dass die Punkte nicht mehr zu sehen sind. Ganz bleich ist das arme Ding.«

»Na und?«

»Quietschen kann es auch nicht mehr.«

»Darauf kommt es doch überhaupt nicht an!«

»So ein großer Hund wie du …«

»… braucht eben auch seinen kleinen Gefährten! Seit ich als Welpe von meiner Mutter getrennt wurde, ist Giraffi bei mir. Ohne ihn gehe ich nirgendwohin! Kann gar nicht verstehen, dass ich ihn bei der Flucht vergessen habe. Fühle mich ganz schlecht deswegen. Ganz allein liegt er jetzt oben im Körbchen!«

Niccolò hielt es nicht mehr aus. Da stand sie tatsächlich vor ihm – nachdem er ihre Beerdigung gesehen hatte, ihr Foto in dem schwarzen Rahmen. Er rannte zu ihr, unaufhörlich wedelnd, nicht nur mit der Rute, sein ganzer Körper war in Schwung. Bevor er etwas sagen konnte, hatte Canini ihn gespürt und sich umgedreht. Sie sprangen aneinander hoch, beschnüffelten sich aufgeregt, leckten einander die Lefzen. Es war wie ein Tanz, eng und schnell, ein feuriger Tango in der kalten Stadt. Worte waren nicht nötig, um auszudrücken, was in ihnen vorging. Ihre Körper sprachen viel unmissverständlicher miteinander. Es dauerte lang, bis ihnen vor Erschöpfung die Zungen aus den Mäulern hingen und sie endlich den Atem zum Sprechen fanden.

»Du bist nicht … tot!« Niccolò hatte gezögert, das Wort auszusprechen, als könne es die Welt daran erinnern, was wirklich geschehen war, und dadurch alles zerstören.

»Warum sollte ich tot sein? Weißt du etwa von dem Bootsunglück?«

»Bootsunglück? Nein. Eine Beerdigung, hier in Turin. Sie hatten ein Bild von dir. Das warst du!«

»Hier in Turin? Ach, Niccolò, hörst du mir denn nie zu, wenn ich etwas erzähle. Mein Zwinger ist hier, und alle meine Wurfgeschwister sind in Turin vermittelt worden. Die Tote, das muss meine Zwillingsschwester gewesen sein. Wir glichen uns bis aufs Haar. Ein zickiges Ding und ein schrecklicher Dickkopf. Schlug total aus der Art. Und du hast geglaubt, das wäre ich? Oh, Niccolò, ich dachte auch, dass ich dich nie wiedersehe.«

Dann begann Canini zu erzählen, ohne Punkt und Komma, als bräuchte sie keine Luft holen. Rory behielt derweil die Eingangstür des Hochhauses im Auge.

»Als wir dann die Kleidung des Bettlers bei Mario fanden, weißt du, von dem Giacomo berichtet hat, am Palazzo Stupinigi, da wusste ich, dass er für alles verantwortlich ist. Weil er die perfekte Verbindung mit dir wollte, dafür würde er alles opfern. Isabella musste ins Gefängnis, damit er freie Bahn hat.«

»Dann muss er zur Ponte Umberto I.! Heute Nacht. Giacomo wird ihn dort überführen, er hat einen Plan.«

»Einen Plan? Wunderbar! Wie sieht der denn aus?«

Da war er wieder, dieser kritische Unterton. Wie bekam sie das nur hin?

»Das weiß nur Giacomo. Er wollte nicht darüber reden. Alle Verdächtigen sollen heute zu der Brücke gebracht werden. Eigentlich war ich nur wegen Saada hier, aber jetzt müssen beide mit.«

»Was soll sie denn damit zu tun haben?«

»Wir haben jetzt keine Zeit für Erklärungen. Lass uns Mario holen!«

»Er arbeitet noch«, sagte Rory in seiner ruhigen Art.

»Aber mittags kommt er immer kurz nach Hause, um nach mir zu sehen.«

»Aber er weiß doch, dass du fort bist!« Niccolò tippelte unruhig vor und zurück.

»Ja, aber Mario ist ein Gewohnheitstier. Ich hab ihn gut erzogen. Gleich kommt er um die Ecke, dahinten. Mit einem Ciabatta. Die Buslinie ist unpünktlicher als Mario. Zuerst kommt diese Frau, die aussieht wie ein Schneemann, mit ihrem molligen Mops, dann er. Achtung, jetzt!«

Die Frau ähnelte wirklich einem der Schneemänner, die Niccolò im Park gesehen hatte. Doch ihre Nase war keine Karotte und ihre Augen bestanden nicht aus schwarzen Steine. Aber ansonsten? Täuschend echt.

Dann folgte Mario.

»Ihr lockt ihn zum Po«, flüsterte Canini, »ich renn ins Haus, schnappe mir das … Giraffi und bring es später mit Saada zu euch. Guckt nicht so, das schaffe ich schon.« Sie stellte sich so vor Niccolò, dass Rory sie nicht hören konnte. »Er wünscht sich nichts mehr, als gegen dich zu rennen. Ich habe ihm erzählt, du seist der Schnellste.«

»Stimmt ja auch.«

»Er ist natürlich viel größer als du … und er hat mir bei der Flucht geholfen. Wie würde er sich freuen, dich zu besiegen. Er ist ein guter Hund, musst du wissen.«

»Was soll das heißen? Wäre ich besser nicht hergekommen?«

»Dummkopf! Ich muss weg. Du weißt schon, wie ich es meine.« Sie wechselte die Straßenseite und kroch unter ein parkendes Auto.

»Kennst du den Weg zur Ponte Umberto I.?«, fragte Niccolò, zu dem fast doppelt so großen Deerhound aufblickend.

»Das ist meine Stadt.«

»Wenn du so schnell rennst, wie du sprichst, brauch ich mich gleich gar nicht anzustrengen.«

»Ach.«

»Ich warne dich nur vor. Damit du dir keine falschen Hoffnungen machst.«

»Mhm.«

Der tranige Bursche ließ sich nicht mal richtig foppen. Da war Giacomo von ganz anderem Kaliber.

Als Mario den Schlüssel ins Schloss steckte und die Tür leicht aufdrückte, bellte Rory kurz und tief auf. »Dann guckt er immer«, erklärte er Niccolò. »Ganz automatisch.«

Mario hielt in der Bewegung inne. Die Hand noch am Schlüssel, drehte er den Kopf zu den beiden Hunden, die startbereit an der Ampel standen.

»Rory! Niccolò! Ihr seid wieder zu mir zurückgekommen.«

In seinen Augen standen Tränen, er presste die Lider aufeinander. Mit zitternden Beinen ging er in die Knie und breitete seine Arme aus.

Die Tür fiel in dem Augenblick zu, als die beiden Windhunde um die Ecke liefen. Doch Canini war unbemerkt ins Hochhaus geschlüpft.

»Guter Start«, sagte Niccolò anerkennend. »Aber es ist noch ein ganzes Stück bis zum Po.«

»Hör auf zu reden und lauf, Windspiel. Du wirst deine Luft noch brauchen.«

Mario rannte ihnen hinterher, das Weiß seiner Augen bebend. Er war schnell – doch der Abstand wurde größer. Es galt, ihn diesen so verkürzen zu lassen, dass er immer seine Chance sah, ohne wirklich eine zu haben. Deshalb war Niccolò froh über die rote Fußgängerampel, Rory dagegen nicht. Der imposante Scottish Deerhound war gerade erst in Fahrt gekommen, es kostete ihn viel Kraft, seinen massigen Körper zu stoppen. Er war gut, viel besser, als Niccolò gedacht hatte, verdammt fix sogar. Plötzlich ergab dieser riesenhafte schlaksige Körper einen Sinn. Wie raumgreifend die Schritte waren, wie lang er sich machen konnte, den Kopf gesenkt, wurde er zu einem silbergrauen Strich in der Luft. Niccolò konnte sich gut vorstellen, wie Rory Hirsche, Elche und Wildschweine durch Wälder jagte, bis die Tiere kraftlos zusammenbrachen.

Die Ampel sprang zum richtigen Moment um, denn Mario hatte sie fast erreicht. Mit der Zeit beherrschten sie das Spiel von Nähe und Distanz perfekt. Erst als sie fast bei der Ponte Umberto I. waren, den vereisten Po bereits im Blick, ließ Niccolò seinen Beinen ihren Willen und raste los. Auf diesen Moment schien Rory gewartet zu haben, denn seine Schritte wurden mächtiger, sein Haupt sank noch tiefer, dem Wind keine Angriffsfläche mehr bietend.

Niemand war schneller als er, dachte Niccolò, keiner auf der Welt! Doch dann kamen ihm Caninis Worte in den Sinn und ihr betörender Duft drang in seine Nase. Niccolò wurde langsamer. Nur ein wenig, so dass Rory es nicht merkte. Der Bewegungsapparat des Windspiels war ein Präzisionsinstrument, gegen das Schweizer Uhren wie grobes Spielzeug wirkten. Rory zog unter lautem Hecheln Zentimeter um Zentimeter näher und schaffte es erst am Flussufer, einen Kopf in Führung zu gehen. Niccolò war sehr zufrieden mit sich. Und Rory ging es nicht anders, er jagte noch ein paar Runden seinen Schwanz, weil er einfach nicht aufhören wollte zu laufen.

Mario erreichte sie kurze Zeit später – die Wölfe lauerten bereits in den Schatten auf ihn.

Ugo war überglücklich, die schwierigste Aufgabe erhalten zu haben. Er sollte die Carabinieri holen. Keiner, selbst der kluge Giacomo, schien eine Ahnung zu haben, wie das klappen könnte.

Kein Wunder, es waren ja bloß Hunde.

Doch Ugo, die Katze, wusste es gleich.

Seine Worte mochten übereinanderpurzeln wie Betrunkene, doch seine Gedanken waren glasklar. Was auf dem Weg zwischen Hirn und Zunge schiefging, blieb ihm stets ein Rätsel.

Giacomo wollte die Carabinieri, aber es mussten ja nicht gleich alle sein! Ein Ordnungshüter reichte völlig. Deshalb wartete Ugo nun in einem verschneiten Busch des schräg gegenüber der Questura verlaufenden Grünstreifens. Zu schmal, um darin zu spazieren, zu breit, um mit dem Wagen darüberzubrettern. Ugo reichte er völlig. Von hier aus merkte er sich jeden, der uniformiert in die Questura ging, damit er ihn erkannte, wenn er in Zivil wieder vor die schwere Metalltür trat.

Katzen konnten gut beobachten. Eigentlich machten sie die meiste Zeit nichts anderes. Selbst mit geschlossenen Augen konnten sie etwas im Blick behalten, um im richtigen Moment hellwach auf die Beute zu springen. Ugo schlief ein, denn er war sich sicher, dass ihn seine Sinne wecken würden, wenn der passende Mensch auftauchte. Es war ihm völlig egal, ob dieser dünn wie ein Grissino oder dick wie eine Fleischtomate war, Männlein oder Weiblein machte keinen Unterschied.

Es wurde eine schlanke Frau, mit dunklen Haaren bis zum Nacken, einer modischen rechteckigen Brille und einem Hosenanzug. Sie hielt ihren Kopf nicht gesenkt, drückte sich keine Tränen weg wie lästiges Ungeziefer und schlurfte auch nicht über den Bürgersteig, doch Ugo wusste, dass dieser Frau Liebe fehlte. Katzen spürten so etwas einfach. Seit jeher. Einsame Herzen zogen sie magisch an. Genau wie einsame Mäuse. Aber nur Letztere fraßen sie auf.

Diese Frau war bestimmt auf dem Weg zurück in eine einsame, aufwendig eingerichtete Wohnung, vielleicht mit kleinen Clownfiguren auf den Fenstersimsen. Ihre braunen Augen strahlten diese Fröhlichkeit aus, die nur ein dicker, schützender Vorhang für die Einsamkeit dahinter war. Sie hatte keine Verabredung für den Abend, nichts geplant als das Gießen der Topfpflanzen und das Einschalten des Fernsehers. Sie hatte Zeit. Dieser Frau strich Ugo nun um die Beine, selbstverständlich schnurrend, denn das gehörte zum Service, das Köpfchen gereckt, das Schwänzchen ebenfalls. Er lief die teuflische Acht um ihre Beine. Kein Mensch konnte dieser widerstehen.

»Was bist du denn für ein Süßer! Ganz verschmust, was? Kümmert sich denn keiner um dich?«

Sie redete mit ihm! Jetzt nicht nachlassen! Das Streicheln würde sie nur für wenige Minuten beschäftigen. Ugo startete deshalb Phase zwei: das Humpeln. Sein rechter Vorderlauf schien ihm dramatisch genug.

»Ach, bist du in einen Stein getreten? Zeig mir mal deine Pfote.«

Als sie sich zu ihm beugte, schnurrte Ugo ganz laut. Er hielt es zumindest für Schnurren. In Wirklichkeit gurgelte Ugo. Irgendwo im Magen.

»Hast du Hunger, armer Hund? Komm mit, ich besorg was für dich. Oder besser: warte hier. Mit deinem Bein kannst du ja nicht laufen.«

Er reckte sein Köpfchen empor, rieb es an ihrem Hosenbein.

Das Schwarz des Stoffes hatte nun Fellbüschel.

Das musste er lassen! Nächste Phase: Katzenbuckeln.

»Willst du Häufchen machen? Dann lass mich aber zuerst schnell weggehen.«

Jetzt entfernte sie sich. Warum nur? Er machte doch alles genauso, wie seine Mutter es ihn gelehrt hatte. Dann musste er nun wohl oder übel auf einen Hundetrick zurückgreifen. Hoffentlich beobachtete ihn keine Katze dabei. Er würde sich schön zum Gespött machen.

Er humpelte ein kurzes Stück vor, in Richtung der Ponte

Umberto I., blieb stehen, legte den Kopf schief und bellte kurz auf, danach freudig hechelnd. Als sie näherkam, duckte er sich und humpelte wieder los, bevor sie ihn bekam. Es war ein Spiel, und es zauberte ein Lächeln auf ihr Gesicht.

»Du bist ein Verrückter«, sagte sie. »Ich mag Verrückte. Vielleicht weil ich selbst eine bin.«

Nach vier Mal lachte sie immer noch, und sie hatten die Brücke erreicht. Die junge Frau ging vorsichtig die rutschige Böschung zum Po hinunter – und sah die Wölfe viel zu spät. Ugo wäre ihr gerne gefolgt, denn ihr Lachen hatte ihm gefallen, doch Katzen hielten sich fern von Wasser, und so kletterte er stattdessen auf einen niedrigen Baum, dessen größter Ast über dem gefrorenen Fluss hing, und nahm dort seine Position als Ausguck ein.

Bevor die nette Polizistin mit dem Mann reden konnte, der bereits am Brückenpfeiler stand und sich die Hände warm rieb, bugsierten einige der Wölfe sie zum anderen Ufer. Als sie dort ihr Handy langsam aus der Tasche zog, biss es ihr eines der wilden Tiere geschickt aus der Hand. Tommaso hatte diesen klugen Vorschlag gemacht. Seine Augen hatten aufgeleuchtet bei dem Gedanken, die Verbrecher ihres liebsten Spielzeuges zu berauben. Ugo hielt das für keine Strafe, denn er sprach eh am liebsten mit sich selbst. Er hörte gut zu, gab keine Widerworte und lobte angemessen und überzeugend.

Mit diesem schönen Gedanken schlief er ein.

Das heißt: Er behielt alles gut im Blick.

Nachdem Canini durch die offene Tür ins Haus geschlüpft war, lief sie gleich hoch ins oberste Stockwerk.

Die spiegelglatten Treppenstufen fühlten sich so unangenehm an, dass sie erst ihre Pfoten leckte, bevor sie mit ihrem Kopf mehrfach gegen die Wohnungstür stieß.

»Was hast du denn jetzt wieder vergessen?«, kam es von drinnen. »Mach dir doch selber auf, du hast doch einen Schlüssel! Das macht mich wahnsinnig!«

Unter Stöhnen wurde geöffnet. Canini hatte geplant, sofort wegzurennen, doch als sich Saadas Hand flink um ihr Halsband schloss und sie hineinzog, begriff die Spanielhündin, dass der Lauf empor sie zu viel Kraft gekostet hatte.

»Kommt die Prinzessin wieder zurück? Da freuen wir uns aber!« Saada wuschelte ihr über den Kopf, mehr Strafe als Zärtlichkeit. »Wegen dir und diesem blöden Rory durfte ich mir endlose Litaneien anhören. Mario ist total ausgerastet, als ich ohne euch vom Spaziergang zurückgekehrt bin. Er glaubt doch tatsächlich, in dir endlich den richtigen Gefährten gefunden zu haben.« Sie sperrte Canini ins Hundezimmer. Kurze Zeit später kehrte Saada mit einem Wasserschälchen zurück. »Für Futter habe ich gerade leider keine Zeit. Wirst hier aber schon nicht verhungern.« Noch einmal strich sie Canini über das Fell, diesmal etwas zärtlicher, und auch ein kleines Lächeln hatte sie für die Hündin übrig. »Ich mag euch Hunde ja trotzdem – obwohl ihr so schrecklich ungezogen sein könnt. Doch Mario, er verehrt euch. Bis ihr ihn enttäuscht. Und das tut ihr ja immer. Könnt noch nicht mal was dafür. Arme Viecher. Aber dem setzen wir heute ein Ende, ja?«

Die Tür schloss sich leise hinter ihr. Kurze Zeit später erklang ein Staubsauger. Nachdem er wieder rumpelnd im Dielenschrank verstaut war, duschte Saada, fönte sich ausgiebig die Haare, dann gingen ihre nassen Schritte ins Schlafzimmer, aus dem sie etliche Zeit später, dem Geräusch nach nun mit hochhackigen Schuhen, zum Telefon kam, eine Nummer wählte und plötzlich wie aufgewühlt sprach, dabei schluchzte und zum Schluss gar heulte. Nachdem sie aufgelegt hatte, ging Saada ins Wohnzimmer zum Barschrank und schenkte sich ein Glas ein. Canini verfolgte all dies mit ihren Schlappohren nahe der Zimmertür, doch außerhalb des Radius, den diese beim Öffnen beschrieb. Es war eine der Lektionen, die man als Welpe zuallererst lernte – unter Schmerzen. Schnell ging es deshalb in Fleisch und Blut über.

Dann folgte Stille. Lange Zeit. Canini versenkte ihre empfindliche Schnauze zwischen den ausgestreckten Vorderläufen, denn ihr war etwas klargeworden, das sie beschämte. Diese Wohnung fühlte sich mittlerweile schon an wie ihr Zuhause. Was für ein hinterlistiges Gefühl die Gewohnheit doch war. Und trotzdem liebte Canini sie. Auch jetzt gab es einen Teil in ihr, der nur wollte, dass all dies, so schrecklich es war, zur Normalität wurde. Doch dieser Wunsch verhallte ungehört, wie all die anderen der letzten Tage.

Die Männer nahmen die Stufen des Treppenhauses im Gleichschritt, wodurch das schwere Gebäude wie bei einem Erdbeben vibrierte. Nacheinander traten sie durch die Wohnungstür, Canini konnte nicht zählen, wie viele. Irgendwann standen sie auch bei ihr im Zimmer, ihre Augen die von Adlern, ihre Hände stammen jedoch von Waschbären. Alles fassten sie an, drehten es um, zerrten hervor, was immer sich bewegen ließ. Einige hatten beruhigende Klapse für sie übrig, ehe Saada die Hündin packte und Richtung Schlafzimmer trug. Doch in der Diele blieb sie stehen, unter dem Geweih eines Hirsches, wie Canini in diesem Moment höchster Verwirrung bemerkte, eines Zwölfenders, einst sicher ein stolzes Tier. Die aus der Küche herbeisprintende Frau mit dem knallengen Top unter der schwarzen Lederjacke interessierte der Hirsch überhaupt nicht. Sie rief ins Bad, aus dem ein bärtiger Bursche herausschaute, in dessen Mundwinkel eine Zigarette schlabberte. Sie war nicht mal angezündet.

»Wir haben was, Commissario. Und als Dank dafür muss ich mir nie wieder Ihre dummen Sprüche über Frauenfußball anhören.« Sie hielt eine schwarze Tasche hoch. »Unter dem Abfluss versteckt. Ein Schlüsselbund war drin, ein Herrenhemd, Button-down-Kragen mit Blutfleck, und ein Wolfsgebiss. Das allerdings ist sauber. Zu sauber, wenn Sie mich fragen, Commissario.«

»Heilige Rosalia«, erwiderte der Bärtige, bekreuzigte sich und blickte zur Dielendecke. »Heute Abend bekommst du die versprochenen Kerzen, meine Süße. Alle einhundert! Und die Spende wird auch nicht vergessen.« Dann legte er den Arm um seine Kollegin. »Bist ja doch für für was gut.«

Sie griente. »Aber ich suche mir aus, was!« Sie stieß einen Freudenschrei aus und tanzte ein wenig auf der Stelle.

»Sie müssen Bianca verzeihen«, sagte der Commissario zu Saada. »Aber wir sind alle etwas überarbeitet. Danke für Ihren Anruf! Ich weiß, wie schwer das für Sie gewesen sein muss. Bitte begleiten Sie uns zur Questura. Ihre Aussage ist dringend vonnöten.«

Die Männer suchten noch eine ganze Weile weiter, doch dann verschwanden sie und riegelten die Tür mehrfach hinter sich ab.

Canini war gescheitert.

Und damit der ganze Plan.

»Lasst mich durch!«, rief Amadeus seinen Brüdern und Schwestern entgegen, noch bevor er den gusseisernen Zaun der Giardini Reali überwunden hatte. »Es ist sehr wichtig.«

Er war nun nicht mehr der junge Hund, welcher vor einigen Tagen das Amt des Wächters übernommen hatte. Die bittere Kost der Demütigung hatte den schlanken Körper wachsen lassen, nicht äußerlich, doch seine Augen strahlten eine neu gewonnene Gewissheit aus. Amadeus' Geschwister sahen und begriffen es, ihre Reihen blieben diesmal nicht geschlossen, sie wichen zurück.

Sein Vater lag weiterhin unter dem immergrünen Kirschlorbeer, doch er war abgemagert und bleich, verwelkt wie ein Blatt. Auch die anderen seiner Meute schienen im Verschwinden begriffen, standen und saßen teilnahmslos herum, als wüssten sie nicht, woher und wohin. Der Raub des Sindone hatte ihr Leben sinnlos werden lassen. Und in diesem eisigsten Winter seit Jahrzehnten, der keine Schwächen zuließ und niemandem etwas schenkte, hatten sie eine neue Aufgabe finden müssen. Sie waren kläglich gescheitert.

Seinen jüngsten Bruder hatte er gerade noch vor dem Duomo gesehen. Gebibbert hatte der Schmächtige, den Rücken an die kalten Mauern des Gotteshauses gedrückt. Neben ihm lagen Essensreste, steifgefroren und kaum angerührt. Er bewachte die Leere.

Seiner Mutter erging es genauso. Sie blickte nun zu Amadeus auf. »Du hast uns nichts mehr zu sagen. Wir haben alles schon ausgesprochen.«

»Es ist wegen Nara«, erwiderte er. Zuerst die schlechte Nachricht, dachte Amadeus, dann die freudige.

»Wo ist sie?«, kam die Frage von einer seiner Schwestern. Sie hatte an der Großmutter gehangen wie eine Klette.

»Hast du sie gesehen? Ist sie bei den Hundefängern?« Sein älterer Bruder trat vor, selbst er nur noch ein Schatten seiner selbst. Die Kälte schien sogar die Wut aus seinem Körper gezogen zu haben.

»Warum kommt sie nicht zurück?« Die Fragen überschlugen sich.

»Ruhe«, befahl seine Mutter schwach. »Gebt ihm Zeit zum Reden.«

Amadeus blickte zur Seite und nahm dann einen tiefen Atemzug. Er hatte die folgenden Sätze so lange wie Kiesel in seinem Inneren geschliffen, bis sie sich nicht mehr wie eine Lüge anfühlten, sondern wie eine schönere Form der Wahrheit.

»Nara suchte das Sindone und war auf der richtigen Spur.

Doch dann ist sie von einem Menschen im Borgo erschossen worden. Er wollte nicht, dass sie es findet.«

Viele der Pharaonenhunde rollten sich auf der vom Regen zerfetzten Schneedecke zusammen und zeigten so ihre Trauer.

»Sie starb wegen dir, Amadeus«, sagte seine Mutter, ein kehliges Bellen für die Ohren der Menschen. »Hättest du aufgepasst und deine Aufgabe erledigt, wäre sie noch am Leben. Du hast sie auf dem Gewissen!«

Die anderen murmelten zustimmend. Und Amadeus widersprach nicht. Nara war tot, nur ihr Andenken lebte noch. Wie konnte er dieses nun mit der Wahrheit schänden? Es würde den Seinen die letzte Kraft nehmen.

»Bevor sie starb, sagte Nara mir, ihr sollt nicht aufgeben. Das würden unsere Urväter und Urmütter uns niemals verzeihen.«

Seine Mutter ging an den Platz rechts neben dem immer noch leblosen Leib des Vaters. Dort, wo Nara eine Kuhle in den Boden gelegen hatte. Sie senkte ihre Nase und schnüffelte, keine Ecke auslassend. Die anderen der Meute hatten nichts, um ihre Trauer zu lindern.

»Aber ich habe euch noch etwas zu sagen.« Amadeus leckte sich vor Nervosität kurz die Nase. Wie hatte er auf diesen Moment gewartet. »Etwas Gutes. Was wir auch Nara zu verdanken haben. Das Sindone ist wieder da! Heute Nacht wird damit der Dieb überführt, welcher alles Unglück über uns gebracht hat.«

»Du, Amadeus, du hast all dies zu verantworten!« Es war sein Vater, der nun sprach und sich dafür sogar erhob. Mühselig, wie ein Spross, der durch die Erddecke trieb. »Steh dazu, schieb es nicht auf andere. Der Schutz des Tuches war deine Aufgabe. Du hast versagt.« Seine zittrige Stimme wurde mit jedem Wort stärker.

Die Meute wagte sich näher, die Köpfe nervös hebend

und senkend. Die unberührte Eisdecke betretend, die um die Ruhestätte des Vaters lag. Keiner hatte sich in den letzten Tagen daraufgetraut.

»Hast du mich nicht verstanden?«, fragte Amadeus. »Das Sindone ist wieder da und wird an seinen Platz zurückkommen! Alles wird wie früher.«

»Früher ist ein anderes Land, und alle Brücken dorthin sind eingestürzt.«

So hatte Amadeus es sich nicht vorgestellt! Wo war die Freude? »Kommt bitte heute Nacht auf die Ponte Umberto I.! Seht euch an, wie …«

Doch dann bemerkte er ihre Augen, sie waren offen und doch schien kein Licht hineinzufallen. Wie ließ sich solche Hoffnungslosigkeit heilen? Er konnte sich nur unterwerfen, indem er mit tief gehaltener Rute schnell hin und her wedelte, die Ohren zurückgelegt. Und hoffen, dass die Bedeutung der Worte langsam einsinken würde, wie Regen in ein ausgetrocknetes Blumenbeet.

»Was ändert sich, wenn wir es uns ansehen?« Sein Vater stand nun vor ihm, auf wackeligen Beinen, die drohten einzuknicken. »Wir sind Wächter. Wir bewachen das, was da ist. Du dagegen bist zu einem Sucher geworden. Wenn das Sindone wieder an seinem Bestimmungsort ist, werden wir unseren Dienst wieder antreten, wir alle. Nur du bist dann keiner mehr von uns. Du bist frei, kannst gehen, wohin du willst. Du bist kein Wächter mehr. Und wirst niemals wieder einer werden.«

Er sackte in sich zusammen. Die Leiber der Meute schlossen sich sogleich um ihn, den Vater wärmend.

Amadeus ging fort, ohne ein weiteres Wort.

»Verdammich, ja!«, brüllten die Dachshunde, und damit war die Schlachtordnung besiegelt.

»Striezel!«, rief der Kleine Stinker, denn er wurde unruhig.

Es sah nach Regen aus. Und er wusste nicht so richtig, was das war. Der Anführer der Dachshunde war in der Unterwelt geboren und hatte sie niemals verlassen. Die Vorstellung, Wasser fiele von überall auf ihn herab, hatte etwas … Durchdringendes.

»Welche Heldentat soll ich vollbringen, Kleiner Stinker?«, fragte Striezel.

»Du beziehst Stellung unter dem Schacht SchlammRinnsal-Metzgerei. Das Losungswort ist, ähm, Wuff.«

Nach und nach befahl der Kleine Stinker seine stärksten Untertanen zu sich und verteilte sie auf die nächstliegenden Gullydeckel.

Viele Menschen gingen heute im Museo Regionale di Scienze Naturali ein und aus – aber keiner warf den Dachshunden mal eine frische Ratte zu. Es war frustrierend. Hineingehen sahen sie den Mann mit der Sonnenbrille nicht, doch heraus trat er als einer der Letzten, unterhielt sich noch einige Sätze mit der jungen Dame am Eingangstresen und wandte sich dann nach links. Er bewegte sich zügig, über der Schulter wippte ein modischer Rucksack. Der Mann hatte keine Augen für die Hunde auf dem Bürgersteig, sein Blick galt vielmehr den Oberkörpern der Frauen, je ausgebeulter, desto besser. Der Kleine Stinker vermutete dort seit jeher Essensdepots, die sie überall mit sich herumtrugen – weshalb er von den Frauen der Menschen stets mit größter Hochachtung sprach. Der Mann näherte sich nun dem ersten Gully.

»Vorbei an RatteSchlammSchlammDickesRohr«, flüsterte der Adjutant des Kleinen Stinkers.

Zwei weitere Gullys brachte die Sonnenbrille unbehelligt hinter sich. Dann endlich war die Straße leer, keine Spaziergänger, keine vorbeifahrenden Autos, keine Zeugen. Perfekt! Zudem war der Bursche nur wenige Meter vom nächsten Schacht entfernt, der den vielsagenden und in den

Ohren der Dachshunde äußerst vielversprechenden Namen RatteRatteFetteRatte trug.

»*Wuff*«, sagte der Kleine Stinker. Er tat es leise und bedacht, doch die Auswirkungen glichen einem Lawinenabgang. Die schmale Via Giolitti im Herzen Turins erlebte nun etwas, das jeden Biologen in den Wahnsinn getrieben hätten.

Das Erste, was geschah, war, dass Schnucki und Bubi, zwei alte Kurzhaar, mit ihrem Kopf so von unten gegen den Gullydeckel des Schachts RatteRatteFetteRatte rammten, dass dieser scheppernd auf dem Bürgersteig landete. Zeitgleich schossen weitere der wurstigen Vierbeiner wie Torpedos unter den parkenden Autos hervor. Es ging alles furchtbar schnell – wobei für den Sonnenbrillenträger die Betonung eindeutig auf furchtbar lag. Er verlor das Gleichgewicht und landete auf unzähligen Dachshundrücken, die ihn umgehend zu RatteRatteFetteRatte trugen und dort mit einem fröhlichen »*Verdammich, ja!*« in die Unterwelt sprangen. Ein paarmal dotzte ihre Fracht gegen die Eisensprossen oder den Beton der Schachtwand – was zu unzähligen Schuldzuweisungen und Flüchen führte –, doch alles in allem kam der Mann unversehrt am Grund an, bevor es im irren Tempo in die Dunkelheit Richtung Ponte Umberto I. ging.

»*Rechtsrum*«, schrie der am rechten Oberschenkel laufende Dachshund. »*Jetzt gleich! Hört mir mal einer zu?*«

»*So 'n Riesenquatsch!*«, antwortete die linke Schulter. »*Die nächste Abzweigung links, und dann über den Kanal vom Altenheim.*«

»*Was redet ihr Dummschwätzer wieder für einen Quark?!*«, schaltete sich der Rücken – 23. bis 26. Wirbel – ein. »*Dass ihr es überhaupt schafft, eure Füße voreinander zu setzen, ohne umzufallen, grenzt an ein Wunder. Geradeaus geht's. Ist doch klar.*«

»Verdammich … nein!«

Eigentlich konnten Hunde nicht lachen, doch die Dachshunde scherten sich nicht darum. Der Sonnenbrillenträger verstand das Gekläffe nicht, unmissverständlich waren dagegen die unzähligen Schrammen und blauen Flecken, welche ihm die Uneinigkeit der Dachshunde einbrachte. Den Horror, den ihre Fracht in diesem Moment verspürte, konnte sich keiner der Dachshunde vorstellen. Insgeheim wünschte sich ein jeder von ihnen, irgendwann einmal auf dieselbe Weise durch die Dunkelheit getragen zu werden.

Als die Dunkelheit wie ein Sack Kohle auf die Altstadt Turins fiel, wusste Giacomo, dass die Zeit ablief. Der Sturm hatte neben Wasser auch weitere Wärme gebracht. Der Tau tropfte schon den ganzen Tag von den Ästen herab, die Eiszapfen fielen den Dachrinnen aus wie wackelige Milchzähne. Und die Welt, welche Giacomo vorher karg und farblos erschienen war, erhielt wieder Tiefe und Raum. Er roch wieder den Boden, das Scharfe der Blumenzwiebeln, das modernde Holz, die ruhende Kraft der Wurzeln, das Erwachen der Insekten und Würmer – sowie das Züngeln einer Trüffel?

Giacomo traute seiner Nase nicht.

Dort! Tatsächlich, eine Trüffel. Sie schaute mit der Spitze bereits aus der Erde. Was machte sie bloß hier am Ufer? Der Boden bot kaum Kalk, und der Haselnussstrauch über ihr war mickrig und alt. Giacomo fuhr mit der Pfote darüber, sie war klein, doch von intensivem Duft. Lange musste sie hier gewartet haben, das sah Giacomo dem schrumpeligen Klumpen gleich an. Er hob sie heraus, kratzte mit seinen Pfoten zärtlich den Dreck davon – und verschlang die Trüffel. Doch der Hochgenuss ließ den alten Lagotto unglücklich werden. Wie ein Verdurstender, der einen Tropfen Wasser fand und dadurch nur noch mehr um die Köstlichkeit des feuchten Nasses wusste, so warf die Herrlichkeit der kleinen Trüffel einen Mantel der Sehnsucht über Giacomo. Er wollte endlich heim, oder noch besser: in diesen Himmel. Nur noch diese Nacht, welche Isabella die Freiheit bringen sollte, dann musste es doch genug an guten Taten sein, um zu seinem Trifolao in die unendlichen Trüffelfelder des Paradieses hinübergehen zu dürfen.

Giacomo legte seinen alten Kopf schräg und blickte lange auf den Ort der Entscheidung, wo das schmelzende Eis unentwegt knackte. Er stand am Westufer des Po, in einem Ausläufer des Parco del Valentino, dessen Borgo Medievale lichtlos am vereisten Fluss kauerte. Maria Grazia hatte sich dorthin zurückgezogen, denn dies war nicht ihr Kampf. Sie wartete auf die Rückkehr des Conte Rosso, auf eine Renaissance der goldenen Zeiten, auf jemanden, der sie brauchte. Nur sie.

Über die Ponte Umberto I. war schon lange kein Auto mehr gefahren. Die Stadt, welche ihre Sommernächte so schamlos auskostete, sammelte in denen des Winters Kraft und schlief früh ein. Das zwischen den Ufern eingeklemmte Eis wirkte nicht mehr weiß, denn unzählige Menschen waren darüber gelaufen und geschlittert, ihre Spuren glänzten wie poliert, an einigen Stellen schien der dunkle Grund des Flusses durch. Über allem lagen die scharfen Spuren der Schlittschuhe, wie unendliche Spaghettini. Giacomo bekam großen Hunger.

»Es wird alles gutgehen, wirst schon sehen«, sagte Daisy und stupste ihn von hinten an.

»Hm.«

»Ich wollte dir noch was sagen, bevor es losgeht. Vielleicht hast du es ja nicht gemerkt, ihr alten Rüden seid ja manchmal schwer von Begriff, aber ich kann dich gut leiden.«

»Das sagst du doch nur, weil es gleich mit mir zu Ende geht?«

»Was bist du nur für ein dummer, verstockter Lagotto!«

Sie lief fort, bevor Giacomo sich entschuldigen konnte. Mit ihr würde er später noch reden müssen. Lange reden.

Die hergelockten Menschen wurden derweil immer unruhiger. Sie saßen auf den schmalen betonierten Uferstreifen, die nicht viel breiter als eine Pizzaschachtel waren, und rieben sich die Arme, hauchten in die Hände und wippten unentwegt mit den Füßen. Beäugt von den Wölfen, die nun auf dem Eis lagen. Einige schienen zu schlafen, doch näherte sich ihnen ein Mensch bei seinen Aufwärmversuchen, waren sie binnen eines Lidschlags auf den Beinen. Am gegenüberliegenden Ufer, im Schatten des Brückenpfeilers, hielten drei Grauröcke die junge Polizistin in Schach. Dort drüben erhob sich das Land und verschmolz mit der Dunkelheit des Himmels zu einer endlosen Finsternis.

Die Menschen mussten schreckliche Angst haben, denn ihre Welt hatte sich auf den Kopf gestellt. Die Diener hatten aufbegehrt und ihre einstigen Herren nun in der Gewalt. Doch Angst war gut, denn trotz der Kälte bedeutete sie Schweiß, und der würde ihn zum Täter führen. Aber noch immer fehlte Canini mit Saada, und die Signora war ebenfalls noch nicht eingetroffen.

Unter Giacomo floss im Verborgenen der Po, nicht zu sehen wegen der Eisschicht. Entsprungen in den Cottischen Alpen, durchquerte er Städte, aber auch viele Felder und Wiesen sowie die nach ihm benannte Ebene, auf der die Menschen Gemüse, Früchte und Getreide anbauten, bis der Strom sich schließlich teilte und in die Adria ergoss. Sein Trifolao erzählte Giacomo oft davon, wie sehr er den größten Fluss Italiens verehrte, vielleicht weil er ihn nie hatte sehen dürfen. Der Abschnitt vor den Augen des alten Hundes war nur ein Bruchteil des langen Bandes, das Italien gleichermaßen teilte und einte.

Der Mann mit der Sonnenbrille – er hatte sie nun hoch

ins Haar geschoben – griff plötzlich hektisch in die Innentasche seiner Jacke. Was, wenn er eine Waffe bei sich trug, schoss es Giacomo durch den Kopf. Oder die Hundefänger auftauchten? Doch er fingerte nur eine Packung Zigarillos hervor. Trotzdem erklangen nun Schreie. Allerdings aus der anderen Richtung.

»Du mieses kleines Dreckstück! Ich dreh dir den Hals um, das verspreche ich dir!«

Canini tauchte auf, elegant wie immer, die langen Spanielohren flatternd. Sie trug etwas im Maul, ließ es jetzt jedoch die Böschung herabfallen, was dazu führte, dass ihre Verfolgerin einen nadelspitzen Fluch in den Nachthimmel stieß und noch schneller rannte. Niccolòs Erzählungen nach musste es sich bei der Frau um Saada handeln. Als sie auf das Eis trat, waren sogleich drei Wölfe bei ihr, noch ehe sie den mysteriösen Gegenstand erreicht hatte.

Canini drehte sich vor Freude um die eigene Achse und stürmte dann zu Giacomo.

»Da bin ich! Hat alles geklappt, nur ein bisschen länger gedauert. Aber ich habe Saada noch rechtzeitig hergebracht, oder?«

»Du bist nicht zu spät. Aber ob es etwas bringt?« Giacomo blickte zur Straße. Immer noch keine Signora. »Hoffen wir es. Wir müssen viel hoffen in dieser Nacht.«

Niccolò rannte herbei, um Canini zu begrüßen, doch sie war viel zu aufgeregt, wollte erzählen.

»Wisst ihr, sie hatte mich eingesperrt und war fortgegangen. Aber so etwas kann mich nicht aufhalten! Ich hab mich dann im Zimmer umgesehen und ihren Kleiderschrank gefunden, das heißt, es ist eher ein eigenes Zimmer, voll mit allem, was die Menschen sich zum Schutz über die Haut ziehen. Ein ganzes Regal nur mit Schuhen, es hat extra Bretter dafür, damit man sie alle auf einmal sehen kann. Und sogar eigenes Licht!«

»Canini, wir müssen wirklich …« Giacomo wollte nochmals zur Signora gehen, einen weiteren Versuch starten, sie zu holen.

»Und wie schön die Schuhe waren, das Leder glänzte so! Sie rochen, als seien sie alle kaum getragen worden. Ganz oben gab es ein Paar, dem das Fach ganz allein gehörte, sein Leder sah aus wie tausend Käferflügel. Da wusste ich, wie ich sie herbekomme. Es hat lange gedauert, zugegeben …«

»Das kannst du alles auch später erzählen, ich muss jetzt dringend weg. Die Zeit drängt. Und du solltest leise sein, sonst fallen wir noch auf!«

»Das verstehe ich ja alles«, sagte Canini – und erzählte trotzdem weiter. »Also, ich war mir sicher, dass sie zurückkommt. Ich wusste es irgendwie. Die ganze Zeit. Dann kam sie auch, steckte den Schlüssel in die Tür, und ich sprang hoch, bis zu dem schönen Paar, und riss dabei das ganze Regal um. Es schlug an die andere Seite des kleinen Zimmers und verursachte einen Riesenkrach. Die ganzen Schuhe fielen auf mich, was höllisch weh tat, aber das machte mir gar nichts.« Sie holte tief Luft, um den Rest in einem Rutsch erzählen zu können. »Saada rannte direkt zu mir, ohne die Wohnungstür zuzuschließen. Als sie ins Zimmer trat, bin ich zwischen ihren Beinen hindurch. Sie hat direkt gesehen, dass ich einen der tollen Schuhe hatte, und brüllte etwas, das wie »Maolo Lanik« klang, was immer das auch heißen mag. Ich fix ins Treppenhaus, sie hinter mir her, furchtbar schreiend, ohne Jacke, draußen waren ihr selbst rote Ampeln egal. Was ist, Giacomo? Geht es dir nicht gut?«

»Doch. Das hast du gut gemacht, Canini. Wirklich gut.«

Giacomo kam ins Grübeln, ob sein eigener Plan überhaupt aufgehen würde. Er war ihm des Nachts eingefallen, wo zwischen Traum und Wachen so vieles möglich schien.

»Ich glaub, da kommt wer«, sagte Niccolò und schlug sich durch den Busch. Schnell und leise lief er die Patrouillen ab, bevor er hechelnd zurückkehrte. »Deine Signora! Sie hält Ausschau nach dir, weiß nicht, wohin sie gehen soll. Dann sind wir ja endlich komplett!«

»Kannst du sie herführen?«

»Aber klar.« Er ging einige Schritte und blieb dann stehen. »Giacomo?«

»Ja, Kleiner?«

»Werden wir Isabella bald wiedersehen?«

»Du vermisst sie wohl sehr?«

»Es wird nicht besser.«

Manche Wunden schlossen sich nie, das hatte Giacomo selbst erleiden müssen. »Bald ist sie wieder bei uns, versprochen. Bei allen Trüffeln der Welt!«

»Dann ist ja gut.«

Niccolò verschwand und kehrte alsbald mit der Signora zurück, die ihm mit amüsiertem Gesichtsausdruck und hellwachen Augen folgte. Ihre Taschen waren prall gefüllt mit Wurstenden – hoffentlich nicht nur für sich selbst! Giacomo bestellte den Spürer zu sich, der zu einer wahren Seele von Hund geworden war. Die beiden hatten alles genau besprochen, zwei Gedanken wollten sie der Signora eingeben: im Busch verstecken, Dieb stellen.

Mit vereinten Kräften, so hoffte Giacomo, würden sie Erfolg haben. Er dachte nun an nichts anderes mehr. Die Worte nahmen fast vor ihm Gestalt an, schwebten über den Schnee zur Signora, um gleich in ihren Geist zu fahren. Niemals zuvor hatte sich Giacomo dermaßen konzentriert, selbst das Verlangen nach köstlichem Essen und Wein, welches normalerweise jeden seiner Gedanken begleitete, war zur Seite gedrängt.

Im Busch verstecken, Dieb stellen.

Die Signora setzte sich auf den kalten Boden und streckte die flache Hand in seine Richtung aus.

»Komm her, du kluge Trüffelnase.« Giacomo folgte ihrem

Wunsch. »Das ist dein Werk, oder? All diese Hunde, da unten an der Brücke sehen sogar einige wie Wölfe aus. Es sind welche, nicht wahr? Und was die Menschen dort angeht: Einer von denen ist ein Dieb und Mörder. Stimmt's?«

Ja, dachte Giacomo und senkte den Kopf, wie es die Menschen taten, wenn sie jemandem zustimmten.

»Wusste ich's doch! Aber du weißt nicht, wer genau es ist, sonst wäre dieses ganze Schauspiel nämlich unnötig.«

Er wiederholte die Geste, obwohl sie ihm unnatürlich vorkam. Den Kopf senkte man eigentlich nur, um sich dem Futternapf zu nähern oder etwas in Bodenhöhe zu erschnuppern.

»Und an der Stelle komme ich alte Krähe ins Spiel. Nur wie?« Sie blickte sich um, die Szenerie abschätzend. Giacomo legte beide Tatzen auf ihr Bein. Der Spürer tat es ihm nach.

Im Busch verstecken, Dieb stellen.

»Weißt du was, mein struppiger Trüffelkönig? Ich verstecke mich in dem Busch dort, und du setzt dich davor. Wenn ich rede, werden sie in der Dunkelheit denken, du seist es. Das wird sie ganz schön durcheinanderbringen. Na, ist das ein guter Plan?«

»So macht es keinen Spaß«, sagte der Spürer. »Wahrscheinlich ist sie ein großer Hund ohne Fell. Sonst geht es ja gar nicht.«

Die Signora sah den blinden Border Collie vorwurfsvoll an. »Hast du gerade irgendwas Böses über mich geknurrt? Ich mag ja kein Hund sein, aber so was merke ich!«

»Die find ich echt gruselig.« Der Spürer trabte davon, zurück zu Amadeus, der das Sindone nicht aus den Augen ließ. Er würde es in dieser Nacht beschützen, komme, was wolle.

Giacomo schätzte die Signora ganz anders ein als der Spürer. Sie musste fraglos ein Engel sein. Die in den Kirchen sahen zwar anders aus, klein und fett, mit stummeligen Flügeln, wogegen die Signora alt und faltig war, mit stummeligen Beinen, und doch war er sich sicher. Vielleicht verwandelten sich die dicken Dinger mit der Zeit ja in solche Frauen?

Der Busch, den Giacomo – und nun auch die Signora – auserkoren hatte, stand ganz nah am Po, doch deutlich über der Eisdecke, und lag völlig im Dunkeln.

Giacomo leckte sich noch einmal das Fell, schmiegte sich an das Bein der Signora und gab dann den kurzen Heuler von sich, der alles in Gang setzen würde.

Die Wölfe führten Mario, Saada und Gianluca wie eine Schafherde so zu einer Stelle unterhalb des Buschs, von der aus sie nicht allzu genau sehen konnten, ob Giacomos Maul sich wirklich öffnete. Dann begannen die Grauröcke aufzuheulen und einen Angriff vorzutäuschen, wodurch sie den Angstschweiß aus den Poren der Menschen treiben wollten. Doch es war zu kalt, die Stirnen blieben trocken. Die Wölfe schlossen den Kreis deshalb enger um die drei, und Vespasian sprang mit aufgerissenem Maul wiederholt gefährlich nah an ihre Beine. Endlich bildete sich Angstschweiß unter der dicken Winterkleidung, aus den Achselhöhlen trat er hervor. Giacomo musste die heraufwehende Luft tief einsaugen, um die Gerüche der Menschen zu entwirren. Doch dann fand er sie, dieselbe Signatur wie im zweitausend Jahre alten Gewebe des Sindone. Nun wusste er, wer hinter allem steckte, hinter Raub und Mord, hinter Elend und Schmerz. Sie hatten keinen Fehler gemacht, der Schuldige stand vor ihnen auf dem Eis. Nun konnte der Plan gelingen! Giacomo versuchte der Signora mitzuteilen, wer es war, doch wusste er nicht, ob sein Gedanke sie erreichte. Sie nickte, vielleicht war dies ein Zeichen. Aber noch jemand musste es erfahren: die Polizistin am anderen Ufer. Und Menschen glaubten nur Worten, nicht Gerüchen. Diese mussten genauso herausgelockt werden wie der Schweiß.

»Ihr habt das Sindone gestohlen und es dann uns Hunden angehängt«, begann die Signora das Verhör, ihre Stimme viel tiefer schnarrend, als wenn sie sang, während ihre Hände durch warme Schokoladenkuvertüre fuhren. »Warum? Antwortet! Oder unsere Brüder, die Wölfe, werden ihren entbehrungsreichen Winter mit eurem Fleisch lindern.«

Giacomo spürte die Worte wie einen Schluckauf im Hals, kurz bevor die Signora sie aussprach, und bewegte sein Maul entsprechend. Sie machte ihre Sache sehr gut, knurrte sogar zwischendurch. Schokolade machte klug, das hatte er immer schon gewusst.

»Hunde sprechen doch nicht! Das ist bloß irgendein Trick. Versteckte Kamera, was? Überhaupt nicht lustig, Freunde! Ihr hört von meinem Anwalt, wird euch eine Riesenstange Geld kosten. Das sind bestimmt auch keine Wölfe hier, sondern dressierte Huskys.« Gianluca hielt die Arme fest um den Oberkörper geschlungen. »Abblasen die Sache, sofort!«

»Hunde sprechen also nicht?«, fragte die Signora und Giacomo öffnete lippensynchron sein Maul. »Können sie denn Menschen auf den eisigen Po locken? Oder das Leichentuch Jesu Christi in Sicherheit bringen?«

Diese Fragen wollte Gianluca lieber nicht beantworten.

»Wir wollen verstehen, was in den Köpfen von euch Menschen vorgeht, die ihr so wunderbare Würste herstellen könnt und doch zu so viel Leid fähig seid.«

Sie gab der ganzen Sache einen persönlichen Ton. Hübsch, fand Giacomo.

»Dann lasst ihr uns wieder frei?«, fragte Gianluca.

»Ja.«

»Und händigt uns das Sindone aus?«

»Äh«, die Signora klang unsicher. »Das wird danach entschieden. Es muss zurück in den Duomo.«

»Dann wollen wir alle das Gleiche!«, sagte Mario. »Aber

das alles ist ein schreckliches Missverständnis, wir haben nichts mit dem Diebstahl zu tun. Kommt, sagt es ihnen auch!« Doch sein Blick fand nur Saadas gesenktes Haupt und die dunklen Augen Gianlucas.

»Was …?«

»Halt einfach die Klappe, Mario. Oder ertränk dich hier im Fluss, das wär für alle das Beste.«

»Gianluca, nicht!« Saada legte ihm beschwichtigend eine Hand auf den Arm.

»Du kannst alles von mir haben, meine Schöne, aber nun ist Schluss mit dem ganzen Theater. Ich bin's leid. Jetzt erzähle ich diesen … Hunden den ganzen Scheiß, wir kriegen dafür das Sindone und denken uns eine hübsche Geschichte für die Presse und die Bullen aus. Mario soll ruhig alles hören. Was kann er schon machen? Es gibt keine Beweise, seine Aussage steht gegen unsere. Der Karren steckt eh im Dreck, und wie tief der drin ist! Wenigstens reinen Tisch machen können wir. Ich wollte schon lange, dass sich der Vorhang vor unserem Träumer hier hebt.«

Die Signora wiederholte alles, was gesagt wurde, in ihrem Kopf, gewichtete und kombinierte die Aussagen, so als würde sie eine Ganache abschmecken. Auch Giacomo verstand dadurch jedes Wort. Nun erhob sie wieder ihre Stimme. »Erzählt endlich!«

»Ja, also«, Gianluca räusperte sich. »Wir haben das Sindone … ausgeliehen. Mehr nicht. Eigentlich hätte nichts schiefgehen dürfen. Aber ist es dann ja doch – und nur wegen dir, Mario. Du warst Teil des Plans, hast dich aber nicht an deine Rolle gehalten.«

»Was erzählst du da, Gianluca?«, fragte Mario, nun bleicher als das Eis unter sich. »Das kann doch nicht wahr sein. Wir …«

»Lass ihn reden«, unterbrach Saada ihn und strich ihm über den Kopf wie einem kleinen Jungen vor der Sonntagsmesse. »Desto schneller kömmen wir hier weg. Bitte! Ich flehe dich an. Schau doch in die Augen der Wölfe.«

»Meine Rolle?«, fragte die Signora für Giacomo. »Wie wäre sie denn gewesen?«

»Das Tuch zu Isabella Tinbergen zu bringen – und es dort zu lassen. Sie hätte es zurückgegeben, alles wäre wunderbar. Wegen dir hatten wir es extra mit Trüffelduft beträufelt, damit du es auch ja finden würdest. Ich war zur Sicherheit sogar die ganze Zeit bei dir, ja genau, der Penner, an den du dich rangedrückt hast. Es lief alles prima. Bis du vor der Polizei mit dem Sindone geflüchtet bist. Warum eigentlich?«

»Ich stelle hier die Fragen. Wozu das alles?«

Gianluca lächelte stolz und tastete seine Taschen nach einer Packung Zigaretten ab. Doch sie war bereits leer. »PR-Gründe, Marketing, das verstehst du als Hund nicht. Der Palazzo soll diesen Sommer wiedereröffnen, durch die unzähligen Jahre Umbau ist er aber irgendwie in Vergessenheit geraten. Und unser famoser Duomo hat nur dann richtig Zulauf, wenn das Sindone offiziell gezeigt wird. Das dauert noch Jahre. Jetzt aber geht dieser Diebstahl um die Welt, wir sind in aller Munde. Die Besucherzahlen steigen. Zufrieden?«

»Nein.«

»Nein?«

Giacomo drehte sich um. Reichte das nicht? Die Frage brannte in seinem Kopf. War das nicht die Antwort, die sie gesucht hatten?

»Warum hättest du für ein bisschen Publicity den armen Priester umbringen sollen? Das warst doch du, oder? Und kein Wolf. Wie sollte ein solcher auch in den Glockenturm gelangen? Und der tote Sindone-Forscher im Parco Naturale di Stupinigi. Das warst auch du.«

Gianluca hob entschuldigend die Hände. »Es war irgendwie der Wurm drin. Leider sah mich der gute Padre Filippo, als ich mir das Sindone ausborgte. Übrigens mit Hilfe deiner

Schlüssel, Mario, deiner Codes. Saada wusste genau, wo du alles versteckst. Damit war es ein Kinderspiel. Na ja, bis auf den Padre eben. Der begriff zwar nicht wirklich, was ich da tat, aber ich brachte ihn trotzdem lieber zum Schweigen. Und der amerikanische Forscher schnüffelte mir zu viel herum. Eines Tages sah ich ihn bei mir im Museum, genau in der Abteilung mit dem Wolfsgebiss, das ich für das vorzeitige Ende des Padre benutzt hatte. Er schaute es sich für meinen Geschmack einfach einen Tick zu lange an.«

»All das Risiko für ein bisschen Werbung? Niemals. Das kannst du einer alten F…« Die Signora stoppte gerade noch rechtzeitig. Und sah sich vor dem Problem, was sie statt »Frau« sagen sollte. Glücklicherweise war sie gerade gut in Schwung. »… Flohschaukel wie mir nicht erzählen! Mach dich frei, lass die Wahrheit herausfließen – wie reinen Wein.«

Jetzt klang sie wie ein Priester. Aber ein guter, einer des Barolo!

»Er hat es aus Liebe getan«, sagte Saada und Tränen flossen, doch sie rochen nicht echt, ihnen fehlte das Quäntchen Salz, und sie kamen viel zu schnell. »Damit Mario aus dem Weg ist, niemals hätte er mich freiwillig gehen lassen. Deshalb werden wir ihm alles anhängen. Die Indizien sprechen schon gegen ihn. Er hat als einziger Verantwortlicher der Stadt die Schlüssel zum Duomo und zur Truhe des Sindone. Der Palazzo untersteht ihm ebenfalls, und mit Isabella Tinbergen fand zufälligerweise eine seiner Mitarbeiterinnen das gestohlene Tuch. Eigentlich haben wir gedacht, sie würde ihn als Erstes anrufen, das hätte zu ihr gepasst, und ich hätte dann parallel die Polizei informiert. Die beiden wären zusammen mit dem Sindone im Palazzo aufgegriffen worden, und die wahnwitzige Geschichte eines Trüffelhundes, der das Sindone in einem Baumstamm gefunden hat, hätte ihnen niemand geglaubt. So ist es zwar nicht gekommen, aber nachdem die Polizei in unserer Wohnung heute das blutbefleckte Hemd und das Wolfsgebiss gefunden hat, läuft es aufs selbe hinaus.« Sie wandte sich von ihrem Ehemann ab. »Du hast es nicht anders gewollt, Mario.«

»All diese Grausamkeiten nur aus Liebe?«, fragte die Signora. »Die Liebe ist auch zu gar nichts gut.«

»Was wisst ihr Hunde schon davon. Für euch gibt es nur Triebe, Fressen und Schlafen.« Nun war Saadas Wut echt.

»Und sprechen«, erwiderte die Signora.

Mario stand nicht mehr aufrecht, er war zusammengesunken, kniete auf dem Eis, den Kopf herabhängend, als wären alle Halteseile gekappt worden.

»Nur noch eine letzte Frage: Was ist mit dem Priester? Was hat der Geistliche aus dem Museo della Sindone damit zu schaffen?«

Woher wusste sie von dem Priester? Nur Amadeus hatte ihn gesehen, sonst niemand. Er hatte Giacomo davon erzählt, aber nur ihm. Der alte Trüffelhund spürte das Lächeln der Signora. Ihre Gedanken und Gefühle lagen immer noch offen vor ihm wie ein Buch – doch er wurde das Gefühl nicht los, dass die Wahrheit im Einband steckte.

»Ich weiß nicht, wovon du redest. Es gibt keinen Priester.« Saada fasste sich wieder.

»Hört auf mit den Lügen!«

»Das weißt du also auch?«, sagte Gianluca. »Warum quälst du uns dann hier für nichts und wieder nichts?«

»Ich will alles aus eurem Mund hören.«

»Meine Güte, ja, es gibt einen Priester. Meinen Bruder. Er brachte mich überhaupt erst auf die Idee. Sein Sindone-Museum ist schließlich im Romanischen Viertel untergebracht, ewig weit weg vom Duomo. Sie wollten ihm daneben einfach keine Räumlichkeiten zur Verfügung stellen. Mein Bruder konnte diese Schmach nicht mehr ertragen. Jetzt hat sein Museo die verdiente Aufmerksamkeit, und bald wird es sicher umziehen können. Aber mit den Morden hat er nichts zu tun, du kannst dir gar nicht vorstellen, wie viele Rosenkränze er seitdem gebetet hat. So, können wird jetzt endlich das Sindone sehen?«

»Alles Lüge! Er hat es für sich getan, Giacomo. Nur für sich.« Es war Mario, er sprach in Richtung Eis, auf das er eine Hand gelegt hatte und sie trotz der Kälte nicht mehr fortzog. »Wenn ich weg bin, wird er meinen Posten erhalten. Ich stand ihm schon lange im Weg. Gianluca ist der Kronprinz des Bürgermeisters. Nun bekommt er, was er immer wollte – und worauf er sonst noch über fünfzehn Jahre hätte warten müssen. Du warst nur eine Schachfigur, Saada. Ich hätte dich tatsächlich nicht gehen lassen, aber nur weil ich dich liebe.« Er legte auch seine zweite Hand flach aufs Eis.

»Stimmt das?« Saadas Stimme wanderte auf dem schmalen Grad zwischen Wut und Hoffnung.

»Das ist doch jetzt gar nicht wichtig«, antwortete Gianluca.

»Ich will es wissen! Ist es wahr?«

»Da können wir später drüber reden.«

Saada griff sich seinen Kopf und hielt ihn bebend in den Händen. Gianluca lächelte entschuldigend.

»Wie konnte ich nur so blind sein? Du hast es gar nicht für mich getan! Du hast mich die ganze Zeit belogen.« Sie kratzte ihm mit den Fingernägeln durch das Gesicht wie eine Katze. Ugo bellte von seinem Ast aus zustimmend.

»Lass mich doch in Ruhe!« Gianluca hielt ihre Gelenke fest.

»Ich hasse dich. Ihr Männer seid alle …«

»… Männer. So einfach ist es.« Er zog sie an seine Brust und drückte ihr einen Kuss auf die geschlossenen Lippen. »Und ich mag dich wirklich, wir haben eine Zukunft.« Dann wandte er seinen Kopf wieder zu Giacomo. »Und jetzt her mit dem Sindone!«

»Zeig es ihm«, sagte die Signora, und Amadeus verstand. Doch nur zögerlich trat er mit dem Sindone auf das Eis, wo er es vorsichtig mit der Schnauze ausrollte.

»Das ist es wirklich«, brachte Mario hervor. »Unverkennbar! Selbst im Dunkeln. Es ist wunderschön.«

Gianluca stürzte sich vor, um Amadeus das Tuch zu entreißen. Doch gerade an den westlichen Seiten, die lange von der Abendsonne beschienen worden waren, hatte die Wärme Spuren hinterlassen, war das Eis brüchig geworden. Die dünne Kruste vertrug es nicht, wenn jemand mit aller Gewalt daraufsprang.

Das Eis brach ein.

Doch nicht nur an dieser Stelle.

Risse jagten von dort wie Blitze in alle Richtungen des Eises, ließen den vermeintlich festen Boden unter Amadeus und dem Sindone verschwinden. Giacomo stand auf festem Grund, doch er erschrak so sehr, dass er sein Gleichgewicht verlor und ebenfalls in die eiskalten Fluten fiel, wo er augenblicklich versank. Und für einen Moment, nur einen kurzen, dachte Giacomo daran, nicht zu strampeln, sondern einfach zu versinken und die Kälte sein Herz zum Stillstand bringen zu lassen. Er hatte Gutes getan, der Himmel musste nah sein, Ströme von Barolo und melonengroße Trüffel warteten auf ihn. Doch seine Beine wollten strampeln, seine Lunge atmen, und so stieg er von der Finsternis des Wassers wieder in die der Nacht auf. All die Ruhe der Tiefe wich dem Tumult an der Oberfläche.

Gianluca versuchte panisch, Halt zu finden, doch riss das Loch dadurch nur weiter auf, Amadeus holte Luft und tauchte nach dem Sindone, das ihm entglitten und nun von der Strömung des Flusses erfasst worden war. Überall bellten Hunde und heulten Wölfe, doch keiner traute sich näher heran, Mario und Saada robbten auf dem Bauch zum rettenden Ufer. Dann schlug etwas neben Giacomo ins Wasser.

Niccolò!

Und noch ein weiterer Hund, doch den konnte er in der Dunkelheit nicht ausmachen, spritzend tauchte dieser sogleich unter.

»Was um alles in der Welt machst du hier?«

»Ich rette dich!« Wie wild strampelte das kleine Windspiel, sein Pullover aus Teddybärenfell hatte sich sofort vollgesaugt mit dem eisigen Wasser und zog ihn nun unerbittlich nach unten.

»Geh sofort wieder raus! Los!«

»Nicht ohne dich.«

»Ich bin ein Lagotto Romagnolo, ein Wasserhund, ein Lagunenjäger. Mein Fell ist dicht und warm. Und du? Du bist ein Windhund – und das hier ist verdammt noch mal kein Wind!«

Giacomo tauchte mit der Schnauze unter Niccolòs Bauch und riss den Kopf dann mit aller Kraft hoch, den Freund aufs sichere Eis wuchtend.

»Wärm dich an Canini, du dummer Kerl!«

Giacomo blickte sich um. Wo war der Mensch namens Gianluca? Er war einfach verschwunden. Plötzlich fuhr ein Arm aus dem Wasser und krallte sich in seinem Fell fest, riss ihn hinunter in die Tiefe. Die Luft in Giacomos Lunge entwich ruckartig, all sein Strampeln half nichts. Er hätte nicht an den Tod denken dürfen, nicht an den Himmel. Die Dunkelheit des Wassers verschlang immer mehr von Giacomos Lebensmut. Es war nur noch genug übrig, um sich ein letztes Mal zu wenden und die Zähne in die sehnige Hand zu schlagen, welche ihn mit sich zog.

Doch nichts geschah. Der Griff lockerte sich keinen Zentimeter. Die Finger mussten vor Kälte längst jedes Gefühl für Schmerz verloren haben, seine durchbohrenden Zähne machten keinen Unterschied mehr.

Dann sah er Amadeus. Er konnte ihn wirklich sehen!

Das Sindone in seiner Schnauze, flatternd wie eine Fahne. Kein Leuchten ging von dem Leinenstoff aus, doch er konnte die Konturen des Tuches in der Dunkelheit ausmachen. Giacomo verstand es nicht. Lebte er überhaupt noch? Der Pharaonenhund schien nicht mehr zu wissen, wo oben und unten war, seine Augen suchten in der Düsternis nach einem Halt.

Dann löste sich die Hand mit einem Mal, wie unter Krämpfen. Giacomo glitt sogleich mit starken Stößen seiner Läufe an die Oberfläche. Denn jetzt hatte er wieder ein Ziel. Er musste Amadeus retten. Dafür brauchte er Sauerstoff in sich. Unmengen davon.

Doch zurück an der Luft überschlugen sich die Ereignisse.

»Amadeus ist hier. Unter dem Eis!«

»Das ist zu dick, da kommt er niemals allein durch. Wir müssen ihm helfen!«

Giacomo sah Hunde so wild kratzen, als sei ihr Lieblingsknochen im zugefrorenen Fluss eingeschlossen.

»Jetzt ist er hier! Er treibt auf die Brücke zu. Da ist das Eis viel dicker.«

»Seine Beine, sie bewegen sich nicht mehr!«

Giacomo wuchtete sich aus dem Wasser, schrappte über die glatte Fläche bis zu den anderen Hunden und erblickte Amadeus unter der Eisdecke, die Augen so starr, als seien sie selbst längst erfroren, mit seinem Maul immer noch das Sindone haltend. Giacomo kratzte nicht, er sprang in die Höhe und ließ sich mit voller Wucht auf das glasige Weiß fallen. Es knarzte kurz, die Erschütterung setzte sich wie ein Gongschlag fort, doch nichts zerbrach.

Amadeus würde sterben, das Sindone forttreiben, irgendwo zu Boden sinken und verrotten. Das hatte sein Plan nicht vorgesehen.

Der Pharaonenhund war nun fast unter der Brücke angelangt.

Doch dann kam die Rettung. Und sie kam von oben. Der alte Trüffelhund hatte bereits einiges vom Himmel fallen sehen, neben den üblichen Verdächtigen wie Schnee, Hagel und Regen auch Dreck, den Kinder auf ihn warfen, einen Mülltonnendeckel, den ihm ein Bäcker hinterherschmiss, nachdem Giacomo ein herrlich frisches Panettone stibitzt hatte, sogar einen Schwarm Sternschnuppen in einer unerträglich heißen Sommernacht hatte er erleben dürfen, doch ein herabstürzender Himmelskörper wie dieser war ihm niemals zuvor untergekommen.

Er brach durch das Eis.

An genau der richtigen Stelle.

Das Geschoss war niemand anderes als der alte dahinsiechende Pharaonenhund aus den Giardini Reali. Er holte seinen Sohn aus der Tiefe. Niemand anderes rührte sich – was Giacomo stinkwütend machte.

»Holt sie raus, ihr elenden Vollidioten, sonst beiß ich euch allen die Ohren ab!«

Das war der Weckruf, den sie gebraucht hatten.

Pfoten schlugen ins Wasser, Schnauzen tauchten hinein, zogen Amadeus und seinen Vater heraus. Zwischen den Zähnen des jungen Pharaonenhundes klemmte immer noch das heilige Tuch, vollgesogen und schwer. Kein Atemhauch entwich seinem Maul, der Bauch war flach und leblos. Auch der Vater des Toten konnte sich nicht mehr bewegen, seine Beine standen in falschen Winkeln ab, mussten beim Aufprall sämtlich gebrochen sein.

»Wickelt Amadeus in das Sindone ein. Schnell!«, rief der schwerverletzte Pharaonenhund den Umstehenden zu.

»Aber es ist nass«, wandte Giacomo ein.

»Es ist das Tuch des Herrn!«

Sie drapierten es über Amadeus, doch das reichte dessen Vater nicht, der Leib sollte komplett eingehüllt sein. Und so geschah es dann auch. Die meisten Hunde nahmen weder das Blaulicht wahr noch all die Menschen auf der Brücke und am Ufer, das ganze Tohuwabohu. Nur Giacomo tat es, und er wusste, wer ihm nun helfen konnte und ebenfalls klaren Geistes war. Zumindest auf eine spezielle Art und Weise.

»Los, ihr Dachshunde, bringt die Leiche fort. Schnell, sie kommen!«

»*Verdammich, ja!*«

Wo die kleinen Hundeschläuche vorher gewesen waren, keiner wusste es, doch nun liefen sie alle auf das Eis, es rührte sich kein bisschen unter den leichten Vierbeinern. Schnell schulterten sie den leblosen Amadeus und rasten in ein nahes Rohr, aus dem dampfend Abwasser in den Fluss sickerte.

Als die ersten Fotografen eintrafen und das Blitzlichtgewitter losging, waren längst alle Tiere vom Eis verschwunden. Die Luft strich über den Po wie in jeder Nacht zuvor, und eine junge Polizistin fragte sich, was sie in ihren Bericht schreiben sollte, ohne für alle Ewigkeit zum Gespött der Kollegen zu werden.

Die Dachshunde waren da schon längst in den Tiefen der Turiner Unterwelt verschwunden.

Als sie unter dem Duomo entlangliefen, wurde im Sindone plötzlich wieder geatmet.

EPILOG

Isabella fuhr so rasant, als wäre die betonierte Straße eine Rallyestrecke, sie nahm die Kurven ruppig und trat stets ruckartig auf die Bremse. Mit anderen Worten: Sie hatte riesigen Spaß, wieder am Steuer zu sitzen. Giacomos Magen wurde hin und her geschleudert – doch niemals würde er dessen Inhalt preisgeben. Da waren immerhin Trüffel drin! Außerdem ging es ihm grundsätzlich saugut.

Obwohl er nicht gestorben war und folglich noch nicht im Paradies weilte. Aber sie würden ihn sicher hineinlassen, wenn es so weit wäre. Schließlich hatte er den Diebstahl am heiligen Tuch aufgeklärt. Das musste doch reichen. Auch als Hund. Ganz bestimmt.

Isabella stellte das Radio lauter. Nachrichten.

»Der Erzbischof von Turin präsentierte heute das wiedergefundene Sindone im Duomo, wo es nun unter erhöhten Sicherheitsvorkehrungen aufbewahrt werden soll. Zudem wird, wie heute bekanntgegeben wurde, das Museo della Sindone in einen Nebentrakt des Palazzo Reale ziehen. Eine Sonderausstellung soll dort über den spektakulären Raub des heiligen Tuchs informieren. Die Beerdigung des mutmaßlichen Täters Gianluca de Sancti fand am heutigen Morgen im kleinsten Familienkreis statt. Seine Komplizin Saada Trematore befindet sich weiterhin in Untersuchungshaft. Wie gutinformierte Quellen berichten, soll sie ein umfassendes Geständnis abgelegt haben. Mutmaßungen, dass auch ein Mitglied der katholischen Kirche in den Raub verwickelt sein soll, widersprach der Vatikan heute entschieden. Auch die Staatsanwaltschaft bestätigte, dass in diese Richtung nicht ermittelt würde. Zukünftig, so der Vatikan in seiner offiziellen Stellungnahme weiter, wird das Sindone weder für wissenschaftliche Untersuchungen zur Verfügung gestellt noch öffentlich präsentiert werden. ›Es hat sich seine Ruhe wirklich verdient‹, unterstrich Erzbischof Gaja in seiner Rede.«

Es tat so gut, Isabellas helles Lachen zu hören. Schnell vertrieb es die letzten Sorgenschleier aus dem scheppernden Fiat.

»Mal schauen, wann einer auf die Idee kommt, zu fragen, wo die Reproduktion aus dem Museo della Sindone geblieben ist. Durch den Umzug gewinnen sie nur etwas Zeit, mehr nicht.« Isabella lachte wieder, diesmal klang es fast wie ein Quietschen. »Ach, was bin ich nur für ein Dummerchen! Sie werden natürlich einfach behaupten, es sei beim Umzug zerstört worden. So einfach geht das. Sie machen sich die Welt, wie sie ihnen gefällt …«

Niccolò und Canini schliefen derweil vorne im Fußraum des Beifahrersitzes. Giacomo konnte ihr beruhigendes Atmen hören. Sie hatten alle Unklarheiten ausgeräumt, und der alte Trüffelhund trug Canini auch nicht mehr nach, dass sie ihn verleugnet hatte. Sie tat es schließlich aus Liebe zu Niccolò.

Giacomo hatte den Tag nach der Aufklärung am Ufer des Po verbacht, der immer mehr Eisschollen mitriss und sich so aus der Umklammerung des Winters befreite. Plötzlich hatte der Spürer neben ihm gestanden.

»Wollte mich verabschieden. Für mich geht's wieder zurück nach Alba. Zu Hause ist doch zu Hause.«

»Wo ist dein Schatten? Nimmst du ihn nicht mit?«, fragte Giacomo.

»Tommaso? Den hab ich gestern ins Wasser geschickt.

Als du auch drin warst. Er sollte das Tuch retten. Ist direkt gesprungen.«

»Es war so eine spontane Eingebung. Kam einfach über mich.«

»Und jetzt?«

»Ist er tot. Tommasos Leben bestand darin, dem stärksten Herrn zu dienen. Nun ist er gestorben, während er dem höchsten zu Befehl war. Sein Leben ist damit erfüllt. Findest du nicht auch? Mir gefällt so was.«

»Du meinst Gott den Herrn?«

»Ich meine natürlich mich! Jetzt muss ich nur noch schnell seine Seele aufspüren, um all ihre Qualen zu erfahren. Es war wirklich gut, dass ich hierhergekommen bin.«

»Ich dachte, das Sindone hätte dich … verändert.«

»Ehrlich gesagt kann ich mich an kaum was erinnern. Ist fast alles weg, wie ein Traum.«

»Schade.«

»Na ja, ich bin froh drum. War fast so, als hätte sich einer meines Körpers bemächtigt.«

Ein Schwarm Tauben erhob sich, als der Spürer Giacomo verließ und das Ufer hinabschritt. Die Vögel kreisten über dem Po, mit ihren roten Augen das Wasser absuchend und dabei gurrende Laute ausstoßend. Sie zogen immer größere Runden und schwangen ihr Federkleid kraftvoll.

Giacomo konnte sie nicht leiden.

Danach war alles sehr schnell gegangen. Bei Mario Trematore fand das Wiedersehen statt. So viele Tränen, so viele Worte und dann so viel Schweigen. Aber schönes. Irgendwann war es genug und Giacomo legte sich in die Küche zum Schlummern. Am nächsten Morgen hatte Isabella ihn dann gewaschen, allen Barolo und alle Schokolade herausgebürstet. So sauber wie jetzt war er seit … eigentlich seit seiner Geburt nicht mehr. Fühlte sich komisch an. Dagegen musste er bald was unternehmen!

Der Wagen hielt, und Isabella sprang vom Fahrersitz, streckte ihre Arme in die Höhe und warf den Kopf in den Nacken.

»Das habe ich vermisst, wisst ihr. Hingehen, wo ich will. Man weiß gar nicht, wie viel das wert ist. Einfach irgendwo hingehen. Wenn man Lust drauf hat.«

Sie ließ ihn und die anderen beiden raus und ging auf eine alte Steinbrücke, die in sanften Bögen den Fluss überspannte. Einige vom Südwind geformte Bäume zierten die Hügelkuppen, und die Farbe der wenigen Häuser am Ufer spiegelte sich pittoresk im langsam fließenden Wasser. Wie sehr sich diese Brücke doch von der Ponte Umberto I. unterschied, mit all ihrem Eis und Schnee. Im Handstreich hatte der Frühling seinem sterbenden Bruder, dem Winter, die Welt entrissen. Über diese Brücke hier wollte man gerne gehen, an ihr hafteten keine aufwühlenden Erinnerungen, sie versprach den Wanderer in friedliche Ländereien zu führen, egal, in welche Richtung. Das Wasser rauschte leise glucksend, hübsche Strudel bildeten sich an den Pfeilern, so pflanzte der Fluss seine Art der Blumen. Die Wiese dahinter war so satt, als habe sie den ganzen Winter ihr Grün aufgespart, um nun alles davon auf einmal preiszugeben.

Giacomo tapste hinunter, um an der Büschung etwas Wasser zu schlappen. Im ruhig fließenden Nass konnte er sein Spiegelbild sehen, ein wenig schlanker als in Wirklichkeit, etwas undeutlich gewellt. Und so erkannte er statt seiner selbst Daisy darin. Es schien, als wollte sie den Blick abwenden, doch konnte es nicht. Wie gestern an der Mole Antonelliana. Eigentlich hätte sie dort glücklich sein müssen, schließlich war ihr Lebenstraum gerade in Erfüllung gegangen. Sie waren tatsächlich im gläsernen Aufzug die riesige Kuppel hinaufgefahren, und es hatte Daisy den Atem geraubt. Als sie wie schwerelos emporglitten und alles unter ihnen, die Leinwände, die Liegen und die pompösen

Eingänge des in der Mole untergebrachten Filmmuseums immer kleiner wurden und das kleine Loch in der Decke der Kuppel immer größer, hatte Daisy eine prickelnde Mischung aus Angst und Faszination überkommen. Sie hatte ihre Schnauze an die Scheibe gepresst und gezittert. Giacomo war neben sie getreten, um sie vor dem Absturz zu schützen. Das hatte er zumindest gesagt. Oben auf dem Aussichtsbalkon hatten sie Turin bei bestem Wetter vor sich liegen gesehen, sein beruhigend geordnetes Muster aus Straßen und Häusern, es war ihnen unecht vorgekommen. Sie waren lange geblieben. Den Weg abwärts hatte Daisy dann nur nach oben durch das dünne Glas des Aufzugs geschaut, nicht nach unten, wo wieder alles größer wurde. Dass dieser Traum der Lagotto-Hündin tatsächlich wahr wurde, hatte Giacomo durch unablässiges Heulen und Ziehen an seiner Leine erreicht. Normalerweise waren Hunde in der Mole nicht erlaubt, doch jedem Turiner war Isabellas Schicksal nun bekannt. Die Stadt, welche sie eingesperrt hatte, behandelte sie jetzt wie einen Gast königlichen Blutes.

Als sie wieder aus der Mole traten, kam unerwartet und vielleicht deshalb so schmerzvoll der Abschied. Daisy war einfach an der Kreuzung stehen geblieben, von der eine Gasse zu dem alten Versteck der Lagotto-Mischlinge führte.

»Donald braucht mich«, hatte sie gesagt.

»Und du?«

»Ich brauche dich.«

Doch nicht genug, hatte Giacomo gedacht. Und sie ziehen lassen. Einfach ziehen lassen. Es brannte immer noch in seinem Herzen. Dieses hatte schon viel mitgemacht. Trotzdem konnte es immer noch schmerzen. Eigentlich beruhigend, fand er. Es war so schön gewesen, von Daisy gemocht zu werden. Unglaublich schön. Doch sie war viel zu jung. Altersunterschiede waren Hunden ja eigentlich egal, doch Giacomo hatte sehr lange bei seinem Trifolao gelebt, der zeit seines Lebens alle Frauen, die ein Auge auf ihn warfen, für zu jung erklärt hatte. Das hatte abgefärbt.

»Kommst du, Dicker? Wir wollen weiterfahren!«, rief Isabella ihm zu und ging federnden Schrittes zurück zum Wagen. Giacomo folgte ihr und ließ sein Spiegelbild im Wasser. Vielleicht würde er Daisy ja einmal wiedersehen? Dann wäre sie älter – er zwar auch, aber bei ihm machte das ja nichts mehr aus.

Er kletterte zurück in den klapprigen Fiat Ducato und musste plötzlich wieder an Lardo di Arnad denken, und an Mocetta-Schinken von der Gämse, wie beim letzten Mal, als er in diesem Wagen gelegen hatte. Auf der Fahrt zum Palazzo Stupinigi. Es schien ein ganzes Hundeleben her zu sein.

Als Isabella an einer Tankstelle hielt, quetschte sich Niccolò zu ihm ins Heck.

»Alles klar bei dir?«

»Bekommst du es hin? Fährt sie uns nach Genua?«

»Ich denke an nichts anderes, Canini auch. Bist du dir denn sicher, dass sie heute ablegen?«

»Kein Zweifel. Der Spürer wusste es von seinen Tauben. Die Sippe der Pharaonenhunde verlässt nach Hunderten von Jahren den Kontinent.«

»Ich krieg es hin. Versprochen!«

»Das weiß ich doch, Kleiner. Du bekommst schließlich alles hin, was du dir in den Kopf setzt.«

Niccolò zögerte. »Meinst du das ernst?«

»Schau doch, wer hinterm Steuer sitzt. Ohne deine Sturheit wär sie jetzt noch eingesperrt.«

Isabella kam zurück und lächelte ihnen zu. »Es geht weiter, Jungs! Und Mädels natürlich! Ich hab mir gerade überlegt, dass wir nicht direkt nach Hause fahren, sondern noch einen Umweg nach Genua machen. Da wollt ich nämlich immer schon mal hin. Und wenn ich irgendwas aus meiner Zeit im Gefängnis gelernt habe, dann dass wir nicht genug

Stunden haben, um alles zu machen, was wir wollen. Das ist doch wenigstens etwas, oder?«

Niccolò begann zu wedeln.

»Sie fährt uns also hin?«, fragte Giacomo.

»Außerdem ist sie wieder glücklich. Das kann sie gut, glücklich sein. Sie braucht nicht viel dafür.«

Giacomo verkniff sich die Bemerkung, dass es Niccolò genauso ging. Vielleicht passten sie deshalb so gut zusammen. Der alte Trüffelhund ließ sich vom beruhigenden Brummen des Motors in den Schlaf lullen und wachte erst wieder auf, als der Wagen quietschend im Hafen Genuas zum Halten kam.

»Beinahe wäre ich am Parkplatz vorbeigefahren! Ein paar Wochen im Knast, und ich hab alles verlernt. So, jetzt aber raus mit euch, ihr faulen Hunde. Große Pötte angucken.«

Das Meer schien vor Betriebsamkeit zu vibrieren. Der Touristenhafen Duca degli Abruzzi, von dem aus die Passagierschiffe ins Ligurische Meer stachen, war keine Idylle, sondern eine Ansammlung von Schiffsungetümen, höher als die größten Bauten Turins. Der große Leuchtturm Genuas war weit entfernt, er stand bei den modernen Hafenterminals, doch selbst von hier konnte man ihn bewundern. Die drei Hunde bemühten sich, angemessen aufgeregt zu sein, damit Isabella nicht zurückfuhr, bevor sie ihr Ziel erreicht hatten. Sie schnupperten an jedem achtlos weggeworfenen Stück Müll, jagten träge Möwen und sogen die salzige Hafenluft in ihre Lungen. Etwas Vergleichbares hatten sie nie zuvor gerochen, genauso wenig wie den durchdringenden Dieseltreibstoff der Schiffsmotoren, das Maschinenöl und die Farbe, welche in den nahen Docks auf die abblätternden Rümpfe gestrichen wurde.

Als Giacomo die Meute der Wächter witterte, heulte er kurz auf, so wie er es Amadeus versprochen hatte.

Ein helles, spitzes Ohr erschien in der Luke eines Ozeanriesen und der junge Pharaonenhund trat auf die Gangway. Die an ihm vorbeihetzenden Hafenarbeiter schienen sich überhaupt nicht zu wundern, dass solch ein edles Tier aus dem Frachtraum kam, in den sie die Essensvorräte für die Kreuzfahrtgäste brachten.

»Ihr seid wirklich gekommen!«

»Was hast du denn gedacht? Alles klar bei euch?«

»Das Sindone ist gut verstaut, neben den Nudelsäcken.«

Giacomo beobachtete fassungslos die vielen Lebensmittel, welche in den Bauch des Schiffes geschafft wurden. »Wird wohl eine lange Reise.«

»Ist uns egal. Das Sindone kehrt heim, wir kehren heim. Ein Grabtuch sollte in einem Grab liegen – selbst wenn es leer ist. Der junge Herr hätte sowieso nicht gewollt, dass so viel Brimborium um sein Leichentuch veranstaltet wird. So war er nicht.«

»Woher weißt du Grünschnabel das denn?«

»Einer unserer Vorfahren begleitete ihn einst durch das Heilige Land, seine Geschichten erzählen wir uns heute noch. Wir hatten nur irgendwie vergessen, richtig hinzuhören und unser Handeln zu hinterfragen. Immer wieder aufs Neue, mit jeder Generation. Traditionen müssen überprüft werden.«

»Klingt, als wäre alles ein Glücksfall für euch. Freut mich.« Gute Güte! Der Strom an Leckereien nahm kein Ende. Giacomo hatte Mühe, sich auf das Gespräch zu konzentrieren und nicht über den Mann mit den Cantuccini herzufallen.

»Nein, nicht alles«, sagte Amadeus. »Nara ist gestorben, das ist traurig, doch sie war alt. Und wenn sie wüsste, was sich nun verändert, wäre sie sehr zufrieden.«

»Weiß sie das denn nicht, da oben im Himmel? Warst du nicht kurz bei ihr? Als du im Sindone lagst?«

Ein großer Tanker ließ die Schiffssirene erstönen, und

die Hafenarbeiter beeilten sich, die letzten Paletten im weiß glänzenden Rumpf verschwinden zu lassen.

»Ich weiß nicht mehr viel. Nur …«

»Sag es nicht! Ich will weiter von Trüffeln und Barolo da oben träumen können.«

Ein weiterer Pharaonenhund erschien in der Öffnung des Schiffsbauchs. Jetzt hing wieder etwas Fleisch an seinen Rippen, doch Amadeus humpelte immer noch schwer. Es war Giacomo ein Rätsel, dass er sich bei seinem Sturz durch die Eisdecke nicht noch mehr gebrochen hatte.

»Komm, mein Sohn, es geht in die Heimat.« Amadeus blickte kurz zurück, sein Vater sah die Frage in seinen Augen. »Aber beeil dich, wir legen bald ab.«

»Kommst du mal, Giacomo? Ich möchte dir gern was zeigen.«

Nur zögerlich verließ der Lagotto den festen Boden unter seinen Pfoten. Dieses Schaukeln gefiel ihm überhaupt nicht – Giacomo mochte so etwas nur, wenn er es dem Wein zu verdanken hatte. Trotzdem folgte er dem Pharaonenhund nun hinein und durch die Gänge, vorbei an unzähligen Kartons, mit durchsichtiger Folie überspannten Paletten und Säcken. Hinter den Spirelli-Vorräten lag das Sindone – und es roch immer noch nach Trüffeln. Nicht mehr nach dem falschen Duft des Öls, das Gianluca daraufgeträufelt hatte, sondern nach den weißen Prachtstücken, die Giacomo an das Paradies denken ließen. Amadeus rollte das Tuch vor ihm aus. Es hatte sich merklich verändert. Nicht durch das Wasser, kaum etwas war herausgewaschen, und es hatte auch keine Flecken hinterlassen – dank der Dachshunde, die es fachmännisch auf dem unterirdischen Heizungsgebläse des Golden Palace Hotel getrocknet hatten. Nein, die Veränderung war eine positive. Jesus war nun nicht mehr allein. Rechts unten, neben seinem Bein, war der Kopf eines Hundes zu erkennen. So schmerzverzerrt das Gesicht des jungen Herrn, so friedlich das des Hundes. Er harrte an seiner Seite aus, selbst in diesem Leid.

»Sieht gut aus«, befand Giacomo. »Also bist du doch gestorben!«

»Nun wacht einer der Unseren auf ewig über ihn«, sagte Amadeus' Vater stolz, als er sich zu ihnen gesellte. »Ich habe dir noch zu danken, Trüffelhund.«

»Das war doch nichts. Hab ich gern gemacht.«

Es war nur ein kleiner Umweg zu den Giardini Reali gewesen, auf dem Rückweg von der Signora. Giacomo hatte dem alten Hund etwas vorbeigebracht, weil Vierbeiner doch zusammenhalten mussten.

»Nein, es war alles. Ohne dieses Nougat wäre ich niemals zurück ins Leben gekehrt. Was war so besonders daran?«

»Es war mit Rindfleisch. Die Signora macht es für Hunde.«

»Sie muss sehr viel über uns wissen.«

Doch vielleicht nicht genug, dachte Giacomo. Denn sie war nicht da gewesen, als er von ihr Abschied nehmen wollte. Weder in der Bottega di cioccolateria noch im Parco del Valentino. Einfach verschwunden, selbst ihren Duft hatte sie mitgenommen. Eigentlich durfte ihn das nicht wundern. Hunde und Abschiede gingen nicht gut zusammen. Entweder begriffen sie nicht, was los war, oder sie konnten sich nicht lösen und veranstalteten ein Heidentheater. Beides hätte nicht zur Signora gepasst.

»Sie holen die Gangway ein«, sagte Amadeus. »Wir müssen Lebewohl sagen.«

»Lasst uns so tun, als sähen wir uns morgen wieder. In Ordnung?«

Der junge Pharaonenhund brachte ihn zur bereits halbseitig verschlossenen Transportluke. »Bis morgen«, sagte er.

»Genau«, antwortete Giacomo. »Morgen geht alles weiter.«

Isabella war schrecklich froh, als sie Giacomo wieder sah,

und kniete sich zu ihm, eine leicht vorwurfsvolle Schnute ziehend.

»Sie will wissen, wo du gesteckt hast«, übersetzte Niccolò. »Bell einfach nett.«

Giacomo gab sein Bestes.

»Jetzt, wo ich im Hafen bin, weiß ich gar nicht mehr, warum ich herwollte. Es ist schrecklich hier.« Isabella schloss ihre kleine Hundemeute in die Arme. »Tut mir leid, dass ich euch hergebracht habe. Ihr habt etwas Besseres verdient, nach der Zeit als Streuner in Turin.«

Er ging zurück an Land und sah sich nicht mehr um. Sie warteten nicht, bis der stählerne Koloss abgelegt hatte, sondern fuhren aus Genua heraus, bis sie einen Abschnitt erreichten, wo der Strand unverbaut ans Meer grenzte. Himmel und Ozean verschmolzen an diesem wundersamen Fleckchen miteinander, als hätte ein betrunkener Maler Farbkübel auf seinem Leinen ausgegossen. Nur Giacomo blieb im Wagen und kuschelte sich in die alte kratzige Karodecke. Denn er wollte schnellstens zurück nach Rimella. Das Meer mit seiner unendlichen Weite, er mochte es nicht. Es fehlte ihm an Bäumen und Sträuchern, an Hügeln, die diese Endlosigkeit im Zaum hielten. Ein Auge hielt er trotzdem immer auf Niccolò gerichtet. Nicht weit von ihm entfernt saß Isabella, die dicke Winterjacke um sich geschlungen. Denn nur an der Oberfläche hatte sich der Sand über den Tag erwärmt, doch in der Tiefe lauerte immer noch die Kälte. Canini lief zwischen den beiden hin und her. Sie legte ihren Kopf auf Isabellas Beine, ließ ihre langen gelockten Ohren darüberhängen, dann rannte sie wieder wedelnd zu Niccolò, der auf das Meer hinausblickte, als sähe er das Schiff der Pharaonenhunde in den Nahen Osten fahren. Doch war dort nichts auszumachen, nur eine stetig tiefer sinkende Sonne, welche die Schatten länger und den Wunsch nach Behaglichkeit immer größer werden ließ.

Und ehe sie sichs versahen, saßen sie alle auf der Ladekante des Fiats. Isabella öffnete die kleine Plastikdose, in der sie einige Tramezzini aufbewahrte, und verteilte sie unter ihren Hunden. Die Drei fühlten sich mit einem Mal so wohl, dass sie vor Freude anfingen zu heulen. Isabella stimmte mit ein.

Fast wie ein kleines Rudel Wölfe.

Dabei gab es die in Genua doch gar nicht.

ENDE

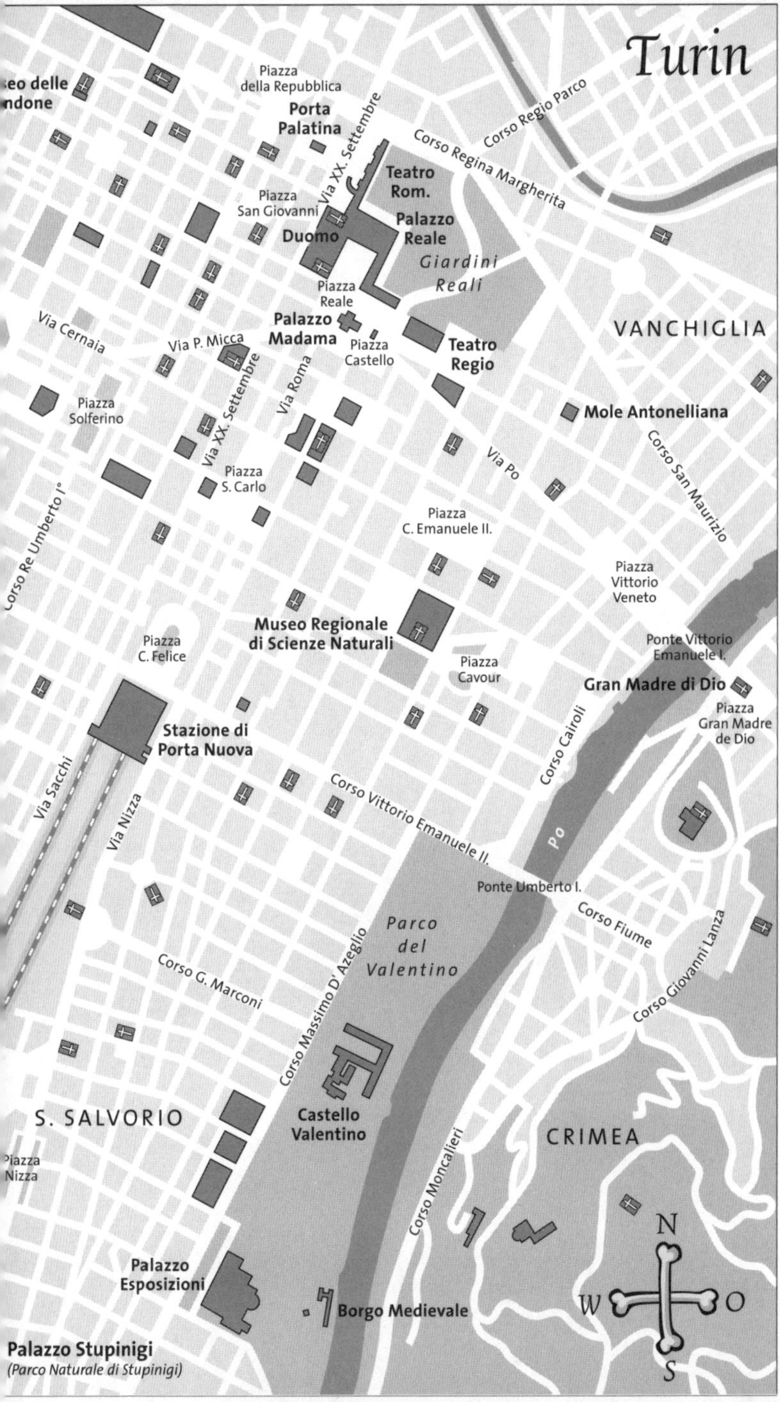

Turin
Porta Palatina
Piazza della Repubblica
Via XX. Settembre
Corso Regio Parco
Corso Regina Margherita
Teatro Rom.
Palazzo Reale
Piazza San Giovanni
Duomo
Giardini Reali
Piazza Reale
Palazzo Madama
Piazza Castello
Teatro Regio
VANCHIGLIA
Via Cernaia
Via P. Micca
Via Roma
Piazza Solferino
Mole Antonelliana
Via Po
Corso San Maurizio
Piazza S. Carlo
Piazza C. Emanuele II.
Corso Re Umberto I°
Piazza Vittorio Veneto
Museo Regionale di Scienze Naturali
Piazza C. Felice
Ponte Vittorio Emanuele I.
Piazza Cavour
Gran Madre di Dio
Piazza Gran Madre de Dio
Stazione di Porta Nuova
Corso Cairoli
Via Sacchi
Via Nizza
Corso Vittorio Emanuele II.
Po
Ponte Umberto I.
Corso Fiume
Parco del Valentino
Corso Giovanni Lanza
Corso G. Marconi
Corso Massimo D' Azeglio
Castello Valentino
S. SALVORIO
CRIMEA
Piazza Nizza
Corso Moncalieri
N
W
O
S
Palazzo Esposizioni
Borgo Medievale
Palazzo Stupinigi
(Parco Naturale di Stupinigi)

Linwood Barclay
In Todesangst

Thriller.
Aus dem Amerikanischen von Nina Pallandt.
420 Seiten. Gebunden mit Schutzumschlag.
ISBN 978-3-471-35017-1

Die 17jährige Sydney kommt eines Abends nicht von ihrem Sommerjob in einem Hotel nach Hause. Sie ist nicht über Handy zu erreichen. Ihr Vater Tim macht sich große Sorgen. Er fährt los, um sie abzuholen. Doch die Angestellten des Hotels behaupten, noch nie von einem Mädchen namens Sydney gehört zu haben ..Linwood Barclay spielt auch in seinem neuen Thriller wieder meisterhaft mit unseren schlimmsten Ängsten.

»*Dem Tode nah* lässt einen Nägel kauen, den Puls beschleunigen, Adrenalin ausschütten und ausnahmslos gebannt in den nahenden Tod, ins Buch blicken. Lesen bis der Arzt kommt, also gefährlich und auf eigene Gefahr!« *Alex Dengler/denglers-buchkritik.de*

»Ein Volltreffer – sorgt mit subtiler, sich ständig steigernder Spannung für Gänsehaut.« *Hamburger Morgenpost* zu *Ohne ein Wort*

List

Achtung!
Klassik Radio
löst Träume aus.
▸ Klassik Hits 06:00 bis 18:00 Uhr
▸ Filmmusik 18:00 bis 20:00 Uhr
▸ New Classics 20:00 bis 22:00 Uhr
▸ Klassik Lounge ab 22:00 Uhr
klassik radio
Alle Frequenzen unter www.klassikradio.de
Bleiben Sie entspannt.

Leopold von Sacher-Masoch

Bruchstücke

Autobiographische Prosa 2

Aus dem Französischen
von Michael von Killisch-Horn

nebst Artikeln
über das literarische Frankreich,
seine Literaten und den Naturalismus
sowie über russische und jüdische Sekten
und Aperçus zu diesem und jenem

Herausgegeben
von Michael Farin und Mechthild Saternus

belleville

Orthographie und Interpunktion der in deutscher Sprache publizierten Texte wurden für diese Ausgabe behutsamst modernisiert: so etwa Literatur für Litteratur, Ware für Waare, Entwicklung für Entwickelung, Zyklus für Cyclus, Rasse für Race, Torheit für Thorheit, Stil für Styl, inspiriert für inspirirt, Szene für Scene, Konkurrent für Concurrent, Mute für Muthe, gibt für giebt etc. Offensichtliche Setzfehler wurden stillschweigend korrigiert, auf schwerwiegendere Irrtümer durch einen Hinweis in eckigen Klammern aufmerksam gemacht.

Deutsche Erstausgabe

Hormayrstr. 15 80997 München
Gestaltung: Heidi Sorg & Christof Leistl, München
Druck/Bindung: Druckerei Steinmeier, Deiningen
ISBN 978-3-923646-06-7

Statt eines Vorworts

Autobiographische Prosa

Anhang

Über das literarische Frankreich, seine Literaten und den Naturalismus sowie über russische und jüdische Sekten und Aperçus zu diesem und jenem

Statt eines Vorworts

Alexander von Sacher-Masoch
Sacher-Masoch
Aus seinem Leben (1928)

Ein Name, der irgendwie verwandt ist mit Namen wie Oskar Wilde, Gilles de Rais und de Sade. Ein Name, dessen Träger ein Spiel spielte um hohen Preis, einen Kampf kämpfte, gegen Enge, Konvention, Selbstüberhebung, Lüge, – gegen seine Zeit. Dämmerung fiel auf ihn, der die Fackel neuer Ideen trug, die Schleier abriß und das wahre Antlitz einer Epoche erbarmungslos entblößte: »Seht, Brüder, so sind wir, dies muß ich euch zeigen und auch dies, damit es nicht mehr ungekannt in euch lauert. Gefährlich ist das Ungekannte. Und darum müssen wir alle Tiefen enthüllen, was uns feind, klar erkennen, eigenes Urteil gewinnen, eigene Moral bauen, eigenes Leben leben.«

Er hat den Kampf nicht verloren, aber durch eine Verkettung unglücklicher Geschehnisse fiel Dämmerung auf ihn, und sein Name bekam einen brüchigen, profunden Klang. Und wie das kam, will ich erzählen. Vorerst ist es notwendig, von meiner Familie zu berichten und von Ereignissen und Dingen, die geeignet waren, seinem Leben später Gesetze zu geben, die es regieren sollten.

Don Mathias Sacher, unser Ahnherr, der erste, von dem wir historisch verbürgte Kunde haben, zog mit Karl V. als Reiteroffizier aus Spanien in die Fremde. Er focht gegen den Kurfürsten Johann Friedrich von Sachsen und wurde in der Schlacht bei Mühlberg 1547, die mit einer Niederlage Johann Friedrichs endete, von einer Kugel niedergestreckt. Der verwundete junge Edelmann wurde im Hause des böhmischen Adligen Clementi zu Saaz gastlich aufgenommen und von dessen Tochter aufopfernd gepflegt. Die jungen Leute gewannen Neigung zueinander, und Don Mathias kehrte nie wieder in seine Heimat zurück. Er heiratete das Fräulein, erwarb den böhmischen Adel und ließ sich in Prag nieder. Dort ist das Haus, das unser Wappen trägt, noch heute zu sehen. Bis zu Beginn des achtzehnten Jahrhunderts, also annähernd drei Jahrhunderte lang, lebten meine Vorfahren in Prag. Diese Reihe durchbrach als erster der Großvater des Dichters, Johann Nepomuk Ritter von Sacher, der zum Administrator der Staatssalinen von Galizien ernannt wurde und als Gubernialrat um 1800 in Lemberg eine der höchsten Ehrenstellen innehatte, die der Kaiser damals an Beamte vergab. Sein Sohn Leopold, des Dichters Vater, war Polizeipräsident in Lemberg. Um diese Zeit geschah die Vereinigung unseres Stammnamens Sacher mit dem Namen Masoch.

Dr. Franz von Masoch, eine interessante, kraftvolle Persönlichkeit, war um jene Zeit rector magnificus in Galizien. Um 1818 wurde Galizien von einer furchtbaren Choleraepidemie heimgesucht, in deren Verlauf Franz von Masoch, – für die damalige Zeit, deren Arztwissenschaft dieser Seuche fast vollkommen ratlos gegenüberstand, seltsam und außergewöhnlich zu nennende Heilerfolge erzielte. Er ließ die Kranken mit Ruten schlagen, daß sie in Schweiß gerieten, und es ist historisch verbürgt, daß seine Methode nur in den seltensten Fällen versagte und die meisten Kranken vollkommen genasen.

Mit dieses Mannes Tochter, Charlotte [Caroline] von Masoch, ging des Dichters Vater, Leopold Ritter von Sacher, 1827 eine Ehe ein, die vorerst kinderlos blieb. Franz von Masochs einziger Sohn war jung gestorben, und der Kaiser übertrug somit an seine Tochter Charlotte die Rechte eines Knaben und genehmigte, die Namen und Wappen der beiden Familien zu vereinigen. So entstand der Doppelname Sacher-Masoch.

Der Dichter Leopold Ritter von Sacher-Masoch wurde in Lemberg am 27. Januar 1836 geboren. Seine Amme war eine ukrainische Bäuerin, und von ihr hatte er, wie er später selbst oft behauptete, diese Liebe zu den alten ruthenischen Volksliedern, Märchen und Sagen und die Liebe zum kleinrussischen Volke. Der Knabe wuchs in einer bunten, fremdartigen, oft grotesk vielförmigen Welt auf, – in Galizien. Nebeneinander lebten hier Polen, Ruthenen, Armenier, Rumänen, Juden, Karaïten und Russen. Die Verwaltung und ein Teil der Intelligenz bestand aus Österreichern. Es war ein Chaos von Sitten, Trachten und Religionen.

Jetzt will ich erzählen, wie der Dichter zum Judenfreunde wurde.

Er war zeitlebens überzeugter Philosemit, hat für die Juden gestritten in einer Zeit, als Abkömmlingen dieser Rasse in den östlichen Ländern noch keinerlei Möglichkeit einer geistigen Entfaltung und kein öffentlicher Beruf offenstand. Hat für sie gekämpft, obwohl er viel darum befehdet wurde, als Christ, und ich kann wohl sagen, als einziger Christ seiner Zeit.

Außer einem ausgeprägten Gerechtigkeitsgefühl, das er als Familienerbteil mitbekommen hat (sein Vater konnte sich später bei Hofe nicht halten und mußte wegen seiner liberalen Gesinnung den Abschied nehmen) und dem aus diesem entsprungenen Drange, Unterdrückten gegen die Unterdrücker beizustehen, wirkte auf ihn, daß er in seiner Jugend Zeuge von Geschehnissen war, die geeignet erschienen, diesen Drang zur Überzeugung zu reifen.

Damals war das Ghetto noch mit Mauern und Ketten von dem übrigen Lemberg abgegrenzt. Mein Urgroßvater, des Dichters Vater, war es, der diese Ghetto-Sperre später aus eigener Machtvollkommenheit aufhob. Das Ghetto war der Herd jeder Art von Krankheiten und Seuchen. Der erste christliche Arzt, der die Schwelle des Ghettos von Lemberg überschritten hat, war Dr. Franz von Masoch. Dieser harte, einsilbige Mann, der im Rufe eines Sonderlings stand, ging zu den Juden, zu diesen Ausgestoßenen, durchbrach den Jahrhunderte alten Bann des Nebeneinander und wurde in diesen winzigen Gäßchen, verbauten, licht- und luftlosen Ghettohäusern wie ein übernatürliches Wesen, wie ein Prophet verehrt. Und wenn der Knabe Leopold an der Seite des über alles geliebten Großvaters durch die Straßen von Lemberg schritt, knieten beim Anblick des Gelehrten viele Kaftane nieder, neigten sich viele Stirnbinden, unter welchen Blicke der Liebe und Verehrung leuchteten.

– »Unser Vater« – nannten die Juden den Großvater, der ernst und in Gedanken versunken wie immer diese Szenen zumeist gar nicht bemerkt haben mag.

Diese Verehrung, die das jüdische Völkchen Franz von Masoch entgegenbrachte, übertrug sich naturgemäß auf alle Mitglieder der Sacherschen Familie. So trafen den Knaben nur freundliche Blicke und Worte, ja, er durfte mehr sehen, ihm gegenüber brauchte man nicht so unterwürfig und verschlossen sein, war er doch ein Freund, der Enkel ihres Wohltäters, der Sohn ihres Erretters. Er sah ihre Seele, ihr Herz.

Bis zu seinem zwölften Lebensjahre war Sacher-Masoch der deutschen Sprache nicht mächtig. Er erlernte diese Sprache, die später sein dichterisches Ausdrucksmittel wurde, erst, nachdem sein Vater als Hofrat und Polizeidirektor 1848 nach Prag übersiedelt. In diesem Revolutionsjahr finden wir den kaum Zwölfjährigen auf den Barrikaden gegen polnische Aufständische kämpfend.

Ich muß hierbei erwähnen, daß des Dichters Vater ein gastfreies Haus führte. Es wurde eine Liebhaberbühne geschaffen und Theater gespielt, Stücke von Goethe, Schiller, Molière, Gogol aufgeführt. Leopold beteiligte sich mit Feuereifer an diesen Vorstellungen als Dramaturg, Regisseur und Schauspieler.

Vieles kann hier im Rahmen einer kurzen Skizze nicht erzählt werden, was zu erzählen notwendig wäre. Ich will nur das Wesentlichste mitteilen.

Einen großen Einfluß auf seine spätere Stellungnahme zur Kirche, – er war kein guter Katholik – hatte das folgende Ereignis.

Leopold war siebzehn Jahre alt, als seine Schwester Rosa, kaum fünfzehnjährig, von Schwindsucht befallen wurde und nach kurzem Leiden starb. Franz von Masoch, der seine Enkelin selbst behandelte, teilte der Familie mit, daß die Kranke sanft hinüberschlafen würde und man ihr, um sie vor unnötigen Schrecken zu bewahren, diese Tatsache verschweigen solle. Leopold befand sich in einem Zustand vollkommener Verzweiflung. Er liebte seine Schwester abgöttisch. Als die Geistlichkeit in Erfahrung gebracht hatte, daß die Tochter des Polizeipräsidenten im Sterben lag, erschien alsbald ungerufen ein Pfarrer mit Weihrauch und allen Behelfen, um die letzte Ölung vorzunehmen. Leopold, von Schrecken und Sorge getrieben, besorgt um die rührend heitere Ruhe der Sterbenden, stellte sich mit ausgebreiteten Armen vor die Türe und verweigerte dem Geistlichen den Eintritt. Der Pfarrer mußte unverrichteter Dinge abziehen.

Kurze Zeit nach Rosas Heimgang bezog Leopold nach bestandener Maturitätsprüfung die Universitäten Prag und Graz. 1856, also neunzehnjährig, finden wir ihn bereits als Privatdozenten für Geschichte in Graz. Sein Vater war 1853 als Polizeichef nach Graz versetzt worden.

Bis zu dieser Zeit hatte er, außer in Fachkreisen Aufsehen erregenden geschichtlichen Arbeiten, keinerlei literarische Werke veröffentlicht, ja, tatsächlich keine geschrieben. Er betrieb mit dem Feuereifer, der charakteristisch für seine Arbeitsweise ist, Geschichte. Leider hat er auf diesem Gebiet trotz aller Anerkennung nicht durchdringen können.

Eines Tages saß er im Salon der Baronin Gudenus in Graz und erzählte über die polnischen Aufstände. Und er erzählte so interessant und spannend, so gar nicht wie ein Dozent der Geschichte und so sehr wie ein Dichter, daß diese Dame unwillkürlich ausrief:

»Warum schreiben Sie das nicht, Herr Doktor. Sie erzählen so, daß diese Vergangenheit lebendig wird.«

Vielleicht durch diese Aufforderung angeregt und gleichwohl einem schon unbewußt reifenden Drange nachgebend, schrieb er um diese Zeit seine erste Novelle, »Eine galizische Geschichte«, die ungeahnten Erfolg hatte.

Krafft-Ebing hat in seiner »Psychopathia sexualis« mit »Masochismus« jenen Komplex sexueller Abnorm bezeichnet, den Sacher-Masoch in seinen damals viel gelesenen Büchern »Venus im Pelz«, »Russische Hofgeschichten« usw. behandelt hat. Krafft-Ebing hat bei dieser Gelegenheit den Namen eines lebenden Menschen, ohne dessen Genehmigung einzuholen, in sein Werk neben Namen wie die bereits erwähnten Gilles de Rais, Oskar Wilde und de Sade eingereiht. Eine in der Geschichte sicher einzig dastehende Tatsache, die geeignet war, diesen Namen auf das folgenschwerste zu kompromittieren. Sacher-Masoch ging es so, wie es vielen Künstlern aller Zeiten gegangen ist. Es wurde ihm der Stempel der ersten Erfolge aufgedrückt, ähnlich, wie etwa Christian Morgensterns Name heute in den Hirnen der Masse unzerreißbar mit den Galgenliedern verknüpft ist. Er selbst war sicher viel weniger »Masochist«, wie die vielen, die nun nach ihm benannt worden sind. Er strebte ein hohes Ziel an, er ist einen langen Weg gegangen und wurde nach einer Etappe dieses Weges gewertet, nach einer Station benannt und etikettiert. Gewiß, er hatte als Slawe einen Hang zu despotischen Frauennaturen. Und vielleicht war dieser Hang bei ihm, dem Phantasiebeschwerten, ausgeprägter wie bei anderen Slawen. Keineswegs war es jedoch seine Absicht, sein Ziel, diese, nur diese Seite des Eros im Menschen zu beleuchten.

Es war eine Zeit geistiger Erstarrung und Unproduktivität, in der er lebte. Eine Zeit, in welcher der deutsche Roman brach lag, in konventionellen Formen sich bewegte. Eine deutsche Novelle gab es damals überhaupt nicht. Die kurze Form episodischer Erzählung wurde bei uns erst durch ihn geschaffen. In seinen Werken kämpfte er gegen alle Konvention, gegen das Versinken des Geistes, gegen Staat, Gesellschaft, Religion.

Aber allzufrüh wurde ihm dieser Stempel aufgedrückt, wurde er nach jenen ersten Erzählungen gewertet. Was er zu sagen hatte, war neu. Atemlos, mit geheimem Gruseln, las man in seinen Werken sich selbst, wurden bis dahin sorgsam verdeckte Abgründe entschleiert. Und wenn man den Wert eines Menschen nach der Zahl seiner Feinde ermessen kann – an allzuviel Feinden litt er nie Mangel.

Dennoch wollte er Großes. Sein Lebenswerk, das »Vermächtnis Kains«, sollte das ganze Menschtum umfassen. Leider sollte er es nie beenden. Außer den beiden vollständigen Büchern »Liebe« und »Eigentum«, je aus sechs Novellen bestehenden Zyklen, sind die weiteren vier

Bücher »Staat«, »Krieg«, »Arbeit« und »Tod« nur fragmentarisch vorhanden. Den Rahmen des Werkes sollte ein Prolog »Wanderer« und ein Epilog »Friede auf Erden« abgeben. In diesem Werk, welchem an Vollendung und Kraft noch die Romane »Die Ideale unserer Zeit« und »Der neue Hiob« zur Seite zu stellen sind, zeigt er uns das Gesicht der Zeit, das wahre, unverschleierte. Hier tritt er als sozialer und politischer Reformator auf. Hier predigt er mit und vor Tolstoi den Gedanken der Rückkehr zur Natur. Es sind dies bleibende Werte, die bestehen werden, solange unsere Literatur besteht. Er seziert nicht nur, deckt nicht nur alle Seiten des menschlichen Charakters, sozialer und politischer Mißstände auf, er sucht auch neue Wege und Grundlagen einer besseren Zukunft.

Zeitlebens mit Sorge und materieller Abhängigkeit kämpfend, mußte er leider oft um Brot schreiben, das schreiben, was verdienstlüsterne Verleger von ihm verlangten, das Publikum von ihm lesen wollte. Es ist erwiesen, daß ihm sehr häufig fertige Bücher mit dem Vermerk zurückgegeben wurden, sie seien nicht typisch, nicht »Sacher-Masoch« genug, er müsse hier und dort noch einen Pelz, eine Peitsche oder zumindest eine Ohrfeige einfügen. Einmal verlegt, hatte er keine Macht mehr über dieses Geschriebene, das gegen ihn auftrat, seinen Namen mit einem düsteren Schimmer umwebte, sein Leben zertrümmerte. Um ein Beispiel anzuführen, wie sehr er selbst am Ertrag seiner weit verbreitetsten Bücher materiell benachteiligt war, will ich erwähnen, daß er vom Verleger seiner »Russischen Hofgeschichten« das einmalige Honorar von 300 Mark erhielt und daß derselbe Verleger, nachdem er an diesem Buche 65 000 Mark verdient hatte, von den Geschäften zurücktreten und sich zur Ruhe setzen konnte. Und das war keineswegs ein Ausnahmefall.

Um so größer war der immaterielle Erfolg, die Anerkennung, die ihm die führenden Geister seiner Zeit entgegenbrachten. Unter seinen Freunden finden wir Männer, wie Turgenjew, Tolstoi, die beiden Dumas, Rochefort, Mendez, Camille Flammarion. Auch mit Baronin von Suttner war er eng befreundet und förderte ihre Friedensbestrebungen auf das erfolgreichste. Nachdem er 1881 in Leipzig die Zeitschrift »Auf der Höhe« begründete, die erste große internationale Revue, wurde er im Jahre 1882, gelegentlich seines fünfundzwanzigjährigen Dichterjubiläums, der Gegenstand großer Ehrungen. Die Republik Frankreich sandte das Kreuz der Ehrenlegion. Die gesamte Literaturwelt seiner Zeit feierte den Dichter. Interessant ist, daß die Juden diesen Tag in Galizien festlich begingen. Er starb bald, nachdem es ihm gelungen war, ein ruhiges Heim zu gründen, zu Lindheim in Hessen 1895.

Alexander von Sacher-Masoch
Leopold von Sacher-Masoch (1936)

Das alte Oesterreich prägte solche Namen: scheinbar zufällig gefügt aus fremdsprachigen Elementen. Don Matthias Sacher, den Ahnherrn, der mit Karl V. als Rittmeister aus Spanien gegen den Kurfürsten von Sachsen auszog, traf in der Schlacht bei Mühlberg 1547 eine Kugel. Ein böhmisches Fräulein pflegte ihn so aufopfernd, daß er bald mehr für sie empfand als Dankbarkeit. Er heiratete, erwarb den böhmischen Adel und wurde seßhaft. Drei Jahrhunderte lang lebten seine Nachkommen in Prag. Des Dichters Großvater, Johann Nepomuk Ritter v. Sacher, wurde zum Administrator der Staatssalinen ernannt und als Gubernialrat um 1800 nach Lemberg berufen. Sein Sohn Leopold, der Vater des Dichters, war Polizeipräsident von Lemberg. Er hatte die Tochter Franz v. Masochs, eines Arztes und Rektors der Lemberger Universität, zur Frau. Dieser Franz v. Masoch war ein eigenartiger Mann. Um 1818, während der großen Choleraepidemie, harrte er in Lemberg aus und bekämpfte die Seuche in monatelangem, Tag und Nacht währendem Kampfe, wobei er neue Heilmethoden einführte. Er hatte nur eine Tochter, Charlotte [Caroline]. Der Kaiser übertrug ihr die Rechte eines Knaben. So entstand der Doppelname Sacher-Masoch.

Der Dichter Leopold Ritter v. Sacher-Masoch, der Anlaß dieser Betrachtung ist, wurde in Lemberg am 27. Jänner 1836 geboren. Seine Amme war eine ukrainische Bäuerin, und von ihr hatte er wohl die Liebe zu den alten ruthenischen Volksliedern, Märchen und Sagen, zum kleinrussischen Volk. Der Knabe wuchs in einer bunten Welt auf, an jener Grenze, die in der alten Monarchie den Osten vom Westen trennte. Mit jungen Augen lernte er wohl ein Dutzend Sitten, Trachten und Religionen kennen. Bis zu seinem zwölften Lebensjahre konnte er nicht Deutsch. Während der Polen-Aufstände zog ihn sein Herz auf ukrainische Seite. Wir finden den kaum Zwölfjährigen 1848 auf den Barrikaden gegen polnische Aufständische kämpfen. Mit neunzehn Jahren begann er zu schreiben. Seine erste Novelle, *Eine galizische Geschichte* betitelt, hatte ungeahnten Erfolg. Er ging einen langen Weg und wurde leider nach einer Etappe benannt und etikettiert. Der Klang seines Namens darf nicht verwechselt werden mit dem Werk, das er schuf. Die Dichtung *Das Vermächtnis Kains* sollte das ganze Menschtum umfassen. Vollständig liegen nur die Bücher *Liebe* und *Eigentum* vor. *Staat*,

Krieg, *Arbeit* und *Tod* sind nur fragmentarisch vorhanden. Hier hat er die deutsche Novelle in ihrer neuen Form begründet. Es sind dies Erzählungen, die in eine Reihe zu stellen sind mit den Werken eines Gogol oder Dostojewskij. In den Romanen *Die Ideale unserer Zeit* und *Der neue Hiob* zeigt er das Gesicht seiner Epoche, das wahre, unverschleierte. Er tritt hier als sozialer und politischer Reformator auf und redet mit und vor Tolstoi der Rückkehr zur Natur das Wort. Er hatte schwer mit materiellen Sorgen zu kämpfen. Für seine *Russischen Hofgeschichten* erhielt er 300 Gulden Honorar. Der Verleger verdiente 65 000 Gulden daran. Und das war die Norm.

Umso größer die Anerkennung, die ihm die führenden Geister der Zeit entgegenbringen. Seine Freunde: Turgenjew, Tolstoi, die beiden Dumas, Rochefort, Camille Flammarion, Viktor v. Scheffel, Hamerling, Zola, Ibsen. Im Jahre 1882 feierte er sein silbernes Dichterjubiläum. Frankreich sandte das Kreuz der Ehrenlegion, Tausende schrieben an ihn. Man hatte allmählich erkannt, was er wollte. Ein Satz aus Henrik Ibsens Brief an ihn formuliert sein Streben vielleicht am klarsten: »Die Dichtung unsrer Zeit hat nur ein Ziel: die Grenzpfähle niederzureißen.« Er starb, bis ans Ende kämpfend. Er war ein Oesterreicher. Er hat seinem Lande in der Welt Ehre gemacht.

Adrien Marx
Sacher-Masoch (1886)

Man muß den geistigen Neigungen der Franzosen gerechterweise zugestehen, daß sie weder parteiisch noch national sind. Besitzt ein Schriftsteller Originalität, Phantasie, Stilvermögen oder Anschaulichkeit, empfangen wir ihn, was für ein Landsmann er auch immer sein mag, bewirten ihn festlich, schmücken sein Knopfloch mit Auszeichnungen und halten uns ihm gegenüber so wenig mit Lob zurück, daß er bisweilen bei uns zu einem größeren Ansehen gelangt als in seinem Vaterland. Dieser Eklektizismus in unserer Lektüre literarischer Werke hat sich zunächst in großen Sympathien für die englischen Romanciers und Dichter gezeigt. Dann waren die Amerikaner an der Reihe, und nun hat sich unsere Schwärmerei plötzlich von Westen nach Osten verlagert und auf Rußland gerichtet: Zur Zeit sind Tolstoi und Dostojewski in den Pariser Salons Gegenstand allgemeiner Begeisterung.

Unter den ausländischen Schriftstellern, deren Talent schon vor dieser Ära der Entdeckung Beachtung fand und deren Bücher gleich nach Erscheinen in ganz Europa Widerhall gefunden haben, muß man auch den Galizier Sacher-Masoch nennen. Ich will hier jedoch nicht den Versuch unternehmen, die Qualität der Schilderungen und des Lokalkolorits in den Werken dieses Meisters zu würdigen, – das haben schon andere, berufenere Kritiker getan –, ich möchte vielmehr von der Tatsache profitieren, daß Sacher-Masoch in Paris war und ich durch einen Zufall die Ehre hatte, ihm vorgestellt zu werden, um eine flüchtige Skizze seines Lebens und seiner Person zu zeichnen.

*

Herr Sacher-Masoch ist noch ein junger Mann. Er spricht fließend acht Sprachen und weckt sogleich großes Interesse, das seine charmante Unterhaltung und seine umfangreichen ethnographischen Kenntnisse als durchaus berechtigt erweisen. Er ist viel gereist, hat viel gesehen und durch seinen Umgang mit Menschen aller Schichten und aller Länder Einblicke erhalten, die er in einer sehr ansprechenden Art wiedergibt. Seine Stimme ist verhalten, sein Auftreten zurückhaltend; zweifelsohne gehört er zu der Sorte Menschen, von denen man sagt: »Sie machen sich nicht wichtig.«

Unnötig zu erwähnen, daß Herr Sacher-Masoch viel arbeitet. Vollkommenheit der Form, Stimmigkeit der Details und Harmonie des Ganzen erreicht man nicht ohne langes Nachdenken und hartnäckige Arbeit. Bemerkenswert an dem außergewöhnlichen Geist dieses Schriftstellers ist die Fähigkeit, sich gleichzeitig mit fünf oder sechs Werken zu beschäftigen und diese vielfältigen Aufgaben nebeneinander zu bewältigen, ohne zu ermüden oder nachzulassen. Auf einem Schreibtisch hat er Pappumschläge liegen, in denen er kleine Begebenheiten, Vorkommnisse, Sitten- oder Landschaftsschilderungen, so wie sie ihm gerade einfallen, sammelt. Genauso wie ein Mosaikkünstler, der seine bunten Steine auf zwanzig verschiedene Platten legt und auf einmal zwanzig gleichzeitig entstandene Meisterwerke fertig stellt.

*

Der galizische Romancier hat dunkle Haare, und auch sein Gesicht kann seine Herkunft nicht verleugnen. Als Enkel eines Spaniers und einer Russin finden sich in seinen Gesichtszügen sowohl der Hidalgo als auch der Bojar. Von seinen Vorfahren väterlicherseits hat er den mattbraunen Teint geerbt, der wie verbrannt von der kastilischen Sonnenglut wirkt, während eine gewisse leicht durchschimmernde Blässe daran erinnert, daß seine Großmutter dem sanften Reifnebel Moskaus ausgesetzt war.

Viele halten Sacher-Masoch für einen Juden, da sie seine Nachsicht den Juden gegenüber in seinen Erzählungen falsch verstehen. Sie irren sich. Die Anerkennung, die er Israel zollt, ist uneigennützig und beruht auf Überlegungen, die er mir gestern mit fesselnden Worten mitteilte:

»Ich bewundere das jüdische Volk«, sagte er zu mir, »weil es das älteste Volk auf Erden ist und durch die Jahrhunderte seinen Geist mit Fortschritt, mit jeder neuen Errungenschaft bereichert hat. In der Welt umherziehend, hat es überall seine Ideen von Gewerbe und Wissenschaft, die der menschliche Verstand nach und nach entwickelte, verbreitet – wie ein Riechkissen, das die Umgebung mit seinem Duft durchströmt. Es war Vermittler und Verbreiter aller sozialer Neuerungen und hat trotz Verbannungen und Verfolgungen eine Beharrlichkeit und einen Arbeitseifer bewahrt, die die Eigenheit dieser Eliterasse sind. Ich achte diese Rasse so, wie man die Nachfahren eines berühmten Geschlechts achtet, das durch die Heldentaten seiner ruhmreichen Vorfahren berühmt wurde. Der Jude weckt in mir die gleichen Gedanken wie der auf den

Stufen eines römischen Palastes schlummernde Lazzarone ... Wer behauptet, daß der dort vor mir auf der Treppe schlafende Italiener nicht vielleicht das Blut eines Prokonsuls in den Adern hat, und warum sollte ich mich nicht vor diesem traurigen Überbleibsel einer großen antiken Nation, die die Welt erobert hat und deren Ruhm noch heute besteht, verneigen? Wenn ich ihn grüße, grüße ich nicht einen Menschen, sondern die Geschichte, die Tradition, den Ruhm und die Tapferkeit, die Literatur, die Künste ... Zudem finde ich die Vorurteile eines Judenhassers absurd, der dem Juden gerade die Schwächen und Härten vorwirft, die ihm seine Intoleranz ständig aufgezwungen hat ...«

»Es erstaunt mich«, unterbreche ich ihn, »daß Herr von Bismarck heimlich die antisemitischen Bewegungen in Deutschland unterstützt.«

»Man kann ein großes Genie und gleichzeitig ein kleiner Geist sein.«

Da ich das Gespräch nicht zu sehr in eine Richtung lenken wollte, schnitt ich ein neues Thema an und bat den Schriftsteller, mir etwas über die Zeit zu erzählen, in der er das Kreuz der Ehrenlegion bekommen hat.

»Das war im Jahre 1883«, berichtete er mir, »es war ein schöner Tag für mich, und Frankreich, das ich schon immer verehrte, wurde mir dadurch nur noch teurer. Denn außer dieser Auszeichnung überreichte mir eine Abordnung ein Album mit Autographen, das ich später meinem Sohn vermachen werde und das sicherlich ein wertvolleres Erbe ist als die Millionen eines Finanzmannes. Diese Sammlung enthält Briefe Ihrer berühmtesten Landsleute: der Herzog von Aumale dankt mir in seinem Brief für meine Liebe zu Frankreich; von Victor Hugo enthält diese wertvolle Sammlung ein derart schmeichelhaftes Telegramm, daß ich mich scheue, es Ihnen wiederzugeben. Rochefort, der Herzog von Broglie, Zola, Jules Simon, alle Ihre Berühmtheiten überhäufen mich darin unterschiedslos mit Komplimenten, an die ich nicht denken kann, ohne daß mir Tränen in die Augen treten ... Ach, wissen Sie, für weit wichtiger als Popularität, Erfolg und finanziellen Gewinn erachte ich die Zuneigung, die ein glücklicher Schriftsteller bei seinen Lesern zu wecken vermag. Sicher ist es sehr schön, verstanden, geschätzt und gelobt zu werden, aber was ist dagegen die Freude, geliebt zu werden, zu fühlen, daß man in dem Leser einen Freund hat. Wie oft habe ich nicht, wenn ich von dem Wunsch nach literarischem Erfolg beseelt war, das Sprichwort meines Landes vor mich hingesagt:

›Verschließe mir, wenn Du willst, Deine Tür, aber öffne mir Dein Herz.‹«

*

Dieses ergreifende Sprichwort ruft mir ein unglaubliches Abenteuer ins Gedächtnis zurück, in das Sacher-Masoch vor fünf Jahren geraten ist. Er wird sehr überrascht sein, es zu lesen, denn es ist weitgehend unbekannt, und aus Gründen, die hier auszuführen zu weit gehen würde, bin ich, wenn auch nicht der erste, der es kennt, zumindest der erste, der es erzählt.

Sacher-Masoch hat eine Novelle veröffentlicht, in der sich ein polnischer Graf in einen Jüngling verliebt. Er gewinnt ihn für sich, widmet sich seiner Erziehung, der Entfaltung seiner Fähigkeiten und macht ihn zum Vertrauten seiner Freuden und Leiden. Bald ist der Schüler in der Lage, die schwierigsten und feinsinnigsten Lehrsätze zu diskutieren. Die Verbindung hält so lange, bis der Graf bemerkt, daß sein junger Freund eine Frau ist. Der Gedanke, daß eine körperliche Frage die philosophische und rein geistige Natur ihrer Beziehung verändern könnte, treibt den ehrwürdigen Herrn in die Flucht ... Der Roman endet mit der Entdeckung à la *Jocelyn*. Einige Zeit nach Erscheinen des Buches erhält Sacher-Masoch einen anonymen Brief, in dem ihm eine geistige Beziehung wie jene des polnischen Grafen vorgeschlagen wird. Der anonyme Schreiber fügt hinzu, daß sein Geschlecht ihn allerdings vor einer Trennung wie in seiner Novelle bewahren würde. In jeder Zeile wiederholt er, daß es ihm um eine feste und ernsthafte Freundschaft gehe, und er schließt den Brief mit einem gefühlvollen Appell an sein Mitleid: »Trösten Sie eine von Tränen überströmte und wundgeschlagene Seele, gewinnen Sie einen vom Leben Enttäuschten, der dem Selbstmord nahe ist, dem Leben zurück.« So der letzte Satz dieses merkwürdigen Briefes.

Der neugierig gewordene Galizier denkt, daß dieses Klagelied von einer Frau stamme, und überläßt sich dieser Vorstellung, um sich ganz seinen Phantasien hinzugeben. Der Stil des zweiten Briefes, der fremdartige Reiz eines Treffens in einem kleinen steirischen Dorf, die unumstößliche Bedingung, während der Zusammenkünfte eine Augenbinde zu tragen, zerstreuen seine letzten Bedenken, und er macht sich auf den Weg. Zur vereinbarten Zeit betritt er eine Wohnung mit drei Zimmern, von denen das mittlere für das Rendezvous bestimmt ist, was das Bestreben zeigt, es jedem indiskreten Ohr vorzuenthalten. Seinem Versprechen gemäß verbindet sich Sacher-Masoch die Augen; zwei Minuten später sagt eine männliche, aber erstaunlich wohltönende und sehr melodiöse Stimme »Danke!« und wiederholt in bayerischer korrekter Sprache und mit überströmender Zärtlichkeit die Vorschäge des anonymen Briefes. Obwohl Sacher-Masoch enttäuscht ist, statt des Rauschens eines Unterrocks das Scharren von Stiefeln zu hören, lauscht er doch den Worten der goldenen Stimme. Bald ist er hypnotisiert und so in Bann geschlagen, daß er seine Mission als Rettungsengel akzeptiert ... Ein Jahr ergibt er sich dieser magnetischen Anziehung – und nie nimmt er in dieser Zeit die Binde ab, die ihm seinen Gesprächspartner verbirgt. Thema dieser mit Unterbrechungen stattfindenden Gespräche ist eine hochgeistige Auseinandersetzung über das weite Gebiet der Leidenschaften und der Psychologie. Wenn sie sich nicht treffen können, sendet Sacher-Masoch – nach genauen Anweisungen – Briefe nach London, Wien, Paris, Stockholm usw. Die auf edlem, mit einer Herzogskrone bedrucktem Pergament geschriebenen Antwortbriefe sind stets mit einem Namen unterschrieben, der angesichts des geheimnisvollen originellen Abenteuers fast lächerlich wirkt. Dieser zugleich prosaische und groteske Name (Anatol) schreckt den Romancier zunächst ab, später gewöhnt er sich daran. Doch er will Gewißheit haben. So hofft er, eines Tages von seinem Schwur entbunden zu werden und endlich den Unbekannten betrachten zu dürfen. Und tatsächlich sagt Anatol eines Nachmittags:

»Ich erlaube Dir nun, mich anzusehen.«

Sacher-Masoch nimmt seine Binde ab und erblickt vor sich einen wunderschönen Jüngling mit bekümmertem, melancholischem Gesicht. Dieser reicht ihm die Hand und sagt folgende Worte zu ihm:

»Wenn Du mich ein bißchen liebst, wenn Du verstanden hast, daß es Deine Bestimmung ist, mich zu retten, mich zu heilen, und es in Deiner Hand liegt, mich der Verzweiflung und dem Tod zu entreißen, verlasse Dein Zuhause. Mein Heim möge das Deinige werden. ... du wirst sehr berühmt, reich und mächtig sein.«

Der Schriftsteller ist sprachlos. Das Bild seiner lieben Frau und seines geliebten Sohnes tauchen vor ihm auf. Er bittet um Bedenkzeit und lehnt schließlich das Angebot Anatols ab ...

Als er einige Tage später am Schaufenster eines Wiener Papierwarenhändlers vorbeigeht, bleibt er starr vor Staunen vor einer Photographie stehen, auf der niemand anderer als Anatol zu sehen ist. Auf einem Schild darunter ist zu lesen:

S. M. Ludwig II., König von Bayern.

Plötzlich sieht er klar. Der verrückte König hatte an seiner Seite von einem literarischen Wagner als Gegenstück zum musikalischen geträumt!

Wer weiß, was passiert wäre, wenn sich Sacher-Masoch auf die Heilung dieses gekrönten Verrückten eingelassen hätte. Vielleicht hätte er dessen königliches Hirn vor den Halluzinationen bewahrt, die ihn auf den Grund eines Sees geführt haben ... und Ludwig II. würde vielleicht noch regieren!

*

Sacher-Masoch befindet sich für einige Wochen in Paris.

»Ich ließe mich hier gern nieder«, teilte er mir mit, »aber ich fürchte, daß ich hier nicht die für meine Inspirationen notwendige Ruhe haben würde. Ich bewundere, daß es Ihren Literaten in einer so lauten Umgebung, die so voller unwiderstehlicher Versuchungen und köstlicher Aufregungen ist, gelingt, derartig frischen Geist sprühen zu lassen und so schöne Dinge zustandezubringen. Sie müssen wirklich eine besondere Gabe haben, daß sie nicht durch das Konzert der Verführungen und das Glockenspiel der Pariser Vergnügungen vom Gesang ihrer Muse abgelenkt werden. Seien Sie mein Freund, kommen Sie mich oft besuchen; damit Sie meine Adresse nicht vergessen, erlauben Sie mir, sie Ihnen auf dieses Stück Papier zu schreiben.«

Und Sacher-Masoch nahm ein loses Blatt und schrieb mit seiner eleganten und aristokratischen Schrift: 20, rue de Madrid. Als ich zu Hause angekommen war, drehte ich das Blatt zufällig um: Wie erstaunt war ich, darauf Gedanken zu lesen, die der Galizier wahrscheinlich am Morgen notiert hatte.

Vier davon seien hier angeführt:

Exotismus in der Literatur ist nur dann von Interesse, wenn er dazu dient, die uns bekannten menschlichen Gefühle stärker zur Geltung zu bringen.

Wenn man in der Literatur Erfolg haben will, muß man weit mehr gute Feinde als gute Freunde haben: gute Freunde sind wie Frauen, die ihre Liebhaber verlassen, sie vergessen schnell; gute Feinde ähneln verlassenen Frauen, sie verfolgen uns bis über das Grab hinaus.

Ein spanisches Sprichwort sagt: »Man glaubt stets jenen ebenbürtig zu sein, die man lobt.« Ich bin sehr stolz auf die wenig wohlwollenden Urteile der deutschen Presse.

Es kommt nicht nur darauf an, daß das Werk schön und wahr ist: die darin enthaltene Wahrheit muß schön sein.

Diese beiden letzten Aphorismen zeigen sehr deutlich den liberalen Österreicher, der die Deutschen verabscheut, und den moralischen Dichter, der sein Genie immer in den Dienst des Schönen und Wahren gestellt hat.

Sacher-Masoch-Gemälde von Heinrich Schlesinger
Paris, 1887

Autobiographische Prosa
1887–1889

Der Vater: Leopold von Sacher-Masoch (1797–1874)

Mein Vater

Ein nachzutragendes »Souvenir« (1887)

Der folgende Text hätte bereits in Band 1 der »Autobiographischen Prosa«, 1985 unter dem Titel Souvenirs *erschienen, veröffentlicht werden müssen. Leider wurde er erst nach Drucklegung aufgefunden.*

Die Eindrücke der Umgebung, in der ich aufwuchs, standen in vollkommenem Gegensatz zu dem Einfluß, den meine Amme auf mich ausübte. Ich glaube, daß ich es ihrer kräftigen Bauernmilch verdanke, daß ebenso meine Seele wie mein Körper gesund geworden sind. Mein Geist, mein Herz und mein ganzes Wesen blieben einfach trotz der Atmosphäre von Glanz und Luxus, in der ich lebte. Ich war drei Jahre alt, als ich mich meiner Mutter gegenüber weigerte, länger in einem weichen Bett zu schlafen, und ich verlangte von ihr ein hartes Lager, eines Spartaners würdig. Seit dieser Zeit habe ich manchmal auf der nackten Erde geschlafen, die Gerätetasche unter dem Kopf, aber niemals auf den Bettfedern, ja nicht einmal auf einer Matratze, und mein Bett bestand seit meiner Kindheit aus einem großen Strohsack und einem Roßhaarkissen als Kopfkissen.

Ein Polizeichef war damals in Österreich eine bedeutende Persönlichkeit, mächtiger und gefürchteter als der Gouverneur und der Generalkommandant einer Provinz. Mein Vater hatte in das Amt einen bekannten Namen und ein beträchtliches Vermögen eingebracht. Er bekam hohe Bezüge und hatte außerdem eine fürstliche Wohnung in der Polizeipräfektur; Heizung, Licht, eine Equipage, eine Theaterloge, das alles auf Kosten des Staates. Ein Fürst hätte nicht von mehr Luxus umgeben sein können, als ich es damals war. Überall geräumige Zimmer, kostbare Tapisserien, luxuriöse Möbel, Gemälde, Statuen und Blumen und ein Domestik, bereit, auf das geringste Zeichen zu gehorchen.

Lemberg, meine Heimatstadt, hatte ebenfalls ein glanzvolles und farbenprächtiges Aussehen. Von der alten Stadt, die von dem Fürsten Leo von Halicz gegründet worden war, sind heute nur noch ein paar armselige Steine übrig. Einst von den Polen, den Schweden, den Türken, den Tartaren und den Kosaken niedergebrannt und geplündert, war Lemberg damals eine vollkommen neue Stadt, mit breiten Straßen, schönen Plätzen und prächtigen Promenaden, umgeben von grünen Bergen, unter denen der Sandberg durch seine Trockenheit hervorragte.

Der polnische Adel ahmte das Pariser Leben nach; überall sah man großen Luxus und eine große Originalität in den so unterschiedlichen Typen der polnischen, russischen, deutschen und italienischen Bürger und der Bauern, der Armenier und der Israeliten und der Zigeuner.

Das Kreisamt wirkte streng, fast traurig. Die Beamten mit ihrem ernsten Aussehen, die Polizeisoldaten mit ihrem harten Gesicht und ihren schwarzen Schnurrbärten, Reisende, Vagabunden, Gefangene, Verbrecher, häufig auch Verschwörer mit bleichen und melancholischen Gesichtern, hinter den vergitterten Fenstern; das Klirren der Ketten, die Schreie der Mädchen, die mit der Gerte geschlagen wurden, der Verurteilten, die Stockhiebe erhielten, all dies machte mich schon früh mit dem Ernst des Lebens vertraut.

*

Auch das Land befand sich in einer Art Kriegszustand. Es gab zwei feindliche Lager: auf der einen Seite die österreichischen Beamten und Soldaten, die kleinrussische Partei und die Bauern; auf der anderen die Polen, ständige Verschwörungen, Unruhen, Verhaftungen und Attentate. Ich sah einmal einen Emissär der Pariser Revolutionsregierung, den man aufgegriffen hatte, im Kreisamt. Mehr als einmal wurde ein Todesurteil, das sich gegen meinen Vater richtete, an unsere Türe geschlagen. Meine Mutter zitterte, wenn er eine Nacht außer Haus verbrachte. Wir lebten wie Trapper unter Indianern, immer das Gewehr im Arm.

Den Sommer verbrachten wir gewöhnlich in unserem Landhaus in Winiki, einem großen Dorf in der Nähe Lembergs, auf einer Anhöhe gelegen, umgeben von Sümpfen, großen Weihern und herrlichen Wäldern.

Dort hatte ich mehr Freiheit, und unser großer, halbverwilderter Garten wurde das erste Theater meiner Träume und meiner Heldentaten.

Mein Vater war ein echter Adliger jener Zeit, wohlerzogen, elegant, heiter und ritterlich, von den Frauen geliebt, seinem Kaiser treu ergeben, religiös ohne Engstirnigkeit. Er liebte sein Vaterland, und sein Kaiser war für ihn ein Heiliger. Er besaß eine umfassende Bildung, einen lebhaften Geist und Spezialkenntnisse in den Naturwissenschaften. Er sammelte alles, was er fand: Gemälde, Bücher, Skarabäen, Schmetterlinge, Pflanzen, Mineralien und Waffen. Er liebte auch leidenschaftlich die Musik, wie alle Slawen, sprach vierzehn Sprachen und Französisch wie ein Franzose. Seine Privatwohnung war in eine Art Museum verwandelt. Mitten in seinem Arbeitszimmer stand ein Sekretär aus Marmor, umgeben von Trophäen: Waffen, Rüstungen, Hellebarden und Schwertern, Mammutknochen, ausgestopften Tieren und Muscheln.

Ich hatte großen Respekt vor meinem Vater, der niemals sehr freundlich zu mir war; dennoch ließ ich keine Gelegenheit verstreichen, um in sein Zimmer zu schlüpfen, das ziemlich nüchtern wirkte, und dort blieb ich in eine Ecke gekauert, nur um all die außergewöhnlichen Dinge zu sehen und zu hören, die sich dort abspielten.

Ich erinnere mich, wie aufgeregt ich jedesmal war, wenn der alte Invalide, der meinem Vater als Ordonnanz diente, die Zeitungen brachte. Es war weniger ihre Menge, die mich beeindruckte, als der Gedanke, daß all diese Blätter, die da auf diesem Tisch versammelt waren, jeden Tag in Paris, in London, in Sankt Petersburg, in Berlin oder in Leipzig, mit einem Wort, in allen Ländern der Welt, gedruckt wurden.

Ich hatte das Gefühl, daß man in diesem kleinen, halbdunklen Arbeitszimmer den Puls der zivilisierten Welt pochen fühlte. Unter den Zeitungen, die mein Vater täglich las, befanden sich die *Débats*, die damals eine große Bedeutung hatte, *Gaglignani's Messenger* und die *Augsburger Allgemeine Zeitung*. Ich für meinen Teil amüsierte mich über die Karikaturen des Pariser *Charivari* und die Stiche des *Penny Magazine* aus London.

Ich verdanke meinem Vater vor allem das patriotische Gefühl, das in meinem Leben eine so große Rolle gespielt hat, und die Liebe zur Natur.

Mein Vater schrieb gut, obwohl sein Stil der klare und trockene Stil eines Politikers war; aber sobald er zu sprechen begann, wurde er zum Dichter. Ich habe niemals jemanden so gut erzählen hören wie ihn. Sobald er den Mund öffnete, hingen alle an seinen Lippen, als wäre er ein Romancier ersten Ranges. Er verstand sich darauf, seine Wirkungen vorzubereiten, geschickt Licht und Schatten zu verteilen, das Interesse immer noch zu steigern und die Lösung im geeigneten Augenblick herbeizuführen.

Ich glaube, daß ich viel seinen Geschichten verdanke, die er gewöhnlich nach dem Abendessen erzählte, umringt von ein paar guten Freunden. Er war ein lebendiges Buch, in dem ich las und das all meine Begabungen besser als jedes gedruckte Buch förderte, bis zu dem Tag, an dem sich vor mir dieses große herrliche Buch auftat, aus dem der Hauch Gottes strömt, dieses Buch, dem ich mehr verdanke als allen Literaturen der Welt: *das Buch der Natur*.

Sacher-Masoch in Paris, 1887

Choses veçues
(1888/1889)

Aus dem Französischen von
Michael von Killisch-Horn

Auf Anregung von Monsieur Eugène Yung, Gründer und Direktor dieser Zeitschrift und mein Freund, habe ich unter dem Titel *Choses Vécues* [Erlebtes] die Szenen meines Lebens zusammengetragen, die ich den Lesern der *Revue bleue* unterbreiten werde.

Eines Tages fragte er mich, ob in meinen Werken alles Erfindung sei.

»Ich habe den Eindruck«, sagte er, »als wären das alles nur Kapitel einer großen Biographie, als wäre das alles wirklich geschehen und Wort für Wort wahr.«

Diese Bemerkung gab Anlaß zu langen Erklärungen. Ich sagte ihm, daß in meinen Werken tatsächlich alles wahr sei und daß ich sie zum Teil *erlebt* hätte; und gleichzeitig entwickelte ich ihm mein Vorgehen in diesen Schöpfungen der Phantasie.

»Seit Beginn meiner schriftstellerischen Laufbahn«, sagte ich unter anderem zu ihm, »bin ich überzeugt gewesen, daß der Romanschriftsteller eine höhere Aufgabe hat als diejenige, Geschichten zu erzählen und das Publikum zu unterhalten. Es schien mir nicht ausreichend, daß er seine Helden *psychologisch* oder, nach der heutigen Mode, *physiologisch* erklärt. Der Autor hat darüber hinaus die Aufgabe zu erfüllen, seine Helden vor allem als Geschöpfe der Natur, welche sie hervorgebracht hat, und der Epoche, der historischen Umstände, in denen sie gelebt haben, zu erklären.

Ich glaube, daß es eine falsche Vorgehensweise ist, nach der Methode Zolas und der naturalistischen Schule zuerst eine These vorzubringen und anschließend Untersuchungen anzustellen, die dann Belege für diese These liefern würden.

Ich glaube vielmehr, daß für den Autor der Gegenstand [seines Schaffens] aus dem hervorgehen muß, was er gesehen und gehört hat, und daß er in diesem Gegenstand die Gegebenheiten und die Lösung des Problems suchen muß.

Wenn wir mit der naturalistischen Schule für die Kunst eine wissenschaftliche Methode akzeptieren, dann sollte diese Methode meiner Meinung nach niemals *induktiv*, sondern *empirisch* sein.

Der Autor kann seine Aufgabe nur erfüllen, wenn er wie der Gelehrte in den Naturwissenschaften und der Historiker vorgeht: zuerst die Belege, dann die These.«

Monsieur Yung bat mich, unter diesem Gesichtspunkt eine Reihe von Bruchstücken meines Lebens zu schreiben.

Ich habe versucht, seinen Wünschen zu entsprechen.

Die Skizzen, die ich nach und nach der Öffentlichkeit übergeben werde, sollen dazu dienen, dem französischen Publikum den Autor und diejenigen seiner Werke zu erklären, die ihm bekannt sind. Sie werden dem Leser erlauben, einen Blick in die Werkstatt eines Romanschriftstellers zu werfen. Sie werden ihm zeigen, auf welche Weise der Autor ebenso wie seine Geschöpfe aus der Natur und aus der Zeit hervorgegangen sind, in der sie gelebt sowie Freude und Leid erlebt haben.

I.
Die Schlacht von Gdów

Es war der Abend des 23. Februar 1846. Wir waren alle in unserem Haus in Lemberg versammelt und in Angst und Schrecken versetzt durch die Geschehnisse, die sich soeben ereignet hatten. Die Revolution, die alle seit langem vorausgesehen hatten, war gerade ausgebrochen. Mein Vater, der [Lemberger] Polizeichef, hatte den Erzherzog Ferdinand [d'Este], den Gouverneur von Galizien, vergeblich vor der Gefahr gewarnt, die uns bedrohte. Der Prinz hatte alle Warnungen in den Wind geschlagen. Fasziniert von der schönen und geistreichen Prinzessin Soplicka, meldete er in seinen Berichten an den Kaiser und den Fürsten von Metternich nur die Agitationen einiger Demokraten, die aber seiner Meinung nach ohne Bedeutung seien. Der Gouverneur war von den Ereignissen um so mehr überrascht, als der polnische Adel selbst zu den Waffen gegriffen und sich an die Spitze der Revolution gegen Österreich gestellt hatte.

Die polnischen Bauern hingegen waren im allgemeinen dem Kaiser treu geblieben, der ihr Los verbessert hatte. In Tarnów hatten sie sich ihrer Sensen gegen die Insurgenten bedient, und sie übergaben Hunderte von ihnen tot, verletzt oder gefangen. Doch auf diese beruhigende Haltung folgten schon bald äußerst beunruhigende Nachrichten. General Collin war gezwungen gewesen, die Republik von Krakau zu evakuieren, und er hatte sich bis nach Wadowice zurückgezogen. Die Insurgenten hatten Wieliczka erobert und bedrohten Hochonie. Es war die Rede von einer polnischen Armee von 20 000 Mann, die zum Angriff übergegangen war, und vom Beginn eines Partisanenkrieges in den Karpathen, wo die Insurgenten, unter dem Kommando eines Priesters, Kmietowicz, Chochalan, Ciche, Witów und Dzianicz besetzt hatten.

Am Nachmittag erfuhren wir, daß die Revolution in der Umgebung der Hauptstadt selbst ausgebrochen war. Mein Vater schloß aus dieser bedrückenden Nachricht, daß die Regierung wahrscheinlich die Evakuierung des ganzen westlichen Galizien und den Rückzug aller Truppen, die dort in Garnison lagen, bis zu den Ufern der San beschlossen hatte.

Wir sahen uns bereits verloren oder auf der Flucht nach Ungarn, als, zu sehr vorgerückter Nachtstunde, Benedek, der künftige Held von Mortara und Solferino, der glücklose General von 1866, bei uns eintraf, wo er wie ein Befreiungsengel begrüßt wurde.

Zu dieser Zeit war Benedek Oberstleutnant und Adjudant des Erzherzogs. Er unterhielt seit langem sehr freundschaftliche Beziehungen zu meinem Vater und kam, um uns zu beruhigen.

Benedek hatte nicht im geringsten die Erscheinung eines Helden; nichtsdestotrotz war er Soldat von Kopf bis Fuß. Klein, ein wenig mager, nervös, mit einem wettergebräunten Gesicht und scharf geschnittenen Zügen, einer Adlernase, die einen schwarzen Schnurrbart à la hongroise überragte, Augen voller Feuer und Kühnheit, war er ein Bild des Mutes und der Energie.

Angesichts der allgemeinen Niedergeschlagenheit und in Ermangelung eines fähigen Führungskopfes hatte er den Erzherzog gebeten, ihn in den Westen des Reiches zu entsenden, um sich ein Bild von der Lage zu machen und dort zu handeln, wo einige Aussichten auf Erfolg bestehen mochten. Nach langem Zögern hatte der Erzherzog und Gouverneur endlich eingewilligt.

»Vertrauen Sie mir, mein lieber Sacher«, sagte Benedek, als er sich von meinem Vater verabschiedete, »ich werde mich nicht so leicht einschüchtern lassen wie General Collin. Wenn es im Westen noch etwas zu retten gibt, so wird es mir nicht an Energie mangeln, und schlimmstenfalls werde ich wenigstens unsere Ehre retten und nicht kampflos das Feld räumen.«

»Und du«, sagte er zu mir, »möchtest du mich nicht begleiten?« »O doch!« antwortete ich. Und ich wollte sofort loslaufen, um mein Gewehr zu holen.

»Nein, nein, noch nicht. Bleibe bei deiner Mutter«, sagte Benedek lächelnd, »um sie gegen die Insurgenten zu schützen. Später werden wir zusammen ins Feld ziehen.«

Das war ein prophetisches Wort. Wir haben seitdem zweimal auf denselben Schlachtfeldern gekämpft.

*

Benedek machte sich in der Nacht auf den Weg und begab sich dorthin, wo die Gefahr am drohendsten war, das heißt nach Bochnia, wo er am 25. Februar um zehn Uhr abends vor dem Kreisamt eintraf. Man hatte soeben die Evakuierung Bochnias beschlossen und mit dem Rückzug begonnen. Es ging das Gerücht, in Wieliczka befinde sich ein polnisches Korps von 10 000 Mann mit Artilleriegeschützen, während es in Bochnia nur sieben Kompanien des Regimentes von Nugent aus Lemberg gab: insgesamt 600 Mann und sechs Züge Leichte Kavallerie. Die Lage wurde noch dadurch verschärft, daß es in den Gefängnissen der Stadt zahlreiche Verschwörer gab, daß die Bevölkerung die Revolution mit großer Sympathie begrüßt hatte und daß auch die Soldaten Polen waren.

Trotz dieser schlechten Voraussetzungen schickte Benedek sofort einen Kurier zu General Collin, um ihm einen gemeinsamen Angriff vorzuschlagen. Weit davon entfernt zurückzuweichen, war er entschlossen zu kämpfen und sogar den Angriff zu wagen. In Bochnia ließ er zwei Kompanien mit einem Kavalleriezug zurück; kleine Abteilungen besetzten die Brücken über die Raba.

Am folgenden Tag marschierte Benedek mit nur 320 Infanteristen und 170 Kavalleristen ohne Artillerie den Insurgenten entgegen. Aber überall, wo er durchkam, schlossen sich ihm die mit Sensen und Dreschflegeln bewaffneten Bauern an, diejenigen von Niepołomice vor allem, berühmt für ihre Größe und ihre körperliche Kraft.

Um Mitternacht schickte er einen Kurier zum Erzherzog und beschrieb ihm den Stand der Dinge. Wörtlich fügte er hinzu: »Ich werde mein Glück gegen einen Feind versuchen, dessen Stärke mir unbekannt ist. Wenn ich Bochnia freiwillig aufgäbe und den Insurgenten ruhig Wieliczka überließe, wäre ich nicht genügend besorgt um meine militärische Ehre. Wenn ich nicht den Erfolg habe, den ich erwarte und erhoffe, werde ich die Sturmglocke läuten lassen und so viele Bauern mobilisieren, wie ich kann. Sollte ich gezwungen sein zu weichen, so möchte ich wenigstens die Befriedigung haben, bis zum Ende als treuer und ehrenhafter Soldat gekämpft zu haben.

In ruhmvollem Kampf zu fallen ist eine Gunst des Schicksals. Kampflos aufzugeben wäre eine Schande. Und warum sollte das Glück nicht dem Aufrechten lächeln? Mich in alles fügend und fest entschlossen, habe ich Vertrauen in die Zukunft. Die Unsicherheit darf uns nicht daran hindern, ebenso tapfer zu sein, wie unsere alten Waffenkameraden es so oft gewesen sind.«

Unterwegs erfuhr Benedek von mehreren Bauern, daß das polnische Korps auf Gdów vorgerückt war. Er verließ sofort die Landstraße von Wieliczka und marschierte ebenfalls auf Gdów zu, wo die Polen tatsächlich seit dem Abend des 25. Februar kampierten.

*

General Socharzewski hatte sein Hauptquartier in dem kleinen Schloß von Gdów eingerichtet. Während im großen Saal die jungen aufständischen Helden Karten spielten, tranken und patriotische Lieder sangen, berieten die älteren Offiziere sich vor einer alten Karte sitzend in einem Nebenzimmer.

Aus dieser Menge recht bizarrer Gestalten stach vor allem die Amazone Josepha Nalischerska heraus, die hohe Männerstiefel trug, ein blaues Reitkostüm und eine rote Kurtka mit weißem Pelzbesatz; ihren hübschen, von schwarzen Locken umrahmten Kopf krönte eine viereckige Confederatka.

Um acht Uhr morgens hörte man das Knallen der ersten Gewehrschüsse. Benedeks Vorhut, die aus ein paar Leichten Kavalleristen und Bauern bestand, war soeben, unweit von Gdów, auf die Vorposten der Insurgenten gestoßen. Nach sehr kurzem Kampf zogen die Österreicher sich zurück, weil die Bauern ohne Feuerwaffen zu sehr im Nachteil waren. Auf beiden Seiten gab es ein paar Verwundete, und ein Leichter Kavallerist, dessen Pferd in einen mit Schnee gefüllten Graben gestürzt war, wurde von den Insurgenten gefangengenommen.

Während dieses kurzen Gefechtes war das gesamte polnische Korps in Alarm versetzt worden. Socharzewski stieg auf sein Pferd und stellte seine Truppen hinter Gdów, das von den polnischen Jägern besetzt war, in Schlachtordnung auf.

Zur gleichen Zeit traf Benedek seine Vorkehrungen. Er schickte einen Trupp Bauern, angeführt von Soldaten, nach Gdów. Die übrigen Bauern begaben sich mit einem Zug Infanteristen und zehn Leichten Kavalleristen unter dem Kommando eines Offiziers zur linken Flanke der Polen, um ihnen den Rückzug in Richtung auf Wieliczka abzuschneiden. Mit den ihm verbleibenden regulären Truppen griff Benedek persönlich die Insurgenten hinter Gdów an.

Nach dem Plan des Revolutionskomitees hatte man den polnischen Frauen eine besondere Rolle zugewiesen. In der Hauptstadt und in allen Hauptstädten der Distrikte hatten in der Nacht, in der die Revolution ausbrechen sollte, Bälle stattzufinden. Die Beamten und die Offiziere waren dazu eingeladen. Für den Kotillon sollten sich die Damen die Österreicher wählen und diesen auf ein Signal hin eine Schlinge aus Draht um den Hals werfen und sie erdrosseln. Durch den Tod des Herzogs von Modena und die Trauer, die infolgedessen am Hof herrschte, fanden die Bälle aber nicht statt, und der niederträchtige Plan der Revolutionäre mißlang.

Die Amazone Josepha wollte sich an einem unglücklichen Leichten Kavalleristen, der in der Kartschma, dem jüdischen Wirtshaus von Gdów, gefangengenommen worden war, für die Enttäuschung rächen, die sie durch den Tod des Herzogs von Modena empfunden hatte; sie befahl, daß er unverzüglich gehenkt werden sollte. Er war bereits an den Händen gefesselt, die todbringende Schnur war an einem Balken festgemacht, und Josepha war im Begriff, ihm mit ihren schönen Händen die Schlinge umzulegen, als die Bauern unter der Führung der Soldaten Gdów angriffen.

Die Insurgenten, die sich in diesem Augenblick im Wirtshaus befanden, liefen an die Fenster, um die Angreifer mit Gewehrschüssen zurückzuschlagen; die Amazone aber ließ darum nicht von ihrem Opfer ab; sie nahm sich sogar noch die Zeit, mit dem Fuß den Schemel umzustoßen, auf dem derjenige stand, den sie zum Tode verurteilt hatte. Als sie sah, daß er wirklich gehenkt war, stürzte sie Hals über Kopf hinaus, ein grausames Lächeln auf den Lippen, schwang sich rasch aufs Pferd und verschwand.

Doch sie war nicht umsichtig genug zu Werke gegangen; der Knoten gab nach, der Gehenkte stürzte zu Boden und zerriß seine Fesseln mit der Kraft und Energie, die einem die Verzweiflung verleiht. Da die Österreicher sich im gleichen Augenblick näherten, streckte er einen Arm hinaus und schwenkte seinen Helm; die Soldaten drangen in die Kartschma ein, befreiten ihren Kameraden und töteten alle Insurgenten, die sie im Wirtshaus überraschten.

Benedek hatte unterdessen das Gros von Socharzewskis Korps angegriffen und Unordnung in die Revolutionsarmee gebracht. Im Rücken von den Bauern gepackt, riefen die Polen aus: »Man hat uns den Rückzug abgeschnitten!« und versuchten vergeblich zu fliehen. Sie fielen fast alle ihren Feinden in die Hände, die ein furchtbares Blutbad unter ihnen anrichteten.

Benedek, der unter den Insurgenten eine große Zahl von jungen Leuten bemerkt hatte, die kaum der Kindheit entwachsen schienen, stürzte sich unter die Kämpfenden und rief den Seinen zu: »Schont die Kinder!« Und er schlug nach allen Seiten mit flacher Klinge auf die am grimmigsten Kämpfenden ein, allerdings vergeblich. Die polnischen derselben und den Chevauxlegers die Insurgenten, wenn sie der Weichsel entlang retirirten, womöglich zu vernichten.

Wenn General Collin sich nicht zu der Offensivbewegung entschlossen hätte und Benedek nicht Rücksichten hätte walten lassen, so hätte er mit seiner geringen Truppenzahl und den vom Siege bei Gdow berauschten Bauern wohl noch Podgorze und Krakau auf eigene Faust genommen und den ganzen Revolutionskrieg beendet.

Der Eindruck des Sieges von Gdow in Galizien, besonders in der Landeshauptstadt, war unbeschreiblich. Man sah sich von einem Alp befreit, im ersten Momente nannte man Benedek den Retter Galiziens, später schlug man seine That gering an und meinte, die ganze Revolution sei ohnehin ein todtgeborenes Kind gewesen und nur Benedek's Glück habe denselben gerade nach Gdow geführt. Dies Alles wurde von Leuten geäussert, welche kurz vorher ihre Koffer zur Flucht nach Ungarn gepackt hatten und die Insurgenten täglich schon vor Lemberg sahen. Wenn die Insurgenten wirklich 20,000 Mann stark im Felde gestanden wären, hätte Benedek freilich nicht gesiegt, aber dass er ohne die Kräfte des Feindes zu kennen, denselben muthig attakirte und siegte, ist sein Verdienst. Ein anderer hätte vielleicht auch gesiegt, wenn er eben nicht, wie General Collin oder Feldmarschalllieutenant Czollich und andere Commandanten, mehr an die Retirade als Attake gedacht hätte, aber dass Benedek den Angriff wagte, ist eben sein Verdienst, das Ei des Columbus, und er hatte damals schon den Theresienorden verdient.

Dass der Sieg so entscheidend wurde, war gleichfalls Benedek's Werk.

Das Entbieten der Bauern schien später allen Etwas, was sich von selbst verstand, es ist also recht merkwürdig, dass keiner der vielen Commandanten im westlichen Galizien auf diese einfache Idee kam, obwohl sich alle bereits von den Insurgenten auf das äusserste gefährdet sahen; nicht einmal General Collin fiel dies ein, und es lag ihm weit näher bis Wadowice zu retiriren.

Entnommen dem Band *Polnische Revolutionen. Erinnerungen aus Galizien*, Prag, Credner, 1863, S. 203. Siehe außerdem: S. 195–204.

Bauern wollten sich an jenem Tag an ihren Herren rächen, wie sie es bereits bei Łysa Góra und Horozany getan hatten. Diese in Wut geratenen Männer töteten mit Sichel- und Dreschflegelhieben alle, die sie zu umzingeln vermocht hatten.

Als Benedek ihnen ihre Grausamkeit vorwarf und sie fragte, warum sie jenen mit Vorliebe immer auf den Kopf geschlagen hätten, antworteten sie ihm mit einem schrecklichen Lächeln: »Um die Uhren nicht kaputt zu machen.«

Alle, die vom polnischen Korps nicht getötet oder gefangengenommen worden waren, wurden vollständig versprengt.

Die unerschrockene Amazone hatte sich und ihrem General mit dem Schwert in der Hand einen Weg gebahnt.

Die Polen ließen 150 Tote und 25 Verwundete auf dem Schlachtfeld zurück.

Die Revolution war vorbei.

*

Die Schlacht von Gdów verdient ihren Namen zu Recht, denn der Ausgang des Kampfes war entscheidend. Sie ist auch eine der interessantesten, denn sie belegt, was ein Militär wert ist, der im rechten Augenblick eine Entscheidung zu treffen weiß.

Am 23. Februar war der Erzherzog fest entschlossen, das westliche Galizien zu evakuieren, und 20 000 Insurgenten marschierten, wie behauptet wurde, auf Lemberg; am Abend des 25. Februar war Benedek in Bochnia, und er sah sich nur noch 10 000 Polen gegenüber, die bei Wieliczka lagerten. Ihnen marschierte Benedek mit nur 500 Mann regulärer Truppe und etwa der doppelten Anzahl von Bauern entgegen. Als er die Insurgenten angriff, waren es nur noch 1 000, oder annähernd.

Daß Benedek diese winzige Armee aufgerieben hat, ist kein großes Verdienst. Sein großes Verdienst besteht vielmehr darin, daß er sich nicht von falschen Nachrichten und von dieser mehr oder weniger unwirklichen Armee von 20 000 Insurgenten hat beeindrucken und einschüchtern lassen; sondern daß er mutig, und sogar tollkühn, einem Feind entgegenmarschiert ist, dessen Ressourcen und dessen Stärke er nicht genau kannte.

Diese kühne Angriffsoperation war einer der charakteristischen Züge von Benedeks militärischem Genie. Ebendiese Taktik machte ihn zum

Ludwig August Ritter von Benedek (1804–1881)

Helden der beiden Italienkriege 1848 und 1849 unter Feldmarschall Radetzky und später des Ungarnkrieges unter Haynau; sie führte ihn zum Sieg bei Mortara und bei Ács.

Wenn derselbe General während der Schlacht von Solferino mit einem einzigen Armeekorps die gesamte italienische Armee im Gefecht bei San Martino besiegte und wenn er 1866 [in der Schlacht von Königsgrätz dann aber] so glücklos gegen die Preußen blieb, so muß man diese Niederlage vor allem der gewaltigen Überlegenheit des Ladestockgewehrs über das Zündnadelgewehr zuschreiben; und außerdem hatte Benedek keine Handlungsfreiheit; wie ein anderer Prinz Eugen unterstand er den Befehlen, die er aus Wien erhielt. Man hatte ihm die Offensive untersagt, die seiner Natur so sehr entsprach; von Beginn des Feldzuges an hatte man ihn zur Defensive verurteilt, die seinem militärischen Temperament so sehr entgegenlief. Dennoch besaß er immer noch das bewundernswerte Talent, sich in diese untergeordnete Rolle zu schicken. Man sieht dies an der umsichtigen Sorgfalt, mit der er das Schlachtfeld von Königgrätz (Sadowa) für den großen Kampf vorbereitet hat. Siegreich über einen an Zahl und Bewaffnung überlegenen Feind, [zumindest] bis zu jenem Zeitpunkt, da der König von Preußen schon den Rückzug befohlen hatte, wurde er erst geschlagen, als die Armee des Kronprinzen im Rücken der österreichischen Armee erschien.

Er begab sich nach Chlum, um sich selbst ein Bild über die neue Stellung des Feindes zu machen, und wurde von den preußischen Kugeln empfangen. Ich sehe ihn noch, fest im Sattel, mit seinem unbewegten Gesicht, die Zigarre im Mund. Er wendete ruhig sein Pferd und kehrte im Schritt zurück, ohne sich um die Kugeln zu kümmern, die ihm um die Ohren pfiffen.

Zu dieser Stunde erwachte in ihm der Löwe von Gdów. Er wollte unverzüglich zum Angriff übergehen und dem Kronprinzen das Reservekorps und die Reservekavallerie entgegenwerfen, die noch ungeschwächt waren. Dieser plötzliche Angriff hätte den Prinzen zumindest für eine Weile aufgehalten und die schon geschlagene Armee des Prinzen Friedrich-Karl gezwungen, ihren Rückzug fortzusetzen. Aber alle Generäle stellten sich dagegen: Die Reserven sollten sich darauf beschränken, den Rückzug der österreichischen Armee zu decken.

Dennoch schickte man eine Brigade gegen den Erbprinzen. Diese Brigade allein genügte, Chlum zurückzuerobern und für eine recht lange Zeit die Kriegshandlungen des Kronprinzen zu unterbrechen. Das war der Beweis, daß Benedek Recht hatte und daß ein energischer Angriff ihm ein zweites Mal den Sieg gebracht hätte.

Anstatt zu handeln fragte man telegraphisch in Wien an, welche Entscheidung man treffen sollte; und als die Antwort eintraf, war die Schlacht verloren.

Aber wir alle, die wir die Dinge aus nächster Nähe erlebt haben, wissen, daß nicht Feldmarschall Benedek sie verloren hat.

II.
Feodosia

Im Sommer genoß ich auf dem Lande volle Freiheit. Das Haus lag inmitten eines großen, halb verwilderten Gartens. Erst einmal in diese wilde Natur eingetaucht, hätte mich niemand mehr zurückhalten können. Ich stürzte nach draußen, durch Felder und Wälder, das Gewehr über der Schulter, auf der Suche nach Abenteuern. Wenn sie dann spürte, daß die Zügel gelockert waren, spielte meine Phantasie mir Streiche, ähnlich denen, deren amüsantes und ergiebiges Opfer der Ritter von La Mancha war. Aber das änderte nichts daran, daß ich im höchsten Maße die charakteristische Fähigkeit der Russen besaß, nämlich zuhören und beobachten zu können.

Eines Sonntags kam mir die Idee, in die Kartschma [Wirtshaus] zu gehen, um die Bauern tanzen zu sehen. Die Tochter des jüdischen Wirtes stand in der Tür, in einen Rock aus buntscheckigem türkischem Stoff gekleidet, Hals und Arme mit Perlen geschmückt. Obwohl kaum zehn Jahre alt begriff ich, daß sie schön war, und betrachtete sie mit Wohlgefallen.

»Na, was sehen Sie denn in mir, junger Herr?« fragte sie mich lächelnd.

Ich errötete und wandte den Kopf ab.

»Sehen Sie sich lieber Feodosia Barbaroff an«, fuhr sie fort, »sie ist sehr viel hübscher als ich.«

Ich trat in das Wirtshaus. Vier jüdische Musikanten spielten die Kolomijka, und die jungen Männer und Mädchen des Dorfes tanzten ausgelassen. Sie stampften so sehr mit ihren schweren Stiefeln auf den Boden, daß der Staub den Raum wie dichter Nebel erfüllte. Durch diesen staubigen Dunst strahlte eine wunderschöne Gestalt, ein bezauberndes Gesicht, das zwei schöne große blaue Augen erleuchteten und auf dem der sanfte Schimmer von Mondenschein lag. Dieses junge Mädchen hatte eine hohe und schlanke Taille über wunderbaren Hüften, auf denen zwei blonde und dicke Zöpfe baumelten.

»Das ist sie!« sagte die Jüdin.

Feodosia tanzte mit einem großen jungen Mann, dessen Gesicht Melancholie und zugleich Entschlossenheit ausdrückte. Das war Fjodor Korol, ihr Liebhaber.

Plötzlich hörte man Pferdegetrappel. Ein junger Edelmann, Herr von Bardiou, hielt vor der Schenke. Nachdem er Feodosia unter den Mädchen erblickt hatte, die aus dem Fenster schauten, um ihn zu bewundern, stieg er vom Pferd und begann mit ihr zu scherzen.

Fjodor wirkte ruhig, aber ich sah sehr wohl, daß er nicht glücklich war; und als Feodosia anfing, mit Bardiou zu lachen, und ihm Blicke voller Koketterie zuwarf, ging der junge Mann aus dem Raum, um sein Messer an der Sohle seines Stiefels zu schärfen.

Nachdem Bardiou mit Feodosia getanzt und ihr einen seidenen Schal geschenkt hatte, der ihm von der Jüdin des Wirtshauses zu einem ziemlich hohen Preis verkauft worden war, stieg er wieder auf sein Pferd und ritt davon. Die schöne Bäuerin blieb eine Weile vor der Schenke stehen und folgte ihm mit den Augen.

In diesem Augenblick näherte Fjodor sich ihr und packte sie heftig am Handgelenk.

»Was hast du?« rief Feodosia aus, »du tust mir weh.«

»Ich werde dich töten, wenn du noch einmal mit diesem Polen sprichst!« murmelte er und zog sein Messer.

»Dann wird man dich hängen.«

»Feodosia!« sagte Fjodor in flehentlichem Ton. »Treibe mich nicht zur Verzweiflung!«

»Was habe ich denn getan?« fragte sie lächelnd. »Darf ich denn nicht mehr mit einem anderen Mann tanzen und sprechen? So weit werde ich mich nicht unterdrücken lassen. Laß dir das gesagt sein.«

Fjodor senkte den Blick und antwortete nicht. Darauf schlang sie die Arme um seinen Hals, küßte ihn und brach in Gelächter aus.

*

Zwei Monate später jagte ich in den Feldern, die Obelnica umgeben. Ich hatte eine Wachtel bis zum Gutshaus verfolgt, als ich eine junge Frau von großer Schönheit aus dem Haus kommen und die Stufen, die zum Garten führten, hinuntergehen sah. Mir war, als würde ich diese schlanke und stolze Gestalt wiedererkennen, die mit so vornehmer Ungezwungenheit die Kazabaika aus grünem Samt, die mit dem Pelz eines sibirischen Eichhörnchens besetzt war, trug. Ich sagte mir, daß diese so vornehme Gestalt mit ihren so zarten Farbschattierungen und dieses so füllige blonde Haar mir nicht unbekannt waren.

»Wer ist diese Dame?« fragte ich einen kleinen Bauern, der ganz in der Nähe seine Kuh weiden ließ.

»Das ist keine Dame«, antwortete er mir, »das ist Feodosia Barbaroff, die der Herr so hübsch eingekleidet hat.«

Einige Zeit später schaute ich den Bauern von Obelnica zu, die bei der Kartoffelernte waren, und sah, wie Feodosia angeritten kam, als wollte sie ihnen Befehle erteilen. Sie hatte schon ganz den Ton und das Benehmen einer Gutsherrin. Plötzlich näherte Fjodor sich ihrem Pferd, packte es an den Zügeln und rief: »Was willst du hier? Du hast uns keine Befehle zu geben. Geh nach Hause und verberge deine Schande.«

Feodosia wurde furchtbar bleich, biß die Zähne zusammen, hob ihre Reitpeitsche und schlug Fjodor damit ins Gesicht. Dieser ließ das Pferd los, und sie galoppierte davon.

Am folgenden Sonntag hing der Pope das Aufgebot von Bardiou und Feodosia öffentlich aus, und zwei Wochen später herrschte sie über Obelnica als Herrin und rechtmäßige Ehefrau.

»Gott beschütze uns!« sagte Fjodor, als er das hörte. »Ich kann von Glück sagen, wenn sie sich darauf beschränkt, mich bei lebendigem Leib zu häuten, um aus meiner Haut eine Trommel zu machen, wie man es manches Mal bei uns gemacht hat, zu Zeiten der Türken und der Tartaren.«

Es waren kaum einige Tage vergangen, da erhielt Fjodor den Befehl, sich im Gutshaus einzufinden, und Herr von Bardiou teilte ihm mit, daß die »gnädige Frau« ihn zu ihrem Kosaken erwählt hatte.

»Füge dich«, sagte er, »sei gehorsam und diene ihr eifrig, oder es wird dir schlecht ergehen. Ich möchte deinetwegen keine Schwierigkeiten mit meiner Frau bekommen.«

So wurde Fjodor gegen seinen Willen Feodosias Diener. Sie ließ an ihm all ihre Launen aus und behandelte ihn wie einen Sklaven. Mehr als einmal ließ sie ihn aufbocken, und bei dem geringsten Versehen überschüttete sie ihn mit Beleidigungen, Fußtritten und Peitschenschlägen.

Der arme Bauer ertrug das alles ganz ruhig, zumindest scheinbar; aber sein Blick verriet bisweilen eine unterdrückte Wut, die das Schlimmste erwarten ließ.

Schließlich machte er Feodosia Angst. Sie hatte ihr Verlangen nach Rache einigermaßen gestillt. Was sollte sie jetzt mit ihm anstellen?

»Er soll gehen! Schicken Sie ihn weg!« sagte sie eines Tages zum Mandatar (Verwalter). Und zwei Jahre später wurde Fjodor nach Lemberg geschickt, um in das Regiment von Nugent aufgenommen zu werden.

*

Im Januar 1846, kurz vor der Revolution, war Fjodor entlassen worden und nach Hause zurückgekehrt.

Wie alle, die die Uniform des Kaisers getragen hatten, genoß er jetzt große Achtung unter den Bauern. Der Schloßherr und seine Frau quälten ihn nicht mehr, doch er vergaß sie darum nicht, im Gegenteil.

Mehrere Male bereits hatte eine Art Winkeladvokat namens Olioka in der Kartschma von großen Dingen gesprochen, die sich vorbereiteten. Eines Abends schließlich wurde er deutlicher; er zog ein kleines Buch mit dem Titel: »Die Wahrheit dem polnischen Volk« aus seiner Tasche und begann die Revolution und den Kommunismus nach den Ideen von Dombrowski zu predigen. Die Bauern hörten zu und sagten nicht ja und nicht nein.

Während dieser Zeit beobachtete Fjodor aufmerksam, was im Schloß geschah. Eines Tages fand er sich in Lemberg beim Kreishauptmann ein und erzählte ihm, daß in Obelnica verdächtige Fremde ein und aus gingen; daß man heimlich Gewehre und Sicheln hineinschmuggelte; daß die Frauen Kartuschen herstellten und daß der Winkeladvokat einen Aufruf »An alle Polen, die lesen können« verteilt hatte, in der die Bauern dazu aufgerufen wurden, sich dem bevorstehenden Aufstand anzuschließen.

Der Kreishauptmann drückte Fjodor all seine Befriedigung über seine Treue und seine Wachsamkeit aus und schärfte ihm ein, sich an seinen Fahneneid zu erinnern, falls die Revolution ausbrechen sollte, und alles zu tun, um die Bauern davon abzuhalten, an ihr teilzunehmen.

Am Abend des 18. Februar traf ein Kurier aus Lemberg in Obelnica ein. Eine große Unruhe breitete sich sofort unter der Bevölkerung aus. Der Schloßherr rief seine Angestellten und seine Domestiken zusammen und bewaffnete sie. Dann marschierten sie alle zusammen zum Wirtshaus, wo sich die Bauern des Dorfes versammelt hatten.

Herr von Bardiou sprach zu ihnen; er forderte sie auf, sich zu bewaffnen und der polnischen Fahne zu folgen. Er versprach ihnen die Abschaffung des Robot (der Fronarbeit) sowie des Salz- und Tabakmonopols. Aber in diesem Augenblick unterbrach Fjodor ihn:

»Wir sind keine Polen«, rief er. »Wir sind Russen, und wir müssen treu zum Kaiser stehen. Wir kennen euch, euch und eure Versprechen. Wir wissen ganz genau, was unter der polnischen Verwaltung geschah, als der Adlige einen Bauern töten und sich durch die Zahlung eines Bußgeldes von fünfzehn Gulden freikaufen konnte.«

»Schweig!« rief der Gutsherr.

»Ich werde nicht schweigen.«

Bardiou griff nach seiner Pistole und schoß auf Fjodor, der mit dem Gesicht nach vorn in den Schnee fiel und einen Wutschrei ausstieß.

Doch sogleich stürzten sich die Bauern, wütend geworden, auf diese Handvoll Insurgenten. Bardiou starb unter den Hieben ihrer Sicheln, zwei andere wurden getötet. Die übrigen wurden verwundet oder gefangengenommen. Man legte sie auf Wagen, nachdem man sie gefesselt hatte, und schaffte sie nach Lemberg, zum Kreisamt.

*

Fast zur selben Zeit schleppte ein Trupp Bauern, die in das Schloß eingedrungen waren, Feodosia zur Schenke, wo auf Stroh der sterbende Fjodor lag.

»Rette mich!« rief Feodosia, von Todesangst gequält, und warf sich vor Fjodor zu Boden. »Sie werden mich umbringen, wie sie meinen Mann umgebracht haben!«

»Ich werde bald vor dem Thron Gottes erscheinen«, erwiderte Fjodor, »und wenn der Allmächtige mich fragt: ›Woher kommst du?‹, werde ich ihm antworten: ›Ich komme aus Galizien. Ich habe meine Pflicht getan.‹ Dann wird er zu mir sagen: ›Soldat, deine Sünden sind dir vergeben, trete ein in mein Reich.‹ Ich bin nicht da, um dich zu verurteilen, Feodosia. Und ihr, meine Freunde, überlegt, was ihr tun wollt, und befleckt unsere gerechte Sache nicht, indem ihr vielleicht unschuldiges Blut vergießt.«

»Beruhige dich«, sagte der Richter (Bürgermeister), »wir werden ihr kein Haar krümmen.«

Fjodor machte ein Zeichen mit dem Kopf, ohne ein Wort herauszubringen, drehte sich auf die andere Seite und starb.

Der Bürgermeister hielt Wort. Er überließ Feodosia den Bäuerinnen, die sie nach Lemberg brachten. Eine von ihnen schwang sich in den Sattel und ließ Feodosia an den Schwanz ihres Pferdes binden, nachdem ihr die Hände auf den Rücken gebunden worden waren. Eine andere Bäuerin folgte der Unglücklichen zu Pferde und trieb sie mit Peitschenhieben vorwärts.

So zog die grausame Feodosia, die Frau des Gutsherrn von Obelnica, in Lemberg ein, gehüllt in eine Kazabaika aus rotem Samt, besetzt mit einem Hermelin, und einer entthronten Königin ähnlich.

III.
Der Bauernkönig

Jakob Szela, der Deputierte von Smarzowa und von Siedlisko, von dem ich erzählen will, ist eine der interessantesten Persönlichkeiten unseres Jahrhunderts. Er ist auf seine Art ebenso bemerkenswert wie Adolf Kaftan aus Wilna.

Beide, der Bauer, der weder lesen noch schreiben konnte und dennoch mit einem Wort die aufgebrachten Massen der bäuerlichen Bevölkerung beherrschte, und der Jude, der kümmerlich sein Leben mit der Herstellung von Schnupftabak verdiente und dabei noch tausende und abertausende Rubel für die Armen sammelte, sind Persönlichkeiten, die nur in der großen slawischen Welt des Ostens möglich sind und die für diejenigen des Westens immer ein Rätsel bleiben werden.

Ich sah Szela zum ersten Mal auf einem Porträt, das bei einem Maler in Lemberg konfisziert worden war. Dieses Porträt stellte ihn in einem dunkelfarbigen Sierak und hohen Stiefeln dar, die Haare, geschnitten nach bretonischer Art, fielen ihm in die Stirn, und er hatte das Aussehen und die Haltung eines Richard III., dem die Geister derjenigen erscheinen, die er ermordet hat.

Als er durch Lemberg kam, auf dem Weg in die Bukowina, wohin die Regierung ihn verbannt hatte, besuchte mein Vater ihn und nahm mich mit.

Szela empfing uns ruhig und höflich. Er war ein kleiner, etwas magerer Mann von sechzig Jahren, mit einem Gesicht, das nicht dem Bild entsprach, das man sich von diesem Bauerngeneral machte, mit dem Europa sich mehrere Monate lang beschäftigt hatte, den die Zeitungen den »Bauernkönig« nannten und der von Heinrich Bogusz wegen mehrerer Morde angeklagt worden war. In seinen hellen Augen offenbarten sich jedoch eine große Intelligenz und viel Energie.

Er erzählte uns von den Ereignissen, deren hauptsächlicher Urheber er gewesen, und von denjenigen, bei denen er lediglich als Zuschauer dabeigewesen war. Er sprach ohne Aufregung, ohne Leidenschaft, ganz ruhig. Lediglich am Ende der Unterhaltung sagte er zu meinem Vater: »Sie und ich, wir sind anständig gewesen, Herr Hofrat, aber es gibt andere! ...« Er unterbrach sich und zuckte mit den Schultern.

Als die Revolution ausbrach, war Jakob Szela ein Bauer aus dem Dorf Smarzowa, im Distrikt von Tarnów. Sein Vater hatte unter der

Tyrannei des Adels zur Zeit der polnischen Herrschaft gelitten und war Zeuge der großen Reformen Kaiser Josephs II. gewesen. Seine Erzählungen übten einen großen Einfluß auf den Geist seines Sohnes aus, ebenso wie das Lied vom *Blutbad von Human*, das seine Mutter ihm oft vorsang.

Jakob Szela war dem Kaiser treu ergeben. Er liebte die Bauern und haßte die polnischen Edelleute. Er widmete sich dem Studium der Gesetze bezüglich der Bauern und des »Robot« (Fronarbeit) und war bei Gericht zum Verteidiger derjenigen geworden, denen Unrecht getan worden war.

Sein Ruf wuchs von Tag zu Tag. Da er niemals eine schlechte Sache verteidigte, gewann er jeden Prozeß. Bald wandten sich nicht nur alle Bauern seines Dorfes, sondern des ganzen Distriktes an ihn. Er nahm übrigens niemals irgendein Honorar und spielte mit vollkommener Uneigennützigkeit seine Rolle als *Bauernanwalt*.

Es versteht sich von selbst, daß derartige Prozesse seinem Lehnsherrn, Herrn Bogusz, und dem gesamten Adel sehr mißfielen, und er wurde bald zum Ziel aller Arten von Verfolgungen.

Zunächst zog man seinen einzigen Sohn ein. Da Szela nicht mehr jung genug war, um die Fronarbeit zu leisten, die man ihm aufzwang, und gleichzeitig seine eigenen Felder zu bestellen, weigerte er sich wiederholt, sich dem Robot zu unterwerfen. Er wurde beim Gericht des Distriktes angezeigt und zweimal mit Gefängnis bestraft. Einmal wurde er sogar, als er sein Getreide drosch, von einem Hayduck geschlagen.

All diese schlechten Behandlungen machten ihn in den Augen der Bauern zu einem Märtyrer, und diese schenkten ihm daher nur noch mehr ihr Vertrauen.

Mit Hilfe eines Freundes, der lesen und schreiben konnte, studierte Szela die Inventarien seines Dorfes, und eines Tages erklärte er der Gemeinde, daß seitens der Familie Bogusz seit vielen Jahren großes Unrecht begangen worden sei, indem sie das Gesetz bezüglich der Fronarbeit verletzt und die Inventarien gefälscht habe.

Darauf wählten die Gemeinden von Smarzowa und von Siedlisko ihn zum Gemeindedeputierten, strengten einen Prozeß gegen ihre Lehnsherren an und beauftragten Szela damit, ihn zu führen. Dieser Prozeß wurde sofort zu einem berühmten Fall für Galizien und für Österreich.

Als die ersten Anzeichen für einen polnischen Aufstand die Bauern unruhig machten, fragten sie Szela um Rat, und in allen Distrikten Galiziens verbreitete sich blitzschnell die Nachricht, daß er erklärt habe, die Bauern sollten nicht auf ihre Herren hören und dem Kaiser treu bleiben.

An dem Tag, an dem die Revolution begann, war Szela nicht zu Hause; er befand sich in Tarnów, um die Urteilsverkündung im Prozeß zu hören, den er gegen die Familie Bogusz angestrengt hatte. Als er, auf dem Heimweg mit dem Schlitten, zum Wirtshaus von Kamienica kam, erfuhr er, daß Viktor Bogusz, der Lehnsherr von Siedlisko, von den Bauern gefangengenommen worden war und daß diese ihn im Wirtshaus festhielten.

In diesem Augenblick beginnt die Rolle, die Szela gespielt hat, eine nur unzulänglich bekannte Rolle, in die vielleicht niemals ganz und gar Licht gebracht werden wird. War dieser galizische Spartakus gleichzeitig der Carrier dieser blutigen Revolution? Hat er erst nach der Ermordung der Familie Bogusz den Oberbefehl über die Bauern akzeptiert, oder hat er gar das Blutbad geleitet, indem er Distanz wahrte?

Mehrere Umstände sprechen zu seinen Gunsten: Zunächst einmal wurde das erste Opfer, Stanislaus Bogusz, der es übernommen hatte, den Insurgenten Waffen und Mundvorräte zu liefern, bei Pilsno von Bauern verhaftet und getötet, die nicht zu seinen Untertanen gehörten und die in keiner Weise von Szela beeinflußt waren; dann war die gesamte ländliche Bevölkerung empört über die Ermordung des Bürgermeisters von Pilsno durch die Polen und infolgedessen zu Vergeltungsmaßnahmen bereit; und schließlich hatte die Verhaftung von Herrn Bogusz aus Siedlisko vor Szelas Eintreffen stattgefunden.

Dennoch bleibt seine Haltung am Tag des Urteilsspruches und der Rache immer noch unerklärlich.

Die Bogusz, bekannt und gehaßt als Leuteschinder und Verschwörer, werden von ihren eigenen Bauern und von fremden Bauern auf der Landstraße überfallen und ermordet. Szela hat den Mord nicht befohlen, aber er tut nichts, um ihn zu verhindern, und doch ist er immer da. Er ist im großen Zimmer der Schenke von Kamienica, während die Bauern im Nebenzimmer Viktor Bogusz, den Lehnsherrn von Siedlisko, umbringen und zwei weitere Edelleute schwer verletzen.

Nach diesem ersten Akt von Barbarei begeben sich die Bauern nach Gorzejowice, wo sie den ganzen Besitz durchkämmen, in der Hoffnung, Waffen zu finden, und die Domestiken mit Fußtritten traktieren.

Szela folgt ihnen mit dem Schlitten. Er folgt ihnen auch nach Siedlisko. Dort steht er im Hof, scheinbar unberührt von dem Blutbad, das da stattfindet. Kalika, der Gutsverwalter, schießt, am Fenster stehend, auf die Bauern. Er wird als erster getötet, dann ein Pächter, anschließend der Sekretär und der Verwalter. Niemand entgeht dem Tod. Ein Achtzigjähriger, Stanislaus Bogusz, wird mit Dreschflegelhieben getötet, ebenso wie sein Neffe Titus und Hadrian Bogusz, ein Junge von vierzehn Jahren.

Danach folgt Szela den Bauern nach Smarzowa und steht vor dem Schloß, während sein Lehnsherr, Nikodemus Bogusz, ermordet wird. Er befindet sich auch auf dem Pachthof, als der Pächter Klein, der die Bauern mit Gewehrschüssen empfangen hat, niedergemetzelt wird.

Doch sobald dieses Gemetzel vorbei ist, erweist Jakob Szela sich als der Mann, der eine absolute Macht über die Bauern hat, die all ihre grausamen Leidenschaften austoben, und zugleich als der Mann der Ordnung, der Schonung und der Milde.

Wer kann uns diesen Widerspruch erklären?

Am selben Abend übernimmt er den Oberbefehl über die Bauern von Smarzowa und Siedlisko, und bald unterwirft sich ganz Galizien seinen Befehlen und den Anordnungen, die er trifft. Er ermahnt die Bauern, sich nicht von den polnischen Herren verführen zu lassen und weiterhin treu zum Kaiser zu stehen. Er schickt Meldegänger los. Überall greifen die Bauern zu den Waffen, machen Dienst auf den Vorposten und besetzen Brücken und Wegkreuzungen.

Der Sekretär Kreczkiewiec aus Siedlisko wird gefangengenommen und vor Szela geführt. Dieser schützt ihn und läßt ihn lediglich eine Erklärung unterschreiben, mittels derer er dem Kaiser Treue schwört. Auf dieselbe Weise verfährt er mit dem Verwalter Wisniowski aus Smarzowa. Da dieser die Bauern jedoch sehr schlecht behandelt hat und die Menge gebieterisch Genugtuung fordert, befiehlt Szela, daß man ihm fünf Stockhiebe vor seinem eigenen Haus verabreicht.

Die Großmutter Apollonia Bogusz, die sich mit ihrer Schwiegertochter und ihren vier Enkelkindern in der Kirche versteckt hatte, flüchtete sich anschließend in das Haus von Szela und erflehte seinen Schutz. Szela nahm sie äußerst freundlich auf und beschützte sie, und sie blieben unter seinem Dach, bis jede Gefahr vorüber war.

Erneut fragt man sich, ob Szela der Anstifter oder der Komplize der Ermordung der Familie Bogusz und ihrer Angestellten ist, und wie es kommt, daß die Ahnfrau der Bogusz sich mit ihren Enkelkindern ausgerechnet in das Haus des hauptsächlichen Mörders flüchtet? Dennoch war dieses Haus der Versammlungsort der polnischen Bauern geblieben, und Jakob Szela spielte nun vollends seine dritte Rolle als *Bauerngeneral*. In der Tat lagerte ein starkes Korps von Bauern um Smarzowa. Rund um diesen Ort hatte Szela berittene Wachen und Vorposten verteilt. Ohne Passierschein zu reisen, der das Siegel der Gemeinde trug und mit dem Namen Jakob Szela unterzeichnet war, geschrieben von der Hand eines seiner Freunde, war niemandem erlaubt.

Einerseits ließ Szela die ganze Gegend durchkämmen, die Herrensitze durchsuchen, Waffen und Munition konfiszieren und alle verdächtigen Personen verhaften; andererseits befahl er, die Schnapsfässer zu versiegeln, um Exzesse unter den Bauern zu verhindern und sie zur Mäßigkeit zu zwingen. Er schützte die Wälder der Lehnsherren und befahl, die während der Plünderung gestohlenen Gegenstände ihren Besitzern zurückzugeben; zur gleichen Zeit ließ er die Waffen ins Kreisamt bringen. Als ein Haufen fremder Bauern Globikow überfiel, ließ Szela in aller Eile eine mit Sicheln bewaffnete Garde entsenden.

Am 22. Februar stellte sich Szela, der erfahren hatte, daß die Insurgenten sich in den Wäldern bei Zawadka sammelten, sofort an die Spitze seiner Bauernarmee. Diese Armee durchkämmte in disziplinierter Marschordnung die Wälder, durchsuchte den Herrensitz von Zawadka und kehrte anschließend nach Smarzowa zurück.

Szela marschierte nacheinander gegen Gorzejewo und Brzostek, und jedesmal war er bereit, den Kampf mit den polnischen Insurgenten aufzunehmen.

Um die revolutionären Bürger von Brzostek einzuschüchtern, stellte er sein Armeekorps, Infanterie und Kavallerie, auf der Landstraße nahe der Stadt zur Schlacht auf und machte eine Truppenbesichtigung.

Von dem Tag an, an dem Szela die Bauern befehligte, sah man keine Insurgenten mehr, gab es keine Ausschreitungen mehr und niemand wurde mehr getötet oder mißhandelt.

Als sie die Ordnung wiederhergestellt hatten, legten die Bauern als erste die Waffen nieder, und die Gemeinde von Smarzowa war die erste in Galizien, die die Arbeit wieder aufnahm und sich der Fronarbeit unterwarf.

Dennoch klagten die polnische Presse und Heinrich Bogusz in einer an den Kaiser gerichteten Petition Szela des Mordes an. Die Regierung ließ ihn verhaften, da die Untersuchung jedoch keine Beweise für das Verbrechen, dessen man ihn beschuldigte, hatte liefern können, wurde Szela lediglich in die Bukowina verbannt, wo man ihm einen Pachthof auf einer kaiserlichen Domäne gab. Die Politiker in Wien und in Lemberg, die seinen Einfluß auf das galizische Volk fürchteten, nutzten die Anschuldigungen gegen ihn, um ihn zu entfernen.

Aber es war Szela noch vergönnt, die große Revolution von 1848, die Befreiung der Bauern und die Abschaffung der Fronarbeit zu erleben. Er erlebte, wie der Bauer, Sklave bis dahin, freier Eigentümer seines Landes wurde.

Kurz vor seinem Tod sagte er zu dem Pfarrer, der ihn aufsuchte: »Ich werde mit ruhigem Gewissen vor Gott erscheinen, und ich sterbe glücklich, denn ich habe nicht umsonst gelebt.«

Nicht jeder kann das von sich sagen.

Weitere Informationen zu Jakob Szela finden sich in dem Band Polnische Revolutionen. Erinnerungen aus Galizien, *Prag, Credner, 1863, S. 104–116.*

IV.
Zwischen Leben und Tod

Ich glaube, daß eine schwere Krankheit für uns und unsere Vervollkommnung dieselben wohltätigen Folgen hat wie ein großer seelischer Schmerz. Beide isolieren uns für einige Zeit; wir wenden uns von der Welt ab und ziehen uns in uns selbst zurück; wir prüfen unser Innerstes, wir denken nach und tauchen in Empfindungen ein, die uns bis dahin fremd gewesen waren. Wir leben so während einiger Wochen, diesen Weisen, diesen frommen Männern gleich, die sich in die Wüste zurückzogen; und danach kehren wir ins normale Leben zurück, erleuchtet und geläutert wie sie.

Eine Krankheit, die tödlich werden kann, führt stets zu einer seelischen Krise, besonders in der Kindheit, einer Zeit, in welcher der Körper noch im Wachstum ist und wo der Geist und die Seele noch empfänglicher und eindrucksfähiger sind.

Der Typhus, der mich seit zwei Monaten ans Bett fesselte, war für mich diese Krise. Diese schleichende Krankheit, die man damals nervöses Fieber nannte und bei welcher der Kranke das Bewußtsein nicht verliert und nur selten vielleicht im Augenblick der größten Fieberhitze deliriert, verursachte eine tiefe Verwirrung in meinem ganzen Wesen.

Gewöhnlich lag ich auf dem Rücken, ruhig, fast teilnahmslos, den Kopf in den Kissen, mit geschlossenen Augen, ohne zu sprechen; aber ich sah und hörte alles, was um mich herum geschah. Mein Gehör hatte sich so sehr geschärft, daß ich bisweilen wahrnahm, was leise im Nebenzimmer gesagt wurde.

Aus gemurmelten Worten, die ich im Flug aufgeschnappt hatte, aus den Mienen, die ich beobachtete, wenn man glaubte, ich sei eingeschlafen, schloß ich, daß ich sehr krank war. Mein erster Gedanke war: »Werde ich jetzt sterben? Warum bin ich dann in diese Welt gekommen?«

Ich fürchtete den Tod nicht, aber es mißfiel mir, in diesem Zimmer zu sterben, eingesperrt zwischen dieser Zimmerdecke und diesen vier Wänden. Meine zweite Mutter, die Natur, fehlte mir. Ich wollte um mich herum die Bäume des Waldes sehen, und über mir den blauen oder sternenübersäten Himmel.

»Könnte man nicht das Dach wegnehmen?« fragte ich eines Nachts meine Mutter.

Meine gute Mutter glaubte, ich phantasiere, aber da sie stets auf meine Fieberphantasien einging und mich nicht aufregen wollte, fragte sie:

Caroline Masoch (1802–1870)

»Wozu denn, mein Kind?«
»Damit ich die Sterne sehen kann.«

*

Es waren lange, nicht endenwollende Nächte, in denen ich weniger schlief als am Tag. Wenn ich aufwachte, rief ich nicht, sondern begnügte mich damit, die Ohren zu spitzen. Ich sah dann, wie meine Mutter mit ihrem sanften und schönen Gesicht, die Hände im Schoß, das Parkett betrachtete und zutiefst betrübt schien. Oder ich sah meine gute Tante Mina, die, ihren kleinen weißen Wolfshund zu ihren Füßen, an einem Tischchen saß, auf dem zwei Kerzen unter einem grünen Blendschirm brannten, und aufmerksam einen Roman von Eugène Sue las. Ich glaube, die *Geheimnisse von Paris* waren gerade erschienen.

Manchmal setzte sich auch mein Cousin Ireneus an mein Bett und sang mir Studentenlieder vor, die damals in Mode waren. Ich erinnere mich noch, daß ich in Gelächter ausbrach, als er mir das *Fuchslied* (das Lied eines Studenten im ersten Semester) vorsang: »Wer kommt dort von der Höh'?«

Eines Nachts setzte sich auch mein Vater für einige Augenblicke zu mir. Er sprach sehr wenig mit mir, und ich sagte mir, daß es mir sehr schlecht gehen mußte, sonst wäre er nicht gekommen. Die Art, wie er mich ansah, krampfte mir das Herz zusammen.

*

Ganze Romane spielten sich in meinem Fieberwahn ab. Während ich bei vollem Bewußtsein stumm und schweigsam war, wurde ich außerordentlich gesprächig, sobald ich zu delirieren begann. Ich erzählte meiner Mutter alles, was ich sah und hörte, und alles, was ich selbst zu empfinden glaubte.

Ich fing beispielsweise schallend zu lachen an. »Was hast du, mein Leopold?« fragte meine Mutter. »Oh, die kleinen Bären sind zu drollig!« antwortete ich.

Die häufigsten Phantome meiner Träume waren Bären, dann eine schöne Sultanin und Napoleon I.

Selten waren es einzelne Bilder, die sich meiner Einbildungskraft präsentierten. Gewöhnlich setzte sich der Faden eines solchen Traumes, den ich mit offenen Augen träumte, fort, indem er von einem Tag zum anderen, von einer Woche zur anderen wiederaufgenommen wurde.

Ich sah mich stets auf den Feldern, in einem Lager, inmitten des Schlachtenlärms, bewaffnet mit einer Trommel, wie der kleine Trommler von Arcole. Ich erlebte stets einen ganzen Feldzug im Traum. Ich sah Napoleon, Murat, den Erzherzog Karl und Andreas Hofer. Ich hörte das Grollen der Kanonen, das Pfeifen der Kugeln. Ich sah die Sturmangriffe der Kavallerie und die brennenden Dörfer. Mit grenzenlosem Mitleid sprach ich von den Verwundeten.

Wenn meine Mutter mich bisweilen ein paar französische Worte murmeln hörte, fragte sie mich: »Warum sprichst du denn französisch, mein Kind?« Ich antwortete ihr lächelnd: »Aber ich kann doch mit den Franzosen nicht polnisch oder russisch sprechen.«

Einer dieser im Traum erlebten Romane hatte indes seinen Anfang und sein Ende in einem einzigen Anfall von Delirium. Die Heldin war eine herrliche Sultanin, deren Sklave ich geworden war.

In einem finsteren Wald war ich von Unbekannten überfallen, gefesselt, auf ein Schiff gebracht und nach einer langen Überfahrt auf dem Sklavenmarkt in einer Stadt im Innern Asiens zum Verkauf angeboten worden. Eine verschleierte, mit einem langen pelzgefütterten Mantel bekleidete türkische Frau hatte mich gekauft und in ihren Palast bringen lassen. Ich zitterte vor meiner Herrin, die ihre Grausamkeit an mir ausließ; indes empfand ich dennoch eine Art Wollust, wenn ich ihr diente, ihr gehorchte und ihre Launen ertrug; und als ich schließlich befreit wurde, hätte ich nicht sagen können, daß ich darüber sehr froh gewesen wäre. Später habe ich diese Empfindung verstanden, als ich J.-J. Rousseau las.

*

Es war ein wunderbares Gefühl, bestehend aus süßer Mattigkeit und ruhiger Zufriedenheit, an dem Tag, als das Fieber vollständig aufgehört hatte und die Ärzte erklärten, daß alle Gefahr vorüber sei. Es war mir, als sei ich durch den Tod gegangen und soeben dem Leben wiedergeschenkt worden.

Die Zeit der Rekonvaleszenz war so schön! Ich sah mich von so viel Zuneigung umgeben! Jeder bemühte sich, mir Freude zu bereiten. Mein Lehrer brachte mir ein schönes illustriertes Buch mit, in dem die drei Reiche der Natur dargestellt waren, geordnet nach den Landschaften und den verschiedenen Zonen. Dieses Buch interessierte mich sehr und hörte nicht auf, mich zu beschäftigen. Meine Tante hatte mir Bilderbögen gekauft, die Soldaten darstellten. Das war damals eine Neuheit, die aus Wien zu uns kam, wo Trenschenski, der berühmte Kunsthändler, die Uniformen der verschiedenen Armeen nach den Zeichnungen der besten Künstler veröffentlichte. Man fuhr fort, mir Bilder zu kaufen, die man auf Pappe klebte. Anschließend wurden sie ausgeschnitten, um sie erneut auf kleine Brettchen zu kleben. Bald besaß ich alle Armeen Europas, die Napoleons zuerst, dann die der Österreicher, der Russen, der Preußen und der Engländer. Ich übte mich daraufhin im Kriegspielen und stellte alle Schlachten aus der Zeit des Kaiserreiches nach, beginnend mit Arcole und endend mit Waterloo.

So war ich bis in meine Spiele hinein ernst und gesetzt geworden.

Meine Mutter sagte mir oft, daß alle mich sehr verändert fänden seit meiner Genesung. Ich wirkte erwachsener. Ich war ruhig, träumerisch, in mich zurückgezogen und reservierter, obwohl meine Phantasie sehr viel lebhafter geworden war.

Für dieses Jahr hatte man beschlossen, meine Studien auszusetzen, aber ich wollte das nicht hinnehmen. Ich zeigte mich von der Vorstellung, daß ich ein ganzes Jahr verlieren und hinter meinen Kameraden zurückbleiben sollte, so sehr gequält, daß meine Eltern nachgeben mußten. Ich setzte also meine Studien fort und hatte die verlorene Zeit rasch aufgeholt.

Eines Tages fand meine Mutter mich vor meinem Bett kniend, auf dem ein Kruzifix lag.

»Was hast du denn?« fragte sie, »hast du gebetet?«

»Ja, Mütterchen«, sagte ich.

»Um was hast du Gott gebeten?«

»Ich habe Gott dafür gedankt, daß er mich nicht in meinem Bett hat sterben lassen.«

»Wo soll er dich denn sterben lassen?«

»Draußen, im offenen Gelände, in der Schlacht!« antwortete ich ihr ...

Viele Jahre später erinnerte ich mich an diese Szene, als ich, während ich Turgenjews *Aufzeichnungen eines Jägers* las, auf diesen Satz stieß, der ebenso wahr wie charakteristisch ist: »Der Russe stirbt nicht gern eines natürlichen Todes.«

LITTÉRATURE FRANÇAISE ET ÉTRANGÈRE
HISTOIRE POLITIQUE, PHILOSOPHIE, VOYAGES, SCIENCES, BEAUX-ARTS.

LIVRAISON DU 15 DÉCEMBRE 1875.

La *Revue* commencera le 15 janvier prochain la publication du **Fiancé de Mlle Saint-Maur**, par M. VICTOR CHERBULIEZ.

Puis dans les mois suivans de 1876 **le Roman d'une morte**, par M. OCTAVE FEUILLET.

Ceux de nos souscripteurs dont l'abonnement expire avec la livraison du 15 décembre 1875 sont priés de le renouveler, pour n'éprouver aucun retard dans l'envoi de la REVUE.

V.
Die Frau mit der Peitsche

In der Studie, die die *Revue des deux mondes* mir gewidmet hat, hebt man ganz besonders einen Typ von Frau hervor, den ich geschaffen habe: »Im *Capitulanten* zeigte sich zum ersten Mal eine Frauenfigur, die von da an häufig unter der Feder von Sacher-Masoch wiederkehren sollte, diejenige der Bäuerin, die aufgrund von Ehrgeiz, Intelligenz und Schönheit eines Thrones würdig ist; deren egoistische Wünsche sich vom roten Halstuch zum Zobelpelz steigern und die von der Geliebten eines armen Teufels zur Gräfin aufsteigt. Diese Figur, mag sie nun Katharina, Dzwinka oder Theodosia heißen, ist die erstaunlichste, die der große galizische Künstler aus der Erde seiner Heimat geformt hat.«

Und an anderer Stelle: »Der Fluch, der an der Liebe haftet, taucht darin an der Seite desjenigen Fluches wieder auf, den der Besitz nach sich zieht. Wir stoßen immer wieder, in Verbindung mit Szenen der Gewalt, des Gemetzels und schrecklicher Repressalien, auf die gleiche herrische und triumphierende Dalila, diesen Vampir mit den goldenen Haaren, der das Blut aus den Herzen saugt und den Fuß auf einen durch die Zauberkraft ihres Kusses bezwungenen Mann stellt.«

Mag sie nun Prinzessin oder Bäuerin sein, mag sie einen Hermelin oder einen Lammfellmantel tragen, immer ist diese Frau im Pelz und mit der Peitsche, die den Mann zum Sklaven macht, zugleich mein Geschöpf und die wirkliche sarmatische Frau.

Eine russische Legende erzählt, daß Gott den Geist in Gestalt einer Biene nach Polen schickte. Als die Biene auf der Erde ankam, stürzten sich die Frauen auf sie und verschlangen den Geist vollständig, so daß nichts für die Männer übrigblieb.

Andererseits sagt ein berühmter Ethnograph: »Wenn bei den Völkern lateinischer Rasse die Geschlechter auf derselben Ebene und bei den germanischen Völkern der Mann über der Frau steht, so steht in der slawischen Welt die Frau entschieden über dem Mann.« Insbesondere in Galizien hatte die Frau nur die Wahl, entweder unterjocht zu werden oder ihrerseits zu tyrannisieren.

In einem sehr merkwürdigen Buch, 1849 in Leipzig unter dem Titel *Über Galizien* veröffentlicht, schreibt der anonyme, aber sehr gelehrte Autor: »Hier haben die Frauen keine andere Wahl: Entweder beherrschen sie vollkommen ihren Mann und machen ihn zu ihrem Sklaven, was gewöhnlich geschieht, oder sie werden zu den erbarmungswürdigsten Geschöpfen.«

Und da diese intelligenten und bezaubernden Frauen mit ihrem Schlangenkörper und Nerven aus Stahl ein großes Geschick zum Herrschen und Unterwerfen haben, finden sie es gerechter und angenehmer, Schläge auszuteilen als zu empfangen. Also wird die Peitsche eine kleine Nippessache, die ihren Platz zusammen mit den anderen auf dem Kaminsims hat.

Der Inder Babu Keshub Chunder sagt: »Der Mann ist ein direktes Objekt, regiert vom aktiven Verb: der Frau.« Es scheint, daß auch er diese Rasse von Frauen kennengelernt hat.

Vielleicht ist es von Interesse zu erfahren, wie ich dazu gekommen bin, diese Figur in meinen Werken zu erschaffen. Und dies würde auch erlauben, einen Blick in die geistige Werkstatt des Autors zu werfen.

Ich glaube, daß jede künstlerische Schöpfung sich auf die gleiche Weise entwickelt, wie diese sarmatische Frau sich in meiner Vorstellung ausgebildet hat. Zunächst existiert im Geist eines jeden von uns eine angeborene Disposition, ein Thema aufzugreifen, das den meisten anderen Künstlern entgeht; dann verbinden sich mit dieser Disposition die Eindrücke des Lebens, die dem Autor die lebendige Gestalt präsentieren, deren Prototyp bereits in seiner Phantasie existiert. Diese Gestalt beschäftigt ihn, verführt ihn, fesselt ihn, weil sie seiner Veranlagung entgegenkommt, weil sie der Natur des Künstlers entspricht, der sie daraufhin umformt und ihr einen Körper und eine Seele gibt. Schließlich findet er in dieser Wirklichkeit, die er in ein Kunstwerk verwandelt hat, das Problem, das die Quelle aller Erscheinungen ist, die in der Folge daraus resultieren.

Der umgekehrte Weg, vom Problem zur Gestaltung, ist nicht künstlerisch.

Schon als kleines Kind hatte ich eine ausgeprägte Vorliebe für das grausame Genre, begleitet von geheimnisvollem Schaudern und von Wollust; und dennoch hatte ich eine mitfühlende Seele und hätte keiner Fliege etwas zuleide getan.

In einem dunklen und abgelegenen Winkel des Hauses meiner Großtante sitzend, verschlang ich die Heiligenlegenden, und die Lektüre der von den Märtyrern erlittenen Qualen versetzte mich in einen fiebrigen Zustand.

Im Theater fesselten mich die Stücke, in denen der Held am meisten zu leiden hatte, und stets zog ich die weiblichen Peiniger vor. Mit größter Aufmerksamkeit lauschte ich dieser historischen Szene in *Peter Szaparty*, in welcher der ungarische Held auf Befehl des Paschas von Buda vor einen Pflug gespannt wird. Ich berauschte mich an den weiblichen Grausamkeiten in *La Tour de Nesle*, und mit unendlichem Vergnügen sah ich einmal die Aufführung einer Wiener Farce, in der ein junger Taugenichts von einer gütigen Fee entführt und als Sklave verkauft wird, mit dem Ziel, ihn von seinem unmoralischen Lebenswandel abzubringen.

Nichts war für mich verlockender als die Vorstellung, der Sklave einer schönen Sultanin zu sein.

Zu dieser besonderen Sympathie für die grausamen Frauen gesellte sich eine unerklärliche Leidenschaft für Pelze.

Ich liebte den Pelz um seinetwillen; er elektrisierte mich und verwirrte mich zutiefst. Getragen von einer Frau, wurde er in meinen Augen zu einem Symbol für Autorität, Herrschaft, Tyrannei, Wollust und Grausamkeit, und schon bald begann ich die Affinität zu verstehen, die zwischen den beiden letztgenannten Leidenschaften besteht.

Auf diese Weise durch die Natur vorbereitet, begegnete ich auf Schritt und Tritt diesem stolzen und gebieterischen Frauentyp, stets in Pelze gehüllt. Dieses schöne weibliche Tier, umhüllt von weichen Fellen, wurde für mich gleichsam zu einer wilden Bestie, und es kam mir so vor, als verströme sie auch den beißenden Geruch eines wilden Tieres.

Es gab bei uns zu Hause eine Kazabaika – in Paris würde man sagen ein »coin de feu« – aus rotem Satin, besetzt mit Hermelin. Ich weiß nicht, wem sie zuerst gehört haben mochte; aber ich habe niemals gesehen, daß meine Mutter sie trug. Dieses Kleidungsstück war für uns zu einer Art Spielzeug und Theaterkostüm geworden.

Eines Abends, während meines Unterrichts, schlüpfte die Lehrerin in die Kazabaika, und da war es vorbei mit der Grammatik.

Adela – so hieß meine Tyrannin – war im übrigen jung und hübsch und absolut hinreißend in diesem königlichen Pelz. Ich war vollkommen in meine Bewunderung versunken. Aber je mehr Adela mit mir schimpfte, um so mehr funkelten ihre Augen, um so strenger, befehlender wurde ihre Stimme und um so weniger dachte ich an meine Lektion. Schließlich verlor sie die Geduld und befahl mir, mich zur Strafe hinzuknien, nicht in der Ecke, sondern mitten im Zimmer, direkt vor sie.

Ich empfand Scham und war zugleich glücklich; aber ich wäre es noch sehr viel mehr gewesen, wenn sie mir erlaubt hätte, den kleinen Fuß zu küssen, dessen Spitze in einem reizenden Wutanfall auf dem Parkett zum Angriff blies.

Dies war mein erstes kindliches Abenteuer dieser Art. Schon bald folgte ihm ein weiteres, ernsteres.

Im Alter von zehn Jahren hatte ich bereits ein Ideal. Ich schwärmte für eine entfernte Verwandte meines Vaters – nennen wir sie die Gräfin Zenobia –, die schönste und zugleich leichtlebigste aller Frauen in der Gegend.

Es war an einem Sonntagnachmittag. Ich werde es niemals vergessen. Ich war gekommen, um die Kinder meiner schönen Tante – wie wir sie nannten – zu besuchen und mit ihnen zu spielen. Wir waren allein mit dem Kindermädchen. Plötzlich kam die Gräfin herein, stolz und strahlend schön, in ihren langen Zobelpelz gehüllt; sie grüßte uns und küßte mich, was mich immer in höchstes Entzücken versetzte; dann rief sie:

»Komm, Leopold; du wirst mir helfen, meinen Pelz abzulegen.«

Das ließ ich mir nicht zweimal sagen. Ich folgte ihr ins Schlafzimmer, zog ihr den schweren Pelz aus, den ich kaum heben konnte, und half ihr, ihre wunderschöne grüne, mit Sibirischem Eichhörnchen besetzte Samtjacke anzuziehen, die sie im Hause trug. Dann kniete ich vor ihr nieder, um ihr die goldbestickten Pantoffeln überzustreifen.

Als ich spürte, wie ihre kleinen Füße sich unter meiner Hand bewegten, vergaß ich mich und gab ihnen einen glühenden Kuß. Zuerst blickte meine Tante mich erstaunt an; dann brach sie in Gelächter aus und versetzte mir einen leichten Fußtritt.

Während sie die Vesper für uns herrichtete, spielten wir Verstecken, und ich weiß nicht, was für ein Teufel mich ritt, daß ich mich im Schlafzimmer meiner Tante versteckte, hinter einem über und über mit Kleidern und Mänteln vollgehängten Kleiderständer. In diesem Augenblick hörte ich die Türklingel, und ein paar Minuten später trat meine Tante in ihr Zimmer, gefolgt von einem schönen jungen Mann.

Sie schob die Tür zu, ohne sie abzuschließen, und zog ihren Freund neben sich auf einen Diwan. Ich verstand nicht, was sie sagten, und noch weniger, was sie taten; aber ich fühlte mein Herz heftig schlagen, denn ich war mir der Situation, in der ich mich befand, vollkommen bewußt: Wenn man mich entdeckte, würde man mich für einen Spion halten.

Beherrscht von diesem Gedanken, der mir eine Todesangst bereitete, schloß ich die Augen, und hielt mir die Ohren zu.

Ich hätte mich beinahe durch ein Niesen verraten, das ich nur mit großer Mühe unterdrücken konnte, als mit einem Mal heftig die Tür aufgerissen wurde und dem Mann meiner Tante den Weg freigab, der, begleitet von zwei Freunden, ins Zimmer stürzte. Sein Gesicht war puterrot, und seine Augen schleuderten Blitze. Aber als er einen Augenblick zögerte, wohl weil er sich fragte, welchen der beiden Liebenden er zuerst schlagen sollte, kam Zenobia ihm zuvor.

Ohne ein Wort zu sagen, sprang sie auf, stürzte sich auf ihren Mann und versetzte ihm einen kräftigen Fausthieb ins Gesicht. Er taumelte. Das Blut rann ihm aus Nase und Mund. Dennoch schien meine Tante nicht befriedigt. Sie griff nach ihrer Peitsche und wies, sie schwingend, meinem Onkel und seinen Freunden die Tür. Alle nutzten gleichzeitig die Gelegenheit, um zu verschwinden, und der junge Verehrer war nicht der letzte, der sich aus dem Staub machte.

In diesem Augenblick fiel der unselige Kleiderständer zu Boden, und die ganze Wut von Frau Zenobia ergoß sich über mich.

»Wie! Du hattest dich hier versteckt?« schrie sie. »Na warte, das hier wird dich lehren, mir nachzuspionieren!«

Ich bemühte mich vergeblich, meine Anwesenheit zu erklären und mich zu rechtfertigen; im Handumdrehen hatte sie mich der Länge nach auf dem Teppich ausgestreckt; dann packte sie mit der linken Hand meine Haare, setzte ein Knie auf meine Schultern und begann mich kräftig auszupeitschen. Ich biß mit aller Kraft die Zähne zusammen; dennoch traten mir die Tränen in die Augen. Aber ich muß doch zugeben, daß ich, obwohl ich mich unter den grausamen Schlägen der schönen Frau wand, eine Art von Lust dabei empfand.

Vermutlich hatte ihr Mann mehr als einmal ähnliche Empfindungen gehabt, denn schon bald kam er ins Zimmer zurück, nicht als Rächer, sondern demütig wie ein Sklave; und er warf sich jetzt vor der treulosen Frau auf die Knie und bat sie um Verzeihung, während sie ihn mit dem Fuß zurückstieß.

Darauf wurde die Tür abgeschlossen. Diesmal schämte ich mich nicht, hielt mir nicht die Ohren zu und lauschte sehr aufmerksam an der Tür – vielleicht aus Rache, vielleicht auch aus kindlicher Eifersucht –, und ich hörte erneut das Klatschen der Peitsche, die ich selbst eben gerade noch genossen hatte. Dieses Ereignis hatte sich mir wie mit einem glühenden Eisen in die Seele eingebrannt. Damals verstand ich diese sinnliche Frau im Pelz nicht, die ihren Mann betrog und ihn anschließend mißhandelte; aber ich liebte dieses Geschöpf, das durch seine brutale Gewalt und Schönheit wie geschaffen schien, voller Anmaßung seinen Fuß auf den Nacken der Menschheit zu setzen, und haßte es zugleich.

Seitdem haben mir neue seltsame Szenen, neue Figuren, bald im luxuriösen Hermelin, bald im bürgerlichen Kaninchen- oder im bäuerlichen Lammfell, neue Eindrücke vermittelt, und eines Tages habe ich ebendiesen Frauentypus sich deutlich vor mir abzeichnen sehen, der in der Heldin des *Emissärs* Gestalt geworden ist.

Erst viel später fand ich das Problem, das den Roman *Venus im Pelz* entstehen ließ.

Ich entdeckte zuerst die geheimnisvolle Affinität zwischen Grausamkeit und Wollust; dann die natürliche Vertrautheit der Geschlechter, diesen Haß, der sich, für einige Zeit von der Liebe bezwungen, anschließend mit ganz elementarer Macht offenbart und aus der einen Partie einen Hammer und aus der anderen einen Amboß macht.

Und da begriff ich die Sentenz des nüchternen Denkers Kant: »Der Mann ist geschaffen, um die Natur zu dominieren, die Frau aber, um den Mann zu beherrschen.«

VI.
Mein Onkel Heinrich und meine Tante Mina

Auf meiner irdischen Wallfahrt bin ich wenigen Menschen begegnet, die ebenso gütig, ebenso liebenswürdig und ebenso glücklich waren wie mein Onkel Heinrich und meine Tante Mina. Wenn ich mich heute an sie erinnere, ist mir, als sähe ich zwei dieser Kabinettstücke, dieser köstlichen Meisterwerke der flämischen Schule. Hier ein Mann, der mit friedlichem und ruhigem Vergnügen seine Pfeife raucht oder in seine Folianten vertieft ist. Dort, als Gegenstück, eine Frau, weich in ihre pelzbesetzte Jacke gehüllt, einen Apfel schälend, einen Papagei fütternd oder Laute spielend.

Sie waren beide nicht verheiratet, aber mein Onkel Heinrich hatte keinen der häßlichen Fehler der Junggesellen, und meine Tante Mina war die bezauberndste alte Jungfer, die ich jemals gekannt habe.

Mein Onkel Heinrich war deutscher Abstammung. Sein Vater, Herr Kratter, war Dramatiker und Theaterdirektor gewesen. Eines seiner Stücke, *Das Mädchen von Marienburg*, das den Liebesroman zwischen Peter dem Großen und Katharina I. behandelte, wurde auf allen deutschen Bühnen gespielt und war ein großer Kassenerfolg. Am Wiener Burgtheater erlebte es mehr als hundert Aufführungen.

Es gab also auch einen Dichter in meinem Onkel Heinrich; allerdings hatte er Medizin studiert und war ein sehr guter Arzt geworden; dadurch war er gezwungen, seiner Phantasie und seinem Humor Zügel anzulegen. Dennoch spielten der Humor und die Phantasie, wie der Narr in den Tragödien Shakespeares, auch in dem ernsten Beruf des Mediziners ihre Rolle.

Mein Onkel scherzte fast immer, machte dabei aber ein so ernstes Gesicht, daß man es meist nicht bemerkte und seine wunderlichen und überspannten Einfälle im allgemeinen ernst nahm. Sein Äußeres trug zudem dazu bei, diese Art von kühlem Humor noch drastischer zu machen. Wenn er, in seinem türkischen Schlafrock, mit seinem bartlosen Gesicht, seiner Mütze auf dem Kopf, bei sich zu Hause herumlief, hatte man Mühe zu erkennen, ob man es mit einem alten Herrn oder einer alten Frau zu tun hatte; zumal seine Stimme, die über ein ganz besonderes Timbre verfügte, und seine Hände, von bemerkenswerter Schönheit, etwas Feminines hatten.

Drei kleine Geschichten, deren Zeuge ich in Złoczow wurde, als ich noch ein Kind war, mögen genügen, diesen guten, ein wenig eulenspiegelhaften Onkel zu kennzeichnen.

Eines Tages hatte ich ihn auf einem seiner Ausflüge begleitet. Wir befanden uns mitten auf dem Lande. Mit einem Mal macht er mir ein Zeichen mit den Augen und sagt zu seinem Kutscher, während er seine Aufmerksamkeit auf eine Herde Schweine lenkt: »Schau mal, Jan, die schönen Gänse dort!«

»Wo denn?« fragt Jan erstaunt.

»Na dort!«

»Aber das sind doch keine Gänse; das sind Schweine.«

»Jan«, sagt mein Onkel, »ich sehe, daß du krank bist; du hast die ›cura slepota‹, eine Krankheit, die dich alle Dinge verwandelt sehen läßt.«

Etwas weiter kommen wir an einer Herde Gänse vorbei.

»Jan«, sagt mein Onkel, »sieh nur diese prächtigen Schweine.«

»Schweine!« seufzt Jan und bekreuzigt sich. »Sollte ich wirklich diese schreckliche Krankheit haben?«

*

Zwei Juden hatten auf der Straße miteinander gerauft. Abraham, der besiegt worden war, tat so, als sei er durch die Schläge, die er erhalten hatte, stumm geworden. Das Gericht nahm das Protokoll auf, und mein Onkel wurde als Bezirksarzt zu dem angeblichen Stummen geschickt. Da Isaak, der Gegner, ein braver, anständiger und fleißiger Mann war und Abraham mit großer Wahrscheinlichkeit beschlossen hatte, ihm Unannehmlichkeiten zu bereiten, dachte mein Onkel sich einen geschickten Scherz aus, um die Wahrheit zu entdecken.

Als wir bei Abraham eintraten, lag er im Bett, umringt von seiner Familie, wie ein sterbender König.

»Also, Sie sind durch die Schläge, die Isaak Ihnen versetzt hat, wirklich stumm geworden?« fragte mein Onkel und setzte sich ans Bett des sogenannten Stummen.

Abraham antwortete mit einem bejahenden Nicken des Kopfes.

»Das ist ja wirklich traurig«, sagte mein Onkel, »für Sie ebenso wie für Isaak.«

Abraham zuckte mit den Schultern.

»Und Sie können wirklich überhaupt keinen Ton herausbringen?«

Abraham schüttelte den Kopf; doch fast sofort danach richtete er sich in seinem Bett auf, als wäre er von der Tarantel gestochen, und brüllte wie ein Stier.

Mein Onkel hatte sich von seiner Schwester eine lange Nadel ausgeliehen, die er unbemerkt unter der Bettdecke dem guten Abraham in die Seite gestochen hatte.

So wurde Abraham geheilt und Isaak gerettet.

*

Eines Abends besuchte ein Gutsbesitzer, Herr Bogdani, meinen Onkel. Dieser Mann war verzweifelt. »Meine arme Frau kann ihr Zimmer nicht mehr verlassen, so schwach ist sie«, jammerte er. »Sie ißt nicht mehr, sie trinkt nicht mehr, sie schläft nicht mehr; man kann nicht einmal mehr das Fenster öffnen, alles tut ihr weh.«

»Schabernack, mein guter Freund!« antwortete mein Onkel. »Launen! Ich kenne diese Damen. Um sich und ihre Umgebung so zu quälen, brauchen sie nur irgendeinen unmöglichen Wunsch zu hegen, der sich nicht erfüllt hat.«

»Das stimmt«, sagte Bogdani, »meiner Frau ist ganz plötzlich eingefallen, mir das Rauchen abzugewöhnen. Und da mir das unmöglich ist ...«

»Sehen Sie, ich habe Recht«, rief mein Onkel. »Kehren Sie erst in zwei Stunden nach Hause zurück, und Sie werden Frau Bogdani mit mir Walzer tanzen sehen.«

Mein Onkel ließ sogleich anspannen und nahm mich mit zum Gut dieses Herrn, das zehn Minuten von Złoczow entfernt lag. Als wir in das Schlafzimmer der Kranken traten, fanden wir sie in einem Sessel am Ofen vor, eingemummelt in einen pelzgefütterten Schlafrock und in Felle gehüllt. »Ich sterbe, mein lieber Doktor, ich kann nicht mehr atmen.«

Mein Onkel erwiderte kein Wort, sondern ging feierlich und geradewegs zum Fenster, das er öffnete, um hinauszuschauen. Dann sagte er vollkommen ruhig: »Das ist nicht überraschend; morgen früh, um vier Uhr siebzehn, wird es eine Kollision zwischen den Planeten Mars und Venus geben. Sehen Sie nur, gnädige Frau, mit welch erstaunlicher Geschwindigkeit sie aufeinander zu rasen.«

»Ich sehe nichts.«

»Nun, wenn Sie auch nichts sehen, so ist es darum nicht weniger sicher, daß die Welt morgen früh untergehen wird.«

»Aber das ist ja entsetzlich!« rief Frau Bogdani. »Schließen Sie doch das Fenster, mein Herr.«

»Und wozu? Das wird die Katastrophe nicht verhindern. Wollen Sie einen guten Rat? Es bleiben uns nur noch höchstens zehn Stunden zu leben, wenn Sie mir also glauben, sollten wir, anstatt zu erschrecken und traurig zu werden, Vorkehrungen treffen, um diese kurze Frist so angenehm wie möglich zu genießen.«

»Glauben Sie, Herr Kratter?«

»Gewiß! Und als erstes befreien Sie sich mal von all diesem Zeug, das Sie erstickt und Sie noch vor morgen früh sterben lassen würde.«

Während er sprach, half mein Onkel Frau Bogdani, sich aus ihren zahlreichen Pelzen zu schälen und sie durch ein Ballkleid mit langer Schleppe zu ersetzen, das er persönlich zuschnürte. Gleichzeitig diktierte er der Köchin ein Menü und gab dem Lakaien Befehle für den Weinkeller.

Dann schickte er den Kosaken nach dem Schulmeister, der Klavier spielen sollte.

Bald saßen wir alle vier vor einem leckeren Abendessen. Als die köstlichen Speisen und die ausgesuchten Weine ihre Wirkung getan hatten, setzte der Schulmeister sich ans Klavier, und die schöne Kranke fand sich ohne weiteres bereit, mit meinem Onkel zu tanzen. Während sie einen schwungvollen Walzer tanzten, erschien Herr Bogdani in der Tür zum Salon und blieb ganz verblüfft stehen.

»Komm, Agenor!« rief seine Frau ihm zu, »trink und iß, laß uns fröhlich sein, denn wir haben nur noch acht Stunden zu leben. Morgen früh wird Venus Mars über den Haufen rennen, und das ganze Universum wird explodieren!«

*

Mein Onkel verstand sich nicht nur ausgezeichnet aufs Scherzen, er war auch ein großer Erzähler toller Geschichten. Niemals wiederholte er mir Geschichten, die er gelesen hatte, sondern immer erzählte er welche, die er im Augenblick erfand. Er besaß ein seltenes Talent, sie endlos auszuspinnen und weiterzuweben. Seine letzte Geschichte: »Der

Cousin aus Glas«, in der er mich ein wenig persiflierte, wurde Weihnachten 1846 begonnen und Ostern 1847 fortgesetzt. Dann brach die Revolution aus, wir verließen Galizien, und er schuldet mir bis auf den heutigen Tag das Ende seiner Geschichte.

Seine Geschichten, in die er seine tiefen Beobachtungen und seine kluge praktische Philosophie legte, waren für mich eine Quelle von Poesie und brachten mich zum Nachdenken. Ich weiß eigentlich nicht so recht, was ich ihm verdanke, aber ich weiß, daß es nicht wenig ist.

*

Meine Tante Mina war die Schwester meiner Mutter. Als Mädchen war sie sehr schön gewesen, und viele junge Männer hatten um ihre Hand angehalten; unglücklicherweise hatte sie ihr Herz einem Taugenichts geschenkt, einem Mann, der ihrer nicht würdig war. Da sie ihn nicht heiraten konnte, beschloß sie, unverheiratet zu bleiben.

Meine Tante war zunächst im Hause meines Großvaters geblieben; anschließend zog sie zu uns. Ihre ganze Liebe, ihre ganze Herzensgüte weihte sie den Kindern ihrer Schwester, und wir liebten sie wie eine zweite Mutter.

Dort, in Lemberg, war sie noch ein dralles blondes, sehr weißes Mädchen, das jedoch schöne Hände von äußerster Feinheit und Eleganz hatte, die wie aus Elfenbein geschnitzt wirkten.

Und so viele überaus unaufdringliche Reize. Den ganzen Tag saß sie an einem Fenster, gehüllt in ihre warme pelzbesetzte Jacke, und las Romane, ihren weißen Wolfshund, mit Namen Mika, immer zu ihren Füßen.

Eines nur konnte sie aus ihrer normalen Ruhe herausreißen, ein großes Diner nämlich, ein Ball, irgendeine Festlichkeit. Dann wurde sie von fieberhafter Unruhe befallen. Sie schwang das Küchenszepter mit unermüdlicher Energie. Kochen, backen und braten war nämlich ihre große, ihre einzige Leidenschaft. Ihre Pasteten, ihre Sülzen waren herrlich und unvergleichlich und absolut einzigartig ihre Teigpasteten und ihre Backkunst allgemein. Ihre ungarischen Apfelkuchen waren für mich ebenso unvergeßlich wie das Spiel von Franz Liszt und Frau Rettich, der großen Schauspielerin des Wiener Burgtheaters, die unvergleichlich war im klassischen Repertoire Goethes, Schillers, Lessings und Grillparzers.

Sie weckte in mir auch den Sinn für die Literatur, zuerst durch die Romane, die sie mir heimlich zu lesen gab, dann durch ihre große Liebe für die Tiere und für die Natur allgemein, vor allem aber durch den Zauber, der in ihrer ganzen Person lag.

Schließlich war meine gute Tante die Poesie des ruhigen häuslichen Herdes, des Helldunkels, des Friedens und der Behaglichkeit für alles, was um sie herum atmete; mit einem Wort, sie war die Poesie eines Herzens, das gut und rein geblieben war.

VII.
Der Slawenkongreß in Prag

Die große Bewegung von 1848 hatte zunächst rein politischen Charakter; bald jedoch traten die nationalen Gegensätze hervor und machten sich immer mehr bemerkbar, bis sie jedes andere Interesse in den Schatten drängten. Obwohl die slawische Bevölkerung in der Mehrheit war, hatte bis dahin das deutsche Element vorgeherrscht, und Prag war vor allem eine deutsche Stadt geworden.

Der erste Mißklang war zu vernehmen, als man das deutsche Parlament einberufen wollte und der Journalist Suselka einen Brief an die slawische Bevölkerung richtete, in dem er sich bemühte, diese dazu zu bringen, Abgeordnete zur verfassungsgebenden Versammlung nach Frankfurt zu schicken.

Der tschechische Dichter Lambi beeilte sich, die Stimmung der Tschechen der Einladung Suselkas gegenüber zu interpretieren, indem er mit einem kraftvollen Lied antwortete.

Da dieses triviale Lied eine sehr bekannte volkstümliche Melodie benutzte, wurde es sofort sehr beliebt und hatte einen so großen Erfolg, daß jeder Straßenjunge von Prag es sang:

Suselka nam pise
Ste niemiecke rize ...

Suselka schreibt uns
Aus dem deutschen Reich.
Wir müßten den Deutschen helfen,
Weil sie Bauchschmerzen haben.

Ihr Deutschen seid Gauner,
Wir spielen nicht mit euch.
Das Gericht, das Ihr Euch auf Eure Weise bereitet habt,
Eßt es jetzt alleine.

Um den Haß der Tschechen auf das deutsche Volk zu verstehen, muß man wissen, wie sie bis 1848 behandelt worden waren. Die deutschen

Dichter Böhmens wählten nationale Themen, wie etwa Egon Ebert in *Wlasta* den Krieg der böhmischen Amazonen und Meissner in *Ziska* den Helden der Hussiten; doch die österreichische Regierung betrachtete jede nationale Bestrebung als Revolutionsversuch und bekämpfte jeden Versuch, den die Tschechen unternahmen, um ihrer Literatur den Aufschwung zu bringen.

Die Polizei erlaubte nicht einmal tschechische Visiten- und Einladungskarten, und man mußte die Bücher dieses Volkes in deutscher Schrift drucken, ganz abgesehen davon, daß die Zensur ihrer Veröffentlichung alle nur denkbaren Hindernisse in den Weg legte.

Wenn die Deutschen auch den Fehler begangen hatten, ein Volk, das die großen Schlachten der Hussiten geschlagen hatte, das Männer wie Hus und Poděbrad und Dichter wie Kolár und Čelakovský hervorgebracht hat, mit so viel Verachtung zu behandeln, beging man ähnliche Exzesse auch auf tschechischer Seite, als man versuchte, das deutsche Volk in Böhmen auszurotten.

Diese slawische Bewegung in Böhmen entwickelte sich immer stärker und nötigte die deutsche Partei in Prag, nur eine zweitrangige Rolle zu spielen.

Dennoch hatte diese Erhebung, so ernst an sich und so gefährlich für Österreich sie auch war, damals eher etwas Lächerliches.

Als ich im Mai 1848 nach Prag kam, bot sich meinen Augen ein wirklich unglaubliches und seltsames Schauspiel. Es kam mir so vor, als befände man sich mitten im Karneval und als wäre die ganze Stadt ein großer Maskenball. Der Haß auf die deutschen Gebräuche und Einrichtungen richtete sich zu jener Zeit nicht weniger lebhaft auch gegen die europäische, im engeren Sinne französische Mode, die damals als deutsch galt. Jede österreichische Völkergruppe besann sich auf ihre alte Tracht und begann sie zu tragen. Die Ungarn und Polen brauchten keine zu erfinden; sie besaßen eine wunderschöne historische Tracht. Die Erfindung nationaler Trachten von seiten der Tschechen hingegen führte zu den komischsten Kombinationen.

Jeder ließ seiner Phantasie freien Lauf. Ganz besonders die Damen rivalisierten hinsichtlich der Pracht der Stoffe und der Lebhaftigkeit der Farben miteinander und nutzten die Gelegenheit, um den Schauspielerinnen an allen öffentlichen Orten Konkurrenz zu machen. Aber wenn das Tragen der Nationaltracht auch ein Anlaß zur Freude war, so war es auch eine Strapaze, denn es gibt keine slawische Tracht ohne Pelz, und diese politische Maskerade fand in den heißen Sommermonaten statt.

Das slawische Korps *Swornost* (Eintracht) beispielsweise, bewaffnet mit Hellebarden, trug graue Hosen, einen polnischen Kasack gleicher Farbe mit roten Rockschnüren und auf dem Kopf einen Kalpak aus grauem Lammfell.

Die Legion der tschechischen Studenten, die sich *Slawia* nannte, trug enganliegende ungarische Hosen, Halbstiefel, einen blauen polnischen Kasack mit silbernen Litzen und eine viereckige rote polnische Mütze mit weißem Pelzbesatz. Diese jungen Helden bedienten sich eines gekrümmten Kavalleriesäbels.

Der tschechische Tribun Faster ging im Kostüm von Poděbrad, dem König von Böhmen, spazieren. Eine gewisse Anzahl von Mädchen hatte sich in das mittelalterliche Kostüm der Königin Elischka gekleidet. Neben dem russischen Sarafan und Kokoschnik sah man die kurze Jacke und den goldbestickten Fez Serbiens und die bunten Stiefel und den Lammfellmantel der Kleinrussen. Die Kazabaika fand großen Beifall. Häufig sah man eine Damentoilette, welche die Farben der slawischen Trikolore versinnbildlichte: ein blaues Kleid mit einer weißen Satinschleppe, eine enganliegende blaue Seidenbluse mit weißem Pelzbesatz und eine kleine rote Samtmütze.

Zwei Herren, ein tschechischer Professor und ein Maler, der zugleich Hauptmann der Swornost war, wohnten wie wir in einem Haus in der Krakauergasse in Prag. Ein großer Garten, der allen Mietern zur Verfügung stand, ließ uns rasch Bekanntschaft schließen.

Eines Tages erinnerte uns mein Vater, sich über die Lammfellmütze des Hauptmanns der Swornost und die pelzbesetzten Jacken der Töchter des Professors lustig machend, absolut passend an diesen Ausspruch Heines: »Es ist süß, nicht nur für das Vaterland zu sterben, sondern auch zu schwitzen.«

Diese spöttische Äußerung wurde recht gut aufgenommen, obwohl all diese schönen Mädchen mit ihren schwarzen funkelnden Augen in sehr streitlustiger Stimmung waren und unter ihrer Kazabaika nicht nur einen Dolch und Pistolen am Gürtel trugen, sondern auch eine dicke rote Schnur, »um die Gefangenen zu fesseln«, wie Miroslawa, die ältere Tochter des Professors, sich ausdrückte.

Die Baronin von Neipperg, die ich manchmal mit meinem Vater besuchte, trug zu Hause eine hermelinbesetzte Kazabaika aus rotem

Damast. Auf einem Sitz aus Kissen und Bärenfellen thronend, ähnelte sie einer schönen Moskauer Bojarin zur Zeit Iwans des Schrecklichen.

Als echte slawische Frau, die sie war, hatte sie neben sich an die Wand eine Kosakenpeitsche mit kurzem Griff gehängt.

Aber neben diesem ein wenig unwirklichen Spiel bereiteten sich ernste Dinge vor.

Die Antwort auf die *deutsche Einheit* war der *Panslawismus*. Daher organisierten die Führer der Tschechen, anstatt sich zur Wahlversammlung für das Parlament in Frankfurt zu begeben, einen Gesamtkongreß der Slawen in Prag, »der goldenen Stadt«; dort, wo man von allen Seiten von den stummen Zeugen der einstigen Größe und des ehemaligen Glanzes der Slawen umgeben war: der Wyschehrad mit dem Libussa-Turm, der Zizkaberg, das eingestürzte Heiligtum, wo die böhmischen Amazonen unter der Führung der schönen und grausamen Wlasta residiert hatten, die Teynkirche, wo einst Hus, der Märtyrer von Konstanz, gepredigt hatte, das Altstädter Rathaus, durch dessen Tor Georg von Poděbrad sich zu seiner Krönung begab.

Die tschechische Einberufung wurde von allen slawischen Völkern begrüßt, obwohl sie nicht im gleichen Verhältnis an diesem Kongreß teilnahmen.

So war beispielsweise Rußland, das universale slawische Reich, in dem damals Zar Nikolaus, ein Freund der Österreicher und Preußens, herrschte, nur durch einige Verbannte repräsentiert. In großer Zahl strömten dagegen die Polen, die galizischen Kleinrussen, die Slowaken, die Slowenen, die Serben, die Kroaten, die Dalmater, die Bulgaren und die Montenegriner herbei.

Durch Zufall wurde unser Haus der Mittelpunkt der slawischen Propaganda und später der Revolution. Es gab in diesem Haus mehrere große leerstehende Wohnungen, in denen das Komitee zahlreiche slawische Gäste, mehrere polnische Emigranten, einen serbischen Priester und die Hauptperson des Komitees, Bakunin, den russischen Agitator, einquartierte.

Fast jeden Abend versammelten sich diese slawischen Abgeordneten, die, durch Vermittlung zweier tschechischer Familien, Beziehungen mit uns angeknüpft hatten, am Fuß der Treppe, die von unserer Wohnung zum Garten führte. Mein Vater hatte dort einen großen Tisch hinstellen lassen, der als Mittelpunkt für diese Versammlungen diente. Ein Teil dieser Herren saß auf Bänken und Stühlen, während die jungen

Männer mit den Mädchen spazierengingen, die in ihren pelzbesetzten Jacken umherstolzierten.

So wurden wir sofort mitten in diese Bewegung hineingezogen. Mein Vater hatte im übrigen viel Sympathie für die Tschechen und war schnell für die slawischen Ideen gewonnen, die zum ersten Mal vor uns entwickelt wurden.

Was mich betraf, so übte Miroslawa, die schöne Tochter des Professors, sich in einer Art Propaganda, der ein schwärmerisches und überspanntes Kind wie ich nur schwer widerstehen konnte. Sie behandelte mich als Kind, um mir die Rechte eines platonischen Liebhabers einzuräumen. Ihre Beredsamkeit war unwiderstehlich. Während ihr draller Arm auf meinem ruhte, berauschten mich ihre glühenden Blicke, ihr Lächeln, ihr Atem und ihre Küsse.

Eines Abends machte sie mich in einem dunklen Winkel des Gartens, im geheimnisvollen Schimmer des Mondes, während mein Kopf auf ihrer Brust ruhte, halb versunken in den duftigen Pelzen, zu ihrem Ritter, indem sie einen Knoten aus Bändern in den slawischen Farben am Knopfloch meines Kasacks befestigte. Ich schwor ihr, an ihrer Seite zu kämpfen, sobald das Zeichen zum Aufstand gegeben werde.

Unterdessen hatte die erste vorbereitende Zusammenkunft im Nationalmuseum stattgefunden, und man hatte die groteske Entdeckung gemacht, daß die Abgeordneten der verschiedenen Völker nicht in der Lage waren, sich untereinander zu verständigen. Man schlug daher die französische Sprache vor, aber die Russen und die Polen waren die einzigen, die sie perfekt beherrschten. Als einziger Ausweg blieb also nur, die *verhaßte deutsche Sprache* zu sprechen.

Es war sofort zu erkennen, daß die Bestrebungen der verschiedenen Völker deutlich voneinander abwichen. Die Polen reichten den Agitatoren aus Wien und den Magyaren die Hände, während die Tschechen, die Slowenen und die Slawen des Südens für die ungarischen Slawen gegen die Magyaren Partei ergriffen und die Kleinrussen sowie die polnischen Bauern die Regierung des österreichischen Reichstages unterstützten.

Der Slawenkongreß wurde eröffnet und geweiht durch eine feierliche Messe, die vom serbischen Priester nach dem griechischen Ritus unter freiem Himmel zu Füßen des Reiterstandbildes des Heiligen Wenzel gelesen wurde. Diese Feierlichkeit bot zugleich das wunderbare Schauspiel der Eintracht und Harmonie, die zwischen allen slawischen Völkern herrscht, und ein herrliches farbenprächtiges Bild.

Nach der Messe zog die Prozession durch die Hauptstraßen zum Nationalmuseum. In diesem Durcheinander von Typen und Trachten, das lebhaft an die Oper erinnerte, fiel mir eine Tatsache auf, nämlich daß keine Rasse so schöne Frauen besitzt wie die slawische. Die herrlichen »Aphroditen von der Weichsel«, wie Heine die Polinnen nennt, bekamen da furchteinflößende Rivalinnen in den schlanken und hochgewachsenen serbischen Frauen mit ihren Gazellenaugen, in den stolzen Russinnen mit ihrem Feenhaar, in den Tschechinnen mit ihren üppigen, harmonisch gerundeten Formen und in den wilden Dalmaterinnen.

Jede Art von weiblicher Schönheit war in dieser gewaltigen Menschenmenge vertreten: Die unwiderstehliche und sanfte Schönheit, die sinnliche, berauschende Schönheit ebenso wie diejenige, welche uns in vollkommene Schwärmerei versetzt.

Über dieser begeisterten Menge schwebte die slawische Trikolore, und zum ersten Mal hörte man, von Tausenden von Stimmen gesungen, das stolze Lied: »Hej Slovane!« (Vorwärts, Slawen!), die *Marseillaise* des Panslawismus. Im Hof des Museums zog man die Schwerter, um sie aneinanderzuschlagen. Von den offenen Galerien warfen die Damen Blumen und Kokarden herab, welche die begeisterte Jugend an ihren Mützen befestigte.

Die folgenden Sitzungen entsprachen in keiner Weise diesem glänzenden Auftakt.

In unendlichen Debatten zeichnete sich mit immer größerer Deutlichkeit die Gegensätzlichkeit der Vorstellungen und Interessen der verschiedenen slawischen Völker und ihrer Führer ab, so daß man nicht einmal einen Plan für ein allgemeines und gemeinsames Vorgehen zu entwerfen vermochte.

All das ist nur eine dumme Komödie, sagten die Polen; wir werden auseinandergehen, ohne das geringste praktische Ergebnis erzielt zu haben.

Dennoch schien es mir, als hätten diese Herren Unrecht und als wäre etwas sehr Wichtiges erreicht worden. Tatsächlich hatten bis dahin lediglich ein paar Träumer, Dichter, Gelehrte, von der Vereinigung aller Slawen in einem großen gemeinsamen Staat geträumt.

Nun begegneten sich zum ersten Mal alle slawischen Völker auf einem Kongreß in Prag. Dafür hatten sie allem alten Haß abgeschworen, alle frühere Zwietracht vergessen und sich brüderlich die Hand gereicht.

Dieser erste Schritt hatte sehr wohl seine Bedeutung. Durch den Prager Kongreß war die Saat ausgestreut worden; wenn sie eines Tages aufgehen würde, wenn die slawische Bewegung, ähnlich der deutschen und der italienischen, vollendet sein würde, würde man den Beginn dieser Bewegung im Slawenkongreß von Prag 1848 sehen müssen, trotz der kindischen und lächerlichen Komödie, die ihr voranging und gleichsam ihr Prolog war.

Michail Alexandrowitsch Bakunin (1814–1876)

VIII.
Bakunin

Der einzige, der mich unter den Agitatoren und Führern der Slawen auf dem Prager Slawenkongreß beeindruckte, war Michail Bakunin. Wie alle bedeutenden Russen jener Zeit stammte er aus guter Familie, war adelig, Offizier, sehr gebildet, reich und infolgedessen absolut unabhängig, wie Puschkin, Lermontoff, Turgenjew. Er wurde von keinerlei materiellen Problemen behindert und war auf niemanden angewiesen. Er konnte der schwärmerische Idealist sein, der er bis zum Ende seiner Tage blieb.

In Prag war Bakunin ein schöner junger Mann, voller Schwung, Feuer, Energie, eine beeindruckende Persönlichkeit sowohl durch die organische Kraft seiner Natur als auch durch die Schärfe seines Verstandes und die Klarheit seiner Pläne.

Genau betrachtet war er der einzige unter den schwärmerischen Vertretern einer jungen energischen Rasse voller Talent, der genau wußte, was er wollte und durch welche Mittel er die Verwirklichung seines Traums, seines politischen und gesellschaftlichen Ideals erreichen könne.

Ihm zufolge konnte die allgemeine europäische Revolution nur das Ende der Herrschaft des russischen Zars zur Folge haben; aber er hielt eine ernsthafte und endgültige Vereinigung aller Slawen erst an dem Tag für möglich, an dem sich ein mächtiger Staat mit einer zahlenmäßig starken, straff organisierten und sehr disziplinierten Armee beherzt an die Spitze der Bewegung stellte; und nach ihm konnte dieser Staat nur Rußland sein.

Die Ereignisse seitdem haben ihm recht gegeben, als sich zwei kleine ehrgeizige Staaten, das Piemont und Preußen, mit ausgezeichneten Armeen an die Spitze der Bewegungen gestellt haben, die zur Einheit Italiens und Deutschlands führten.

Ich erinnere mich vor allem an eine sehr interessante Unterhaltung mit Bakunin, ausgelöst durch einen Scherz meines Vaters, dem es eingefallen war, die Tschechen zu necken, indem er sie daran erinnerte, daß sie trotz ihres Hasses auf die Deutschen letztlich gezwungen gewesen waren, sich der deutschen Sprache für ihre Debatten auf dem Slawenkongreß zu bedienen.

Bakunin verteidigte die Deutschen und die Magyaren und verurteilte den Rassenhaß ebenso scharf wie den religiösen Haß.

»Die Deutschen machen sich über uns lustig«, sagte ein tschechischer Student; »sie bezeichnen unseren Kongreß als Turm von Babel und den Panslawismus als Hirngespinst.«

»Damit haben die Deutschen Unrecht«, antwortete Bakunin, »ebenso wie die Tschechen Unrecht haben, die Deutschen zu hassen, und die ungarischen Slawen, gegen die Magyaren ins Feld zu ziehen. Es ist nur allzu wahr, daß die slawischen Literatursprachen sich getrennt entwickelt haben, daß sie sich auf diese Weise von der gemeinsamen Wurzel entfernt haben und daß infolgedessen die vornehmsten und gebildetsten Slawen sich nur schwer miteinander verständigen können; aber es ist nicht weniger ein Irrtum zu behaupten, der Panslawismus sei ein Hirngespinst. Dieser Nachteil verschwindet, sobald man sich den gewaltigen Vorteil vor Augen führt, der sich daraus gerade für die unteren Klassen der slawischen Völker ergibt, die sich recht leicht miteinander verständigen können.

Während in Deutschland der Pommer den Sachsen und der Hannoveraner den Bayern nur schwer versteht; während in Italien der Neapolitaner Mühe hat, sich mit dem Toskaner zu verständigen, und der Piemonteser mit dem Venezier, kann der serbische oder tschechische Bauer sich recht gut mit dem Kosaken vom Don und dem Masurer von den Ufern der Weichsel unterhalten.

Die Sprachunterschiede in der slawischen Rasse trennen nur die Menschen höheren Standes, und dieser Nachteil wird an dem Tag verschwinden, an dem diese sich nicht mehr mit der Kenntnis ihrer Muttersprache zufriedengeben und sich entschließen werden, zugleich das Russische als gemeinsame politische Sprache zu lernen.«

Wenn man die leichten Unterschiede bedenkt, die zwischen den verschiedenen slawischen Volkssprachen und der kleinen Anzahl von Dialekten bestehen (das Russische hat bei fünfzig Millionen Menschen nur zwei Dialekte), scheint es unbestreitbar, daß Bakunin Recht hatte und daß die panslawische Einheit viel mehr Aussicht hat zu triumphieren, als die deutsche und die italienische es je hatten.

Mit einem Wort, heute, da Italien und Deutschland ihre Einheit trotz ihrer zahlreichen Dialekte und trotz der gegensätzlichen Interessen der verschiedenen Volksgruppen verwirklicht haben, hätte niemand mehr einen Grund, den Panslawismus als Hirngespinst zu betrachten. Es ist für alle unbestritten, daß Rußland, ein Staat, der sichtlich von der Natur dazu bestimmt ist, die führende Rolle in der slawischen Welt zu spielen, über sehr viel wirksamere und mächtigere Mittel verfügen kann, als das Piemont und Preußen sie jemals besessen haben.

Ein weiteres Mal noch hörte ich Bakunin über dasselbe Thema sprechen. Das war bei der schönen Baronin von Neipperg. Wie er erwartete sie alles von Rußland, aber unter der Bedingung, daß der Zar sich an die Spitze der Bewegung setze.

»Niemals«, sagte Bakunin, »wird ein Souverän sich an die Spitze einer Revolution stellen. Wonach wir streben, ist eine slawische Föderation unter russischer Hegemonie; aber diesem Vereinigungswerk muß eine große Revolution in Rußland vorausgehen. Solange Rußland eine absolute Regierungsform hat, es dort Sklaverei gibt und der russische Beamte ein bestechliches Instrument ist, wird dieser große Staat seine universale historische Mission nicht erfüllen können.«

Die Baronin bestritt, daß man das Ziel durch die Revolution erreichen könne.

»Es war nicht die Republik«, rief sie, »die die Ideen von 1789 zum Sieg geführt hat, sondern Napoleon. Wir brauchen einen Mann, der selbst eine Macht ist, und dieser Mann kann nur der Zar sein.«

Während sie mit Lebhaftigkeit, wie es ihre Gewohnheit war, auf diese Weise sprach, wobei ihre großen hellen Augen funkelten, ähnelte sie mit ihrem Sarafan und ihrer zobelbesetzten Kazabaika aus Goldbrokat einer dieser klugen und energischen Zarinnen des alten Rußland, die es gewohnt waren, den Nacken eines jeden Mannes, der sich ihnen näherte, zum Schemel für ihre Füße zu machen.

Diese geistreiche Frau entwickelte ihre Ideen mit großem Scharfblick und auf sehr brillante Weise.

»Binnen kurzem schon«, sagte sie unter anderem, »wird das politische Ideal endgültig in den Hintergrund gedrängt sein. Alle Völker werden nur noch eine Sorge haben: *zur Einheit zu gelangen*. Das wird die Bildung *großer, sehr mächtiger Staaten* zur Folge haben. Diese Bestrebung, die am stärksten ist, weil sie die natürlichste ist, wird alle anderen Interessen für lange Zeit in den Schatten drängen.

Die Kämpfe unserer Zeit, fast alle *im Namen der Freiheit ausgefochten*, haben wenig Bedeutung; in sehr naher Zukunft werden diese Kämpfe zu reinen *Nationalkämpfen* werden.

Die Slawen müssen wie die anderen Völker die Einheit anstreben und sie erreichen; aber man muß zugeben, daß sie darauf weniger vorbereitet sind, als es die Italiener und die Deutschen waren. Innerhalb der slawischen Rasse haben sich zahlreiche kleine unabhängige Nationen ausgebildet, die nicht so leicht auf ihre Unabhängigkeit verzichten werden.«

»Das ist vollkommen richtig«, sagte Bakunin. »›Eine Vereinigung slawischer Flüsse, die sich im russischen Meer verlieren‹, im Sinne Puschkins wäre weder für die Tschechen noch für die Serben oder die Kroaten wünschenswert, und sie würde energisch von Polen zurückgewiesen. Gerade deswegen muß die autokratische Herrschaft des Zaren ja fallen. Die einzige Regierungsform, die in der Lage ist, alle Parteien zufriedenzustellen, ist eine große und freie slawische Föderation nach dem Modell der Vereinigten Staaten von Nordamerika, welche die Ungarn und Rumänen mit einschließen würde.«

»Nein, Bakunin!« rief die prachtvolle Baronin. »Sie haben Unrecht. Wir werden nichts erreichen, solange wir es nicht verstehen, unser politisches Ideal unserem nationalen Ideal unterzuordnen.

Alles für den Zaren! Nichts ohne den Zaren!«

»Sie verteidigen die Monarchie der Zaren, weil Sie selbst eine große Despotin sind«, sagte Bakunin lächelnd und führte feurig die kleine Hand seiner Gegnerin an seine Lippen. »Das wäre doch eine Idee, Sie zur Herrscherin unseres panslawischen Staates zu machen. Ich wäre der Erste, der sich Ihnen zu Füßen werfen und sich zu ihrem demütigen Sklaven machen würde.«

»Oh! Wenn ich die Herrin über all eure verrückten uneinigen Köpfe wäre«, rief sie, »ich würde euch alle mit der Knute einen; denn ihr braucht die Knute, alle, ohne Ausnahme!«

Die Zukunft gab ihr Recht. Bakunins Träume sind wie Seifenblasen zerplatzt, einzig und allein, weil er zugleich die slawische Einheit und die absolute Freiheit wollte.

IX.
Die Woche der Barrikaden in Prag 1848

Niemals hat eine Revolution so viele so verschiedene Elemente entfesselt und ein so großes Durcheinander von Bestrebungen hervorgebracht wie die österreichische Revolution von 1848. Neben politischen erhoben sich nationale, wirtschaftliche und soziale Fragen. Es war das Chaos, der Kampf aller gegen alle.

Inmitten dieser Sintflut war der einzige und letzte Schutzwall für all jene, die Thron und Staat retten wollten, die Armee. Der mutigste und würdigste Interpret der Gefühle, welche diesbezüglich alle Herzen beseelten, war der große österreichische Dichter Grillparzer, der so schöne Verse an Feldmarschall Radetzky richtete, unter anderen diesen, der so nachdrücklich die Situation zusammenfaßte:

Denn ganz Österreich ist in deinem Lager.

Der Erfolg der italienischen Armee gegen die lombardische Revolution und die Piemonteser ermutigte die Garnisonen der anderen österreichischen Provinzen. So kam es, daß diejenigen von Lemberg und Prag sich zusammengetan hatten, um mit vereinten und massiven Kräften den Unruhen zu trotzen.

Von den Polen gewarnt, beeilten sich die Tschechen, diese militärische Konterrevolution zu vereiteln. Eine Abordnung übergab dem kommandierenden General Fürst zu Windischgrätz eine Art Ultimatum, von dem er keinerlei Notiz nahm. Sofort ließen die Polen überall Bekanntmachungen anschlagen, die das tschechische Volk über die Intrigen der militärischen Partei unterrichteten und es zum Widerstand aufriefen.

Wir lebten inmitten der Vorbereitungen für den Kampf. Bakunin und die Polen drängten um so mehr zum Handeln, als die Revolutionspartei in Wien immer mehr die Oberhand bekam und Ungarn seinerseits die Waffen gegen die österreichische Regierung erhoben hatte.

Am Pfingstsonntag sprachen die Führer auf dem großen Ball der Slawen, der abends auf der Sophieninsel stattfand, bereits offen von Revolution. Der Hauptmann der *Swornost*, der seine Tochter in einer herrlichen Tracht zum Fest führte, hatte auf den Griff seines Schwertes geschlagen und gerufen: »Heute zum Tanz, morgen in den Kampf!«

Am folgenden Tag zelebrierte man die zweite große Messe der Slawen vor dem Reiterstandbild des Heiligen Wenzel. Die Prozession hatte gerade den Roßmarkt verlassen. Ich war in einem Pavillon zusammen mit einem meiner Kameraden gerade dabei, die Werke Homers zu studieren. Plötzlich kam mein Vater herein und rief: »Es heißt, man wird Barrikaden errichten; lauft und schaut, was passiert!«

Wir griffen sofort nach unseren Schülermützen – jede Klasse des Gymnasiums trug eine andersfarbige Mütze – und stürzten in die Krakauerstraße, die zum Roßmarkt führt.

Wir hatten kaum fünfzig Schritte gemacht, da hörten wir das Knallen der ersten Gewehrschüsse. Arbeiter waren dabei, das Pflaster der Straße an ihrem Ende aufzureißen, während Studenten und Nationalgardisten eine Barrikade errichteten. Ich begegnete dem ersten Verwundeten, einem Gardisten der *Swornost*, der von einem Kameraden und einer Frau geführt und gestützt wurde. Er war auch der erste Verwundete, den ich in meinem Leben sah. Ganz verwirrt vor Schrecken, betrachtete ich entsetzt dieses bleiche und verzerrte Gesicht, und sein gequältes Stöhnen ließ mich erschauern. Er hatte einen Stich mit dem Bajonett in den Unterleib erhalten. Seine Eingeweide hingen heraus, und das Blut floß in Strömen. Man setzte ihn auf den Gehsteig, wo er schon bald, an die Mauer eines Hauses gelehnt, seine Seele aushauchte.

Als wir auf dem Roßmarkt ankamen, war die Revolution in vollem Gange. Alle Straßen, die auf diesen weiten Platz gingen, waren bereits verbarrikadiert, mit Ausnahme der Passage des Grabens, die frei war. Der Posten des Exerzierplatzes und das Korntor waren von Soldaten besetzt. General Rainer ritt, begleitet von einem Adjutanten und einer Ordonnanz, langsam über den Platz, sprach zu der Menge und versuchte, so gut er konnte, Ruhe und Ordnung herzustellen.

Plötzlich fällt von einem Fenster aus ein Schuß, und der General sinkt auf seinem Pferd zusammen. Man brachte ihn zum Posten des Exerzierplatzes, und die Grenadiere, die dort Wache hatten, schossen sofort auf die Menge. Diese lief nach allen Seiten auseinander, flüchtete sich hinter die Barrikaden und ließ mehrere Tote und Verwundete auf dem Platz zurück.

Bei dieser Gelegenheit hörte ich zum ersten Mal das Pfeifen der Kugeln. Aber ich war derartig aufgeregt, daß sie mich kaum beeindruckten. Der Kampf berauschte mich und riß mich mit wie ein Kosakenpferd. Mein Kamerad, der vorsichtiger war als ich, war verschwunden. Nachdem ich eine Weile an Häusern entlanggegangen und, über die Barrikaden kletternd, mehrere Seitenstraßen überquert hatte, erreichte ich den Graben und geriet dort mitten in die Revolution hinein.

Überall Barrikaden. Auf der höchsten, derjenigen, welche die Straße beherrschte, war die slawische Trikolore aufgepflanzt. Alle Barrikaden, alle Fenster waren von zahlreichen Kämpfenden besetzt, unter denen sich Nationalgardisten, Männer der *Swornost*, der Studentenlegion *Slawia*, Mitglieder der Bürgerwehr, Arbeiter, Proletarier und auch viele Frauen befanden.

Ein Bataillon Grenadiere kam langsam die Straße herauf. Sie war vom Fürsten zu Windischgrätz geschickt worden, um die Verbindung zwischen der Kettenbrücke und der Kleinseite (einem Prager Viertel) herzustellen, wo die Bevölkerung, die aus Deutschen bestand, sich ruhig verhielt und wo der größte Teil der Truppen in Garnison lag. Major von der Mühlen, ein sehr beliebter Mann, marschierte an der Spitze dieser Kolonne, verhandelte mit den Insurgenten und ermahnte sie, sich zurückzuziehen. Auf diese Weise gelang es ihm, ohne Blutvergießen mehrere Barrikaden zu erobern.

Plötzlich hörte man einen Knall, und der Major stürzte wie vom Blitz getroffen zu Boden. Ich sehe ihn noch fallen. Da eröffnen seine Grenadiere, erbittert über den Tod ihres Kommandanten, den sie ebenso sehr liebten wie respektierten, ungeordnet das Feuer und stürzen sich auf die Barrikaden. Nun beginnt ein heftiges Handgemenge, in dem man mit Bajonetten, Gewehrkolben, Schwertern, Lanzen aufeinander losgeht.

Während dieses Gemetzels schrie eine Frau aus dem Volk: »Was machst du hier, unglückseliges Kind? Willst du dich etwa umbringen lassen? Geh nach Hause, zu deiner Mutter.« Sie packte mich gegen meinen Willen am Arm und riß mich mit sich.

Ich kehrte durch die Korntorstraße nach Hause zurück. Auch dort erhoben sich Barrikaden, besetzt von der bewaffneten Menge von Podskal und befehligt von den Schülern des Polytechnikums. Es wurde weiter geschossen, die Trommler trommelten, und die Sturmglocke ließ ihre schaurigen Klänge erschallen. An der Ecke unserer Straße, gegenüber vom Korntor, befand sich die letzte Barrikade, ganz aus Leichenwagen errichtet, die mit Steinen und Matratzen vollgestopft waren. Das Tor wurde von einem Trupp galizischer Soldaten verteidigt.

Unser Haus befand sich direkt hinter den beiden sich gegenüberstehenden Parteien; das Tor ging auf die Krakauerstraße, die von den

Alfred Nikolaus Guntram Fürst zu Windisch-Grätz (1819–1876)

Insurgenten besetzt war; an der Ecke erhob sich die Barrikade, und jenseits der Gartenmauer waren die Vorposten der Soldaten aufgestellt. Im Falle eines Gefechtes waren wir also in großer Gefahr, weil die Truppe die Barrikaden von hinten angreifen konnte, indem sie durch den Garten kam. Daher sahen wir uns bald gezwungen, auf Befehl ihres Kommandanten Fric für die Insurgenten zu kochen. Dies war für meine Mutter ein Grund mehr, sich für ihre Landsleute zu engagieren, indem sie ihnen ein wenig Verpflegung zukommen ließ. Gleichzeitig machte sie unsere Nachbarn darauf aufmerksam, daß es klug und umsichtig sei, sich der Gunst der österreichischen Soldaten zu versichern, um den Auswirkungen ihrer Wut zu entgehen, falls es zum Kampf kommen sollte.

Man setzte also große Kessel aufs Feuer, um Suppe zu kochen, und machte riesige Knödel. Sämtliche Familien beteiligten sich, und wir waren alle in der Küche beschäftigt. Miroslawa hatte mich zu ihrem Adjutanten erwählt. Eine weiße Schürze tragend und mit einem riesigen Löffel bewaffnet, kam sie mir so bezaubernd vor, daß ich es mir gern gefallen ließ, als sie mich ebenfalls mit einer Küchenschürze ausstaffieren wollte und mir befahl, Kartoffeln zu schälen und Rüben zu reiben.

Da der Kampf in der Ferne aufgehört hatte, behauptete ein tschechischer Student stolz, daß die Österreicher nicht den Mut gehabt hätten, sie anzugreifen. Ein Pole fügte ironisch lächelnd hinzu, daß der Fürst zu Windischgrätz die Stadt aus Großmut schone.

Während des Kampfes in der Altstadt war die Fürstin zu Windischgrätz, die an ein Fenster des Palais getreten war, auf der Stelle von der Kugel eines Medizinstudenten getötet worden. Dieser hatte nur gesehen, daß sich ein Vorhang bewegte, und nicht geahnt, daß er auf eine Frau schoß. Diese Nachricht, zuerst ein vages Gerücht, wurde alsbald bestätigt.

Dieser mißliche Vorfall brachte den Feldmarschall in eine sehr schwierige Lage. Er sah sich gezwungen, Prag zu schonen, wenn er sich nicht dem Vorwurf aussetzen wollte, lediglich persönliche Rache an der Stadt genommen zu haben.

Dennoch nutzte er den stillschweigenden Waffenstillstand, der seit einigen Tagen anhielt, um Verstärkung anzufordern, die Artillerie auf den Anhöhen der Kleinseite, die Prag überragen, in Stellung zu bringen und die Stadt einzukreisen.

Als wir eines schönen Morgens erwachten, waren die Soldaten des Korntors verschwunden. In der Nacht hatten alle Truppen die Stadt verlassen und sich auf der Kleinseite gesammelt. Die Revolution schien siegreich, und alle freuten sich darüber. Auf dem Roßmarkt spielte der Musikzug der Nationalgarde, und der Pöbel tanzte den *Strazak*. Man begann die Barrikaden zu beseitigen.

Aber bald erkannten die Insurgenten, daß sie sich getäuscht hatten. Plötzlich liefen die Adjutanten des Kommandanten Fric in alle Richtungen durch die Stadt und befahlen, erneut alles in Verteidigungszustand zu versetzen. Die Tore, von denen die österreichischen Soldaten abgezogen waren, wurden von den Insurgenten besetzt und verbarrikadiert. Man bewaffnete die Bastionen mit alten Artilleriegeschützen, die in den Kriegen der Vergangenheit erbeutet worden waren.

Ein heftiger Kampf war an den Ufern der Moldau entbrannt. Fric forderte Verstärkung an, und einige Trupps der *Swornost* waren bereits zur Altstadt unterwegs. Im Nu war alles wieder auf den Beinen und von fieberhafter Unruhe erfaßt.

Miroslawa kam in den Garten gelaufen, wo ich mich in diesem Augenblick befand. Sie trug eine blaue, mit weißem Pelz besetzte Jacke und eine rote Kappe. Zwei Pistolen und ein Dolch steckten in ihrem Gürtel.

»Kommen Sie«, sagte sie zu mir im Befehlston. »Sie haben mir geschworen, an meiner Seite zu kämpfen. Kommen Sie! Wir gehen zur Petersbrücke, wo der Kampf in vollem Gange ist!«

Ich nahm meine Mütze und folgte dem schönen Mädchen. Meine Mutter bemühte sich, mich zurückzuhalten, aber das war vergeblich. Wir liefen durch die engen Gassen der Altstadt und über den Ring, wo ein totes Pferd lag. Auf einer Barrikade bemerkten wir eine herrliche Amazone mit dem Gewehr im Arm. In einem Gäßchen stand ein Grenadier immer noch auf Posten; man hatte vergessen, ihn abzuziehen. Er war umringt von einer Menschenmenge. Obwohl er Tscheche war, trotzte er auch denjenigen, die ihn überreden wollten, seinen Posten aufzugeben, und denjenigen, die ihn bedrohten.

»Schämt ihr euch nicht«, rief Miroslawa, »alle auf einen loszugehen!«

Sie drängte die Menge zurück und wandte sich an den Grenadier:

»Und du, was willst du noch? Ergib dich, nur so rettest du dein Leben.«

In der Jesuitenstraße trafen wir auf einen Trupp der Nationalgarde, der den Soldaten unter seinen Schutz nahm.

Das Clementinum ähnelte dem Lager Wallensteins. Dort, wo man früher nur die ernsten Sentenzen der Wissenschaft gehört hatte, schlugen die Gewehre und die Säbel in kriegerischem Klirren gegeneinander. Im Hof und in allen Hörsälen hatte man Stroh ausgebreitet, auf dem die Insurgenten kampierten, die Gewehre im Anschlag.

Der Brückenturm der Altstadt, der Uferdamm, die Häuser am Ufer der Moldau und besonders die Mühlen und der Westerturm waren von den Insurgenten besetzt, die die Kleinseite unter heftigem Beschuß hielten. Die österreichischen Soldaten antworteten vom anderen Ufer und von der Schützeninsel, wo die Jäger an Land gegangen waren und Stellung bezogen hatten.

Fric, der Kommandant der Insurgenten, lief am Ufer hin und her und setzte sich mutig den feindlichen Kugeln aus, während er den Kampf mit großer Umsicht und Kaltblütigkeit leitete, obwohl er in seiner blauen Uniform mit silbernen Rockschnüren, seiner roten polnischen Mütze, die ein weißer Federbusch schmückte, und seinen roten Stiefeln mehr einem Operettenhelden als einem Armeegeneral ähnelte.

Begeistert begrüßt von den Studenten, hatte Miroslawa sich hinter einer Säule postiert und schoß in Richtung Schützeninsel. Ich stand neben ihr. Man hatte mir ein Gewehr gegeben. Ich lud es und hielt es der schönen Amazone hin. Jedesmal, wenn sie geschossen hatte, reichte ich ihr das geladene Gewehr.

Es war das erste Mal, daß ich dem Feuer ausgesetzt war. Ich war noch ein Kind und konnte weder über die Ursachen dieses Kampfes nachdenken noch seine Folgen abschätzen. Ich war nur erregt durch die Dramatik der Ereignisse, die sich vor mir abspielten und meine lebhafte Einbildungskraft mächtig beeindruckten. Das Aufblitzen der Gewehrschüsse durch die Rauchwolken hindurch, das trockene Knallen der Schüsse aus den Gewehrläufen, die Trompetensignale, die Trommelwirbel, die schneidigen Kommandos der Offiziere, die Schreie der Kämpfenden, das Stöhnen der Verwundeten versetzten mich in einen Rausch von Eindrücken.

Drei Schritte von mir entfernt lag tot mit dem Gesicht auf dem Pflaster ein Nationalgardist in seiner blauen Uniform, die rechte Hand hielt noch die Kartusche, die er in sein Gewehr schieben wollte, während die Linke verkrampft die Waffe umklammerte. Hinter uns hielt sich mit Mühe, an eine Wand gelehnt, ein Proletarier aufrecht, von dessen Stirn langsam das Blut lief.

Die Nacht war hereingebrochen, als wir nach Hause gingen. Tiefe Stille herrschte in der Stadt, unter einem klaren Himmel, an dem unzählige Sterne funkelten.

Mit einem Lächeln auf den Lippen betrat ich das Eßzimmer, wo sich fast alle Bewohner des Hauses um meine Eltern versammelt hatten, um sie zu trösten und um selbst getröstet zu werden.

»Da ist er ja!« rief mein Vater, und im selben Augenblick schloß meine Mutter mich in ihre Arme, Freudentränen vergießend.

Ich war bis dahin so sehr verwöhnt und am Gängelband geführt worden, daß dieser plötzliche Akt von Unabhängigkeit als ein ernstes Ereignis angesehen wurde. Was mich betraf, so gefiel ich mir unendlich in dieser männlichen Rolle, die ich gerade zum ersten Mal gespielt hatte.

»Ich bin kein Kind mehr«, sagte ich stolz und umklammerte mein Gewehr mit meinen pulvergeschwärzten Händen. »Heute habe ich meine Freiheit errungen, und ich bin ein Mann!«

Und in der Tat war ich von diesem Tag an, den ich auf den Barrikaden verbracht hatte, ein Mann geworden.

Am selben Abend begann die Bombardierung Prags. Dank der außergewöhnlichen Geschicklichkeit der österreichischen Artillerie, deren Geschosse sämtlich die vom Feldmarschall bezeichneten Punkte trafen, reichten ein paar Bomben und ein paar Raketen aus, um die Prager Altstadt niederzuzwingen.

Die erste Bombe fiel auf das Bierlokal Wanka, wo die Insurgenten einen Kriegsrat eingerichtet hatten, deren Mitglieder sich in alle Richtungen zerstreuten. Eine Rakete setzte die Mühlen an der Moldau in Brand; eine andere ließ den Wasserturm in Flammen aufgehen. Der Brand dauerte die ganze Nacht. Ein schreckliches und prachtvolles Schauspiel bot sich uns vom flachen Dach unseres Hauses aus.

Die ganze Stadt mit ihren zahlreichen Türmen und ihren hundert Kirchen schien ein Feuermeer. Da die Getreidevorräte, die in den Mühlen an der Moldau gespeichert wurden, von den Flammen erfaßt worden waren, verbreitete sich das brennende Getreide, vom Wind mitgerissen, unablässig wie ein glühender Regen.

»Sodom und Gomorrha!« rief mein Vater, während Miroslawa sich, vor Schrecken zitternd, in ihre Pelzjacke einmummelte und sich ängstlich an mich drückte. Sie, die die Kugeln verachtet hatte, versetzte dieses entfesselte Element in Schrecken.

Gleichzeitig herrschte Anarchie in der Stadt. Die Bürger forderten, daß man um einen Waffenstillstand ersuchte; ein Teil der *Swornost* und die Mehrzahl der Studenten waren der Meinung, daß man den Kampf um jeden Preis fortsetzen müsse; infolgedessen hatten letztere alle Männer, die in der Lage waren, Waffen zu tragen, zusammengerufen. Der Pöbel begann, die Situation nutzend, zu plündern.

Mein Vater hatte die Verteidigung in unserem Haus organisiert. Alle griffen zu den Waffen. Alle Türen, die nach außen gingen, wurden geschlossen und verbarrikadiert. Die einen hatten die Aufgabe, den Garten zu überwachen, andere standen an den Fenstern im ersten Stock Wache; die übrigen hielten sich auf den Stufen auf, die von unserem Eßzimmer in den Garten führten. Jedesmal, wenn es an der Tür zur Straße klopfte, rief einer von uns: »Zurück oder wir schießen!«, und immer zogen Insurgenten oder Plünderer sich zurück und setzten ihren Weg fort.

Ich saß neben Miroslawa auf der höchsten Stufe der Freitreppe. Ihre Pistolen steckten geladen in ihrem Gürtel, und mein Gewehr lehnte zwischen meinen Armen. Bald überwältigte mich der Schlaf, und ich ließ meinen Kopf auf ihre Knie sinken und schlief ein.

Als ich aufwachte, sah ich, wie die bezaubernde Amazone sich die Augen rieb und mir zulächelte. Ihrerseits vom Schlaf übermannt, war auch sie eingeschlafen. Um uns herum, im Garten, strahlte einer der schönsten Sommermorgen.

»Die weiße Fahne weht auf dem Turm des Rathauses«, rief mein Vater uns vom First des Daches aus zu, wo er mit einem Fernrohr in der Hand auf Beobachtungsposten war.

Prag hatte kapituliert.

Rosa von Sacher-Masoch (1839–1852)

X.
Wie ich Schriftsteller wurde

Meine Beziehungen zu meiner Schwester Rosa waren überaus merkwürdig. Wir liebten uns sehr, aber wir taten alles, um es voreinander zu verbergen.

Als Kinder spielten wir gern miteinander, und wir spielten häufig. Ich habe manches Mal die kleine Zigeunerin, wie ich meine Schwester Rosa gewöhnlich nannte, in alle Arten kleiner Abenteuer, Eulenspiegeleien, eine verrückter als die andere, hineingezogen.

Später trennte die Schule uns. Und als dann, im Alter von dreizehn Jahren und dank des Feuers ihres spanischen Blutes, meine Schwester zu einem großen und schönen Mädchen erblüht war, dem die jungen Herren bereits den Hof machten, hinderte ein unerklärliches Gefühl, gleichsam eine Art Scham, uns daran, uns einzugestehen, wie sehr wir uns liebten. Ich habe sie niemals geküßt. Ich erinnere mich nicht einmal, ihre Hand berührt zu haben, es sei denn, wir tanzten die Quadrille.

Diese ungewöhnliche Reserviertheit in unseren Beziehungen blieb stets dieselbe. Als sie eines Tages schwer erkrankte, sah ich sie leiden und litt mit ihr, ohne meinen Kummer auch nur mit einem Wort zu zeigen. Selbst wenn ich in das Zimmer der Kranken trat, um mich zu erkundigen, wie es ihr gehe, wandte ich mich stets an meine Mutter und nicht an meine Schwester.

Nach einer Reihe schlafloser Nächte schlief ich eines Abends endlich in voller Kleidung in meinem Zimmer ein. Es war ebendie Nacht, in der das arme Mädchen sein Leben aushauchen sollte.

»Rosa will dich sehen«, sagte meine Cousine Maria zu mir, während sie mich aufweckte.

»Wie geht es ihr? Geht es ihr schlechter?« fragte ich beklommen.

»Sie stirbt«, antwortete Maria weinend.

Als ich an ihr Bett trat, glühte sie vor Fieber; ihr hübscher Kopf, dessen Wangen von der tödlichen Krankheit gerötet waren, ruhte auf den weißen Kissen, über die sich ihr fülliges schwarzes Haar ergoß. Sie richtete ihre großen schwarzen Augen mit einem übermenschlichen Ausdruck auf mich: »Leopold!« rief sie. »Hüte dich davor, krank zu werden!«

Das war eine Vorahnung bei meiner Schwester, eine Art Prophezeiung, denn wenig später wurde ich gefährlich krank und schwebte lange zwischen Leben und Tod.

Schon bald fiel meine arme Schwester ins Delirium. Sie hatte vollständig das Bewußtsein verloren, als der alte Priester, der ihr Lehrer gewesen war, eintraf. Der Tod nahte. Der Augenblick, in dem er sie holte, war furchtbar. Es war schrecklich mitanzusehen, wie mein Vater von Schluchzern geschüttelt wurde, und noch schrecklicher zu sehen, wie meine Mutter, betroffen, niedergeschmettert, keine Träne vergießend, die schreckliche Wirklichkeit nicht zu glauben schien und wohl nicht verstand, daß dieses so junge, so schöne, von der Natur so reich begabte Kind ihr auf diese Weise durch eine unbarmherzige Macht geraubt werden konnte.

Es war das erste Mal, daß ich ein geliebtes Wesen sterben sah. Ich war wie versteinert. Ich hätte weinen mögen – und konnte es nicht. In einer Art stummer Wut ballte ich die Fäuste zusammen und hatte eine Empfindung von Vernichtung, als wäre alles um mich herum zusammengestürzt und als wären die Gedanken aus meinem Gehirn geflogen.

Meine Schwester war erst fünfzehn, als sie starb. Ich war damals sechzehn.

Allein in meinem Zimmer sitzend, versuchte ich zu verstehen, was da gerade geschehen war, und je mehr ich mich bemühte, Licht in meinen Geist zu bringen, um so mehr fühlte ich, wie die Dunkelheit von mir Besitz ergriff. Von Zeit zu Zeit preßte ich, gleichsam das Bedürfnis nach einer Stütze verspürend, meinen armen verstörten Kopf gegen die kalte Wand meines Zimmers.

Die ganze Familie fuhr nach Bodenbach. Das war das beste, was man tun konnte. Dennoch weigerte ich mich, meine Eltern zu begleiten; ich wollte bei der Toten bleiben, immer noch stumm, ohne Tränen, aber verbohrt in meinen Schmerz. Ich wollte sehen, wie sie ins Grab sank. Ich weiß nicht, warum, aber ich wollte es unbedingt. Nur mit Mühe ließ ich mich davon abbringen, dem Sarg zu folgen, und alles, was man erreichte, war, daß ich mich darauf beschränkte, die Verstorbene auf dem Friedhof zu erwarten.

Ich verbrachte den schrecklichen Tag mit einem meiner Cousins, der zehn Jahre älter war als ich, im Landhaus eines Freundes meines Vaters. Wir streckten uns im Gras aus, während wir auf die Stunde des Begräbnisses warteten. Es war einer der strahlendsten Sommertage. Über uns ließ eine leichte Brise sanft die Baumwipfel schaukeln; ein paar kleine weißrosa Wolken zogen langsam über den blauen Himmel. Zu unseren Füßen und rings um uns herum bewegte sich im Gras die kleine Welt der Insekten, vom bunten Schmetterling, der unablässig von einer Blüte zur anderen flog, bis hin zum glänzenden Mistkäfer und zur regen Ameise, die sich unter dem Moos versteckten. Das fröhliche Licht der Sonne erfüllte den Raum und schien die ganze Natur in Feststimmung zu versetzen. Und dennoch wartete, ein wenig jenseits dieses grünen Hügels, die düstere klaffende Erde auf ein Opfer, eine Jungfrau, gestorben, kaum daß sie erblüht war, halb Kind und halb Frau.

Als es soweit war, machten wir uns auf den Weg zum Friedhof zwischen den Kornfeldern, deren gelbe Ähren wogten und leicht rauschten, wie die Wogen des Meeres bei Windstille.

Ganz nah an der Mauer und über dem Grab erhob sich eine Trauerweide, deren Zweige auf die frisch aufgehäufte Erde hingen. Unter der Weide stand ein alter weißhaariger Mann, den Hut in der Hand, seinen Arm um einen Ast des Baumes gelegt, als wollte er sich abstützen, und den Blick auf das düstere Loch geheftet. Das war der alte Priester, Oliva, der Lehrer der armen Toten. Was mochte er wohl denken, er, der sich dem Ende seines Lebens näherte und der vor der Zeit diese zarte Blume, dieses bezaubernde und so liebevolle Geschöpf voller Talente, das kaum die Schwelle des Lebens überschritten hatte, dahingemäht sah?

Die Glocken begannen zu läuten, der Leichenzug näherte sich.

Ich blieb ein paar Schritte vom Grab entfernt stehen, bis alles vorbei war.

Dann riß ich mich von diesem traurigen Ort los und wollte nichts mehr wissen von dieser Katastrophe.

Ich begab mich sogleich zum Bahnhof und fuhr mit dem ersten Zug zu meinen Eltern.

*

Ein paar Tage später kehrte ich nach Prag zurück. Ich mußte die Maturitätsprüfung des Gymnasiums ablegen. Diese Prüfung, welche dazu berechtigt, die Vorlesungen an der Universität zu besuchen, begann mit den schriftlichen Prüfungen.

Ich war die Nacht unterwegs gewesen. Müde, ein wenig unwohl und immer noch unter dem Eindruck des gerade erlittenen Verlustes, erschien ich zur Prüfung.

Das Thema der schriftlichen Prüfung lautete: Die Wirkung der Musik. Ich schrieb, was mir in den Sinn kam, wie im Delirium, und war der erste, der sein Gekritzel abgab. Professor Cupr sah mich erstaunt an, als wollte er sagen: »Schon? Das muß ja was Schönes sein!« Ich hatte noch die Zeit, den Aufsatz meines Freundes D. zu schreiben.

Nach ein paar Tagen teilte uns der Professor sein Urteil mit, und mein Freund bekam für seinen Aufsatz eine Eins. Beinahe hätte ich laut losgelacht.

Anschließend sah ich alle anderen Arbeiten vorbeiziehen, aber ich sah meine nicht kommen. Sie muß also ziemlich schlecht sein! sagte ich mir.

Schließlich hüstelte der Professor ein wenig und sagte:

»Es gibt noch eine Arbeit, aber ich kann sie nicht einordnen, denn das ist kein Schüleraufsatz mehr, das ist die Arbeit eines Schriftstellers. Es ist diejenige Sacher-Masochs.«

Unwillkürlich errötete ich vor Verwirrung. Als meine Kameraden, die mich alle gern hatten, mich umringten und mir applaudierten, wurde ich beinahe ernsthaft böse. Wie im Traum kehrte ich nach Hause zurück. Ich fragte mich, ob es tatsächlich wahr war, ob ich wirklich etwas geschrieben hatte, daß so sehr das Lob meines Lehrers verdiente.

Bereits als Kind hatte ich kleine Stücke geschrieben, die ich meinen Brüdern und meiner Schwester, die jünger waren als ich, auf einem Kasperletheater vorspielte. Später, als ich heimlich und verstohlen Voltaire, Schiller, Goethe, Molière, Shakespeare, Calderón las, hatte ich einen solchen Respekt vor einem Autor, einem Dichter, daß ich es nicht gewagt hätte, auch nur einen Vers zu Papier zu bringen.

Als mein Kamerad Brunich Verse schrieb, die er meiner Schwester widmete, verspottete ich ihn; könnte ich also jetzt behaupten, Talent zu haben?

Ich war wie betäubt; ich konnte es nicht glauben.

Mein Cousin nahm diese große Neuigkeit mit großer Ruhe auf und sagte zu mir:

»Weißt du, was Feuerbach behauptet? Der Schmerz ist die Quelle der Dichtung. Der Schmerz hat dich zum Dichter gemacht.«

Und nun das Wunder! Ich fühlte mich wie ein Stummer, dem eine gütige Fee die Stimme wiedergegeben hat: wie Ilja Murometz, der sich gebrechlich glaubte und der plötzlich feststellte, daß er in der Lage war, ein Schwert zu schwingen. Da ich die Ausdrucksweise gefunden hatte, die dem entsprach, was ich dachte und empfand, fühlte ich mich wie durch Zauber getrieben, den Versuch zu wiederholen.

Was mich begeisterte und mich aus dem Häuschen brachte, war die Erinnerung an den Tod, dem ich ins Gesicht geblickt hatte, an diesen Tod, der mir meine Schwester genommen hatte; war die Erinnerung an die Stunden, die ich mit meinem Cousin im Garten verbracht hatte, als wir auf den Leichenzug warteten; die Erinnerung an den Friedhof, an das Grab, an die fliehenden Schatten ... Und da fand ich plötzlich die Form, die mit dieser Gemütsverfassung, mit meinen gärenden Gefühlen in Einklang stand.

Zu dieser Zeit spielte mir der Zufall Forsters *Geschichte der Wiedertäufer von Münster* in die Hände. Ich hatte meinen Helden gefunden. In einer ruhigen und stillen Nacht schrieb ich den Monolog von Jan van Leyden auf dem Friedhof von Saint-Lambert. Und einen Monat später las ich meinen Freunden die ersten drei Akte des *Königs von Zion* vor.

Eine ungenannte Verwandte aus dem Fotoalbum der Familie

XI.
Erste Liebe

Meine ersten Liebeserfahrungen waren keineswegs schwärmerischer Natur, aber sie haben darum nicht weniger Schmerzen verursacht wie eine andere Leidenschaft, die später berühmt geworden ist.

Als meine erste Liebe erwachte, war ich noch ein Kind. Es war im Frühjahr 1847. Mein Onkel aus Krticka war gerade in Prag gestorben. Seine Witwe, Schwester meines Vaters, besuchte uns mit ihren Kindern in Galizien. Sie hatte eine Tochter mit Namen Maria und einen Sohn, der, infolge einer wirklich kriminellen Nachlässigkeit seiner Amme, taubstumm, lahm und schwachsinnig geworden war.

Maria, ein großes, schlankes, hübsches, blasses Mädchen mit schwarzen und ernsten Augen und einem sehr ausdrucksvollen Gesicht, war ein Jahr älter als ich und bezauberte mich vom ersten Augenblick an. Sie wurde mein Ideal und blieb es mehrere Jahre lang. Ich wagte sie kaum anzusprechen, denn ich war wie in einem Kloster erzogen worden, und das Rascheln eines Kleides genügte, mich zu verwirren und mich erröten zu lassen.

Ich ließ nichts von dieser Leidenschaft durchblicken, und niemand ahnte etwas von dem Kummer, den ich empfand, als meine Cousine uns verließ. Genausowenig argwöhnte man mein Glück, als nach den Ereignissen von 1848 zwischen meinen Eltern die Rede davon war, nach Prag zu ziehen. Dort wurden Maria und meine Schwester unzertrennliche Freundinnen. Meine Cousine verbrachte den größten Teil ihrer Zeit bei uns; ich aber blieb mit meinen fünfzehn Jahren ebenso weit von ihr entfernt, wie ich es mit elf gewesen war.

Das Gebäude, in dem man die Polizeiverwaltung eingerichtet hatte, war ein ehemaliges Kloster, das von einem alten Turm überragt wurde, in dem Krähen nisteten; das Ganze lag inmitten eines wunderschönen Gartens, der von hohen Mauern umgeben war.

Jeden Sonntag dinierten (in Österreich diniert man um eins) meine Tante und ihre Kinder bei uns und blieben bis zum Abend. An einem schönen Herbstnachmittag schlug meine Schwester vor, im Garten Verstecken zu spielen.

Mein Bruder Franz, mein Kamerad Brunich, heute ein gottesfürchtiger protestantischer Pfarrer, und ich, wir versteckten uns im Dickicht, und auf ein Zeichen stürzten die Mädchen uns in den Garten nach.

Obwohl es weder um den Verlust des Lebens noch der Freiheit ging, fing mein Herz heftig zu klopfen an, sobald ich sah, wie die hellen Kleider hinter den grünen Hecken hin und her liefen. Ein glühendes Verlangen ergriff sofort von mir Besitz, nämlich daß ich der Gefangene meiner Cousine würde.

Zweimal war meine Schwester schon an meinem Versteck vorbeigelaufen, ohne mich zu entdecken. Jetzt sah ich langsam in ihrem grünen Kleid, mit großem Phlegma, die bezaubernde Hedwig, eine der Freundinnen meiner Schwester, näherkommen. Sie untersuchte gründlich jeden Busch. Als sie bei mir angekommen war, zog sie die Zweige auseinander und entdeckte mich. Ich lief schnell in eine Allee, die bis dahin keine der hübschen Jägerinnen erforscht hatte, wenigstens glaubte ich das. Aber da tritt mit einem Mal Maria hinter einem Baum hervor, stürzt sich auf mich und wirft mir eine Schlinge um den Hals.

»Du bist gefangen!« rief sie lächelnd.

Und ich warf mich, entzückt, in ihre Hände gefallen zu sein, vor ihr auf die Knie und umschlang sie mit meinen Armen. Sie sah mich an, beugte sich zu mir herunter und küßte mich auf die Stirn. Doch fast sofort versetzte sie mir mit ihrer Hand einen leichten Schlag auf die Wange, hob den Kopf mit einem ernsten, beinahe wütenden Ausdruck und sagte:

»Keine Kindereien!«

Dann bewaffnete sie sich mit einem Ast und trieb mich vorwärts.

»Hier ist mein Sklave!« rief sie den anderen Mädchen zu.

Und erneut gingen wir im Leben voran, nebeneinander, stumm. Hier und da verriet allein ein Blick, den wir austauschten, dem anderen, was in uns vorging, und das Verlangen, uns so vieles zu sagen, was wir nicht den Mut hatten auszusprechen.

Indessen profanierte im darauffolgenden Winter ein recht merkwürdiger Zwischenfall diese so respektvolle und verschwiegene Liebe etwas.

Pisemski, ebenso groß als Philosoph wie als Romancier, sagt in einem seiner Romane, *Tausend Seelen*: »Wir sind niemals bereiter, untreu zu sein, als wenn wir leidenschaftlich lieben und von dem angebeteten Geschöpf getrennt sind.«

Meine Mutter hatte gerade ein Hausmädchen vom Lande eingestellt, das kaum sechzehn war und zum Anbeißen hübsch. Das entging mir natürlich nicht, aber ich dachte nicht weiter darüber nach.

Eines Vormittags war ich damit beschäftigt, *Antigone* in meiner Bibliothek zu studieren, als Mina, so hieß das junge Hausmädchen, hereinkam und das Parkett zu fegen begann. Um ihr den ganzen Raum freizulassen, lehnte ich mich an die Wand, halb auf der Rückenlehne eines Sofas sitzend. Plötzlich, als sie sich ganz in meiner Nähe befand, begab sich einer dieser Vorfälle, die häufiger sind, als man glaubt. Wir blickten uns an, und ein gleichsam magnetischer Strom zog uns zueinander hin. Sie umschlang meinen Hals mit ihren beiden Armen, und ich küßte sie. Unsere jungen Lippen begegneten sich und preßten sich zart und leidenschaftlich aufeinander.

Ganz verwirrt und gleichsam erschreckt, riß ich mich sogleich aus ihren Armen und floh aus der Bibliothek, rot vor Scham.

Sie blieb noch ein Jahr im Haus, aber niemals wieder tauschten wir einen Kuß oder wechselten ein Wort, nicht einmal einen Blick. Ich fürchtete mich fast vor diesem Mädchen, vor dieser frischen und üppigen Böhmin, deren sanfte Augen mich einen Augenblick lang fasziniert hatten, und ich tat alles, um ihr stets aus dem Weg zu gehen. Sie wird sich gewiß gesagt haben, daß ich sehr unschuldig, aber vielleicht auch ein wenig naiv war.

Dann wurde meine Schwester krank. Meine Cousine pflegte sie mit so zärtlicher Hingabe, daß sie schließlich vollends mein Herz gewann.

Nach Rosas Tod sahen wir uns wieder. Ich suchte Trost bei ihr, und sie suchte ihn ihrerseits bei mir. Jeden Tag besuchte ich meine Tante, und da begriffen wir, Maria und ich, daß wir uns liebten, ohne es uns jemals gestanden zu haben.

Vielleicht hätten wir es uns niemals gesagt, wenn ihre Mutter nicht Verdacht geschöpft und mir verboten hätte, sie so häufig zu besuchen. Ich fühlte mich gekränkt und schrieb Maria, daß ich niemals mehr einen Fuß über die Schwelle ihres Hauses setzen würde. Daraus entspann sich eine Korrespondenz, und schließlich bat ich die Geliebte um ein Rendezvous bei einer anderen guten alten Tante, die unserer unschuldigen Liebe gerne Schutz bieten wollte.

Maria kam. Dort, in einer häuslichen Umgebung, in der die behagliche Schlichtheit der guten alten Zeit herrschte, fand ich endlich den notwendigen Mut, ihr mein Herz zu öffnen, während die prächtige Tante irgendeiner Scheinbeschäftigung nachging. Ich wollte nur lieben und geliebt werden, denn ich dachte nicht im Traum daran, daß die Liebe noch andere Freuden zu bieten hatte, und ebensowenig dachte ich an eine Verbindung. Ich war glücklich, daß Maria das Geschenk eines Gefühls annahm, das sie zu teilen schien, und ich fühlte mich überglücklich, als ich sie endlich an mein Herz drücken konnte.

Das kleine, altmodisch eingerichtete Zimmer meiner guten Tante Lavante war in meinen Augen ein prächtiger, verzauberter Palast, wo ich häufig stundenlang wartete, nur um mit meiner angebeteten Cousine ein paar zärtliche Worte und Küsse austauschen zu können.

Aber diese unschuldigen Freuden sollten nicht lange dauern.

Eines Tages setzte Maria mir sehr vernünftig auseinander, daß unsere Liebe niemals in eine Verbindung fürs Leben münden könne und daß es klüger sei, auf »diese Kindereien« zu verzichten.

»Vor allem«, fügte sie lächelnd hinzu, »bin ich viel zu alt für dich.«

Was sie sagte, war sehr klug, aber es tat mir weh. Und da ich sehr stolz war, unternahm ich nicht einmal den Versuch, sie festzuhalten.

Ich entsagte diesem schönen Traum und suchte Trost in der Anbetung der Natur und der Dichtung. Ich fand ihn glücklicherweise darin, wie seitdem in allen schlimmen Zeiten, die ich durchmachen mußte ...

*

Das menschliche Herz ist seltsam: Während ich nur eine immer größere Gleichgültigkeit meiner Cousine gegenüber empfand, brachte sie mir ein Gefühl der Feindseligkeit entgegen, das immer stärker wurde, bis unsere anfängliche Liebe sich bei ihr in unversöhnlichen Haß verwandelt hatte.

Hat sie jemals geliebt? Jedenfalls hat sie ihre Pflicht erfüllt, und mehr noch, denn sie hat ihre Jugend ihrem unglücklichen Bruder geopfert; sie hat erst nach dessen Tod geheiratet, mit etwa einunddreißig, einen Mann, der sie seit langem liebte.

Wir haben uns nicht wiedergesehen, aber es ist erstaunlich, wie lange diese süßen Gefühle unserer Jugend lebendig bleiben, über die wir uns später häufig so grausam und töricht lustig machen.

Es ist noch nicht lange her, zwei Jahre etwa, da habe ich von meiner Cousine geträumt. In meinem Traum war ich krank geworden, weil man uns getrennt hatte. Der Arzt hatte erklärt, daß nur der Besitz der geliebten Frau mich retten könne.

Von Todesangst gequält, unternahm meine Mutter alles, um uns zusammenzubringen. Plötzlich hörte ich, daß Maria kommen würde. Ich fuhr aus dem Bett und stürzte zur Tür. Da stand sie, auf der Schwelle, immer noch jung, immer noch schön, in einem langen dunklen Reisepelz. Ich fiel auf die Knie und streckte die Arme aus; sogleich beugte sie sich zu mir herunter, ein süßes Lächeln auf den Lippen, und küßte mich zärtlich.

Als ich aufwachte, klopfte mein Herz noch vor höchstem Glück.

Anna Kolárova (1817–1882)

XII.
Eine slawische Schauspielerin

Heutzutage ist das Prager Nationaltheater ein prächtiges Baudenkmal, in dem eine ausgezeichnete Theatertruppe die Oper, die Komödie und die Tragödie pflegt und deren Repertoire nicht nur die künstlerischen Hervorbringungen tschechischer und slawischer Autoren und Komponisten umfaßt, sondern auch alle europäischen Werke von Rang.

Zu meiner Zeit beschränkte die tschechische Komödie sich auf die Sonntagnachmittage, in einem deutschen Theater, wo eine Gesellschaft bestehend aus tschechischen Schauspielern und einigen begabten und bemühten Dilettanten Vorstellungen gab.

In dieser Gesellschaft gab es wenige erstklassige Künstler; dafür gab es zahlreiche Talente, die nichts lieber wollten, als sich zu vervollkommnen. Und vor allem gab es, jenseits der Rampe, ein Publikum, das eine wohlwollende Unbefangenheit mitbrachte und bereit war, dem Schauspiel ein Interesse entgegenzubringen, wie man es schon lange bei den ältesten Völkern Europas nicht mehr findet. Ein herzlicher Strom von Sympathie floß zwischen Zuschauerraum und Bühne, wie ich ihn ähnlich nur in den Theatern der galizischen Bauern erlebt habe. Das verlieh den Aufführungen einen Schwung und eine Lebendigkeit, welche die Schauspieler begeisterte und die Mängel derjenigen, die nicht frei davon waren, vergessen ließ.

Die bemerkenswertesten Schauspieler in den ersten Rollen waren Kolár und Chauer. Kaschka war ein hervorragender Komiker, aber der Stern des tschechischen Theaters war damals Frau Kolár.

Sie war immer untadelig, und doch war ihr Spiel vor allem originell und charakteristisch sowohl in den deutschen und französischen Stücken wie in den Dramen Shakespeares.

Ihre »Lady Milford« in *Kabale und Liebe* von Schiller war eine wirkliche Frau von Rasse, fast zu groß, zu genial für den kleinen Rahmen eines deutschen Hofes. Ihre Kammerzofe in *Donna Diana* von Moreto *(El desden con el desden)* war eine bezaubernde kleine Teufelin. Wenn sie in ihrer Rolle als Regan im *König Lear* den unglücklichen Kent auf die Folterbank schnallen ließ und anschließend den Fuß auf dieses Folterinstrument setzte und ihr Opfer mit verächtlichem Lächeln anblickte, lief ein Schauer durch die Zuschauerreihen.

Dennoch war sie in all diesen Stücken nicht wirklich in ihrem Element. Ihr ganzes Talent und ihr ganzes Können zeigte sie nur in den tschechischen Stücken, vor allem in den Stücken ihres Mannes, den sie zärtlich liebte und der damals als Dramatiker eine außergewöhnliche Produktivität bewies.

Auf der Bühne war Frau Kolár die echte slawische Frau, diese Frau mit stählernen Nerven, welche den Mann tötet, den sie haßt, und ihren Geliebten zu ihrem Sklaven macht; diese Frau, die stets herrscht, mag sie sich nun wie Matrena Kotschubei in Lammfell kleiden, den Hermelin der Zarin Vassilissa Mlentjewna oder den goldbestickten Pelz der Sultanin wie Anastasia Lissoki tragen.

Die Schönheit und Harmonie ihrer Formen schienen anzuzeigen, daß die Natur sie mit voller Absicht dafür geschaffen hatte, die Omphalen und Semiramisse der slawischen Welt zu verkörpern, diese Nachkommen der tschechischen Wlasta und der polnischen Jadwiga, deren Herzen ebenso stark gepanzert waren wie ihre Körper.

Sie war von mittlerer Statur und vereinte die Anmut der Pantherin mit den runden und sinnlichen Formen einer schönen Haremsfavoritin. Sie war weit von dem entfernt, was man gemeinhin »Posieren« nennt; aber in ihrer wilden Anmut, in der herben Plastik ihrer Bewegungen ähnelte sie einer schönen lebendigen Statue. Die stumme Sprache ihrer Schultern und ihrer Hüften war voller Beredtheit. Wenn sie den Kopf zurückwarf und vor Ungeduld aufstampfte, schien die Erde zu beben wie unter dem Fuß einer Göttin des Olymp, welche die Erdkugel bedroht. Ihr Gang war Musik.

Das sehr ausdrucksvolle Gesicht war nicht schön, aber voller Charme; und die leicht geschlitzten Augen verliehen ihr etwas einzigartig Scharfes, einen mongolischen Zug grausamer Wollust. Sie hatte einen diabolischen »Humor« und eine brutale Art zu lachen, die klang wie das Knallen einer Sklavenpeitsche. Wenn sie Liebe, die Hingabe an ihren Liebhaber spielte, rief sie nicht weniger Entsetzensschauer hervor wie in der Äußerung ihres Hasses oder ihres despotischen Dranges zu befehlen. Immer gab es in ihr eine liebende Tigerin, die den Mann, den sie umarmte, den sie mit Küssen erstickte, den sie zerreißen, erwürgen zu wollen schien.

Sie war prachtvoll in den Stücken aus der Zeit der Hussiten, die man damals häufig spielte, vor allem in einer Tragödie von Kolár, in dem sie die Rolle der Tochter von Žižka spielte. Ich werde niemals vergessen, welchen Eindruck ihr Spiel am Abend der ersten Aufführung dieser Tragödie auf mich machte.

Die junge und schöne Amazonin hat einen Gefangenen gemacht, einen jungen Mönch, den sie unter dem frenetischen Beifall der Hussiten auf die Bühne schleift. Sie wirft ihn sich mit einem Lächeln voller Verachtung zu Füßen. Da liegt er nun niedergeschmettert, zitternd und flehend, während sie über ihn spottet und ihm mit dämonischem Genuß alle Foltern aufzählt, die sie für ihn bestimmt hat.

Dieser Mönch ist eine sehr originelle Gestalt. Er ist zugleich der Liebhaber und der Intrigant des Stückes. Er gibt vor, bekehrt zu sein, wird zum Hussiten, kämpft unter der Fahne, die der Kelch ziert, und gewinnt durch Heuchelei Žižkas Vertrauen und die Liebe der Tochter dieses großen Generals, einzig und allein, um besser seinen wahren Charakter zu verbergen, den eines fanatischen Katholiken und Spions. Schließlich wird der Verräter demaskiert, und die ergebene Geliebte wird daraufhin zu seinem strengen Richter und grausamen Henker.

Zu dieser Zeit war das tschechische Theater arm, und die große Künstlerin konnte nicht viel für ihre Toilette ausgeben.

Ebenso wie bei der berühmten Schrödter, die einst nur zwei Kleider besessen hatte, ein weißes und eines aus schwarzem Samt, die sie nach den Erfordernissen ihrer Rollen verwandelte und aus denen sie die unterschiedlichsten Kostüme zauberte, war das hauptsächliche und beinahe einzige Kostüm von Frau Kolár, dasjenige, das man in all ihren Rollen immer wieder anders erstrahlen sah, eine auf Taille gearbeitete Jacke aus purpurnem Samt, besetzt mit Hermelin.

Diese Jacke harmonisierte so vollkommen mit all ihren Rollen, mit dem Charakter der herrischen Frauen, welche sie verkörperte, mit dem wahrhaft sarmatischen Wesen der interessanten Schauspielerin, zusammengesetzt aus einschmeichelnder Sanftheit und grausamer Energie, daß man es fast bedauerte, wenn sie zufällig einmal ohne ihre berühmte Jacke spielte und ihre üppigen Hüften dieses königlichen Schmuckes beraubt waren.

Zur selben Zeit besaß auch ich eine solche Leidenschaft für das Theater, daß ich angefangen hatte, in einem großen leeren Zimmer unseres Hauses eine Amateurbühne zu organisieren, die sich hauptsächlich den klassischen Werken widmete.

Wir hatten bereits Goethes *Faust* gespielt; Shakespeares *Hamlet*; Schillers *Wallenstein* und *Maria Stuart*; Molières *Tartuffe* und Gogols

Revisor. Wir bereiteten uns vor, Goethes *Götz von Berlichingen* einzustudieren. Alle Rollen waren alsbald verteilt, aber es fehlte uns eine Frau für die Adelheid, diese schöne Dämonin, diese deutsche Lukrezia Borgia, diese deutsche Lady Macbeth.

Einer meiner Freunde empfahl mir eine Schülerin von Frau Kolár, und ich begab mich sogleich zu ihr. Sie empfing mich mit großer Freundlichkeit und ging sofort auf meine Gedanken und meine Ansichten ein. Sie bot sich sogar an, die Rolle mit ihrer Schülerin und mir, der ich den Franz spielen sollte, zu studieren.

Die Faszination, welche die Schauspielerin auf mich auf der Bühne ausgeübt hatte, war nicht geringer, als ich ihr in ihrem kleinen Salon gegenübersaß. Und dennoch war sie außerhalb der Bühne noch weniger schön als im Licht der Theaterscheinwerfer. Ich muß hinzufügen, daß Frau Kolár eine tugendhafte Frau war, sogar mit der ganzen Sittenstrenge einer Bourgeoise.

Trotzdem war sie eine gefährliche Frau in des Wortes voller Bedeutung. Mit ihrer stolzen Offenheit und der geistigen Überlegenheit der reifen Frau war sie doppelt gefährlich für einen siebzehnjährigen Jugendlichen, für den die Liebe noch ein ebenso beunruhigendes wie verwirrendes Mysterium war. Sie schien mir etwas von einem wilden Tier oder einer Katze zu haben, die spielen wollte, als ich sie halb auf ihrem Diwan sitzend, halb auf ihm liegend sah, mit ihren Mongolenaugen und dem herausfordernden Lächeln ihres kleinen Mundes. Wie um diese Illusion noch zu vervollständigen, ging ein feiner Geruch nach wildem Tier von ihrer Pelzjacke aus und erfüllte die Atmosphäre um sie herum.

Einmal, als wir dabei waren, unsere Rollen zu studieren, ließ sie sich gegen ihren Willen von der Situation mitreißen, und sie begann mit ihrem Schüler die Schlafzimmerszene zu spielen. Ich glaube, daß ich da selbst zu einem wirklichen Künstler wurde, so sehr erregte und berauschte mich die dämonische und faszinierende Natur dieser Frau. Sie war unwiderstehlich, als sie, während ich vor ihr kniete, sanft über meine Stirn fuhr, meine Haare zurückstrich und, ihren Arm wie ein süßes Joch um meinen Nacken legend, langsam ein Fläschchen aus ihrem Busen zog und mit dem Blick und dem einschmeichelnden Sichwinden einer Natter zu mir sagte: »Wirst du mich retten? Dieses Fläschchen gieß ihm unter das Getränk.« »Gebt. Ihr sollt frei sein, ich schwöre es euch!« antwortete ich wie berauscht von der bacchantischen Atmosphäre, die sie um sich herum verbreitete.

Man muß auch dieses Wort gehört haben, das sie in einem triumphierenden Schrei wiederholte: »Frei!« Dann ein letzter Verführungsversuch des bezaubernden Wesens, mit Worten gemurmelt wie in einem Seufzer wollüstigen Erstickens, während sie meinen Kopf in ihre zarten und duftenden Pelze drückte, gegen ihren bebenden Busen: » ... Wenn du nicht mehr zitternd auf deinen Zehen zu mir schleichen wirst. Nicht mehr ich ängstlich zu dir sage, brich auf, Franz, der Morgen kommt.«

Seit diesem Tag verstand ich, warum Frau Kolár die Seele des tschechischen Theaters war. Sie war es, die, durch die Energie ihres Temperamentes, die Schauspieler elektrisierte und ein so vollkommenes Ensemble schuf, welches das Publikum begeisterte.

Ich habe seitdem größere Schauspielerinnen in Deutschland, in Frankreich und in Italien gesehen; aber ich habe nicht eine einzige gesehen, die ebenso originell gewesen wäre wie sie und zugleich einen so vollkommenen Typ ihrer Rasse bot.

XIII.
Kossuths Freundin

Nachdem die Revolution niedergeschlagen, Ungarn dank der Hilfe der Russen besiegt und unterworfen und die Ordnung in Österreich wiederhergestellt worden war, wartete die Regierung nicht lange, um sich in die Reaktion zu stürzen.

Der neue Kaiser erließ als erstes eine Verfassung, doch sobald die Unruhe in Deutschland beigelegt worden war und Preußen sich in Olmütz erniedrigt hatte, setzte man diese Verfassung außer Kraft.

Die Feder des Bürokraten und das Schwert des Soldaten regierten fortan allein in Österreich.

Währenddessen war mein Vater zum Polizeichef von Prag ernannt worden. Später, als Minister Bach einen neuen Entwurf für ein Gemeindegesetz vorgelegt hatte und die Provinzen aufgerufen wurden, Deputierte zu wählen, die nach Wien reisen und über dieses Gesetz abstimmen sollten, wurde mein Vater von der Stadt Prag zusammen mit einigen anderen angesehenen Bürgern gewählt. Ich begleitete ihn und sah auf diese Weise zum ersten Mal die berühmte Kaiserstadt.

Trotz der Unruhen von 1848 war Wien immer noch die Stadt von früher, heiter, fröhlich, überschäumend vor Leben, mit ihren Bastionen, ihren engen Gassen, ihren historischen Erinnerungen und ihrer naiven, liebenswürdigen und sorglosen Bevölkerung.

Was indessen meine Aufmerksamkeit fesselte, war nicht das fröhliche Leben der Hauptstadt. Was meine Neugierde auf das Lebhafteste erregte, waren am Tag ihre herrlichen Galerien, vor allem die kaiserliche Galerie im Schloß Belvedere und jene des Fürsten von Liechtenstein, und am Abend das Burgtheater und die Oper im Kärntnertortheater.

Schon als kleines Kind hatte ich eine Schwäche für den Pelz, die mit der Zeit zu einer Leidenschaft, einer Manie geworden ist. Daher kommt vielleicht die große Bewunderung, die ich für die Meister der holländischen Schule empfinde, deren Meisterwerke kennenzulernen mir in Wien vergönnt war. Ich wurde nicht müde, diese kleinen Interieurs zu betrachten, und diese Frauen, die alle die holländische Pelzjacke trugen. Vom ersten Tag meines Besuchs im Belvedere an war ich fasziniert von Rubens Porträt der Helene Formann. Mit ihrer großartigen Schönheit, die durch einen herrlichen Pelzmantel noch gesteigert wurde, hätte man sie für die Göttin der Liebe halten können.

Ich verliebte mich in sie, so wie Heine sich in die Venus von Milo verliebt hatte, und beinahe jeden Tag machte ich ihr meine Aufwartung.

Nach Prag zurückgekehrt, wurde ich Tag und Nacht von diesem bezaubernden Phantom verfolgt. Für mich war diese Helene Formann lebendig, und ich wartete mit einer Art geheimer Furcht auf den Augenblick, da ich ihr begegnen würde.

*

Und tatsächlich bemerkte ich sie eines Abends, als ich den Salon meiner Mutter betrat, wie sie mir in ihrer ganzen strahlenden Schönheit und mit ihrer ganzen Verführungskunst zulächelte. Es war Hanna M…, eine ungarische Sängerin.

Mein Vater war ein leidenschaftlicher Musikliebhaber; daher gab es beinahe jeden Abend bei uns ein Konzert. Da die beste Gesellschaft ebenso wie Kenner und Kritiker von Rang bei uns verkehrten, war es in den Augen der Welt eine Ehre, bei uns zu spielen oder zu singen.

Hanna M…, völlig unbekannt in Prag, war bei uns durch eine befreundete Familie eingeführt worden, die ihr die Protektion meines Vaters verschaffen wollte. Sie sang ein paar Stücke, und ihre herrliche Altstimme und ausgezeichnete Deklamation fanden großen Beifall.

Während die Unterhaltung immer lebhafter wurde, saß sie in einer Ecke und beobachtete die Leute um sich herum. Gleichzeitig musterte ich sie und war überrascht von ihrer Ähnlichkeit mit Helene Formann. Sie war es selbst, aus ihrem Rahmen gestiegen, aber lebendig und aufregend in einer modernen Toilette. Die gleiche Statur, die gleichen Körperformen, der gleiche alabasterweiße Teint, die dunklen Augen, das blonde, rötlich schimmernde Haar und sogar das grausame Lächeln der Frau von Rubens.

Was sie doppelt gefährlich für mich machte, war, daß ich damals erst sechzehn Jahre zählte und sie zehn Jahre älter war als ich.

Die jungen bartlosen Männer werden stets gegen ihren Willen wie unter einem dämonischen Einfluß zu den beherrschenden Frauen hingezogen.

Es ist die Zeit der Pagenliebe, wo man es liebt, die Schleppe der abgöttisch verehrten Geliebten zu tragen.

Ohne mich ihr zu nähern, ohne ein einziges Wort mit ihr zu wechseln, unterlag ich völlig dem Zauber dieser jungen und schönen Frau.

Gleichzeitig ahnte ich, daß eine Gefahr, die ich nicht so recht verstand, mich bedrohte. Ich zog mich bald in mein Zimmer zurück, ohne am Souper teilzunehmen, und ging Hanna, die weiterhin zu uns kam, fortan aus dem Weg.

Zu dieser Zeit hatte ich mich ein wenig mit meinem Vater überworfen, der um jeden Preis aus mir einen Polizeibeamten machen wollte, während ich eine ganz entschiedene Berufung zur Kunst in mir spürte. Nach langen, sehr schwierigen Kämpfen hatten wir eine Art Waffenstillstand geschlossen, und ich widmete mich an der Universität dem Studium der Geschichte. Dennoch war mein Vater immer noch ärgerlich auf mich, und ich versuchte ihm so weit wie möglich aus dem Weg zu gehen.

Es war ein schöner Sommertag. Mein Vater hatte alles für ein Gartenfest vorbereiten lassen. Man hatte Zelte aufgestellt, Zigeuner spielten, und es herrschte allgemeine Fröhlichkeit. Nur ich war in meinem Zimmer geblieben, isoliert von den anderen. Ich hatte gerade nach meiner Studentenmütze gegriffen und wollte weggehen, als meine Tante Mina zu mir hereinkam. Stets von dem Bedürfnis besessen, überall Harmonie herrschen zu lassen, hatte sie sich mit Hanna verständigt, mich dazu zu bringen, an den Belustigungen und an der allgemeinen Freude teilzunehmen. Als ich die Treppe hinunterging, kreuzte die schöne Sängerin meinen Weg und hielt mich zurück. Anstatt mich in den Garten zu führen, zog sie mich in den Konzertsaal und fing an, mir Vorwürfe zu machen.

Ich erklärte ihr mit wenigen Worten die Situation zwischen meinem Vater und mir und bat sie, mich gehen zu lassen.

»Nun, dann schenken Sie mir wenigstens eine Viertelstunde«, sagte sie. »Ihre Tante hat mir anvertraut, daß Sie mich gern *La Fille de Juda* singen hören würden; ich werde sie allein für Sie singen.«

Sie setzte sich ans Klavier und sang.

Und da mußte ich mich nicht nur gegen den Zauber ihrer diabolischen Schönheit wehren, sondern auch gegen die Macht einer starken Natur, durchdrungen von Energie und Leidenschaft, die in ihrem Gesang zu mir sprach.

Als ich auf sie zu ging, um ihr zu danken, ergriff sie meine Hände und murmelte:

»Bleiben Sie, das ist alles, was ich wünschen kann; bleiben Sie meinetwegen!«

Und ich blieb.

Den ganzen Abend hindurch überschüttete sie mich mit Aufmerksamkeiten und lud mich ein, sie zu besuchen. Ich zitterte vor Freude darüber, ging jedoch nicht hin. Ich widerstand weiterhin dieser süßen Macht, die mich zu unterwerfen drohte.

Schließlich traf ich Hanna eines Tages auf der Straße. Sie kam von der Probe. Ganz unbefangen faßte sie mich am Arm und nahm mich mit zu sich. Wir begannen uns zu unterhalten, und ich spürte, wie die Verführerin die Maschen ihres Netzes immer enger um mich zog.

Zuerst besuchte ich sie häufiger, dann jeden Tag. Damals sah ich sie oft zweimal am Tag, denn sie verbrachte auch die Abende mit uns, wenn sie nicht sang. Trotz allem blieben unsere Beziehungen unschuldig und rein. Während wir uns unseren philosophischen Erörterungen überließen oder sie mir ihre schönsten Stücke vorsang, saß eine alte Tante am Fenster und strickte Strümpfe.

Dann wurde ich krank. Es war mir unmöglich, das Zimmer zu verlassen, aber ich wollte mich nicht ins Bett legen. Von einem sehr starken Fieberanfall geschüttelt, hatte ich mich auf einem Sofa ausgestreckt, zugedeckt mit einem Mantel. Plötzlich öffnete sich die Tür, und ich sah Hanna hereinkommen. Sie war die Hintertreppe heraufgekommen und unbemerkt zu mir gelangt. Sie setzte sich auf den Rand des Sofas und beugte sich ängstlich und zutiefst von Leidenschaft erregt über mich. Ihre dunklen Augen hefteten sich an meine. Ich spürte ihren heißen Atem, und alsbald preßten sich ihre Lippen auf meine. Ich war bald am Ende meiner Kräfte, außerstande, noch länger zu widerstehen. Ich richtete mich von meinem Lager auf, zog sie an meine Brust und bedeckte sie mit Küssen.

Wir liebten uns. Wir wußten es jetzt. Das war alles. Ich wußte nicht, was ich noch mehr verlangen konnte. Ein Herz pochte leidenschaftlich gegen das meine, Lippen suchten gierig die meinen, eine Seele schien mit meiner Seele zu verschmelzen: Was konnte die Liebe mir noch bieten?

Ich mochte lächerlich wirken in meiner Rolle als Petrarca mit dieser Frau: Doch das war mir gleich, ich war glücklicher, als wenn ich die Rolle des Don Juan gespielt hätte.

Hanna schien zufrieden mit dieser platonischen Verehrung, aber wo ist die Frau, die sich lange damit begnügen würde? Das Weib ertrüge selbst den Himmel nicht, sagt Adalbert Stifter, der österreichische Dichter, in seiner Prosanovelle *Der Condor*; es muß Bekanntschaft mit der Hölle, zumindest mit dem Fegefeuer machen; oder sein eitles Herz wird nicht an die Liebe des Mannes glauben und sich empören.

*

Die schöne Ungarin, beseelt von einem fast männlichen Geist, erkannte bald, daß mein Wesen im Grunde sehr ernst war und daß sie es, trotz meiner sechzehn Jahre und meines kindlichen Herzens, mit einem Mann zu tun hatte.

Sie änderte die Taktik und packte mich dort, wo es leichter war, mich zu verführen, als durch kokette Blicke und glühende Küsse.

»Sie teilen nicht die Grundsätze Ihres Vaters«, sagte sie eines Tages zu mir. »Sie lieben die Freiheit mit ebensolcher Inbrunst wie ich, sogar mehr.«

Ich öffnete mich ihr ganz aufrichtig, allzu unvorsichtig, wie es meiner Natur entsprach.

»Ich sehe, daß Sie meines Vertrauens würdig sind«, sagte Hanna halblaut. Sie schloß die Türe ab, öffnete ihren Sekretär und zeigte mir eine Reihe von Briefen von Ludwig Kossuth, dem ehemaligen Diktator von Ungarn, von Mazzini und von Bakunin. Sie ließ vollständig die Maske fallen:

»Ich bin nicht das, was man glaubt. Das Theater ist mir ebenso gleichgültig wie all diese adligen Herren, die mir den Hof machen. All dies ist nur ein Mittel, um mein Ziel zu erreichen. Ich bin die Vertraute von Kossuth und seine Agentin in Prag, um die Revolutionspartei zu ermutigen und die Verbindung zwischen dieser Stadt und den Führern der europäischen Bewegung zu halten. Ich vertraue Ihnen mein Geheimnis an, denn ich weiß, daß Sie mich nicht verraten werden. Im Gegenteil, ich zähle auf Sie als Verbündeten.«

Es gelang ihr, mich für die internationale Verschwörung zu gewinnen, und über mich zwei meiner Kameraden.

Zu dieser Zeit war ganz Europa mit einem Netz geheimer Verbindungen überzogen, organisiert nach dem bewährten System der Carbonari. Man versuchte die Fäden wieder zu knüpfen, die durch das Scheitern der Revolution von 1848 gerissen waren, und man bereitete mit allen erforderlichen Vorsichtsmaßnahmen eine neue Bewegung vor. »Durch die Brüderschaft aller zivilisierten Völker wird man das Joch zerbrechen können«, schrieb Bakunin ihr; »hierfür muß man alle nationalen Meinungsverschiedenheiten beiseite schieben ... Es waren die Regierungen, die 1848 die nationalen Bestrebungen gefördert haben, um durch dieses Mittel die politische Bewegung zu lähmen.«

Tatsächlich waren in dieser Gruppe, in die ich von Kossuths Freundin eingeführt wurde, die verschiedensten Elemente vertreten. Abgesehen von mir waren die Mitglieder ein Deutscher aus Österreich, ein Sachse, zwei Italiener, ein Pole, ein Tscheche, zwei Ungarn und ein Belgier.

Auf den Versammlungen dieser Gruppe gab man die Befehle des Zentralkomitees bekannt, und die Mitglieder machten ihre Berichte. Der Pole, der Leiter der Gruppe, unterwies uns in den Militärwissenschaften und bereitete uns geschickt auf den Guerillakrieg vor, den man damals *Partisanenkrieg* nannte.

»Während der künftigen Revolution werden wir«, sagte er, »den Hauptteil der Aktion auf das Land verlegen müssen. Wir werden Banden organisieren, unaufhörlich die Truppen in Unruhe versetzen und jeden ernsteren Zusammenstoß vermeiden, wenn der Erfolg nicht sicher ist. Der Barrikadenkampf in den Städten hat nicht zu den erhofften Ergebnissen geführt.«

Das System der Guerillas wurde später von allen aufrührerischen Bewegungen in die Praxis umgesetzt, zuerst in Italien von Garibaldi, 1863 in Polen und dann in Spanien, Dalmatien und Bosnien.

Der Staatsstreich vom 2. Dezember 1852 machte für eine Weile jede Hoffnung auf einen raschen Sieg der Freiheit in Europa zunichte. Die monarchischen Parteien und die Regierungen begrüßten den neuen Napoleon als Retter. Die Liberalen waren entmutigt. Die Revolutionspartei zeigte sich klüger und begnügte sich damit, die Unzufriedenheit zu schüren. Für den Augenblick dachte niemand mehr an eine große Aktion.

Ich erinnere mich noch an den Abend, an dem die Depeschen aus Paris eintrafen. Mein Vater strahlte, und der ganze Kreis von hohen Beamten, Offizieren, Aristokraten und reichen Bürgern, die ihn umringten, war entzückt. Währenddessen saß Hanna vollkommen konsterniert in meinem Zimmer, und ich selbst versuchte, am Fenster stehend, vergeblich meine tiefe Erschütterung zu verbergen.

»Er wird sich zum Kaiser machen«, sagte Hanna plötzlich; »aber wehe ihm, wenn er seinen Schwur vergißt. Er ist Carbonaro, und es ist seine Pflicht, vor allem Italien zu befreien; wenn er es nicht tut, wird man ihn zwingen, Wort zu halten.«

Als Orsinis Attentat Europa erschütterte und bald darauf der Italienkrieg ausbrach, erinnerte ich mich an diesen Abend und an Hannas drohende Worte. Ich begriff, daß man den ehemaligen Carbonaro gezwungen hatte, seinen Schwur zu halten.

*

Eines Abend hatte meine gute Tante Mina, ohne etwas Schlechtes zu denken, Hanna das Porträt von Helene Formann gezeigt, das über meinem Schreibtisch an der Wand hing.

»Sehen Sie«, sagte sie, »das ist sein Ideal, und Sie sind seine Verwirklichung.«

»Sie sind boshaft!« rief Hanna. »Dessen hätte ich Sie nicht für fähig gehalten. Sie wissen ebensogut wie ich, daß Leopold mich nicht liebt.«

»Aber er ist ganz vernarrt in Sie!«

»Glauben Sie wirklich, daß ich der Frau von Rubens ähnlich sehe?«

»Ich finde es auch«, sagte meine Tante, »und Leopold behauptet, daß Ihnen, damit die Ähnlichkeit noch frappierender wird, nur noch der Pelz fehlt. Wissen Sie denn nicht, daß er eine wahnsinnige Schwäche für Pelze hat?«

»Für Pelze? Nein, das wußte ich nicht.«

»Oh! Der Pelz übt auf ihn eine Art Zauber aus. Er wird es gewiß oft bedauert haben, daß Sie keinen tragen.«

»Er hat mir niemals etwas davon gesagt«, sagte Hanna. »Aber was für ein merkwürdiger Zufall! Ich habe doch tatsächlich eine sehr hübsche pelzbesetzte Jacke, wie man sie auf den Bildern holländischer Manier sieht. Ich trage sie oft zu Hause, und der Zufall wollte es, daß ich sie jedesmal, wenn er mich besucht hat, nicht getragen habe.«

Am nächsten Abend ging ich zu ihr, als sie gerade mit ihrer Gesellschaftsdame in ein Konzert gehen wollte. Bereits auf der Treppe, ging sie meinetwegen wieder hinauf, obwohl ich lebhaft protestierte, und wollte nicht ausgehen.

»Wissen Sie, daß Sie niemals einen Abend mit mir verbracht haben«, rief sie. »Opfer gegen Opfer: Ich opfere Ihnen mein Konzert, und Sie werden mir Ihren Abend opfern.«

Ich verbeugte mich stumm. Aber ich blieb ohne Begeisterung, denn ich ahnte so etwas wie eine große Gefahr.

Hanna befahl, in ihrem Boudoir einzuheizen und uns einen guten russischen Tee zu bereiten. Ich sollte im Eßzimmer auf sie warten.

»Ich werde mir etwas Bequemeres anziehen«, sagte sie mit einem seltsamen Lächeln; »mein Mieder schnürt mich zu sehr ein.«

Als ich auf ihren Ruf hin das Boudoir betrat, blieb ich wie geblendet auf der Schwelle stehen. In diesem Augenblick war sie mehr als schön, sie war hinreißend, verführerisch, und die Ähnlichkeit mit Helene Formann war vollkommen.

Sie hatte ihr Haar gelöst, das wie rotes Gold auf ihre Schultern und ihren Rücken fiel, zugleich zurückgehalten von einem einfachen Band und über ihrer Stirn zitternd wie das der flämischen Venus.

Goldbestickte Pantoffeln umschlossen ihre kleinen Füßchen; ein Morgenmantel aus grauer Seide umhüllte in fließenden Falten ihre schlanke Taille und harmonierte aufs köstlichste mit der roten Samtjacke, die mit goldenem Zobel besetzt und gefüttert war.

»Kommen Sie her«, sagte sie sanft und setzte sich ans Feuer.

Ich nahm ihr gegenüber Platz. Ein Tischchen, bedeckt mit chinesischem Nippes, trennte uns.

»Was haben Sie?« fragte sie mit spöttischem Lächeln. »Sie sehen mich heute an wie niemals zuvor. Ist es die Ähnlichkeit mit Frau Rubens, die Sie entzückt? Oder ist es der Pelz? Jetzt sind Sie in mich verliebt, ich glaube es selbst«, murmelte sie.

Und sie reichte mir die Hand, wobei sie ihren Arm auf das Tischchen stützte.

Ich spürte, was ich niemals zuvor gespürt hatte: die Macht der Frau, die auch die Dichter aller Zeiten besungen hatten! Ihre dunklen Augen schmachteten, während ihre Lippen einen spöttischen Ausdruck hatten und ihr wunderbarer Arm betörend aus dem weichen Pelz hervortrat.

Ein Schauder durchlief meinen Körper. Ich preßte meine Lippen auf diesen schönen Arm und erhob mich; eine unwiderstehliche Kraft trieb mich, mich ihr zu Füßen zu werfen. Ein Augenblick noch, und ich war verloren, ihr Sklave!

Die Tür öffnete sich, und die Gesellschaftsdame meldete, daß der Tee serviert sei.

Hanna erhob sich und stampfte unwillig mit dem Fuß auf. Der Zauber war gebrochen. Wir tranken den Tee und verstrickten uns in eine endlose Unterhaltung über die Unsterblichkeit der Seele.

Es war Mitternacht, als ich endlich ging. Hanna reichte mir die Hand mit einem bitteren Lächeln. Sie spürte, daß jetzt alles vorbei war.

*

Indessen sollte dieser merkwürdige Roman nicht so einfach enden, wie er es zu verheißen schien.

Als ich eines Abends im Theater war, näherte sich mir Baron B…, ein großer vierzigjähriger, sehr dicker und glatzköpfiger Bonvivant, und begann mich zu necken. Ich war so unschuldig, daß ich nicht sofort verstand, worauf er hinauswollte.

»Finden Sie es nicht eigenartig«, fuhr er in herausforderndem Ton fort, »eine Frau zu vergöttern, die die Geliebte eines anderen ist?«

»Was wollen Sie damit sagen?«

»Verehren Sie denn nicht Hanna M…?«

»Ich bitte Sie, nicht von dieser Dame zu sprechen.«

»Es scheint, daß Sie meine Rechte auf sie nicht kennen, junger Mann.«

Ich begriff, blickte den Baron einen Augenblick scharf an und schlug ihm ins Gesicht.

Am nächsten Tag schlugen wir uns. Es war mein erstes Duell, und ich hatte noch niemals eine Pistole in der Hand gehabt, während der Baron allgemein als guter Schütze galt.

Es standen also alle Chancen gegen mich; aber ich habe später die Erfahrung gemacht, daß man weder im Duell noch auf dem Schlachtfeld Chancen hat.

Die Kugel meines Gegners pfiff nah an meinem Ohr vorbei, während er schwankte und zu Boden fiel. Er starb nicht daran, aber eine Weile fürchtete man für sein Leben.

In Österreich wird man für ein Duell mit unglücklichem Ausgang mit zwanzig Jahren Festung bestraft. Mein Vater schickte mich aus Prag fort, und ich kehrte erst zurück, als der Baron vollständig außer Gefahr war.

Hanna bemühte sich um eine Unterredung mit mir, aber ich verweigerte jede Aussprache, und ein paar Wochen später verließ sie Prag.

Ein letzter Brief in schönen großen, wie hingeworfenen Buchstaben trug mir ihren Abschied zu. Wenige Worte nur, aber sie berührten mich mehr, als es eine lange Verteidigung vermocht hätte.

*

Ich sah Hanna achtzehn Jahre später wieder. Es war in einer kleinen Stadt in einem der schönsten Täler der österreichischen Alpen.

Sie war mit einem reichen und angesehenen Mann verheiratet und zog die Musik der Politik vor. Ihr Mann, dessen Bekanntschaft ich durch die Vermittlung eines Freundes machte, lud mich zu einem Hauskonzert ein und holte mich in seinem Wagen ab, um mich zu der schönen Villa zu bringen, die er mit seiner Familie bewohnte.

Hanna empfing mich freundlich und unbefangen. Sie hatte zugenommen und war dadurch vielleicht noch schöner geworden. Sie vermied es den ganzen Abend über, sich mir zu nähern. Doch im Augenblick meines Aufbruchs schlug sie ihrem Mann vor, uns noch zu Fuß zu begleiten. Einen Augenblick später kam sie die Stufen vor dem Haus herunter, bekleidet mit einer schönen Pelzjacke.

Es war eine schöne ruhige und feierliche Herbstnacht. Der klare Himmel erstrahlte im Glanz seiner Sterne. Ich war etwas zurückgeblieben, um die Milchstraße zu bewundern, als ich plötzlich spürte, wie Hanna ihren üppigen Arm auf dem meinen ruhen ließ.

»Haben Sie mir verziehen?« fragte sie sanft.

Als einzige Antwort führte ich ihre Hand an meine Lippen.

»Und dennoch hatten Sie heute nicht kommen wollen.«

»Vielleicht, weil ich Sie immer noch fürchte«, erwiderte ich.

»Sehe ich immer noch Helene Formann ähnlich?« fragte sie mit einem bezaubernden Lächeln.

»Nein, aber Sie ähneln der Zarin Katharina II.«

»Ach, ein neues Ideal!« murmelte sie.

Sie war rot geworden, und ihr Arm zitterte leicht.

»Wie lange werden Sie noch hierbleiben?« fragte sie, bevor wir uns trennten.

»Ich werde morgen abreisen.«

»Meinetwegen?«

»Ja, gnädige Frau, Ihretwegen.«

Ich küßte ihr die Hand, dann trennten wir uns, nachdem wir uns herzlich die Hände geschüttelt hatten. Am nächsten Tag floh ich zum zweiten Mal vor der schönen Verführerin, die vor etwa drei Jahren gestorben ist.

XIV.
Wie ich Alexandre Dumas kennengelernt habe

Durch einen glücklichen Zufall befand ich mich in Wien, als Alexandre Dumas dort eintraf, um ein paar Vorträge zu halten. Zu jener Zeit hegten die Österreicher noch eine große Sympathie für Frankreich, und kein französischer Autor war so populär bei uns wie der Autor des *Grafen von Monte Christo* und der *Drei Musketiere*. Die elegante Welt hatte ihn im Original gelesen; das übrige Publikum, bis hin zu den Fiakerkutschern und Wäscherinnen, verschlang ihn in schlechten Übersetzungen.

Infolgedessen wurde Dumas ein glänzender Empfang bereitet, und er hatte mit seinen Vorträgen den größten Erfolg vor einem äußerst vornehmen Publikum.

Friedland war damals eine der bekanntesten Persönlichkeiten Wiens. Ich bin kein Anhänger des Antisemitismus, im Gegenteil; ich habe die Juden häufig genug verteidigt; aber jede Rasse hat ihre schwachen Seiten. Deswegen kann ich bei Friedland nicht diese komische Seite des Juden verschweigen, die sich bei ihm bis zum Grotesken entwickelt hatte.

Friedland war geistreich, wohlerzogen, sehr gebildet; er hatte einen weichen Charakter und ein sehr gutes Herz; aber er hatte die lächerliche Manie, sich jedem anzubiedern und zu behaupten, alle Berühmtheiten im einzelnen zu kennen.

Zuerst Direktor des Gaswerks, in das er durch die Protektion meines Vaters gekommen war, war er durch die Zeitläufte zum Millionär geworden, dann Ritter zahlreicher Orden, war in den Adelsstand erhoben worden, Stallmeister, Oberster Küchenmeister und zugleich eine Art Geheimagent und Diplomat des österreichischen Hofes geworden.

Zehnmal abgewiesen, klopfte Friedland das elfte Mal an dieselbe Tür, und schließlich öffnete man ihm. Er zerbrach sich den Kopf, wie er den Leuten, denen er gefallen wollte, Gefälligkeiten erweisen und sie sich verpflichten konnte. So gewann er die Gunst der österreichischen Kaiserin, indem er ihr ein mit goldenen Skarabäen besticktes Kleid schenkte, das aus Indien kam, ein wahres Wunderwerk an Schönheit und Pracht, einzigartig in seiner Art. Ebenso verstand er es, sich dem Außenminister, Graf von Buol-Schauenstein, anzudienen, indem er ihm die Nachricht von der Eroberung Sebastopols noch vor dem

Eintreffen der offiziellen Depesche überbrachte. Er nahm den Präsidenten des obersten Gerichtshofes, Baron Krause, einen großen Kunstliebhaber, für sich ein, indem er ihm für seine Sammlung zwei zauberhafte kleine holländische Bilder schenkte.

In Paris allerdings, beim Minister Duc de Grammont, der aus Prinzip niemals weder Geschenke noch offiziöse Gefälligkeiten annahm, stieß er auf größere Schwierigkeiten ... Schließlich erfuhr Friedland, daß der Herzog ein Tafelservice besaß, von dem er glaubte, daß es nur einmal existiere, und auf das er sehr stolz war. Friedland gab keine Ruhe, bis er endlich entdeckt hatte, daß es irgendwo, in einem alten böhmischen Schloß, ein zweites Service der gleichen Art gab, das er zu einem exorbitanten Preis kaufte.

Nun glaubte er sein Ziel erreichen zu können.

Eines Tages hörte man, während er sich beim Herzog befand, das Geräusch von Geschirr, das auf dem Boden zerbrach. Der Herzog stürzte aus dem Zimmer und stellte verzweifelt fest, daß ein Domestik soeben mehrere Teile seines wertvollen Tafelservices hatte fallen lassen. Während er die Katastrophe betrachtete, näherte sich Friedland, untersuchte die Stücke und bemerkte zum Herzog, daß er keine Veranlassung habe zu klagen, da dieses Service ersetzt werden könne.

»Leider nein, mein Herr! Dieses Service ist einmalig, es gibt nirgends ein gleiches, der Schaden ist nicht wiedergutzumachen!« rief Monsieur de Grammont und hob die Arme zum Himmel.

»Ich bitte Sie um Verzeihung, Herzog, aber ich weiß, daß es eines gibt.«

»Das ist unmöglich! Wo denn?«

»Bei mir, Herzog«, antwortete Friedland und richtete sich hochmütig auf, »und noch vor Ablauf einer Stunde wird es bei Ihnen sein.«

Friedland hatte den Domestiken einfach mittels Geld bestochen, und so gelang es ihm, Monsieur de Grammont ein Geschenk zu machen und sich diesen so unnachgiebigen Herzog zu verpflichten.

*

Ich war sehr neugierig darauf, die Bekanntschaft Dumas' zu machen. Obwohl seine Romane in Österreich wie in Deutschland viel gelesen wurden, galt er dennoch als ein eher leichter Autor, und man maß seinen Werken nur einen bedingten literarischen Wert bei. Die Schule des

Naturalismus und ihre Anhänger in Frankreich werden vielleicht ebenso urteilen.

Schon damals hatte ich mir meine Meinung gebildet, die zu jener im Gegensatz stand, und heute teile ich sie noch weniger.

Was das Urteil der Deutschen betrifft, so wäre es mir ein Leichtes zu behaupten, daß Dumas mehr Talent hatte als alle deutschen Romanschriftsteller seiner Zeit, ja sogar als jene, die am meisten geschätzt wurden und als tiefgründig galten; wie beispielsweise Karl Gutzkow, dessen Romane *Die Ritter vom Geiste* und *Der Zauberer von Rom* viele Bände füllen.

Was die naturalistische Schule betrifft, so ist noch nicht entschieden, ob mehr Genie dazu nötig ist zu erfinden, als seinen Stoff durch minutiöse Studien zu kompilieren und vorzubereiten. Für mich stehen zwei Dinge unumstößlich fest: Dumas ist immer amüsant, und die naturalistische Schule ist sehr oft, allzu oft, langweilig. Außerdem finde ich bei keinem anderen Romancier unseres Jahrhunderts in ebensolchem Maße wie bei Dumas père verwirklicht, was wir Ausländer als das wesentliche Kapital des französischen Charakters ansehen, das heißt die ritterlichen Gefühle, die vollendete Galanterie, die Höflichkeit, die Zuvorkommenheit, die Gutmütigkeit und die Heiterkeit. Für mich ist sein D'Artagnan ebensosehr der klassische Typ des Franzosen, wie Werther derjenige des Deutschen, der Richter von Zalamea derjenige des Spaniers und Taras Bulba der des Russen ist.

Man mag vielleicht sagen: Das war zu Dumas' Zeiten so, aber Zolas Helden repräsentieren nun einmal das heutige Frankreich.

Ich glaube das nicht, aber sollte es stimmen, so gebe ich zu, daß mir das frühere Frankreich lieber wäre als das heutige.

Da Dumas die Absicht hatte, auch in Galizien und in Polen Vorträge zu halten, hatte er den Wunsch, sich über die Situation in diesen Gegenden zu unterrichten. Friedland, der sich zum Cicerone des großen Romanciers bestellt hatte, lud mich zum Abendessen ein und stellte mich vor. Ich sollte dem Vortragsreisenden gewissermaßen als lebende Enzyklopädie dienen.

Dumas stellte mir zunächst einige Fragen, auf die ich, so gut ich konnte, antwortete. Da meine Schilderungen, meine Beschreibungen dieser Welt des Ostens ihn interessierten, fuhr er fort, mich auszufragen, und er fand mich immer interessanter, mitgerissen, wie ich war, von dem Thema und den Erinnerungen an meine Heimat. Plötzlich nimmt er mich bei den Schultern, blickt mir ins Gesicht und sagt lächelnd zu mir:

»Wissen Sie, was in Ihnen schlummert? Ein Romanschriftsteller.«

Ich errötete und bemühte mich, das Kompliment abzubiegen.

»Doch, doch, mein Herr! Sie müssen alle diese Dinge, die Sie mir da gerade erzählt haben, niederschreiben«, fuhr er fort, »das Thema ist vollkommen neuartig, und Sie haben ein seltenes Talent. Sie erzählen gut und ganz uneitel.«

Anschließend gingen wir zu einem Photographen, und als ich Dumas im Augenblick seiner Abfahrt verließ, schenkte er mir seine Photographie, auf der er rittlings auf einem Stuhl abgebildet war. Ich habe sie immer noch, diese kostbare Erinnerung an einen großen Geist, der zugleich ein Ehrenmann war.

Als ich im Dezember 1886 Paris besuchte, ging ich zu Dumas fils. Er leitete an jenem Tag die Proben von *Francillon* im Théâtre-Français. Am nächsten Tag kam er dann aber zu mir, und wir plauderten lange über die Theater in Paris und in Wien.

Ich erzählte, wie ich die Ehre gehabt hatte, seinen Vater kennenzulernen, welcher der Erste gewesen sei, der mir riet, Romane zu schreiben.

»Dann hat mein Vater Ihnen ja *wenigstens einmal* einen *guten* Rat gegeben«, antwortete mir Dumas fils mit dieser seltsamen Mischung von Liebenswürdigkeit und Sarkasmus, die ihn auszeichnet.

Sacher Masoch.

XV.
Don Juan von Kolomea

Obwohl die Frau mich immer angezogen und beschäftigt hat, hatte ich bis dahin noch keine wirkliche Liaison gehabt. Meine Mutter hatte mir eine so vollkommene Erziehung angedeihen lassen, daß ich beschlossen hatte, nur einmal in meinem Leben zu lieben und diejenige zur Frau zu nehmen, die ich lieben würde.

Von frühester Jugend an widmete ich fast meine ganze Zeit vor allem dem Lernen. Mit acht Jahren kam ich aufs Gymnasium; ich war sechzehn, als ich an der Universität zu studieren begann; mit zwanzig war ich Doktor der Philosophie; mit einundzwanzig veröffentlichte ich ein Geschichtswerk, das auf den Dokumenten des Staatsarchivs zu Wien über den *Aufstand in Gent unter Karl V.* basierte, und wurde Dozent der Geschichte an der Universität Graz. Ich hatte also wahrhaftig bis dahin nicht die nötige Zeit gehabt, um einer Frau den Hof zu machen.

Meine erste Leidenschaft erwachte auf die gleiche Weise in mir, wie ich meinen ersten Roman schrieb, nämlich gegen meinen Willen.

Eines Abends befand ich mich bei der alten Baronin Gudenus und las ihr die ersten Kapitel des Romans *Soll und Haben* von Gustav Freytag vor, in denen die Revolution der Polen erzählt wird. Plötzlich rief ich aus:

»Aber das ist Unsinn! Das stimmt vorn und hinten nicht!«

Die Baronin war lebhaft interessiert an dem, was ich sagte, und ich beschrieb ihr die polnische Revolution, wie ich sie erlebt hatte.

»Aber schreiben Sie das doch nieder!« sagte sie, wie schon Alexandre Dumas. »Es wird ein prächtiger Roman daraus werden.«

Noch in derselben Nacht begann ich den *Graf Donski* zu schreiben. Zuerst war es nur der Historiker, der sich in mir empörte und nichts anderes wollte, als die falschen Daten und das falsche Kolorit richtigzustellen; aber schon bald erwachte der Romancier, und es wurde ein Buch daraus, halb Geschichtswerk, halb Roman, das mir die literarische Karriere eröffnete. Ihm folgte bald ein weiterer Roman, *Kaunitz,* in dem der Einfluß Alexandre Dumas' ganz offensichtlich ist.

Zu dieser Zeit machte ich die Bekanntschaft einer Frau, die einen Wendepunkt in meinem Leben markiert. Aldona von K..., Polin, aus adliger Familie, verheiratet mit einem Aristokraten, war eine der schönsten und geistreichsten Frauen, denen ich jemals begegnet bin. Damals wurde gerade ihr Porträt für die Galerie der österreichischen Schönheiten angefertigt. Ich war häufig Gast in ihrem Haus; sie besuchte meine Eltern. Alle Welt lag ihr zu Füßen. Ich war der Einzige, der ihr nicht den Hof machte, und gerade diese Haltung ihr gegenüber gab ihr den Gedanken ein, ihr zartes Netz um mich zu spinnen.

Was zuerst nur ein Spiel war, eine Neckerei, eine kleine Rache an dem jugendlichen Cato, sollte zu einer Schicksalsfügung für uns beide werden.

Ich fing an, sie mit der ganzen Leidenschaft eines reinen Herzens zu lieben; aber je stärker diese Leidenschaft in mir wurde, verhielt ich mich in Gegenwart dieser schönen und verwöhnten Frau um so reservierter, zurückhaltender, ja beinahe kalt. Denn ihr ganzes mondänes Wesen, ihre Eleganz, ihre Vergnügungssucht und vor allem ihre Eitelkeit und ihre Koketterie stießen mich zugleich ab.

Niemals hat ein Mann einer Frau eine originellere Liebeserklärung gemacht als ich Aldona.

Eines Abends zwang sie mich zu sprechen:

»Was haben Sie gegen mich?« sagte sie und legte sanft ihre Hand auf meinen Arm. »Sie fliehen mich, Sie vermeiden es, mit mir zu sprechen, ja, mich auch nur anzusehen.«

»All das existiert nur in Ihrer Einbildung«, antwortete ich ihr, »und Ihre ganze Person ist aus Phantasien zusammengesetzt.«

»Nein, mein Herr«, sagte sie, »und diesmal werden Sie mir nicht entkommen ... Sie wehren sich gegen die Liebe, die Sie für mich empfinden; denn Sie lieben mich: das können Sie nicht leugnen.«

»Ja, ich liebe Sie«, erwiderte ich, »aber ich hasse Sie zugleich; ich habe schon immer diese Frauen gehaßt, die ihr eigenes Ego auf einen Altar stellen und alles ihrer Eitelkeit opfern. Ich habe sie immer verachtet.«

Aldona richtete sich wie von einer Feder gezogen auf, ihre Augen funkelten und ihre kleinen Hände verkrampften sich. Sie hätte mich wohl geschlagen, aber mein ruhiger Blick hielt sie ab. Langsam wandte sie mir den Rücken zu und fing zu weinen an.

»Ich wollte Sie nicht verletzen«, sagte ich.

Ihre Tränen taten mir weh.

»Sie halten mich für herzlos«, murmelte sie. »Oh! Dabei empfinde ich viel zuviel für Sie. Mein Gott! Warum mußte ich mich in Sie verlieben!«

»Sie lieben mich nicht«, antwortete ich. »Ihre Eitelkeit ist verletzt, das ist alles.«

»Verachten Sie mich, wenn Sie wollen«, sagte sie zu mir und wandte mir ihr schönes, glühendes, tränenüberströmtes Gesicht zu. »Dennoch liebe ich Sie.«

Und ihre Arme um meinen Hals schlingend, verbarg sie ihr Gesicht an meiner Brust.

Das war zuviel, sogar für einen Puritaner wie mich. Ich liebte sie: Ich umarmte sie heftig, sie, die so unwiderstehlich schön war in ihrem Schmerz und ihrer Scham. Wer an meiner Stelle hätte widerstehen können? Und dennoch lieferte ich mich ihr noch nicht auf Gedeih und Verderb aus.

»Ich liebe Sie«, sagte ich zu ihr, »aber ich werde niemals der Geliebte einer verheirateten Frau sein.«

»Ich gehöre dir«, murmelte sie. »Mach mit mir, was du willst.«

»Es gibt nur zwei Wege«, antwortete ich. »Entweder trennen Sie sich von Ihrem Mann, oder Sie versuchen mich zu vergessen.«

»Weder das eine noch das andere«, sagte sie. »Ich beschwöre Sie, hören Sie mich an. Ich kann doch meine Kinder, meine gesellschaftliche Stellung nicht opfern ...«

»Ich verlange kein Opfer, Aldona; aber eines kann auch ich nicht opfern, nämlich meine Ehre ...«

»Sie haben übertriebene, lächerliche Ansichten ...«

»Das mag sein; aber für mich ist die Verstellung unehrenhaft und unmoralisch, selbst wenn sie uns glücklich macht. Da bin ich lieber unglücklich.«

Wir reichten uns zum Abschied stumm die Hände, und es vergingen einige Wochen, ohne daß wir uns wiedersahen. Ich besuchte sie nicht und ging jedesmal aus, wenn sie meine Mutter besuchte.

*

Eines Abends, während der Revolution von 1863, kam eine alte, sorgfältig verschleierte Dame zu mir. Der Graf von K..., einer meiner Freunde, habe die galizische Grenze mit dem Korps Wissocki überschritten und sei in einem Gefecht, das für die Polen unglücklich ausgegangen wäre, von der Lanze eines Kosaken getroffen worden. Die alte Dame vertraute mir an, daß er sich bei ihr versteckt halte, weil er fürchte, dem Militärgericht übergeben zu werden, wenn man ihn entdecke. Er wünsche mich zu sehen. Sie bot sich an, mich zu ihm zu führen.

Wir vereinbarten ein Treffen um zehn Uhr abends, vor der Kathedrale, und ich fand mich pünktlich dort ein. Ein paar Minuten später hielt ein Wagen, und die geheimnisvolle Botin gab mir ein Zeichen einzusteigen.

Sie führte mich in einen entfernten Vorort. Vor einem kleinen Haus stiegen wir aus. Sie nahm mich bei der Hand, führte mich eine dunkle Treppe hinauf und dann durch einen Gang; schließlich ließ sie mich in ein Zimmer treten, in dem ebenfalls Dunkelheit herrschte. Kaum war ich eingetreten, verschwand meine Führerin. Ich hörte, wie die Tür abgeschlossen wurde, und dann das Rascheln eines Kleides. Sofort umschlangen mich zwei Arme, und zwei brennende, fiebrige Lippen suchten die meinen.

Ich umfing mit meinen Armen eine bebende Taille, geschmeidig und biegsam wie die eines Panthers. Ich gehörte also ihr, der schönen triumphierenden Verräterin!

Oh! Wie bezaubernd war sie, als sie die Vorhänge öffnete und der Mond sie in sein keusches Licht tauchte, diese Potiphar, deren melancholischer Kopf noch stolzer wirkte auf dem schwarzen Grund ihrer Kazabaika!

Sie hatte mich zu ihrem Sklaven gemacht, zugleich aber gehorchte sie meinem Willen. In dieser Stunde höchsten Glücks, in der sie mich zu ihrem Gefangenen machte, in der sie mich vollständig besiegt hatte, entriß ich diese leichtlebige Frau der Welt. In derselben Nacht entführte ich sie aus ihrem Haus, und nachdem ich sie an einen sicheren Ort gebracht hatte, suchte ich ihren Mann auf, um mich ihm zur Verfügung zu stellen.

Seine erste Reaktion war, mir eine Zigarre anzubieten.

Da verstand ich Aldona. Sie war in meinen Augen nicht nur entschuldigt, sondern auch gerechtfertigt. Verhandlungen über eine Scheidung wurden zwischen den Eheleuten eingeleitet, und der Vater der jungen Frau diente als Vermittler.

Das einzige Hindernis waren die Kinder, die die Mutter um jeden Preis für sich beanspruchte.

»Sie können das Herz einer Mutter nicht verstehen«, sagte sie zu mir, als ich sie zu beruhigen versuchte. »Für die Frau sind die Kinder alles. Wenn nötig, würde ich selbst Sie meinen Kindern opfern, so wie ich meinen Mann Ihnen geopfert habe.«

Bei diesen Worten durchfuhr mich ein Schauder. Ich begriff plötzlich, daß wir nur die Narren der Natur waren. Wenn Mann und Frau im Augenblick der Ekstase nur ein einziges Wesen zu bilden scheinen, denkt die Natur kaum an uns! Sie sorgt sich in keiner Weise um unser Glück: Ihr liegt nur an der Erhaltung und Fortpflanzung der Art. Ich sah den Abgrund, der zwischen Mann und Frau klafft, und ich begriff, daß die Kinder die Kette sind, die Vater und Mutter zusammenschweißt, wie die Verdammten in der Hölle Dantes, und daß sie gleichzeitig das Scheidewasser sind, das die Wahlverwandschaft auflöst.

Es war wie ein Blitzstrahl, der meine Seele traf, und so wie der Blitz die Erde fruchtbar macht, wie die Bauern sagen, so legte dieser Blitzstrahl in meinen Geist das Samenkorn, aus dem der Keim für die Geschichte des *Don Juan von Kolomea* entsprang.

Die Fabel und die Personen dieses Romans sind der Geschichte einer unglücklichen Ehe entnommen, einer Geschichte, die sich unter meinen Augen abgespielt hatte. Auch hier hatte die Mutterliebe die Eheleute mehr und mehr voneinander entfernt, und der Mann war zu einem »Herumtreiber« geworden.

Diese beiden Erfahrungen lasteten als ein ungelöstes Problem auf mir. Sie beschäftigten mich Tag und Nacht, bis ich die Lösung gefunden hatte. Anschließend schrieb ich den Roman in acht Tagen nieder.

Es war das erste Werk, das aus der Tiefe meines Herzens kam. Ich dachte nicht im geringsten an das Publikum, ich schrieb für mich, und als ich es beendet hatte, atmete ich auf, als fühlte ich mich erleichtert, als hätte ich soeben eine schwere Krankheit überstanden. Ich las die Novelle einem meiner Freunde vor, einem berühmten Kritiker, der mir anfangs seine Meinung nicht sagen wollte. Ich resignierte, und verbannte, ohne ein Wort zu sagen, *Don Juan von Kolomea* in die hinterste Ecke meiner Schublade.

Unterdessen hatte Aldona sich von ihrem Mann getrennt. Sie lebte allein in einem kleinen Haus, das sie mit raffiniertem Luxus eingerichtet hatte. Sie verstand sich auf die Kunst des Liebens und Geliebtwerdens und wußte wie keine zweite Frau um die Poesie der Wollust.

Die folgenden Jahre waren für mich mit den reinsten und süßesten Freuden der Liebe erfüllt und zugleich eine Quelle der Inspiration. Meine Beziehung zu Aldona dauerte bereits fünf Jahre, als, völlig unerwartet, die Katastrophe hereinbrach. Nicht ich war die Ursache für die Trennung, sondern allein die Untreue des geliebten Wesens.

Sie versuchte mich zu betrügen, aber es gelang ihr nicht. Eines Abends überraschte ich sie mit ihrem neuen Verehrer, einem polnischen Emigranten; und da er sich weigerte, mir Satisfaktion zu geben, blieb mir nichts anderes übrig, als ihm einen kräftigen Fußtritt zu versetzen, der ihn die Treppe hinunterstürzen ließ.

Wenn ich in diesem Augenblick eine Waffe gehabt hätte, hätte ich Aldona gewiß getötet. Da ich ihr nicht das Leben nehmen konnte, wollte ich mein Idol wenigstens auf andere Weise zerstören. Das rohe Wesen des Kosaken erwachte in mir: Mit einem Blick voller Verachtung schlug ich ihr ins Gesicht, und die schwere Portiere schloß sich für immer hinter mir.

Der schöne Roman war zu Ende.

Ich war wie zerstört nach dieser ersten schweren Krise meines Lebens. Ich lief herum, ohne zu wissen, was ich tat.

Da erschien eines Tages mein schweigsamer Freund, der eigensinnige Kritiker, und zog ein Manuskript aus seiner Tasche.

»Was haben Sie da?« fragte ich gleichgültig.

»Das Vorwort zu Ihrem *Don Juan von Kolomea.*«

»Wie! Hat meine Novelle Ihnen etwa gefallen?«

»Sie wissen doch, mein Lieber, daß Komplimente nicht meine Stärke sind.«

Nichtsdestoweniger machte sich mein Freund zum Herold dieser unglückseligen Novelle, die drei Jahre lang von einer Redaktion zur anderen wanderte. Niemand hatte den Mut, sie zu drucken. Endlich erschien sie im Oktober 1866 in *Westermann's Monatsheften.* Dieselbe Novelle, die mich in Rußland und Deutschland eingeführt hatte, machte mich auch in Frankreich bekannt, wo sie im Oktober 1871 in der *Revue des Deux Mondes* erschien.

Doch *Don Juan von Kolomea* ist nicht das einzige Werk, zu dem Aldona mich inspiriert hat. Sie ist auch die Heldin des Romans *Die geschiedene Frau* und der *Mondnacht*, erschienen in der *Revue des Deux Mondes* unter dem Titel *La Barina Olga.*

XVI.
Paraskitza

Nach meinem Bruch mit Aldona war ich in einer sehr merkwürdigen Gemütsverfassung; ich war gebrochen, eine unüberwindliche Apathie drückte mich nieder. Um mich zu heilen, suchte ich das Heilmittel, wo ich es immer gefunden hatte: im Studium und in der Betrachtung der Natur, in der Produktion, in der Arbeit.

Eine alte und gute Tante nahm mich auf, als ich beschloß, ein weiteres Mal den Lärm und den Glanz der großen Welt zu fliehen. Sie lebte allein, mitten in einem Wald, der auf der einen Seite von der rauhen Wüste der Karpathen und auf der anderen von der fruchtbaren Ebene gesäumt wurde.

Es tat mir wohl, so zu leben, fern von der hektischen Bewegung des verzweifelten Existenzkampfes, vom oberflächlichen Flitter, fern von den gefährlichen Seelen und Herzen und den Gefühlsheucheleien der zivilisierten Welt; fast in einem primitiven Naturzustand; glücklich, zu Pferde oder zu Fuß, das Gewehr über der Schulter, das Gebirge zu durchwandern, wo ich keiner Menschenseele begegnete; frei, die frische und gesunde Luft zu atmen und der Stimme der ewigen Mutter das Ohr zu leihen.

Auf den Felsen stehend hatte ich hinter mir die eindrucksvollen Massen der Gebirgsketten, die Abgründe, die düsteren Tannen; und vor mir dieses Meer gelblichen Korns, dessen Wogen in den Sonnenstrahlen in goldenem Glanz erstrahlten.

Ich fing an zu vergessen. Langsam verwandelte der Schmerz sich in eine süße Melancholie, in eine Neigung zum Humor.

Ich fand wieder den Mut, mich unter die Menschen zu mischen; aber diese Menschen waren es wert, daß man sie kennenlernte und schätzte; sie waren nicht nach einer Schablone geschnitten; jeder von ihnen war noch ein Original.

Ich verstand sie von neuem, diese ernsten, wortkargen Naturen, diese Kleinrussen mit Nerven aus Stahl, in diesem rauhen Land mit seinem brennenden Sommer und seinem grausamen Winter, mit seinen Gefahren, die bei jedem Schritt auf den Menschen lauern, wie in den amerikanischen Prärien. Ich verstand die Melancholie dieses Volkes, das in diesen düsteren Tälern lebte oder in der grenzenlosen Ebene, über der der Atem der Ewigkeit schwebte. – Ich verstand schließlich den Fatalismus, der, bereits hier, den Orient ankündigt.

Der Forstaufseher Balaban war der erste, mit dem ich mich freundschaftlich verband. Dieser Mann von hohem Wuchs und mit unbewegtem Gesicht, der nur selten etwas sagte und niemals sang, war der wahre Gefährte, der mir entsprach. Wir gingen zusammen auf die Jagd. Nach und nach gelang es mir, seine Geschichte zu erfahren; und eines Tages entwickelte er mir seine Philosophie: »Wir sind nicht hier auf Erden, um uns zu amüsieren«, sagte er. »Das Leben ist eine schwere Pflicht, die uns auferlegt worden ist, und erst wenn wir sie erfüllt haben, können wir uns ruhig hinlegen und sterben.«

*

Eines Tages begegnete ich im Wald einer Bäuerin, die auf einem großen Baum saß, den der Sturm umgeknickt hatte. Sie war ein schönes Geschöpf. Ein seltsamer, wilder Zauber strahlte von ihrem gesamten schlanken und leicht gebräunten Körper aus, von ihren schwarzen Augen und ihrer kleinen katzenhaften Nase.

»Was machst du?« fragte ich sie.

»Ich habe Kräuter gesucht«, antwortete sie mir, »und ich habe mir gerade einen Dorn in die Fußsohle getreten. Jetzt kann ich nicht gehen.«

Ich kniete nieder und zog ihr den Dorn heraus.

»Ich habe mir oft gewünscht, einmal einen Herrn zu meinen Füßen die Rolle des Sklaven spielen zu sehen«, sagte sie lächelnd. »Jetzt ist mein Wunsch in Erfüllung gegangen.«

»Statt mir zu danken, scheinst du dich über mich lustig zu machen.«

»Ich werde Ihnen später danken«, antwortete sie.

Dann ergriff sie ihren Korb und machte sich aus dem Staub wie eine wilde Katze. Kurz darauf hörte ich sie in der Ferne singen, und der Singsang ihres Liedes wirkte auf mich, als verspotte sie mich.

Am folgenden Sonntag ritt eine prächtig gekleidete Bäuerin in unseren Hof. Ich erkannte sie sofort wieder und lief aus dem Haus, um ihr entgegenzugehen. Ich fand sie damals wirklich schön, mit ihren Stiefeln aus rotem Saffianleder, einem um ihren Kopf geschlungenen blauen Seidentuch und ihrer korallen- und zechinengeschmückten Brust. Sie saß rittlings wie ein Mann auf dem Pferd, eine Kosakenpeitsche in der Hand.

»Ich komme, um Ihnen zu danken«, sagte sie mit liebenswürdigem Lächeln.

»Du kennst mich also?«

»Ja, mein Herr, und ich lade Sie zu uns ein. Ich bin Paraskitza, die Tochter des Wojt (Bürgermeisters) des Dorfes Zoltaweda. Heute abend ist Tanz bei uns.«

»Ich danke dir. Ich werde kommen.«

Sie grüßte mich voller Anmut, wendete ihr Pferd und galoppierte davon.

»Ich kenne sie«, sagte meine Tante; »sie ist Witwe; sie führt ihrem Vater den Haushalt und regiert das ganze Dorf, denn sie ist sehr klug. Sie ist die einzige im Dorf, die lesen und gut schreiben kann. Es heißt, sie habe den Teufel im Leib.«

»Das habe ich schon bemerkt«, antwortete ich lächelnd.

*

Als ich am selben Abend ins Dorf kam, spielten vier jüdische Musiker im Hause des Wojt, und die Mädchen und die jungen Männer tanzten. Paraskitza, die auf der Schwelle stand, begrüßte mich. Ihr Vater, ein Mann von mehr als sechs Fuß Größe, mit einem gewaltigen Schnurrbart, der in einem Grenadierregiment gedient hatte, kam fast sofort zu mir. Ich unterhielt mich gerade mit ihm und den Bauern, die um einen Tisch saßen und ihre kleinen Pfeifen rauchten, als Paraskitza mich zu einer *Kolomijka* aufforderte.

»Ich danke dir«, sagte ich zu ihr, »und ich bitte dich, mir nicht böse zu sein, denn mir ist nicht nach Tanzen zumute.«

»Sie sind unglücklich«, unterbrach sie mich; »ich habe mich also nicht getäuscht; Sie haben eine Frau geliebt, die Ihre Liebe nicht verdiente.«

Als ich unter der Woche wiederkam, um sie zu sehen, erfuhr ich mehr über Paraskitza. Sie war tatsächlich die unumschränkte Herrin des Hauses und des ganzen Dorfes. Sie verteilte die Arbeiten, bezahlte die Löhne und kümmerte sich um die Einnahmen. Bei den Sitzungen des Gemeindeausschusses führte sie das Protokoll. Nach Einbruch der Nacht las sie ihrem Vater und den Nachbarn, die sich um sie versammelten, die Zeitung vor. Bald konnte ich bei ihr das scharfe Urteilsvermögen eines wahren weiblichen Salomon feststellen. Eines Tages, als sie mit dem Feldhüter allein war, kam eine reiche Bäuerin zu ihr und erklärte, man habe ihr ein Kreuz aus Gold gestohlen.

»Ist an dem Tag kein Fremder in dein Haus gekommen?« fragte sie.

»Der Zigeuner Argan ist gekommen, um mir einen Kessel zu flicken.«

Sofort schickte Paraskitza den Feldhüter los, um den Zigeuner zu holen.

»Argan«, sagte sie zu ihm, »wo ist das Kreuz, das du gestohlen hast?«

»Ich? Ein Kreuz? – Ich weiß gar nicht, von was für einem Kreuz Sie sprechen.«

Paraskitza befahl, daß man ihn auf einer Bank ausstrecke.

»Was für eine Idee!« rief ich. »Könntest du so grausam sein? Das wäre ja die reinste Folter.«

»Mein Herr, mischen Sie sich nicht in Dinge, die Sie nicht verstehen können. Wir sind hier weder in Paris noch in Wien.«

Während der Feldhüter einen Stock schwang und der Zigeuner seine Unschuld beteuerte, verfolgte Paraskitza mit einem Lächeln auf den Lippen, die Arme über der Brust gekreuzt, einer Semiramis ähnlich, das grausame Schauspiel der Bastonade. Ich protestierte erneut, aber sie behielt Recht. Beim zehnten Schlag gab Argan zu, daß er das Kreuz gestohlen und es dem Armenier Baboschkan verkauft habe.

Der Armenier mußte die gleiche Bestrafung über sich ergehen lassen. Beim vierten Stockhieb gestand er, daß er das Kreuz dem Juden Rehbock verkauft habe. Angesichts der Bank gestand auch der Jude, und die Bäuerin gelangte wieder in den Besitz ihres Kreuzes.

»Das ist ja ein ganz einfaches Verfahren«, bemerkte ich, »aber ein grausames. Woher nimmst du die Sicherheit, daß derjenige, den du so behandelst, immer schuldig ist?«

»Aus meinem gesunden Menschenverstand«, erwiderte sie; »und außerdem kenne ich meine Leute. Der Zigeuner stiehlt wie ein Rabe, der Armenier ist ein Hehler, und Rehbock hat, was das Hab und Gut anderer betrifft, auch nicht mehr Skrupel.«

Unterdessen war Balaban hereingekommen und hatte sich still, die Pfeife zwischen den Zähnen, in eine Ecke gesetzt.

Während Paraskitza gleichsam herausfordernd die Hände auf die Hüften gestützt hatte, beobachtete ich sie und wurde nicht müde, diese stolze Haltung voller Energie und dieses Gesicht, in dem Stärke und Klugheit sich in so schöner Harmonie miteinander verbanden, zu betrachten.

Am nächsten Tag blieb der Aufseher Balaban jäh im Wald stehen und sagte zu mir:

»Um eines bitte ich Sie, mein Herr, verlieben Sie sich vor allem nicht in Paraskitza!«

»Warum?«

»Weil, wenn Sie ihr Ihre Seele schenken, wäre das, als würden Sie sie dem Teufel geben.«

*

Eines Abends klopfte Paraskitza an mein Fenster. Ich öffnete ihr und lud sie ein hereinzukommen.

»Das lohnt nicht, mein Herr; ich komme nur, um Sie zu bitten, mir ein Buch zu leihen, aber ein russisches Buch.«

Ich reichte ihr durch das Fenster *Die Hauptmannstochter* von Puschkin.

»Wollen Sie mich nicht begleiten?« sagte sie anschließend zu mir. »Der Mond scheint so wunderschön! Kommen Sie doch!«

Ich griff nach meiner Mütze und ging mit ihr, zuerst durch unseren Garten und dann über die Stoppelfelder. Nachdem wir eine Weile so gelaufen waren, blieb sie stehen, begann in dem Buch zu blättern und rief:

»Ach! Da ist ja die Rede von der Zarin Katharina! Das muß schön sein. Ich wäre auch gerne Zarin!«

»Bist du denn nicht ein bißchen Zarin? Beherrschst du nicht alle, die sich dir nähern?«

»Wen sollte ich denn sonst beherrschen?« fragte sie lächelnd.

Gleichzeitig hefteten ihre großen schwarzen Augen sich an meine, ihr Atem ging schneller und bewegte sacht die Goldzechinen, die ihre Brust schmückten.

»Mich, wenn du willst«, sagte ich zu ihr.

Sie senkte den Kopf, ohne zu antworten. Ich umfaßte ihre Taille mit meinem Arm, zog sie an mich und gab ihr einen Kuß. Sie wehrte sich nicht, begann mich aber mit einem Ausdruck großen Vertrauens anzusehen und sagte zu mir:

»Ich wußte, daß Sie mich lieben, und auch ich liebe Sie. Daran kann man nichts ändern. Aber geben Sie mir Ihr Ehrenwort, daß Sie nicht mehr versuchen werden, mich zu küssen. Ich schätze mich nicht genug, um Ihre Frau zu werden, aber viel zu sehr, um Ihre Geliebte zu sein. Geben Sie mir die Hand.«

Ich gab ihr die Hand.

»Jetzt«, sagte sie, »bin ich beruhigt.«

Nachdem wir noch ein paar Schritte gegangen waren, blieb sie erneut stehen:

»Etwas anderes«, murmelte sie; »versprechen Sie mir, keine andere zu lieben, solange Sie hier sind. Ich bin zu stolz und könnte das nicht ruhig mit ansehen.«

»Ich gebe dir darauf mein Ehrenwort!«

»Danke, mein Herr.«

Wir gingen eine Weile stumm weiter. Plötzlich fing sie an, das kleinrussische Volkslied *Krisciu* zu singen, diese schreckliche Ballade, die schönste, die ich kenne:

Geh nicht, Krisciu, zu den Tanzabenden,
wo die Mädchen sich drehen,
Denn sie sind alle Hexen;
Sie verbrennen Stroh, sie kochen Kräuter,
Und sie werden dir dein junges Leben nehmen.

Am Sonntagmorgen hat sie die Kräuter gesucht;
Am Montag hat sie sie gewaschen;
Am Dienstag hat sie sie gekocht,
Und am Mittwoch hat sie ihn vergiftet.

Der Donnerstag kam, und Krisciu starb.
Am Freitag hat man ihn beerdigt.
Am Samstag schlug die Mutter die Schwiegertochter:
Warum nur, du Hündin, hast du meinen Sohn vergiftet?

O Mutter, meine Mutter! Ich bereue es nicht.
Er hätte nicht zwei Frauen gleichzeitig lieben dürfen.
Und so darf er weder mir noch ihr gehören;
Er muß mit der bloßen Erde vorlieb nehmen.

Der Winter war gekommen. Die Erde, die Straßen, die Häuser, alles war unter dem Schnee begraben. Trotzdem ritt ich beinahe jeden Tag ins Dorf, um Paraskitza zu sehen und ihre Hände zu drücken, diese rauhen, doch ehrlichen Hände.

Als ich mich eines Abends mit ihrem Vater und Balaban über den Italienkrieg unterhielt, an dem wir alle drei teilgenommen hatten, hörten wir den Knall eines Gewehrschusses. Wir fuhren von unseren Sitzen hoch; doch fast sofort kam Paraskitza herein, das Gewehr in der linken Hand, und schleifte mit der rechten einen großen Wolf mit sich, den sie mitten ins Zimmer warf.

»Hast du den getötet?« fragte ich sie.

»Ja, mein Herr. Seit ein paar Tagen sah ich ihn um das Haus streichen«, sagte Paraskitza. »Im letzten Winter habe ich sechs davon getötet.«

Ich betrachtete sie und sagte mir: »In der Tat, diese junge Frau verdiente es, einen Thron zu besteigen, wie Katharina, die Tochter von Marienburg, und wie Anastasia Lissoski, diese Tochter eines Priesters, die, nachdem sie Herrscherin geworden war, den Namen Roxolane annahm.«

Zu dieser Zeit entwarf ich die drei Novellen *Marzella, Frinko Balaban* und das *Volksgericht*, die in der *Revue des Deux Mondes* erschienen sind. Mein Forstaufseher ist der Held der zweiten Erzählung, während Paraskitza die Heldin der ersten, Katharina in *Frinko Balaban* und Feodosia im *Volksgericht* ist.

Ich werde Paraskitza niemals vergessen. Sie erhebt sich in meiner Erinnerung, tapfer und treu wie ein galizischer Soldat, neben meinen Kameraden von Magenta.

II. Band. Heft 5.
1. November 1890.
Moderne Dichtung
Monatsschrift für Literatur u. Kritik
Nr. 11.
Leopold von Sacher-Masoch
Wien.
Leipzig.
Verlag von Rudolf M. Rohrer in Brünn.

Anhang

Über das literarische Frankreich, seine Literaten und den Naturalismus sowie über russische und jüdische Sekten und Aperçus zu diesem und jenem

Richard Wagner und Émile Zola

Erfundener Dialog (1887)

»Ich komme direkt aus der Hölle«, ließ sich eine zarte, unmelodische, ziemlich mißtönende Stimme vernehmen.

Der Mann, der am Kamin saß, drehte sich um. Die schlimmen Nächte, die er hinter sich hatte, hatten seine Nerven mehr gereizt, als ein Concert Lamoureux es vermocht hätte. In seinen Ohren tönten unablässig, wie die Beschwörung des Feuers in der *Walküre*, die Pfiffe der Premiere von *Renée*.

»Wer spricht da?« fragte er.

»Ich, der Meister.«

Der Mann am Kamin bemerkte jetzt einen Nebel, aus dem die Stimme kam, und er sah, wie der Nebel sich verdichtete und nach und nach die Form einer Gestalt annahm. Ein Wesen unbestimmten Geschlechts stand jetzt vor ihm. Ein kleines Wesen, ausgetrocknet wie eine Mumie, in einen Morgenrock aus rosa Satin gehüllt und auf dem Kopf eine blaue Samtmütze. Aus seinem bartlosen sorgenvollen Gesicht ragte eine Adlernase, und der Blick aus seinen Augen war stechend.

»Erkennst du mich nicht?«

»Nein, Madame.«

»Ich bin Richard Wagner.«

»Oh! Pardon! Ich hielt Sie für eine alte Frau!«

»Mach keine Scherze, mein lieber Émile«, sagte die Stimme streng. »Die Zeit der Scherze ist vorbei; die Kunst ist ernst wie das Leben geworden. Ich komme aus der Hölle; der Teufel entbietet dir seine Grüße.«

»Du bist also verdammt?«

»Ich? Wo denkst du hin?« erwiderte der Geist. (Und er setzte sich auf einen Mondstrahl, der durch das Fenster drang und wie ein silberner Balken in der Luft schwebte.) »Man behandelt die Künstler sehr gut in der anderen Welt, und niemand hat meinen Paß oder mein Führungszeugnis sehen wollen. Aber eines Tages hat ein Herr nach mir gefragt, und an der Pforte zum Paradies fand ich den Teufel persönlich vor.«

»Donnerwetter!« rief der Mann am Kamin. »Den hätte ich gern gesehen und vor allem gerochen; er muß ja grauenhaft stinken!«

»Ich weiß, daß du alle Gerüche liebst, die guten wie die schlechten, denn du magst den Geruch des Misthaufens genauso wie den eines

Pelzes, in dem der Körper einer drallen Blondine geschwitzt hat. Man könnte dich den Dichter der Gerüche nennen. Aber diesmal irrst du dich. Der Teufel sieht sehr gut aus. Er ist elegant, liebenswürdig und sehr geistreich.«

»Und was wollte er von dir?«

»Er schüttelte mir mit aufrichtiger Begeisterung die Hand, wie einst König Ludwig von Bayern, und sagte zu mir: ›Mein lieber Meister, heutzutage muß man dem Publikum immer etwas Neues bieten, sogar in der Hölle. Die Verdammten, die schon seit Jahrtausenden im Feuer braten, haben sich so sehr an die Hitze gewöhnt, daß sie sich gegenseitig helfen, es in Gang zu halten. Und auch die anderen Qualen beeindrucken nur noch die Neuankömmlinge. Ich bitte dich daher, Meister, um die Erlaubnis, deine Opern in der Hölle zu spielen. Ich bin mir der Wirkung vollkommen sicher.‹«

»Ich auch«, erwiderte der Mann am Kamin und knabberte an den Nägeln seiner rechten Hand. »Aber was habe ich davon?«

»Du?«

Der Meister stieg von seinem Mondstrahl und schlug ihm vertraulich auf die Schulter.

»Nun, der Tag wird kommen, an dem auch meine Musik ihre Wirkung verloren haben wird, sogar der *Parsifal* oder die *Götterdämmerung*. Und dann wird deine Stunde schlagen! Dann wird Luzifer auf deine Stücke zurückgreifen, das habe ich ihm jedenfalls vorgeschlagen.«

»Das ist sehr freundlich von dir, Meister.«

»Nenn mich Bruder«, sagte der Geist. »Du bist mein Bruder, und ich verstehe gar nicht, warum noch niemand auf die Ähnlichkeiten aufmerksam gemacht hat, die es zwischen uns beiden gibt. Zunächst einmal stellst du zu Beginn deiner Stücke immer eine These auf, wie ich. Der Rahmen und die Begleitung sind für dich wie für mich die Hauptsache; der Mensch kommt erst an zweiter Stelle, wie bei mir die Stimme. Für dich existiert die Psychologie ebenso wenig wie für mich der Gesang; und die Beschreibung ist für dich, was für mich das Orchesterspiel ist. Wie ich hast du eine starke Abneigung gegen die Handlung; deswegen findet man in unseren Werken diese grandiose Ausdehnung, die man Breite nennt und die man als langweilig bezeichnet. Und was die Bühnenbilder betrifft, sie wurden früher für die Stücke gemacht; bald wird man die Stücke und die Musik für die Kostüme und Bühnenbilder machen.«

»Aber das neue Element ...«

»Du kannst ganz offen sprechen«, unterbrach Wagner ihn. »Diese kleinen Dinge bei dir, die man schmutzig findet, die pflege auch ich liebevoll: Ehebruch, Inzest ... Ja, du bist mein Bruder, und weißt du nicht, daß du meine Musik und meine Opern in Frankreich eingeführt hast? Du hast den Weg geebnet, du bist der Apostel Johannes, der Wegbereiter des Messias. Wir hätten zusammenarbeiten sollen, um das Meisterwerk der Zukunft zu schaffen.«

»Wie schade, daß du tot bist!«

»Das bedaure ich auch«, sagte der Meister seufzend. »Aber laß mich zu Ende reden. Es gibt noch mehr Ähnlichkeiten zwischen dir und mir. Deine Art, Werbung zu machen, orientiert sich ganz an meiner. Du liebst wie ich den Luxus, und doch sind wir beide arm gewesen. Die Theorie ist unser beider Stärke, und du erträgst Widerspruch ebenso wenig wie ich. Wir haben die alten Meister getötet, die ohne Theorie geschaffen haben, wie der Vogel, der in den Zweigen singt, und ich habe die Kritiker behandelt, wie du sie jetzt behandelst.«

»Du hast recht. Die Schurken! ...«

»... Die dir ständig die Meister des französischen Theaters unter die Nase reiben.«

»Und dir Mozart und Beethoven.«

»Diese feine Unhöflichkeit, die deine Waffe ist, habe ich auch benutzt, als ich noch auf Erden weilte. Weißt du übrigens, mein lieber Émile, daß das im Grunde nur ein Merkmal des deutschen Charakters ist? Erinnerst du dich, daß einer unserer großen Dichter gesagt hat: ›Der Deutsche lügt, wenn er höflich ist‹?«

»Meister, man kann sogar in Frankreich unhöflich sein.«

»Bevor ich dich kennengelernt habe, habe ich es nicht geglaubt; aber jetzt bin ich durchaus davon überzeugt.«

»Man muß all diesen Leuten, die sich weigern, uns zu bewundern, die Ohren langziehen.«

»So ist es«, rief der Meister. »Wie schön ist doch das Wort unsres Dichters: ›Schlagt ihn tot, diesen Hund; er ist Kritiker!‹«

Der Mann am Kamin stand abrupt auf, und die beiden Meister, der Komponist und der Dramatiker der Zukunft, schüttelten sich die Hand, während ein unsichtbares Orchester die ersten Takte der *Tannhäuser*-Ouvertüre spielte.

Émile Zola (1840–1902)

Das literarische Frankreich

Nach persönlichen Eindrücken (1888)

I.
Die alte Schule

Während meines letzten Aufenthalts in Paris, der ein Jahr währte, ging dort die große literarische Revolution, welche auf die ganze gebildete Welt Einfluss genommen hat, zu Ende und zeigten sich die Anfänge einer neuen, welche vom Auslande bisher so gut wie gar nicht bemerkt worden ist.

Ich will versuchen, nach durchaus persönlichen Eindrücken und Erlebnissen, den Ausgang und Anfang dieser beiden großen Bewegungen zu schildern und zugleich ein Bild des heutigen literarischen Frankreich zu geben.

Um die Umwälzung zu verstehen, welche Flaubert und nach ihm Zola in Frankreich hervorgerufen haben, müssen wir uns die Lage der Dinge vor dem Erscheinen der »Madame Bovary« vergegenwärtigen, denn dieses Buch ist so recht der Markstein zweier literarischer Epochen, ebenso wie »La terre« (Land), der letzte Roman Zolas.

Als ich noch jung war, wurde der Roman in Deutschland überhaupt nicht als ein wahrhaft literarisches Erzeugnis angesehen, sondern nur als eine Art Zeitvertreib für die lesenden Frauen, und doch besaß die deutsche Literatur damals schon den »Werther« und die »Wahlverwandtschaften«. Unter den Romanen, welche damals in der Mode waren, wurden die englischen als »gediegen« von ernsten Männern und Müttern protegiert, während die französischen insgesamt als leichte Ware behandelt wurden, der man jeden literarischen Wert absprach. Diese Geringschätzung dehnte sich eigentlich auf die gesamte französische Literatur aus, der man weder Ernst noch Tiefe zugestehen wollte.

Hätten sich die Franzosen damals mehr um Deutschland bekümmert, so hätten sie jedoch mit vollem Recht sagen können: »Wie kommt es, dass ihr nur unsere leichtesten Stücke für eure Bühne übersetzt und mit Vorliebe aufführt, wie kommt es, dass von unseren Roman-Schriftstellern nur Dumas und Sue bei euch populär sind? Weshalb sind gerade die schwachen phantastischen Romane der George Sand, wie die ›Gräfin von Rudolstadt‹, bei euch so sehr gelesen?«

Die französische Literatur besaß damals schon große und tiefe Werke in nicht geringer Zahl, daran müssen die französischen Naturalisten, welche Alles, was vor Flaubert da war, verwerfen, ebenso gut erinnert werden, als unsere literarischen Chauvinisten.

Allerdings hat Frankreich keinen Goethe und keinen Shakespeare hervorgebracht, aber dafür hat es einen Molière, der beiden germanischen Nationen fehlt. Racine, Corneille, Beaumarchais, ja Rousseau, Chateaubriand, Lamartine, Musset sind gewiss ernste literarische Erscheinungen. Victor Hugo hat man sogar den Vorwurf gemacht, zu begeistert und zu mystisch zu sein.

Und der französische Roman?

Da haben wir gleich Voltaires »Candide«, der einerseits kecker und rücksichtsloser, andererseits tiefer ist, als Alles was Zola geschaffen hat. Dann Prevosts »Manon Lescaut«, in ihrer Art ebenso klassisch und einzig wie der »Werther«. Dann die beiden Romane von Claude Tillier, dem einzigen großen Humoristen, besonders »Mein Onkel Benjamin«.

Auf Prosper Merimées »Colomba« und De Maistres »Gefangene im Kaukasus« können die Franzosen stolz sein, wie die Deutschen auf Kleists »Michael Kohlhaas«. Hier und dort waltet dieselbe urwüchsige Kraft.

George Sand hat in »Leon Leoni« das Problem der Liebe mit einer ganz männlichen Energie behandelt und in ihren französischen »Dorfgeschichten« kleine Kabinettstücke geschaffen.

Schließlich hat Deutschland auch nicht mehr wahrhaft Bedeutendes in seiner Erzählungsliteratur aufzuweisen. Der »Simplicius«, Schillers »Geisterseher«, Goethes »Werther«, »Wilhelm Meister« und die »Wahlverwandtschaften«, Kleists »Kohlhaas« und Grillparzers »Der alte Spielmann«, Heines »Rabbi von Bacharach«, Stifters »Narrenburg« und »Hochwald« dürften so ziemlich Alles sein, was uns aus der Zeit vor Gutzkow bleibt.

Gutzkow bedeutet eine Wendung in der deutschen Prosaliteratur. Er hatte große Perspektiven und gab dem Roman eine neue Form; leider blieb aber seine Gestaltungskraft weit hinter seinen Absichten zurück und es gelang ihm niemals, seine Ideen in literarische Wirklichkeit umzusetzen. Er wird heute kaum mehr gelesen und doch hat er den modernen deutschen Romanen die Bahn gebrochen.

Wie man damals die gesamte französische Literatur mit Unrecht als leichte Ware behandelte, so spricht man bei uns ohne jede Berechtigung von der korrumpierten Literatur an der Seine. Und wieder könnten die Franzosen ausrufen: Ja, weshalb führt ihr denn auf euren Bühnen nur unsere sogenannten sozialen Komödien auf und weshalb lest ihr fast ausschließlich Zola?

So jakobinerisch sich auch der kritische Zolaismus in Frankreich gebärdet hat, er war doch nicht im Stande, die alte Schule zu vernichten, und sein Terrorismus konnte ebenso wenig die Entstehung einer neuen Schule hindern, welche den Naturalismus in kurzer Zeit dahin werfen wird, wohin er die entthronten literarischen Götter geworfen hat.

Da die französischen Schriftsteller, fast ohne Ausnahme, alt werden, so kann man in Paris, wie etwa in einem Durchschnitt [sic!] der Erde die geologischen Schichten, die aufeinander folgenden literarischen Geschlechter alle noch an lebenden Exemplaren studieren und beurteilen.

Die alte Schule in Frankreich war der Rationalismus und die gute Laune. Ihre Meister beobachteten nicht im Sinne der Naturalisten, sie erfanden, und da sie Alle die Gabe hatten, gut zu erzählen, so hörte man ihnen gerne zu. Wenn sie keine großen Fragen, keine sozialen oder physiologischen Probleme behandelten, so war in ihnen dafür jene altfranzösische Heiterkeit, welche die »Erzählungen der Königin von Navarra«, die »Märchen« Perraults, den »Gil Blas« und den »Hinkenden Teufel« geschaffen und in Meister Rabelais ihren unsterblichen Ausdruck gefunden hat, jene Heiterkeit, welche etwas Hellenisches an sich hatte und deren genialster Vertreter unter den modernen Romanschriftstellern Alexandre Dumas Vater war.

Diese alte Schule bekam ihren Todesstoß nicht durch Zola, nicht einmal durch Flaubert, sondern durch Balzac.

Balzac war für Frankreich, was Gutzkow für Deutschland war, der Schöpfer des modernen Romans, nur dass Balzac auch konnte, was er wollte, dass er ein Künstler, ein Meister war, der kaum von Flaubert erreicht wird und gegen den alle heutigen Größen rechte Zwerge sind.

Während der Roman sich bisher auf der Außenseite der Dinge gehalten und vorzüglich mit den Handlungen der Menschen beschäftigt hatte, entdeckte Balzac zuerst die ungleich bedeutsamere und größere innere Welt des Menschen für die Prosadichtung und schuf den psychologischen Roman.

Er war ebenso revolutionär in Bezug auf die Form, wie auf den Inhalt seiner Werke. Der Erste wagte er [sic] die Ketten der Akademie zu brechen und sich einen eigenen Stil und eine besondere Sprache zu schaffen.

Er verstand wie Keiner, was Schopenhauer so treffend ausgesprochen hat, dass der Dichter »der Spiegel der Menschheit« ist und ihr, was sie fühlt und treibt, zum Bewusstsein bringt, dass der eigentliche Stoff des Poeten immer nur die menschliche Natur ist und sein kann. Und er verstand gleichermaßen, dass der bisher vernachlässigte und verachtete Roman, der nur als eine Art Bastard der Poesie angesehen wurde, berufen ist, fortan die erste Rolle in der Literatur zu spielen, dass der lyrische Dichter nur einzelne Empfindungen und Dichtungen darzustellen vermag, dass der Dramatiker durch die engen Grenzen, welche ihm die Bühne steckt und durch die Pflicht, seinen Menschen in Handlungen sprechen zu lassen, gezwungen wird, mit großen Strichen zu malen und somit nur der epische Dichter in Prosa, der Erzähler, welcher sich an einen geduldigen und andächtigen Leser wendet, Zeit und Raum für eine wirkliche Vertiefung seiner menschlichen Charaktere findet, für eine gewissenhafte und naturtreue Entwicklung ihrer Handlungen, teils aus ihrem innersten Wesen heraus, teils aus den Einwirkungen ihrer Umgebung.

In diesem Sinne, groß und ernst, hat Balzac seine Aufgabe erfasst und durchgeführt, denn vor den Naturalisten hatte er den richtigen Begriff seiner Kunst und ihrer Grenzen voraus und vor Gutzkow die geniale Gestaltungskraft, gepaart mit dem durchdringenden Geist der Analyse.

II.
Flaubert

Balzac hatte beiläufig dasselbe Schicksal wie Beethoven. Er wurde von seinen Zeitgenossen nicht verstanden. Während er seinen großen Romanzyklus schrieb, trat unter dem Bürgerkönigtum eine literarische Verflachung ein, zu der sich unter dem Kaiserreich noch die Leichtfertigkeit gesellte. Wir sehen eine Literatur die Öffentlichkeit beherrschen, die weder heiter noch tief ist. Der Geist Voltaires ist tot, und Balzac bleibt ohne Nachfolger.

Da fällt im Jahre 1856 »Madame Bovary« wie ein Meteor vom Himmel und ruft eine literarische Umwälzung hervor. Allerdings verdankt dieses Buch – in jenen Tagen des Verfalls – seinen Erfolg bei der großen Masse der Leser dem Rechtsverfahren, das der Staatsanwalt gegen dasselbe einleitet, und welches mit der Freisprechung des Verfassers endet, aber die Wirkung ist da und zwar eine nachhaltige und durchgreifende.

Diese neue Richtung, die sich plötzlich und unerwartet einführt, findet ihre Erklärung darin, daß Flaubert kein Pariser war, daß er sich nicht auf den Boulevards begeisterte, daß er aus der Provinz kam, und dies ist auch das Geheimnis seiner Kraft und seiner herben Frische.

In Deutschland, in Rußland sind die starken, ursprünglichen Talente auch aus den kleineren Städten oder vom flachen Lande gekommen, besonders jene genialen Russen, die wie Kolzow, Schewtschenko, Gogol gleichsam einen Erdgeruch an sich tragen.

Selbst nach seinem Kunstsiege lebte Flaubert wenig in Paris und auch hier in bescheidenen, bürgerlichen Verhältnissen. Alle aufstrebenden Geister sammelten sich um ihn und aus dem Kreis, der sich jeden Sonntag Nachmittag in seiner kleinen, im fünften Stockwerk gelegenen Junggesellenwohnung zusammenfand, ging die ganze heutige Literatur hervor.

Außer Turgenjew fanden sich fast jedesmal Taine, Baudry, der Anatom Pouchet, Barty, Alphonse Daudet, Zola, der Buchhändler Charpentier, Catulle Mendès, Bergerat, Heredia, Huysmans, Hennique, Céard, Léon Cladel, Toudouze, Alexis, Edmond de Goncourt hier ein.

Sein eigentliches Heim war in seiner kleinen Besitzung zu Croisset bei Rouen, am Ufer der Seine, in einem alten Hause, das mitten in einem prächtigen Garten lag. Hier lebte er mit seiner Mutter ferne der

Gustave Flaubert (1821–1880)

Welt und ihrem Glanz und ihrem rauschenden Treiben. Er las, studierte, arbeitete unermüdlich. Selten betrat er den Garten, aber er liebte es, wenn er seinen Arbeitstisch verließ, an das Fenster zu treten und seine Blicke durch die reizende Landschaft schweifen zu lassen, die er von klein auf kannte und liebte.

Seine Mitbürger achteten ihn als einen braven Menschen, der nur ein wenig überspannt war.

In Paris brachte er jeden Sonntag Abend bei seiner Freundin, der geistreichen Prinzessin Mathilde, zu. Er liebte eine glänzende Gesellschaft zu sehen und den Aufwand im großen Stil, wie man Kunstwerke betrachtet, er selbst aber lebte in Paris ebensowohl wie auf dem Lande einfach, ja spartanisch, ein vollendeter Philosoph.

In einem seiner Briefe an George Sand sagt Flaubert von einem Freunde: »Ihm fehlte, was für uns selbst wie für die anderen, an uns immer das Wichtigste bleibt: der Charakter.«

Er besaß diese wichtigste Eigenschaft wie selten ein Künstler, er war nicht nur eine gütige und begeisterte Natur, sondern fest in allem, treu und verläßlich.

Sein großer Geist zeigt sich am glänzendsten zur Zeit der Verhängnisse von 1870. Damals hat der Philosoph von Croisset, der Dichter, weiter gesehen, als alle Staatsmänner und Generäle.

Er schreibt anfangs Juli aus Croisset an George Sand: »Ich bin verzweifelt über die Dummheit meiner Landsleute. Die unverbesserliche Barbarei der Menschheit erfüllt mich mit tiefer Trauer, dieser Enthusiasmus, der von keiner Idee beseelt ist, macht, daß ich sterben möchte, um ihn nicht mehr zu sehen. Der gute Franzose will sich schlagen, 1. weil er sich durch Preußen herausgefordert glaubt, 2. weil der natürliche Zustand des Menschen die Wildheit ist, 3. weil der Krieg ein mystisches Element in sich hat, das die Menschen fortreißt. Sind wir wieder zu den Rassenkämpfen zurückgekommen? Ich fürchte es. Die schreckliche Schlächterei, die sich vorbereitet, hat nicht einmal einen Vorwand für sich. Es ist die Lust sich zu schlagen, nur um sich zu schlagen. Ich beklage die gesprengten Brücken und Tunnels, alle diese menschliche Arbeit, die verloren geht. Sie haben gesehen, daß ein Herr in der Kammer die Plünderung des Großherzogtums Baden vorgeschlagen hat. Ach! daß ich nicht bei den Beduinen leben kann!«

Dann wieder in einem anderen Briefe: »Ich war Montag in Paris und bin um Mitternacht zurückgekommen. Ich kenne jetzt den Pariser von Grund aus, und ich habe in meinem Herzen den grausamsten Staatsmännern von 1793 Abbitte geleistet. Ich verstehe sie jetzt. Welche Dummheit! Welche Unwissenheit! Welche Anmaßung! Meine Landsleute ekeln mich an. Dieses Volk verdient vielleicht gezüchtigt zu werden, und ich fürchte, daß es geschehen wird.«

Weiter: »Wann haben sie gesehen, daß der Süden den Norden besiegt hätte?«

Und an anderer Stelle: »Alles Unglück kommt von unserer riesenhaften Nichtswisserei!«

»Übrigens hat Frankreich seit einigen Jahren in einem ganz eigentümlichen Geisteszustand gelebt. – Diese Narrheit ist die Folge einer großen Torheit und diese Torheit entspringt aus dem Schwindel, denn infolge der fortwährenden Lüge ist man zum Idioten geworden. – Alles ist falsch! Falscher Realismus, falsches Heer, falscher Kredit und sogar falsche Dirnen, man nannte sie Marquisen!«

Und dabei war dieser Hellseher, der Frankreich so streng, so unerbittlich richtete, doch ein treuer Sohn seines Landes, ein glühender Patriot.

Nach den ersten Niederlagen schreibt er:

»Die Idee, jetzt Frieden zu schließen, macht mich rasend. Ich würde lieber sehen, daß man Paris an allen Ecken anzündet (wie Moskau), als daß die Preußen darin einziehen. Ich habe einige Briefe von Soldaten gelesen, die als Beispiel dienen können. Man verschlingt nicht ein Land, in dem man solche Sachen schreibt. Frankreich ist eine Mähre, die noch Kraft hat und sich erheben wird. Wir sind hier alle entschlossen, auf Paris zu marschieren, wenn die Landsleute Hegels es belagern sollten.« (Er war Offizier der Mobilgarde.)

Und zur Zeit der Kommune ruft er aus: »Ich finde, daß es nach der Landesbesetzung kein Unglück mehr gibt.«

Geradezu weissagend ist sein Blick in die ferne Zukunft. Ich begnüge mich, nur ein paar Stellen aus seinen Briefen im Jahre 1871 anzuführen.

»Soweit hat uns die Wut, nicht die Wahrheit sehen zu wollen, gebracht, die Liebe zur Künstelei und zur Lüge. Wir sind auf dem Wege, Polen zu werden und dann Spanier. Dann wird an Preußen die Reihe kommen, das von Rußland verschlungen werden wird.«

»Was mich erbittert, ist, 1. die Barbarei der Menschen, 2. die Überzeugung, daß wir in ein Zeitalter der Dummheit eintreten werden.

Man wird *utilitarisch, militarisch*, *amerikanisch* und katholisch werden.

Und merken Sie sich, daß man nur noch daran denken wird, sich an Deutschland zu rächen. Die Regierung, welche es auch sei, wird sich nur behaupten können, indem sie auf diese Leidenschaft spekuliert. Der Mord im großen wird das Ziel aller unserer Anstrengungen, das Ideal Frankreichs sein.«

Das Zeitalter des Positivismus in der Staatskunst wird beginnen. –

»Damit Frankreich sich wieder erhebt, muß es von der Inspiration zum Wissen übergehen, jede Metaphysik aufgeben, und sich ganz der Kritik, das will sagen, der Prüfung und Beobachtung der Dinge zuwenden.«

So einfach einerseits, so groß in seinen Gesichtspunkten und allen seinen Zeitgenossen überlegen anderseits war der Mann, der mit einem einzigen Werk ein neues Zeitalter der Literatur eröffnet hat.

Seine Kunstanschauung war eigentlich gar nicht neu, sie ist die eines jeden Genies, jeden wahren Dichters. Da aber diese so selten sind, wirken sie jedesmal wie etwas ganz Neues und Eigenartiges. Nach Flaubert waren die beiden Ziele der Dichtung: Wahrheit und Schönheit.

Zwischen diesen beiden Elementen schwankt die Literatur seit jeher, bald gibt sie uns Schönheit ohne Wahrheit, bald Wahrheit ohne Schönheit, beide zu vereinen war immer nur einigen wenigen Auserwählten beschieden.

Weil die Literatur unmittelbar vor Flaubert flach, schlüpfrig, unwahr gewesen war, hielten sich die begeisterten Anhänger Flauberts vor allem an seine Gegenständlichkeit, seinen Ernst, seine Wahrheit und nannten ihn einen Realisten, was er aber so wenig war, als ein Idealist. Er war beides zugleich in Einem und die Schönheit geht in seinen Werken Hand in Hand mit der Wahrheit.

Schon die Art und Weise, wie er den Stil hoch hielt und pflegte, beweist, daß er weder der Vater des Realismus noch des Naturalismus war.

Wenn beide in Frankreich von ihm ausgehen, so geschieht es zuerst, weil er neuerdings den ewig wahren Satz verfochten hat, daß es für den Künstler keine anderen Grenzen gibt, als die seiner Kunst, daß er alles behandeln darf, was menschlich ist und natürlich und dann, weil – wenn die Könige bauen, die Kärrner zu tun haben.

Von den Brosamen, die von seinem Tische fielen, hätten sich noch ein paar literarische Schulen mehr nähren können, ohne daß nur einer von allen, die sich als seine Schüler gebärdeten, ernstlich in seine Fußstapfen getreten wäre.

Ja, der Umschwung aller ästhetischen Anschauungen war groß durch seinen Einfluß und wurde noch größer durch die ausländischen Einwirkungen, denen er Bahn brach.

Flaubert besaß ein reiches Wissen und beschäftigte sich gleich Turgenjew viel mit den großen Schriftstellern des Auslandes, die er begeistert pries. So rief er beim »Don Quixote« aus: »Welches gigantische Buch! gibt es ein schöneres?« – Nachdem er Spinozas »Ethik« und »Tractatus theologico-politicus« gelesen: »Ich bin geblendet, von Bewunderung erfüllt. Mein Gott! Welch ein Mensch! Welch ein Kopf!« Und über Goethe schreibt er an die Sand: »Das war ein Mann, dieser Goethe! aber er hatte auch alles, alles für sich!«

An den Sonntagnachmittagen erschien Turgenjew oft mit Büchern beladen und las oder übersetzte vielmehr fließend aus den verschiedensten Werken, was ihm gerade der Mitteilung besonders wert schien. Von hier aus drang der ausländische Einfluß immer weiter, der deutsche vor allem durch Goethe und Schopenhauer, später Richard Wagner, der englische durch Shakespeare, Darwin, Boz Dickens, der russische durch Gogol, Puschkin, Turgenjew, später durch Dostojewski und Tolstoi.

Die Wirkung der »Madame Bovary« und dieser fremden Elemente, welche plötzlich in die bisher abgeschlossene französische Literatur traten, war, daß dieselbe mit ihrer Überlieferung vollständig brach.

Eine Reihe begabter, zum Teil glänzender Schriftsteller, wie Alphonse Daudet und Goncourt traten in den Vordergrund.

Sie alle verrieten, ohne Schüler Flauberts zu sein, deutlich genug seinen Einfluß und eben so sehr den Einfluß des Auslandes.

Die kleinen unter diesen Neuen Strebenden suchten einen Führer, und da Flaubert es stets entschieden zurückwies, sich an die Spitze einer Schule zu stellen, so fanden sie ihn endlich in Émile Zola.

Dieser machte es sich, bei aller Kraft, die er besitzt und die nur gewisse krittelnde Frau Basen in Deutschland leugnen können, ziemlich bequem, von Balzac nahm er die Idee zu seinem großen Romanzyklus, entlehnte bei Darwin und Schopenhauer die Gesichtspunkte und von Flaubert die Art der Darstellung. Da er aber, um sich an die Spitze der literarischen Bewegung stellen zu können, auch etwas Neues bieten mußte, so erfand er ein Schlagwort, das zur Fahne der neuen Literatur wurde, den *Naturalismus*.

III.
Der literarische Dreimännerbund

Als ich Mitte Dezember 1886 nach Paris kam, hatte die naturalistische Bewegung ihren Höhepunkt erreicht. Der »Figaro« hatte mich eingeladen, einen Roman für sein Feuilleton zu schreiben. Ein Mitarbeiter dieses Tageblattes sagte mir vertraulich: »Hier wäre ein Kunststück zu lösen. Der ›Figaro‹ ist prüde, und Sie müssen in seinem Feuilleton dieselben Rücksichten nehmen wie in einem deutschen Familienblatt. Beweis, daß Daudet seine «Sappho« für den ›Figaro‹ verfaßt hatte und dieselbe abgelehnt wurde. Anderseits ist es keine Frage, daß der Naturalismus heute vollkommen siegreich ist, und daß jede andere Art literarischen Schaffens als *vieux jeu*, als veraltet angesehen wird. Der Erste, dem es gelingen wird, einen Roman zu schreiben, der zugleich sittsam und naturalistisch ist, wird die Leserschaft Zolas und Ohnets um sich versammeln.«

Ähnliche Äußerungen fielen von allen Seiten, überall, wo ich in den ersten Tagen verkehrte. Man leugnete nicht, daß der »Gil Blas« mit »Nana« ein schlechtes Geschäft gemacht und durch dieselbe Tausende von Festbestellern eingebüßt hatte, man bestritt ebensowenig die Entrüstung, die »Potbouille« hervorgerufen hatte, aber man erklärte, daß »Germinal« (außer dem »Assommoir« unstreitig Zolas bedeutendstes Werk) alles vergessen gemacht habe, und man weissagte für seinen neuen Roman »La Terre«, der bereits im »Gil Blas« angekündigt war, einen vollständigen Sieg, man erwartete eine Art Odyssee, welche die Öffentlichkeit ganz und gar für den Naturalismus gewinnen und begeistern sollte.

Eine Probe, welche der »Figaro« aus diesem Roman gab, schien diese Erwartungen zu bestätigen. Es war die Schilderung einer fruchtbaren Ebene, ein gutes Landschaftsbild, nicht ohne poetische Stimmung, bei dem man allerdings nicht an die großartigen Naturschilderungen russischer Erzähler denken durfte, das aber immerhin die Hoffnung auf ein ernstes und schönes Werk erweckte.

Das ganze literarische Leben schien sich um Zola, Daudet und Goncourt gesammelt zu haben, um die sich das junge Geschlecht fast vollzählig geschart hatte.

Ich fragte mich immer wieder, was diese drei so verschiedenen Schriftsteller zusammengeführt hatte, und ihr Bündnis setzte mich noch mehr

Alphonse Daudet (1840–1897)

in Verwunderung, nachdem ich Daudet und Goncourt persönlich kennen gelernt hatte.

Infolge eines komischen Verhängnisses war ich bei meinem ersten Besuch statt zu Alphonse Daudet, in die Wohnung eines berühmten Anwalts geraten und hatte dort ein paar Zeilen zurückgelassen. Nachdem mich ein Brief des Anwalts über das Quiproquo aufgeklärt hatte, sendete ich Daudet eine Drahtbotschaft und wurde von ihm gleichfalls durch den Draht eingeladen, noch denselben Abend bei ihm den Tee zu nehmen.

Es war dies Daudets gewöhnlicher Empfangsabend, und ich sollte sofort in das Heiligtum der allerneuesten, französischen Literatur eindringen, denn der mäßig große Raum, in den ich geführt wurde und in dem Daudets Arbeitstisch stand, hatte wirklich etwas Weihevolles an sich. Beim Kamin standen zwei kleine Polstersitze einander gegenüber. Auf dem einen saß Daudet, auf dem anderen Goncourt. Schon die schöne und geistvolle Frau Daudet hielt sich in einiger Entfernung auf einem Stuhl zwischen den beiden Fenstern, alle anderen, naturalistische Schriftsteller, naturalistische Verleger (darunter Charpentier), naturalistische Zeichner (welche die Werke Daudets, Goncourts, Zolas illustrieren), hielten sich, an den Wänden stehend, in einer achtungsvollen Entfernung und verhielten sich still oder sprachen leise und mit einer Bescheidenheit, welche unseren jungen Schriftstellern und Künstlern in Deutschland sehr zu empfehlen wäre.

Die Rolle, welche die beiden unstreitig großen Schriftsteller Daudet und Goncourt in diesem Kreise junger, strebender, begabter Leute spielten, war durchaus nicht naturalistisch, im Gegenteil, es lag in dem Benehmen, in der Verehrung dieser genialen Jugend ihren Meistern gegenüber etwas Ideales, ja Rührendes.

Alphonse Daudet gewann mich im ersten Augenblick, ich glaube, daß es nicht möglich ist, ihn nicht zu lieben. Die meisten Schriftsteller, die ich während meiner langen literarischen Laufbahn kennen gelernt habe, waren so recht das Gegenteil ihrer Schriften. Daudet ist der erste Dichter, dessen Persönlichkeit ich poetisch fand. Er ist mir als Mensch ebenso wohlgenehm und anregend wie als Schriftsteller; alle Elemente seiner Werke finden sich in seinem Wesen wieder, und er fällt nicht selten aus der müden Trübheit, die ein Hauptzug seiner Natur ist, plötzlich in den Humor, von dem »Tartarin von Tarascon« durchweht ist.

Ich hatte sogar mehr als einmal den Eindruck, als ob er sich über diese ganze naturalistische Religion in seiner feinen Weise lustig mache, und die köstliche Szene in »Tartarin« auf den Alpen, in der er den Pessimismus und den Lebensekel durchhechelt, schien mir mit einem Male, wie jeder echte Humor, sehr ernst.

Frau Daudet ist gleichfalls eine Ausnahme. In der Regel stehen die Schriftstellerfrauen im umgekehrten Verhältnis zu den Idealen ihrer Männer. Hier ist einmal eine Frau, die nicht nur das Herz eines Schriftstellers auszufüllen vermag, sondern auch seinen Geist und seine Einbildungskraft zu beschäftigen weiß. Bei allem weiblichen Reiz, der sie umgibt, ist Frau Daudet einfach, ohne Ansprüche und ohne jede Spur von Gefallsucht. Sie hält sich im Hintergrunde und wird nur dann lebhaft, wenn es sich um geistige Dinge handelt, wenn eine Wahrheit, eine Idee bestritten wird, für welche sie Partei nimmt.

Man sagt, daß sie ihrem Gatten im Sinne und Geist Flauberts an der Seite stehe, daß sie in der liebenswürdigsten Weise seinen Kunstrichter mache und vor allem in Bezug auf den Stil unerbittlich ist.

Goncourt, der Altmeister dieses Kreises, sei ein französischer Edelmann im schönsten Sinne des Wortes. Auch seine Erscheinung wollte so gar nicht mit den Grundsätzen, die von hier aus verbreitet werden, stimmen. Welcher Gegensatz zwischen dieser edlen Gestalt, diesem Gesicht voll Wohlwollen, diesen schönen, träumerischen, blauen Augen und der rohen Kunstlehre der Schule von Medan.

Man sprach von Briefen Turgenjews an mich, die der »Figaro« zu veröffentlichen beabsichtige und in denen der große Russe sich über seine französischen Freunde lustig mache.

Ich erklärte, daß Turgenjew niemals in einem Briefe an mich Übles von den Pariser Dichtern gesagt habe und daß ich überhaupt solche Briefe niemals veröffentlichen würde.

»Wenn er von uns Böses gesagt hat«, fuhr Goncourt in seiner milden Würde fort, »so hat das nichts zu bedeuten, aber von Flaubert! – von Flaubert, der ihn vergötterte! Ich erinnere mich noch des Tages, wo er zu mir kam und mir in unbeschreiblicher Erregung sagte: ›Turgenjew kommt nach Paris.‹«

Dann war es vorzüglich Daudet, der das Wort führte.

Man erwartete die Aufführung des »Lohengrin« durch den ausgezeichneten Lamoureux, auch einem Idealisten vom reinsten Wasser, und die Gegenstrebung gegen Richard Wagner hatte in den Tagesblättern und den Boulevardkaffeehäusern mit gesteigerter Leidenschaftlichkeit von neuem begonnen.

Daudet nahm für Wagner Partei. »Was hat das mit seinem Werk zu schaffen«, rief er aus, »ob er Frankreich hasste oder liebte, es ist ›idiot‹, seine Musik nach seinen Gesinnungen zu beurteilen.«

Ich dachte in diesem Augenblick an unsere deutsche Kunstrichterei, in deren Augen die Gesinnung des Künstlers alles ist und sein Talent – nichts.

Von »Hamlet«, der damals im Théâtre français als Neuigkeit gespielt worden war, sprach er mit gleicher Begeisterung und endlich von Bismarck in einer Weise, die mich bei einem Franzosen geradezu verblüffte.

Er sah in Bismarck eine elementarische Kraft, die auf ihn poetisch wirke.

In allem traf ich hier auf weite Gesichtspunkte, auf einen ruhigen, aber um so wahreren Feuereifer, auf einen Idealismus, der vom Naturalismus durch einen Abgrund getrennt schien.

Ich quälte mich ab zu verstehen, was ich damals noch nicht verstehen konnte.

Nur einmal traf ein naturalistischer Ton an mein Ohr.

Frau Daudet hatte, ich weiß nicht wem, den Vorwurf der Zügellosigkeit, der Rohheit gemacht. Daudet warf die Bemerkung hin: »Meine Frau verteidigt immer die Kunst, aber es gibt Augenblicke, wo man die Kunst der Wahrheit opfern muß.«

Aber diese Bemerkung wurde mit einem schalkhaften Lächeln ausgesprochen, so daß es zweifelhaft blieb, ob sie ernst gemeint sei.

Goncourt hatte mich in seinen Sonntagskreis geladen. In seinem mit Kunstschätzen erfüllten, kleinen gastlichen Hôtel, Boulevard Montmorency, wurden gleichsam die Sonntagnachmittage Flauberts fortgesetzt.

Ich traf bei ihm beiläufig dieselben Gesichter, dieselbe literarische Jugend wie bei Daudet, der später auch, von seiner Frau begleitet, erschien.

Dieselbe achtungsvolle Stimmung und Haltung, derselbe schöne Eifer für alles wahrhaft Große.

Als ich erwähnte, daß ich Goethes »Faust« und zwar beide Teile, als Mysterium, in der Einrichtung Devrients mit der dreiteiligen Bühne in Leipzig hatte aufführen sehen, bestürmten mich Goncourt und Daudet geradezu mit Fragen. Ich mußte die Bearbeitung des Textes, die szenischen Anstalten bis ins Kleinste erklären, und der ganze Kreis hörte mehr als eine Stunde mit gespannter Aufmerksamkeit zu.

Auch dies erschien mir so gar nicht naturalistisch.

Freilich, Zola fehlte auch diesmal, der Dritte, der am meisten besprochene in diesem literarischen Dreimännerbund. Er befand sich noch auf dem Lande zu Medan, wo er an seinem mit so großer Spannung erwarteten Roman »La Terre« arbeitete.

Daudet lud mich jedoch zu einem Mahle, das er in nächster Zeit geben wollte, und bei diesem sollte meine Begegnung mit dem Haupt der neuen Schule stattfinden.

IV.
Die geistige Epidemie

Es mag absonderlich erscheinen, aber wahr ist es doch: es gibt auch geistige Epidemien, und die sittliche Krankheit erweist sich fast noch ansteckender als jene, die den Körper ergreift und zerstört. In jenen Tagen schien mir ganz Frankreich vom Naturalismus Zolas erfaßt, und wohin ich auch blickte, überall fand ich seinen Einfluß, ohne ihn zu suchen, ja sogar dann, wenn ich demselben aus dem Wege zu gehen hoffte.

Eine große Zahl junger Schriftsteller hatte sich um den neuen Stern geschart und bildete, was man die naturalistische Schule nannte. Daß diese alle sich nicht damit begnügten, dem »Meister« auf seinen selten reinlichen Wegen zu folgen, sondern noch ungleich schmutzigere Gehege aufsuchten, versteht sich von selbst. Sie übertrieben ihn in der Wahl der Stoffe, in der Zeichnung ihrer Menschen, in der Kleinmalerei und auch in Bezug auf die Verwilderung des Stils und der Sprache.

Noch größer aber war die Zahl jener, die unbewußt unter Zolas Einwirkung standen.

Da war zuerst Daudet, der als feiner, künstlerisch angelegter, edel empfindender Schriftsteller gegolten hatte und für sich plötzlich die Türen des »Figaro« geschlossen sah.

Dieser hatte bei ihm einen Roman bestellt. Daudet schrieb die »Sapho«, und man fand sich in der rue Drouot in peinlicher Verlegenheit, die schließlich doch damit endete, daß man Daudet seine Handschrift zurückgab. Nicht weniger angekränkelt von Zolaischen Kunstgrundsätzen zeigte sich Goncourts »Chérie« und selbst Alexandre Dumas, der *Unsterblichen Einer*, sah bei einer großen »Revue« eine Novelle abgelehnt, die man von ihm mit tausend Höflichkeiten erbeten hatte, die sich aber bei der Durchsicht als eine Art literarischer Dynamitbüchse entpuppte.

Und wer ihm das zugetraut hätte! Ich besuchte ihn an einem Tage, wo er gerade im Théâtre français einer Probe seiner »Francillon« beiwohnte und mußte mich begnügen, meine Karte abzugeben. Doch gleich am folgenden Nachmittag kam er zu mir, und wir plauderten über eine Stunde beim Kamin.

Dumas ist eine mächtige Erscheinung. Bei aller Vornehmheit seines Wesens hat man bei ihm stets die Empfindung, sich einer urwüchsigen Kraft gegenüber zu befinden, und welcher Ernst spricht ungesucht, ohne jede Spur von Anmaßung oder Lehrhaftigkeit aus jeder seiner Mienen, jedem seiner Worte. Man begreift, daß dieser Mann niemals der Zeitungsrichterschaft, der Leserwelt, der Mode Zugeständnisse gemacht hat, daß es ihm immer nur darum zu tun war, die Lösung der Fragen, die ihn beschäftigten, zu versuchen, nie aber um die Zustimmung oder den Beifall der andren, und doch ist dieser unabhängigste unter den literarischen Franzosen unserer Tage, gewiß ohne seinen Willen, dazu gelangt, Zola Heerfolge zu leisten.

Es hieß, daß er in seinem neuen Stücke einen neuen Weg eingeschlagen habe und sich den Strebungen Zolas nähere.

Ich vermied es, ihn darüber zu befragen, ich wollte das Stück sehen und selbst darüber urteilen. Die Aufführung von »Francillon«, so vortrefflich sie war und so glänzend ihr Erfolg, erregte mir doch verschiedene Bedenken. Nicht jene, die man bei uns hat oder vielmehr zu haben vorgibt, jedesmal wenn es sich um ein gutes französisches Stück handelt.

Da bei uns die Beurteilung von Bühnenneuheiten zumeist in Händen mittelmäßiger Stückeverfertiger liegt, so ist es begreiflich, daß jedem, der etwas Bedeutendes schafft, hinterrücks sein Erfolg geschmälert wird. Bei Dumas hilft man sich damit, alles auf die Mache zu schieben.

Nein, die Mache ist es nicht, welche Alexander Dumas zu einem unserer ersten Bühnendichter erhoben hat, sondern vor allem der Ernst, mit dem er an seine Aufgabe geht, dann die echt dramatische Begabung und die hohe Kunst, die ihm eigen sind. Schließlich auch die genaueste Kenntnis der Bühne, meinetwegen, aber diese am allerwenigsten, denn diese ist, ebenso wie der gute Stil beim Erzählen, das Abc, ohne das überhaupt ein Bühnenschriftsteller in Frankreich nicht denkbar ist. Bühnenkenntnis haben sie alle, Begabung wie Dumas – kein zweiter, und darauf kommt es schließlich an.

So zeigte sich auch »Francillon« als ein vortreffliches Stück, mit jenem dramatischen Nerv, der allein ein Stück lebensfähig macht, und im Sinne Schopenhauers als ein treuer Spiegel des Lebens.

Eine andere Einwendung gegen Dumas, der wir bei uns oft genug begegnen, ist ebensowenig stichhaltig.

Von einem französischen Verfasser, behaupten unsere Tantiemendichter, nimmt man ein solches Sittenbild an, wenn ein Deutscher ähnliche Fragen behandeln wollte, würde man ihn zurückweisen.

O heilige Einfalt! als ob ein Sittenbild immer nur Unsitte darstellen müßte. Gottlob! ist in unserer Welt nicht nur das Laster wahr, sondern auch die Tugend, und deutsche Dichter haben den Beweis geliefert, daß ein gutes Stück aus der Gegenwart zugleich wahr und sittlich sein kann. Ich erinnere nur an Goethes »Clavigo«, Lessings »Minna von Barnhelm« und Kleists »Der zerbrochene Krug«. Sind dies nicht treffliche Zeit- und Sittenbilder ohne verführte Mädchen und ohne Ehebruch?

Aber wo findet sich heute bei uns ein Dichter, der den »zerbrochenen Krug« schreiben könnte? Ebensowenig als einer der »Denise«, der »Francillon« fertig brächte.

»Auf die Prämisse kommts an in der Logik« und auf die Begabung in der Literatur, und diese fehlt unseren Nörglern, die »Mache« haben sie mehr »los«, als sie eingestehen mögen, ja weit mehr als Alexander Dumas.

Die Bedenken, die mir »Francillon« erregte, waren ganz anderer Natur. Ich hatte das Gefühl, nicht etwa vor mir gespielt zu sehen, sondern das Ganze mitzuerleben, so wahr erschien alles, und eben deshalb fragte ich mich immer wieder: Ist es denn möglich, daß die Frauen in der besten Gesellschaft von Paris sich so kleiden, und daß die Herren in dieser Weise vor ihnen und mit ihnen sprechen?

Es ist ein Duft der Halbwelt, der durch dieses gräfliche Heim weht, und der Ton dieser Gesellschaft ist ein roher Kneipenton.

Ist das jenes feine, liebenswürdige Frankreich, dessen Sitten uns so lange zum Vorbild gedient haben? Ist dies wirklich eine echte Gräfin aus dem Faubourg St. Germain, welche sich in diesem auf dem Rücken bis zur Leibeshälfte ausgeschnittenen Kleide den Freunden ihres Gatten zeigt, welche gleich der durchtriebensten Schönbuhlerin die Wirkungen ihrer Kleidung zu berechnen versteht, beim Mahle ein tiefes Schwarz wählt, um ihren entblößten Körper noch verführerischer leuchten zu lassen und sich dann in ihrer Häuslichkeit in einen wunderbaren Schlafpelz schmiegt, auf die wollüstig-elektrische Anregung abgespannter Männernerven bedacht?

Sind es wirklich anständige und vornehme Damen, diese zwei Frauen und dieses Mädchen, denen die Herren aus dem Jockeiklub Dinge ins Gesicht sagen, die sie ihren Stallknechten abgelernt zu haben scheinen? Was ist das für ein Gesellschaftssaal, in dem ein junger Herr der Frau vom Hause von der ehemaligen Liebhaberin ihres Gatten sprechen kann und von ihrem herrlichen blonden Haar, »auf das man tritt, wenn man mit ihr zu Bett geht«.

Das kann nicht wahr sein! sagte ich mir, das ist der Einfluß Zolas, der sich auch bei Dumas, dem Philosophen auf der Bühne, dem Akademiker, geltend macht, und auch Madame Bartet hat vergessen, daß sie eine Vollblutgräfin spielt, und ihr mit Unrecht die lüstern anmutenden Gewänder einer »Nana« geliehen.

»Nein, Sie haben Unrecht«, sagte mir mein Freund Henri de Pène, als ich ihm gegenüber diese Bemerkung machte, »ich gebe zu, daß Dumas diesmal von Zola beeinflußt ist, aber der Ton, in dem er seine Leute in dem gräflichen Saale sprechen läßt, ist ganz und gar richtig, und ebenso hat Madame Bartet mit ihren Kleiderkünsten Recht. Es ist die volle Wahrheit, was man Ihnen im Théâtre français gibt, Stück, Darstellung, Ausstattung, alles ist getreu nach der Natur. Ja, das ist heute der Ton unserer feinen Gesellschaft. So lange wir einen Hof hatten, gab es ein höheres Beispiel für den Adel, dem dieser nur zu folgen brauchte, heute fehlt dieses Vorbild, und die Damen der Welt wetteifern mit den Halbweltdamen in jener Rohheit und Ungebundenheit, welche durch die Republik groß gezogen und durch Zola literarisch geweiht worden ist.«

Ich fand bald selbst Gelegenheit, zu beobachten, wie sehr de Pène Recht hatte. Zola hatte alle diese Frauen, welche die zwei Pariser Gesellschaften bilden, angesteckt. Sein Einfluß auf das schöne Geschlecht war ein tyrannischer und erstreckte sich bis auf die Mode. Durch »Nana« wurde das goldblonde Haar üblich, und jene, die anderes hatten, beeilten sich, dasselbe zu färben. Da alle Heldinnen Zolas, Nana an der Spitze, große Hüften haben, welche die Natur den Französinnen bekanntlich versagt hat, so wurde die »Tournure« erfunden und angeschnallt, um der Venus Kalopygos [sic!] nachzukommen. Und mit den Hüften und dem Haare nahm man auch das laute freche Lachen, die derben Bewegungen und die noch derberen Redensarten der naturalistischen Weiber an.

Der »Gil Blas«, Zeitschrift der naturalistischen Schule, in dem Zola seine Romane veröffentlicht und dessen Anhänger täglich die Boulevardleser mit kleinen Geschichten von unglaublicher sittlicher und künstlerischer Ungebundenheit bewirten, wurde zugleich das Leibblatt der Freudendamen, der Straßendirnen und der Frauen der Gesellschaft.

Seine Auflage stieg von Tag zu Tag, denn wenn es einerseits für seine Mitarbeit keine Schranken gab, da Staatsanwalt und Sittenpolizei für die Pariser Presse zur Chimäre geworden sind, so wird andrerseits in seinen Spalten so keck-genial und so lüderlich-glänzend geschrieben, wie in keinem andren Pariser Journal. Ja, wenn man von den Rohheiten, welche dem Naturalismus nun einmal unerläßlich sind, absieht, so kann nicht geleugnet werden, daß der »Gil Blas«, welcher dem »Figaro« ernstlich Wettbewerb macht, förmlich von Talent und Eigenartigkeit strotzt, was um so erstaunlicher ist, als er täglich vier bis fünf kleine Geschichten (*chroniques* nennt sie der Franzose und wir Feuilleton) im Umfange von 300 bis 400 Druckzeilen bringt.

Außer den eigentlichen Naturalisten gehören vor allem Guy de Maupassant, Octave Mirbeau, Catulle Mendès, Armand Silvestre, Theodore de Banville und René Maizeroy zu seinen ständigen Mitarbeitern.

Dieselben Eindrücke wurden mir in dem »Salon« (der Pariser Kunstausstellung) von 1887. Vollständiger Sieg Zolas und seiner Anschauungen in jeder Art Malerei und Bildnerkunst. Eine Unmasse von Talent, Naturstudien, Farbenpracht und meisterhafter Technik an Stoffe verschwendet, die so gemein, so urphilisterhaft sind, daß sie uns nicht im mindesten anziehen.

Auch hier die Wahrheit über alles und auch hier der große Irrtum, daß es genügt, wenn das Kunstwerk wahr ist. Ja, wahr soll der Künstler vor allem sein, aber nicht alles, was wahr ist, ist auch interessant, und an der Wahrheit, die uns nicht anzieht, gehen wir eben gleichgültig vorüber.

Vollends vergiftet von der neuen Offenbarung fand ich die Bühne.

Wenn der Wahnsinn in den andren Künsten Methode hatte, hier, in der Schauspielkunst wurde er einfach zur vollkommenen widerspruchsvollen Tollheit.

Der Schauspieler hatte nur noch ein Ziel, »wahre« Einzelheiten zu entdecken und anzubringen, die noch Niemand vor ihm entdeckt hatte, und die Zuschauer auf diese Weise zugleich zu verblüffen und zu blenden.

Dabei übersah man, daß im Leben und also auch in seiner Darstellung nur das als wahr erscheint und wirkt, was jedem als solches bekannt ist. Jene – wenn auch wahren – Züge, die man durch das Mikroskop gewinnt, machen hingegen stets die Wirkung mindestens der Ausnahme, wenn nicht des Erfundenen.

Und dann müssen diese kleinen einzelnen Wahrheiten doch stets in Übereinstimmung mit der großen ganzen Wahrheit des dargestellten Charakters bleiben.

Wenn Madame Bartet als Francillon, in dem Augenblick, wo der Gatte ganz fiakermäßig die Hand gegen sie erhebt, ihrerseits, in ihren

Pelz gehüllt, gleich einer Katze ihm mit den Krallen nach den Augen fährt, so ist dieser Zug ursprünglicher Leidenschaftlichkeit immerhin wahr und von einem Weibe, das die schlanken Pantherglieder der Bartet hat, auch schön.

Aber was soll man zu dem »Michel Pauper«, dem Helden eines naturalistischen Stückes von Beque (Odeon), sagen, der von dem sehr begabten Mounet als ein ziemlich ernsthafter, edel angelegter Mensch dargestellt wird, zuletzt aber, am Säuferwahnsinn sterbend, ein würdiger Partner von Zolas Coupeau, mit seiner Erfindung im Arm einen Purzelbaum in der Luft macht, um den ihn jeder Clown beneiden könnte, um dann der Länge nach zu Boden zu stürzen.

Nehmen wir an, daß einmal ein Säufer so geendet (daß alle so sterben, wird man uns ja doch nicht einreden wollen), gibt dies Mounet das Recht, seinen uns sympathischen Helden in dieser Weise enden zu lassen?

Der Tod Paupers wirkte nicht nur häßlich, sondern einfach lächerlich auf mich, fast ebenso lächerlich, als der Tod Hamlets (Théâtre français) in der »wahren« Darstellung Mounet Sullys, des ungleich größeren Bruders jenes Mounet vom Odeon.

Bis auf einige Übertreibungen hat Mounet Sully den Hamlet ausgezeichnet gespielt und einzelne Szenen – die mit der Mutter und die Kirchhofszene z.B. – besser als alle berühmten englischen, deutschen, italienischen und russischen Darsteller der Neuzeit, Rossi und Dawison nicht ausgenommen. Die Kampfszene wurde gleichfalls bis zum Schlusse prächtig gespielt, aber nun bleibt der sterbende Hamlet in der Mitte der Bühne stehen, zappelt eine Weile mit beiden Händen wie ein aufwartender Pudel, winselt die Worte: »Der Rest ist Schweigen« und sinkt dann um, wie ein Holzsoldat, der von einer Erbse niedergestreckt wird.

Ich weiß nicht, ob Menschen, die mit einem vergifteten Degen erstochen werden, in dieser Pudelstellung sterben, aber ich glaube, Mounet Sully weiß es ebensowenig, denn hier liegt einmal eine Todesart vor, die sich nicht naturalistisch behandeln läßt, da sie heutzutage nach der Natur zu studieren kaum Jemand gegönnt sein wird.

Wozu also nach einer musterhaften Darstellung eines von einem Meister geschaffenen Charakters diese Fratze, dieser schlechte Scherz, dieser Tod, der zugleich häßlich, lächerlich und unwahr ist, ich sage unwahr, denn ich habe manchen von der kalten Waffe Getroffenen auf dem Schlachtfelde sterben sehen, aber keinen in dieser Weise.

Es gilt ja nur zu überraschen, etwas Neues und zugleich recht Abstoßendes vorzubringen, dann ruft der Zuschauer aus: »Wie wahr! ich habe es allerdings nie gesehen, aber es ist so abscheulich, daß es wahr sein muß, denn wenn man etwas erfindet, erfindet man etwas Schönes!«

Es war in allem, was ich in jenen ersten Tagen sah und hörte, ein so unglaublicher Gegensatz zu Deutschland, und doch hatte ich dabei dieselbe Empfindung.

In Deutschland hatte ich eine Literatur und Kunst verlassen, die akademisch eingeschnürt, von Leben und Wahrheit abgekehrt, in alten Geleisen fortleiernd, mir längst Langeweile und Ekel erregt hatte, und in Frankreich sah ich mich einer Literatur gegenüber, welche die Wahrheit nur im Frauenhaus, in der Totschläger-Kneipe, auf dem Düngerhaufen und in der Klinik sucht, und das Ende war auch hier Ekel und – Langeweile.

V.
Zola

Das erste Werk Zolas, das ich las, »L'Assommoir« hatte mir einen großen Eindruck gemacht. Dann kam »Nana« und von da ab hatte ich eine literarische Abneigung gegen ihn. In Frankreich sind die literarischen Gegensätze und Abneigungen jedoch niemals persönliche, man verkehrt auch mit den Gegnern wie mit guten Genossen liebenswürdig und selbst mit solchen ritterlich, mit denen man sich geschlagen hat.

So fand ich Rochefort und Cassagnac, die sich wiederholt auf dem Kampfplatze gegenübergestanden hatten, eines Abends zusammen in einem Brüstungssitze des Hippodroms.

Auch mir lag es ferne, Zola aus dem Wege zu gehen. Ich kam in seine Wohnung, um ihm einen Besuch zu machen, und da er noch auf dem Lande war, eifrig mit seinem neuen Roman »La Terre« beschäftigt, gab ich meine Karte ab. Er schrieb mir in den nächsten Tagen und dabei blieb es, da mich indes Daudet zu dem Mahle eingeladen hatte, bei dem wir uns begegnen sollten.

Es kam jedoch anders. Ich war noch nicht an die Anstrengungen des Pariser großen Lebens gewöhnt, erkrankte und mußte Daudet am Tage selbst eine Drahtbotschaft senden und mich entschuldigen.

Einige Wochen später hatte ich beim »Gil Blas« zu tun und befand mich eben im Arbeitszimmer des Herausgebers D'Hubert, als der Schriftleiter erschien und die Ankunft Zolas meldete. Als ich in den großen Saal der Schriftleitung trat, saß er da, von einigen Mitarbeitern des Blattes umgeben, und ich fand Muße ihn zu betrachten, während er mit dem Finger in den Zähnen herumstocherte.

Mir war er sofort unangenehm. Es liegt eine große Rohheit in seiner gedrungenen Gestalt und seinem Stierkopf. Wenn man von fein oder scharf geschnittenen Gesichtern spricht, so ist das Zolas derb geknetet. Die Stirn ist weder die eines Denkers noch eines Träumers, sondern jene eines schlauen Viehhändlers. Dieser Mund würde einem Wucherer alle Ehre machen und nun gar der starre, unheimliche Blick der matten, kurzsichtigen Augen.

Der Sekretär des Blattes sagte mir leise: »Das ist Herr Zola, wollen Sie ihn kennen lernen?« Ich schüttelte den Kopf. Nein, dieser Mann war mir zuwider, ich wollte nichts mit ihm zu tun haben.

So gingen wir noch einmal aneinander vorüber, ohne ein Wort zu wechseln.

Was ich später von Leuten, die ihn genau kennen, über seine Art zu denken und zu fühlen, über seine Gesinnungen gehört habe, bestätigte mir vollständig diesen abstoßenden Eindruck.

Was ich literarisch gegen Zola habe?

Vor Allem, daß er als Prophet und Entdecker einer *neuen Kunstansicht* auftritt, *die gar nicht von ihm* ist.

Nicht Zola, *unser Goethe* war es, der dieselbe zuerst ausgesprochen, zuerst in seinem »Werther« betätigt hat.

Ich begnüge mich an die Stelle im »Werther« und zwar an den Absatz vom 26. Mai zu erinnern. Dieselbe lautet:

»Es war alles im Felde, nur ein Knabe von ungefähr vier Jahren saß an der Erde und hielt ein Anderes, etwa halbjähriges, vor ihm zwischen seinen Füßen sitzendes Kind mit beiden Armen wider seine Brust, so daß er ihm zu einer Art von Sessel wurde, und ungeachtet der Munterkeit, womit er aus seinen schwarzen Augen herausschaute, ganz ruhig saß. Mich vergnügte der Anblick: ich setzte mich auf einen Pflug, der gegenüber stand und zeichnete die brüderliche Stellung mit vielem Ergötzen. Ich fügte den nächsten Zaun, ein Scheunentor und einige gebrochene Wagenräder bei, alles wie es hintereinander stand, und fand nach Verlauf einer Stunde, daß ich eine wohlgeordnete, sehr interessante Zeichnung verfertigt hatte, *ohne das mindeste von dem Meinen hinzuzutun.* Das bestärkte mich in einem Vorsatz, mich *künftig allein an die Natur zu halten.* Sie allein ist unendlich reich und *sie allein bildet den großen Künstler.* Man kann zum Vorteile der Regeln viel sagen, ungefähr was man zum Lobe der bürgerlichen Gesellschaft sagen kann. Ein Mensch, der sich nach ihnen bildet, wird nie etwas Abgeschmacktes und Schlechtes hervorbringen ... Dagegen wird aber auch alle Regel, man rede was man wolle, *das wahre Gefühl von Natur und den wahren Ausdruck derselben* zerstören.«

Nach Goethe sprach es *Schopenhauer* aus: »Alles was irgend eines Menschen Herz bewegt hat und was die menschliche Natur in irgend einer Lage aus sich hervortreibt, was irgendwo in einer Menschenbrust wohnt und brütet, ist sein Thema und sein Stoff, wie daneben auch die ganze übrige Natur. Daher kann der Dichter so gut die Wollust wie die Mystik besingen, die erhabene oder die gemeine Gesinnung darstellen, nach Laune und Beruf. Dennoch darf Niemand dem Dichter vorschreiben, daß er edel und erhaben, moralisch oder dies oder das sein soll, noch weniger ihm vorwerfen, daß er dies, nicht jenes sei. Er ist der Spiegel der Menschheit und bringt ihr, was sie fühlt und treibt, zum Bewußtsein.«

Und zu gleicher Zeit rief der große Russe Gogol aus: »Wie ganz anders ist das Los des Schriftstellers, der sich erkühnt, das Alltägliche, den schrecklichen, anekelnden Schlamm der unser Leben umgebenden Winzigkeit darzustellen, der es wagt, die ganze Tiefe *kalter, zerstückelter Charaktere*, von welchen unser irdischer, bitterer Lebensweg wimmelt, zu zeichnen. Ja, mein guter Leser, Sie wünschen nicht das *menschliche Elend* in seiner Blöße zu sehen ... Wer anders als der Schriftsteller soll die *heilige Wahrheit* berichten?«

Die Russen waren es, welche ohne viel Theorie zu machen, in ihren Erzählungen und Romanen genau den Weg einschlugen, den Zola als einen neuen für sich in Anspruch nimmt, zuerst Gogol, dann Puschkin und Lermontow und später Turgenjew. Sie hatten keine Renaissancezeit durchgemacht, und waren infolgedessen von jedem akademischen Einfluß frei geblieben, sie schöpften ausschließlich da, wo auch Goethe das beste für seine Dichtung gewann, aus der Natur, dem Leben und – aus ihrer so reichen und gesunden Volksdichtung.

Freilich blieben sie bei all ihrer oft erschreckenden, meist unbehaglichen Wahrheit und Lebenstreue immer keusch, ebenso keusch wie das russische Volkslied, in dem man niemals eine Zote, ja nicht einmal eine Zweideutigkeit findet.

Die Wahrheit des Schmutzes und die Poesie desselben entdeckt zu haben, kann ich aber auch nicht ganz Zola zusprechen, darin hat schon der Schweizer Jeremias Gotthelf viel vor ihm geleistet. Nur der moralische Schmutz blieb auch ihm fremd.

Ob Zola Gotthelf kannte, ehe er zu schreiben begann? Ich möchte es bezweifeln, aber Schopenhauer kannte er und besonders den »Werther«, der in Frankreich so volkstümlich geworden ist, wie wenige literarische Erzeugnisse des Auslandes.

Seine Theorie, daß der Künstler, insbesondere der Schriftsteller sich nur von der *Naturwahrheit* leiten zu lassen habe, daß es keine Regeln für ihn gebe als jene, welche in der Natur selbst liegen, und kein höheres Gesetz als die Wahrheit, ist also geistig nicht sein Eigentum, und wir werden später sehen, daß er sie auch in der Anwendung nicht mehr befolgt hat als jene Schriftsteller, die er mit Feuer und Schwert verfolgt.

Daß Zola den Franzosen als eine Art Kraftgenie und Original erschien, ist begreiflich.

Zola hatte sich in Bezug auf den Inhalt seiner Werke vorzüglich an Darwin und in Bezug auf die Form an Shakespeare geschult, und beide waren den Franzosen damals so gut wie unbekannt.

Die Frage ist nur, ob das Haupt des Naturalismus wirklich in seinen Werken die Natur gibt?

Ich sage, nein. Um die Natur wiedergeben zu können, muß man vor allem richtig sehen und hören und Zola ist *kurzsichtig*. Darin liegt für mich die Lösung des Rätsels, daß der Prophet des Naturalismus die Natur so unnatürlich wie möglich vorführt.

Bei ihm sieht man dieselbe wie in einem naturwissenschaftlichen Museum klassifiziert, in tausend Einzelheiten zergliedert, tot, niemals lebendig in ihren großen Zügen. Zola ist kurzsichtig, deshalb fehlt ihm der Blick in die Weite und Ferne, deshalb fehlt ihm alle und jede Raumdurchsicht. Er sieht die Dinge zu nahe, zu sehr ins Einzelne und bringt es niemals zu einem Gesamteindruck, zu einem Bild. Zolas Naturbilder sind falsch. Darin maße ich mir ein entscheidendes Urteil an, zuerst, weil ich, Gottlob! ausgezeichnet sehe, dann, weil ich in einem Naturlande geboren bin und seit meiner Kindheit stets in und mit der Natur gelebt habe, und in welcher Natur! Es ist nicht Paris, nicht Medan, wo man die Natur studieren kann, und so erscheint mir, dem Naturkinde, alles in seinen Schilderungen phantastisch und übertrieben.

Ferdinand Kürnberger, welcher Turgenjew verstand wie wenige, fühlte, welches Hindernis ihm die Natur in seiner Kurzsichtigkeit für jede wahre Naturbetrachtung mitgegeben hatte, mit einer Art rührendem Schmerz.

Es ist merkwürdig, daß Zola dieses Fehlers nicht gewahr wurde und statt seinen Blick nach innen zu kehren, wo es auch eine reiche Natur und die ergreifendsten Wahrheiten zu entdecken gibt, eigensinnig darauf beharrt, in allem und jedem nur das Äußerliche sehen und darstellen zu wollen.

Man sagt, er studiere jedes Problem bis in die kleinsten Einzelheiten, ja, er lasse durch seine Schüler für jede seiner Schilderungen das Nötige durch Beobachtungen zusammentragen. Mag sein, aber dies ersetzt den eigenen Eindruck nicht und so fehlt er in der Hauptsache doch meist in unglaublicher Weise.

Ein Beispiel: Der Garten in der »Schuld des Abbé Mouret«, wo er Pflanzen, Blumen, Bäume aus allen Zonen zusammenwirft und solche, die in ganz verschiedenen Jahreszeiten blühen und Frucht tragen, zu gleicher Zeit blühend und fruchttragend darstellt.

Wenn man die äußere Wahrheit über alles stellt, darf man sich derlei grobe Verstöße nicht zu Schulden kommen lassen.

Ein zweites Beispiel: Die Schlußszene in »Germinal«. Diese Szene ist unwahr, weil sie physiologisch unmöglich ist. Aber der Prophet der Naturwahrheit hat diese leichten Herzens geopfert, wo es einen theatralischen und noch mehr einen auf die Sinnlichkeit wirkenden Schluß, einen sogenannten guten Abgang oder Abschluß zu erzielen galt.

Solche Beispiele gibt es in jedem Werke Zolas zu hunderten.

Für mich ist Zola weder wahr noch natürlich und am wenigsten ein Genie.

Ein großer Denker hat es ausgesprochen, daß das Genie die vollkommenste *Objektivität* ist, und es ist Niemand subjektiver als Zola.

Er sieht die Natur nicht wie sie ist, sondern wie er sie sehen will, um seine Lehren und Absichten an ihr entwickeln zu können, und zum Überflusse mischt er noch immer seine Person hinein in einer fast schülerhaften Weise und ohne die Naivetät jener alten Schule, jener von ihm verspotteten Moralisten, die stets mit dem Leser sprechen.

Er versichert immerfort, immer wieder, daß das, was er schildert, auch wirklich so ist, er verteidigt sich wie der Wolf in der Fabel, noch ehe man ihn anklagt.

»Das ist die Natur!« ruft er mit Feierlichkeit aus, wenn er irgend eine Verschrobenheit oder Schweinerei kaltblütig auf das Papier gesetzt hat.

Nein, es ist nicht die Natur, die er vor sich sieht, während er die Feder führt, sondern seine Leser und vor allem seine Beurteiler. Welcher Gegensatz zu dem ohne Redensarten wahren Flaubert, welcher von dem Schriftsteller verlangt, daß er ganz in seinem Werke aufgeht und verschwindet.

Mit großen Neuerungen und Redensarten im Munde hat Zola doch nur eines im Auge, Geld zu verdienen.

Wenn er Lärm macht, so ist es auch nicht, weil er desselben zur *wahrheitsgetreuen* Darstellung seines Vorwurfs bedarf, nein, nur um Aufsehen zu machen und Geld zu verdienen.

Das lasse ich mir von Zola z.B. nicht weismachen, daß es in seinem Roman »La Terre« *unerläßlich* war, der gemeinsten Persönlichkeit des Buches den Namen *Jesus Christus* zu geben, der noch dazu in Frankreich nur ausnahmsweise vorkommt. Er wollte durch eine Art Lästerung seinem Roman einen Wildpretgeschmack mehr verleihen. Das ist es.

Wenn er die Lehre Darwins in einer Folge von Romanen darstellen wollte, gut, warum mußten es denn schlechte, ja, geradezu krankhafte Erscheinungen sein, die sich von Geschlecht zu Geschlecht forterben? Er hätte ja ebenso gut eine Familie wählen können, in der sich gute und achtbare Eigenschaften vom Vater auf das Kind übertragen? Aber ihm war es um das Häßliche zu tun, und dann hätte die »gute Familie« ohne Zweifel weniger Geld abgeworfen als die abscheuliche.

Wie hat Flaubert über ihn geurteilt? Ich lasse Guy de Maupassant sprechen, der das Urteil aus Flauberts Munde hat: »Trotz einer großen Freundschaft für Zola, einer großen Bewunderung seines Talentes, konnte Flaubert ihm niemals den Naturalismus verzeihen.«

Zolas Erfolg? Er gibt vor, nüchtern, wahr zu sein und das gewöhnliche Leben vorzuführen. Das tut Flaubert und deshalb wird er unsterblich bleiben, obwohl ihm der Erfolg Zolas versagt war.

Zola, im Gegenteil, ist poetisch und phantastisch sogar, aber seine Poesie ist die Poesie des Häßlichen und Abstoßenden, und indem er der *überfeinen* französischen Gesellschaft die *gemeinsten Menschen und Verhältnisse* vorführte, wirkte er auf dieselbe durch den Reiz des Neuen und *Ungewöhnlichen* ganz in derselben Weise, wie seiner Zeit die englischen See- und Indianerromane auf den deutschen Spießbürger wirkten.

Und dann – der Bildhauer Préault sagt es ja so treffend: *Eine Mittelmäßigkeit ersten Ranges*, das ist es, was die Menge braucht.

Zola sagt bei jeder Gelegenheit: ich schreibe wie ich sehe.

Gut, indem er aber anders sieht als wir anderen, kann es dann die Natur, die Wahrheit sein, die er sieht?

Sein Recht zu schreiben wie er sieht, kann nicht bestritten werden. Der Standpunkt jener Beurteiler, welche alles nach ihrer sittlichen und ästhetischen Elle messen, ist lächerlich. Wir haben kein Recht, Zola oder sonst wem zu sagen: »Du sollst anders sehen! *Deine Art zu sehen ist verwerflich.*«

Aber wir haben das Recht zu sagen: »*Deine Art zu sehen gefällt uns nicht!*«

Die naturalistische Epidemie

Nach persönlichen Eindrücken (1889)

Es hat zu allen Zeiten Nachahmer und Vereinigungen von Gleichstrebenden gegeben. Wie der »Werther«, so haben auch die Dorfgeschichten von George Sand ähnliche Werke in allen Sprachen hervorgerufen. Wie Byron und seine Freunde den Verein der Mönche bilden, so haben wir in Deutschland den Hainbund, die romantische Schule und das Junge Deutschland gehabt. Es war aber unserer Zeit vorbehalten, jene leitenden Künstler hervorzubringen, welche aus ihrer Eigentümlichkeit eine Lehre machen, alles Widerstrebende verwerfen und einen Anhang um sich versammeln, welcher ihre Grundsätze gleich einem neuen Glauben mit schwärmerischer Unduldsamkeit verteidigt und verbreitet.

Wir haben, um nur ein paar Beispiele zu geben, den Belgier Galait, der auf dem Gebiet der Malerei das Alte stürzt, neue Bahnen einschlägt und in ganz Europa weitgehendsten Einfluß nimmt, in der Musik Richard Wagner, in der Literatur Zola. Stände der Letzere allein, würde seine Lehre kaum eingehendere Erörterung verdienen, aber der *Naturalismus*, den er predigt, hat überall Schule gemacht, in Belgien, Holland, Dänemark, Italien, Polen und Rußland ebenso gut wie in Frankreich und Deutschland. Es kann also nicht geleugnet werden, daß er eine der Triebkräfte unserer heutigen Bildungsarbeit darstellt und auch ernstere Köpfe beschäftigen kann und muß.

Die naturalistische Lehre ist nicht neu, der Hauptsatz derselben: daß der Schriftsteller sich nur an die Natur, an die Außenwelt zu halten habe, ist zuerst von Goethe verfochten worden. »Der Dichter«, sagt dieser, »ist angewiesen auf Darstellung. Das Höchste derselben ist, wenn sie mit der Wirklichkeit wetteifert, d.h. wenn ihre Schilderungen durch den Geist dargestellt, lebendig sind, daß sie als gegenwärtig für Jedermann gelten können. Auf ihrem höchsten Gipfel scheint die Poesie ganz äußerlich, je mehr sie sich in's Innere zurückzieht, ist sie auf dem Wege zu sinken.«

Goethe's Ansicht ist ohne Zweifel richtig, und so wie er sie selbst schöpferisch durchgeführt hat, kann sie Niemand zurückweisen; ganz in diesem Sinne hat auch Flaubert seine »Madame Bovary« gehalten, aber die Naturalisten verleugnen ihre eigenen Lehrsätze.

Ich habe keinerlei sittliche Bedenken gegen den Naturalismus vorzubringen; täglich liest Jedermann, Frauen, Mädchen, Kinder, in den

Tagesblättern die schrecklichsten, die abscheulichsten Dinge, alle Spielarten des Verbrechens und des Lasters, und dieselben Leser sollten verdorben werden, wenn sie in einem Roman, in einem Stück, Gestalten und Vorgängen begegnen, mit denen sie nur zu sehr aus ihrem Tagblatt her vertraut sind? Die Literatur wird zur Lüge verurteilt. Und gerade hier, wo ernste sittliche Ziele verfolgt, wo die Verirrungen in das richtige Licht gesetzt werden, kann die Schilderung des Lasters, der Üppigkeit niemals so gefährlich werden als in den Tagesblättern, wo die Tatsachen in ihrer ganzen empörenden Nacktheit, entweder ohne jede Erklärung oder in Verbindung mit einer albernen, abgebrauchten Sentenz vorgeführt werden. Nein, der Dichter hat das Recht, Alles, was zur Entwicklung seines Stoffes, seines Problems notwendig ist, darzustellen, aber der Naturalismus hält sich nicht an dieses vernünftige Gesetz gebunden, er stellt den Schmutz um des Schmutzes willen dar, er gibt Ekel erregende Menschen, Szenen, Einzelheiten, die weder zur Führung der Handlung, noch zur Charakteristik irgend etwas beitragen.

Trotzdem habe ich gegen den Naturalismus nur ästhetische Bedenken und muß ihm vor Allem den Vorwurf machen, daß er sich selbst widerspricht, daß seine Werke nicht im Einklang stehen mit den Worten, die er im Munde führt.

Flaubert hatte auch ein literarisches Glaubensbekenntnis, er hat es aber durchgeführt, und die Naturalisten sind uns die Durchführung des ihrigen schuldig geblieben. Sie sehen Flaubert als ihren Meister an. Mit welchem Recht? Flaubert sagt: »Jedes Buch mit einer Tendenz hört auf ein Kunstwerk zu sein.« Die Naturalisten schreiben niemals ein Buch ohne Tendenz. Flaubert verlangt vom Schriftsteller Typen. Die Naturalisten stellen niemals Typen, sondern stets nur Ausnahmen dar. Flaubert war der Ansicht, daß die Persönlichkeit des Verfassers in seinem Buche vollkommen verschwinden und daß die Eigentümlichkeit des Werkes nicht aus einer Besonderheit des Stiles hervorgehen soll, denn er hielt den Stil, den guten Stil für nichts Persönliches. Nach ihm kann es nur eine einzig richtige Art geben, einen Gegenstand auszudrücken. Die Naturalisten suchen im Stil das Besondere, die Ausnahme ebenso gut wie in Bezug auf den Inhalt ihrer Werke.

Das erste meiner ästhetischen Bedenken richtet sich gegen die naturalistische Lehre, daß der Künstler *Alles sagen muß*, daß sein Spiegelbild und die Wirklichkeit sich vollkommen decken müssen.

Hier straft sich der Naturalismus sofort selbst Lügen.

Wenn er Alles sagen will, wenn er den Anspruch erhebt, uns die volle Wirklichkeit zu geben, dann darf er uns auch nichts, absolut nichts von dem ersparen, was wirklich ist.

Dann müßte vor Allem jeder Vorfall im Buche wie auf der Bühne ebenso viel *Zeit* in Anspruch nehmen wie in der Wirklichkeit, dann müßten uns auch *alle Einzelheiten* gegeben werden, alle. Der Naturalismus gibt jedoch nur mehr als die frühere Literatur, aber noch lange nicht *Alles*. Sobald aber der Künstler, selbst nach naturalistischem Verfahren, nicht Alles gibt, weil er nicht Alles geben kann, kann er ebenso gut weniger geben als die Naturalisten, und dieses Wenige wird ebenso wahr, ja wahrer sein als das Mehr, weil es *charakteristischer* sein wird. Gerade der Naturalist, der nur Wirkliches wiedergeben will, muß doch zugeben, daß in diesem Sinne nur das dargestellt werden kann, was man sieht und hört.

Ich möchte aber wissen, ob es einen Menschen gibt, der Zeuge irgend eines halbwegs wichtigen oder gar erregten Vorfalls wird, und der in diesem Augenblick Zeit und Lust hätte zu beobachten, welche Falten die Kleider der handelnden Personen werfen und in welcher Weise ihre Nasenspitzen beleuchtet erscheinen. Nein, er wird immer nur das zur Handlung Gehörige, also das Wesentliche, das Charakteristische wahrnehmen, nicht aber die hundert Kleinigkeiten, die zu der Handlung, welcher er beiwohnt, in gar keiner Beziehung stehen.

Man soll überhaupt nur das schildern, was Jeder sehen kann. Sobald man sich in jene kleinlichen Einzelheiten versenkt, welche das gewöhnliche Auge übersieht, müßte man folgerichtig noch weiter gehen, das Mikroskop zu Hilfe nehmen und ebenso wenig die Wanzen auf dem Rosenblatt als die Mikroben auf dem Haar der schönen Frau vergessen.

Der Naturalismus ist nicht von der *Natur* inspiriert worden wie jede wahre Kunst, sondern von der *Wissenschaft*, und deshalb hat er die Grenzen der Wissenschaft und Kunst niedergerissen und aus seinen Werken etwas gemacht, was weder Wissenschaft noch Dichtung ist.

Das wahrhaft naturalistische Kunstwerk, zu dessen Höhe sich die naturalistische Literatur noch lange nicht aufgeschwungen, findet sich im Dom zu Mailand. Es ist jene merkwürdige Statue des heiligen Bartholomäus, welche diesen bei lebendigem Leibe geschundenen Märtyrer mit abgezogener Haut darstellt. Es ist geradezu wunderbar, was die Bildnerkunst hier in der Wiedergabe der Muskulatur des menschlichen Körpers bis in die kleinsten Fasern hinein im spröden Stein geleistet hat, aber ein Kunstwerk ist diese Bildsäule doch nicht. Sie wäre allenfalls in einem anatomischen Museum am Platz, aber in einem Gotteshaus wirkt sie nicht nur abscheulich, sondern einfach lächerlich.

Da lobe ich mir die chinesischen Naturalisten, welche lange vor Zola, ja lange vor unserer ganzen Literatur auf der Welt waren. Das sind mindestens gewissenhafte Leute, die uns keinen Zollbreit Raumes schenken und keine Spanne Zeit. Bei ihnen ist ein Zimmer auf der Bühne ein wirkliches Zimmer, ein Garten ein wirklicher Garten, und jedes ihrer Stücke spielt genau so lange wie die wirkliche Handlung. Geht diese an drei aufeinander folgenden Tagen vor sich, dann dauert auch das Stück drei Tage. Aber von diesem wirklichen Naturalismus ist der unsere sehr weit entfernt.

So lange er Romane hervorbringt wie »Nana«, deren Handlung ein paar Jahre in Anspruch nimmt, und die man bequem in einem Tage lesen kann, ist er kein richtiger Naturalismus. Wäre »Nana« ein Roman, in welchem die Grundsätze Zola's und seiner Schule wirklich zum Ausdruck gelangt sind, wäre »Nana« von Anfang bis zum Ende der Wirklichkeit nachgeschrieben, müßte man auch ein paar Jahre daran zu lesen haben.

Das ist die erste Lüge des Naturalismus. Er stellt einen Grundsatz auf, den er selbst nicht durchführt, weil er überhaupt nicht ausführbar ist.

Es muß einmal ausgesprochen werden: *eine Wiedergabe der Wirklichkeit* ist dem Künstler überhaupt nicht möglich, was er kann, das ist, mit Hilfe einer Fiktion einerseits und der Einbildungskraft seines Publikums andererseits den *Schein der Wirklichkeit* hervorzurufen. Sobald es aber eine Grenze für die Darstellung der Wirklichkeit gibt, entsteht die Frage: Wird dieser Schein der Wirklichkeit, des Lebens, den die Kunst allein hervorzurufen vermag, besser durch viele zum Teil unwesentliche oder durch wenige wesentliche Einzelheiten erreicht?

Unzweifelhaft durch das Letztere. Der Künstler muß, wenn er wahr sein will, nicht mehr sehen wollen als jeder andere Mensch sieht. Niemand wird aber, selbst in ganz ruhiger Lage, sei es in einer Landschaft, sei es in einer Wohnung, sei es an einem Menschen, alle Einzelheiten bemerken oder gar aufsuchen; er wird niemals das Nebensächliche, Gewöhnliche, sondern immer nur das Auffallende, also das Charakteristische wahrnehmen.

So hat es ja auch Flaubert, das Urbild, der große Meister der Naturalisten gehalten, sowohl in Bezug auf den Entwurf und die Gestaltung, als in Bezug auf die Ausführung. Unter Entwurf und Gestaltung verstand er die Herausarbeitung *ausschließlich* des *eigentlichen Kerns* der Handlungen, welche ein Menschendasein ausmachen, unter Ausführung die Wahl und Gruppierung *ausschließlich* der *charakteristischen* Züge. Und Voltaire zielte auf dasselbe hin, wenn er ausrief: »Um langweilig zu werden, braucht man nur Alles zu sagen.«

Die Naturalisten haben es übrigens bewiesen, daß man noch lange nicht Alles, daß man nur *zuviel* zu sagen braucht, um gedehnt, ermüdend und langweilig zu werden. *Der naturalistische Roman ist langweilig.*

Das ist der zweite Vorwurf, den ich ihm zu machen habe, aber nicht einmal darin ist er ursprünglich, auch diese langweilige Mache ist nicht neu. Wir finden sie schon bei Gutzkow und manchem Anderen, ja, wenn wir von der Unflätigkeit absehen, so ist das naturalistische Zukunftsepos in Prosa nichts Anderes als unser guter, alter, breiter deutscher Roman. Unseren literarischen Vorfahren in Deutschland gelang es indes nur, uns die Tugend, unseren literarischen Zeitgenossen in Frankreich aber uns sogar das Laster langweilig zu machen.

Die zweite Lüge des Naturalismus ist sein Lehrsatz: *Der Künstler muß die Wirklichkeit wiedergeben wie sie ist, nichts hinzufügen und nichts wegnehmen.* Sehr gut. Sogar der Verdacht, etwas vom Natürlichen, von der Regel Abweichendes zu geben, soll vermieden werden. Noch besser. Aber der Naturalismus gibt uns nicht die Natur, die Regel, sondern stets nur die Ausnahme, das Abnorme, nicht die aus Licht und Schatten gemischte Wirklichkeit, sondern stets nur den Schatten, das Häßliche.

Es ist ein allerdings unbewußtes Axiom des Naturalismus: Alles was *schön* ist, ist *unwahr*, wahr ist nur das *Häßliche*. Das ist einfach ein Unsinn. Alles in der Natur besteht nur durch sein Gegenteil. Ebenso wie es ohne Licht keinen Schatten gibt, ist das Häßliche gerade die Bekräftigung des Schönen. Wenn es nichts Schönes in der Welt geben würde, würde es auch nichts Häßliches geben. Die Naturalisten sehen nur dieses, somit sehen sie anders als die gewöhnlichen Menschen. Was sie sehen, ist deshalb nicht unwahr, aber es ist nicht die volle Wahrheit. Denn außer dem Häßlichen gibt es noch viel Schönes und vor Allem eine erdrückende Masse des Gewöhnlichen, Mittelmäßigen, das zwischen Beiden steht. Andere sehen nur das Schöne. Kann man deshalb behaupten, daß ihre Werke unwahr sind, wie es die Naturalisten tun? In Raffael und Mozart war die Natur unstreitig ebenso schöpferisch als wenn sie auf einem Acker ein Kornfeld oder auf einem Weinstock

Trauben hervorruft, daher sind ihre Werke ebenso natürlich und wahr als irgend welche, die von Künstlern erzeugt sind. Auch sie sehen anders als die gewöhnlichen Menschen, sie sehen schöner, aber sie haben die göttliche schöpferische Gewalt, uns mit ihren Augen sehen zu machen. Und wenn wir die Wahl haben, statt in der aus beiden Elementen gemischten Wirklichkeit zu bleiben, in eine reinere Sphäre erhoben zu werden, so ziehen wir dies unter allen Umständen dem Versinken im Sumpfe und Schmutze vor. Wenn nicht die ganze Wahrheit, dann ziehen wir die schöne Hälfte der häßlichen vor. Der sogenannte Idealismus ist noch immer besser und künstlerischer als der Naturalismus.

Ein weiterer Vorwurf, den ich den Naturalisten zu machen habe, ist der übermäßige Gebrauch, ja überhaupt die *Anwendung von Vergleichen.* Nach naturalistischen Dogmen soll der Künstler ganz und gar nichts aus Seinem hinzutun, sondern Alles so wiedergeben wie es ist. Von diesem Gesichtspunkt aus ist jeder Vergleich unstatthaft. Ein Vergleich ist das Gegenbild eines wirklichen Dinges, er wird also niemals dieses selbst sein können, mag er auch noch so treffend sein. Jeder Vergleich hinkt, sagten schon die Alten. In die Sprache der Jungen übersetzt heißt das: Jeder Vergleich ist unwahr. Wer vollkommen wahr, ganz und gar natürlich sein will, darf nicht ein Bild der Sache, sondern muß die Sache selbst geben.

Flaubert tat dies. Sehr selten wendet er einen Vergleich an; dann ist derselbe aber stets so ausgezeichnet wie nur ein Vergleich sein kann. Die Naturalisten aber spicken ihre Darstellung förmlich mit Vergleichen, sie legen sie sogar ihren handelnden Personen in den Mund, und die meisten dieser Vergleiche sind gesucht, sind geschraubt und geziert.

Endlich muß ich entschieden gegen die naturalistische Methode Verwahrung einlegen, welche, indem sie den Menschen ausschließlich zum Geschöpf seiner Vorfahren und seiner Umgebung macht, im Bemühen, dies von Fall zu Fall zu erweisen, in eine *rein äußerliche Darstellung* verfällt, im Gegensatz zu den großen russischen Wahrheitsdichtern Dostojewski und Tolstoi, welche Alles *von innen heraus*, aus der menschlichen Seele, zu entwickeln suchen. Daß der Mensch so sehr von seinen Vorfahren beeinflußt ist, wie Darwin es behauptet und Zola und seine Jünger es romanhaft darstellen, ist vorläufig noch gar nicht erwiesen. Einen ungleich größeren Einfluß übt ohne Zweifel die Natur und die ganze gesellschaftliche Umgebung, in der ein Mensch das Licht der Welt erblickt und aufwächst.

Dafür ist der Beweis bald erbracht.

In allen Ländern finden sich Deutsche, die von deutschen Eltern dort geboren werden. Wäre die Darwin'sche Theorie richtig, müßten sie sich in allen Ländern insofern gleichen, als sie überall den gleichen ererbten, nationalen Typus bewahren würden. Aber genau das Gegenteil ist wahr. Die von deutschen Eltern in Frankreich geborenen Deutschen haben ein französisches, die in Polen oder Ungarn erzeugten ein polnisches oder ungarisches Gepräge. Dieselbe Bemerkung kann man bei der überall unvermischten jüdischen Rasse machen, bei den in den Kolonien von französischen Eltern geborenen Franzosen, bei den im Kaukasus oder in Armenien von russischen Eltern geborenen Russen.

Die alte Schule hat den Menschen vollständig auf den Isolierschemel gestellt, das ist richtig, aber der Naturalismus ist aus einem Extrem in das andere gefallen. Früher war der Mensch Alles, die Natur Nichts, jetzt ist die Natur Alles und der Mensch Nichts. Er ist zur Staffage herabgesunken, ein Tier mehr auf einer Landschaft, wo der Baumschlag, die Luftperspektive, kurz, Alles wichtiger ist als er.

Aber die Natur kann nur der Rahmen sein, aus dem der Mensch dann um so deutlicher, verständlicher hervortritt, immer muß er doch die Hauptsache sein. Dann aber darf auch niemals vergessen werden, daß der Mensch der Natur den Einfluß, den sie auf ihn übt, durchaus nicht schuldig bleibt. Auch er verändert sie, ja, bildet sie vollständig um, durch seine fortschreitenden Entdeckungen, seine Fertigkeiten und Künste. Die Geschichte der menschlichen Bildung ist zugleich eine Geschichte der Umgestaltung der irdischen Natur durch den Menschen. Dies deutet auf eine der Naturkraft entgegengesetzte Kraft im Menschen, die sich allerdings weder messen noch wägen läßt und daher für die Materialisten in der Wissenschaft und die Naturalisten in der Kunst nicht existiert, aber deshalb doch täglich ihre Macht betätigt und dem Künstler Probleme darbietet, für welche uns die eingehende Schilderung eines verwilderten Gartens oder eines Käseladens durchaus nicht zu entschädigen vermag.

Auch die Mache, welche die Natur, die Umgebung, kurz, die Dekoration zur Hauptsache und den Menschen, den wahren Helden der Weltbühne, zur Nebensache macht, ist weder neu noch naturalistisch. Vielleicht könnte man behaupten, daß diese Manier zuerst von Bernardin de St. Pierre in »Paul et Virginie« angewendet wurde. Auf ihrem Höhepunkte jedoch, Hand in Hand mit einer idealistischen Lebensanschauung finden wir sie bei Adalbert Stifter in seinen »Studien«, vorzugsweise im »Hochwald« und im »Heidedorf« und bei Iwan Turgenjew in seinem »Ausflug in die Waldregion« im Verein mit einer elegisch-pessimistischen, aber durchaus nicht naturalistischen Stimmung. Beide – der Deutsche und der Russe – sind in der Naturdarstellung Meister, welche die Naturalisten Frankreichs weit überragen. Ob Zola Stifter gekannt hat, weiß ich nicht, aber Turgenjew hat er gekannt, seine Erzählungen aus dem »Tagebuch eines Jägers« erschienen in der »Revue des deux mondes« und haben das größte Aufsehen gemacht. Später gehörte Turgenjew zu dem intimen Kreise Flaubert's, ja er war der Meister neben dem Meister in dieser Sonntagsgesellschaft, in welcher Zola damals als bescheidener Schüler verkehrte.

Ich habe überhaupt den Verdacht, daß der Naturalismus aus einem doppelten Mißverständnisse entstanden ist. Zuerst hat Flaubert denselben beeinflußt, dann Turgenjew. Beide sind von den Naturalisten nachgeahmt, aber nicht verstanden worden.

Alles in Allem ist der Naturalismus nur ein umgekehrter Idealismus. Keiner von Beiden gibt uns die wirkliche Welt. Der Naturalismus ist ebenso übertrieben und phantastisch, nur daß seine Phantasien häßlich und abschreckend sind. Diesem Cultus des Häßlichen fehlt jedoch die Befriedigung. Der Naturalismus gefällt sich in einer Bestialität, die er selbst unablässig verwünscht und beschimpft, er hat keine rechte Freude an der Rohheit und dem Schmutz, wie sie einigen holländischen und spanischen Meistern, vor Allem aber dem Engländer Hogarth eigen ist. Andererseits ist der Naturalismus aber auch eine Rückkehr zur alten Schule. Nach der psychologischen Vertiefung Balzac's und der wahrheitsliebenden, der Wirklichkeit abgelauschten Darstellung Flaubert's bringt uns die Zolaschule wieder die Erfindung, wenn auch eine häßliche Erfindung, und die rein äußerliche Erzählung ohne jede Motivierung aus der Menschenseele heraus.

Das Einzig-Neue am Naturalismus hütet er selbst sich wohl zu bekennen, es ist dies das *pathologische* Element, das er in die Literatur eingeführt hat. Während Zola und seine Jünger immerfort die Natur verkünden, also das Gesetzmäßige, das Gesunde, sind ihre Menschen Ausnahmen und Kranke. Der Doctor Pascal in der »Schuld des Pater Mouret« spricht es ja aus: »Etwas mehr Blut, etwas mehr Nerven, was weiß ich! es ist ein verfehltes Dasein! – Diese Kinder sind wahre Rougons und wahre Macquarts! Sie sind das Ende vom Lied, die schließliche Entartung.« Nur mit den Schlußworten hat der Doctor Unrecht behalten, denn die krankhafte Entartung der Rougon-Macquart hat seitdem noch weitere Etappen zurückgelegt, und wir sind noch immer nicht bei dem Ende vom Lied angelangt.

Ja, es sind physisch und geistig kranke Menschen, welche uns der Naturalismus vorführt, und dabei haben seine Jünger den komischen Einfall, noch immer Flaubert als ihren Meister zu verkünden. Nein, Flaubert ist an dem Naturalismus vollkommen unschuldig. In einem Briefe an die George Sand warf er schon 1876 Zola vor, dieser bekümmere sich nicht um das, was für ihn der Zweck der Kunst sei: *die Schönheit*. Ein anderes Mal rief er aus: »Die Leute meines Handwerks sind so wenig meines Handwerks« und endlich stieß er Zola und dessen Anhang ganz entschieden zurück. Die George Sand sprach von seiner Schule: Da brauste er auf: »Meine Freunde, – Sie fügen hinzu: ›meine Schule‹ – betreffend, so biete ich Alles auf, um keine Schule zu machen. Ich stoße sie Alle *a priori* zurück. Jene, die ich häufig sehe und die Sie bezeichnen, streben Alle nach dem, was ich verachte, und beunruhigen sich nicht sonderlich um das, was mich quält und erfüllt. Ich sehe das technische Detail als sehr unwichtig an, ebenso die Beobachtung an Ort und Stelle, kurz die geschichtliche und tatsächliche Seite der Dinge. Ich suche vor Allem die *Schönheit*, um die sich meine Genossen sehr wenig kümmern. Ich sehe sie ganz *unempfindlich*, wo ich von Bewunderung hingerissen, von Abscheu erfüllt bin.«

Nein, Flaubert ist nicht der Meister der Naturalisten, ein Abgrund trennt sie und ihn. Seine Kunst ist natürlich, wahr, gesund, und die ihre ist unnatürlich, verlogen, krank. So schreiben *kranke Menschen*.

Wenn die naturalistische Schule Alles aus physischen Motiven zu erklären sucht, so ist es erlaubt, auch den physischen Zustand des Meisters und seiner Schüler als Erklärung dieser Literatur zu berühren. Es sind kranke Menschen, kranke Gehirne, wie sie die Weltstädte erzeugen.

In der kräftigen, reinen Luft der Tiroler Alpen wären sie Alle zusammen das nicht geworden, was sie heute sind; sie hätten dann mit ihrem großen Talent, das niemals abgeleugnet werden kann und darf, vielleicht eine wahrhaft naturalistische Literatur geschaffen, so aber sollten sie sich vielmehr die *pathologische Schule* und ihre Schöpfung den *pathologischen Roman* nennen.

Eine kranke Literatur für ein krankes Publikum. Es ist eine ungesunde, überreizte Gesellschaft, die an dieser Literatur Geschmack findet, etwa so wie nervöse, hysterische Frauen mit Vorliebe die Morgue besuchen und den Hinrichtungen auf dem Platze La Roquette beiwohnen. Aber diese kranke Literatur wurde mit einem Male ein gutes Geschäft, und das war der wichtigste, vielleicht einzige Beweggrund, Zola so viele mehr oder minder begabte Schüler zuzuführen. Unter diesen waren auffallend viele Belgier, und ich habe die Erfahrung gemacht, daß die belgischen Schriftsteller, mit denen ich zu tun hatte, bis zur Unanständigkeit geldgierige Menschen waren.

Durch die naturalistische Schule ist denn auch die Literatur vollständig zum Geschäft geworden. Man muß diese jungen Streber in den Boulevardkaffeehäusern gesehen und gehört haben, um den vollen, ehrlichen Ekel gegen den Naturalismus zu empfinden, wie ich ihn habe. Da meinte man wohl eher unter Börsenmännern zu sein, als unter Schriftstellern. Da war nur von Tantiemen, Honoraren, Autorrechten und dergleichen die Rede, niemals von künstlerischen Tendenzen, von literarischen Zielen, und dabei dieser häßliche gemeine Neid gegen jede Konkurrenz, ganz im kleinlichsten Krämergeist gehalten.

Vor Allem war Alles, was früher war, Nichts, nur an Balzac und Flaubert wagten sich diese jungen Herren nicht, sie zogen es vor, von ihnen zu schweigen. Aber diese Beiden waren ihnen auch recht unbequem und unangenehm und nicht ihnen allein. Meister und Schüler fühlten ihnen gegenüber zu sehr die eigene Nichtigkeit.

Wie weit aber dieser abscheuliche Neid ging, mag das Urteil Maupassant's über Cherbuliez beweisen. Es ist um so bezeichnender, als einerseits Cherbuliez heute derjenige französische Schriftsteller ist, welcher vielleicht das beste Französisch schreibt, während andererseits Maupassant wahrlich bedeutend genug ist, um Andere neben sich gelten lassen zu können. Wie urteilt er aber über den berühmten Akademiker?

»Flaubert«, sagt er, »war ebenso wenig Realist, weil er das Leben mit Sorgfalt beobachtete, als Cherbuliez Idealist ist, weil er dasselbe schlecht beobachtet.«

Das ist ein ganz naturalistisches Urteil, das die Verdienste Cherbuliez' nicht aus der Welt zu schaffen vermag. In diesem Sinne, in dieser Art und Weise sprechen Zola und seine Jünger von Allem was nicht aus ihrer Hexenküche hervorgegangen ist. Diese Art Konkurrentenvernichtung ist auch bei unseren jungen deutschen Naturalisten sehr beliebt, schade nur, daß die Franzosen eine Kleinigkeit vor ihnen voraushaben – das Talent.

Buloz und Richet

Nach persönlichen Eindrücken (1892)

In den letzten Tagen sind die Namen des Herausgebers der »Revue des deux mondes« und seines Schwiegervaters, des berühmten Arztes, viel in der Tagespresse genannt worden, so daß es vielleicht nicht uninteressant sein wird, wenn ich einige persönliche Erinnerungen der Öffentlichkeit übergebe, welche sich auf diese Beiden beziehen.

Ich kam zuerst in Berührung mit der »Revue«, als im Oktober 1871 mein »Don Juan von Kolomea« in derselben erschien. Es war für mich, den jungen Schriftsteller, welcher kaum in Deutschland etwas bekannt geworden war, eine angenehme Überraschung und eine seltene Ehre. Die nächste Folge war ein Briefwechsel, welcher zu einer ständigen Mitarbeiterschaft führte. In dieser Zeit rein brieflichen und literarischen Verkehrs war mir vor Allem merkwürdig, daß die Herausgeber eines so bedeutenden Organs, eines Weltblattes im vollsten Sinne des Wortes, Zeit fanden, mit ihren Mitarbeitern persönlich zu korrespondieren und alle auftauchenden Fragen zu erledigen. Wie aufmerksam Buloz' Vater und Sohn sich gegen die Autoren zeigten, welche an diesem schönen Unternehmen beteiligt waren, mag unter Anderem beweisen, daß Buloz' Vater es für notwendig fand, die Briefe selbst nicht bloß zu unterfertigen, sondern mit seiner Hand zu schreiben. Und da seine Handschrift in der letzten Zeit ziemlich schwer leserlich war, fügte Buloz' Sohn, der heutige Herausgeber der »Revue«, eine von ihm selbst geschriebene Copie dieses Briefes hinzu, um mir das Verständnis zu erleichtern. So stellten sich die beiden Buloz schon aus der Ferne als sehr liebenswürdige Verleger und Redakteure dar, und ihre Briefe strömten eine Wärme echt literarischen Interesses aus, welche den Autor und Mitarbeiter mehr und mehr gefangen nahm, und nicht nur seine Fähigkeiten, sondern auch sein Herz für die »Revue« und ihre Bestrebungen gewann.

Erst im Jahre 1887 trat ich zuerst in persönliche Beziehungen zu der »Revue des deux mondes« und ihrem Herausgeber. Es war jetzt Charles Buloz' Sohn, denn der Vater war bereits seit einiger Zeit tot. Ich war wieder vor Allem darüber erstaunt, wie leicht man in dem Palais der »Revue des deux mondes« Zutritt erhält, wie wenig Umstände in jeder Beziehung gemacht werden. Ich kam ohne jede Anmeldung zu Radau, dem Sekretär der »Revue des deux mondes«, welcher als Naturforscher vorzüglich deutsch versteht, sowie russisch und die meisterhafte Übersetzung meiner ersten Novellen geliefert hatte. Dann wurde ich sofort Herrn Charles Buloz gemeldet und gleich empfangen.

Charles Buloz ist ein Mann von mittlerer Größe, schlank, nervig, mit einem feinen, zugleich klugen und energischen Gesicht, blondem Haar und hellen Augen. Wie er vor seinem Schreibtisch da saß, die kleine Tonpfeife im Munde, das eine Bein heraufgezogen, war er der vollkommene Typus eines intelligenten ritterlichen Offiziers, und er sprach auch mit Vorliebe und lebhaft von seinen militärischen Erfahrungen während der Belagerung von Paris und dem Communen-Aufstand. Mit besonderer Genugtuung erzählte mir Charles Buloz unter Anderem, wie es ihm gelungen war, schon während die Revolution im vollen Zuge war, einige tausend von deutscher Seite entlassene Soldaten glücklich aus Paris mitten durch die von Bewaffneten erfüllten Straßen nach Versailles zu führen und so für die Sache der Ordnung zu retten. Und dann, wie er unter dem heftigen Feuer der Communards vom anderen Ufer der Seine aus mit Pompiers- und National-Garden den brennenden Rechnungshof vergeblich zu retten versuchte.

Das Gespräch hatte sofort einen vertraulichen Charakter angenommen, und mir war dabei so gemütlich zu Mute, wie vordem in irgend einer kleinen Garnison mit vertrauten Kameraden. Allerdings war die Umgebung hier eine andere und ließ an solider Pracht und schöner Einfachheit nichts zu wünschen übrig. Mitten in der Unterredung fragte Buloz, ob ich nicht mit ihm und seiner Frau das Dejeuner nehmen wolle. Ich entschuldigte mich, daß meine Toilette nicht darnach sei, um seiner Gemahlin meine Aufwartung zu machen, aber diese Entschuldigung wurde nicht angenommen.

Wir kamen dann auf Zola's neuen Roman: »La terre«, von dem damals bereits Bruchstücke im »Figaro« und anderen Journalen erschienen waren, und auf den Naturalismus überhaupt zu sprechen. Ich konstatierte, daß die Akademie und die »Revue« zwei feste Burgen seien mitten in dem literarischen Aufruhr, den die neue Schule hervorgerufen habe, erlaubte mir jedoch die Bemerkung, daß die »Revue«, welche jede Strömung nicht nur Frankreichs, sondern der ganzen zivilisierten Welt im Laufe der Jahrzehnte vorgeführt habe, sich doch nicht immer gegen diese neue Richtung werde verschließen können. Wenn nicht Zola, sagte ich, so wird doch gewiß eines Tages Maupassant in die »Revue« kommen, denn in ihm steckt doch unleugbar ein großer Poet.

»Maupassant«, erwiderte Buloz langsam, gleichsam nachsinnend, »ja – das glaube ich selbst. Aber niemals wird die »Revue« dem Naturalismus ihre Tore öffnen. Die »Revue« war niemals prüde, sie hat sogar jederzeit eine gewisse Kühnheit in literarischen Dingen bewiesen. In der »Revue« kann man jedes Problem behandeln, wenn es mit Ernst und künstlerischem Gewissen zur Darstellung gebracht wird, aber die »Revue« schließt Alles aus, was nicht mehr rein literarisch ist, wo eine Nebenabsicht hervortritt, durch Reizmittel anderer Art die Neugierde des Publikums zu erregen. Die literarische Tartufferie ist uns fremd, aber niemals soll in der »Revue« das Schamgefühl, der Anstand verletzt werden, und wenn dies von Seiten von Autoren geschieht, welche Talent oder gar Genie haben, dann ist dies ein Grund mehr, sich gegen dieselben zu verschließen, denn sie machen die Sache durch ihre Begabung nicht besser, sondern nur schlimmer. Ich glaube übrigens nicht, daß das große gesunde Publikum an dieser neuen Richtung wirklich Geschmack findet. Beweis der Riesenerfolg des »Petit Journal«, welches auf dem Standpunkt verharrt, nichts aufzunehmen, was nicht vollständig keusch wäre, Beweis der Erfolg des »Abbé Constantin« und endlich auch der Erfolg von »Ohnet«.

»Was sagen Sie dazu«, warf ich ein, »daß Lemaître Ohnet das Talent abspricht?«

»Ohnet ist das, was sie in Deutschland einen Philister nennen«, erwiderte Buloz, »aber deshalb tut ihm Lemaître, tun ihm die Naturalisten doch Unrecht. Es ist ein Genre, wie ›Soll und Haben‹ Ihres Gustav Freytag. Was Ohnet so glücklich getroffen hat, das ist die Poesie des Bürgertums. Dieser fehlt allerdings ebenso gut die deutsche als die naturalistische Romantik – denn in der grellen Malerei aller möglichen Niedrigkeiten liegt auch ein Stück Romantik – aber auf dem Bürgertum ruht die Kraft und der Reichtum des Volkes und in seiner stillen, ruhmlosen Arbeit liegt auch etwas Großes und Schönes.

Beim Dejeuner lernte ich Madame Buloz kennen, eine große, stattliche Brünette, eminent klug, fein und unterrichtet, Alles in Allem eine sehr interessante Frau und eine große Dame, vornehm und einfach zugleich.

In den nächsten Tagen besuchte ich Cherbuliez, den früheren Minister Rothan und andere Mitarbeiter der »Revue«. Im Gespräche mit ihnen trat mir aus ihrem langjährigen Verkehr mit dem Hause Buloz und der »Revue« das Bild der Verhältnisse immer lebendiger hervor.

Buloz' Vater war zuerst einfach ein Freund der Literatur. Als er sein Organ gründete, befand sich die Redaktion in einem kleinen Lokale der »Rue saint Benoit«. Anfangs war die »Revue« eine Art englischen Magazins, sie enthielt nur literarische und Reiseberichte, aber sie wuchs von Jahr zu Jahr, bis sie endlich das vornehmste literarische Organ Europas geworden ist. Zu den ersten Mitarbeitern gehörten George Sand, de Vigny, Alfred de Musset, Prosper Merimée, Emil Girardin, Forcade. Buloz' Vater war ein Genie als Redakteur, ein literarischer Feinschmecker ersten Ranges und eine enorme Arbeitskraft. Er las Alles selbst. Man erzählt von Plaunchut [wohl: Edmond Planchut], einem der älteren Mitarbeiter der »Revue«, daß er eines Tages einen Artikel brachte, in welchem ein Passus Herrn Buloz nicht gefiel. Er bat Plaunchut, diese Stelle zu ändern. Plaunchut korrigierte seinen Artikel, ließ aber die bezeichnete Stelle unverändert. Als das betreffende Heft erschien, sagte ihm Buloz: »Aber lieber Freund, Sie haben ja die Stelle, um deren Änderung ich Sie ersuchte, dennoch stehen lassen?«

Plaunchut war wie vom Donner gerührt. – »Aber, mein teurer Direktor«, rief er, »wie? Sie lesen die ›Revue‹ noch einmal, wenn sie bereits gedruckt ist?« – »Ich erfülle damit nur meine Pflicht«, erwiderte Buloz. – Ja, der Direktor der »Revue des deux mondes« las jeden Beitrag, der in seinem Journal erschien, dreimal, einmal als Manuskript, einmal in der Korrektur und ein drittes Mal, wenn das Blatt erschien.

Selbstverständlich hat die »Revue« jederzeit Feinde gehabt, denn alle jene, die bei ihr keinen Einlaß fanden, und darunter befanden sich ganz bedeutende Autoren, waren gegen sie. So sagte der geniale Barbey d'Aurevilly eines Tages zu einem Freunde. »Dieser Buloz ist einfach der Simson der Literatur.«

»Meinen Sie den biblischen?« fragte der Freund.

»Nein,« entgegnete Barbey wild, »Simson den Scharfrichter meine ich.«

Aber deshalb war die »Revue des deux mondes« doch immer der treueste Spiegel der literarischen Bewegung unseres Jahrhunderts. Fast alle Größen Frankreichs, ja Europas zogen durch ihre Spalten. Wir erwähnen hier nur außer den bereits genannten, den Grafen von Paris, den Herzog von Aumale, Léon Gay, Mazade, Ernest Renan, Cherbuliez, Maxime du Camp, Admiral Julien de la Graviére, Melchior de Vogüée, Haussonville, Mezières, Herzog von Broglie, Brunetière, Rothan, Delpit. Von den Ausländern, welche die »Revue des deux mondes« vorgeführt hat, spielten insbesondere Heinrich Heine, Iwan Turgenjew und Tolstoi eine größere Rolle in diesem Organ.

Es ist schwer, Mitarbeiter der »Revue« zu werden, wenn man es aber einmal ist, dann bleibt man es auch immer und auch die Mitarbeiter bleiben der »Revue« treu, denn das Verhältnis ist das angenehmste, die Mitarbeiter sind die Freunde des Hauses, sowie Freunde untereinander, so daß man die »Revue des deux mondes« eigentlich eine große literarische Familie nennen könnte.

Auch Charles Buloz' Sohn liest Alles selbst wie sein Vater. Er liest auch jene Manuskripte, die mit einem unbekannten Namen unterzeichnet sind und hat auf diese Weise schon manche glückliche Entdeckung gemacht. Jede Einsendung, jeder Brief wird bei der »Revue« beantwortet. Allerdings werden die alten Mitarbeiter bevorzugt, wie mir Herr Charles Buloz sagte, wäre das nicht nur eine Pflicht der Dankbarkeit, sondern auch ein Vorteil für jedes Journal. Das Publikum, fügte er hinzu, liest am liebsten jene Autoren, an die es einmal gewöhnt ist, es sieht sie nicht altern, ebenso wie uns eine geliebte Frau, wenn wir immerfort mit ihr verkehren, auch dann noch schön erscheint, wenn die Zeit ihr Haar bereits gebleicht hat.

Charles Buloz und seine Frau führen das glücklichste Familienleben. Entgegen der französischen Gewohnheit haben sie aber trotzdem eine Reihe großer Reisen gemacht und sind sehr gastlich. Den Sommer bringen sie in Epinay zu, dem Lieblingsaufenthalt der Frau Buloz. Hier werden Sonntags die Freunde der Familie empfangen, in der Woche die Mitarbeiter der »Revue« – jederzeit. Heute hat die »Revue des deux mondes« auch äußerlich eine Umwandlung vollzogen. Sie residiert rue de l'université, in einem prachtvollen Hotel, das einst der Familie Beauharnais gehörte. Hier in den herrlichsten, im besten Stil des Empire eingerichteten Räumen empfängt Madame Buloz ihre Gäste im Winter. Jeden Dienstag findet ein Diner von zwanzig Personen statt und dann Empfang, wo es bis in die frühen Morgenstunden ein immerwährendes Kommen und Gehen gibt und jedes Mal fünf- bis sechshundert Personen die Salons passieren. Man findet hier Alles, was in Paris eine Rolle spielt.

Bei dem Diner, an dem ich teilzunehmen die Ehre hatte, waren unter Anderen Ernest Renan mit seiner gelehrten Frau, welche zugleich seine Mitarbeiterin ist, General Gallifet und Dr. Richet, der Vater der Madame Buloz.

An diesem Abend in großer Toilette erschien mir Madame Buloz geradezu schön. Sie ist unstreitig ein Charakter und ein starker Geist, und ganz und gar die Tochter ihres Vaters. Auch Richet war eine große, männlich schöne, vornehme Erscheinung, ganz das Bild eines großen englischen Lords. Als wir nach dem Diner im Rauchzimmer saßen, nahm er an dem Gespräch teil, er sprach wenig, aber Alles was er sagte, war bedeutend und wurde in der echten, schlichten und klaren Art eines Weisen vorgetragen. Und als er vor Kurzem starb, endete er gleichfalls als Weiser. Er selbst gab den Ärzten, die ihn umgaben, die Symptome seiner steigenden Krankheit an, und als er ihnen sagte, »jetzt ist es so weit, in diesem Stadium gibt es keine Hoffnung mehr, es heißt nur noch sterben«, da war es entschieden und er starb, wie er gelebt hatte, edel und voll Würde.

Fast zu gleicher Zeit mit der Trauer zog aber auch die Freude in das Hôtel der »Revue des deux mondes«. Charles Buloz wurde zum Offizier der Ehrenlegion ernannt. Es ist dies eine große Ehre, aber der Mann, dem sie zu Teil wurde, hat sie vollauf verdient. Die beiden Buloz haben ein Organ geschaffen, für das ihnen nicht nur Frankreich, sondern die ganze gebildete Welt dankbar sein kann. Heute hat die »Revue« 30 000 Abonnenten, davon die Hälfte im Auslande.

In Frankreich ist die »Revue des deux mondes« eine Art Legitimation höherer Bildung geworden für den Spießbürger, ja sogar für den Bauer ist sie ein Barometer für den Wert seines Arztes, seines Notars oder Rechtsanwalts. Derjenige, in dessen Wartezimmer er das dunkelgelbe Heft nicht aufliegen sieht, sinkt in seiner Achtung.

Es gibt nur zwei Dinge in Paris, in Frankreich, die jede Türe öffnen – das rote Bändchen der Ehrenlegion und die Mitarbeiterschaft der »Revue des deux mondes«.

Die Zukunft der deutschen Literatur im Urteil unserer Dichter und Denker (1892)

Leopold von Sacher-Masoch.

»Als ich jung war, hieß es, wir haben keine wahrhaft große und nationale Literatur in Deutschland, weil uns die Einheit fehlt, das gemeinsame Volksbewußtsein, weil es uns an großen nationalen Geschicken und Taten mangelt. In diesem Sinne sprach die erste Auflage der Literaturgeschichte von Julian Schmidt die allgemeine Stimmung und Ansicht aus.

»Dann kamen 1864, 1866 und 1870!

»Zwanzig Jahre sind seither verflossen. Wo blieb unsere wahrhafte große und nationale Literatur?

»Ich glaube, es gibt keine nationale Kunst mehr. Wenn Wagners Werke als nationale bezeichnet werden, so ist das einfach eine Reklame, nichts weiter. Die Stoffe seiner Texte mit Ausnahme des ›Tannhäuser‹ und der ›Meistersinger‹, sind fremde. Sogar die ›Nibelungen‹ hat er nicht nach der deutschen, sondern nach der uns fremden skandinavischen Fassung behandelt. Seine musikalische Deklamation stammt in direkter Linie von der französischen, seine Tonmalerei von David und Berlioz ab.

»Es gibt wohl nur noch eine internationale Kunst und Literatur. Unsere deutsche Literatur gehorcht heute trotz Sedan, trotz der Wiederaufrichtung des deutschen Kaisertums, in erster Linie französischen, dann russischen und skandinavischen Einflüssen, während sich in Frankreich die steigende Einwirkung der germanischen und slawischen Literaturen geltend macht.

»Somit wird wohl auch in Zukunft die deutsche Literatur ebensowenig eigene Wege gehen, wie irgend eine andere.

»Wie sich aber die europäische Literatur, oder sagen wir die Weltliteratur, weiterentwickeln wird, ist bei dem steten Durcheinanderfließen widerstrebender Strömungen nicht so leicht vorauszusagen. Es will mir aber scheinen, daß durch alle Literaturen der Gegenwart vor allem ein starker Drang nach der lebendigen Gegenwart und Wirklichkeit, nach Wahrheit geht. –

»Überall, mögen die Anhänger der neuen Richtung sich Naturalisten, Veristen oder sonst wie nennen, tritt mehr und mehr an Stelle der Erfindung die Beobachtung, an jene der schaffenden Kunst die nachahmende Fertigkeit.

»Es ist anzunehmen, daß eine Weiterentwicklung dieser Richtung in der Zukunft endlich jede Erfindung über Bord werfen wird. Wenn man heute noch eine erfundene Handlung in einer bis in die kleinsten Einzelheiten der Wirklichkeit abgelauschten Darstellung gibt, so wird man dann überhaupt nur wirklich Geschehenes erzählen, schildern, dramatisieren.

»Der Journalismus läßt heute schon in England und Frankreich diese neue Literatur vorauserkennen.

»Täglich finden wir in Londoner und Pariser Zeitungen Ereignisse des Tages in einer Weise erzählt, welche eine durchaus literarische ist und bald mit den Schilderungen der besten Romanschriftsteller, bald mit den wirksamsten dramatischen Szenen der beliebtesten Bühnenautoren wetteifert.

»Die erzählende Literatur wird also in der Zukunft wahrscheinlich ganz in dem die Tagesereignisse berichtenden Journalismus einerseits, in der Memoirenliteratur andererseits aufgehen. Die Bühne wird vielleicht ausschließlich jenes Genre pflegen, das wir heute noch mit einer starken Geringschätzung ansehen, die Dramatisierung aktueller sensationeller Ereignisse. An die Stelle der ›Jungfrau von Orleans‹ wird eine neue Gabriele Bonpard treten und an jene des ›weisen Nathan‹ irgend ein populärer Antisemitenhäuptling.

»Da es aber viel leichter ist, der Wirklichkeit nachzuschreiben, als etwas zu erfinden, da ferner bei dieser Art literarischer Arbeit ein schöpferisches Talent ganz überflüssig sein wird, so wird, – wie heute schon tausende schreiben gegen hunderte, gegen einzelne in früheren Zeiten, – dann jedermann schreiben.

»Das Ende wird aber sein – so scheint mir – daß die Literatur überhaupt aufhört und mit ihr der Schriftstellerstand. Es wird schließlich nur noch Tagesblätter geben, deren Berichterstatter jedermann sein wird – auch dazu haben wir bereits vielversprechende Anfänge – und die Stücke werden sich wohl die Schauspieler, schon im Interesse ihrer Rollen, selbst schreiben.

»Ich selbst habe, ohne es zu beabsichtigen, ein Werk dieser Literatur der Zukunft geschaffen, indem ich über meinen Sohn von dem Tage seiner Geburt bis zu jenem, wo ich ihn verlor, ein genaues Tagebuch geführt habe. Ursprünglich nur dazu bestimmt, dem Vater alle Einzelheiten in dem Leben, in der leiblichen und geistigen Entwicklung des Lieblings aufzubewahren, ist es, wie ich nachträglich zu meiner Überraschung entdeckte, zu einer wunderbar treuen und wahren Darstellung eines anziehenden Stücks Menschendaseins geworden, das in seiner schlichten Lebendigkeit eine tiefere und nachhaltigere Wirkung übt, als die beste Erfindung [es] vermag.

»Auf einem anderen Kunstgebiet wurde mir kürzlich eine ähnliche Überraschung. Ein mir befreundeter, mit künstlerischem Sinn begabter Photograph, dem meine Vorliebe für die Kabinettstücke niederländischer Genremaler bekannt war, beschenkte mich mit dem Bilde eines reizenden jungen Mädchens. Dasselbe ist in Bezug auf Haltung, Tracht und dekorative Umgebung ganz in der Art der Genrebilder eines Dow und Mieris gehalten. Aber ich kenne kein Kabinettstück holländischer Meister, das mit diesem Wirklichkeitsbilde in die Schranken treten könnte, nicht in Bezug auf Reiz und Anmut, und noch weniger in Bezug auf Wahrhaftigkeit, denn es ist niemandem gegeben, wirklicher zu malen, als die Wirklichkeit selbst.«

Berichte aus der »Welt der Rätsel«

Russische Sekten (1889)

I.
Einleitung. – Die Raskolniki. – Die Lipowaner. – Die Duchoborzen und ihr weiblicher Papst.

Es ist ein dunkles Gebiet, das wir betreten, dunkel in geistiger, in psychischer und physiologischer Beziehung; ein Gebiet, auf dem wir nicht vor einem einzelnen Mysterium, sondern vor einer ganzen Welt von Rätseln stehen. Die Erscheinungen, denen wir begegnen, lassen sich zum Teile, wenn auch nicht erklären, so doch beleuchten und verstehen, der größere Teil derselben bleibt uns aber unfaßbar und berührt uns zugleich unheimlich und märchenhaft.

Ehe wir uns mit den russischen Sekten beschäftigen, ist es unerläßlich, sich flüchtig an den historischen Charakter der aus der griechischen Kirche von Byzanz entstandenen orthodoxen russischen Kirche zu erinnern. Keine der christlichen Kirchen ist so sehr in ihren Lehren und Formen gleichsam erstarrt, so in leeres Zeremonien-Wesen ausgeartet und dabei so finster, so unduldsam und so unbarmherzig wie die russische; in keiner Kirche ist der Klerus so entartet, so gesunken wie in dieser; in keiner die kirchliche Allgewalt eine so tyrannische wie hier, wo sie mit der weltlichen vereinigt ist, wo der Czar-Papst Geister, Herzen und Leiber von 80 Millionen Menschen gleich unumschränkt beherrscht.

Druck aber erzeugt Gegendruck, und Tyrannei erzeugt Rebellion. Es ist deshalb leicht begreiflich, daß keine Kirche so viel Abtrünnige, so viel Ketzer hervorgebracht hat, als die russische. Die erste Trennung erfolgte 1666. Heute zählt man über 200 Sekten, und es entstehen täglich noch neue. Alle diese Sekten wurden seit der Mitte des 17. Jahrhunderts strenge verfolgt, besonders unter Peter dem Großen, und erst unter Katharina II., der Philosophin auf dem Throne, zum Teil erst unter Alexander I. geduldet. Manche werden heute noch von der Staatsgewalt mit aller Strenge bekämpft. Trotzdem haben sie niemals abgenommen, sondern sich stets nur weiter verbreitet, und alle Mittel der Kirche und des Staates haben sich ihnen gegenüber ohnmächtig erwiesen.

Allen diesen Sekten sind zwei große Züge gemeinsam. Zuerst greifen sie alle gleich den Reformatoren, die aus der römischen Kirche hervorgegangen, auf die Bibel, die Evangelien, das Urchristentum zurück. Dies ist das Band, das sie mit dem Westen verknüpft. Dann aber schöpfen sie alle aus dem dunklen Born, aus dem die asiatischen Propheten geschöpft haben, aus dem geheimnisvollen Urquell der Natur, dem die indische Lehre und die düstere Weisheit eines Buddha entstammen; und dies ist das Band, das sie mit dem Orient, seinen Rätseln, Geheimnissen und seinen dämonischen Mächten verbindet.

Ich werde hier selbstverständlich nicht von allen russischen Sekten sprechen, sondern nur von den merkwürdigsten und einflußreichsten, und vor Allem von jenen, welche uns den überraschendsten Einblick in die große slawische Welt des Ostens gestatten, die dem Westen vorläufig als eine dunkle Nacht stumm und drohend gegenübersteht.

Die erste Trennung innerhalb der russischen Kirche erfolgte, wie ich bereits gesagt habe, im siebzehnten Jahrhundert. Es war Nikon, der Patriarch von Moskau, der Anlaß dazu gab, indem er 1642 verschiedene Neuerungen durchführte. Obwohl er an den Dogmen in keiner Weise rüttelte, nur die Bibel-Übersetzung einer Revision unterzog, in den Gesang- und Gebetbüchern Änderungen anbrachte und die Liturgie reformierte, lehnte sich doch ein großer Teil der Gläubigen dagegen auf und sagte sich nach langen Kämpfen auf dem Concil von Moskau 1666 von der orthodoxen Kirche los. Diese Schismatiker nannten sich fortan *Starovierzi,* Altgläubige, während sie von der russischen Kirche *Raskolniki,* Ketzer, genannt wurden.

Anfangs repräsentierten sie gleichsam die alte Kirche, und nahmen eine ähnliche Stellung ein, wie heute die Altkatholiken gegenüber der römischen Kirche; doch im Laufe der Zeiten sagten sie sich mehr und mehr von der Kirche und vor Allem von dem Priestertume los und zweigten sich in *Lipowaner* und *Duchoborzen* ab.

Unter Peter dem Großen starben viele Raskolniki den Märtyrertod. Katharina II. gab ihnen eine gewisse Religionsfreiheit. Heute existiert diese Hauptsekte der russischen Kirche in drei verschiedenen Zweigen, als *Raskolniki, Lipowaner* und *Duchoborzen,* jedoch in zwei Hauptgruppen geteilt: in die Popowtschina, jene Sektierer, welche Popen, Priester, haben und die Bespopowtschina, die keine Priester haben.

Die Altgläubigen halten noch in Vielem an der Kirche fest. Sie feiern ihren Gottesdienst in Kirchen, haben Priester, haben die Sakramente und erkennen außer der Bibel auch noch die griechischen und russischen Kirchenväter bis in die Mitte des 17. Jahrhunderts an. Zu ihren rituellen Eigentümlichkeiten gehört, daß sie das Kreuz mit dem Zeige- und Mittelfinger machen, und daß ihr Kreuzbild achteckig ist, sowie daß sie das Hallelujah nur zweimal singen und das dritte mal: Lob sei Dir Gott!

Die *Lipowaner* haben keine Priester. Ein erwählter Ältester, Starik, hält den Gottesdienst ab und tauft die Kinder. Alle anderen Sakramente verwerfen sie. Sie verkehren nicht mit Andersgläubigen, erkennen den Czaren als Haupt der Kirche nicht an, leisten weder Eid noch Kriegsdienst und scheren weder Haar noch Bart. Sie verabscheuen geistige Getränke und den Tabak. Ein Lipowaner, in dessen Hause ein vornehmer Gast ein paar Züge aus einer Zigarette tat, ließ dasselbe vom Dache bis zum Keller reinigen, fegen und scheuern.

Einige tausend Lipowaner kamen unter Joseph II. nach Ostgalizien und in die Bukowina, wo sie heute noch in abgeschlossenen Gemeinden leben. Sie haben sich seit Anbeginn so musterhaft gehalten, daß Kaiser Franz bei seiner Bereisung Galiziens ihren Ältesten, einen achtzigjährigen Greis, eigenhändig dekorierte. Seitdem sie da sind, seit mehr als 100 Jahren, ist kein Lipowaner bestraft worden. Sie waren in Österreich früher vom Heerdienst vollkommen befreit. Seit Einführung der allgemeinen Wehrpflicht dienen sie, da sie kein Blut vergießen dürfen, ausschließlich in der Sanitätstruppe. Statt des Eides wird ihnen bei Gericht nur der Handschlag abgenommen. Sie wohnen in hübschen, gutgebauten Dörfern, treiben Ackerbau und Viehzucht, handeln nur mit ihren Produkten und sind in jeder Beziehung brave, friedliche und streng sittliche Menschen.

Ganz anders haben sich die *Duchoborzen* entwickelt. Sie nennen sich zwar Streiter des Geistes; aber bei ihnen hat der sinnliche Mystizismus des Orients schon ziemlich kräftige Wurzeln gefaßt. Sie zweigten sich im 18. Jahrhundert von den Raskolniki ab und haben heute mit denselben fast nichts mehr gemeinsam. Anfangs wurden sie mit großer Härte behandelt und verfolgt; erst 1804 erlangen sie durch den milden Kaiser Alexander I. Religionsfreiheit. Sie wohnen zumeist in Taurien, doch findet man sie im ganzen Süden Rußlands, bis nach dem österreichischen Galizien hin verbreitet.

Ich hatte Gelegenheit eine Gemeinde der Duchoborzen genauer kennen zu lernen.

In dieser geheimnisvollen Sekte spielt das Weib zuerst jene mächtige und rätselhafte Rolle, der wir in der slawischen Welt des Ostens auf Schritt und Tritt begegnen; es ist gleichsam die Sphinx, die vor dem Eingange des Tempels liegt. Die Duchoborzen verwerfen die Kirche, die Sakramente, die Priester und den Papst-Czaren; dafür haben sie einen weiblichen Papst, die sogenannte *Gottesmutter,* in der Gott sich den Gläubigen verkörpert, und welche zwischen ihm und ihnen vermittelt. Die Gottesmutter, welche ich kennen lernte, war die Tochter eines reichen Bauern, dessen Gehöfte jedem Edelmann Ehre gemacht hätte.

Sie empfing mich vor dem Hause, wo sie eben ihren jüngeren Geschwistern Befehle erteilte. Es war eine seltsame Erscheinung; hoch gewachsen, majestätisch, mit einem von üppigem blondem Haar umrahmten, schönen, milden Madonnengesicht, glich sie in ihren roten Bauernstiefeln, dem kurzen bunten Rock, dem langen hellblauen, mit weißem Pelzwerk besetzten und gefütterten Kaftan, den Kopf mit einem weißen Tuche turbanartig umwunden, die Brust mit Korallen und Goldmünzen bedeckt, mehr einer asiatischen Despotin oder einer schönen Sultanin, als einer Heiligen. Sie führte mich in ihre Stube und gab auf alle Fragen bereitwillig Antwort.

»Wir haben keine Geistlichen und keine Kirche«, sagte sie, »wir verwerfen die Sakramente und verehren auch die Heiligen nicht; dennoch wird uns Niemand das Zeugnis verweigern, daß wir duldsame, friedliche und arbeitsame Menschen sind. *Unser erstes Gesetz ist die Gleichheit aller Menschen,* aller Stände, aller Bekenntnisse; wir achten Juden und Mohamedaner, ebenso wie jede Art von Christen. Es gibt unter uns weder Herren noch Knechte, trotzdem sind alle Duchoborzen wohlhabend, rein und gut gekleidet. Unsere Frauen gelten als schön, sie sind alle fleißig, aber dabei stets heiter und hübsch angezogen. Die Gottesmutter ist das Haupt der Gemeinde, das Ebenbild Gottes auf Erden. Durch das Weib ist die Sünde in die Welt gekommen, deshalb kann auch nur durch das Weib die Erlösung kommen.«

»Die Gottesmutter wird von der Gemeinde erwählt, wenn dieselbe durch Fasten und Gebet vorbereitet und vom Geiste erleuchtet ist, denn der Geist, das reine Licht ist noch mehr wert als die Bibel. Unser Glaube ist kein trauriger, er verdammt nicht Alles, was den Menschen erfreut, als Sünde. *Wir dienen Gott, ohne die unschuldigen Triebe der Natur zu kreuzigen.* Es ist Sitte bei uns, daß die Frauen und Mädchen und die jungen Männer sich an den Abenden versammeln, um leichte Arbeiten zu verrichten, zu plaudern und sich zu vergnügen.«

»Eure Frauen sollen aber nicht sehr moralisch sein«, warf ich ein.

Die Gottesmutter blickte mich mit ihren großen klugen Augen ruhig an. »Eigentlich legen wir der Ehe keine große Bedeutung bei«, sprach sie, »denn der Wille zweier erwachsener Menschen verschiedener Geschlechter genügt, um dieselbe zu schließen. Der Älteste der Familie erklärt die Brautleute für vereint, und der Bund ist geschlossen. Ebenso leicht ist die Trennung der Ehe. Jene Triebe, welche die Quelle der Sünde sind, müssen an und für sich nicht böse sein, sonst hätte sie uns Gott in seiner Güte gewiß nicht anerschaffen. Statt also diese Triebe zu unterdrücken und auf diese Weise die Natur zur Empörung aufzustacheln, unterjochen wir sie, indem wir ihnen nachgeben. Wir erleichtern die Ehe, deren Schließung und Trennung, und wir machen aus der Liebe keine Sünde. So nehmen wir derselben den Stachel, hindern sie, jene Leidenschaften zu gebären, welche, wie Eifersucht, Haß und Neid den Menschen Unheil bringen, und helfen dem Geiste zum Siege. Wir gestatten dem Weibe jede Art von Putz, Tand und Vergnügen, sobald es seine Pflichten erfüllt und seine Arbeit getan hat; deshalb lieben die Frauen unseres Glaubens die Arbeit. In aller Frühe, beim Lichte der Sterne stehen sie auf und bringen schon vor Sonnenaufgang Haus und Wirtschaft in Ordnung. Wenn sie sich dann hübsch angezogen mit Handarbeiten beschäftigen und Abends in Gesellschaft unterhalten, so geschieht Niemand ein Unrecht damit. Da die Trennung der Ehe so leicht ist, so ist es den Frauen leicht gemacht, die Treue zu bewahren; deshalb wird auch der Ehebruch bei uns sehr streng bestraft. »Von wem?« fragte ich. »Von der Gottesmutter«, antwortete die schöne Heilige. »Aber es kommen selten Klagen vor, da die Duchoborzen gegen die Fehltritte ihrer Frauen, in Bezug auf Treue, sehr nachsichtig sind, wenn dieselben nur sonst ihren Pflichten nachkommen.«

»Die Duchoborzen sind also überzeugt, daß Gott in Gestalt der Gottesmutter lebendig unter ihnen ist?« fragte ich weiter. *»Gott ist in jedem Menschen lebendig«,* gab die Gottesmutter zur Antwort, »denn der dreieinige Gott offenbart sich uns nur in der Seele des Menschen, der Vater in der Gedächtniskraft, der Sohn in der Weisheit des Verstandes, der Geist im Wollen; die Gottesmutter aber ist von Gott erwählt, um seinen Willen hier auf Erden zu vollziehen.«

»Man beschuldigt aber die Duchoborzen, daß sie nicht sehr gottgefällig, sondern im Gegenteil ziemlich frei und weltlich leben«, wendete ich ein. »Wir befolgen jene Moral die uns Christus gelehrt hat«, erwiderte die Gottesmutter. »Liebe Deinen Nächsten wie Dich selbst, und was Du nicht willst, daß Dir geschehe, tue keinem Anderen. Unser Glaube lehrt uns auch das Ebenbild Gottes in jedem Menschen zu verehren. Erlösung bringt aber nur unsere heilige Lehre. Die ersten Menschen haben durch den Sündenfall das Paradies verloren. Es liegt ein tiefer Sinn in dieser Lehre, ein heiliges Geheimnis, das ich jetzt enthüllen will.«

Die Gottesmutter heftete die Augen auf mich und fuhr mit gedämpfter Stimme fort. »Die ersten Menschen aßen die Frucht von dem Baume der Erkenntnis und sahen plötzlich, daß sie nackt waren und schämten sich; das will sagen, sie bemerkten mit einem Male, daß der Geist und die Natur wie Tag und Nacht, wie Feuer und Wasser nichts miteinander gemein haben, und die Menschen schämten sich ihres Fleisches und suchten es seither zu verbergen, zu verleugnen, ja ihr Geist trat in seinem Hochmut demselben feindlich und verächtlich gegenüber. Dieser Zwiespalt in uns selbst ist der Fluch, der auf der Welt liegt; und das *Paradies,* aus dem die Menschen vertrieben worden sind, ist die *Natur.«*

»Wir gewinnen aber das verlorene Paradies wieder, indem wir der Natur und ihren Trieben, statt sie zu kreuzigen, ihre ursprüngliche Unschuld wiedergeben. Derselbe Geist, der die Scham vor dem Leiblichen erzeugt hat, lehrt uns jetzt, sich dessen nicht zu schämen, was natürlich ist; denn Gott hat uns den Geist gegeben, um die Natur zu beherrschen, nicht aber um sie zu mißhandeln. Zur Erlösung ist das Weib daher auch deshalb berufen, weil im Manne mehr der Geist lebendig ist, im Weibe aber die Natur.«

»Glaubt ihr an ein Fortleben nach dem Tode und an die Auferstehung der Toten?« lautete meine nächste Frage.

»Wir glauben, daß die Seele schon vor diesem irdischen Dasein gelebt hat und auch nach demselben weiter leben wird. Am jüngsten Tage werden alle Menschen auferstehen, aber nur im Geiste; dann folgt das letzte Gericht.«

»Aber hier auf Erden richtet die Gottesmutter an Gottesstelle«, warf ich ein.

»So ist es«, sagte die seltsame Heilige. »Die Gottesmutter ist an Gottes Stelle zu verehren, weil sie in seinem Namen hier auf Erden regiert, weil Gott sie erwählt hat, um die Menschen in das Paradies zurückzuführen. Sie allein kann die Sünden bestrafen oder erlassen, und ihre Gebote sind Gebote Gottes. Die Duchoborzen glauben weder an die Trinität, noch an die Gottheit Christi; sie erkennen weder den Papst, noch den Czaren als Oberhaupt an, noch die Heiligen. Sie haben keine Geistlichen, keine Heiligenbilder, keine Sakramente; die Gottesmutter allein ist unter ihnen als die Verkörperung des göttlichen Wesens und Willens.«

An dem nächsten Sonntage hatte ich Gelegenheit, dem Gottesdienst der Duchoborzen und der Aufnahme zweier Neophyten beizuwohnen. Das Bethaus dieser geheimnisvollen Sekte stieß unmittelbar an das Haus, das die Gottesmutter bewohnte und in dem sie Hof hielt. Der große Saal, in dem die Gemeinde ihre Andacht verrichtete, war ein einfach eingerichteter schmuckloser Raum. Es waren über 200 Personen in demselben versammelt, alle gut gekleidet, die Frauen sogar mit einer gewissen Koketterie. Außer mir waren noch mehrere Andersgläubige, und zwar Lutheraner und Katholiken, sowie ein paar polnische Juden anwesend. Die Männer standen links, die Frauen rechts, nach dem Alter. Ganz oben befand sich ein hölzerner Tisch, auf dem Salz und Brot lagen. Als die Gottesmutter in einem langen Pelz von blutrotem Samt mit kostbaren Marderfellen besetzt und gefüttert, goldgestickte Pantoffeln an den Füßen, den Kokoschnik, eine Art silbergestickte Tiara auf dem Haupte, an eine Moskauer Czarin aus der Zeit Iwans des Schrecklichen mahnend, hereintrat, warf sich die ganze Gemeinde vor ihr auf die Knie. Sie segnete sie und nahm dann auf einer Art Thron Platz. Auf ihren Wink näherte ich mich ihr. »Wie kommt es, daß Ihr Andersgläubige in Eurem Tempel duldet?« fragte ich erstaunt, denn ich wußte, daß die Raskolniki nicht so tolerant sind. Die Gottesmutter erwiderte: »Jeder, ob Christ, Jude, Muselmann oder Heide, kann an unserem Gottesdienste teilnehmen, denn der Mensch kann den Tempel Gottes nicht durch seine Gegenwart, sondern nur durch schlechte Taten entweihen.«

Der Vorsänger trat jetzt an den Tisch und stimmte den Psalm an: »So spricht der Herr, der Gott Israels«, die Gemeinde fiel jedesmal am Schlusse im Chor ein. Als der Gesang zu Ende war, trat der Zweitälteste vor den Tisch und nahm den Ältesten bei der Hand. Es war rührend anzusehen, wie die beiden Greise mit ihrem weißen Haar und Bart und ihren ehrwürdigen Gesichtern sich zweimal tief voreinander verneigten und küßten. Hierauf trat ein Dritter zu ihnen, und sie verneigten und küßten sich alle drei. Alle Anwesenden folgten der Reihe nach ihrem Beispiel, zuerst die Männer, dann die Frauen.

»Was bedeutet diese Zeremonie?« fragte ich die Gottesmutter.

»Sie bedeutet«, erklärte mir die Heilige bereitwillig, »daß man das Ebenbild Gottes in seinem Nächsten verehren muß, da der Mensch Gott auf Erden vertritt«. Jetzt ergriff der Älteste die beiden Neophyten an den Händen und führte sie zu dem Thron der Gottesmutter. Hier fielen sie auf die Knie, schlugen mit der Stirn dreimal zur Erde und küßten dann demütig die Füße der Gottesmutter, während diese sie segnete. Nun erhob sich der weibliche Papst, richtete die Knieenden auf und führte sie zu dem Ältesten, Alles mit einer Hoheit, um die sie manche Herrscherin beneiden konnte. »Ich bringe Euch zwei neue Brüder«, sprach sie, »nehmt sie freundlich auf und achtet und liebt sie.« Der Älteste gab hierauf den Neophyten die Hand und küßte sie, und nach ihm küßten sie alle Anderen der Reihe nach.

Das eigentliche Mysterium der Duchoborzen erinnert an die sinnlich religiösen Feste der Astarte, der Griechen und der heutigen Drusen im Libanon. In allen diesen Geheimdiensten spukt die mystische Jungfrau des alten Orients, die sich in reinerer Gestalt in der römischen Kirche wiederfindet.

Wie bei den Drusen eine lebendige Jungfrau auf den Altar gesetzt wird und der Gottesdienst zuletzt in eine wüste Orgie ausartet, so erinnert auch das Paradies, in das die Gottesmutter der Duchoborzen die Anhänger ihres Glaubens einführt, mehr an das Paradies des Mahomet, als an das Eden der heiligen Schrift.

Zwei Jahre nachdem ich die Duchoborzen besucht hatte, ließ die Gottesmutter einen treulosen Geliebten an das Kreuz schlagen. Das Gericht war nicht im Stande sie zur Rechenschaft zu ziehen, da sich Niemand fand, der gegen sie Zeugnis abgelegt hätte. Die Gottesmutter ist jedenfalls einer der überraschendsten Typen des rätselhaften Ostens.*

Es ist begreiflich, daß eine solche mit despotischer Macht verbundene Stellung für hochfahrende Frauennaturen etwas Verlockendes hat; es darf uns daher nicht wundern, daß in Rußland nicht selten vornehme Damen diese Würde bekleiden. So war unter anderen die Hofdame Katharina Tartarinow die Gottesmutter der Chlistowchischen Sekte der Adamiten. Sie starb 1856.

* Turgenjew hat dieselbe nebenher in seinem »König Lear der Steppe« vorgeführt. Ich selbst habe die Sekte der Duchoborzen und deren weiblichen Papst in einer Novelle: »Die Gottesmutter« eingehend geschildert.

II.
Schaloputen. – Wanderer. – Skopzen. – Himmelsspender.

Die Schaloputen, welche vorzüglich im Kaukasus zu finden sind, haben viel Ähnlichkeit mit den Duchoborzen. Ihre Dogmen stimmen mit denen dieser fast ganz überein, ebenso ihr Gottesdienst. Sie haben gleichfalls eine Gottesmutter, als »Erlöserin«, als weiblichen Messias; aber neben derselben auch noch einen sogenannten »lebendigen Gott« männlichen Geschlechtes.

Außerdem kommt bei ihnen ein finsterer Zug morgenländischer Askese, eine an die indischen Fakire erinnernde grausame Selbstpeinigung hinzu, welche den Duchoborzen fremd ist. Eine bei den Schaloputen beliebte Marter ist es, sich an das Kreuz schlagen zu lassen. Andere schlafen auf Dornen, stehen barhaupt und barfuß in der Sonne, im Regen und Schnee; und andere lassen sich mit dem Kopf in einen Ameisenhaufen stellen.

Anfang 1883 berichtete die Kaukasische Eparchialzeitung, daß die sehr einträgliche Stelle eines lebendigen Gottes bei den kaukasischen Schaloputen in Folge des hohen Alters des jetzigen Inhabers derselben in Kürze vakant werden dürfte und daß sich zwei Kandidaten um dieselbe gemeldet hätten. Einer dieser Kandidaten, Antoschu, stammte aus dem Tambow'schen Gouvernement und versicherte den Schaloputen, daß ihn der noch lebende »lebendige Gott« zu seinem Nachfolger ausdrücklich gewählt hätte. Dieser lebendige Gott ließ sich nämlich kurz vorher in Gegenwart seiner Anhänger und mehrerer hoher Personen an das Kreuz schlagen. Während er an diesem hing, standen dem Kreuze der Bewerber Antoschu und die Gottesmutter Awdotja Maximowna am nächsten. Allerdings, sprach Antoschu, sei das Väterchen, der »lebendige Gott«, noch lebend vom Kreuze genommen worden; er werde aber ohne Zweifel doch bald in das bessere Jenseits hinübergehen und hoffe, daß die kaukasischen Schaloputen vorher ihn, Antoschu, als seinen Nachfolger anerkennen würden. Die Ältesten der Schaloputen waren nicht sehr geneigt auf Antoschus Vorschlag einzugehen; aber es gelang diesem, sich bald unter den anderen Gläubigen einen Anhang zu verschaffen. Der andere Kandidat war Aleschu, ein Schaloput aus einem kaukasischen Dorf; *Aleschu behauptete, er sei Christus selbst.* Er habe zwar in Petersburg zuerst im Gefängnis gesessen, sei aber dann freigelassen und zum Czaren geführt worden, der seinen Erlöserberuf anerkannt und ihm sogar ein Dokument ausgestellt habe, in welchem ihm der Titel »Christus« zugestanden worden sei. Welcher von den beiden Kandidaten zum »lebendigen Gotte« erhoben wurde, ist mir nicht bekannt geworden.

Als eine neue Inkarnation des indischen Büßerwesens erscheint die Sekte der *Wanderer.* Diese haben das Hauptdogma, daß Gott die Herrschaft über diese Welt dem Teufel überlassen habe. Sie verabscheuen folglich alles Irdische als Teufelswerk, sie verwerfen die Kirche, die Sakramente, den Staat, das Eigentum, die Ehe sowie jede andere Gemeinschaft mit dem Weibe und die Arbeit. Blutvergießen ist in ihren Augen die größte Sünde; sie entziehen sich deshalb dem Kriegsdienst und nähren sich nur von Pflanzenkost. Der Wanderer verläßt Haus und Hof, Weib und Kind, und zieht ruhelos wie Ahasver durch die Welt. Sein Leben ist eine endlose Pilgerfahrt; er übernachtet unter freiem Himmel und stirbt unter freiem Himmel. Häufig belädt er sich noch mit schweren Ketten oder trägt ein Holzkreuz auf dem Rücken. Das russische Volk verehrt die Wanderer als Heilige und macht sich ein Verdienst daraus, ihnen unentgeltlich Speise und Trank zu reichen.

Turgenjew hat einmal einen solchen Heiligen vorgeführt, dessen martervolle Pilgerschaft von einem schwärmerischen Mädchen geteilt wird. Ich selbst habe diese düstere Gestalt in dem Prolog zu meinem »Vermächtniß Kains« und in der Skizze »Zwei Pilger« poetisch verwertet.

Wir kommen nun zu der häßlichsten unter den russischen Sekten, der einzigen, welche der gegenwärtige Czar Alexander III. in dem bei seiner Krönung erlassenen Toleranzedikt von der Duldung ausgenommen hat. Es sind dies die *Skopzen.* Bei dieser Sekte wendet sich die Askese direct gegen den Geschlechtstrieb. Im Gegensatz zu den Duchoborzen, welche die Natur zu unterjochen suchen, indem sie die Forderungen derselben befriedigen, wüten die Skopzen in einer an Wahnsinn grenzenden Weise gegen die Natur. Die Natur ist ihnen das Werk des Teufels, und vor Allem ist Satan im Menschen selbst und zwar in jenen Teilen des menschlichen Körpers, welche zur Zeugung dienen, lebendig. Jeder Mensch hat zwar die Pflicht, ein Kind in die Welt zu setzen, damit das Menschengeschlecht nicht ausstirbt, da sonst Niemand da wäre, um Gott zu loben und anzubeten. Das irdische Dasein hat den Zweck, früher begangene Sünden abzubüßen. Der Skopze darf in der ersten Lebenszeit irren und sündigen; er hat ein so großes Sündenregister von früher her abzubüßen, daß es auf ein paar Sünden mehr oder weniger, die er hier auf Erden begeht, gar nicht mehr ankommt. So weit wäre die Skopzenlehre sehr bequem, aber nun kommt die entsetzliche Buße, welche jeder Skopze sich freiwillig auferlegt. Jeder Bekenner dieser wahnwitzigen Lehre muß eine Ehe schließen und ein männliches Kind in die Welt setzen. Gelingt ihm dies nicht, so wird es ihm zur Pflicht gemacht, die Ehe zu lösen und eine neue einzugehen, und dies so lange, bis er einen männlichen Nachkommen gezeugt, ebenso das Weib so lange, bis es einen Knaben geboren hat. Sobald der Mann einem Sohn das Leben gegeben, wird er entmannt; sobald die Frau einen Knaben geboren hat, wird sie zur weiteren Zeugung unfähig gemacht. Dieses Axiom ihrer Lehre stützt sich auf den Ausspruch des Evangelisten Matthäus: »Sobald Dich Dein rechtes Auge ärgert, reiß' es aus.« usw. (V. 29. 30) Man findet diese russischen Eunuchen vorzüglich unter den Kaufleuten und erkennt sie leicht an der Beleibtheit, welche sie dann erlangen, und an ihrer bleichen Gesichtsfarbe.

Sie sind auch politisch gefährlich, denn sie nennen alle russischen Czaren seit Peter III. Pseudo-Czaren, wie sie den orthodoxen Gott der russischen Kirche einen Pseudo-Gott nennen, und sie beschränken ihre Propaganda nicht auf Rußland, sondern haben sogar einmal den wunderlichen Plan ausgeheckt, alle Völker des Erdballs zu kastrieren. Damals waren sie nahe daran, in Rußland die Zügel der Regierung an sich zu reißen. Der eigentliche Czar ist nach ihrer Meinung Peter III., von dem sie annehmen, daß er heute noch unter dem Namen Andrej Iwanoff in Irkutsk in Sibirien lebe, aber als Erlöser zurückkehren und, selbst ein Kastrat, Rußland im Sinne der Skopzen regieren werde.

Doch datiert die Lehre schon aus dem Jahre 1014, wo Arian aus Kiew sie begründete, und wurde um 1770 durch Andrej Iwanoff und Martyn Rodienoff gegenüber den Ausschweifungen der Duchoborzen erneuert. Die Skopzen behaupteten damals, Christus selbst habe in der Person Peters III. den russischen Thron bestiegen; und nach seinem Tode verbreiteten sie die Kunde, daß statt seiner einer seiner Adjutanten begraben worden, er selbst aber nach Sibirien geflüchtet sei. Als Paul I. den Thron bestieg, erschien der Skopze Maßon vor ihm und erzählte ihm das Geheimnis der Skopzen, daß nämlich sein Vater Peter III. in der Gegend von Irkutsk lebe.

Paul I. gab Befehl, denselben aufzusuchen, und schließlich wurde der Skopzen-Messias Andrej Iwanoff dort entdeckt und vor ihn gebracht.

»Wer bist Du?« fragte ihn der Czar.

»Ich bin Dein Vater, Czar Peter III.«, antwortete der Skopze.

»Du lügst«, rief Paul.

»Ich rede die Wahrheit, so wahr ich Jesus Christus bin«, sagte Iwanoff.

Der Kaiser ließ ihn hierauf unter dem Namen Neistwostnji (der Unbekannte) in das Obnichow-Hospital bringen.

Der Regierungsantritt des milden Alexander I. brachte den Skopzen Befreiung aus den Kerkern, in denen sie schmachteten, und ein neuer Messias ihrer Lehren trat in dem Staatsrat Jelienski auf. Seinem Einflusse gelang es Andrej Iwanoff zu befreien. Das Skopzentum breitete sich in Petersburg, das Neu-Sion genannt wurde, aus und brütete den wahnsinnigen Plan aus, die Herrschaft in Rußland an sich zu reißen und sodann alle Völker zu kastrieren. Bei jedem Amte sollte ein Skopzen-Prophet als geheimer Agent angestellt und Iwanoff dem Kaiser als »Lenker« beigegeben werden. Sein Kabinett sollte den Titel »Göttliche Kanzlei« erhalten. Jelienski legte dies Projekt dem Kaiser vor, der ihn dafür in ein Kloster sperren ließ. Dagegen führte Iwanoff die Propaganda in Petersburg offen fort und errang immer mehr Einfluß in den höchsten Schichten der dortigen Gesellschaft.

Erst 1820 gelang es dem Gouverneur Graf Miloradovitsch den Kaiser zu einem entschiedenen Einschreiten gegen die Skopzen zu bewegen. Iwanoff wurde nun gleichfalls in ein Kloster gesperrt, wo er 1832 starb. Für die Skopzen lebt er aber heute noch und wird so lange leben, bis er seine Mission, alle Völker des Erdballs zu kastrieren, erfüllt hat. In Folge der Verfolgungen, denen die Skopzen seither ausgesetzt sind, hat sich ein großer Teil derselben in den Balkanländern, besonders in Rumänien, niedergelassen.* Ihre Zahl beträgt dort über 20 000.

Daß die russische Regierung im Rechte ist, wenn sie diese wahnsinnige Sekte mit der größten Strenge verfolgt, läßt sich wohl begreifen. Die Skopzen werden entweder nach Sibirien geschickt, oder als gemeine Soldaten für Lebenszeit in das Heer gesteckt und jenen Regimentern einverleibt, welche in Asien die Grenzen des Kaiserreichs gegen die kampflustigen Nomaden der asiatischen Steppen zu verteidigen haben. Ihre Lehre krankt an einem großen Widerspruch. Wenn es wirklich ein Gebot Gottes ist, die Natur zu kreuzigen, und ein besonderes Verdienst den

* Vgl. den Orientartikel im Juliheft, Bd. 50, S. 101.

Geschlechtstrieb zu bezwingen, so könnte dieses Verdienst nur im fortwährenden Kampfe mit der Natur und den Versuchungen der Sinnlichkeit erworben werden. Wo es keine Versuchung gibt, da gibt es auch keine Tugend. Indem die Skopzen Männern und Frauen jeden geschlechtlichen Verkehr, also jede Sünde unmöglich machen, richten sie sich den Weg zum Himmel doch allzu bequem her. Ebenso wenig ist ihre Lehre konsequent. Wäre sie konsequent, so würden sie überhaupt keine Kinder mehr in die Welt setzen, sondern gleich mit Büßen und Entsagung beginnen und dieses ganze sündhafte Geschlecht aussterben lassen.

Unbegreiflich ist es, daß gerade Leute aus der besseren Klasse, wohlhabende, ja reiche und gebildete Menschen, dieser abscheulichen Sekte angehören. Als im Jahre 1869 in Rußland eine Anzahl Skopzen entdeckt und vor Gericht gestellt wurde, befanden sich unter denselben mehrere der reichsten Geldwechsler und Kaufleute, sowie Beamte und Lehrer. Die Skopzen boten Alles auf, um den Fürsten Urussoff, den berühmtesten Verteidiger Moskaus, zu bewegen, daß er ihre Sache vor den Schranken des Gerichts vertrete, was dieser gleich Anfangs entschieden zurückgewiesen hatte. Zuerst bot man dem Fürsten Urussoff eine Million Rubel an, man legte sie ihm sogar auf den Tisch; aber der Fürst blieb fest, obwohl er kein Vermögen besitzt. Nun boten ihm die Skopzen, die das geheimnisvolle Netz ihres Einflusses über ganz Rußland breiteten und deren Fäden hoch hinauf, bis zu der Person des Czaren liefen, Ehren, Würden und Orden an. Als auch dies nicht gelang, wurde Urussoff eines Tages zu einem reichen Mann berufen, der angeblich sein Testament machen wollte. Aber statt zu einem Sterbenden, wurde er in einen Saal geführt, der vollkommen dunkel war, als er eintrat, und in dem sich, als er plötzlich hell erleuchtet wurde, ein ganzer weiblicher Olymp seinen Blicken zeigte. Hundert Mädchen, keines über zwanzig Jahre alt, jede schön und verführerisch, die eine schlank, die andere üppig, diese schwarz, jene blond oder rothaarig, standen oder lagen in malerischen Gruppen umher; die eine verschämt abgewendet, die andere herausfordernd und eroberungssüchtig. Ein würdevoller Greis näherte sich dem Fürsten. »Sieh hier unsere schönsten Jungfrauen; erwähle unter ihnen, nimm jene, die Dir am besten gefällt, nimm Alle, die Dir gefallen, und wenn Dir Alle gefallen, dann wähle sie Alle – aber verteidige uns, rette uns!« Aber auch die Reize der schönen Skopzinnen vermochten den Fürsten nicht zu bezwingen. Die Skopzen fanden keinen Verteidiger und wurden schonungslos verurteilt und bestraft.

Mehr als eine Tragödie mag sich innerhalb dieser Sekte abspielen und den Augen der Welt verborgen bleiben. Ein Fall jedoch, der vor einigen Jahren an die Öffentlichkeit gedrungen ist, mag dazu dienen, die Schrecken dieser Lehre schärfer zu beleuchten.

In einem Bade des Auslandes erschien eines Tages eine vornehme russische Dame, deren schwermütige Schönheit Aufsehen erregte und die Männer magisch anzog. Viele huldigten ihr, aber ohne jeden Erfolg; sie schien die Strenge selbst. Da kam ein junger Franzose, dessen leidenschaftliche Liebe sie zu rühren schien; sie verkehrte immer intimer mit ihm, und er wagte zu hoffen, daß das Marmorbild sich für ihn beleben werde. Da, als er zu ihren Füßen lag, ein Wahnsinniger und Verzweifelter, als er sich vor ihr zu töten drohte, da löste die Sphinx selbst das traurige Rätsel, das auf ihren stummen Lippen gleichsam versteinert war. »Ich kann niemals die Deine werden«, sprach sie, »denn ich darf nicht lieben, mein Glaube verbietet es mir; und wollte ich auch dieser schrecklichen Satzung Widerstand leisten, ich wäre doch für Dich verloren, niemals kannst Du die Skopzin besitzen.« Noch immer begriff der Unglückliche nicht; da riß die Russin ihr Gewand auf, und zeigte ihm die entsetzlich verstümmelte Brust. Im nächsten Augenblick machte sie aber mit einem Dolchstoß ihrem Leben ein Ende.

Minder widerwärtig, aber ebenso grauenhaft, ja vielleicht noch entsetzlicher ist die Sekte der *»Himmelsspender«,* welche an die »Assassinen«, die mörderischen Boten des Alten vom Berge, an die indischen »Würger« und die im vorigen Jahrhundert in England ihr Unwesen treibende »Bande der Ersticker« erinnert.

Es liegt im Wesen dieser Sekte, daß sie sich vollständig im Verborgenen halten, jedes öffentliche Auftreten, jede religiöse Handlung, sogar jedes Abzeichen vor den Augen der Welt vermeiden muß, um nicht dem Strafgericht und dem Henker zu verfallen. Gerade dies macht sie so gefährlich und gefürchtet. Es liegt in der Natur der Sache, daß man von ihrer Lehre, ihrer Kircheneinrichtung und ihrem Gottesdienste vorläufig nur Weniges erfahren konnte. Ein Hauptdogma ihrer Lehre ist die mystische Anschauung, *daß nur diejenigen zur Seligkeit eingehen können, welche die Sünde des Daseins unter grausamen Qualen mit dem Tode gebüßt haben,* sei es freiwillig, sei es durch die rettende Hand Anderer.

Diesem Dogma entsprechend sind die Anhänger der Sekte stets bereit, stets bemüht, die Sünder, welche nicht die eigene Bußfertigkeit zum Martyrium führt, unter den merkwürdigsten, erlesensten Qualen in das Jenseits, in das Paradies zu spedieren; daher ihr Name »Himmelsspender«. Sie sind stets gleichsam auf der Jagd nach Seelen, nach Menschen, die sie dem weichen Pfuhl des Genusses, den Armen der Liebe, dem Glanze der Ehren zu entreißen suchen, um sie unerbittlich dem Tode zu weihen.

Regelrecht, ihrem Ritus entsprechend, findet die blutige Erlösung nur dann statt, wenn es ihnen gelingt, das Opfer ganz in ihre Netze zu ziehen und dann auf mystische Art verschwinden zu lassen, indem sie es als sichere Beute wehrlos, jeden Widerstandes unfähig, gefangen fortschleppen und dem Priester überliefern, welcher es vor den versammelten Gläubigen und Angesichts des Altares mit dem Kreuzbilde dem qualvollen Opfertode weiht.

Ehe es zu dieser feierlichen, rituellen Handlung kommt, welche den finsteren Kultus asiatischer Gottheiten zurückruft, muß der Sünder eine allgemeine Beichte ablegen, und von dieser, von dem Maß seiner Fehltritte, hängt dann auch das Maß der Qualen ab, die über ihn verhängt werden, ehe er den Gnadenstoß empfängt. Die Himmelsspender scheinen in dieser Beziehung besonders erfinderisch zu sein und eine wahrhaft teuflische Skala von Grausamkeit bereit zu halten. Dieser rituelle Mord ist aber begreiflicherweise mit nicht geringen Gefahren für die ganze Sekte verbunden. In Rußland kann man allerdings leichter Menschen verschwinden lassen als anderswo, und wo Entdeckung droht, spricht wohl auch der Rubel sein Wort, und die Himmelsspender haben ohne Zweifel ebenso bedeutende Mittel zur Verfügung wie die Skopzen; aber es gibt trotzdem zahlreiche Fälle, wo eine Entführung des Opfers zu den Unmöglichkeiten gehört. In solchen Fällen sucht der Seelenjäger sich das Vertrauen des Opfers, das er sich erwählt hat, zu erringen und die Sünden, welche dieses auf dem Gewissen hat, auszukundschaften. Darnach spricht er das Urteil, welches er zugleich selbst vollstreckt, und zwar dort, wo es nicht angeht, dem Sünder die Wohltat vorangehender Martern angedeihen zu lassen, durch einen kräftigen Stoß in das Wasser, durch einen Dolchstoß oder Gift. Es darf uns nicht Wunder nehmen, daß auch in dieser Sekte den Frauen die Hauptrolle zugefallen ist. Das sarmatische Weib ist hart, unbeugsam, von unglaublicher Tatkraft beseelt, eisig kalt und dort, wo es nötig ist, auch grausam. Es ist sehr begreiflich, daß gerade diese Sekte vor Allem die Frauen zu ihren Werkzeugen erwählt hat. Erstens herrscht auch bei den Himmelsspendern die Ansicht, daß das Weib höher stehe, reiner und besser sei als der Mann; das sündhafte männliche Geschlecht ist es daher, das vorzugsweise die Opfer für den blutdampfenden Altar der Sekte zu liefern hat. Und zweitens: wer wäre geeigneter, sündige Männer anzulocken, zu berauschen und schließlich gleich Opfertieren dem Messer wahnsinniger Priester zu überliefern, als schöne Weiber mit weichen Gliedern und harten Herzen? Deshalb suchen die Himmelsspender vorzugsweise unter dem weiblichen Geschlechte Proselyten zu machen und ihren blutgierigen Gott mit einer möglichst zahlreichen Leibwache verführerischer Amazonen zu umgeben, denen jede weibliche Schwäche, jedes Erbarmen fremd ist. Diese weiblichen Assassinen teilen sich in zwei Klassen, die *Seelenfängerinnen* und die *Opferinnen.*

Die Seelenfängerin betreibt die Menschenjagd mit allen Mitteln und Feinheiten weiblicher List und Koketterie. Sie lebt stets in größeren Städten, wo sie in der Regel als junge Witwe und Gutsbesitzerin aus einem fernen Gouvernement erscheint; sie tritt mit allen Allüren einer eleganten Dame auf und bewegt sich in der besten Gesellschaft. Sie lockt ihre Opfer durch ihre Reize und Toilettenkünste an sich, umstrickt sie mehr und mehr durch die Hoffnungen, die sie ihnen gewährt. Plötzlich ist sie nach ihrem Gute abgereist. Dies ist der entscheidende Moment. Schreibt der von ihr Umstrickte nur einen einzigen Brief voll Vorwürfe und voll Sehnsucht an sie, so zeigt sie sich sofort erweicht und lädt ihn ein, sie zu besuchen, wobei sie ihm alles irdische Glück verheißt. Folgt er der Lockung, dann ist er verloren; er betritt den einsamen Edelhof, dessen Herrin die Seelenfängerin zu sein vorgibt, um ihn nicht wieder zu verlassen. Statt in den Armen der Geliebten findet er sich unerwartet in der Gewalt eines hinterlistigen Weibes, das ihn erbarmungslos ihren blutgierigen Schwestern, den *Opferinnen* überliefert.

Er wird nun in einem unterirdischen Gewölbe durch ewige Nacht, Hunger und Durst erst mürbe gemacht und dann, wenn er vollständig gebrochen ist, dem Priester vorgeführt, der seine Beichte hört. Er gesteht dann Alles, was er auf dem Gewissen hat, denn er ahnt noch nicht, in wessen Händen er sich befindet, und hofft durch Reue und Buße seine Kerkerhaft abzubüßen. Aber jetzt ist er dem Tode geweiht. Die Gemeinde versammelt sich und spricht sein Urteil. Die Zahl und die Größe seiner Sünden entscheidet über sein Schicksal. Finden die Himmelsspender, daß es schwer wird, für ihn das Himmelreich zu erringen, dann suchen sie aus der Legende der Heiligen die schrecklichsten Martern für ihn hervor, oder sie ersinnen neue, noch nicht dagewesene Qualen. Er wird hierauf in das hellerleuchtete, unterirdische Gewölbe geführt, in dem die Himmelsspender versammelt sind, von dem Priester förmlich dem Tode geweiht, und dann den *Opferinnen* überliefert, diesen weiblichen Tigerinnen, deren Augen mordlustig funkeln, während sie an ihre grausame Arbeit gehen. Der Unglückliche wird von denselben zuerst gefoltert, nicht selten mehrere Tage nacheinander, und zuletzt unter den entsetzlichsten Qualen zur höheren Ehre Gottes hingeschlachtet; und während die weiblichen Tigerinnen ihn zerfleischen, singen die übrigen Glieder der Sekte Bußpsalmen, welche der Priester vor dem Altare anstimmt.

Manche werden in eine Art Zwinger gesperrt, in dem sie, wie einst die christlichen Märtyrer in der römischen Arena, von wilden Tieren, Wölfen und Bären zerfleischt werden. Andere werden an das Kreuz geschlagen, mit glühenden Zangen gezwickt oder dem Hungertode preisgegeben. Jene großen Sünder, welche erst noch gehörig gemartert werden sollen, hängt man an den Armen oder Beinen auf, man geißelt sie, sticht ihnen die Augen aus, oder hackt ihnen Hände und Füße ab und läßt sie, wie einst Semiramis die rebellischen Könige, gleich Hunden unter dem Tische, an dem die Himmelsspender ihr Liebesmahl halten, die Brosamen auflesen.

Die Himmelsspender selbst retten ihre Seele schon zum Teil durch die grausame Marter und den qualvollen Tod, den sie anderen Sündern zur Rettung ihrer Seele gewähren. Zuletzt machen sie aber trotzdem noch freiwillig durch einen *glorreichen Märtyrertod* ihrem Leben ein Ende. Das Wenige, das von dem Treiben dieser Sekte bekannt geworden ist, verdankt man einem Offizier, der im Jahre 1852 von einem schönen Weibe auf ein Gut in Südrußland gelockt worden ist und dort bereits dem Opfertode geweiht war. Ein Bauernmädchen, dessen Mitleid er erregte, rettete ihn aus den Händen der grausamen Seelenfängerin und flüchtete mit ihm nach Kiew. Die Gerichte stellten, jedoch ganz vergeblich, Nachforschungen an. Man fand in dem betreffenden Hause nichts Verdächtiges und als einzigen Bewohner einen taubstummen Greis, aus dem absolut nichts herauszubringen war. Das Bauernmädchen verschwand bald darauf auf rätselhafte Art. Der Offizier zog es vor, seinen Abschied zu nehmen und ins Ausland zu gehen. Mehrere Jahre hindurch schien es, als ob es ihm gelingen sollte, dem rächenden Arm der Himmelsspender zu entgehen. Da fand man ihn eines Tages in Paris, in seinem Zimmer im Hotel, auf entsetzliche Art ermordet. Er lag halb angekleidet auf seinem Bette, an Armen und Füßen gefesselt, einen Knebel im Munde; Ohren und Nase waren abgeschnitten, der Rücken mit blutigen Striemen, die Brust mit Brandmalen bedeckt, die Füße abgehackt. Den erlösenden Gnadenstoß hatte er mit einem kurzen Messer bekommen, das noch in seiner Brust stak. Man wußte nur, daß eine verschleierte Dame Abends nach ihm gefragt und zwei Stunden später das Hotel wieder verlassen hatte. Ihre Spur war und blieb verloren.

Auch unter den russischen Bauern macht diese Sekte zahlreiche Proselyten. Von Zeit zu Zeit treten Propheten oder Prophetinnen derselben unter dem Volke auf, besonders in den nordöstlichen Gouvernements, von Orenburg usw. Sie predigen die Feuertaufe, die Bluttaufe und die Wiedererwerbung des verlorenen Paradieses.

Sie wirken Wunder, indem sie barfuß im Schnee waten und gleich den indischen Fakirs feurige Kohlen in den Händen halten. Sie kündigen an, daß der Antichrist da sei und die Herrschaft der Welt an sich reißen werde. Das einzige Mittel, dem ewigen Tode zu entgehen, sei *freiwillig zu sterben*. Ganze Gemeinden, von den Aposteln des Todes fortgerissen, ziehen in den Urwald, wo sie sich mit einem Dornenzaun absperren und unter Gebeten und Bußübungen dem Hungertode weihen. Andere Bekenner der grausamen Lehre verbrennen sich in ihren Hütten mit Weib und Kindern. Ein russischer Maler hat unlängst eine Szene dieser Art verewigt. Nicht selten schlachten Väter ihre Kinder. So wurde ein Bauer von dem Gedanken erfaßt, das Opfer Abrahams an seinem siebenjährigen Sohne, den er zärtlich liebte, zu wiederholen. Er warf sich eines Tages vor der aufgehenden Sonne nieder und erwartete die Erleuchtung. Eine Stimme billigte sein Vorhaben. Er band sein Kind auf eine Bank und schnitt demselben den Leib auf. Dann ergriffen ihn Zweifel; aber ein Sonnenstrahl, der auf den kleinen Märtyrer fiel, bestätigte von Neuem seinen Wahn. Der Vater betete hierauf vor den Heiligenbildern, dann näherte er sich dem Knaben, der noch atmete. »Verzeihst Du mir?« fragte er.

»Ich verzeihe Dir«, erwiderte das Kind.

»Sag': ›Ich hoffe, daß Gott Dir verzeihen wird.‹«

»Ich hoffe, daß Gott Dir verzeihen wird«, wiederholte das Kind. Es waren seine letzten Worte.

Als die Nachbarn eintraten, fanden sie das Kind tot und den Vater auf den Knien vor den Heiligenbildern; dies geschah 1871.

M. Prugawie hat berechnet, daß seit Entstehung dieser Sekte mehr als 10 000 Personen, sei es freiwillig, sei es gezwungen, den Opfertod gestorben sind, jene ungezählt, deren Tod nicht zur Kenntnis der Behörden kam.

III.
Bijtschi. – Purificanten. – Steuerverweigerer. – Das Nest der frommen Leute.

Viel weniger schrecklich, aber auch mit einer gewissen asiatischen Grausamkeit tritt die Sekte der *Bijtschi* oder *Prügler* auf, welche wie eine Verschmelzung der Flagellanten und Adamiten erscheinen.

Daß die Prügel in Rußland überhaupt und speziell in der Liebe eine große Rolle spielt, ist bekannt. Es wird erzählt, daß eine vornehme junge Russin, die zu Anfang dieses Jahrhunderts an einen Franzosen verheiratet wurde, an der *Liebe* ihres Gatten zweifelte, weil sie niemals von ihm *geschlagen* wurde. Die russischen Czarinnen, besonders Elisabeth und Katharina II., liebten es zu schlagen und geschlagen zu werden. Zur Zeit der Letzteren befand sich ein sogenannter physischer Club in Petersburg, in dem Amors Geschosse durch die Knute ersetzt wurden.

Wie die Skopzen halten es auch die *Bijtschi* oder *Prügler* für unerlaubt mehr als ein Kind in die Welt zu setzen. Daß dieses ein Knabe sein muß, erinnert uns an eine deutsche Anschauung, die uns Professor Weinhold mitteilt. In der Steiermark nämlich gilt ein Mädchen als Jungfrau, so lange sie nur Mädchen und keinen Knaben geboren hat.

Das Mittel, welches die Prügler anwenden, um, sobald einem Ehepaare ein Knabe geboren ist, die Geburt weiterer Kinder zu verhüten, ist indes ein ganz anderes, viel harmloseres als bei den Skopzen. Es besteht ausschließlich aus der Peitsche in schöner, kräftiger Frauenhand. Die Geißel und die Rute sind jederzeit als Züchtigungsmittel beliebt gewesen, zu allen Zeiten wurden sie aber auch mit ebenso viel Eifer als erotische Reizmittel benützt. Im ersten Sinne wurde die Geißel von den Asketen der ersten christlichen Jahrhunderte, den Mönchen des Mittelalters, von den zu Tausenden umherziehenden Flagellanten und der Inquisition angewendet. Als erotisches Reizmittel wurde die Rute, in Verbindung mit Pelzwerk, Katzenfellen schon von den Frauen von Lesbos gebraucht. Die edlen Römerinnen der Cäsarenzeit waren ebenso wie die Damen des Mittelalters mit den Wirkungen der Rute sehr vertraut. In unserer Zeit scheint das Schlagen der Männer besonders bei den Polinnen und Russinnen üblich; doch ist auch in Paris, in den Kreisen der höheren Demimonde, ein erotisches Spiel beliebt, daß man an der Seine *jouer l'esclave*, den Sklaven spielen, nennt. Es besteht darin, daß der verliebte Mann sich für eine bestimmte Zeit vollständig als Sklave in die Hände der Angebeteten gibt, welche ihn ganz wie ihren Leibeigenen mit Fußtritten und Schlägen traktiert. (Siehe Zola's »Nana«.)

Die russischen *Bijtschi* werden aber deshalb die Prügel als Mittel zur Seligkeit wohl nicht so leicht aufgeben. Schläge geben und empfangen scheint diesen Schwärmern verdienstlicher als irgend ein Werk der Nächstenliebe.

Auch hier dominiert das Weib. Es ist das reinere Wesen, dessen religiöse Pflicht es ist, dem unreineren, dem Manne, den Teufel auszutreiben. Ein Weib zu schlagen ist die größte Sünde, die ein Mann nach Ansicht dieser Sekte begehen könnte. Die Männer werden von den Frauen geschlagen, die Frauen aber wieder von Frauen.

Sobald ein Mann sich verlobt hat, ist er auch schon der Peitsche der holden Braut ausgeliefert; und diese macht gern Gebrauch von derselben, gilt es doch das Seelenheil des Geliebten. Die meisten Schläge gibt es natürlich in der ersten Zeit der jungen Ehe, so daß bei den russischen Flagellanten die »Flitterwochen« eigentlich »Prügelwochen« heißen sollten.

Jeder Verkehr der Geschlechter außer der Ehe ist Sünde und wird strenge bestraft; ebenso werden jene Ehemänner, welche sich von ihren Frauen nicht bändigen lassen, noch besonders gezüchtigt, und zwar so lange, bis sie sich in ihr Schicksal ergeben. Zu diesem Zwecke werden förmliche Prügelsoireen arrangiert, welche den Charakter einer gottesdienstlichen Handlung haben. Nachdem der Älteste den Sündern vor der versammelten Gemeinde eine Strafpredigt gehalten und sie zur Buße ermahnt hat, werden dieselben stehend an die hölzernen Säulen gefesselt, welche in dem Vorsaal des Bethauses angebracht sind. Die Männer und die älteren Frauen stellen sich nun an die Wand und singen einen Bußpsalm, während die jüngeren Frauen und Mädchen, jede eine kurze Peitsche in der Hand, paarweise ihren Einzug halten. Sie bilden einen großen Kreis um die Delinquenten, indem sie sich bei den Händen halten, und singen einige Zeit stehend den Bußpsalm mit. Dann beginnen sie zu tanzen, in einem sanften Rhythmus, der von Minute zu Minute wilder und leidenschaftlicher wird; und wenn dieser bacchantische Reigen seinen Höhepunkt erreicht hat, beginnen sie dem armen Sünder, die Knute schwingend, den Teufel auszutreiben.

Den Tanz als religiöse Übung finden wir unter anderen auch bei den sogenannten tanzenden Derwischen, dann bei den Adamiten, die man heute noch in Böhmen in lauen Vollmondnächten auf einsamen Waldwiesen tanzen sehen kann. Ganz besonders entwickelt trat die Tanzwut als religiöser Wahnsinn in früheren Jahrhunderten auf, wo Tausende tanzender Pilger die Lande durchzogen und nicht selten in den sicheren Tod hineintanzten, sei es von Bergeshöhen in tiefe Abgründe hinab, sei es in das Meer hinein.

Wir kommen jetzt zu einer Sekte, welche vielleicht die merkwürdigste und interessanteste von allen ist. Es sind dies die *Purificanten,* welche vorzugsweise in Sibirien ihren Sitz haben, in neuester Zeit aber auch in Finnland und Südrußland aufgetaucht sind. Ihr Hauptdogma ist die *Oberherrschaft des Weibes.* Das Weib ist hier nicht wie bei den Duchoborzen die lebendige Göttin, sondern *die weltliche Herrin* in jeder Richtung.

Das Frauenregiment ist so alt wie die Welt. Von der asiatischen Semiramis bis zur russischen Katharina, die beide ihre Gatten morden ließen, um die Zügel der Herrschaft an sich zu reißen, und weiter hinauf bis in unsere Tage ringt das Weib mit dem Manne um die Herrschaft. Zu ganz besonderer Blüte war das Frauenregiment im Mittelalter zur Zeit des Frauendienstes gelangt, wo die ritterlichen Helden sich um die Wette zu den Knechten schöner Frauen machten, und ihre Herrinnen in ihrem Übermute so weit gingen, sie in Wolfsfelle zu nähen und auf sie Jagd zu machen, oder ihre Waschbecken von ihnen austrinken zu lassen; und dann nochmals zur Zeit der russischen Katharina, wo eine geniale Frau den Hermelin trug, eine zweite Präsidentin der Akademie der Wissenschaften war und mehrere andere Regimenter kommandierten. Eine religiöse Anwendung hat das Frauenregiment indes vor den Purificanten nur einmal gefunden und zwar im Mittelalter in dem Orden von Fontevraux. Es war dies das einzige Kloster, in dem Frauen und Männer gemeinschaftlich lebten, die Nonnen als die Herrinnen, die Mönche als die Sklaven derselben, welche ihren weiblichen Meistern Gehorsam schwören und denselben jede Art von Diensten, auch die niedersten leisten mußten, wenn sie nicht die härtesten Strafen erdulden wollten. In diesem Orden war die Unterordnung der Männer unter die

Frauen indes nur eine Verschärfung der mönchischen Askese, in dem Sinne der Worte im Buche Judith: »*Gott hat ihn gestraft und in eines Weibes Hände gegeben.*«

Bei den Purificanten ist es umgekehrt; hier soll der Mann durch das Weib zum Guten geleitet, veredelt, erhoben werden; ihm wird keine Strafe diktiert, indem man ihm das Frauenjoch auferlegt, sondern im Gegenteil eine Wohltat erwiesen. Das Frauenregiment ist in Rußland etwas ganz Natürliches. Ein berühmter Ethnograph sagt: Wenn das Weib bei der romanischen Rasse dem Manne gleichsteht, so ist es bei der germanischen dem Manne inferior; *bei den Slawen dagegen steht das Weib entschieden in jeder Beziehung über dem Manne.* Eine russische Sage erzählt, daß, als Gott eine Biene nach Polen sandte, um den Menschen Geist zu bringen, die polnischen Frauen denselben vollständig verschlangen und für die Männer nichts übrig blieb. Man könnte dasselbe Märchen von den Russen erzählen. In der russischen Literatur spukt überall das Gespenst der Weibertyrannei, bei Turgenjew finden wir es vorzüglich in seiner herrlichen Novelle »Frühlingsfluten.«

Die Idee, von der die Purificanten ausgehen, ist folgende.

Durch das Weib ist die Sünde in die Welt gekommen und das Paradies für die Menschen verloren gegangen; aber gerade die Geschichte des Sündenfalles beweist, daß der Mann von Anfang an unter dem Einflusse des Weibes stand, demselben untergeordnet war. Das Weib hat diesen Einfluß zumeist im *bösen Sinn* geübt und dafür Jahrtausende hindurch gebüßt, indem es *dem Mann unterworfen war*. Jetzt ist die Zeit der Buße zu Ende und der Augenblick der Erlösung da, welche *nur durch das Weib* erfolgen kann, da diesem Gewalt über den Mann gegeben wurde, mit ihm zu tun, was ihr beliebt. Die Welt wird in Kurzem eine andere, das *Verhältnis der Geschlechter* umgekehrt werden. *Das Weib wird den Mann, den Staat, die Kirche, die Welt regieren;* denn das Weib steht über dem Manne. Es ist zur Herrin erschaffen, und der Mann ist bestimmt sein Sklave zu sein, ihm zu gehorchen und zu dienen. Die Regierung des Mannes hat nur Böses gebracht, Unfrieden, Haß, Kriege, Blutvergießen, Elend jeder Art. *Die Regierung des Weibes aber wird Segen bringen,* Frieden und Eintracht, Versöhnung, Liebe; *die Welt wird wieder zum Paradiese werden.*

Dieser Idee entsprechend ist das Hauptdogma der Purificanten, wie ich schon hervorhob, die Oberherrschaft der Frau im Staate, in der Kirche, in der Gesellschaft und in der Familie. Die Ehe ist bei ihnen kein Sakrament. Jede Verbindung, die Mann und Weib eingehen, ist heilig; nur wird es ihnen zur Pflicht gemacht, zusammen zu wohnen und zu leben.

Die Bekenner dieser Sekte, ob sie nun in einer Ehe oder in einem anderen Verhältnisse mit einem Weibe leben, müssen einen Eid leisten, sich vollständig der Frau zu unterwerfen. Sie regiert das Haus, der Mann ist nur ihr erster Diener, ihr begünstigter Knecht; er muß sie verehren, ihr gehorchen, ihr dienen und ihr ein Mal in der Woche, vor ihr auf den Knien liegend, *seine Sünden beichten.* Sie erteilt ihm hierauf Vergebung oder legt ihm entsprechende Bußen auf, und wenn sie es nötig findet, bestraft sie ihn. Bei den Purificanten regieren die Frauen die Gemeinde, ebenso gut wie die Familie; sie sprechen Recht, sie allein sind Lehrer und Ärzte.

Sämtliche Frauen einer Gemeinde erwählen das weibliche Oberhaupt derselben, welches den Titel »*Herrin*« führt. Bei dieser Wahl geben Schönheit und Hoheit der Erscheinung ebenso sehr den Ausschlag wie Verstand und Energie des Willens. Die Herrin trägt eine an die päpstliche Tiara mahnende goldgestickte Stirnbinde auf dem Kopfe. Man sieht sie nie zu Fuße, wenn sie öffentlich erscheint, sondern stets zu Wagen oder zu Pferde, von ihrer Leibwache begleitet, welche aus einer Anzahl junger Mädchen besteht, die nichts zu tun haben, als die Herrin zu bewachen und ihre Befehle, sowie die von ihr diktierten Strafen zu vollziehen. Denn eine Hauptaufgabe der Herrin ist es, darüber zu wachen, daß die Männer ihren Eid halten, und die Ungehorsamen zur Rechenschaft zu ziehen. Sie ist zugleich *Oberpriesterin* und oberste *Richterin.* Eine Anzahl männlicher Sklaven ist ausschließlich dazu bestimmt, ihr zu dienen und alle Verrichtungen in dem von ihr bewohnten Hause zu besorgen. Die Wirkungen dieses Frauenregiments lassen sich bis jetzt nur als sehr günstige bezeichnen. Die *Männer* dieser Sekte werden allgemein als musterhaft geschildert, sie übertreffen alle anderen an Mäßigkeit, Friedfertigkeit, Fleiß, Arbeitsamkeit und Moralität. Man findet unter den Purificanten weder Säufer, noch Raufbolde, noch Diebe. Gewaltsame Verbrechen kommen bei ihnen überhaupt nicht vor. Ebenso wenig gibt es Bettler oder Vagabunden unter ihnen.

Es liegt in der Natur der sibirischen Verhältnisse, daß gerade in dieser Sekte alle nur erdenklichen Elemente vertreten sind. Wie in jenem Lande, in Folge der massenhaften Verbannungen, alle Konfessionen, Nationen und Stände des Czarenreiches durcheinander geworfen wurden, so findet man auch unter den Purificanten Adlige, Kaufleute, Bauern, Juristen und Fabrikarbeiter, ehemalige Priester und Beamte, Gelehrte und Künstler, alle Schattierungen der Gesellschaft und der Bildung. So war eine Gräfin längere Zeit hindurch Herrin der Purificanten. In Folge des Rufes, dessen sich diese Sekte erfreut, kommt es nicht allzu selten vor, daß Frauen derselben beitreten, um sich von der Tyrannei oder den Lastern ihrer Männer zu befreien. Diesen bleibt dann nur die Wahl, sich von ihren Frauen zu trennen oder den Glauben derselben anzunehmen. Im letzten Falle kehrt sich die Sache sofort um und die resolute Frau hat das Vergnügen, ihrem bisherigen Tyrannen den Fuß auf den Nacken zu setzen.

Vor Kurzem erst passierte eine ergötzliche Geschichte. Ein Kapitän der Infanterie nahm eine reizende junge Frau und zugleich seinen Abschied. Das glückliche Paar lebte einige Zeit friedlich auf seinem Gütchen; dann begann sich der Kapitän zu langweilen und in Folge dessen zu trinken, zu spielen und, wenn er betrunken war, sein Weib zu mißhandeln. Eines Tages war dieses entflohen, und zwar zu den Purificanten. Der Gatte, dessen Liebe wieder erwacht war, folgte der Flüchtigen, und da sie sich nicht erweichen ließ, so trat auch er zu den Purificanten über und schwur seiner Frau Gehorsam. Bald verfiel er aber wieder in die alten Laster. Seine Frau bestrafte ihn, indem sie ihm jede Art von Liebkosungen untersagte und ihm die niedersten Sklavendienste anbefahl. Als er aber immer renitenter wurde, führte sie bei der Herrin Klage. Diese ließ ihn auf der Stelle durch zwei Mädchen ihrer Leibwache gefesselt in ihr Haus bringen. Hier wurde er so lange gefangen gehalten und mit der Knute traktiert, bis er vollständig gezähmt und reumütig zu seinem reizenden Weibchen zurückkehrte. »Sie haben mich dressiert wie einen Pudel«, pflegte er zu sagen, »es ist nur ein Wunder, daß ich nicht auch apportieren lernen mußte.«

In neuester Zeit sind wieder zwei Sekten in Rußland aufgetaucht, von deren Dogmen und Gebaren man bisher nur sehr wenig erfahren konnte, ja deren Namen man nicht einmal kennt, obwohl eine derselben bereits vor Gericht stand und mehrere ihrer Mitglieder nach Sibirien verbannt wurden. Diese letzte nennt man die *Steuerverweigerer.* Wieder ist es eine Frau, die an der Spitze steht, und dieses Mal sogar eine, die weder jung, noch schön ist. Die neue Prophetin Domanowa ist fünfzig Jahre alt und macht einen klugen und energischen, aber keineswegs bestechenden Eindruck; dennoch scheint sie große Macht über ihre Anhänger zu haben. Sie behauptet, Gott habe einen Geist zu ihr gesendet, der ihr befohlen habe, diese Lehre zu verbreiten. Ein Hauptsatz derselben lautet: wer bis zu Ende *leidet,* wird *erlöst.* Also wieder die indische Büßerphilosophie! Den Hauptwert legt Domanowa auf die Nächstenliebe; man muß den Armen helfen, *Werke sind Alles, Gebete nichts.* Man bedarf keiner Kirche und keines Priesters, lehrt sie weiter, das Hauptgebot ist: Niemand etwas zu Leide tun. *Deshalb verweigern ihre Anhänger den Kriegsdienst und leben nur von Pflanzenkost.* Sie erkennen weder den Czaren, noch den Staat an. Der Kaiser hat nur eine bürgerliche Gewalt, *aber auch diese ist mit dem Christentum nicht vereinbar,* da keine Macht über den Menschen ist, als Christus. Die Czaren sind seit Peter dem Großen, der eine Synode bildete und die geistliche Gewalt unter die weltliche stellte, nicht mehr Christen, sondern Heiden, *denn die geistliche Gewalt soll über der weltlichen stehen. Deshalb soll man auch dem Czaren keinerlei Steuern oder Abgaben leisten.* Es macht fast den Eindruck, als sei diese Sekte von den Nihilisten in das Leben gerufen, um die geistliche Autorität des Czaren und mit dieser auch die weltliche zu untergraben und die große Masse des russischen Volkes, welche nur religiösen Argumenten zugänglich ist, für die Revolution zu gewinnen.

Die zweite dieser neuen Sekten nennt das Volk »*Das Nest der frommen Leute*«. Sie existiert seit etwa 10 Jahren und hat ihren Hauptsitz in Bessarabien. *Ihre Bekenner sind durchaus Bauern.* Dieselben graben sich ein Grab in ihrer Hütte oder ihrem Garten und liegen darin, bis sie von Hunger und Durst überwältigt Visionen bekommen. Sie sehen Heilige, Engel und Dämonen; auch erscheint ihnen Gott, und diesem selbst beichten sie ihre Sünden. Das Grab wird mit einem hölzernen Deckel zugedeckt, in welchem eine Tür angebracht ist. Ein Luftloch bewahrt die Selbstpeiniger vor dem Ersticken. Dichtes Gebüsch umgibt das Grab, und ein großer Hund dient als Wächter, um alle Profanen abzuwehren. Die Bekenner dieser Sekte verkehren weder mit anderen Personen, noch untereinander, so daß sie in jeder Beziehung das Leben von Anachoreten führen.

Wenn wir am Schlusse die in den herrschenden russischen Sekten hervortretenden Tendenzen und Eigentümlichkeiten resümieren, so ergeben sich folgende Hauptmomente:

1. In der großen ostslawischen Welt dominiert im Gegensatz zu der *materialistischen* Weltanschauung des Westens *die indische Welt- und Lebensverachtung*.

2. In der slawischen Rasse sind die Volks-Instinkte keine *kriegerischen* wie bei Germanen und Romanen, sondern entschieden *friedfertige*.

3. Im Gegensatz zu der aristokratischen Natur der westlichen Welt ist die Natur der slawischen Rasse eine eminent *demokratische*; der Gemeinsinn herrscht in derselben ebenso, wie bei den Romanen und Germanen das Streben nach Geltendmachung der Individualität.

4. Während der romanisch-germanische Westen um die Befreiung und Gleichstellung des Weibes ringt, führt das Weib im slawischen Osten heute schon faktisch das Regiment.

Wenn wir uns diese vier Punkte, zugleich mit dem steigenden Einfluß der slawischen Rasse in Europa, in politischer, sozialer und literarischer Beziehung, vor Augen halten, so kommen wir zu dem Ergebnis, daß die *nächste große Umwälzung*, welche unbedingt aus dem *Osten* kommen wird und muß, alle unsere Verhältnisse, ja unsere ganze Welt, weit radikaler umgestalten wird, als jede frühere, die französische Revolution nicht ausgenommen, und zwar ohne Völkerwanderung, ohne Weltkrieg, ohne Feuer und Schwert und ohne Guillotine.

Die jüdischen Sekten in Galizien (1889)

Wenn ich den Leser einlade, mir auf ein noch etwas dunkles Terrain zu folgen und sich mit den jüdischen Sekten zu beschäftigen, so bemerke ich von Anfang an, daß ich nicht von den älteren Sekten, von den Samaritern, Hellenisten, Essäern, Sadduzäern, Pharisäern, Soharïten, sondern nur von jenen Sekten sprechen will, welche heute noch in Galizien existieren und dort sogar eine große Rolle spielen: von den Chassidim oder Beschtianern und von den Karaïten.

Beginnen wir also mit den Chassidim. Der Ausdruck Chassed hat in der hebräischen Sprache die Bedeutung, aus übertriebenem Eifer mehr zu tun als nötig ist. Von dieser Wurzel ist der Name Chassid abgeleitet. Es wird darunter ein Mensch verstanden, der nicht nur das, was die Religion vorschreibt, genau befolgt, sondern aus überschwenglicher Liebe zu Gott noch mehr tut und sich sogar das Erlaubte versagt. Einzelne Menschen dieser Art gab es zu allen Zeiten unter den Israeliten, besonders im Mittelalter. Sie beteten unaufhörlich, taten Buße durch Nachtwachen, Fasten, Kasteien. Sie aßen nicht nur kein Fleisch, sondern auch nichts, was von einem lebenden Wesen herkommt, keine Butter, keine Eier, nicht einmal Honig. Sie trugen ein härenes Kleid auf bloßem Leibe, tauchten sich selbst im Winter in den Fluß, wanderten beständig von einem Orte zum andern, hielten sich nicht länger als eine Nacht an einem Orte auf, sie enthielten sich oft 3-8 Tage aller Speise und jedes Getränkes, wälzten sich im Winter im Schnee und im Sommer auf Dornen und suchten sogar den Tod auf freiem Felde. Die meisten dieser Menschen verlegten sich auf die *Kabbala*, die jüdische Geheimlehre. Sie glaubten, daß sie nur durch Abtötung ihres Körpers fähig würden, in die Geheimnisse der Kabbala einzudringen, mit Engeln und Geistern, ja sogar mit Gott zu verkehren. Viele starben infolge ihrer Askese, andere wurden wahnsinnig.

Ungefähr um die Mitte des 18. Jahrhunderts tauchte ein Mann auf, welcher der Kolumbus des Chassidismus war, er entdeckte nämlich eine Methode, das Ziel dieser Fanatiker ganz bequem, ohne jede Qual zu erreichen. Er lehrte, die Gottgefälligkeit bestehe in einer Verschmelzung mit dem göttlichen Wesen, welche nur durch Konzentration des Menschen in sich selbst und durch die Kontemplation Gottes zu erreichen ist. Um dies zu erreichen, müßte man im Gegenteil jede Qual vermeiden, alle erlaubten Bedürfnisse befriedigen, ja selbst das Vergnügen kultivieren, denn nur die heitere Seele kann Gott erfassen. Die Abtötung des Fleisches stört die Seelenruhe, welche zur Kontemplation Gottes nötig ist. Die Zeit, wo der Mensch Gott anschauen soll, ist die Zeit des Gebets. Außer der Zeit des Gebetes soll der Mensch heiter sein und sich nichts Erlaubtes versagen. Aber die Anhänger dieser Lehre blieben nicht dabei stehen, sie suchten sich nicht nur während des Gebetes ihres Selbst zu entäußern, sondern gaben auch ihren Priestern, welche sie als Vertreter Gottes verehrten, gegenüber jede Selbständigkeit auf und wurden die willenlosen Sklaven derselben. Ja, das Wort der Priester wurde zum Orakelspruche für sie.

Der Stifter dieser Lehre, welche bald von einer zahlreichen Sekte befolgt wurde, lebte um das Jahr 1750 in dem kleinen Städtchen Tlußty im Kreise von Czortkow in Galizien und hieß Israel Baalschem. Es bildete sich bald eine phantastische Legende um ihn, welche ein 1814 in Berdischew erschienenes Buch »Schiwche Habescht« erzählt. Er selbst hinterließ ein Buch »Sepher Hamidoth« (Silberbuch), das seine Lehre enthielt. Baalschem wurde von seinen Anhängern *Bescht* genannt. Dies bedeutet einen Mann, der Wunder wirken kann. Seine Anhänger nannten sich Beschtianer. Er ordnete in seinem Testamente an, daß sein Werk stets in Taschenformat gedruckt werde, damit jeder es stets bei sich tragen und sich leicht daraus belehren könne.

Trotz aller Widerlegungen und Anathema der Rabbiner verbreitete sich die Lehre des Bescht rasch in Polen und Rußland. Es entstand eine wirkliche Sekte, die sich auch nach Rumänien und Ungarn ausdehnte.

Die Legende erzählt, daß die Mutter des Bescht hundert Jahre alt war, als er zur Welt kam, und daß sein Vater sogar noch älter war. Mit 18 Jahren soll er einen Dämonen bezwungen haben. Er selbst behauptete, daß seine Seele oft den Körper verlasse, um sich in die Regionen der Geister zu erheben und an den Beratungen des himmlischen Senats teilzunehmen. Nach der Ansicht der Kabbalisten hat jede Nation ihre Engel im Himmel. Einmal sah der Bescht, wie er selbst erzählt, den Genius der Russen mit jenem der Türken ringen; der erstere war in Gefahr zu unterliegen. Da der Bescht aber den Russen den Sieg wünschte, weil diese die Juden besser behandeln, so unterstützte er den Engel Rußlands durch sein Gebet, und dieser siegte. Bald darauf kam der Krieg zwischen Russen und Türken, und die Russen siegten. Der Bescht soll Kranke geheilt, Blinde sehend gemacht haben. Er erweckte Tote, befreite Verdammte aus der Hölle, menschliche Seelen aus Tierkörpern. Sein Erfolg ist begreiflich, da die Menge immer das Wunderbare sucht, und noch begreiflicher ist dieser Erfolg im 18. Jahrhundert zur Zeit Cagliostros.

Nach seinem Tode gab es keinen Nachfolger für diesen mächtigen jüdischen Papst. Seine Schüler zerstreuten sich über Polen und Rußland, und jeder nahm die Würde des Bescht, der sich Zadik, der Fromme oder der Gerechte nennen ließ, für sich in Anspruch. So gibt es heute hundert Zadiks, hundert jüdische Päpste, und ein jeder besitzt in seiner Gegend eine absolute Autorität. Die Zadikim haben kein Gehalt, aber sie bekommen so reiche Geschenke, daß jeder von ihnen ein Vermögen hinterläßt.

Die Hauptgrundsätze des Chassidismus sind:

[Erstes Dogma] *Emunat Chachamim wehitkaschrot lazadik.* Die strikte Befolgung der Befehle des Zadik und ein blinder Glaube. Da die Befehle des Zadik von Gott kommen, ist jeder Zweifel an seiner Autorität ausgeschlossen. Der Zadik kann sogar Sünden erlassen. Der Chassid soll ihn lieben, ihn loben, ihn beschenken und sogar für das Vergnügen des Zadik sorgen. Damit jede Kritik unmöglich wird, sind den Chassidim alle Wissenschaften, alle Kenntnisse verboten. Dieselben sind einfach überflüssig, denn da der Zadik durch Gott erleuchtet ist, da er alles weiß, was auf der Erde und im Himmel geschieht, so braucht der Chassid nur ihn zu fragen. Wenn das Gebet des Zadik zugunsten eines seiner Klienten nicht reüssiert, so ist der Satan im Spiele. Der Zadik sucht dann den Satan zu überlisten. Da der Satan draußen lauert, um das Gebet des Zadik aufzufangen, so richtet der Zadik kein Gebet an Gott, er spricht mit jemand über ganz andere Dinge und flicht seinen Wunsch nebenbei in das Gespräch ein. Aber Gott versteht ihn und erfüllt seinen Wunsch. So wird der listige Satan von dem noch listigeren Zadik überlistet.

Am Sabbat-Abend versammeln sich die Chassidim im Hause des Zadik zu einer Art von Picknick. Um dem Zadik keine Auslagen zu machen, bringt jeder Chassid sein Essen und Getränke mit. Sie nennen dies *Schalosch Sendot* oder dritte Mahlzeit. Bei diesen Zusammenkünften ruht der Zadik auf seinem Divan und raucht seinen Tschibuck, während die Chassidim gleich Sklaven um ihn herum auf der Erde sitzen oder an den Wänden stehen und seinen Worten lauschen. Der Zadik sucht diese Versammlungen so lange wie möglich auszudehnen. Die Ursache ist folgende: Erstens ist nach kabbalistischer Ansicht auch in den himmlischen Regionen am Sabbat Freude und Jubel, diese Freude aber endet mit dem Ende des Sabbats. Dann sind die Seelen in der Hölle vom Anfang bis zum Ende des Sabbats von aller Qual befreit. Um also die Freude im Himmel zu verlängern und die armen Seelen in der Hölle möglichst lange von den Qualen zu befreien, sucht der Zadik den Schluß des Sabbats möglichst lange hinauszuziehen, und der Himmel ist gezwungen, ihm nachzugeben. Bei diesen Versammlungen werden auch kabbalistische Lieder gesungen, welche jedoch stets eine heitere Melodie haben. Eins dieser Lieder von Isaak Loria lautet: »Die Kinder des Palastes, welche sich scheuen, die Sair Anphin (Sair Anphin bedeutet Mikrokosmos) anzusehen, mögen hier erscheinen, wo der König in seinem Bilde gegenwärtig ist. Freut euch alle in dieser Versammlung, in deren Mitte geflügelte Engel sich befinden. Betrachtet eine Versammlung, von der jeder unreine Geist ausgeschlossen ist. Ausgeschlossen sind sie, sie dürfen nicht herein, diese frechen Hunde.« Die Abwesenheit dieser unreinen Geister hindert jedoch die Chassidim nicht, bei diesen Versammlungen dem Meth und Branntwein tapfer zuzusprechen. Der Zadik läßt seinen Geist und Witz glänzen. Nicht selten gibt jeder Anwesende einen Vers aus der Bibel, und der Zadik komponiert aus demselben eine Rede aus dem Stegreif. Während die Talmudisten der heiligen Schrift immer den einfachsten Sinn unterlegen, sehen die Chassidim in den Worten derselben nur die Hülle, in welcher sie den geheimen Sinn zu entdecken suchen. Ihre Exegese ist ebenso scharfsinnig wie phantastisch und nicht selten komisch. Z.B.: Der Talmud sagt: Ziehe einem Aase – Nebelah – die Haut auf öffentlichem Markte ab, nur falle den Leuten nicht zur Last. Dies nehmen die Talmudisten wörtlich. Sie sagen: Jede Arbeit, auch die schlechteste, ist dem Betteln vorzuziehen. Die Chassidim halten sich an eine andere Bedeutung von Nebelah, nämlich: etwas, was von einer Höhe herabgefallen ist, und sagen: Entblöße die vom Himmel gefallenen Worte ihrer Hülle, so bedarfst Du der Menschen nicht; Du kannst dann alles bewirken.

Beim Gebet muß der Chasside laut schreien, die Hände zusammenschlagen und hüpfen. Der Körper bewegt sich konvulsivisch. Macht man sich über diese Grimassen lustig, so berührt das den Chassiden gar nicht, denn wie für den deutschen Studenten jeder Mensch, der nicht Student ist, ein Philister ist, so ist für ihn jeder, der nicht Chassid ist, ein Prostek, ein Simpel.

Das Grab eines Zadik ist ein Heiligtum, zu dem die Chassidim pilgern, wie die Mohammedaner zum Grabe des Propheten. Ich habe in Zloczow das Mausoleum eines solchen Zadiks gesehen, zu dem seine Enkel den Schlüssel hatten und das niemand betreten durfte, ohne Entree zu bezahlen.

Das *zweite* Dogma der Chassidim ist die Vereinigung mit Gott. Die Seele ist für sie ein Ausfluß der Gottheit, und der Mensch muß deshalb alles tun, um sich mit dem höchsten Wesen zu vereinigen. Zu diesem Zweck muß er sich gleichsam entkörpern. Dies nennen sie das Anschauen Gottes und die Verzückung, in welche sie dabei geraten, einen Vorgeschmack der himmlischen Freuden. Diesen Zustand suchen sie während des Gebets dadurch zu erreichen, daß sie gewisse kabbalistische Worte sowie die verschiedenen Namen Gottes und der Engel rezitieren.

Das *dritte* Dogma ist *Asoth,* d.h. der Chassid muß sich Mut aneignen, der bis zur Frechheit ausarten darf, und alles tun, um den Andersdenkenden Furcht einzuflößen. Vor jeder religiösen Zeremonie sprechen sie das folgende kabbalistische Gebet: Um den Heiligen, gelobt sei er! und seinen Schechmah, das ist den Namen Jah und Vah zu vereinigen, bin ich bereit, dieses oder jenes Gebot zu erfüllen. Sie befolgen dieselben Gebote wie die anderen Israeliten, so lange die Kabbala oder der Zadik nicht etwas Anderes befehlen.

Es war im Jahre 1857, als ich mit meinem Onkel den Zadik Liebmann von Sadogora besuchte und selbst Gelegenheit hatte, diesen Wundermann und die Chassidim zu beobachten und zu studieren. Mein Onkel war Arzt und ein arger Skeptiker. Er glaubte aber dennoch bis zu einem gewissen Grade an die außerordentlichen Eigenschaften dieses Zadik und verteidigte ihn bei jeder Gelegenheit. Vor allem gab er niemals zu, daß Liebmann ein Betrüger sei.

Sadogora war damals eine kleine Stadt, die fast nur von Juden und Armeniern bewohnt war. Enge Straßen voll Schmutz, Straßen mit dunklen Winkeln, in die niemals ein Sonnenstrahl drang. Kleine Häuser, aus Holz erbaut, mit Kalk beworfen, mit Schindeln gedeckt. In den Straßen arme Juden in Hemdärmeln mit Löckchen an beiden Seiten der Stirn und langen Bärten, Frauen in grünen Kleidern mit gelben Gesichtern, welche ihre Kinder auf dem Arme hatten und uns mißtrauisch betrachteten. Mitten in der kleinen Stadt ein großer Platz und auf diesem das Haus des Zadik, ein hölzernes Haus mit einem Stockwerk, einer hölzernen Freitreppe, mit roten Ziegeln gedeckt. Vor dem Hause stand eine

Menge von Menschen, die sich alle still verhielten oder ganz leise miteinander sprachen, und eine Anzahl Wagen aller Art, Schlitten mit kostbaren Decken von Pelzwerk, mit Leinwand überspannte *Butki*, wie man die jüdischen Fuhrwerke bei uns nennt, und mit Stroh gefüllte Bauernwagen, vor denen drei kleine magere Pferde eingespannt waren, Pferde, von denen ein französischer Reisender des 19. Jahrhunderts sagt: In Polen spannen die Bauern große Hunde vor ihre Wagen. Vor der Pforte des Heiligtums hielten etwa zehn junge Leute Wache, welche an den Pfosten lehnten. Es waren hübsche Menschen in langen Kaftanen von schwarzem Atlas, mit blühenden bartlosen Gesichtern, den unvermeidlichen kleinen Locken und Kalpaks von Pelz auf dem Kopfe. Sie betrachteten die Leute, welche das Haus ihres Meisters belagerten, mit einem Lächeln, in dem eine gewisse Ironie lag. Wir wurden sofort eingelassen.

Ein junger Chassid mit dem Gesicht eines jungen Fuchses führte uns. Wir stiegen die Treppe empor, passierten ein Vorzimmer und befanden uns in einem großen Raume, in welchem die Damen des Hauses versammelt waren. Es waren die Frau und die Schwiegertochter des Zadik, es waren seine Töchter und seine Nichten. Ich glaubte mich in den Harem des Sultans zu Konstantinopel versetzt. Alle diese Frauen waren schön oder doch hübsch, alle schauten uns halb erstaunt, halb lächelnd mit ihren großen, schwarzen Samtaugen an, alle waren in seidene Schlafröcke und lange Kaftans von Seide oder Samt gekleidet, welche mit kostbarem Pelzwerk besetzt und gefüttert waren. Man sah alle Farben und alle Arten von Pelzwerk, gelbe und rosa Seide, grünen, roten und blauen Samt, Feh, Hermelin, Marder und Zobel. Die Frauen trugen Stirnbinden mit Edelsteinen, die Mädchen lange Zöpfe, mit Perlen durchflochten. Noch ein Vorsaal, in dem wieder Wächter die Tür hüteten, diesmal Männer mit grauen Bärten, die alte Garde des Zadik.

Endlich wurde ein großer, schwerer Vorhang bei Seite geschoben, und wir traten in das große Zimmer, in welchem der Zadik die Bittsteller zu empfangen pflegte. An der Wand, gegenüber dem Eingang, stand ein alter türkischer Diwan, auf dem der Zadik lag. Neben ihm befand sich ein kleines Tischchen, auf dem ein in Leder gebundenes Buch lag. An den anderen Wänden waren noch einige Stühle, ein kleiner Schrank, ein Ofen, in dem ein mächtiges Feuer brannte, sonst nichts. Der Zadik war ein kleiner, magrer Mann mit weißem Haar und langem, weißem Barte. Sein Gesicht war sanft und intelligent. Seine blauen Augen waren sehr merkwürdig. Man konnte in denselben alles finden, was man nur wollte, einen starken Willen, einen durchdringenden Geist, Fanatismus, Güte, Sanftmut, Heiterkeit, Ironie, kurz alles. Der Zadik grüßte uns mit der Hand, ohne sich zu erheben. Einer der Chassidim brachte uns Stühle, ein anderer zündete ihm die Lulka, die lange Pfeife, an, und dann gingen die Wächter hinaus, und wir blieben mit dem Wundermann allein. Mein Onkel sagte ihm, ich hätte viel von ihm gehört, sogar in Wien, wo ich gewesen, spräche man von ihm. Ich hätte den Wunsch, zu sehen, wie er die Bittenden berate und befriedige. Er bat ihn, die Leute einzulassen und mir gleichsam eine Extravorstellung zu geben. Der Zadik sah mich an und lächelte. »Sie sind ziemlich neugierig, junger Mann«, sagte er, »aber ich will Ihre Neugierde befriedigen. Ihre Familie hat immer die Juden protegiert, und auch Sie sind kein Rosche, kein Judenfeind.«

Er klingelte, die Wächter stürzten herein, und der Zadik befahl, die Leute der Reihe nach einzulassen, jedesmal zehn zugleich. Es war interessant, die Bittsteller zu beobachten, welche jetzt voll Ehrfurcht hereintraten, den Zadik demütig grüßten und in der Nähe der Tür stehen blieben.

Da war ein reicher Jude im Pelz mit seinem kranken Kinde, das erbärmlich schrie, auf dem Arme, ein anderer im geflickten Talar, welcher unausgesetzt seufzte, ein dritter, reich gekleidet, sehr dick, mit einem roten Gesicht, das wie der Vollmond glänzte. Zwei polnische Bauern in ihren Schafspelzen, eine Armenierin, ein Soldat in weißer Uniform, ein Mennonit, ein deutscher Kolonist und eine hübsche, furchtsame Frau in jüdischer Tracht, die sich hinter den anderen versteckte.

Der Zadik sprach mit jedem und für jeden fand er Trost, Rat, Hilfe. Der Erste war der Mann mit dem kranken Kinde. Der Zadik nahm dieses schreiende Kind, und sofort wurde es ruhig. Er hauchte es an, strich es mit den Händen, sprach ein Gebet und gab den Knaben dem Vater zurück. Dann einige Ratschläge, welche mein Onkel vollkommen richtig fand. Ich hörte später, daß das Kind wirklich gesund geworden war.

Der dicke Mann mit dem roten Gesicht erzählte, daß er nicht mehr schlafen könne, weil ihm jede Nacht der Geist seines verstorbenen Vaters erscheine. »Wer ist denn schuld«, sagte der Zadik, »als du selbst? Dein Vater hat dich auf dem Totenbett ermahnt, die 500 Dukaten zu bezahlen, welche er dem Salomon Tabak schuldig war und über welche Tabak keinen Schuldschein besitzt. Du hast sie nicht bezahlt, also kommt dein

Vater nachts, dich zu erinnern. Bezahle die 500 Dukaten und du wirst Ruhe haben.«

Plötzlich erblickte der Zadik die hübsche Frau, die sich versteckte. Er winkte den Anderen, sich zu entfernen, und forderte die Frau auf, sich zu nähern und neben ihm Platz zu nehmen. »Wozu diese jüdischen Kleider?« sprach er, »ich weiß ja doch, daß du eine Christin und eine Edelfrau bist.«

Die junge Frau wurde rot und verlangte allein mit dem Zadik zu sprechen. Er näherte sein Ohr, und sie vertraute ihm ihr Geheimnis an. Offenbar war sie mit seinem Rat sehr zufrieden, denn sie legte ein reiches Geschenk auf den kleinen Tisch nieder und ging mit einem Lächeln hinaus.

Jetzt war es mein Onkel, der den Zadik zu Rate zog. Zwei Juden hatten sich geschlagen. Abel Zwiebel hatte den Isaak Maschorke einen Amharez, einen Ketzer genannt, und Maschorke hatte den guten Zwiebel geprügelt. Zwiebel hatte infolgedessen die Sprache verloren. Er war stumm wie ein Fisch, und seine Familie hatte sich beim Gericht beklagt, und man hatte meinem Onkel befohlen, den Abel Zwiebel zu untersuchen. War er wirklich stumm geworden durch die Schläge, welche ihm Maschorke gegeben hatte, so war dies für Maschorke, der ein braver, arbeitsamer Mensch war, ein großes Unglück, und er konnte eine schwere Strafe erwarten.

Der Zadik lächelte. »Abel Zwiebel ist nicht stumm«, sagte er, »er spielt nur Komödie, lassen Sie sich nicht durch ihn täuschen. Ich kenne beide. Zwiebel ist ein Taugenichts und Maschorke ein ehrlicher Mann. Man muß ihm helfen.« Der Zadik gab meinem Onkel einen Rat, der ihm sehr gut gefiel, denn mein Onkel liebte solche Späße, und wir begaben uns auf der Stelle nach Snyatin zu Abraham Zwiebel.

Wir fanden ihn im Bett, umgeben von seiner trauernden Familie. Mein Onkel setzte sich ruhig an sein Bett und begann ihn auszufragen. »Also Maschorke hat dich geschlagen?« Zwiebel nickte. – »Er hat dich sehr stark geschlagen?« Zwiebel nickte zweimal. – »Er hat dich so geschlagen, daß du die Sprache verloren hast?« Abel nickte dreimal. – »Da ist nichts zu machen«, sagte mein Onkel, »Maschorke wird furchbar bestraft werden, man wird ihn für ein Jahr in das Gefängnis setzen. Ich muß dich aber noch etwas untersuchen. Zeige mir deine Zunge.« – Abel zeigte sie. – »Jetzt den Puls.« – Abels Hand kam unter der Decke hervor, und mein Onkel fühlte ihm den Puls. Eine feierliche Stille herrschte in dem kleinen Zimmer. Plötzlich sprang Abel in seinem Bette auf und brüllte laut wie ein Stier. Mein Onkel hatte einfach den Rat des Zadik befolgt und, während er den Puls fühlte, den stummen Abel mit einer großen Nadel gestochen. »Oh!« sagte mein Onkel, »ich sehe, daß du gar nicht stumm bist, im Gegenteil hast du eine prächtige Stimme, ich rate dir, singen zu lernen und zur Oper zu gehen.« Damit war die Sache vorüber. Abel war nicht stumm, und der arme Maschorke war gerettet.

Alle diese Dinge, welche ich von den Chassidim erzählt habe, müssen auf ein gebildetes skeptisches Publikum den Eindruck von Märchen machen, ich verstehe es vollkommen, aber es sind keine Märchen, es sind Tatsachen, die ich erzählt habe, und ich will versuchen, Ihnen diese seltsamen Tatsachen zu erklären. Wie konnte eine so merkwürdige, phantastische Sekte in Galizien entstehen? Wie kann sie heute noch existieren? Sind es Narren, diese Chassidim, oder Betrüger? Nicht eines, nicht das andere.

Ich war der Erste, der in seinem Roman den Versuch gemacht hat, den Menschen, seine Art zu denken, zu fühlen, zu handeln, nicht nur psychologisch und physiologisch, sondern durch die Natur zu erklären, in der er geboren ist, in der er aufgewachsen ist, aus der Natur, welche ihn umgibt und von der er auch nur ein Glied ist, wie der Baum und das Tier, und ich habe auch versucht, den Menschen durch die Verhältnisse, die Bedingungen zu erklären, in denen er lebt.

Um die Sekte der Chassidim zu verstehen, muß man das Land, in dem sie leben, muß man Galizien kennen.

Denken Sie an die Ebene ohne Grenzen, die im Frühling mit grünen Saaten, im Sommer mit gelben Getreidefeldern und im Winter mit Schnee bedeckt ist. Wenn der Wind über diese Ebene streicht, laufen Wellen über dieselbe, grüne, gelbe oder weiße Wellen, je nach der Jahreszeit. Diese Ebene ohne Grenzen macht auf den Menschen denselben Eindruck wie das Meer. Sie wissen, daß der Matrose, der sein Leben mitten in der Wasserwüste zubringt, wortkarg, ernst, melancholisch wird. Dieselbe Wirkung übt die galizische Fläche. Der Mensch hat auch hier das Gefühl der Unendlichkeit, die er nicht fassen kann und vor der er sich scheu in sich selbst zurückzieht. Da haben Sie nun die kleinen Städte, in denen die polnischen Juden wohnen, die düstren Straßen, die kleinen traurigen Häuser mit ihren engen, dunklen Stuben. Oft ist ein Zimmer zwischen zwei, zwischen vier Familien geteilt, die wie die Mäuse neben und übereinander wohnen. Und denken Sie sich nun in dieser Einöde, ferne der Welt, ferne der Zivilisation, ferne der Eisenbahn und dem Telegraph, in einem kleinen, dumpfen Verschlag ohne Sonne einen Mann, der einen großen Geist hat, der den Drang hat, zu forschen, die Welt zu erkennen, die Geheimnisse der Schöpfung zu ergründen, eine glühende Phantasie besitzt und ein warmes Herz und zwischen seinen Wänden eingesperrt ist wie ein Gefangener, wie eine getrocknete Blume in einem Herbarium und keine Quelle des Wissens hat, aus der er schöpfen kann, als seinen Talmud und seine Kabbala, und Sie werden verstehen, daß dieser Mensch, indem er immerfort sucht und grübelt, endlich zum Phantasten, zum Schwärmer wird, daß er die Stimme Gottes zu hören glaubt, daß er überzeugt ist, mit Engeln und Dämonen zu verkehren. Nein, Betrüger sind die Chassidim nicht, es sind alle Hamlet und Faust, und man darf nicht erstaunen, wenn sie endlich wie Hamlet etwas verrückt werden.

Doch genug von den Chassidim. Ich will jetzt von der zweiten Sekte sprechen, welche wir bei uns haben, von den *Karaïten*.

Die Karaïten interessieren mich vorzüglich aus einem Gesichtspunkte. Sie wissen, daß die Antisemiten bei jeder Gelegenheit erklärt haben, daß sie nicht den jüdischen Glauben angreifen, sondern nur die jüdische Rasse, der sie verschiedene schlechte Eigenschaften zuschreiben. Wo ist aber die reine jüdische Rasse? In Polen ist dieselbe stark mit slawischen Elementen gemischt, und wir finden sie nur rein in den Karaïten. Diese geben die beste Antwort auf die Anklagen des Herrn Pastor Stöcker. Obwohl die Karaïten auch eine Tradition besitzen, wollen sie doch vor allem das Gesetz Mosis befolgen, sie repräsentieren im Osten die alte, reine, jüdische Rasse, wie sie zur Zeit der Richter und der Könige war.

Die Karaïten oder die Leute, die sich nur an den Text halten, im Gegensatz zu den Mekubalim, welche auch eine Tradition anerkennen, befolgen nur die Gebote der heiligen Schrift. Die Karaïten nennen sich auch Zabikim, die Gerechten. Wahrscheinlich existierten sie schon zur Zeit Christi und sind identisch mit den Schriftgelehrten, von denen das neue Testament spricht, während die Pharisäer eine Tradition anerkannten. Die Karaïten verwerfen nicht jede Tradition, sie verwerfen nicht den Talmud, aber sie sehen in der Tradition die Lehren weiser Männer und nicht göttliche Gebote. Sie halten sich an die Stelle der Schrift: Alles, was ich Euch heute befehle, sollt Ihr genau beobachten, nichts dazutun und nichts davon wegnehmen.

Die Tradition der Karaïten ist folgende: Moses empfing das heilige Gesetz auf dem Berge Sinai von Gott und übergab es dem Josia. Josia gab es dem Pinihas und den Ältesten, welche es dem ersten der Richter Athaniel übergaben. Von diesem kam es nach und nach bis zu dem letzten Richter Eli, ging später durch viele Hände und kam durch Simon an dessen Schüler Antigonus. Antigonus lehrte: Man soll Gott nicht aus Furcht vor der Strafe oder in der Hoffnung einer Belohnung, sondern bloß aus Liebe dienen. Man soll die Tugend um ihrer selbst willen ausüben. Als nach der Zerstörung des Tempels die Anhänger der Tradition zum Siege gelangten, wurden die Karaïten verfolgt und sie flüchteten sich in die Wüsten Arabiens und nach Ägypten. Wir finden sie später auch in Spanien, wo König Alphons sie verbannt. Man hatte die Karaïten angeklagt, sie seien Sadduzäer, welche die Unsterblichkeit der Seele und die Auferstehung der Toten leugnen. Die Karaïten sind jedoch keine Sadduzäer und glauben an ein ewiges Leben. Maimonides sagt von ihnen: Die Karaïten, welche in Kairo und verschiedenen Orten des heiligen Landes leben, sind es wert, daß man sie in Ehren hält. Dagegen sagt er von den Sadduzäern: Ein Stück Vieh, welches ein Apostat geschlachtet hat, ist erlaubt zu essen, niemals aber ein Tier, das ein Sadduzäer geschlachtet hat. Er nennt die Sadduzäer auch Epikuräer und fügt hinzu, daß es erlaubt sei, sie zu töten.

Es gab von jeher unter den Karaïten gelehrte Männer, von denen einzelne Werke erhalten sind. Aaron ben Joseph war im 13. Jahrhundert ein berühmter Arzt. Er schrieb einen Kommentar zum Pentateuch. Auch verbesserte er das Gebetbuch der Karaïten, das 1468 in Venedig und 1814 in der Krim gedruckt wurde. Elias Bischitzki in Galizien schrieb *Adoret Eliasi*, über den Ritus der Karaïten. Kaleb Afrondopoly schrieb im 14. Jahrhundert eine Abhandlung über das hohe Lied. Nissan lebte in Krasni bei Lemberg in Galizien und schrieb ein Werk über die Karaïten 1699.

Bischitzki setzt die Ansichten der Karaïten sehr klar auseinander. »Wo die Vernunft mit der Offenbarung übereinstimmt«, sagt er, »da nehmen wir die Vernunft als Wegweiser an und gehen mit diesem doppelten Licht auf unser Ziel zu. Erregt aber die Vernunft Zweifel gegen die Offenbarung und will sie mit derselben nicht übereinstimmen, so müssen wir uns, obgleich beide göttliche Lichter sind, doch ausschließlich an die Offenbarung halten, denn wäre die Vernunft hinreichend, so wäre die Offenbarung überflüssig, deshalb hat sich auch die Offenbarung durch Wunder angekündigt, damit sie den Menschen von ihrer Göttlichkeit überzeuge.

Die Karaïten verwerfen alle Gebote, die in der heiligen Schrift nicht ausdrücklich enthalten sind. Der Mensch soll sich nur dessen enthalten, was ausdrücklich verboten ist, weil er für das, was er mehr tut, keinen Lohn erwarten darf, indem schon Salomon sagt: Sei nicht überfromm!

Über die Prinzipien der Religion nachzudenken, halten sie für unerlaubt. Es ziemt sich nicht, sagt Beschitzki, darüber nachzudenken, ob ein Gott ist, ob es eine Offenbarung gibt und dergleichen.

In bezug auf die Ehescheidung halten sie sich streng an die Worte Mosis: Wenn der Mann eine Schandtat an seinem Weibe findet, so schreibt er ihr einen Scheidebrief und entläßt sie aus seinem Hause. Die Karaïten erlauben deshalb die Ehescheidung nur im Falle des Ehebruchs von seiten der Frau, während die orthodoxen Juden in Polen vor der Einführung der Zivilehe dem Manne sogar dann gestatteten, die Frau fortzuschicken, wenn sie ihm die Suppe versalzen hatte.

Die Glaubensartikel der Karaïten sind folgende:

1. Alle Weltkörper mit allem, was sie enthalten, sind erschaffen.
2. Der Schöpfer derselben ist nicht erschaffen.
3. Dieser ist einzig ohne gleichen.
4. Er hat seinen Diener Moses gesendet.
5. Er hat durch ihn ein vollkommenes Gesetz bekannt gemacht.
6. Man soll die Sprache des Gesetzes und die Deutung desselben verstehen.
7. Gottes Geist waltete auch über die übrigen Propheten.
8. Gott wird am Tage des Gerichtes die Toten erwecken.
9. Gott wird jedem nach seinen Werken vergelten.
10. Gott hat sein Volk in der Gefangenschaft nicht verlassen, ob er es gleich straft, daher muß man täglich sein Heil durch den Messias, den Sohn Davids, erwarten.

Später kommen noch einige Dogmen hinzu:

1. Gott ist unkörperlich und hat weder körperliche Eigenschaften noch Leidenschaften.
2. Nur er darf angebetet werden, außer ihm aber kein Wesen.
3. Das Gesetz Mosis ist das allein richtige.
4. Man darf zu dem Gesetz Mosis nichts hinzufügen und nichts davon wegnehmen.

5. Gott kommt und bestraft die bösen Gedanken ebenso wie die bösen Taten.

Die Karaïten glauben an die Unsterblichkeit der Seele, an die Belohnung im Himmel und an die Bestrafung in der Hölle, aber sie verwerfen die Seelenwanderung ebenso wie den Glauben an den Teufel und die Dämonen. Ihre Moral lautet: Die Seele ist *moralisch lebendig*, wenn sie stets das Böse meidet und stets das Gute tut. Die Seele ist gesund, wenn sie das Gute vom Bösen unterscheidet und den Willen hat, das Gute zu tun, sie ist *krank*, wenn sie das Gute vom Bösen nicht zu unterscheiden versteht, sie ist *tot,* wenn sie in ihren Sünden beharrt.

Ihr wichtigster Spruch lautet: Kannst du nicht, was du willst, so wolle, was du kannst. Der Messias wird nach ihrer Ansicht weder Wunder wirken noch Tote erwecken, aber er wird das zerstreute Volk Israel vereinigen, den Tempel in Jerusalem wieder erbauen und das Gesetz Mosis herstellen.

Die Karaïten leben musterhaft. Sie sind sehr mäßig. Sie sagen: Jeder, der wie ein Tier mehr ißt und trinkt, als nötig ist, um Hunger und Durst zu stillen, jeder, der für seine Kleidung mehr ausgibt, als nötig ist, um sich gegen das Wetter zu schützen, verdient gesteinigt zu werden. Dagegen soll sich der Mensch nichts versagen, was das Gesetz erlaubt. Sie beten früh und abends kniend oder stehend mit gesenktem Kopfe. Der Betende soll vor seinem Herrn wie ein Sklave sein. Das Gebet darf nur in hebräischer Sprache gesprochen werden. Ihre Synagogen nennen sie Knessia, es sind hübsche Gebäude, welche sehr rein gehalten werden. Sie lesen am Sabbath Stücke aus dem Pentateuch und ein Stück aus den Propheten. Sie haben weder Philakterien noch Zizit. Den Sabbat feiern sie sehr strenge und zünden im Hause selbst bei der strengsten Kälte kein Feuer an. In Galizien, wo dies im Winter unmöglich wäre, lassen sie es durch Christen anzünden. Sie beobachten die Gesetze beim Schlachten nicht, sondern essen nur keine kranken Tiere. Einen besonderen Wert legen sie auf das 19. und 20. Kapitel im III. Buch Mosis, welches vom Verbot des Götzendienstes sowie von den moralischen Gesetzen in bezug auf die Familie und das bürgerliche Leben handelt. Sie sind sehr rechtschaffen in ihrem Wandel und sehr keusch in Worten und Handlungen. Bei der Trauung versprechen sich die Eheleute eine ewige Einigkeit und Treue, nur die Untreue der Frau vermag die Ehe zu scheiden.

Die Karaïten findet man heute noch im Orient, besonders zu Aleppo, Konstantinopel, in der Tatarei, Ägypten, in der Krim und in Galizien.

Bei uns wohnen sie in den Städten Lodz, Halitsch, Trozk, Krosny Ostro und in mehreren Dörfern. Sie zählen in Galizien nach der letzten Volkszählung über 40 000 Seelen.

Die Karaïten in Galizien, die ich in Krosny Ostro besucht habe, halten den Handel an sich, den Handel mit allem, was sie nicht selbst erzeugt haben, für verboten. Sie treiben Ackerbau, sie sind Fuhrleute, sie sind Handwerker und verkaufen nur die Erzeugnisse ihrer Agrikultur und ihres Handwerks. Sie handeln im großen nur mit Getreide und Vieh. Ihre Tracht ist nicht die orientalische der andern polnischen Juden, sondern die kleinrussische. Ihre Sprache ist nicht wie bei den andern polnischen Juden die korrumpierte deutsche, der sogenannte jüdische Jargon, sondern ein Gemisch von hebräisch und tartarisch, doch sprechen sie auch das Polnische und das Kleinrussische.

Ihr Begräbnisplatz soll das Tal Josaphat in Erinnerung bringen. Er macht einen großen, rührenden Eindruck. Es ist ein Hain, der in einer Schlucht zwischen Hügeln liegt. Auf diesen Hügeln stehen alte Bäume, deren Zweige ein grünes Dach bilden. Man glaubt sich im Orient. Man sieht weiße Steinplatten aufgerichtet, die aus dem Grün hervorblicken, Frauen in langen Kaftanen mit weißen Schleiern, gleich Gespenstern, welche beten und die Gräber schmücken.

Die Häuser der Karaïten sind geräumig und reinlich. Die Frau und die Kinder bewohnen den größten Teil. In jedem Hause findet man eine Abschrift der heiligen Schrift, denn jeder Karaïte ist verpflichtet, mindestens einmal in seinem Leben die Bibel abzuschreiben.

Die Karaïten werden von den anderen Konfessionen sehr geschätzt. Das Wort eines Karaïten gilt als die sicherste Zusage. Man hat sich seit Jahren für sie interessiert. Karl XI., König von Schweden, sendete im Jahre 1690 den Professor der hebräischen Sprache zu Uppsala, Peringer von Lilienblatt, nach Polen, um die Karaïten zu studieren und ihre Bücher und Manuskripte zu kaufen.

Jakob Trigland, Professor in Leyden, schrieb 1698 einen Brief an die Karaïten in Polen und legte ihnen verschiedene Fragen vor. Diese Fragen beantwortete ein gelehrter Karaïte, Mardochai ben Nissan aus Krasni Ostro in Galizien, in einem Buche, das er *Dod Mardochai* betitelte. Dieses Buch wurde in Konstantinopel in Folio gedruckt und erschien 1714 in Leipzig nebst lateinischer Übersetzung von Wolfius.

Graf Thadäus Czaki publizierte eine sehr gründliche Studie über die Karaïten in Polen. Er sagt, es sei unmöglich festzustellen, wann die Karaïten nach Polen eingewandert seien. Die ersten Privilegien erhielten sie von Sigismund I. in Luzk in Volhynien, später von Stephan Bathory in der Stadt Halitsch in Galizien. Witold, Großherzog von Litthauen, führte im 13. Jahrhundert 383 karaïtische Familien aus der Krim nach Trozki, und Kasimir Jagello gab ihnen 1441 große Privilegien.

Graf Czaki fügt hinzu: Es ist aktenmäßig erwiesen, daß seit vier Jahrhunderten kein Karaïte in Polen gerichtlich bestraft worden ist. Dasselbe günstige Zeugnis stellt den Karaïten die österreichische Statistik aus. Die Karaïten leisten keinen Eid. Der österreichische Kodex gestattet ihnen statt des Eides vor Gericht den Handschlag zu geben, und dieser Handschlag hat größeren Wert als der Eid anderer. Da die Karaïten kein Blut vergießen wollen, waren sie früher vom Militärdienst ganz befreit. Seitdem jeder dienen muß, hat man ihnen gestattet, ihren Militärdienst in der Sanitätstruppe zu machen. Dazu sind sie gern bereit. Derselbe Karaïte, der auf dem Schlachtfelde sein Gewehr nicht abfeuern, sondern sich ruhig töten lassen würde, wird sich mit dem größten Mute den feindlichen Kugeln preisgeben, um die Verwundeten zu retten.

Gestatten Sie zum Schluß dem Romancier, eine Geschichte zu erzählen, welche Ihnen am besten ein Bild von den Karaïten geben wird. Es ist aber kein Roman, den ich erzähle, sondern eine Tatsache, die ich von meinem Vater habe.

Der Graf Agenor Krasinski hatte sich mit einer jungen Baronesse Wodizka vermählt. Auf Wunsch seiner Frau machten die Neuvermählten keine Hochzeitsreise, sondern begaben sich sofort auf das einsame Schloß des Grafen, wo die Gräfin nach altpolnischer Sitte am ersten Tage den Schlüsselbund und damit die Herrschaft des Hauses an sich nahm. Am folgenden Morgen trat die junge reizende Frau in das Zimmer des Grafen und sagte: »Vor der Tür wartet ein sonderbarer Mensch, der den Kopf eines Juden und die Gestalt und die Tracht eines galizischen Bauern hat. Er verlangt Dich zu sprechen.«

Der Graf begann zu lachen. »Ah! das ist ja mein Faktor, er ist ein Jude, aber ein Karaïte, und diese kleiden sich gleich den Bauern und treiben Ackerbau.«

In jedem galizischen Hause hat man nämlich einen sogenannten Factor, der alle Geschäfte besorgt und stets ein Jude ist. Er ist fast immer treu und ehrlich, der Freund und Ratgeber der Familie. Sein Amt pflanzt sich oft von einer Generation auf die andere fort.

Die Gräfin ließ den Karaïten eintreten. Er hieß Abel. Es war ein großer, kräftiger Mann von etwa 60 Jahren, mit grauem Haar und Bart und einem offenen, ehrlichen Gesicht. Er trug keine Löckchen, wie die anderen polnischen Juden, war wie unsere Bauern gekleidet, in hohen Stiefeln, faltigen Beinkleidern, die in den Stiefeln steckten, einem langen Rock von braunem, grobem Tuch, der mit einem Ledergürtel gegürtet war, und hatte eine Mütze von schwarzem Lammfell auf dem Kopfe.

Die Gräfin wurde bald vertraut mit ihm und verlangte eines Tages sein Heim zu sehen. Als der Graf sie zu Abel führte, war sie erstaunt, sein hübsches Haus zu sehen, seine gute Einrichtung, vor allem aber die Art und Weise, wie dieser Mann für die Frauen seiner Familie, seine alte Mutter, seine Frau und seine Schwester sorgte.

Der Graf lebte mehrere Jahre glücklich mit seiner Frau, welche ihn mit zwei Kindern beschenkte. Da kam die schreckliche Revolution von 1848. Der Graf wurde in die Verschwörung des polnischen Adels hineingezogen, er konnte sich nicht ausschließen. Er nahm an den Vorbereitungen zur Insurrektion teil und wurde sogar, da er Offizier gewesen war, zum Kommandanten eines Bezirks ernannt. Der 18. Februar war als Tag des Losbruches festgesetzt. Der Graf verschwieg seiner Frau, was bevorstand. Er sendete sie einige Tage vorher mit den Kindern nach Ungarn und vertraute sich, als sie fort war, seinem alten Faktor Abel an.

»Es ist möglich, daß die Revolution mißlingt«, sagte er, »daß man meine Güter konfisziert, für alle Fälle gebe ich Dir mein ganzes bares Vermögen, Du wirst es treu bewahren und, im Falle ein Unglück geschieht, meiner Frau geben.«

Abel gab sein Wort, und der Graf übergab ihm 80 000 Gulden.

Am 18. Februar begann die Revolution. Der Adel, die Beamten und Diener der Edelleute ergriffen die Waffen, aber die Bauern, denen man große Versprechungen machte, blieben dem Kaiser von Österreich treu und machten sogar eine Kontre-Revolution. Überall wurden die Scharen der Insurgenten zerstreut, dann zogen Bauernbanden umher, verbrannten die Sitze der Herren und töteten alles, was ihnen in die Hände kam. Graf Krasinski rettete sich nach Krakau, dem einzigen Orte, wo die Revolution gesiegt hatte. Von hier aus zog eine kleine polnische Armee nach Galizien und traf Benedek, den späteren General von 1866, an der Spitze österreichischer Truppen. Man schlug sich bei Gdów. Die Polen wurden geschlagen, Graf Krasinski fiel auf dem Schlachtfelde.

Als die Ordnung wiederhergestellt war, kehrte die junge Witwe mit ihren Kindern zurück und fand einen Trümmerhaufen. Sie saß verzweifelt auf einem Haufen Steine, welche der Brand geschwärzt hatte, und starrte vor sich hin, den Kopf in die Hand gestützt. Sie wußte keinen Ausweg, alles war verloren. Da nahten Schritte, und die hohe, würdevolle Gestalt Abels wurde sichtbar. Er grüßte die Gräfin und blieb vor ihr stehen, ebenso traurig und ergriffen wie sie. Lange Zeit sprachen sie kein Wort. Dann begann die arme Frau:

»Ach Abel! mein armer Gatte, der Vater meiner Kinder, tot, unser Haus zerstört, keinen Kreuzer Geld, wir können betteln gehen, ich und meine Kinder.«

»Wie das?«

»Ich kann doch nichts anfangen ohne Geld, und mein Gatte hat mir nichts zurückgelassen, nichts.«

Da richtete sich Abel hoch auf, ein mildes Lächeln glitt über seine schönen, ernsten Züge, und indem er in die Brust griff und aus seinem groben Bauernrock eine große rote Brieftasche hervorzog, sprach er: »Sie brauchen nicht betteln zu gehen, Gräfin. Sie sind nicht arm, wir werden das Haus wieder aufbauen, hier ist Ihr Geld, das mir Ihr Mann anvertraut hat.« Und er reichte ihr die Brieftasche mit den 80 000 Gulden.

Die Gräfin sah ihn erstaunt an, sie verstand nicht sofort den großen Charakter, dann aber warf sie sich weinend an die Brust des Greises, der sie wie ein Vater in seinen Armen empfing.

Abel führte hierauf die Gräfin und ihre Kinder in sein Haus und bat sie, bei ihm zu bleiben, bis das kleine Schloß wieder aufgebaut sei, dann eilte er, Arbeiter jeder Art zu bestellen und schon am folgenden Tage begann man den Schutt wegzuräumen, Ziegeln und Balken herbeizufahren, Kalk zu löschen, kurz hundert Hände regten sich, um aus den Trümmern ein neues Gebäude entstehen zu lassen.

Am nächsten Freitag Abend aber kleidete sich Abel mit besonderer Sorgfalt an und mit einer Würde, die fast Stolz war, schritt er der Synagoge zu und den Kopf erhoben, trat er in den Tempel Gottes, über dessen Pforte die Worte zu lesen waren:

»Hier ist der Eingang zu Jehovah,
Die Gerechten gehen hinein.«

Quellenangaben

Alexander von Sacher-Masoch: Sacher-Masoch – Aus seinem Leben.
In: *Berliner Tageblatt* vom 4. August 1928, Nr. 365, S. 2–3

Alexander von Sacher-Masoch: Leopold von Sacher-Masoch.
In: *Neues Wiener Tagblatt* vom 26. Januar 1936, Nr. 25, S. 28

Adrien Marx: Sacher-Masoch.
In: *Le Figaro*, Paris, 19. Dezember 1886.
Aus dem Französischen von Susanne Farin.

»Mein Vater« – Ein nachgetragenes »Souvenir«.
In: *Le Gaulois*, Paris, vom 20. August 1887.
Aus dem Französischen von Michael von Killisch-Horn.

Choses veçues (1888/1889)
Aus dem Französischen von Michael von Killisch-Horn.

I. Die Schlacht von Gdow.
In: *Revue bleue*, Paris, 4. Februar 1888, Jg. 25, Band 41, Nr. 5, S. 144–147
II. Feodosia.
In: ebenda, S. 147–149
III. Der Bauernkönig
In: *Revue bleue*, Paris, 31. März 1888, Jg. 25, Band 41, Nr. 13, S. 407–410
IV. Zwischen Leben und Tod
In: ebenda, S. 410–411
V. Die Frau mit der Peitsche
In: *Revue bleue*, Paris, 21. April 1888, Jg. 25, Band 41, Nr. 16, S. 501–504
VI. Mein Onkel Heinrich und meine Tante Mina
In: ebenda, Seite 504–506
VII. Der Slawenkongreß in Prag
In: *Revue bleue*, Paris, 25. August 1888, Jg. 25, Band 42, Nr. 8, S. 248–250
VIII. Bakunin
In: ebenda, S. 250–252
IX. Die Woche der Barrikaden in Prag 1848
In: *Revue bleue*, Paris, 9. März 1889, Jg. 26, Band 43, Nr. 10, S. 310–313
X. Wie ich Schriftsteller wurde
In: *Revue bleue*, Paris, 20. April 1889, Jg. 26, Band 43, Nr. 16, S. 500–502
XI. Erste Liebe
In: ebenda, S. 502–504
XII. Eine slawische Schauspielerin
In: ebenda, S. 504–505
XIII. Kossuths Freundin
In: *Revue bleue*, Paris, 31. August 1889, Jg. 26, Band 44, Nr. 9, S. 273–277
XIV. Wie ich Alexandre Dumas kennengelernt habe
In: *Revue bleue*, Paris, 5. Oktober 1889, Jg. 26, Band 44, Nr. 14, S. 430–431

XV. Don Juan von Kolomea
In: ebenda, S. 431–433
XVI. Paraskitza
In: *Revue bleue*, Paris, 31. Mai 1890, Jg. 27, Band 45, Nr. 22, S. 695–697

Richard Wagner et Émile Zola (1887)
In: *Revue bleue*, Paris, 30. April 1887, Jg. 24, Bd. 39, Nr. 18, S. 571–573
Aus dem Französischen von Michael von Killisch-Horn.

Das litterarische Frankreich. Nach persönlichen Eindrücken. (1888)
I. Die alte Schule. II. Flaubert. III. Der literarische Dreimännerbund. IV. Die geistige Epidemie. V. Zola.
In: *Das Magazin für die Litteratur des In- und Auslandes*, Wochenschrift der Weltlitteratur, Dresden, 28. April 1888, Jg. 57, Nr. 18, S. 269–270; 7. Juli 1888, Nr. 28, S. 429–433 und 24. November 1888, Nr. 48, S. 752–757

Die naturalistische Epidemie. Nach persönlichen Eindrücken (1889)
In: *Die Gegenwart*, Berlin, 22. Juni 1889, Bd. 35, Nr. 25, S. 390–393

Buloz und Richet (1892)
In: *Die Gegenwart*, Berlin, 5. März 1892, Bd. 41, Nr. 10, S. 149–151

Die Zukunft der deutschen Literatur (1892)
[Beitrag zu:] Die Zukunft der deutschen Litteratur im Urteil unserer Dichter und Denker. Eine Enquête.
In: *Das Magazin für die Literatur des In- und Auslandes*, Berlin, 5. März 1892, Jg. 61, Nr. 10, S. 157

Berichte aus der »Welt der Rätsel«

Russische Secten (1889)
In: *Nord und Süd*, Breslau, Dezember 1889, Bd. 52, S. 347–369

Die jüdischen Sekten in Galizien (1889)
In: *Deutsche Revue über das gesamte nationale Leben der Gegenwart*, Breslau, Juli 1889, Jg. 14, Bd. 3, S. 40–54
[Dasselbe in Leopold von Sacher-Masoch: *Der Judenraphael*, Köln/Graz 1989]